Scarlet
스칼렛

# Scarlet
## 스칼렛

# 보통의 세계

# 보통의 세계
## Mean World

권도란 장편 소설  SCARLET ROMANCE STORY

*contents*

01 읽는 여자, 잃은 남자 · 7
02 잃은 남자의 봄과 겨울 사이 · 61
03 읽는 여자의 웃음과 울음 사이 · 90
04 머리와 가슴의 차이 · 122
05 I am Here · 220
06 당신이 그 사람을 생각하는 순간 · 314
07 폭풍의 전야(前夜) · 380
08 안녕, 엄마 · 440
Ep. 01 그들의 사정 · 474
Ep. 02 형제들의 사정 · 490
Ep. 03 보통의 세계 · 503
작가 후기 · 510

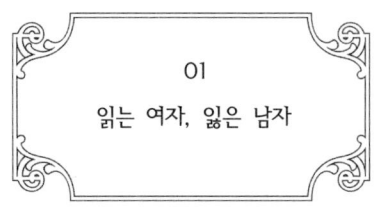

## 01
## 읽는 여자, 잊은 남자

"남편 와이셔츠, 넥타이핀, 구두, 겉옷, 다 가져왔어요! 심지어 서류가방도요."

중년여성은 잔뜩 긴장한 표정으로 물건들을 기다란 탁자 위에 와르르 쏟았다. 탁자의 길이에 맞춘 소파에 양반다리를 하고 있던 여자는 "뭘 이렇게 많이 들고 오셨어요." 하고 중얼거리고는 입에 막대사탕을 물었다.

딸기맛 막대사탕을 한 바퀴 돌리던 여자는 넥타이핀을 집어 들더니 피식 웃었다.

"손님 짐작이 맞네요."

"……저, 정말요?"

여자가 차분한 목소리로 말하자 중년여성의 안색이 창백하게 질렸다. 금색의 넥타이핀을 만지작거리던 여자는 입에 물고 있던 사탕을 빼고는 이번엔 와이셔츠를 집었다.

옷을 집고 한참이나 침묵하던 여자는 천장을 올려다보더니 어지러운 듯 미간 사이를 손가락으로 어루만졌다.

"이름은 '미숙'이고, 성은 모르겠습니다. 하지만 젊은 여자는 아니네요. 삼십 대 후반에서 사십 대 초반 정도? 목덜미에 커다란 점이 있어서 눈에 확 보일 겁니다. 어어, 그리고……."

피곤함이 확 밀려오는 눈두덩을 문지른 여자는 이번엔 구두를 손바닥으로 짚었다. 구두약 냄새가 물씬 풍기는 구두를 톡톡 건드리던 여자는 눈썹을 찡그리더니 "사랑다방." 하고 중얼거렸다.

"네?"

"미숙이라는 여자가 일하는 곳 같은데요. 사랑다방. 아십니까?"

입에 막대사탕을 도로 문 여자가 넌지시 물었다. 중년여성은 모른다는 듯 고개를 내젓더니 파랗게 질린 안색으로 손톱을 물어뜯었다.

"저기, 정말인가요? 진짜 남편이……."

중년여성이 울 것 같은 목소리로 말하자 여자가 입을 다물었다. 동그란 막대사탕을 입에 집어넣고 돌리는 여자는 중년여성을 물끄러미 보다가 사탕을 와작 깨물었다. 조용한 실내에 딱딱한 사탕이 부서지는 소리가 울리자 중년여성이 어깨를 움찔 떨었다.

"계약사항 자꾸 위반하실래요?"

여자가 신경질적인 목소리로 말하며 넥타이핀을 중년여성의 앞에 집어 던졌다. 아, 정말. 이런 손님들이 제일 짜증난다. 질린다는 표정으로 얼굴 반쪽을 손으로 문지른 여자는 한숨을 내쉬었다.

"여차하면 사랑다방에나 가 보시죠. 진짜 미숙이라는 여자가 있는지 없는지 확인해 보면 될 거 아닙니까."

안 그래도 오전에만 손님 세 명을 상대해 피곤해 죽겠는데 의심까지 하면 짜증이 배로 몰린다. 여자가 굉장히 불쾌하다는 어투로 쏘아붙이자 중년여성은 안절부절못하다가 옷가지들을 주섬주섬 종이가방에 챙겨 넣었다.

여자는 소파에서 휘청거리며 일어서는 중년여성을 철문 밖에까지 배웅하고선 "또 오세요, 손님." 하고 영업용 미소를 지었다. 그러곤 철문에 자물쇠를 채우기 무섭게 "또 오지 마라, 제발." 하고 투덜거렸다.

뻑뻑해진 눈가를 손가락으로 지압한 여자는 "아으, 머리 아파." 하고 중얼거리며 소파에 드러누웠다. 빨리 전당포 문을 열어야 하는데 피곤해서 아무것도 하고 싶지 않다.

창문을 가린 두꺼운 자줏빛 커튼이 펄럭이는 걸 쳐다보던 여자는 잠이 솔솔 쏟아지는 걸 느꼈다. 몸이 무기력하니 아무 생각도 나지 않는다. 할매 병문안도 가야 하고, 병원비도 내야 하고, 또 오후에 손님예약도 있는데……. 눈을 감은 채 속으로 해야 할 일과들을 떠올리는데 전당포 입구에 둔 종이 딸랑 하고 울렸다.

고개를 든 여자는 블라인드로 가려진 전당포 입구를 쳐다보았다. 어제 종을 안쪽에 들여놓는다는 게 아무래도 깜빡한 모양이다. 속으로 투덜거린 여자는 하는 수 없이 몸을 일으켰다.

"일해야지, 일. 할매 병원비도 내고, 나도 맛난 거 사 먹고."

새 사탕을 꺼내 입에 문 여자는 블라인드를 걷고 전당포 입구로 다가갔다. 입구에 다다르자 딸랑 하고 종소리가 또 한 번 울렸다.

"네, 네. 무슨 일이세요."

불투명한 플라스틱 창구를 연 여자는 몹시 피곤한 눈길로 남자를 쳐다보았다. 한여름임에도 불구하고 검은색 정장을 멀끔히 차려입은 남자는 여자를 내려다보더니 "미안 씨, 맞으십니까." 하고 물었다.

"제가 미안입니다만."

창구에 팔을 걸친 미안이 남자를 올려다보자 남자가 넥타이를 바로잡더니 꾸벅 고개를 숙였다.

"강 형사님께 소개받고 왔습니다."

강 형사라는 칭호에 잘생긴 남자를 올려다보며 눈썹 끝을 파르르 떤 미안은 창구를 닫으며 "잘못 찾아오셨어요." 하고 말했다.

불륜이나 집안 문제 같은 건 얼마든지 '읽어' 줄 수 있지만 반드시 법을 필요로 하는 거대한 사건엔 휘말리고 싶지 않다. 미안은 평범하게 살다가 평범하게 죽고 싶었다. 그러기엔 갖고 있는 묘한 능력이 문제였지만 어쨌거나 그런 소망을 관철하고 싶었다.

훈훈한 남정네에겐 미안하지만 '강 형사' 라는 말을 듣는 순간 미안은 남자와 상종해선 안 된다는 걸 느꼈다. 분명 엄청나게 복잡한 일을 갖고 왔겠지. 그런 건 돈을 아무리 많이 준대도 사절이다. 의자에서 일어나 소파로 돌아가려는데 다시 종이 딸랑 울렸다.

"제 개인적인 일 때문에 왔습니다. 부탁드립니다."

종소리가 울린 뒤 남자의 허스키한 목소리가 플라스틱 창구 밖에 메아리친다. 개인적인 일이라. 반팔 티에 달린 큼지막한 주머니에 손을 쑤셔 넣은 미안은 플라스틱 창 너머로 어렴풋하게 보이는 남자의 형체를 훑었다.

강 형사가 소개해 줬는데 개인적으로 온 남자라. 미안은 잠깐 고민하다가 밀린 병원비를 떠올리고선 하는 수 없이 창구를 열었다.

"비상계단으로 오시면 여기로 들어오는 입구가 또 있어요. 거기로 오세요."

철문에 채워 둔 자물쇠를 푼 미안은 깍듯한 자세로 기다리던 남자를 보고선 영업용 미소를 치며 "들어오시죠." 하고 말했다.

녹이 슨 철문 안쪽으로 발을 들여놓은 남자는 싱크대와 옷장, 책상 등이 있는 널찍한 공간을 둘러보다가 구석에 걸린 속옷을 보고는 "실례하겠습니다." 하고 나직하게 중얼거렸다.

"무슨 일로 오셨어요?"

남자의 시선이 속옷에 향한 걸 눈치챈 미안은 빨래들을 한 손으로 내려쳐 바구니에 골인시켰다. 이런 일이 한두 번 있는 것도 아니다 보니 이젠 익숙하다. 능숙하게 빨래를 처리한 미안은 졸린 눈가를 문지르며 남자를 응시했다. 어느새 소파에 앉은 남자는 미안을 잠깐 쳐다보더니 품에서 봉투를 꺼냈다.

"선금입니다."

"……"

"미안 씨가 물건을 통해 사람의 과거를 보신다고 들었습니다."

탁자로 다가간 미안은 남자가 내민 돈 봉투를 열어 보곤 눈가를 흠칫 떨었다. 신사임당 할매가 대체 몇 장이야? 적잖이 당황한 표정을 짓자 남자는 조용히 그리고 부드럽게 미소 지으며 입을 열었다.

"제 기억을 찾고 싶어서 왔습니다."

"아, 기억이……. 예?"

지폐 숫자를 어림잡아 세어 보던 미안이 어리둥절한 표정을 지었다. 방금 뭘 찾고 싶다고?

"기억을 찾고 싶어서, 입니다만."

"아 저어, 그런 건 병원에 가셔야……."

미안이 손사래를 치며 돈 봉투를 돌려주려 하자 남자가 단호히 고개를 내저었다.
 "아뇨. 불가능합니다."
 "……."
 "병원에서 꾸준히 치료를 받았습니다만 기억이 돌아오질 않았습니다."
 "좀 더 구체적으로 말씀해 주실래요?"
 소파에 앉은 미안은 의아한 표정으로 남자를 쳐다보았다. 여태까지 별별 의뢰를 다 받아 봤지만 기억을 되찾아 달라는 손님은 처음이다. 그녀가 그를 빤히 보자 남자는 품에서 명함을 한 장 꺼냈다. '최승서'라는 이름이 적힌 명함을 받아 든 미안은 명함과 남자를 번갈아 보았다.
 "서른두 살 때 교통사고를 당했는데 후유증으로 서른한 살부터 교통사고를 당하기 직전까지의 기억이 돌아오지 않는 상황입니다."
 "반드시 기억을 되찾아야만 하는 이유라도?"
 명함을 옷 주머니에 넣으며 조심스레 묻자 승서가 이번엔 핸드폰을 꺼내 사진을 보여 주었다. 사진엔 구불구불 웨이브를 넣은 갈색 머리칼의 서구적인 미인이 미소 짓고 있었다. 미안이 고개를 갸웃하며 다시 승서를 보자 그가 핸드폰을 탁자에 내려놓으며 난감한 듯 사정을 토로했다.
 "주위 사람들 이야기에 따르자면 제가 서른한 살 때 만난 애인이라고 하더군요. 교제를 하고 바로 그 후년에 결혼을 약속했는데……."
 "애인에 대한 게 기억이 안 나신다, 이거?"
 미안이 새끼손가락을 구부렸다 펴며 묻자 승서가 턱을 주억거렸다. 거참 별난 양반이다. 기억을 잃어도 진심으로 사랑했다면 다시 사랑하게 되는 거 아닌가? 그녀는 사진 속의 꿩장한 미인을 쳐다보다가 뺨을 긁적였다.

"실례지만 나이가?"

"올해로 서른셋입니다."

"사고를 당한 시점은요?"

"서른두 살, 봄이었습니다."

와아, 시간이 일 년이 넘게 흘렀는데 아직도 기억을 찾지 못했다면 말짱 꽝 아닌가? 그러니까 한마디로 말하면 거의 '서른한 살'이라는 세월이 머릿속에서 말끔히 포맷되었다는 건데……. 미안은 약간 남색을 띠는 것 같기도 한 승서의 까만 눈동자를 보았다.

"아직 애인분이랑 결혼은 안 하셨나요?"

"네."

깔끔한 승서의 답변에 미안은 "아하." 하고 중얼거렸다. 탁자 아래에서 수첩을 꺼낸 미안은 그가 일러 준 것들을 차근차근 적고 그 아래에 승서가 선금으로 준 액수를 적고선 숨을 골랐다.

이번 달에 내야 할 병원비를 고려한다면 이 의뢰는 당연히 받아들여야 하는데 일이 꽤 복잡하다 보니 망설여진다. 거기다 부분 기억상실증이라면 주변에서 아무리 말해 줘 봤자 본인이 떠올리지 못하면 소용없는 일이 아니던가. 미안이 고민하는 눈치이자 승서가 핸드폰을 손에 움켜쥐었다.

"이건 제가 애인에게 프러포즈할 때 썼던 반지라고 합니다."

승서는 핸드폰을 집어넣고 대신 손에 끼고 있던 반지를 내밀었다. 딱 봐도 고가의 반지인데 이렇게 막 줘도 되는 건가. 미안이 집어 들기를 머뭇거리자 승서가 냉정한 표정으로 말했다.

"강 형사님께서 당신에 대해 조리 있게 설명해 주셨지만 아직 완전히 신뢰하지는 못하고 있습니다."

"그러니까 증명해 봐라 이거죠?"

미안의 말에 그가 고개를 끄덕였다. 탁자에 내밀어진 반지를 보던 미안은 승서를 힐끗거리며 보다가 손가락을 까딱했다.

"반지는 의뢰와 연관된 거니 함부로 건드릴 수 없어요. 대신 그 시계 주세요."

그녀의 손짓에 승서는 손목에 차고 있는 은색 시계를 보았다. 그의 눈빛에 의심스러운 기색이 스쳤지만 군말 않고 시계를 풀었다.

시계를 받아 든 미안은 차가운 은빛이 손안에서 반짝이자마자 머리에 영상이 명멸하는 걸 느꼈다. 시계를 염주처럼 돌리며 과거를 천천히 읽던 미안은 당장에라도 멀 것 같은 눈가를 문지르고선 "으음." 하고 신음했다.

"어머니가 선물해 주신 시계인가 봐요."

힘이 드는 듯 눈가를 손바닥으로 누른 미안은 심호흡을 하고 말을 이었다.

"대학교 입학선물. 맞아요?"

"네, 맞습니다."

"시계랑 차도 같이 선물 받으셨네요. 제가 차에는 문외한이라 뭔지는 모르는데 시계와 똑같이 은색이네요."

"……."

"더 읊어 드릴까요?"

시계를 탁자에 내려놓은 미안이 한숨을 삼키며 물었다. 은색 시계를 도로 손목에 채운 승서는 "아니요, 충분합니다."라고 말했다.

강 형사가 '과거를 읽는' 여자가 있다고 말해서 무슨 유치한 농담인가 했더니, 진짜였다.

그는 어쩌면 이 여자가 자신의 잃어버린 서른한 살을 찾아 줄지도 모른다고 생각했다. 애인은 승서의 주변인들과 친하지 않았기 때문에 추억을 읊어 줄 사람이 없었다. 언제나 애인이 들려주었지만 마치 남의 이야기를 듣는 어색함만 들 뿐이었다. 거기다 승서는 열렬히 사랑했다던 애인을 지금은 사랑하지 않는다. 기억과 함께 감정도 소실되어 버린 걸까.

그렇기에 승서는 더욱더 서른한 살이 궁금해졌다.

"의뢰, 받아 주시겠습니까."

승서가 정중히 묻자 미안은 손바닥으로 얼굴을 문지르더니 조금 고민하는 얼굴을 했다. 꽤 앳돼 보이는 얼굴을 한 그녀는 주먹 쥔 손을 입술에 갖다 대고 한참을 조용히 하더니 곧 고개를 끄덕였다.

"그러죠."

탁자에서 서류와 볼펜을 꺼낸 미안은 "계약사항입니다. 읽어 보세요."라고 말했다.

승서는 계약사항 3조에 '갑은 을의 말을 의심하지 않는다.' 라는 문구를 보았다. 그리고 곧장 4조에 '의뢰 내용에 한하여 을은 갑에게 거짓말을 하지 않는다.' 라는 문구를 읽었다.

계약기간이 3개월인 것을 포함해 의외로 철저한 계약서다. 10개나 되는 조항을 꼼꼼하게 읽은 승서는 아래에 날짜를 기입하고 사인을 했다.

계약서 중 한 장을 승서에게 내민 미안은 반지를 종이로 슥 밀었다. "내일 다시 오세요."라고 말한 그녀는 계약서를 서류철에 끼워 넣고선 빙긋 웃었다.

"오늘은 제가 일이 많아서요. 이게 정신력이 꽤 딸리거든요."

"그럼 내일 오전 열 시에 다시 방문하겠습니다."

"물건 챙겨 오시는 것도 잊지 마시고요."

미안은 고개를 짧게 숙이고 사무실을 떠나는 승서의 뒷모습을 말끄러미 보았다. 철문이 닫히는 소리를 들은 그녀는 볼펜으로 머리를 긁으며 "와, 골치 아프네." 하고 혼잣말을 했다.

교통사고에, 부분 기억상실에, 애인과의 약혼에, 거기다가 돈도 많아? 승서가 준 명함을 쳐다본 미안은 서항건설 전무이사라고 적힌 걸 보며 혀를 내둘렀다.

서항건설이라면 꽤 유명한 국내 기업이었다. 미안이 지내고 있는 이 건물도 서항건설에서 지었다. 건물은 제대로 지었지만 자리가 좋지 않아 가게들이 속속들이 망해 그녀가 3층 일부를 값싸게 넘겨받은 것이었다.

수첩을 내려놓은 미안은 연거푸 마른세수를 했다. 능력이 거짓이 아님을 증명하느라 또 과거를 읽었다. 대체 오늘 몇 번이나 타인의 과거를 엿본 건지. 머리가 깨질 것 같다. 이게 밥 먹듯이 마구 되는 게 아닌데 말이야.

지끈거리는 이마를 손바닥으로 누르며 옆으로 고꾸라진 그녀는 방금 전까지 승서가 앉아 있던 자리를 보았다.

"서항건설 최승서 전무이사라……."

이거, 아무래도 고생길이 훤해 보이는 건 분명 착각이겠지?

차에 올라탄 그는 전당포가 위치한 3층을 쳐다보곤 시동을 걸었다. 어머니께 대학 때 선물 받은 BMW는 워낙 아끼는 애마인지라 저택에 두고 대신 다른 차를 끌고 왔는데 설마 그 여자가 그 과거를 엿볼 줄이야.

 과거를 읽는다는 특수함 때문일까. 승서의 눈에 미안은 꽤 특이해 보였다. 이름도 특별함에 단단히 한몫하는 것 같지만 행동거지도 마찬가지였다. 그녀 자체가 거슬린다기보다는 단순히 묘했다. 쳐다보는 시선에 담긴 나른함 때문인지 왠지 빨려 들어가는 듯한 착각에 휩싸였다.

 액셀을 밟은 승서는 손가락에 다시 끼운 반지를 슬쩍 내려다보았다. 지금쯤 유라는 무엇을 하고 있을까. 기억이 돌아오지 않다 보니 이제는 그도 의문이었다. 아무리 그렇다 해도 사랑했던 여자인데 함께 있다 보면 자연히 사랑에 빠져야 하는 게 정상 아닐까. 기억이 없어졌다고 감정까지 사라진단 말인가. 오히려 지극정성인 유라가 불편했다. 돌아오지 않는 기억 때문인지 가끔 미안하기도 했지만 그것은 사랑의 감정과는 별개였다.

 사고를 당하고 회사를 일 년간 쉬었으니 이제 슬슬 복귀해야 한다. 집에서도 유라와 결혼을 올릴지 말지 결정하라고 닦달이었다. 그러니 승서에게 '미얀'이라는 여자의 능력은 하나의 도박이었다.

 유라를 곁에 두고 잘 때마다 승서는 악몽에 시달렸다. 가드레일에 차를 들이박고 그대로 고꾸라지는 꿈이었다. 꿈속에서 정신을 잃고 현실에서 눈을 뜨면 다행인데 그는 꿈에서 헤어 나오지를 못했다.

 그리고 어째서 사고 당시 에어백이 터지지 않았는지 의아해하며 어두컴컴한 곳을 홀로 걸었다. 묵묵히 걷는 승서는 늘 어린 최승서였다. 어둠 속 도처마다 새어머니와 이복형제들의 얼굴이 보였다. 그런 그들 옆에 아버지가 있는 걸 볼 때면 그는 소스라치게 놀라며 잠에서 깨어났다.

인사동에 있는 개인 저택에 도착한 승서는 대문 앞에 유라의 차가 주차되어 있는 걸 보고 숨을 삼켰다. 분명 그를 들들 볶을 게 뻔하다. 이야기도 없이 어디로 사라졌었냐면서.

"승서 씨?"

아니나 다를까 유라가 현관문 근처를 서성이며 발을 구르고 있었다. 승서는 차고에 주차를 하고 유라에게 다가갔다. 팔뚝이 드러나는 하얀 원피스를 입은 유라는 승서를 보자마자 불같이 화를 냈다.

"왜 전화를 안 받아요. 걱정했잖아요!"

"미안."

사과를 하자마자 승서는 '미안'을 떠올렸다. 사과 말고, 그 여자의 이름.

현관문을 열고 들어간 그는 차가운 에어컨 바람을 깊숙이 삼키며 겉옷을 벗었다. 사람들은 결혼할 사이라면 집 비밀번호를 알려 주어도 좋지 않겠냐고 말했지만 그는 인사동 저택만큼은 사적인 곳으로 두고 싶었다. 아무리 기억을 잃기 전에 유라와 열렬히 사랑하는 사이였다지만 이곳까지 유라가 마음대로 드나들게 하고 싶지는 않았다. 그래서 비밀번호를 바꾸었다. 유라가 알지 못하도록.

승서도 기억이 돌아오지 않는 게 충분히 스트레스였다. 그러니 유라의 잔소리는 바깥에서 만났을 때 듣는 걸로도 족했다.

"어디 다녀오는 길이에요? 회사?"

정장을 멀끔히 차려입은 승서를 위아래로 훑은 유라가 질문했다. 드레스룸으로 들어가 넥타이를 풀던 승서는 "개인적인 일." 하고 단조롭게 대꾸하며 거울을 쳐다보았다.

등 뒤에서 유라가 속상한 눈초리를 했지만 안타깝게도 승서는 아무렇지도 않았다. 참 신기하고 슬픈 일이다. 그토록 사랑했는데 기억이 없다는 것만으로도 이토록 무감정할 수 있다니.

"점심식사는 했어요?"

"아직."

"전골 준비할까요? 가정부가 재료 사 놨던데. 어때요?"

그에게 간편한 옷을 건넨 유라가 눈을 빛내자 그는 입맛이 없다고 대답하려다가 마지못해 고개를 끄덕였다.

차에 계약서를 두고 오길 잘했다. 승서는 "금방 차릴게요, 옷 갈아입고 나와요." 하고 말하며 부엌으로 향하는 유라의 뒷모습을 보았다.

그는 계약서에 적힌 '3개월 이내'라는 조건 안에 기억이 돌아오지 않으면 유라와 헤어질 생각이었다. 일 년이 넘도록 붙어 있었는데 아무리 애를 써도 유라를 사랑하는 마음이 생기지 않는다. 기억을 찾아야 한다는 압박 때문인지 몰라도 어쨌거나 그는 지친 상태였다.

승서는 적어도 사랑하지 않는 사람과 결혼할 마음이 없었다. 지금의 정유라는 과거의 최승서가 사랑한 사람이다. 정확히는 서른한 살의 최승서가.

그도 드라마처럼 멋진 기적이 일어나길 바랐다. 어느 날 눈을 뜨면 기억이 말끔히 돌아와 다시 유라를 열렬히 사랑하는, 그런 일이 생기기를 기도했다. 하지만 현실은 현실이고 드라마는 드라마였다. 오히려 시간이 지날수록 그는 지나치게 냉정해졌다.

편한 옷으로 입고 거실로 나간 승서는 부엌에 서 있는 유라의 모습을 불편하게 쳐다보다가 물건에 대해 질문했다.

"물건이요?"

전골 육수를 준비하던 유라는 "어떤 물건을 말하는 거예요?" 하고 물으며 고개를 기울였다. 냉수를 삼킨 그는 "아무거나. 우리 둘이 같이 샀다거나, 네가 선물해 준 물건들." 하고 대답하며 유라를 보았다.

유라는 잠시 고민하더니 "이 컵도 나랑 같이 고른 거예요." 하고 말하며 그가 들고 있는 걸 가리켰다. 'BIG HOLE'이라는 영어 로고가 새겨진 컵을 쳐다보던 승서는 전혀 몰랐다는 듯 눈을 깜빡였다. 그의 반응에 유라는 쓰게 웃으며 승서를 떠밀었다.

"거실이나 서재에서 기다려요. 금방 전골 준비할게요."

쫓겨나다시피 부엌에서 나온 승서는 하는 수 없이 소파에 앉았다. 그나저나 'BIG HOLE'이라. 마치 그의 상태를 말하는 것 같다. 그도 머리와 가슴에 거대한 구멍이 있었다. 흙을 퍼 나르고, 물을 부어도 채워지지 않는 구멍이 있다.

컵을 비운 승서는 텔레비전을 켰다. 다리를 꼬고 앉아 화면을 쳐다보던 그는 곧 핸드폰이 울리는 소리에 뒷주머니에 손을 집어넣었다.

"네, 어머니."

―점심식사 했니?

혜정의 말에 승서는 부엌에서 분주히 움직이는 유라를 보았다. 넓적한 냄비에 육수를 붓고 재료를 손질하는 걸 지켜보던 승서는 아직 먹지 않았다고 말하려다가 "네, 먹었습니다." 하고 대답했다.

―그래? 그럼 저녁땐 집에 잠깐 들르렴. 아버지가 너 좀 보자시네.

"알겠습니다. 그때 뵐게요."

통화를 마친 승서는 무덤덤한 눈길로 넓은 집을 훑었다. 본가엔 이복형제가 둘이나 더 있고 아버지와 새어머니가 있다. 그의 어머니를 밀어내고 서항건설 안주인이 된 여자와 그 아이들이.

그저 황당한 일이 아닐 수 없었다. 난데없이 승서의 어머니에게 이혼을 요구한 최 회장은 곧바로 새 부인을 들였는데 애가 둘이나 딸린 여자였다. 놀랍게도 두 아이 모두 최 회장의 아이들이었다. 그것도 승서보다 나이가 두세 살이나 많은. 간통죄를 저지른 건 최 회장과 새어머니였는데 집안에서 나쁜 건 늘 승서였다.

혜정은 후처였는데도 불구하고 참하다며 집안사람들에게서 애정을 듬뿍 받았다. 듣자 하니 최 회장과 혜정은 죽고 못 사는 관계였단다.

그래서 사람들은 당연히 혜정이 낳은 아들 주하가 후계자가 될 줄 알았다. 승서도 그렇게 될 줄 알고 스무 살만 되면 본가를 뛰쳐나가 제 진짜 어머니와 같이 살리라 마음먹었는데 어째서인지 최 회장은 후계자로 그를 지명했다.

"승서 씨, 다 됐어요. 와서 식사해요."

그는 어느샌가 보글보글 끓고 있는 전골을 보았다.

어머니는 아버지에게 버림받고 상처를 입었다. 시간이 흐를수록 서서히 시들었다. 아버지는 어머니를 '사랑한다'고 말했는데 혜정을 뒤에 숨겨 두고 어머니를 사랑했다는 건 대체 무슨 수작이었던 걸까.

"승서 씨?"

"응? 아냐, 아무것도. 잘 먹을게."

「그 첩이 낳은 것들이 절대로 아무것도 가지지 못하게, 꼭 네가 그 사람 뒤를 이어야 해. 그게 이 엄마의 유일한 바람이야, 승서야.」

어머니는 죽는 순간까지 혜정과 그 여자가 낳은 아이들과 최 회장을 미워했다. 유라가 접시에 담아 주는 소고기와 버섯을 쳐다보던 승서는 기묘한 위화감에 휩싸였다.

대체 정유라의 어디를 보고 반했을까. 어떤 모습을 사랑했을까.

승서는 역시 사랑하거나 사랑하지 않는 일엔 정답 같은 게 없다고 생각했다. 그리고 앞으로도 미안이 알려 주게 될 자신의 과거에 대해서도, 승서는 아무것도 확신을 할 수가 없었다.

"아 진짜, 강 형사님 자꾸 이럴래요?"

미안은 육개장을 허겁지겁 먹는 강 형사를 보며 신경질을 부렸다. 그렇게 자기 이름 팔아먹지 말라고 주의를 줬건만. 그녀는 지금 강 형사에게 화를 내고 있었다. 승서에게 자신이 과거를 볼 줄 안다는 걸 나불거리다니, 하여간 자각이 있는 거야, 없는 거야!

"야야, 나도 최승서가 진짜로 너 찾아갈 줄 몰랐다니까."

"진짜로 왔다고요. 그것도 선금으로 신사임당만 잔뜩 들고."

형사를 때려치우고 사설탐정으로 일하기 시작한 강 형사는 가끔 미안에게 이것저것 정보를 일러 주곤 했다. 그녀는 능력으로 인해 종종 거대한 일에 휘말리고는 했는데 그때마다 강 형사가 동아줄을 자처했다. 그만큼 미안에게 강 형사는 친오빠 같은 사람이었다.

"최승서, 그 양반도 어지간하네."

"왜요?"

어쨌거나 의뢰를 받았으니 손님에겐 친절해야지. 미안이 승서의 이야기에 관심을 보이자 강 형사가 씩 웃었다.

"궁금하면 정보비를 내놔야지."

"육개장 샀잖아요."

"쩨쩨하기는. 그래, 까짓것 내가 선심 쓴다."

선심 좋아하셔. 매일 얻어먹는 주제에. 눈을 흘기면서도 수첩을 집어 든 미안은 강 형사의 입에 신경을 집중했다.

"그 교통사고 말이야. 최승서가 시속 백삼십 킬로미터로 주행하다가 가드레일에 들이박은 거거든?"

"세상에, 일반도로에서요?"

"아, 그렇다니까. 근데 그 값비싼 외제차가 에어백이 터지질 않았어요. 그래서 사달이 났던 거지. 차체도 조사를 했는데 에어백이 안 터진 건 단순한 오작동이라는 결론만 나왔고. 하여간 그놈도 미친놈이야. 백삼십이라니, 말이 돼?"

결국 교통사고는 완벽하게 최승서 씨 실수라는 건데. 혹여나 사건에서 과거로 가는 열쇠를 얻을 수 있을까 싶었는데 헛수고였다. 그나저나 일반도로에서 그 정도 속도로 달리다니. 그건 거의 자살 수준 아닌가?

수첩에 130km라고 적은 미안은 입술을 삐죽였다. 이번 의뢰는 말이 기억상실이지 한마디로 '연인과 함께했던 과거'를 되찾아 달라는 말이었다. 정말이지 불편한 의뢰인이다. 여태까지 온갖 수를 다 썼는데도 기억을 찾지 못했다면 그녀가 아무리 과거를 읊어 줘도 남 이야기처럼 들릴 뿐일 텐데.

거기다 미안은 그 능력으로 인해 부모에게서 버림받은 과거가 있었기에 능력을 죽도록 지우고 싶었는데도, 결국 남의 과거를 보는 걸로 먹고살아 가고 있다. 아이러니한 일에 씁쓸하게 웃은 미안은 수첩을 크로스백에 집어넣고 젓가락을 집었다.

"제가 부탁드린 건 좀 알아보셨어요?"

"아, 맞다. 그거!"

그녀의 말에 강 형사가 그제야 생각났다는 듯 주머니를 뒤적거렸다. 영수증과 잔돈들 틈바구니에서 조잡한 금반지를 꺼낸 강 형사는 "야, 나 이거 의뢰비 꽤 많이 받아야 한다."라고 진지하게 말하며 그것을 미안에게 건넸다.

"역시 강 형사님은 능력이 좋다니까. 어떻게 찾았어요?"

"어떻게 찾긴 인마. 그 영수증 한 장 가지고 인천 시내 다 뒤졌지. 계속 뒤져 봤더니 웬 잡화점 할아버지가 보관하고 있더라."

금반지를 받아 든 미안은 활짝 미소 지었다. 그녀는 종종 사적인 물건을 찾아 주는 일도 했는데 웬 기품 있는 노부인이 찾아와 미안에게 'IMF 때 전당포에 판 결혼반지를 되찾게 도와 달라.'고 의뢰했다.

과거를 더듬는 데엔 길어 봤자 3년이 한계였는데 그 이상을 읽으려면 머리에 쥐가 나도록 집중을 하고 얼굴이 하얗게 질리도록 체력을 써야 했다.

노부인이 가져온 것이라곤 전당포 영수증 한 장뿐이어서 결국 미안은 강 형사의 힘을 빌려 금반지를 추적했다.

"의뢰비 반 드릴게요, 그럼 되죠?"

미안은 잃어버릴세라 가방에 들고 다니는 원형 통에 반지를 집어넣었다. 그리고 그녀는 "딱 절반이에요."하고 말하며 돈 봉투를 강 형사에게 내밀었다.

"너무 많이 주는 거 아니냐?"

"이번 건 좀 힘든 거였으니까요."

봉투 속에 든 돈의 액수를 가늠해 본 강 형사는 "하긴, 힘들었지."하고 동의하며 고개를 끄덕였다.

"근데 뭐 하는 할머니기에 돈을 이렇게 많이 주냐? 이거 심지어

선금이잖아."

액수를 센 강 형사가 혀를 내두르며 말했고 미안은 어깨를 으쓱했다.

그녀를 찾아오는 손님들은 천차만별이다. 잘사는 사람, 못사는 사람, 평범한 사람. 대충 그녀에 대한 소문을 듣고 찾아오는 사람들은 대부분 어느 정도 재력이 있는 사람들에 속했고 덕분에 미안은 잘 먹고 잘 사는 중이었다. 있는 사람들일수록 뒤가 켕긴다더니, 진짜였나 보다.

"근데 그 반지, 도금이던데."

육개장 한 그릇을 뚝딱 해치운 강 형사가 중얼거렸다.

"도금이면 어때. 소중한 거니까 되찾고 싶었나 보죠."

노부인은 꽤 절박해 보였다. "아가씨가 도와줄 수 있다는 소문을 들어서 왔어요."라고 말하며 미안의 손을 꼭 잡는데, 그녀는 그 모습에서 할매를 보았다. 버려진 자신을 거두어 주고 여태까지 사랑해 준 할매를. 그동안 반지를 찾지 못해 노부인을 헛걸음하게 만들었는데 이제는 다행이었다.

식당 앞에서 강 형사와 헤어진 미안은 곧장 사무실로 향했다. 노부인에게 반지만 돌려주면 오늘 일은 모두 끝이다.

소파에서 두 다리 쭉 뻗고 잠들 생각에 벌써부터 몸이 나른해졌다. 내일은 최승서 씨만 상대하고 바로 병원에 가야지. 뻐근한 어깨를 돌리며 승강기에서 내린 그녀는 전당포 앞에 서 있던 노부인을 보고 고개를 꾸벅 숙였다.

"안녕하세요."

아이보리색의 정장을 입은 노부인은 미안을 보고 "기다리고 있었답니다." 하고 말했다.

"여기. 찾으시던 거예요."

가방에서 통을 꺼내 반지를 보여 준 미안은 노부인의 얼굴을 살폈다. 금반지를 찬찬히 눈여겨보던 노부인은 반지 안쪽 칠이 벗겨진 곳에 새겨진 글씨들을 발견하곤 눈물을 글썽거렸다.

"맞네요. 이게 맞아요."

돋보기안경을 추켜올린 노부인은 떨리는 목소리로 말했다. 찾아 줘서 고맙다는 말을 한 노부인은 미안에게 약속한 사례금보다 더 많은 금액을 쥐여 주었다.

노부인이 복도에서 멀어지는 걸 쳐다보던 그녀는 금반지를 쥐었던 손을 만지작거렸다. 아무래도 그 금반지는 전당포에 팔린 이후 누군가 손가락에 끼우거나 소중히 여겨진 적이 없는 모양이다.

반지에 손이 닿자마자 의도치 않게 과거를 읽어 낸 미안은 노부인과 닮은, 중년의 여자를 보았다. 누군가와 손을 꼭 잡고 있는 장면이었는데 노부인의 남편인 걸까. 비상계단을 돌아 사무실 안으로 들어간 미안은 가방을 탁자에 던지고 소파에 드러누웠다.

"부럽다."

아무것도 없는 손을 쥐락펴락한 미안은 언제 누구와 손을 마주 잡아 보았는지 생각해 보았다. 초등학교 때 소풍을 가서 짝꿍의 손을 잡은 게 고작인 것 같은데. 깍지를 끼운 손을 뒤통수에 가져다 댄 그녀는 눈을 감았다.

지워 버렸으면 하는 과거가 많은 미안으로서는 옛날 일에 집착하는 사람들이 이해가 가지 않았다. 차라리 미래를 보는 능력이었으면 좋았을 텐데. 그랬다면 당장 로또에 주식까지 샀을 것이다. 떼돈을 번 자신을 상상한 미안은 홀로 키득키득 웃고는 몸을 비스듬히 기울였다.

당분간은 최승서가 주고 간 돈으로 먹고살 수 있으니 의뢰는 받지 말자. 병원에 홀로 있을 할매를 떠올린 미안은 손을 꼭 그러쥐고는 눈을 감았다. 내일은 할매가 좋아하는 감귤주스 사 가야지, 하고 생각하면서.

"……꽤 급하셨나 봐요?"
미안은 오후 늦게 다시 사무실에 들이닥친 승서를 보며 나직하게 물었다.

비상계단 쪽에 있는 철문을 쾅쾅쾅 두드리는 소리에 잠이 깬 미안은 이게 웬 날벼락인가 싶었다. 사무실에 들이닥친 건 누구도 아닌 최승서였다. 무척 다급한 표정을 지은 승서는 책을 한 권 들고 왔는데 다짜고짜 그걸 그녀에게 내밀며 "과거를 읽어 주시겠습니까."라고 말했다.

어찌나 당황스럽던지. 막 일어난 상태라 머리 상태가 영 엉망이었던 미안은 세수를 하지도 못하고 그와 마주 보고 앉은 상태였다.

아, 오늘은 진짜 더 이상 일하기 싫은데. 미안이 진심으로 피곤한 듯 마른세수를 하자 승서가 지갑에서 수표 두 장을 꺼냈다. 이 남자는 지천에 널린 게 돈이요, 수표인가. 뭘 이리 아무렇지 않게 내미는 거야.

탁자에 다소곳하게 내려앉은 수표를 보며 눈썹을 찡그린 그녀는 한숨을 내쉬었다. 이 죽일 놈의 돈. 하는 수 없이 책을 집어 든 미안은 책 페이지 몇 장을 지저분하게 물들인 얼룩을 보고선 고개를 갸웃했다.

"커피인가요?"
별생각 없이 묻자 승서가 "아뇨." 하고 대답했다. 커피가 아니야? 그럼?

갈색의 얼룩을 빤히 보던 그녀는 손가락으로 그것을 문질러 보았다. 오래된 얼룩이라 냄새도 나지 않는데 그는 그저 "그 책에 어떤 일이 있었는지 봐 주십시오." 하고 자꾸 미안을 재촉했다.

하는 수 없이 책을 양손으로 움켜쥐고 바닥난 집중력을 끌어 올린 그녀는 이내 눈썹을 흠칫 떨었다.

무언가 와장창 깨지고, 날아가고 둔탁하게 얻어맞는 소리가 연달아 들린다.

머릿속에 재빠르게 지나가는 영상에 정신이 아찔해진 미안이 헛구역질을 했다. 집중력이 바닥을 드러내는 걸 느낀 미안은 영상에서 흐릿하게 들리는 소리에 집중을 했지만 머리가 깨질 듯이 아파 도중에 포기하고 말았다. 하지만 다른 건 다 몰라도 이건 확실하다. 이 책이 펼쳐져 있을 때 누군가 거칠게 싸운 모양이다.

페이지에 튀어 있던 갈색 얼룩을 응시한 그녀는 그게 커피냐고 물었을 때 아주 단호하게 아니라고 대답한 승서를 보았다. 기억을 잃은 양반이 이게 어떻게 커피가 아니라는 걸 알았지?

"대판 싸우셨나 봐요. 이거, 커피가 아니라 코피네요. 코피."

어감이 비슷하긴 하지만 엄연히 다르다. 얼룩이 피라는 말에 그는 잠깐 눈썹을 험악하게 찡그렸지만 이내 표정을 바로 했다.

"누구와 싸웠는지도 알 수 있습니까?"

"어, 글쎄요. 이 책을 그 사람에게 던졌다거나 했다면 확실히 보였겠지만 싸우실 때 책은 그냥 그 근처에 펼쳐져 있던 것 같은데요. 그래도 싸운 사람이 남자인 건 확실합니다. 둘 다 굵은 목소리였거든요."

그리고 한 사람은 백 퍼센트 최승서다. 뭐가 그렇게 노여운지 눈에 살기를 담은 채 소리를 지르고 있었지만 중반은 집중력이 다해 기억나지 않는다. 그냥 과거를 읽자마자 「당장 내 앞에서 꺼져.」라고 으르렁거리던 그의 목소리만 기억났다.

승서는 힘에 부쳐 보이는 미안의 얼굴을 쳐다보다가 시선을 책에 고정했다.

본가에 갔다가 "언제쯤 회사에 복귀할 테냐."라는 최 회장의 말을 들은 그는 아버지와 마주 보고 있는 구도가 미묘하게 거슬린다는 걸 느꼈다.

최 회장은 책상 너머에 서 있었고 책상엔 책과 서류가 펼쳐져 있었는데 어쩐지 그 장면을 어디선가 본 기억이 있다는 기시감이 머리를 덮쳤다. 회사 복귀 날짜를 의논하자마자 인사동 개인 저택으로 돌아온 그는 서재를 샅샅이 뒤졌다.

꽂혀 있는 수백 권의 책을 하염없이 뒤지다가 경영학 영어원서를 찾아냈는데 직감적으로 그 책에 무언가가 있다는 걸 알았다. 페이지에 묻어 있는 얼룩부터가 심상찮아 다짜고짜 미안을 찾아왔는데 그녀는 책에서 과거를 읽자마자 "대판 싸우셨나 봐요."라고 말했다.

그는 여전히 미안을 불신했지만 그녀가 한 이야기는 유라로부터 들은 적이 있는 이야기였다. 이복형인 주하가 종종 인사동에 들이닥쳐 그와 말다툼을 벌였노라고. 실제로도 주하와 승서는 사이가 좋지 않았다.

"그런데 어떻게 아셨어요?"

"네?"

기억을 더듬으려 애를 쓰던 승서는 미안의 물음에 조금 눈썹을 찡그렸다. 그녀의 말이 무슨 의미인지 알지 못해 입을 가만히 다물고 있자, 미안이 페이지에 튄 얼룩을 가리키며 다시 물었다.
"이거요. 커피가 아니라고 확신하셨잖아요."
"그건……."

순간 승서의 말문이 막혔다. 미안의 지적에 당황했는지 그는 손으로 턱을 쓸어내렸다. 그러고 보니 어떻게 확신했지? 스스로가 내뱉고도 인지하지 못한 모양이다. 승서는 미안의 시선에 머뭇거리다가 "잘 모르겠습니다." 하고 작게 답했다.

"그럼 그 물건은 제 애인과 관련이 없는 겁니까?"

그는 자리에서 일어나 싱크대로 향하는 미안에게 물었다. 가스레인지에 주전자를 안친 미안은 "글쎄요?" 하고 가볍게 대꾸하며 찬장에서 커피를 꺼냈다.

"오늘 제가 상태가 영 안 좋아서요. 지금 쓰러지기 일보 직전이거든요. 책 두고 가시면 좀 더 봐 드릴 수는 있는데."

솔직히 이번 일은 아주 애매하다. '서른한 살'에 한정된 기억만을 찾아야 하는 데다 벌써 몇 년 전 일이라 당시 기억이 물건에 고스란히 남아 있으리란 보장도 없었다. 의뢰를 제대로 수행할 수 있을지 없을지도 반신반의인데 이 남자가 꽤 적극적으로 나온다. 싱크대에 기댄 그녀는 책을 내려다보는 승서를 응시하다가 머리를 긁적였다.

"손님만 괜찮으시다면 제가 한 번 집에 가보고 싶은데요."
"집 말입니까?"

그녀의 말에 승서가 차갑게 눈을 치떴다. 승서의 눈에 '집에 외부인을 들이기 싫다.'는 무언의 말이 가득하다. 하지만 미안은 그녀대로 곤란했다. 어쨌거나 3개월 안에 의뢰를 완료해야 하는데 이건 너무 특수하고 특별한 일이었으니까.

"최승서 씨가 가져올 물건들에 죄다 애인분과의 기억이 있을 거라고 누가 장담하나요. 안 그래요? 거기다 보시다시피 저도 남의 과거를 엿볼 때마다 아주 죽을 것 같거든요. 근데 의뢰와 관련 없는 기억이면 아주 맥 빠진단 말이에요."

미안의 말에 승서는 무작정 싫은 표정을 숨기고 곰곰이 생각을 해 보았다. 분명 인사동 개인 저택에 유라가 날라 놓은 물건들이 있는 건 확실하다. 하지만 그는 미안을 완전히 신뢰하지 않았다. 능력에 대한 일이면 모를까 인간성에 대해선 알지 못했으니까. 그러나 기억을 되찾고 싶다는 열망이 있었기에 승서는 미안의 제안을 진지하게 생각해 보기로 했다.

"내일 찾아뵐 때 확답해 드려도 되겠습니까."

"물론이죠. 상관없어요. 아, 책은 두고 가실래요?"

그녀의 말에 승서는 턱을 살짝 주억거렸다. 미안은 책 옆에 가지런히 놓인 수표를 쳐다보았다. 이 일이 의외로 짭짤하긴 한데 보수가 괜히 어마어마한 것 같아서 좀 양심에 찔린다.

미안은 "늦은 시간인데 실례했습니다."라는 말과 함께 철문 너머로 사라지는 승서의 뒤통수를 보았다. 머그컵에 커피를 탄 그녀는 여전히 싱크대에 몸을 기댄 채 조용히 그가 사라진 철문을 응시했다.

조금 이상한 남자. 미안의 머릿속에 최승서의 이미지가 그렇게 박혔다. 머리부터 발끝까지 냉철함과 타인에 대한 경계로 똘똘 뭉친 사람이 어째서 기억에 그토록 집착하는 걸까. 그와 같은 부류는 흔히 미안을 '사기꾼'이라고 생각하기 십상이었다. 그만큼 '서른 한 살'이라는 기억에 절박하다는 걸까.

커피를 홀짝인 미안은 소파 쪽으로 다가가 승서가 두고 간 수표와 책을 번갈아 보았다. 수첩에 '책(코피)'과 '누군가와 심하게 다툼.'이라고 기입한 그녀는 어느새 해가 진 바깥을 보고선 반쯤 남은 커피를 개수대에 버렸다. 그리고 소파에 드러누워 사탕을 입에 물고 짧게 보았던 최승서의 과거를 다시 짚어 보았다.

그가 과거에 다툰 건 남자였다. 최승서와 어떤 남자. 저렇게 침착하고 냉정한 사람을 분노하게 한 남자는 누구일까. 애인과 연관이 있는 일일까?

이 의뢰는 무려 일 년이나 되는 기억을 읽어야 한다. 의뢰인과 친해지지 않도록 조심해야 하는데.

커피를 마셨는데도 졸린지 눈을 비빈 미안은 하품을 했다. 어차피 죽을 때까지 함께 사는 건 할매뿐이야. 몸을 돌려 누운 미안은 낡은 소파를 쳐다보며 속으로 그렇게 중얼거렸다.

'할매 보고 싶다.'

더운 여름임에도 불구하고 춥다고 느낀 미안은 몸을 웅크리며 눈을 감았다.

인사동 자택 앞에 도착한 승서는 운전대를 잡은 채 미안의 말을 곰곰이 되씹었다. 감시받는 건 회사에서도 충분했기에 인사동 집에만큼은 감시카메라를 설치하지 않은 그였다.

집에서조차 타인의 시선을 감당해야 하는 게 싫었지만 미안의 말도 일리가 있었다. 기억을 찾는 걸 최우선으로 한다면 그녀를 집에 들여야 한다. 그게 지름길일 테니까. 주머니에서 핸드폰을 꺼낸 승서는 누군가에게 전화를 걸었다.

"네, 접니다. 개인적으로 부탁드릴 일이 있습니다. 네. 사람 한 명을 조사해 주셨으면 합니다."

비서에게 미안에 대한 정보를 일러 준 승서는 통화를 마치고 한숨과 함께 생각했다. 대체 언제부터 이렇게 사사건건 의심하는 사람이 되었을까. 하지만 아무리 기억을 되짚어 봐도 떠오르는 게 없었다. 최 회장과 돌아가신 어머니가 떠오르긴 했지만 그는 도리질을 하고 차에서 내렸다.

책과 연관된 가장 큰 과거는 승서가 헐레벌떡 책꽂이에서 책을 꺼내 든 것이 아닌 '누군가' 와 싸운 것이었다.

아침에 눈을 뜨자마자 그가 두고 간 책을 다시 한 번 되짚어 본 미안은 상쾌한 정신력과 든든한 체력을 기반으로 이번엔 확실히 과거를 읽어 내었다. 글쎄. 얼마나 오래된 과거일까. 그녀가 본 기억은 기껏 해 봤자 1, 2년쯤 된 과거 같았다.

「그 입 다물어.」

치솟는 분노를 꾹 참은 승서는 남자의 멱살을 잡고 있었다.

「멍청한 새끼 같으니. 정유라 말을 곧이곧대로 믿어?」

「당장 내 앞에서 꺼져.」

남자의 얼굴에 주먹을 갈긴 최승서는 「두 번 다시 내 앞에 나타나지 마.」라는 말과 함께 남자를 또 한 대 때렸다.

승서가 남자를 밀쳐 내고 주먹을 내지를 때 쨍그랑 하고 깨지는 소리가 들렸는데 그게 무엇인지는 보이지 않았다. 최승서에게 얻어맞은 남자가 코피를 터뜨린 걸까. 책에 묻은 얼룩을 어루만지던 미안은 '정유라' 라는 이름을 떠올리고는 미간을 찌푸렸다. 두 사람의 대화만 보자면 그건 분명 여자의 이름이었다.

그나저나 살벌하구만. 휘파람을 분 미안은 책에서 손을 거두며 소파에 등을 묻었다. 가뜩이나 웃지 않는 남자가 화를 내니 더 무서웠다. 살기등등하던 승서의 얼굴을 떠올린 그녀는 수첩에 '턱 밑에 상처가 있는 남자'와 '싸움'을 적었다.

열한 시가 다 되어 가니 곧 그가 도착할 것이다. 미안은 미리 철문의 자물쇠를 풀어 두었다. 승서가 도착하기 전에 차라도 끓여 놓으려는데 철문이 끽, 하고 열렸다.

"어라? 일찍 오셨네요."

어제와 마찬가지로 정장 차림인 승서를 본 미안은 빙그레 웃었다. 정말이지 성실한 남자다. 약속한 시간이 되려면 아직 십 분 정도 남았는데 부러 일찍 온 것 같았다.

"앉아서 기다리세요. 차 준비해 드릴게요."

소파에 앉은 승서는 탁자에 반듯하게 놓인 책과 수첩을 보았다. 수첩을 열어서 무엇이 적혀 있는지 보고 싶었지만 손을 대지는 않았다.

그는 알 수 없는 노래를 흥얼거리며 컵에 뜨거운 물을 붓는 미안을 응시했다. 어깨까지 오는 머리를 낮게 묶은 미안은 후크송 같은 걸 발랄하게 부르더니 곧 승서를 보곤 "녹차가 좋으세요, 커피가 좋으세요?" 하고 물었다.

"전 아무거나 괜찮습니다."

그의 말이 떨어지기 무섭게 가루녹차를 탄 미안은 쟁반에 과자와 차를 담고선 소파로 향했다.

"드세요."

"감사합니다."

승서는 녹차와 함께 나온 녹차과자를 보고선 살짝 웃었다. 차와 과자가 묘한 매치라고 생각하며 웃음을 숨기자 미안이 "왜 그러세요?" 하고 물으며 고개를 갸웃댔다.

"아뇨, 아무것도."

싱거운 승서의 대답을 들으며 소파에 앉은 미안은 어제 그가 주고 간 책을 집어 들었다.

"정유라 씨가 누군가요?"

녹차를 호호 불어 한 모금 삼킨 그는 미안의 입에서 나온 이름에 눈썹을 위로 추켜올렸다. 생각 없이 미안에게 맡긴 책이었는데 아무래도 무언가 나온 모양이다.

"제 애인입니다."

"아, 결혼하기로 한?"

"네."

미안은 턱을 한 번 끄덕이는 승서를 보고선 "흐음."하고 중얼거렸다. 결혼하기로 약속한 애인의 이름이 낯선 남자에게서 튀어나왔다? 그녀는 아리송한 표정으로 뺨을 쓸어내렸다. 아무래도 안 좋은 조짐이 보이지만 선금도 받았고 계약도 했으니 낱낱이 고하는 수밖엔 없다.

본 기억을 그대로 읊은 그녀는 말을 하는 내내 승서의 표정을 살폈다. 찻잔을 손바닥에 얹고 차분한 표정으로 미안의 말을 듣던 승서는 "그렇습니까."라는 말을 끝으로 아무런 반응도 보이지 않았다. 화를 내지도, 슬퍼하지도 않았다.

정말로 정유라라는 애인을 사랑한 게 맞는 걸까 의심이 갈 만큼 그는 일관된 태도를 보였다.

"더 궁금하신 건 없고요?"

책을 그에게 내밀며 묻자 승서는 "이 정도면 충분합니다."라고 답했다. 싱거운 남자. 정말로 기억을 되찾고 싶은 거긴 한 걸까. 미안은 어쩌면 이 남자가 명분을 만드는 건 아닐까 하는 의구심이

들었다. 이만큼까지 노력했으니 기억이 돌아오지 않는 건 어쩔 수 없다, 그러니 나는 너를 사랑하지 않는다, 헤어지자, 라는.

힐끗 승서를 쳐다본 미안은 그가 꺼내는 물건들을 유심히 관찰했다. 카메라와 우산, 그리고 그가 끼고 있던 반지. 미안은 거침없이 카메라를 집어 들었다. 고가로 보이는 카메라를 여기저기 살피던 그녀는 조리개를 만지작거리다가 눈을 살짝 찡그렸다.

고작 하루지만 승서는 미안이 과거를 볼 때마다 눈을 찡그린다는 걸 알았다. 과거를 본다는 게 아무래도 썩 쉬운 일은 아닌 모양이다. 과거를 보고 나면 그녀는 어김없이 이마를 손바닥으로 짚었고 속이 안 좋은지 떨리는 한숨을 토해 냈다.

"와, 이거 진짜……. 카메라에 이야기가 너무 많네요. 최근에도 들고 다니셨어요?"

"네. 사진을 인화할 게 있어서요. 평소에도 들고 다니는 편입니다."

거기다 그녀의 행동이나 태도로 미루어 짐작하자면 미안은 과거를 사진첩처럼 나열해 하나씩 꼽아 보는 모양이지만 그게 마음대로 되는 것 같지는 않았다. 이야기가 지나치게 많이 깃든, 그러니까 사람의 손을 자주 탄 물건의 과거를 엿볼 때마다 그녀는 몹시 힘들어했다.

어쩌면 지나간 일을 선명하게 볼 수 있다는 건 축복받은 일이 아닐지도 모른다. 왜곡되고 미화되기 때문에 추억이라고 부르는 걸지도 모르니까.

"가장 최근 걸 보고 싶어도 그게 잘 안 되네요. 되게 오래된 카메라인가 봐요?"

"고등학생 때 구입했던 물건이니 꽤 됐습니다. 애인과 같이 여행을 간 적이 있다기에 그 카메라를 사용하지 않았을까 해서 가져왔습니다만 역시 무리인가요."

승서는 카메라를 유심히 쳐다보며 골똘한 표정을 짓는 미안에게 물었다. 미안은 그를 힐끗 한 번 보았다가 "아뇨. 아니에요. 조금만 더 잘 정리하면 볼 수 있어요." 하고 답했다.

물론 기억이라는 게 그렇게 간단하게 정리되는 건 아니었다. 방대한 양의 과거를 조작해서 여기저기 움직이다 보면 미안은 뇌가 들쑥날쑥거리는 게 느껴졌고 마치 멀미를 하는 것처럼 속이 울렁거렸다.

이래서 사연 있는 물건은 과거를 들여다보고 싶지 않았다. 어렸을 땐 손만 댔다 하면 물건에 최근에 있었던 일이 머릿속으로 쑥 들어와 고역이었는데 그래도 나이를 먹다 보니 컨트롤이 되기 시작했다.

그보다 애인과 여행을 갔다면 서른한 살 때인데. 카메라를 꼭 움켜쥔 채 머릿속으로 스쳐 지나가는 기억들을 훑던 미안은「승서 씨, 이것 봐요. 바닷물이 너무 예뻐요.」라고 말하며 환하게 웃는 여자를 발견했다.

"같이 해외에 나가셨나 봐요."

"네. 몰디브에······."

"······."

"미안 씨?"

유라와 손을 잡고 유쾌할 정도로 크게 웃는 과거의 최승서를 본 미안은 약간 얼떨떨해졌다. 눈앞에 있는 최승서와 옛날의 그는 차이가 너무 심했다. 딱 봐도 애인을 사랑한다는 게 얼굴에 뚝뚝 묻어나는데 지금은 대체 왜 저런담.

"아뇨. 애인분을 굉장히 사랑하셨구나 싶어서."

"……."

"들려 드릴까요?"

카메라를 살짝 들어 올리며 미안이 묻자, 승서는 잠깐 주저하다가 "네. 부탁드리겠습니다." 하고 대답했다.

카메라의 조리개를 만지작거리며 그녀는 눈에 보이는 과거들을 찬찬히 들려주었다. 이렇게까지 옛날이야기를 머릿속에 붙잡아 두는 건 처음이었지만 미안은 프로의식을 발휘해 가게나 음식 이름 같은 자잘한 것들도 말해 주었다.

승서는 본인의 과거였음에도 타인의 이야기를 듣는 듯 표정이 무감했다.

간간이 미안이 "어, 음. 이건 그냥 넘길게요." 하고 말하며 귀를 붉혔는데, 처음에 승서는 그런 그녀의 행동에 어리둥절했다가 뒤늦게 이해를 했다. 그가 조금 난처한 표정을 짓자 미안도 당황했는지 "아뇨, 그게!" 하고 말하며 다급히 카메라를 내려놓았다.

"뭐랄까, 어, 그 장면처럼 보이는 건…… 그러니까 빨리 감기 했어요, 빨리 감기! 패스! 진짜예요, 안 봤다고요!"

얼굴을 사과처럼 물들인 미안이 허둥거리자 그의 입에서 피식 웃음이 새어 나왔다. 과거에 유라를 사랑했다고 하니 섹스쯤이야 했겠지만 지금의 그에겐 유라와 사랑을 나눈 추억 같은 게 없었다. 지금도 정유라는 승서에게 '이름만 아는 여자'에 가까웠다.

그래서인지 미안이 카메라에 얽힌 과거로 그렇고 그런 장면들을 봤다 해도 소설처럼 들릴 뿐인데 그녀가 이다지도 곤혹스러워하니 도리어 웃음이 났다. 뭐랄까. 참 귀여운 여자다. 승서는 그렇게 생각했다.

"저는 괜찮습니다."

"……네. 그, 그래도, 진짜 안 봤어요."

"그렇군요."

"아, 웃지 마세요! 진짜라니까요!"

그녀는 웃음을 꾹 참는 승서를 보며 잘 익은 체리처럼 얼굴을 확 붉혔다. 젠장, 이게 무슨 꼴이야! 그러게 왜 카메라를 그렇고 그런 위치에 두고 그 짓을 벌였냐고! 미안은 승서에게 마구 투정을 부리고 싶었지만 고객은 왕이다.

입을 꾹 다문 그녀는 카메라에서 손을 치우고 이번엔 우산을 잡았다. 실내지만 우산을 활짝 펴 보았다. 우산은 새파란 하늘을 그대로 옮겨 놓은 것 같았다. 눈앞이 푸르게 물드는 걸 느낀 그녀는 우산대를 어깨에 얹고, 우산을 빙그르르 돌려 보았다.

"우산을 마지막으로 쓰신 게 겨울이신가 봐요?"

"글쎄요."

"아, 기억이 없으시지. 또 깜빡했네."

아이처럼 맑게 웃던 미안은 과거를 보자마자 콧잔등을 찡그렸지만 다시 헤프게 웃으며 말을 이었다.

"애인분을 마중 나가셨네요."

탁자 위에 둔 카메라를 나른하게 쳐다보며 미안이 입을 열었.

승서는 우산을 느리게 돌리며 자신의 과거를 읊어 주는 그녀를 보았다. 어딘가 철부지 소녀처럼 보이는 그녀는 소파 위에 책상다리를 한 채 유라를 마중 나갔던 어느 겨울날 이야기를 들려주었다.

"기다렸어."

유라에게 우산을 씌워 주던, 과거의 최승서가 내뱉은 말을 고스란히 입으로 중얼거린 미안은 그를 보기 위해 우산을 뒤로 젖혔다.

유라인지 뭔지 하는 여자는 아마 전생에 나라를 구한 모양이다. 이렇게 로맨틱하고 다정한 남자에게 사랑을 듬뿍 받다니. 배 아파라.

미안은 문득 미미하게 미소 짓는 승서의 속마음을 읽고 싶다고 생각했다. 그가 서른한 살의 자신을 알게 되어 기쁜 건지 아무렇지도 않은 건지, 아주 조금 훔쳐보고 싶어졌다.

"그보다 제가 말씀드린 건 생각해 보셨어요?"

우산을 접은 미안이 어느새 찻잔을 비운 그에게 물어보았다. 그녀의 말에 승서는 텅 빈 찻잔을 응시하더니 다시 미안을 마주했다.

그는 그녀의 따뜻한 갈색 눈동자를 잠시 주시했다. 쌍꺼풀이 옅은 눈을 주기적으로 깜빡이는 미안을 보던 승서는 숨을 짧게 마시고는 "그렇게 하죠."라고 받아넘겼다.

"내일 모시러 오겠습니다. 그래도 될까요."

찻잔을 놓으며 그가 정중히 물어 온다. 손가락으로 동그라미 표시를 해 보인 미안은 "그럼 내일 이 시간에?" 하고 말하며 올망졸망한 이를 드러내어 웃었다.

고른 이를 드러내며 웃는 미안에게 고개를 끄덕인 승서는 속으로 한숨을 삼켰다. 대체 무슨 생각으로 허락한 걸까. 비서에게서 여자에 대한 정보를 들을 때까지 미루어 두자고 생각했는데 충동적으로 덜컥 허락을 했다.

보석이 박힌 반지를 집는 미안을 눈여겨보던 승서는 그녀의 표정을 잠자코 지켜보았다. 눈을 찡그리고, 미간을 짓누르고, 한숨을 내쉬고, 이내 빙긋 웃는 그녀를 파헤칠 것처럼 집중해서 살폈다.

표정을 솔직하게 드러내는 미안은 창백하게 질린 얼굴로 잘도 웃었다. 웃음이 헤픈 건지 습관인지 그녀는 미소 지을 때마다 아이처럼 입을 함박 벌렸다. 단순히 웃는 것뿐인데 그 모습이 왜 이렇게 낯설게 느껴지는 걸까. 마치 '웃는다.'라는 행위를 태어나서 처음 본 기분이었다.

"전당포도 겸하시는 겁니까?"

더 이상 그녀를 보고 있다간 뇌가 과부하가 걸릴 것 같다는 생각에 승서는 시선을 돌리며 이상한 걸 물어보았다.

반지에 묶여 있던 과거를 찬찬히 뜯어보던 미안은 그의 말에 "어, 네. 원래 전당포였죠. 지금은 제가 사무실 겸 집으로 일부를 쓰는 거고요."하고 설명했다. 사무실 겸 집이긴 했지만 잠은 소파에서 자고 목욕은 대중탕에서 한다. 눈썹 사이를 긁적인 미안의 시선이 승서의 시선을 따라갔다.

창구가 닫힌 전당포 쪽을 유심히 보던 승서는 미안의 시선을 느끼고는 "여기에서 가장 오래된 물건은 뭔가요."하고 질문했다.

어차피 반지에는 승서가 평소 목욕 전 반지를 꼈다 뺐다 한 일들과 유라에게 프러포즈를 하던 순간밖에 없었다. 뭐, 벗은 승서의 몸을 살짝 감상한 건 비밀에 부쳐 두기로 하고.

"궁금하세요?"

소파 위에 쪼그려 앉아 있던 미안이 생긋 웃었다.

"할머니께서 전당포에 흥미가 많으셔서요. 보여 드릴까요?"

"……봐도 되는 겁니까?"

"그럼요. 원래 우리 할매가 하던 곳인데 지금은 찾아오는 사람도 없어요. 손님이 끊긴 지 일 년도 더 됐거든요."

미안이 열 살이 되던 해 할매가 폐지를 주워 모은 돈으로 연 곳이다. 건물이 워낙 구석진 자리에 있다 보니 이제는 이곳에 전당포가 있다는 걸 아는 사람도 없다. 창고에 쌓인 물건들은 모두 몇 년

씩 지난 물건들이고 잘 살펴보면 어딘가 결함이 있거나 고장이 났거나 사연 지긋한 것들뿐이었다.

사무실과 전당포를 나누고 있는 경계는 블라인드 하나뿐이었다. 블라인드를 걷으면 바로 전당포 창구였고 왼쪽에 창고로 가는 좁은 틈이 있었다. 창고의 불을 켠 미안은 물건들 틈에 가려진 창문을 열고선 "들어오세요." 하고 승서를 불렀다.

의외로 넓은 전당포 창고는 다양한 물건들로 가득했다. 아코디언과 하모니카를 발견한 승서는 창고에 있는 물건들이 굉장히 연식이 오래되었다는 걸 알았다. 그곳엔 요즘엔 볼 수 없는 것들이 대부분이었다. 놋수저나, 코로나 타자기, 벽걸이 전화기 등. 인사동에서 옛날 물건 전시회를 열면 흔히 볼 수 있는 것들이 그곳엔 가득했다.

"지금도 물건 받습니까?"

축음기에 쌓인 먼지를 후 불어 낸 미안은 승서의 말에 "받기야 받죠." 하고 대답했다. 그는 손바닥보다 한참 작은 소형 카메라에 조금 관심을 갖더니 그녀가 손바닥에 쥐고 있는 반지를 내려다보았다.

유라가 결혼을 결심할 정도로 사랑했던 여자라고 생각했다. 하지만 미안에게서 과거의 일부를 듣고 조금 생각이 바뀌었다. 승서는 미안의 말을 계약서에 명시되어 있는 그대로 신뢰하기로 했다.

그리고 만약 기억이 돌아오지 않는 데에 이유가 있는 거라면.

"그 반지를."

"네?"

"담보로 맡긴다면, 제가 그만큼의 가치로 뭘 받을 수 있겠습니까, 미안 씨."

"……어, 음, 그러니까…… 여기 다이아몬드가 진짜라고 하면, 음……."

그의 말에 미안이 조금 당황한 듯 손에 쥐고 있던 반지를 보았다. 이걸 담보로 맡긴다고? 미안이 눈동자를 데굴데굴 굴리자 승서는 그 모습을 보며 조용히 웃었다.

기억이 사라지는 순간 유라도 그에게서 떠난 걸지도 모른다. 무슨 연유인지는 아직 정확히 알 수 없지만 일련의 사건으로 인해 정유라를 사랑하던 마음을 과거의 최승서가 버린 것만은 확실하다.

시원섭섭해하는 승서의 옆모습을 보던 미안은 "저어, 진짜 맡기시게요?" 하고 반신반의하며 물었다. 그러자 그가 옛날 사진들이 잔뜩 담긴 사진첩을 펼치며 담담히 고갯짓을 했다.

"네."

"진짜로요?"

"네. 정말로."

"저, 고객님. 담보로 맡기시는 게 너무……."

이건 좀 아니지 않나. 미안이 난처한 듯 눈가를 누그러뜨렸지만 승서는 아랑곳하지 않고 사진첩을 집었다.

"현찰을 요구하는 건 아닙니다. 단지 맡아 달라고 부탁하는 것뿐이니까요."

적어도 그는 유라에 대한 걸 정리하거나 확실히 할 때까지 과거의 최승서가 정유라를 위해 준비해 둔 것들을 어딘가에 숨겨 두고 싶었다. 그런 의미에서 그는 이곳이 딱 적당하다고 생각했다. 아무도 찾아오지 않고 기억하지도 못하는 과거를 보는 여자가 사는, 여기 이곳이.

"책과 우산, 카메라도 모두 두고 가겠습니다."

승서는 딱히 생각을 한발 물릴 것 같지 않았다. 이기적인 남자 같으니. 그러나 손님은 왕이요, 곧 돈이라 미안은 앞머리를 헝클어뜨리며 "좋아요." 하고 도발적으로 응했다.

"현찰을 원하시는 게 아니면 뭐로 드릴까요."

"미안 씨가 감정사니 감정사가 하자는 대로 할 수밖에요."

와아, 치사해! 미안은 사진첩 안에 든 낡은 사진을 꺼내 보며 능청스럽게 말하는 승서를 쏘아보았다. 담보로 맡기고 현찰을 받아가는 게 아니면 그냥 보관함에 맡기면 되잖아.

일이 귀찮아지는 걸 느껴졌는데도 미안은 거절할 변명거리를 찾지 못했다. 어차피 이 전당포는 찾아오는 사람도 없고 창고는 단순히 물건보관함에 불과했으니까. 계약기간 동안 그와 그의 애인이 연관된 물건들을 까짓것 보관해 준다고 세상이 망하는 것도 아니었다.

"이건 현찰을 가지고 정당히 교환하는 게 아니잖아요. 원하는 걸 말씀해 보세요."

값비싼 반지에 고가의 카메라만 합쳐도 수백만 원은 될 텐데. 미안은 한 손을 허리에 얹고 승서를 올려다보았다. 사진첩을 제자리에 놓은 그는 미안의 시선에 잠시간 고민하더니 주머니에 넣은 한쪽 손을 꺼내 그녀를 가리켰다.

"그럼 현찰 대신 미안 씨의 과거를 듣죠. 그럼 됩니까?"

"……네?"

당신이 내 과거를 어째서? 대체 왜? 하필 많고 많은 것 중에 그걸? 미안이 납득이 가질 않는다는 듯 눈살을 찡그리자, 승서가 빙그레 웃었다. 미소 짓는 최승서는 어느 남자보다도 섹시했다. 자꾸 손님에게 반하면 안 되는데. 노르스름한 전구 아래 그의 미소에 넋이 나간 미안은 제 과거를 이야기해 달라던 승서의 말을 깜빡하고선 잠깐 정신을 놓았다.

"궁금해서 그렇습니다."

"궁금해요?"

창고에 울리는 그의 말에 미안이 눈을 치켜떴다.

"남의 과거를 볼 줄 아는 여자는 어떤 사람인지."

낮게 울리는 승서의 말에 미안은 냉정하게 시선을 돌리며 꿍얼거렸다.

"별거 없는데."

"판단은 제가 합니다. 싫으시면 그냥 물건을 거절하면 됩니다."

"딱히 제가 득 될 게 없는걸요. 물건을 팔 수도 없고."

미안이 퉁명스레 말하자 승서는 이번엔 재봉틀을 눈여겨보며 대꾸했다.

"상관없습니다."

"네?"

"3개월 계약기간이 지나면 파셔도 된다는 겁니다."

이 사람은 정말 하고 싶은 게 뭘까. 허리를 숙여 오래된 재봉틀을 쳐다보는 승서를 꼼꼼히 뜯어본 미안은 머리를 재빨리 굴렸다. 이건 남는 장사인가. 이득이 되는 걸까? 그렇지만 서항건설 전무이사씩이나 되는 사람이 가짜 금에, 가짜 다이아몬드로 반지를 맞추었을 리는 없고. 아아, 그놈의 망할 돈!

어금니를 꽉 깨문 미안은 "그러죠." 하고 떨떠름하게 대꾸했다.

"대신 쓸데없이 기대하지 마세요. 딱히 재미있는 인생을 산 것도 아니니까."

"기억해 두죠."

창고의 불을 끈 미안은 지끈거리는 이마를 짚으며 한숨을 삭였다. 그녀는 소파로 돌아가는 승서의 뒷모습을 보며 절로 두통을 느꼈다. 잘생기고 능력 있는 남자가 자꾸 애먼 데에 집착을 하는 것 같은 이 기분은 정말 착각에 불과한 것인가!

미안은 최승서가 자신에게 이렇게 구는 이유를 짐작하지 못해 더 갑갑했다. 갑자기 딴마음이 생겼다거나? 손님들 중엔 그녀가 여자라는 걸 이용해 짓궂은 짓을 벌이기도 했는데 그럴 때마다 의리의 강 형사가 그녀를 도와주었더랬다.

아. 갑자기 그의 집에 찾아가기로 한 게 왜 이렇게 후회가 되는 걸까. 앞머리를 벅벅 긁은 미안은 승서의 맞은편 자리에 털썩 앉았다.

그녀가 자리에 앉자마자 승서는 다리를 꼬고는 손목시계로 시간을 살폈다.

"이만 돌아가 보겠습니다. 내일, 오늘과 같은 시간에 모시러 오죠."

"저, 최승서 씨."

일어선 승서는 그녀의 부름에 아래를 내려다보았다.

무릎을 세워 품에 안고 있던 미안은 조금 석연찮은 표정이었다.

"왜 많고 많은 것 중에 과거예요?"

"그건."

"그건?"

입을 다물고 잠깐 머릿속으로 말을 고르던 승서는 자신을 애처롭게 올려다보는 미안을 응시했다. 그녀는 반지나 카메라를 팔면 돈이 된다는 계산 때문에 마지못해 응했다는 기색이었다. 하지만 그는 그런 속물적인 면모조차 솔직하게 드러내는 미안이 썩 밉지 않았다. 도리어 그 진솔함이 후련했다.

"단순히 제가 심심해서 그렇다고 해 두겠습니다."

"……저 싫어하세요?"

"설마요. 그럼 제가 일이 있어서 이만 실례하겠습니다. 내일 뵙도록 하죠."

미안은 안녕히 가시라는 말도 하지 않았다. 그녀는 머릿속이 무척 복잡한지 입을 꽉 다문 채 정말 진지한 표정을 했다. 퉁명스러운 표정조차 아이처럼 보이는 건 미안이 그보다 한참 연하여서 그런 걸지도 모른다.

"미안 씨."

"네? 어, 안 가셨어요?"

"조만간 미안 씨 이야기, 기대하고 있겠습니다."

살면서 이 정도의 변덕이나 변화는 누려도 되지 않나.

승서는 그렇게 생각하며 철문을 닫았다.

"할매. 그 사람 진짜 이상한 사람이야."

감귤주스를 뜯으며 미안은 불만을 토로했다. 입에 산소마스크를 낀 할매는 그녀의 이야기에 아무런 대꾸도 없이 그저 자고 있었다. 아니지, 원래 할매는 대답을 하지 못했다. 할매는 말도 하지 못했고 글씨도 쓸 줄 몰랐다.

그래서 어느 여자가 아이를 안고 골목길에서 「미안, 미안.」하며 울기에 그 아이의 이름이 미안인 줄 알았다. 만약 그 여자가 '아가, 아가.' 하고 울었다면 미안의 이름은 '아가' 가 되었을까. 그녀는 더 이상 눈을 뜨지 않는 할매를 보며 종종 그런 쓸데없는 생각에 빠지곤 했다.

"생긴 건 참 잘생겼는데. 어쩌면 특이한 사람인 걸지도 모르겠다."

주스를 호로록 마시며 미안은 할매의 손을 꼭 쥐었다. 갈퀴 같은 할매의 손은 못나고 거칠었는데 그녀는 그 손을 잡을 때마다 졸음이 쏟아졌다. 수세미 같은 손으로 머리며 이마를 어루만져 주던 게 생각나서 미안은 자꾸 울음이 왈칵 났다.

"할매. 진짜 자꾸 이럴래? 수술도 성공했다는데 이러면 안 되지."

할매의 머리에 커다란 종양이 있다는 걸 알았을 때 미안은 그제야 할매가 자꾸 까먹고 자꾸 애같이 굴던 걸 이해했다. 집에 있던 걸 다 팔아서 겨우 수술비를 마련했다. 수술을 하고 나니 병원비가 문제여서 결국 그녀는 사람들의 과거를 엿보는 걸로 돈을 벌기 시작했다.

"할매 이렇게 잠만 자다가 곰 된다."

미안은 수건에 물을 묻혀다가 할매의 얼굴을 살살 닦아 주었다.

"진짜 곰 되면 어쩌려고 이렇게 안 일어나? 나 등골 휘는 거 보고 싶어서 할매가 작정을 했지."

일부러 못된 소리를 한 미안은 그래도 꼼짝 않는 할매를 보며 마음이 저릿한 걸 느꼈다. 할매는 산소호흡기로 생명을 연장하고 있었다. 수술이 끝나고 눈을 떠야 하는데 손가락 하나 까딱하지 못한 채 거의 일 년이 지났다. 의사들은 할매의 뇌가 죽었다고 말했다. 그래도 미안은 한 번이라도 할매가 웃는 걸 보고 싶었다. 정말로 딱 한 번만. 더도 말고, 딱 한 번.

"……그 사람한테 우리 할매 얘기나 해 줄까?"

침대에 머리를 묻으며 그녀가 작게 혼잣말을 했다.

'할매 죽으면 진짜 나 혼자야. 가지 마.'

미안은 목 언저리에 맺힌 말을 꼴딱 삼키고선 자리에서 일어났다.

"나 시간 나면 또 올게. 돈 많이 벌어서 올 테니까 그때까지만 자."

미안은 집에 돌아가기 싫었다. 가 봤자 아무도 없는 휑한 사무실이었다. 기다려 주거나 기다리는 사람이 없는 곳에 혼자 틀어박혀 남의 과거를 보는 건 정말이지 비참한 일이었다.

병실에서 나온 미안은 애써 한숨을 삼켰다. 할매가 눈을 뜰 때까지 돈을 열심히 벌어야 하니 최승서에게 과거를 구구절절 읊는 것쯤이야 견딜 수 있다. 반지도 팔고, 카메라도 팔면 돈도 꽤 될 테고 그럼 간병도 당분간 그녀가 할 수 있을 터였다.

"미안 씨."

복도를 나서려던 미안은 저를 부르는 목소리에 뒤를 돌아보았다. 말을 건 의사를 보자마자 고개를 꾸벅 숙인 그녀는 "안녕하세요." 하고 인사를 하며 겨우 웃어 보였다.

"잘 지냈어요? 왠지 오랜만에 보는 것 같네요."

서준은 조금 마른 미안을 걱정스럽게 내려다보았다.

머쓱하게 머리를 긁적인 미안은 서준을 향해 헤프게 웃고는 "저야 늘 괜찮죠." 하고 대답했다.

"할머니 뵈러 왔어요?"

고개를 끄덕인 미안은 자신보다 키가 한참 큰 서준을 올려다보았다. 서준은 할매가 수술실에 들어갈 때도, 할머니의 뇌가 죽었으니 포기하라고 말하던 의사들 틈에도 있었다.

"선생님은 잘 지내셨어요?"

"나야 늘 똑같지. 미안 씨는 좀 말랐네요. 요즘 바빠요?"

"뭐, 돈 버느라 바쁘죠."

만만치 않을 병원비를 대충 속으로 측정해 본 서준은 그녀가 한없이 안쓰럽기만 했다. 뇌가 오래전 죽어 버린 할머니를 그저 한 번이라도, 하루라도 더 보겠다고 미안은 어마어마한 병원비를 홀로 벌고 있다. 서준이 미안을 위해 해 줄 수 있는 건 가끔 그녀 할머니의 병실에 들러 상태를 꼼꼼히 체크해 주는 것뿐이었다.

"아직도 아르바이트하면서 병원비 대요?"

서슴없이 깡마른 미안의 손목을 움켜쥔 서준이 혀를 찼다. 미안은 서준이 저를 걱정한다는 걸 잘 알았기에 그저 허허 웃어 보였다. 이런 타이밍에 정말로 힘들다고 징징거리면 너무 애 같으니까.

"아르바이트가 생각보다 괜찮아요. 돈도 잘 들어오고."

"거짓말. 아르바이트가 괜찮으면 몸에 살도 좀 붙어야 할 거 아닙니까. 사장이 비정규직이라고 막 부려요?"

사장이 없긴 하지만 대신 의뢰인이라면 있다. 조금 미심쩍은 의뢰인. 미안은 서글서글한 눈매를 누그러뜨리며 "살 빠진 거 안쓰러워 죽겠네요." 하고 속상해하는 서준을 쳐다보았다.

박서준 의사는 참 좋은 사람인 것 같다. 환자나 보호자에게도 스스럼없고 친절하고 무엇보다 사람 자체가 인간미가 넘쳤다. 미안은 그런 서준이 시간을 쪼개어 할매를 봐주고 있다는 말에 무척 감사했다.

"저어, 우리 할매 상태는 좀 어떤가요."

"솔직하게 말해 줄까요, 빙 돌려서 말해 줄까요."

"솔직하게요."

병원 로비에서 서준과 마주 본 미안은 '괜찮아요.'라고 말하는 듯한 눈동자로 씩씩하게 웃었다. 서준은 커피가 든 종이컵을 입술에 가져다 대며 조금 주저하다가 조용히 알려 주었다.

"미안 씨 할머니 뇌사상태이신걸. 더 나빠질 것도 없지, 이젠."

나직하게 흘러나온 서준의 말에 그녀는 "역시 그렇구나." 하고 중얼거리며 피식 웃었다.

"그래도 계속 기다릴 거죠?"

서준이 표정이 쓰게 변한 미안에게 묻자, 그녀가 고개를 끄덕였다. 서준은 미안의 심정을 이해할 수 있었다. 떠나보내야 한다는 걸 알지만 누구나 이별하는 데엔 시간이 걸리는 법이다. 그런데 미안은 그걸 다른 가족도 없이 홀몸으로 모질게 견디고 있다.

"병원 또 오면 나 불러요. 밥 사 줄 테니까."

"진짜죠?"

"난 거짓말 안 해요. 의사가 어떻게 거짓말을 쳐? 진짜니까 믿어요."

섭섭하다는 듯 서준이 토라진 목소리로 말하자 미안이 깔깔 웃었다.

"알았어요. 병원 오면 선생님한테 연락드릴게요. 꼭 연락할게요."

싹싹하게 구는 미안의 미소를 보며 덩달아 웃은 서준은 "그럼 조심히 가요." 하고 말하며 그녀를 배웅해 주었다. 참 좋은 여잔데. 차갑게 식은 커피를 홀짝이며 보도 쪽으로 사라지는 미안을 쳐다보던 서준은 눈을 병원 천장으로 돌리며 "후아." 하고 한숨을 내쉬었다.

"조금만 더 붙잡아 둘 걸 그랬나."

그래 봤자 앞일이 변할 일이야 없겠지만. 입맛을 다신 서준은 뺨을 긁적였다.

"뭐 어떻게든 되겠지."

백화점에서 새로 나온 구두를 둘러보고 있던 유라는 홀로 쇼핑하는 자신의 모습을 거울로 보자마자 한숨을 뱉었다. 승서와 백화점에 올 때면 직원들이 개미 떼처럼 달려들어 음료수까지 대접해 줬는데 이제는 낙동강 오리알 신세다.

속상한 마음을 예쁜 구두를 보며 풀어 보려 해도 유라는 마음 가운데 싹트기 시작한 초조함을 떨쳐 낼 수가 없었다.

최승서가 정유라를 밀어내기 시작한다. 집 비밀번호도 유라 모르게 바꾸었고 전화를 해도 받지 않는다. 그가 기억을 잃어버렸다는 소식을 접하자마자 유라는 은근슬쩍 안도를 했다. 다시 시작할 기회가 왔다는 마음에 몹시 기뻐했는데 아니나 다를까, 승서는 유라를 거부했다. 잠자리를 가지면 조금은 기억해 내겠지 싶었는데 그는 유라와 단순히 잠만 잘 뿐이었다.

승서가 기억을 잃어버린 건 유라에게 득도 실도 아니었다. 아니, 지금은 오히려 실에 가깝다. 심지어 언제부터 출근하는지조차 알려 주지 않아 유라는 회사에 전화를 걸고 비서를 닦달해야 했다. 그 결과 오늘 오후부터 그가 밀린 업무를 훑는다는 걸 전해 들을 수 있었다.

오매불망 그에게서 연락이 오기만을 바라고 있지만 교통사고 이후 승서에게서 연락이 먼저 온 적은 단 한 차례도 없었다. 예전의 최승서는 유라를 하루라도 만나지 못하면 전화를 걸고 투정을 부렸다. 어디냐며 자꾸 유라의 위치를 캐물었고 친구들과 놀 때에도 마중을 나오곤 했었다.

좋은 시절을 회상하던 유라는 긴 숨을 토하며 구두에 붙은 가격표를 보았다. 예전 같으면 이런 구두는 최승서의 카드로 마구 긁어 구입했을 텐데. 발걸음을 돌린 유라는 손에 쥐고 있던 핸드폰이 울리자 환한 기색으로 액정을 쳐다보았다. 그러곤 곧장 눈살을 찡그렸다.

남자의 이름을 쳐다보던 유라는 핸드폰 배터리를 분리시키며 신경질적으로 에스컬레이터에 올라탔다. 대체 어쩌다가 일이 이 지경이 되었을까. 지금쯤 정유라는 최승서의 부인이어야 했다. 미래서항건설 회장의 안사람.

사고가 나던 날의 기억만 그가 떠올리지 않는다면 유라는 스스로에게 얼마든 승산이 있다고 생각했다. 승서도 유라와 함께 나누었던 추억들을 떠올리려 애쓰는 기색이었으니, 아주 관계가 그른 건 아니리라 싶었다.

"오늘 다시 찾아가 볼까."

배터리를 분리시킨 핸드폰을 힐끗 쳐다본 유라는 식료품매장으로 향했다. 승서가 다시 사무를 보기 시작했으니 원기회복을 핑계로 찾아가면 될 것이다.

유라는 콧노래를 부르며 핸드폰에 배터리를 끼웠다. 그에게 전화를 걸며 전복을 집는데 고막에 "여보세요." 하는 허스키한 목소리가 울렸다.

"승서 씨? 오늘부터 회사에서 일한다면서요."

―누구한테 들었어?

"비서한테 물어봤죠, 뭐. 승서 씨는 나한테 아무것도 알려 주지 않으니까. 그보다 오늘 점심에 찾아갈까 하는데, 시간 되죠?"

―안 돼.

빨간 조명에 전시된 닭들을 하나하나 눈여겨보던 유라는 단호한 그의 말에 눈썹을 찌푸렸다.

"왜요?"

유라는 다시 최승서에게서 멀어진 기분이 들었다. 어디서부터 잘못되었는지 되짚을 수 없을 만큼 그가 너무 까마득하게 느껴졌다. 그 불안함이 싫어서 유라는 "내가 그 집에 있는 게 그렇게 싫어요?" 하고 울 것 같은 목소리로 쏘아붙였다.

—하아, 유라야.

조용한 목소리로 유라를 호명한 승서는 더 이상 들려줄 말이 없다는 듯 "오늘 간만에 회사에 나갈 예정이라 바빠. 그러니까 나중에 이야기하자." 하고 전화를 끊었다.

통화가 끊기자마자 유라는 망연한 표정을 지었다. 이럴 수는 없다. 카트에 담은 전복을 노려본 유라는 심호흡을 크게 하고는 생닭을 집었다. 카트 안에 닭을 집어 던진 유라는 한껏 성이 나 씩씩대며 발걸음을 돌렸다.

어차피 최승서는 정유라의 손바닥 안이다. 비밀번호도 거기서 거기겠지. 유라는 승서를 사랑하기도 했지만 평생을 귀부인처럼 살 수 있는 기회를 놓치고 싶지 않았다. 좋은 남자를 기다리고 기다리다 나이가 서른둘이 되었다. 새로운 남자를 찾기에 늦은 나이는 아니었지만 유라는 승서에게 올인하겠노라 결심했다. 거기다 유라에게 그와 같은 남자가 또다시 나타날 리 없다.

"오지 말라고 하면 안 갈 줄 알아?"

삼계탕 재료를 구입한 유라는 계산을 하다 말고 벨소리가 울리는 핸드폰을 꺼냈다. 또다시 남자의 이름이 뜬 걸 본 유라는 화를 눌러 참으며 다시 배터리를 분리시켰다.

너만 아니었으면. 너만! 유라는 잔뜩 분노를 삭이며 주차장으로 향했다.

"으아, 더워."

소파 위에 속옷 차림으로 드러누운 미안은 큼지막한 부채를 휘두르며 아이스크림을 물었다. 그녀는 푹푹 찌는 더위에 딱 죽을 참이었다. 에어컨은 고사하고 선풍기조차 없어서 그야말로 사막 한가운데 던져진 기분이다. 평소 자주 드나드는 구멍가게에서 아이스크림을 할인한다기에 왕창 사 오긴 했는데 이러다가 하루 만에 다 먹어 치울 기세다.

찐득거리는 피부를 부채로 쓸어내리며 눈을 찌푸린 미안은 한숨을 푹 내쉬었다. 조만간 중고가게에서 선풍기를 하나 구입하든가 해야지 이러다간 탈수 증세로 요절하고 말리라.

아이스크림을 베어 문 그녀는 땀이 흘러내리는 가슴을 부채로 탁탁 때렸다. 더워 미치겠네! 소파에서마저 열기가 후끈후끈 오르는 것 같다. 상체를 일으킨 미안은 대중탕이라도 찾아갈 심산으로 탁자에 벗어 둔 옷을 주섬주섬 집는데.

"……."

"어……. 아, 안녕하세요."

티셔츠를 입으려던 미안의 눈이 철문을 막 넘어서던 승서와 딱 부딪쳤다.

그녀는 일순간 입고 있던 하얀색의 후줄근한 속옷과 당황한 기색이 가득한 승서의 얼굴을 번갈아 보았다. 시간이 느리게 흐르는 것처럼 두 사람은 꼼짝도 하지 않았고 미안의 뺨이 서서히 붉게 물들었다. 그제야 그가 사태파악을 하고선 "죄송합니다."라는 말과 함께 급히 등을 돌렸다.

"약속시간이 다 되어서……."

군살 하나 없이 매끈하던 미안의 몸을 떠올린 승서는 한숨과 함께 손바닥으로 눈가를 가렸다. 대체 이게 무슨 일이란 말인가. 온몸이 후끈거리는 건 이 사무실에 선풍기 한 대조차 없어서 그런 게 분명하다. 침착함을 유지하기 위해 숨을 크게 내쉰 그는 앞머리를 위로 쓸어 올렸다.

"저, 미안 씨?"

뒤를 아주 조금 돌아보며 조심스레 이름을 부르자 소파가 몇 번 바스락대더니 "네."라는 그녀의 목소리가 들려왔다.

승서의 뒤로 다가간 미안은 양손으로 얼굴을 쓸어내리고선 "정말 죄송합니다."하며 그에게 꾸벅 고개를 숙였다. 세상에. 날이 더워서 완전히 잊어버리고 있었다. 아니, 왜 평소처럼 철문에 자물쇠를 안 채워 놨지? 미안은 제 부주의를 탓하며 화끈거리는 얼굴을 손으로 부채질했다.

"그, 뭐냐, 사무실에 선풍기가 없어서요. 아하하하……. 하하."

미안의 변명에 아지랑이가 피어오를 듯이 더운 사무실을 훑은 승서는 다시 그녀를 내려다보았다. 복숭아처럼 발갛게 뺨이 물든 미안은 민망했는지 자꾸만 손가락을 꼼지락댔다. 헐렁한 티셔츠 너머로 드러난 그녀의 쇄골에 문득 눈길이 간 승서는 재빨리 정면을 돌아보며 "괜찮습니다."하고 쉰 목소리로 대꾸했다.

'내가 괜찮지가 않아요, 이 양반아.'

승서를 뒤따라 내려가며 스스로에 대한 원망으로 얼룩진 미안이 소리 없이 숨을 토했다. 외간남자에게 속살을 보이다니, 그것도 손님에게! 잘나고 능력 있는 최승서에게! 미친 여자인 줄 알았으면 어쩐담.

손바닥으로 얼굴을 마구 문지른 그녀는 진심으로 시간을 되돌리고 싶었다. 그가 열어 주는 조수석 문을 쳐다본 미안은 승서의 얼굴은 보지도 못하고 허둥지둥 차에 오른다.

으아, 쪽팔려 죽겠다. 그가 무슨 생각을 했을까. 절벽? 어, 아냐. 그래도 나올 데는 나오고 들어갈 데는 들어갔……. 승서를 두고 머릿속으로 별생각을 다 하던 미안은 앞머리를 확 스치는 찬바람에 정신이 번쩍 들었다.

에어컨 온도를 확 낮춘 승서는 "시원하십니까?" 하고 물으며 미안의 옆모습을 보았다. 찬바람에 눈을 반짝반짝 빛낸 미안은 당장에라도 승천할 것처럼 황홀한 표정이었다.

너무나 적나라한 미안의 얼굴에 그는 안전띠를 매며 웃음을 꾹 참았다. 이 여자와 있으면 이상하게 웃을 일이 많았다. 승서는 그 점이 싫지 않았다. 그 이유 때문에 알지 못하는 미안을 집에 들일 생각을 한 걸지도 모른다.

"요즘 전자상가에 가면 중고 선풍기도 많은데요."

승서가 운전대를 돌리며 말하자 미안이 턱을 쓸어내리며 "그러게요. 한 대 사든가 해야지." 하고 동조했다.

두 번 다시 이런 일이 없도록 확실히 선풍기를 사고 말리라. 냉한 바람이 쏟아지는 곳에 손바닥을 갖다 댄 미안이 승서에게 맨몸을 보인 걸 생각하며 다시 귀를 붉혔다.

"저 아까 그거요, 정말 죄송합니다. 불쾌하셨죠."

눈치를 보며 그에게 사과를 하자 승서가 "괜찮습니다." 하고 온화하게 말하며 작게 웃었다. 그보다 불쾌했다니. 최승서도 남자다. 야한 화보집에서나 나올 법한 장면을 공짜로 봤는데 불쾌라니? 도리어 '잘 보았습니다.' 하고 감사해야 하지 않을까. 적어도 승서는 그렇게 생각했다. 왜냐면 미안의 몸은 무척 예뻤으니까.

속옷 차림이었던 그녀의 몸을 떠올린 승서는 또다시 얼굴이 홧

황해지는 걸 느꼈다. 에어컨 최대로 낮춘 거 맞아? 애꿎은 에어컨 버튼을 쏘아본 그는 사이드미러로 슬쩍 미안을 살폈다.

방금 전에 그런 일이 있던 것치고 그녀는 꽤 담담한 낯이었다. 강단 있는 건지 무감한 건지 알 수가 없다. 승서는 괜히 혼자 부끄러워한 것 같아 무안했다. 내가 원래 여자의 몸을 보고 쉽게 흥분하는 편이던가? 진지하게 고민하던 승서는 "저 최승서 씨. 잠깐만 저기 들르면 안 될까요?"라는 미안의 말에 속력을 서서히 낮추었다.

미안이 가리키는 곳은 햄버거 가게였다. 승서가 '저기는 왜?' 라는 시선으로 보자 그녀가 빙그레 웃었다.

"저기서 파는 아이스크림 진짜 먹고 싶었거든요. 드실래요?"

입간판에 요즘 햄버거 가게에서 한창 내세우는 아이스크림이 그려져 있었다. 미안은 콧노래를 부르며 가게 안으로 들어가더니 입간판을 쭉 훑는 그에게 손짓했다.

"빨리 들어오세요. 더워요!"

"아, 네."

가게 안에 들어가자마자 냉기가 확 끼쳤다. 미안은 종종걸음으로 카운터에 걸어가 "뭐 드실래요?" 하고 물으며 승서를 잡아 이끌었다. 햄버거 가게 내부가 낯설었던 그는 주위를 두리번거리다가 미안이 보여 주는 메뉴판을 보았다.

이게 다 뭔가. 그가 미간을 살짝 찌푸리며 메뉴를 보자 미안이 초코시럽이 뿌려진 아이스크림을 가리키며 "전 이거요. 최승서 씨는요?" 하고 물었다. 선택권을 받아 봤자 승서는 메뉴판에 적힌 것들을 알지 못했다. 그래서 "저도 그걸로." 하고 말했다.

주문과 동시에 아이스크림을 받은 승서는 얼떨결에 미안에게 얻어먹은 꼴이 되었다. 한가한 가게 내부를 둘러본 그는 빨간 의자에 앉아 아이스크림을 할짝대는 미안을 보았다.

생각해 보니 미안은 자신을 내내 '최승서 씨.'라고 부른다. 승서는 그게 묘하게 거슬렸다. 회사 사람들에겐 '이사님'이라고 불리고, 유라에겐 '승서 씨'라고 불려서일까. 호칭의 문제로 고민해야 한다는 게 왠지 우스꽝스럽다. 아이스크림을 한입 베어 문 승서는 생각보다 괜찮은 맛에 속으로 호평을 했다.

"집에서 물건들은 추려 보셨어요?"

'서른한 살'이라는 부분이 통째로 날아갔으니 솔직히 말하자면 집 안에 있는 모든 물건에 일일이 손을 대도 모자랄 판이다. 하지만 그랬다간 미안이 기절을 할 게 뻔했다. 아마 최승서의 서른한 살 근처에 다가가기도 전에 그의 다른 과거들을 보다 계약기간이 만료되겠지.

"대충 짐작 가는 것들을 모아 놓긴 했습니다."

"서른한 살 때니까…… 적어도 2년 동안 손 안 닿은 물건 같은 건 없겠죠?"

"있습니다."

"진짜요?"

승서의 말에 미안이 반색했다. 그럼 일이 쉽게 풀리지! 그녀가 입가에 아이스크림을 묻힌 채 눈을 초롱초롱 빛내자, 그가 지그시 웃으며 아이스크림콘을 고쳐 쥐었다.

"애인과 여행을 갔다고 하는데 그때 사 온 물건들을 교통사고 이후에 한 번도 꺼내 본 적이 없습니다. 그 정도면 될까요?"

"그럼요. 이왕이면 2년 전 그대로, 누구도 건드리지 않은 물건이 편해요. 안 그러면 제가 과거를 정리하는 데 머리가 **빠개지도록**

아프거든요. 중간에 기절할지도 몰라요."

미안은 그걸 남의 과거를 보는 대가 정도라고 생각했다. 원해서 얻은 능력은 아니어도 덕분에 먹고살고 있는 건 확실하니까.

"그보다 아이스크림 되게 맛있네요."

어느새 콘을 아작거리며 씹은 그녀는 아쉽다는 듯 입맛을 다셨다. 입술에 묻은 아이스크림을 핥은 미안은 가게를 자꾸 신기하다는 듯 쳐다보는 승서를 훔쳐보았다.

처음 와 보나? 학창시절엔 누구나 한 번쯤 들르는 곳인 줄 알았는데. 손바닥에 턱을 괴고 잘 빠진 그의 옆모습을 보던 미안은 속으로 '하긴 내가 그런 말 할 입장은 아니지.' 하고 쓰게 웃었다.

"그럼 갈까요?"

"그러죠."

가게를 나서자마자 숨이 턱 막힐 정도로 더운 열기에 미안은 크게 숨을 내쉬었다. 에어컨은 안 되더라도 선풍기는 사자. 미안은 악착같이 돈 벌어서 개처럼 살 수 없다는 생각을 하며 승서가 매너 있게 문을 열어 준 조수석에 올랐다.

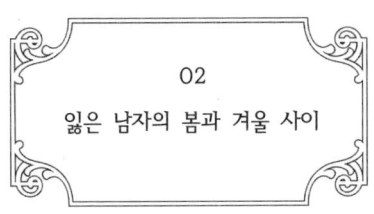

02
잃은 남자의 봄과 겨울 사이

 질풍노도의 사춘기 시절을 겪던 날, 만나 본 적도 없는 엄마의 꿈을 꾸었다. 미안은 엄마를 악착같이 찾아서 왜 버렸느냐고 화를 낼 심산이었다. 마구 원망하고 미워하려고 그랬다. 그런데 꿈속의 엄마는 손에 얼굴을 묻은 채 계속 울고 있었다.
 미안, 미안, 미안해, 하고 말하면서.
 그리고 꿈에서 깼다. 베개가 축축한 걸 느낀 미안은 울었다는 걸 할매에게 들킬까 봐 더운 여름날 이불을 뒤집어쓰고 잤다. 그때 그녀는 생각했다. 이제 두 번 다시 보지도 못한 엄마를 그리워하지 말자고. 딸을 버린 엄마가 어딘가에서 조금은 평안하게 살기를 기도하자고. 언젠가 만난다면 '이제 그만 웃어도 돼요.' 라고 말해 주자고.
 난데없이 엄마의 꿈을 꾸고 울었던 기억이 떠오른 건 그의 침실 벽면을 가득 채우고 있는 사진들 때문이다. 인도나 태국인 건지 지저분한 골목길이 찍힌 사진을 한 장을 보고 미안은 자신이 버려지던 날을 상상해 보았다. 동사무소 직원의 도움을 받아 '미안'이라는 이름을 적고 출생신고를 하던 할매도 생각했다.

승서는 여행을 다녀올 때마다 찍은 사진들을 인화하고 코팅해 벽에 붙여 놓는다고 말했다. 벽 맨 위에서부터 다닥다닥 붙은 사진들은 그가 스무 살 때부터 모아 온 것들이었다.

미안은 사진이 빼곡하게 붙은 구석에 숫자가 기입된 걸 보고 그게 최승서가 여행을 다녀온 나이라는 걸 알았다. 31이라는 숫자는 조금 아래에 있어서 무릎을 살짝 구부려야 볼 수 있었다.

"여긴 어딘가요?"

사진들을 가리키며 묻자 음료를 가져온 승서가 31이라는 숫자를 쳐다보더니 "몰디브일 겁니다. 아마도요." 하고 말했다.

"와, 몰디브면 해외잖아요. 신기하다."

사심 없이 감탄하며 미안은 사진을 눈여겨보았다. 그녀는 태어나서 해외를 나가 본 적이 없었다. 심지어 살던 동네조차 벗어나지 못했다. 가장 멀리 가 본 건 중학교 수학여행 때 설악산을 간 정도였다. 미안은 고등학교 때 흔히 간다는 제주도도 가지 못했다.

스무 개가 좀 더 넘는 사진들을 물끄러미 훑던 미안은 사진 중 하나에 여자의 뒷모습이 찍힌 걸 발견했다. 그건 어디로 보나 정유라였다. 최승서와 결혼을 약속했지만 지금은 오도 가도 못 하게 된 애인. 이렇게 예쁜 사람이면 사랑했던 기억이 돌아오지 않아도 결혼할 수 있을 것 같은데. 미안은 옷장에 넣어 둔 상자에서 물건들을 꺼내는 그의 뒷모습을 힐끗 보았다.

와이셔츠 소매를 걷고 여행지에서 사 온 것들을 하나씩 꺼내던 승서는 곧 모자를 집었다. 낯선 모자를 물끄러미 내려다보던 그는 그게 몰디브 여행에서 사 온 것이라 확신했다. 왜냐면 그 모자는 그가 몹시 싫어하는 취향이었던 데다 구입했던 기억조차 나지 않았으니까.

그는 모자와 묵주반지, 그리고 바닷물 냄새가 물씬 나는 조리샌들을 꺼냈다.

"이게 몰디브에 가서 애인분이랑 구입한 거예요?"

침대 맡에 있던 둥글고 작은 의자에 앉아 있던 미안이 물건들을 눈여겨보며 물었다.

"네. 전부 애인이 사 준 겁니다. 아마도, 말이죠."

"최근에 쓰신 적은 없고요?"

"오늘 막 꺼낸 겁니다. 있는 줄도 몰랐는데 애인에게 물어보니 알려 주더군요."

승서는 유독 묵주반지를 낯설게 보았다. 저런 반지는 취향도 아닌 데다가 자신은 액세서리를 하고 다니는 걸 좋아하지도 않는다. 그는 유라가 사 주었다거나 유라를 위해 구입했다는 물건들을 볼 때마다 낯선 느낌에 잠겼다. 서른한 살의 최승서는 정유라가 사 주는 것들이라면 무조건 좋다고 했던 걸지도 모른다. 그만큼 깊이 사랑했다는 걸까.

반지를 만지작대던 그는 모자를 집어 머리에 써 보는 미안을 보았다. 둥근 밀짚모자가 그녀에게 꽤 잘 어울린다.

"이 모자를 쓴 건, 그럼 몰디브 여행지에서가 전부겠네요?"

"제 기억엔 그 모자를 쓴 적이 없지만, 아마 그렇겠죠."

"음. 조만간 휴양지 가시면 써도 될 것 같은데."

모자를 벗고 외국상표를 만지작대며 미안이 말했지만 승서는 모자에는 눈길도 주지 않았다.

"제 취향이 아닙니다."

"그래요? 모자 예쁜데."

거칠거칠한 모자를 손바닥으로 문지르던 미안은 머릿속에 차츰 떠오르는 영상에 입을 다물었다. 정말로 모자를 사고 쓰지 않은 모양이다. 과거가 없어도 이렇게 없다니.

눈을 가늘게 감은 그녀는 유라가 서른한 살의 최승서에게 모자를 씌워 주며 「승서 씨는 이런 게 잘 어울려요. 봐봐, 되게 잘 어울린다.」라고 말하는 장면을 보았다. 그리고 유라의 말에 아무 대꾸 없이 그저 빙그레 웃는 최승서도 보았다. 그 과거는 뭐라고 하면 좋을까, 그래, 참 묘했다. 어쩌면 애매하게 웃는 승서의 표정 때문에 그런 걸지도 모른다.

유라와 승서가 과거에 사랑한 건 사실이지만 정유라는 최승서에 대해 잘 알지 못했던 것 같았다. 그렇지 않고서야 그의 취향이 아닌 모자를 잘 어울린다며 사 주었을 리 없다.

모자를 통해 단막극 같은 과거를 본 미안은 승서에게 본 것들을 술술 털어놓았다. 그러자 그가 처음으로 질문을 했다.

"제가 어떤 표정이던가요."

승서의 말에 미안은 모자를 다시 짚으며 그의 표정을 살폈다.

"그냥 말없이 웃고 계시는데요."

"구체적으로 말하면요?"

"……어, 으음. 좋은 것도 아니고 싫은 것도 아닌 어중간함? 제 눈으로 보는 거니까 너무 그렇게 확정 지어 생각하시진 마시고요."

하지만 승서는 그거로도 충분하다는 듯 고개를 끄덕였다. 갑자기 왜 표정이 궁금해졌을까. 미안은 의아했지만 질문하지 않았다. 그저 눈길을 돌려 사진을 보았다. 그러다가 벽에 붙은 사진을 모두 훑고 나니 사람이 찍힌 사진이라곤 유라가 바닷가를 쳐다보고 있는 그 사진 한 장뿐이라는 걸 눈치챘다.

"혼자 여행 다니시는 걸 좋아하시나 봐요?"

옷장에서 꺼낸 상자를 정리하던 그는 뜻밖의 말에 눈을 깜박였다. 그 사실을 어떻게 알았을까. 사진을 보고 눈치챘나? 상자의 뚜껑을 닫은 승서는 "대체로 그런 편입니다."하고 대답하고는 그녀의 쪽으로 걸음을 옮겼다.

"왜요?"

사진들을 하나하나 더듬던 그녀가 대뜸 물었다. 두서없는 그녀의 질문에 승서는 살짝 당황했다. 그가 대답하지 않자 고개를 든 미안은 어느새 뒤에 다가온 승서를 보고선 작게 웃었다.

"아뇨, 그냥. 혼자 여행 다니는 데에 이유라도 있지 않을까 해서."

이유? 미안의 말에 승서는 언제부터 여행을 다녔는지 곰곰이 되짚어 보았다. 그러나 생각나지 않았다. 떠오르는 것이라곤 늘 혼자 여행을 다녔던 자신의 모습뿐이다. 정말로 생각해 보니 그는 항상 혼자였다. 유라와 함께 있던 기억이 사라졌으니 더욱더 그랬다.

미안은 약간 멍해진 승서의 표정을 보고는 머리를 긁적였다. 아무 생각 없이 물어본 건데 그의 난처하다는 표정이 마음에 걸린다.

"찍으신 사진에 사람 사진은 한 장도 없어서요. 그냥 여쭤 본 거예요. 신경 쓰지 마세요."

손바닥으로 사진을 짚으며 어색하게 웃은 미안은 곧 고개를 돌려 짚고 있는 사진을 보았다. 바닷가 수평선이 담긴 사진에서 손을 천천히 치워 낸 그녀는 사진을 아기 다루듯 살살 문지르다가 "이 사진을 애인분이 가장 마음에 들어 하셨나 봐요."하고 작게 중얼거렸다.

생각지 않게 사진에서 과거를 보았다. 「사진들 중에 이게 가장 예쁜 것 같아요.」라고 말하며 침대 맡에서 빙긋 웃는 유라가 보였다. 유라의 차림새가 거의 알몸에 가까웠지만 그건 그냥 못 본 척 하자. 하지만 승서는 그 사진을 별로 마음에 들어 하는 눈치가 아니었다.

또다. 또 최승서와 정유라가 빗나간다.

미안은 벽을 가득 채운 사진들을 둘러보다가 눈이 쌓인 기차역 플랫폼이 찍힌 걸 발견했다. 고즈넉하고 겨울 특유의 시린 분위기가 가득한 기차역은 미안의 마음에 쏙 들었다.

"저는 이게 좀 더 좋은 것 같은데."

그녀의 하얀 손가락이 사진에 닿는 걸 보던 그는 작게 벌리고 있던 입을 딱 다물었다. 그건 그가 가장 마음에 들어 하는 사진이었다. 사진관에서 인화한 사진을 돌려받을 때도 사진가가 그 사진을 가리키며 "굉장히 좋은 사진이네요."라고 칭찬해 주었다.

승서는 사진을 쳐다보다가 "저긴 어디예요? 영월, 그런 곳이에요?"하며 질문하는 미안의 눈동자를 응시했다. 기분이 조금 알쏭달쏭하다. 소중하게 생각하거나 은밀하게 숨기고 있던 것들을 미안에게 속속들이 간파당하고 있다. 개인적인 것들이 침해당하는 게 싫어 명확히 울타리를 쳐 두고 사는 그였는데 이상하게 미안의 침범이 썩 싫지가 않다. 그건 그녀가 조금 특별한 여자라서 그런 걸까.

승서는 사진 끝에 '27'이라는 숫자가 적힌 걸 보고는 미안이 마음에 들어 한, 그리고 그도 몹시 좋아하는 그 사진을 벽에서 떼어 내었다.

"마음에 드시면 가지셔도 좋습니다."

사진을 내미는 그의 손을 멀뚱히 보던 미안은 "어, 음."하고 중얼거리며 눈을 깜빡거렸다. 굳이 주지 않아도 괜찮았는데 왠지 거절하면 그가 민망해할 것 같아서 그녀는 두 손으로 공손히 사진을 받았다. 얼떨결에 승서에게서 사진을 선물 받은 미안은 조금 어리둥절했지만 사진이 마음에 든 건 사실이었기에 그에게 감사하다는 인사를 했다.

"소중히 보관할게요."

어찌 된 일인지 그가 찍은 사진들은 하나같이 적막하고 고요한 순간들뿐이었다. 그 독특하고 쓸쓸한 순간들에 미안은 홀린 것 같았다. 그렇지 않고서야 자꾸만 이유 없이 사진에 풍경을 담던 최승서의 목소리를 듣고 싶다고 생각할 리 없다.

항상 단편적인 의뢰만 받아 왔는데 이렇게 장기간에 걸친 과거들을 보다 보니 그와 조금씩 동화가 되어 가는 것 같다. 주의하지 않으면 곤란할 것 같은 생각에 미안은 승서의 시선을 외면하고 자리로 돌아갔다.

도로 의자에 앉아 묵주반지를 만지작거리던 미안은 승서가 가져다준 음료를 마시다가 반사적으로 어깨를 움찔 떨었다.

「대답해, 정유라!」

귓가를 날카롭게 때리는 목소리에 화들짝 놀란 미안이 묵주반지를 떨어뜨렸다. 십자가 무늬가 정교하게 새겨진 묵주반지가 형광등에 반짝거리며 침대 아래로 굴렀다.

"미안 씨?"

"네, 네? 어, 죄송해요. 놀라서……."

황급히 무릎을 굽힌 미안은 다시 묵주반지를 쥐고 심호흡을 했다. 방금 뭐였지, 그건? 커다랗게 고함치는 목소리는 분명히 최승서였다. 서른한 살의 최승서. 그가 몰디브에서 여행을 다녀온 직후에도 반지를 끼고 다녔던 걸까.

그녀는 조금 걱정스럽게 내려다보는 승서에게 활짝 웃고선 반지를 꽉 움켜쥐었다. 방금 보았던 과거를 또 보고 싶은데 아무래도 서른한 살의 최승서는 이 반지를 내내 끼고 살았던 모양이다.

온갖 이야기들이 머릿속에 펼쳐지자 현기증을 느낀 미안이 손바닥으로 이마를 눌렀다. 세상에. 거의 반년 치 기억이 반지에 있었다. 과거들을 파일처럼 중간까지 정리해 보던 미안이 헛구역질을 한다. 과거가 너무 많다. 하루 안에 정리할 양이 아니라는 걸 짐작한 그녀가 허리를 구부리자 승서가 무릎을 굽히고 미안의 안색을 살폈다.

"괜찮으십니까? 조금 쉬었다 하셔도 되는데요."

"……이거, 반지 언제 빼셨어요?"

"그건……."

안색이 하얗게 질린 미안이 승서를 질책하듯 묻자 그가 입을 다물었다.

"반지……. 최근까지 끼고 계셨던 거죠."

미안의 어깨를 부축한 그는 미미하게 눈물이 고인 그녀의 흰자위를 보고선 가슴이 따끔했다. 일부러 거짓말을 하고자 했던 건 아니었다. 병실에서 눈을 떴을 때 그의 손엔 묵주반지가 끼워져 있었고 기억이 말끔히 날아간 승서는 그 반지를 인사동 자택으로 돌아오자마자 상자에 처박아 두었다. 대신 약혼반지를 낀 건 유라의 애절한 부탁 때문이었다. 이렇게라도 하지 않으면 무섭다고 유라가 애걸복걸해서 마지못해 약혼반지를 낀 것이었다.

승서는 "죄송합니다."하고 중얼거리며 미안을 보았다.

"사과하실 건 아니에요. 근데 이 반지가 거의 핵심이네요."

은색의 반지를 손가락으로 집은 미안은 메슥거리는 아랫배를 움켜쥐고는 쓰게 웃었다.

"서른한 살의 최승서 씨는 몰디브에서부터 이 반지를 빼지 않으셨어요. 거의 반년 치나 되는 기억이 있네요. 너무 많아서 오늘 안에 다 볼 자신이 없을 정도로요."

잘 뒤져 보면 그가 사고당하기 직전의 과거도 볼 수 있을까. 하얗게 빛나는 묵주반지를 쳐다보던 미안은 자신의 어깨를 지탱해 주며 아무 말도 하지 않는 승서의 얼굴을 살폈다.

차가운 얼굴을 한 그는 지금 당장 미안의 손에서 묵주반지를 낚아채고 싶은 심정이었다. 그녀의 눈이 서른한 살의 최승서가 정유라를 사랑한 과거를 보고 그녀의 입이 그걸 천천히 또박또박 읊어주는 걸 견딜 수 없을 것 같았다. 지금 그의 마음 상태는 더할 나위 없이 난잡했다.

사실 알고 싶지 않았던 걸지도 모르겠다. 늘 유라가 그의 곁에서 떠들었던 옛날이야기들을 미안이 똑같이 반복하기를 바랐던 걸지도 모른다는 소리다. '정유라를 열렬히 사랑하고 원했다.'는 문장은 지금의 최승서에게 지나치게 낯설고 이질적인 것이었다. 정유라라는 타인을 당장에라도 사랑하지 않으면 숨이 막혀 죽을 것처럼 고통에 찬 압박이 그를 괴롭혔다.

승서는 그게 싫었다. 어머니는 아버지에게 사랑받았다고 생각했지만 버림받았다. 그는 그렇게 살지 않겠다고 맹세했다. 절대로 어머니 같은 불행을 제 여자에게 반복하지 않겠다고 다짐했다. 그래서 정유라를 사랑했다는 생각과 다시 사랑해야 한다는 생각이 잃어버린 '서른한 살'이라는 구멍에서 메아리쳤고 그때마다 가슴이 찢어지도록 아팠다.

"최승서 씨?"

조심스러운 미안의 목소리에 그가 퍼뜩 정신을 차렸다. 동글동글한 그녀의 눈빛을 사납게 쳐다보던 승서는 숨을 짧게 삼키고는 이내 할 말을 잃어버렸다. 뭐라고 말하면 좋을까. 그 반지는 그냥 그대로 두라고? 자신이 애인과 사랑한 기억을 들을 때마다 기분이 불쾌하다고? 그는 어떤 말도 찾을 수가 없었다. 머리와 가슴 모두 복잡해서 사고회로가 뚝 끊긴 기분이었다.

"당신을 집으로 데려오길 잘한 것 같군요."

한참 만에 입을 연 그의 어조는 무척 잠잠했다.

미안은 반대로 입술을 닫았다. 최승서의 말엔 미묘하지만 뼈가 있었다. 지금 그 말은 절대로 좋은 의미가 아니었다.

"뭘 봤는지 알려 주시겠습니까."

"······화를 내는 최승서 씨요."

그녀의 말에 그의 입술이 살짝 달싹였다. 승서의 얼굴을 똑바로 쳐다보던 미안은 묵주반지를 손안에 쥐고 다시 말을 덧붙였다.

"되게 슬퍼 보이던 최승서 씨요."

그녀는 여자로서 무언가를 직감했다. 서른한 살의 최승서가 일반도로에서 시속 130킬로미터로 달린 것과 어느 남자를 때린 것과 그리고 애인에게 가슴 아플 정도로 화를 낸 데엔 동일한 '이유'가 있다고. 비록 그의 기억에서 사라졌대도 마음만은 어렴풋이 기억하고 있는 걸지도 몰랐다. 누구나 가슴 아픈 기억은 잊고 싶은 법이니까 자꾸만 어딘가에서 서른한 살의 최승서가 '그만해. 떠올리지 마. 그냥 이대로 살자.'라고 서른세 살의 그를 자극하는 걸지도 모른다.

왜일까. 미안은 승서의 옆모습을 보고 있는 게 괜스레 속상했다. 괜히 그에게 미안했다. 무척 간만에 그녀는 과거를 보는 자신의 능력이 원망스러웠다.

그녀가 고개를 숙이자 그가 작게 웃으며 "저는 괜찮습니다." 하고 속삭였다.

"실은 내내 불편했습니다. 어째서 애인을 사랑하려고 애쓸 때마다 마음이 무거웠는지 알지 못했으니까요."

"……그래요?"

"미안해하실 거 없습니다. 당신은 단지 있었던 일을 들려준 것뿐이니까요."

매력적인 감색(紺色) 눈동자에 웃음을 담으며 승서가 미안을 위로했다. 지금 입장이 조금 바뀐 것 같은데? 미안은 반지를 만지작거리다가 그를 슬쩍 올려다보았다. 이 남자는 내가 하는 말을 곧이 곧대로 믿는 걸까. 과거를 들려주는 미안의 말을 믿는 건 선택의 문제였다.

올곧게 쳐다보는 승서의 눈빛은 무척 아름다웠다. 여태까지 이 일을 하면서 저런 눈을 보여 준 사람이 있던가. 대부분 그녀를 의심하거나 사기꾼이라고 비난하거나 광적으로 떠받들거나 했다. 그런데 그는 지그시 다물고 있는 입술로도 어째서인지 미안의 가슴을 바르작거리게 만들었다.

"제가 하는 말을 믿으세요?"

계약서에 그렇게 명시를 해 두고도 미안은 욱신거리는 심정에 한심한 질문을 하고 말았다. 별다른 대답을 기대하지 않았는데 승서는 그녀를 보며 나른하게 웃었다.

"믿기로 했으니 믿을 겁니다."

단호하고 확고한 그의 말에 미안의 마음이 사르르 녹아내려 출렁거리기 시작한다. 가슴 정 가운데를 콕콕 찌르는 이 아픔은 뭘까. 그녀는 승서에게서 재빨리 시선을 거두었다. 손에 쥔 묵주반지가 차갑다. 그런데 미안의 손은 이상하리만큼 뜨거웠다.

"그러니 당신도 내게 거짓말은 하지 마세요."

숨을 삼키던 미안은 승서의 말에 입술을 비죽였다.

"그건 계약서에 적혀 있잖아요. 을은 갑에게 의뢰에 한하여 거짓말은 하지 않는다고."

못마땅하다는 듯 미안이 대꾸하자 그가 피식 웃었다.

"의뢰에 한하여, 입니까."

"그럼요. 거짓말 치면 저 지옥 갈 거예요. 약속할게요."

승서는 엄지를 치켜들며 말하는 미안을 보다가 내내 참고 있던 웃음을 키득키득 터뜨렸다. 아, 정말이지. 나쁜 남자다. 자꾸 그렇게 웃는 모습으로 처자 홀리면 나중에 천벌 받는데! 그래도 보기 좋다. 독점욕이 생길 만큼 진심으로 근사한 미소라고 생각했다.

"웃는 게 더 멋있는데."

"네?"

"웃는 게 더 보기 좋다고요."

당돌한 미안의 말에 승서는 뒤통수를 얻어맞은 기분이 되었다.

자리에서 일어선 그녀는 "화장실 좀 쓸게요."라고 말하며 덤덤한 척 그를 지나쳤지만, 스스로도 왜 그런 말을 내뱉었는지 몰라 부끄러워 죽을 것 같았다.

주제넘은 말을 해 버렸다. 빼곡하게 붙은 사진을 지나치며 어지러운 머리를 손바닥으로 툭툭 두드린 미안은 "아, 왜 그랬지."하고 자책했다.

　세면대에서 차가운 물로 얼굴을 씻은 미안은 여전히 뜨거운 한숨을 내뱉으며 자신을 믿는다고 말하던 승서의 얼굴을 떠올렸다. 왠지 기분이 이상하다. 믿지 않으면 안 되는 일인데 그런 말을 들었다고 이렇게 민망해지다니.

　"멍청이."

　거울을 보며 스스로를 나무란 그녀는 심호흡을 하고 얼굴을 다시 한 번 찬물에 식혔다.


　"많이 피곤하십니까?"

　물건들을 하나하나 체크하다 보니 점심때가 지났다. 의도치 않게 승서와 식사를 하던 미안은 그의 질문에 황급히 얼굴을 어루만졌다.

　"어디 아파 보여요?"

　"그건 아닙니다만 조금 피곤해 보이셔서."

　"이 일할 때는 늘 그래요. 진짜 죽을 만큼 힘들거든요."

　그녀의 말에 승서는 동조를 했다. 그럴 수밖에 없는 게 미안은 벌써 세 공기를 비우고 있었다. 바싹 마른 몸에 저 많은 밥이 들어갈 데가 있단 말인가. 그는 가히 놀라웠지만 그녀가 밥을 더 먹고 싶어 할 때마다 눈치를 보지 않도록 밥을 듬뿍 퍼 주었다.

　미안은 뭐든 잘 먹었다. 편식도 하지 않았고 반찬은 가정부가 며칠 전 마련해 두고 간 된장찌개에 나물 몇 가지밖에 없었는데도 접시를 싹싹 잘 비웠다. 거기다 그녀가 양 뺨이 미어터지도록 밥을 밀어 넣고 꼭꼭 씹는 모습을 보자면 영락없이 햄스터나 다람쥐가 떠올랐다. 그는 그런 미안이 귀여웠다. 참 꾸밈없는 여자라고 생각했다.

"더 드시겠습니까?"

어느새 깨끗하게 비워진 반찬 접시를 보며 그가 묻자 미안이 잽싸게 고개를 끄덕였다. 고사리무침을 보며 고추장에 가지볶음, 시금치무침과 함께 넣어 비벼 먹고 싶다고 생각한 미안은 수저에 묻은 밥풀을 쪽쪽 떼어 먹었다. 과거를 너무 열심히 집중해서 본 탓인지 아무리 먹어도 허기가 진다. 이러다가 똥배 나오는 거 아닌가 걱정이 되면서도 미안은 계속 수저질을 했다.

"근데 최승서 씨는 회사 안 가세요?"

"지금은 쉬는 중입니다. 조만간 회사에 복귀할 예정입니다만 문제라도?"

"어, 아뇨. 적어도 그 안에 집에서 볼 수 있는 과거는 다 봐야겠다 싶어서요. 반지로도 충분하긴 한데 그건 머리가 진짜 아파서. 거기다 주인이 없는 집에 제가 드나들 수도 없으니까요."

밥그릇을 그새 비운 미안은 배시시 웃으며 승서를 보았다. 그는 '나는 아직 배가 고프다.'라고 말하는 그녀의 표정을 보고선 입술에 호를 그렸다. 잘 먹고 잘 웃는 미안이 보기 좋다. 누군가와 밥을 먹는 건 늘 예의범절이 신경 쓰여서 불편하기 짝이 없었는데 승서는 허물없는 그녀의 태도 탓인지 식사시간이 몹시 편안하게 느껴졌다.

"원하신다면 비밀번호를 알려 드리겠습니다."

어느새 바닥을 드러낸 밥통을 본 승서는 "이게 마지막입니다."라고 말하며 밥공기를 내밀었다.

"그래도 괜찮으세요?"

따끈따끈한 밥공기를 받아 든 미안은 승서의 말에 잠깐 주저했다. 생판 남인데 그렇게 막 알려 줘도 되는 거야? 예상치 못한 그의 행동에 그녀는 고개를 갸웃했다. 사람을 쉽게 받아들이는 남자라고 생각하지는 않았는데. 자꾸 이 남자가 의외의 모습을 보여 준다.

"제가 뭐 훔쳐 가면 어쩌시려고요."

물론 그럴 생각이야 추호도 없지만 미안은 일부러 짓궂게 웃으며 말했다. 그러자 승서가 딱 한 덩이 남은 명란젓을 그녀의 수저 위에 놓아 주며 대답했다.

"미안 씨가 그렇게 악한 사람이라고 생각하지는 않습니다."

미안은 수저 위에 살며시 오른 명란젓을 보았다. 평소라면 이 값비싼 명란젓이 맛있게 보여야 하는데 이상하게 지금은, 지금은…… 어라?

"저는 오늘 오후부터 회사에 드나들 예정이니 내일 문자로 비밀번호를 알려 드리겠습니다."

"아, 네."

그의 말에 고개를 빠르게 끄덕인 미안은 명란젓에 밥 한 수저를 뚝딱 해치웠다.

이상하다. 명란젓이 너무 맛있어서 그런지 눈물이 날 것 같다. 코를 훌쩍거린 미안은 허겁지겁 밥을 입안에 밀어 넣으며 병원에 누워 있는 할매를 떠올렸다. 그러고 보니까 누가 반찬을 올려 주는 건 정말 오래간만이다. 항상 할매는 맛난 반찬은 꼭 미안의 수저에 놓아주며 얼른 먹으라며 턱짓을 하곤 했다.

할매가 떠오르면 미안은 병원으로 달려가고 싶어졌는데, 왜일까. 지금은 아무리 할매가 생각나도 마음이 동하질 않았다.

"추우시면 에어컨 온도를 좀 높일까요?"

승서는 훌쩍거리는 미안을 보며 물었고, 그녀는 고개를 끄덕였다.

"반찬 좀 더 가져다 드려요?"

그가 또 묻자 미안은 염치없이 다시 고갯짓을 했다. 미안은 상냥하게 웃으며 반찬접시를 챙겨 자리에서 일어서는 그를 보았다. 꺼내 놓은 반찬통에서 반찬을 소복하게 담는 승서를 보던 미안은 슬슬 배가 부른 걸 느꼈는데도 젓가락을 멈출 수가 없었다.

"밥, 되게 맛있어요."

"입맛에 맞으시다니 다행입니다."

허구한 날 강 형사와 밥을 먹었는데도 오늘따라 누군가와 마주 보고 밥을 먹는 게 기쁘다.

밥통에 있는 밥을 죄다 긁어먹은 미안은 결국 사무실에 도착하자마자 승서를 떠나보내고는 죽도록 약국을 향해 달렸다. 소화제를 두 알이나 삼킨 미안은 하늘을 향해 커다랗게 숨을 토해 내고선 자꾸 두근거리는 심장 부근을 손바닥으로 쓸어내리며 중얼거렸다.

"……병이라도 났나."

승서와 연관된 숫자들을 모두 눌러 봤지만 현관문은 결국 열리지 않았다. 단순하게 접근한 게 잘못일까. 입술을 깨문 유라는 커튼이 쳐진 거실을 쳐다보며 다시 핸드폰을 꺼냈다. 아직 회사에 나가지 않은 것 같은데 어찌 된 영문인지 그가 집에 없다. 언제나 집 안에 틀어박혀 비서가 보내 주는 파일이나 읽던 최승서가 또 자리를 비웠다.

현관 앞에 망연히 선 유라는 두 손 사이에 입김을 불어 넣으며 초조함을 달랬다. 더워서 그런지 슬슬 짜증이 치민다. 그렇지 않아도 젊은 여자애들에게 자꾸만 모델 자리를 밀리고 있어 답답한 차였다.

다시 승서에게 전화를 걸던 유라는 차고 쪽으로 후진주차를 하는 그의 차를 발견했다.

차에서 내린 그는 현관문 앞에 서 있는 유라를 보자마자 멈칫했다. 유라를 보자마자 이 흐지부지한 관계를 정리해야 한다는 마음을 조금씩 다잡은 승서는 가장 먼저 대문 열쇠부터 돌려받아야겠다고 생각했다.

잔인한 일일까? 내가 정유라에게 나쁜 짓을 저지르는 걸까. 그는 활짝 웃으며 다가오는 유라에게 조금이나마 죄책감을 느끼길 바랐다. 그런데 마음은 간절한 바람과 다르게 아주 고요했다.

그는 서른한 살의 최승서에게 묻고 싶어졌다. 대체 정유라의 어디를 사랑했는지. 어째서 기억을 잃자마자 정유라가 불편해졌는지. 해답을 찾기 위해서라도 과거를 계속 파헤쳐야 하는 걸까. 승서는 머리가 아픈지 미간을 누르며 "어디 갔다 와요?" 하고 묻는 유라를 내려다보았다.

분명 유라에게 찾아오지 말라고 말했던 것 같은데. 승서는 유라에게 몇 마디 쏘아붙이려다가 현관 앞에 놓여 있는 봉지들을 보고 입을 다물었다. 한참 기다린 듯 보이는 유라에게 더 이상 심한 소리는 하고 싶지 않았다. 대신 진심으로 최승서를 사랑하느냐고 묻고 싶었다.

놀라울 정도로 서른하나의 최승서가 낯설다. 분명 자신이 정유라를 사랑했는데도 이 관계가, 아직도 '연인'이라고 불리는 유라와의 관계가 지나치게 어색했다.

"잠깐 일이 있어서 나갔다 왔어."

현관 비밀번호를 해제한 그는 유라가 들고 온 봉지를 내려다보았다. 안에 전복이며 한약재, 생닭이 든 걸 보자 승서는 싱크대에 설거지 거리를 쌓아 둔 것이 생각났다. 하지만 아차 싶은 사이에 유라가 구두를 벗고 거실로 들어갔다.

"에어컨 이렇게 오래 켜 두면 안 좋아요. 냉방병 걸리면 어떻게 하려고."

리모컨으로 온도를 높인 유라는 싱크대에 접시들이 쌓인 걸 보고선 "식사했어요?"하고 섭섭한 목소리로 물었다. 봉지를 들고 부엌으로 들어간 유라는 곧 접시가 지나치게 많이 쌓인 걸 알고선 고개를 갸웃했다. 유라가 승서를 부르려 하자 어느새 뒤로 다가온 그가 고무장갑을 빼앗았다.

"내버려 둬. 가정부가 와서 알아서 할 거니까."

"하지만……."

"유라야."

그가 유라의 눈동자를 보며 나직하게 말했다. 빨려 들어갈 것 같은 승서의 눈을 마주한 유라는 고개를 끄덕이며 순순히 등을 돌렸다.

봉지에 담긴 식재료들을 냉장고에 넣어 두는 척하며 개수대에 쌓인 접시들을 보던 유라는 그제야 밥공기가 두 개 나와 있다는 걸 눈치챘다. 그 사실을 알자 유라는 얼굴이 싸하게 굳을 수밖에 없었다. 왜 설거지를 못하게 말렸지? 밥공기를 국그릇 대용으로 썼으려니 싶었지만 개수대 아래 수저가 두 벌인 걸 슬쩍 살피고선 숨을 크게 삼켰다.

최승서가 인사동 저택에 누군가를 들였어? 냉기가 흐르는 냉장고 안쪽을 쳐다보던 유라가 심호흡을 했다. 말도 안 돼. 누굴까, 혹시 최주하? 아니, 사이가 안 좋으니까 그럴 리 없다. 그럼 최노하? 머릿속으로 승서의 인사동 자택에 들어올 법한 사람들을 추려낸 유라는 냉장고 문을 천천히 닫았다.

동갑내기 이복형제인 노하와 그의 사이는 그럭저럭 평탄하긴 하지만 이곳에서 사이좋게 식사를 할 만큼 친한 건 아니다. 건조하게 마른 입안을 침으로 축인 유라는 서재와 거실을 들락거리는 승서를 쳐다보았다.

"대체 누구지?"

잘 다듬은 손톱을 입에 가져다 댄 유라는 눈살을 찡그렸다가 드레스룸에서 회사에 입고 갈 정장을 고르는 그를 보았다. 문이 반쯤 열린 드레스룸으로 승서를 훔쳐보던 유라는 짧게 숨을 골랐다.

"승서 씨."

드레스룸 문을 손으로 밀어젖힌 유라는 자신을 한 번 기웃거리고선 다시 거울을 쳐다보는 승서의 시선에 심장이 바닥으로 고꾸라졌다. 왜 날이 가면 갈수록 멀어지는 걸까. 그렇게까지 사랑했던 사이였는데. 유라는 그의 넥타이를 고르며 이게 다 인과응보라는 생각을 했다. 과거에 자신을 열렬히 사랑한 승서를 기만한 대가일지도 모른다.

"와이셔츠는 이거 입고 가요. 코발트블루. 넥타이는 검은색으로. 어때요?"

그가 들고 있던 흰색의 단조로운 와이셔츠를 빼앗은 유라는 코발트 빛깔의 와이셔츠를 승서에게 대며 싱긋 웃었다.

"이게 더 멋있어요. 간만에 회사 가는 건데 근사해야죠."

"유라야."

천천히 입을 여는 승서를 올려다본 유라는 울 것 같은 마음에 발뒤꿈치를 들어 그에게 입을 맞추었다. 일방적으로 몰아붙여 오는 키스에 승서가 눈살을 찡그릴 즈음 유라가 한숨을 토해 내며 그를 끌어안았다.

"……제발 그러지 말아요."

"……."

"나 버리지 말아요, 승서 씨. 제발."

애처롭게 속닥거리는 유라의 말에 승서는 입을 꾹 다물었다. '그래.'라고 대답할 수도 없고 '미안해.'라고 할 수도 없다. 이 모호한 상황을 어떻게 타개해야 할까. 슬프게 우는 유라를 차마 밀어낼 수 없었던 그는 천장을 올려다보았다. 승서는 딱 십 분이라고 생각했다. 십 분만 유라를 위로하고 위선은 집어치우자고 그렇게 스스로를 달랬다.

"그만 울어. 오래 울면 머리 아파."

마스카라가 살짝 번진 유라를 보던 승서는 문득 미안을 떠올렸다. 그녀는 화장을 하던가? 아니, 시종일관 맨얼굴이었던 것 같다. 생각하면 할수록 미안은 정말 적나라한 여자였다. 있는 그대로 다 드러내고 사는데도 숨을 쉴 수 있는 걸까. 그렇게 맨살인 채로 세상과 맞닿는 곳이 아프진 않은 걸까.

「그럼요. 거짓말 치면 저 지옥 갈 거예요. 약속할게요.」

어느샌가 미안을 떠올리던 승서는 "승서 씨?" 하고 울음을 그친 유라의 목소리에 다시 현실로 돌아왔다.

유라는 어딘가 다른 곳을 보던 그의 눈에 또다시 좌절했다. 대체 누구를 생각하고 있는 거지? 유라는 기분이 꽤 비참했다. 자신을 품에 안고 있으면서도 딴생각이라니. 속상함에 승서를 밀어낸 유라는 눈가를 닦아 내고선 고개를 돌렸다.

"승서 씨 기억 돌아올 때까지 기다릴 수 있어요."

떨리는 목소리로 말한 유라는 그 말을 내뱉으면서도 승서의 얼굴을 볼 자신이 없었다.

"안 돌아오면?"

드레스룸을 나서려던 유라는 뒤에서 덜컥 발목을 붙잡는 말에 숨을 삼켰다. 뒤를 돌아본 유라는 자신이 집어 준 코발트블루 와이셔츠를 걸치는 그를 보았다. 너무나 무감한 승서의 눈동자는 마치 유라를 힐난하는 것 같았다. '애당초 네 자리는 없었어.' 라고 유라가 과거에 저지른 일을 비난하는 듯했다. 순간적으로 유라는 승서가 기억을 되찾았다는 착각에 미미한 두려움을 느끼곤 몸을 떨었다.

"……승서 씨."

"일 년이야."

그도 애써 보았다. 사랑했던 여자이니 다시 사랑을 연장하고 유지할 수 있으리라 생각했다. 그런데 불가능했다. 정유라와 최승서의 사이엔 명확한 경계가 있다. 유라가 더는 넘어오지 못하도록 그가 그어 놓은 선이 있었다.

승서는 그 선의 정체를 알지 못했다. 그때마다 그는 의심이 들 수밖에 없었다. 서른한 살의 자신이 약간 미쳐서 정유라를 사랑했다거나, 아니면 정유라가 최승서에게 무슨 실수를 저질렀다거나.

"너와 연인으로 지낸 기억 없이 너를 만난 지 일 년이나 지났어, 정유라."

서른한 살의 최승서가 정유라를 만나 행복했다고 가정하자. 그랬으니 결혼도 하고 싶었을 것이다. 그렇다면 서른세 살의 최승서는? 대체 지금의 그는 무엇으로 행복할 수 있단 말인가.

"나는 예전처럼 너를 맹목적으로 사랑하던 최승서가 아니야."

"승서 씨!"

"원망할 거면 해. 나도 내가 충분히 이기적이라고 생각하니까."

"……."

"그만 돌아가. 나중에 연락할게."

소매 단추를 채운 그는 드레스룸을 박차고 나가 버리는 유라의 뒷모습을 보다가 긴 거울을 응시했다. 그는 서른세 살의 최승서다. 기억의 일부분이 소실되었다고 해도 그는 그였다. 평소 갖고 있던 사고관념이며 외모는 아무것도 변하지 않았다. 바지주머니에 손을 집어넣고 거울을 물끄러미 보던 그는 미안이 과거를 읽어 주었던 은빛 시계를 만지작거렸다.

「웃는 게 더 멋있는데.」

넥타이를 옷깃 사이에 집어넣고 바로잡던 승서는 선풍기가 없어 힘에 겨워 하던 미안을 떠올렸다. 그의 집엔 빈 방이 지나치게 많았다. 그래서 커다란 집이 더 휑해 보였다.

「웃는 게 더 보기 좋다고요.」

난데없이 연고도 없는 여자에게 '같이 살래요?' 라는 말이 하고 싶어진 그는 진심으로 스스로가 미쳤다고 생각했다.

그리고 외로웠다.

어머니가 돌아가신 이후 몹시 간만에 느껴 보는 쓸쓸함에 승서는 가슴이 무너지는 걸 느꼈다. 감정이 물밀 듯이 들이닥쳤지만 그는 재택근무를 마치고 회사로 복귀를 해야 했다. 넥타이를 꽉 조인 그는 침을 삼키며 옷깃을 정돈했다.

"외롭다, 라."

왜일까. 그는 갑자기 미안이 들려주는 과거를 듣고 싶어졌다.

승서에게서 묵주반지와 바다 냄새가 나는 조리샌들을 받아 온 미안은 한참을 쉬다가 모자를 다시 지분거렸다. 조리샌들은 백사장을 밟았다가 햇볕에 잘 말리지 않았는지 자꾸 짭조름한 냄새가 났다. 태어나서 바닷가를 단 한 번도 가 본 적이 없었던 그녀는 조리샌들을 슬쩍 신어 보며 드넓은 수평선을 상상했다.

"발도 엄청 크네."

아빠 신발을 신은 아이의 기분이라는 건 이런 걸까. 왜인지 모르지만 자꾸 배시시 웃음이 난다. 꽈배기처럼 꼬인 가죽 끈을 만지작거리던 미안은 탁자 위에 올려 둔 핸드폰이 울리는 소리에 고개를 퍼뜩 들었다. 전화나 문자를 할 사람은 강 형사밖에 없는데.

핸드폰을 집어 든 미안은 낯선 번호에 고개를 갸웃했지만 문자를 보자마자 번호 주인이 누구인지 단번에 알았다.

[선풍기 사셨습니까.]

최승서다. 승서에게 아직 사지 않았다고 답장을 보내려던 미안은 뒤늦게 그에게 핸드폰 번호를 알려 준 적이 없다는 걸 알았다. 뭐, 뭐지. 혹시 뒤를 캤나? 그녀가 섣불리 답장을 보내지 못하고 눈을 깜빡이자 핸드폰이 또 진동했다.

[연락처는 강 형사님이 알려 주셨습니다.]

아오, 그 양반! 능글맞은 강 형사의 얼굴을 떠올리며 미안은 입술을 잘근잘근 씹었다.

[선풍기는 아직 못 샀어요.]

답장을 보내고 묵주반지에 뒤엉킨 과거들을 좀 뒤져 보려는데 또 핸드폰이 울렸다. 이 사람 분명 오늘 오후부터 회사 나간다고 했던 것 같은데.

 수상쩍은 눈초리로 핸드폰 액정을 보자 [이야기해 주셔야죠.]라는 문자가 떠 있었다. 이야기라니, 무슨 이야기? 사탕을 입에 문 채 눈썹을 찌푸린 미안은 그제야 물건들을 받고 현찰 대신 제 과거를 들려주기로 한 걸 떠올렸다.

 아, 이런 멍청이. 이마를 손바닥으로 두드린 그녀는 딸기맛 사탕을 우물거리며 고민에 빠졌다.

 마땅히 말해 줄 게 없다. 이야기를 지어서 들려줄 수도 없고 참 난감하다. 미안이 볼펜으로 머리를 긁적이자 또다시 승서에게서 문자가 왔다.

 [안 해 주실 겁니까?]

 독촉하기는. 문자를 흘겨본 그녀는 팔짱을 끼고 곰곰이 생각해 보았다. 남에게 들려줄 만한 이야기. 하지만 정말 아무리 생각해도 없었다. 친구가 있어야 재미난 일화도 있기 마련인데 미안은 '친구' 같은 게 없었으니까. 그렇다고 아주 멋진 인생을 살아오기를 했나? 배를 주리지 않기 위해 발버둥 친 나날의 연속이었다. 결국 최승서가 만족할 만한 '과거'란 미안에게 없었다.

 [어떤 걸 듣고 싶으신데요?]

 차라리 구체적이라도 말해 주면 모를까 두루뭉술하게 물어 오다니. 입술을 내민 미안은 팔뚝을 손가락을 톡톡 두드리다가 핸드폰이 울리자 잽싸게 집었다.

 [여행 간 이야기로 하죠. 어떻습니까.]

 그녀에게 답장을 보낸 승서는 책상을 손가락으로 두드리며 문서와 핸드폰을 번갈아 보았다.

 그는 회사에 공식적으로 복귀를 한 게 아니라 그간 쌓인 업무를 잠깐 보러 온 참이었다. 양 비서는 자꾸만 핸드폰을 힐끗거리는 승서를 의뭉스럽게 보았다. 평소 회사에선 핸드폰은 겉옷에 처박아 두고 일절 꺼내지 않던 상사가 아니던가.

손을 가지런히 움켜쥔 양 비서는 승서를 낯설게 보다가 이내 "아, 부탁하신 것 알아봤습니다." 하고 말하며 서류철에서 서류 몇 장을 뽑아 들었다. 그는 문서 가장자리에 '미얀'이라는 글씨가 적힌 걸 보았다.

"수고하셨습니다."

문서를 조용히 노트북 아래에 깔아 둔 그는 신도시에 한창 건설 중인 아파트 공사건을 뒤적이며 심드렁히 의자에 등을 기대었다. 그동안 재택근무를 병행해서인지 일이 많이 쌓이지 않았다. 공식적으로 복귀를 하면 일이 마구 밀려들겠지만 그래도 최승서의 자리는 여전히 굳건했다.

"신도시 아파트 건은 누가 지휘하고 있습니까."

"최주하 상무님이십니다."

확실히 주하도 주하 나름대로 배알이 꼴렸으리라. 이복이라지만 엄연히 승서가 주하보다 두 살 동생이었다. 회사에서 동생을 상사 취급해야 하는 것도 열 받는데 최 회장이 후계자로 승서를 지목해 단단히 뿔이 났으리라.

승서는 그런 주하가 우스웠다. 참 욕심 많은 형님이 아닐 수 없다. 사생아로 살다가 최 회장에게 온전한 아들로 인정받고 어머니인 혜정이 서항건설 안주인으로 앉았으면 그만이지 남의 자리까지 탐하다니.

그보다 어째서 많고 많은 기억 중 유라를 만난 서른한 살이 날아갔을까. 격렬하게 사랑을 했던 기억 말고 다른 건 죄다 잊어버려도 조금도 아쉽지 않은데. 그는 양 비서가 내미는 문서들과 자료들을 지루한 표정으로 읽었다.

"피곤하시면 잠시 휴식시간을 가지시는 게……."

양 비서의 말에 승서가 눈동자를 들었다가 고개를 내저으며 "괜찮습니다. 계속하죠."라고 대꾸했다.

이렇게 유치하고 지루한 자리에 어머니는 왜 그렇게 자신을 앉히고 싶어 했을까. 최 회장이 사랑하는 회사를 실컷 말아먹으라는 의미였나. 아니면 단순히 혜정과 그 자식들이 잘 먹고 잘 사는 꼴이 보기 싫어서? 생각해 보면 신기한 일이다. 체구가 그토록 작던 어머니에게서 그만큼의 분노가 나올 수 있었다는 게.

공식 복귀를 하자마자 지방에 출장을 가야 하는 빽빽한 스케줄을 읽은 그는 미안을 만나러 갈 짬조차 없다는 걸 알고는 눈살을 찡그렸다. 적어도 과거를 추억할 틈은 줘야지. 승서가 불만이라는 듯 스케줄 표를 두드리자 양 비서가 잠시 그의 눈치를 살폈다.

"조금 조정할까요?"

"다른 건 다 내버려 두고 점심시간만은 개인시간으로 비워 두세요."

"알겠습니다. 달리 지시하실 건 없으신가요."

"……선풍기를."

"네?"

말을 내뱉고 입술을 잠깐 주무른 승서는 노트북 아래 깔아 둔 문서를 쳐다보았다. 나열되어 있는 주소를 한참이고 쳐다보던 그는 곧 관자놀이를 문지르며 "요즘 에어컨 시세가 얼마나 합니까." 하고 질문했다.

"글쎄요. 육십만 원에서 이백만 원까지 호가할 거라고 생각합니다만."

양 비서는 사무실에 있는 에어컨을 힐끗 보며 대답했다. 갑자기 에어컨 시세는 왜? 승서의 생각을 이해할 수 없어 양 비서가 고개를 갸웃거리자 그가 몹시 진지한 표정을 지으며 책상 바로 옆에 놓인 대형 에어컨을 보았다. 저렇게까지 큰 거보단 소형 에어컨이 낫겠지.

눈가를 문지른 그는 속옷 차림이던 미안을 상기하고는 피식 웃었다. 문득 누군가의 눈에는 초라해 보일지도 모를 그 하얀 속옷이 이해가 가지 않을 만큼 귀엽다고 생각하고 말았다.

"저어, 전무님?"

조심스러운 양 비서의 목소리에 그는 이마를 짚고 있던 손가락을 치우고는 미안의 집 주소를 손가락으로 두드렸다.

"이 주소로 조그만 에어컨 하나만 보내 주세요. 되도록 조용히 부탁드립니다. 그리고 여성 속옷도 여러 벌 같이 부탁드리죠."

"여성 속옷을요?"

"네. 사이즈는 아마 75C면 될 겁니다."

"음······. 속옷 스타일은요?"

"그건 양 비서님 재량에 맡기도록 하죠."

상사의 명령이니 따르기는 하겠다마는. 양 비서는 꽤 멍청한 표정으로 전무실을 나왔다. 상사가 일 년 만에 복귀 준비를 하는가 싶었는데 세상에, 머리에 나사가 풀렸나 보다. 머리를 크게 다쳤다는 이야기는 들었지만 저 정도일 줄이야. 아무리 그래도 유라와 사귈 적에는 공과 사를 명확히 구분하던 양반이 아니었던가.

양 비서는 다른 누구도 아닌 승서가 관심을 가지기 시작한 여자가 궁금했다. 정유라와 곧 결혼을 할 거라는 소문이 파다하게 퍼졌는데 아무래도 아닌 모양이다.

속옷 매장으로 전화를 건 양 비서는 75C컵으로 가장 섹시한 유형 여러 개를 준비해 달라고 부탁했다. 역시 관심이 있어서 잘해 주는 거겠지? 매장 직원이 란제리 유형으로 준비를 해 놓겠다는 말을 듣고 양 비서는 "곧 방문하겠습니다."라는 말과 함께 통화를 마쳤다. 그나저나 누구일까. 그렇게 예쁘던 정유라를 제치고 최승서의 눈길을 사로잡은 게.

양 비서는 '미안'이라던 독특한 이름의 여자를 상기하며 그의 부탁으로 모아 놓은 자료들을 쭉 훑었다. 고등학교 자퇴에 일정한 직업도 없고 심지어 부모도 없이 할머니의 손에서 자란 여자다.

거기다 할머니도 친할머니가 아니고 병력도 꽤 화려했다. 암암리에 정보를 긁어모으는 게 양 비서의 취미이자 특기였는데 미안을 조사하다가 그녀에게 정신병력이 있다는 걸 알았다. 모니터를 물끄러미 보던 양 비서는 "이야." 하고 감탄인지 통곡인지 모를 반응을 보이며 문서를 읽었다.

"굉장히 복잡한 아가씨일세."

만약 이 사실을 심술쟁이 최주하가 알게 된다면? 몸서리를 친 양 비서는 재빨리 문서를 삭제하고 혹시 몰라 복사해 놓은 것도 파기했다. 핸드백을 들고 자리에서 일어선 양 비서는 "그나저나 75C컵이면 꽤 크네?" 하고 중얼거리며 승강기 앞에서 슬쩍 가슴을 모아 보았다.

"하여튼 우리 전무님은 왕가슴 마니아라니까."

슬쩍 승서의 흉을 본 양 비서는 승강기에 올라타며 어깨를 으쓱했다. 양 비서로서는 정유라만 아니면 된다. 안 그래도 유라는 여우 같아서 얄미웠는데. 오히려 미안 같은 여자가 사모님이 된다면 자라 온 환경 때문에라도 싹싹하지 않을까?

"회장님이 아시면 뭐라고 하시려나."

뭐, 어떻게든 되겠지. 최승서 전무이사가 바보도 아니고. 지하주차장에서 내린 양 비서는 간만에 신나고 재미지는 일에 룰루랄라 노래를 불렀다.

"봄이 오네, 에헤라디야, 봄이 와~"

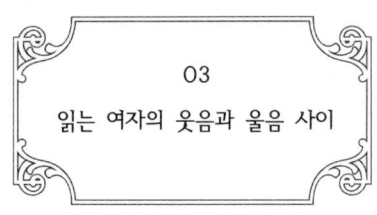

03
읽는 여자의 웃음과 울음 사이

 지금 미안은 기분이 한없이 오묘하다. 방금 전까지 최승서와 문자를 보내고 있었던 것 같은데 "최승서 전무이사님의 전속비서 양초하라고 합니다."라고 자기소개를 한 여자가 전당포에 들이닥쳤다.

 여행을 간 과거를 들려 달라는 승서의 요구에 미안은 하는 수 없이 중학교 때 수학여행을 간 이야기를 해 주었다. 당시 콘도에서 머물렀는데 학우들이 라면을 끓여 먹겠답시고 가스가 끊긴 가스레인지에 강제로 불을 붙이려다 사고가 날 뻔한 걸 들려주었다. 그러자 그가 [그때 미안 씨는 뭘 하고 계셨습니까.] 하고 질문하더라. 그래서 미안은 솔직히 답했다.

 [자고 있었죠.]라고.

 그런데 난데없이 그의 비서가 쳐들어왔다. "에어컨 설치해 드리러 왔습니다, 고객님."하며 활짝 웃는 얼굴로. 양 비서의 말을 듣자마자 미안은 '하늘에서 떨어질 게 없어서 이제는 에어컨이 다 떨어지는구나.' 싶었더랬다. 아니 그보다 최승서는 무슨 생각을 하며 사는 사람일까. 속옷 바람으로 부채질하고 있던 게 그렇게 불쌍해 보였나?

그날의 민망함을 떠올린 미안은 한숨을 내쉬며 에어컨을 설치하는 설비기사들을 지켜보았다. 텅 비어 있던 사무실에 에어컨이 생겼다. 공짜이니 받아먹자고 생각하면서도 그녀는 기분이 영 찜찜했다. 대체 왜 이렇게 친절을 베푼단 말인가. 이래 놓고 나중에 사기꾼이라고 등쳐 먹으려는 거 아니야? 미안이 눈을 가늘게 뜨며 에어컨을 쳐다보는데 양 비서가 그녀의 앞으로 슬쩍 다가와 분홍색 종이가방을 건넸다.

"지금 설치하는 건 소형 에어컨이랍니다. 1년 A/S 받으실 수 있고요. 에너지절감 1등급이니 전기세는 지나치게 염려하지 않으셔도 된답니다. 그리고 이건 전무이사님께서 미안 씨께 드리라고……."

"아, 네."

양 비서에게 리본 무늬가 그려진 가방을 받은 미안은 딱 봐도 소녀틱한 디자인을 보자마자 엄습하는 불길함을 느꼈다. 마음 같아선 그 가방을 어딘가 구석에 내팽개치고 싶었지만 양 비서가 부담스러울 정도로 눈을 깜빡거리기에 하는 수 없이 가방을 열어 보았다. 그리고 내용물을 보자마자 미안은 생각했다.

오 젠장, 이 미친 놈!

안에 든 건 굉장히 야시시한 속옷이었다. 세상에, 이 조막만 한 걸로 제대로 가려지기는 하겠어? 응? 미안은 민망함에 눈가가 파르르 떨리는 걸 느꼈다. 이걸 최승서가 보냈다 이거지.

입술이 뒤틀리는 걸 느낀 그녀는 그때 그에게 맨몸을 보인 수치를 곱씹었다. 남에게 보이기 민망할 정도로 야한 속옷을 낯부끄럽다는 듯 쳐다본 미안은 한숨을 땅이 꺼지도록 내쉬었다.

"어머. 마음에 안 드세요?"

"네? 아뇨, 아뇨! 아닙니다, 충분해요!"

양 비서가 말만 하면 당장 다른 걸로 바꾸어 주겠다는 듯 묻자 미안이 재빠르게 손사래를 쳤다. 이 이상 최악의 속옷을 받았다간 계약을 파기하고 최승서를 두들겨 패러 갈지도 모른다.

설비기사들 모르게 슬쩍 브래지어를 가슴에 대본 미안은 사이즈가 딱 맞는 걸 보고선 더 뜨악했다. 가슴 사이즈는 무슨 수로 알았지? 무서울 만큼 정확하다. 75C컵. 침을 꼴딱 삼킨 그녀는 생글생글 웃는 양 비서를 보며 어색하게 웃었다.

"실례가 안 된다면 미안 씨에게 질문 좀 드려도 될까요?"

미안은 질문이 있다는 양 비서의 말에 긴장했다. 최승서는 입이 썩 가벼운 남자 같지 않았는데. 설마 과거를 본다는 걸 이 여자에게 떠벌렸나? 그녀가 바싹 굳은 표정으로 양 비서를 보자, 양 비서가 "어머, 그런 표정 짓지 마세요." 하고 말하며 깔깔 웃었다.

"언제부터 전무님과 아시는 사이신지 궁금해서 그렇답니다."

"거의 사흘, 나흘쯤 된 것 같은데요."

양 비서는 미안의 말에 눈을 동그랗게 떴다. 고작 그것밖에 안 됐는데 최승서가 이렇게 신경을 써 준단 말이야? 양 비서는 의아한 눈초리로 미안의 얼굴과 몸을 훑었다. 정유라 몰래 만나는 내연녀 같지는 않은데. 양 비서는 제 생각이 빗나가자 한없이 실망스러워졌다. 그럼 대체 최 전무와 이 여자는 무슨 사이지?

"전무님이 이곳을 자주 찾아오시나요?"

"네, 뭐. 대체로요."

어쨌거나 최승서도 기억을 되찾기 위해 고군분투하고 있다. 앞으론 회사도 나가고 하니 오후 대에 찾아오지 않을까. 미안은 양 비서 모르게 속옷가방을 구석으로 슬쩍 치웠다.

양 비서는 별거 없는 사무실 실내를 가볍게 둘러보았다. 정유라 말고는 여자는 언급조차 안 하던 최승서가 여기를 들락거리는데 아무 관계가 아니다? 아무 관계도 아닌데 왜 에어컨에 속옷까지 사다 줘? 양 비서는 도통 이해가 가지 않았다. 그런데 어쩐지 미안에게 자꾸 세심한 신경을 쓰는 승서의 마음이 살짝 알 것도 같았다.

미안은 정말이지 안쓰러울 만큼 말랐다. 그런데도 가슴은 나오고 허리는 잘록한 게 양 비서는 살짝 질투 났지만 그녀는 뭐랄까. 그래, 자꾸만 미묘하게 눈길이 간다. 얼굴이 허여멀건 게 당장에라도 쓰러질 것 같은데 나른하게 눈을 깜빡이다가 사람과 눈이 마주치면 헤실헤실 웃는다.

미안의 미소는 매력이 가득했다. 같은 여자가 봐도 '참 예쁘게 웃는구나.' 라는 감탄이 들 정도로 그녀는 사람을 가리지 않았다. 어쩌면 저런 모습에 최승서가 홀린 걸지도. 양 비서는 뺨을 톡톡 두드리며 속으로 의미심장하게 웃었다.

그녀는 어느새 작은 냉장고에서 아이스크림을 꺼내 설치기사들에게 권했다. 그리고 쌍쌍바를 두 쪽으로 나누어 막대 하나를 양 비서에게 내밀었다. 양 비서는 미안에게 고맙다고 말하며 쌍쌍바를 받았다.

요즘 시대를 정의 내리면 무엇일까. 아마도 솔직함은 유치하고 냉철함만이 세련된 시대일 것이다. 그런 틈바구니에서 미안은 이상할 만큼 스스럼없었다. 최승서가 가장 예민하게 생각하는 위선이 미안에겐 없었다.

"하여튼 눈도 좋아."

"네?"

양 비서의 꿍얼거림에 소파에 앉아 있던 미안이 눈을 반짝 떴다. 막대를 입에 문 양 비서는 "호호, 아무것도 아니랍니다." 하고 유쾌하게 웃고선 슬쩍 그녀의 옆모습을 훔쳐보았다. 최승서가 서울 촌구석에서 반짝거리는 걸 잘도 발견했다. 앞으로 두 사람은 어떻게 될까. 양 비서는 이왕이면 미안을 응원하기로 했다.

"힘내세요, 미안 씨."

"네? 네? 뭐를요?"

"그냥 여러 가지죠. 호호."

똥 씹은 유라의 표정을 생각하자 양 비서는 저절로 통쾌해졌다. 자아, 이제 네가 어떻게 나올래? 요 여시 같은 정유라!

"자기, 요즘 무슨 일 있니?"

디자이너는 유라가 입은 옷의 태를 보다가 넌지시 물었다. 가슴이 꽉 끼는 코르셋을 입고 있던 유라는 "왜요?" 하고 물으며 눈을 깜빡였고 디자이너는 유라의 뺨을 쓰다듬으며 걱정스레 말했다.

"요즘 자기 피부가 말이 아닌 것 같아서. 스트레스 받을 때마다 피부 까칠해지는 건 정유라 특징이잖아."

"일이 힘들어서 그렇지 뭐."

새침스럽게 말한 유라는 빙그레 웃고선 코르셋을 벗었다. 가슴을 옥죄고 있던 갑옷에서 벗어나자 숨이 훅 트인다. 체중 감량을 더 해야 하는데 큰일 났다. 승서와 같이 있으려고 이것저것 먹다 보니 살이 조금 붙었다.

항상 오십 킬로그램을 맴돌았는데 요즘엔 몸무게가 오십오 킬로그램 대를 배회하고 있었다. 모델로선 최악이다. 그렇지 않아도 젊은 모델들이 풋풋함을 뽐내며 유라의 자리를 위협했다. 더 분발하고 더 가꾸지 않으면 도태되는 것도 한 순간의 일이다.
 "근데 자기 결혼한다더니 왜 안 하니?"
 원피스를 꺼내 유라의 몸에 맞춰 보던 디자이너가 고개를 갸우뚱했다. 거울을 보던 유라는 디자이너의 말에 눈가를 흠칫 떨었지만 여유롭게 웃으며 응했다.
 "그 사람이 워낙 바빠야죠. 사고 당하고 물리치료도 받고 하느라 바빴잖아. 이 정도는 내가 이해해 줘야지."
 "그럼 정유라를 이제 마님이라고 불러야 하나?"
 "언니도 참. 승서 씨랑 결혼하는 게 감투 쓰는 것도 아니고."
 화사하게 웃은 유라는 옷에 바늘을 꽂으며 다시 사이즈를 재는 디자이너를 불편한 눈길로 보았다. 말은 번지르르하게 했지만 사실 최승서와의 결혼은 감투가 맞다. 모델 일을 당장 때려치워도 그만이고 여태까지 자신을 보며 몸 굴리는 년이라고 비꼰 계집애들에게 조소를 날려 줄 수도 있었다.
 정유라는 여전히 최승서를 사랑한다. 매일 밤 그에게 버림받는 꿈을 꾸고 하염없이 울 정도로. 그런데 그가 누군가와 인사동 자택에서 식사를 한 걸 보고 꿈이 점차 현실이 되어 간다는 걸 알았다. 서른한 살의 최승서에게 정유라가 필요했다면 지금의 유라에게 그는 무척이나 절실했다. 결코 잃고 싶지 않았다.
 거울로 몸매를 훑은 유라는 행거에 걸린 란제리들을 눈여겨보다가 붉은색이 언뜻 들어간 까만 속옷을 집었다.
 "이거 제가 입으면 꽤 어울릴까요?"

"그거? 그럼. 유라 씨 같은 사람들은 몸매가 받쳐 주니까. 왜? 마음에 드니?"

가슴에 속옷을 슬쩍 갖다 댄 유라는 망사가 달린 부분을 만지작거리다가 식어 버린 승서의 눈길을 떠올렸다. 이제 와 누군가에게 그를 빼앗기기엔 너무 억울하다. 최승서가 사랑한 건 정유라다. 아무리 그의 기억이 사라졌다고 해도 그는 최승서였다.

"응? 안에 사람 있었네?"

피팅룸에 들어온 남자가 비실비실 웃으며 유라와 디자이너를 쳐다보았다. 속옷을 내린 유라는 저를 보며 유독 짓궂게 웃는 남자를 보고선 입을 다물었다가 애써 미소 지었다.

"오랜만이네요, 노하 씨."

"그러게. 잘 지냈어요? 승서가 당신 이야기를 원체 안 꺼내야지. 난 정유라 씨가 어디서 죽은 줄 알았어."

유라는 일부러 못된 말만 콕콕 집어 하는 노하를 노려보고선 눈길을 돌렸다. 디자이너는 유라와 노하의 눈치를 살피더니 옷을 반환하고 오겠다며 서둘러 방을 나갔다. 노하는 그런 디자이너의 꽁지를 보다가 다시 유들유들 웃었다.

"왜 요즘 본가에 안 와요? 결혼할 거라더니."

"승서 씨 아직 불안한 거 알잖아요."

"어제 승서 본가에 왔었는데."

"네?"

생각지도 못한 말에 유라가 노하 쪽으로 고개를 팩 돌렸다. 기생오라비같이 생긴 놈이 오늘따라 왜 이리 시비를 거나 싶었더니. 코로 숨을 크게 들이마신 유라는 옷매무새를 가다듬고 등을 돌렸다. 아무리 담담한 척을 하려고 해도 머릿속이 뿌옇게 흐려지는 건 어쩔 수 없었다.

노하는 허를 찔린 듯 아무 말도 않는 유라를 빤히 보다가 제 입술을 지분거리며 씩 웃었다. 최 회장에게 승서가 이 결혼을 다시 생각해 보겠다고 말한 걸 유라에게 들려주면 여기서 기절할까? 정말이지 이 여자는 최승서의 곁에서 일 년 동안 뭘 했던 걸까. 사랑하는 남자가 텅 빈 기억만큼 서서히 멀어지는 것도 모르고 있었다니.

"슬슬 딴 남자 찾아보는 게 어때요?"

노하는 상의를 벗고 디자이너에게서 일찌감치 받은 옷을 입으며 낄낄 웃었다. 가슴이 깊이 파인 브이넥 셔츠를 입은 노하는 거울을 통해 노려보는 유라를 보고선 비스듬히 고개를 기울였다.

사실 노하는 유라가 싫은 것도 좋은 것도 아니었지만 자꾸 최승서에게 매달리는 꼴을 보자니 예전의 혜정이 떠올라 짜증이 치밀었다. 최 회장에게 제발 그 여자와 이혼하고 자기와 같이 살자고 허구한 날 울고 불던 어머니가 유라의 모습에 겹쳐 보였다.

덕분에 혜정과 주하와 노하는 최승서에게 단단히 원한을 샀다. 노하는 승서와 동갑이라 사이가 썩 안 좋은 건 아니었지만 그렇다고 돈독한 형제애가 있는 것도 아니었다. 노하는 그게 치가 떨리도록 싫었다. 승서에게 죄책감을 갖고 선하게 구는 혜정도 불편했고 승서가 갖고 있는 직위를 호시탐탐 노리는 주하도 지긋지긋했다.

"눈치가 있으면 빠져야지."

싸늘하게 내뱉은 노하는 더 이상 웃지 않는 눈길로 유라를 쳐다보았다.

"승서가 이제 당신 안 좋아하는 거 알잖아요. 아니야?"

"……."

"지금이라도 안 늦었어요. 승서는 여자에게 약하니까 지금이라도 순순히 떠나겠다고 하면 일 년간 옆에서 죽치고 기다린 대가로 위자료라도 받을지도 모르지. 어차피 돈 보고 최승서 사랑한 거 아니었어?"

도발하는 노하의 말에 더 참지 못한 유라가 뺨을 올려붙였다. 사진 찍으러 가야 하는데. 따끔거리는 입술을 혀로 핥은 노하가 미간을 찌푸린다.

"최노하, 할 말이 있고 안 할 말이 있지. 나는 최승서를 사랑해. 그래서 일 년간 기다린 거야, 더 기다릴 수도 있고!"

유라가 노하를 향해 빽 소리를 질렀다. 핏대가 오른 유라의 눈동자를 본 노하는 "아하, 그래?" 하고 빈정거리고는 비실비실 웃으며 얼얼함이 번지는 얼굴을 손바닥으로 감쌌다.

진절머리 날 만큼 여자라는 생물은 참 독하다. 포기할 줄을 모르다니. 혜정도 그렇고 최승서의 어머니도 마찬가지다.

"본가에서 최승서가 말한 거 그대로 읊어 줄까?"

곧 촬영을 시작해야 하는데 이 얼굴을 뭐라고 변명하나 싶었던 노하는 속으로 살짝 부아가 치밀었다. 그래서 울음을 터뜨리기 일보 직전인 유라의 얼굴에 미소를 날려 주었다.

"당신이랑 결혼하는 거 다시 생각해 보겠다던데. 사실 관계가 일찌감치 파토 난 거 당신이 억지로 붙잡고 있던 거 아니야? 응?"

노하의 직격에 유라는 머릿속에 견고하게 쌓아 둔 성이 와르르 무너지는 소리를 들었다. 모든 게 형편없이 무너졌다. 생각이고 감정이고 모든 게 처참할 만큼 와장창 깨져 간다. 빨갛게 부어오른 노하의 뺨을 쏘아본 유라는 비참함에 눈길을 바닥으로 내렸다.

"……그래도 최승서는 최승서예요."

"그거야 그렇지. 하지만 당신 말대로 궤변을 늘어놓으면 말이야, 당신을 사랑했던 최승서나 지금 당신을 사랑하지 않는 최승서도 결국 동일 인물이잖아."

벗어 놓은 옷을 행거에 걸어 둔 노하는 거울에 얼굴을 가까이 들이밀며 가볍게 혀를 찼다. 애인에게 뺨 맞고 차인 나쁜 남자 콘셉트로 가자고 졸라야 하나. 사진가와 디자이너가 잔소리를 퍼부을 걸 생각하니 벌써부터 골이 당긴다. 자리에서 아무 말도 못하고 숨소리만 바르작거리는 유라를 쳐다본 노하는 갑자기 그 여자가 몹시 안쓰럽게 느껴졌다.

최승서가 정유라를 사랑한 게 한때의 진실이었던 것처럼 이제 이 여자도 현실을 받아들이면 좋을 텐데. 귓가를 후비적거린 노하는 승서에게 저 멀리 날아가 버린 기억과 진실을 읊어 준다 해도 그가 눈 하나 깜짝하지 않음을 알고 있었다.

"어쨌든 그런 줄 알아요. 나도 이제 당신 신경 쓰는 거 귀찮거든."

잘록한 유라의 허리를 손등으로 슬쩍 어루만진 노하는 피식 웃으며 등을 돌렸다. 정말 구차하고 불쌍하다. 더 질척거리지 말고 마무리 짓는 게 서로에게 해피엔딩일 텐데.

피팅룸을 나가자마자 사진가에게 호되게 욕을 얻어먹은 노하는 대신 부어오른 뺨에 빨간 그림을 집어넣는 걸로 위기를 넘겼다.

피팅룸에 덩그러니 남겨진 유라의 표정이 궁금하긴 했지만 어차피 이제 그런 여자 따위 두 번 다시 볼 일 없겠지, 하고 생각하면서 노하는 스튜디오 의자에 자리를 잡았다.

"와, 천천히 먹어요. 체하겠네. 의사 앞에서 체하면 곤란해요, 미안 씨."

약속대로 미안에게 밥을 한 끼 산 서준은 구내식당에서 허겁지겁 밥을 먹는 그녀를 보며 혀를 내둘렀다. 누가 보면 며칠 굶은 사람인 줄 알겠네. 그래서인지 볼 때마다 괜히 그런 그녀가 안쓰럽다.

서준은 미안의 급식판에 제 몫의 불고기를 슬쩍 올려 주었다. 강아지같이 귀여운 얼굴을 밥그릇에 묻고 급하게 식사를 하는 걸 보니 배가 고프긴 어지간히 고팠나 보다.

서준은 입맛이 없어 밥알을 깨작거리며 미안의 머리를 쓰다듬어 주었다. 서준이 머리를 쓰다듬어 주자 밥을 먹던 미안이 고개를 들어 배시시 웃었다. 미안을 보며 뺨을 꼬집어 주고 싶은 충동에 사로잡힌 서준은 마음 같아선 정말이지 그녀를 여동생으로 삼고 싶었다.

진지하게 고민한 서준은 물을 홀짝이다가 곧 생각났다는 듯 "아, 맞다. 미안 씨." 하고 그녀를 다급하게 불렀다.

"어제 병원에서 돌아간 다음에 무슨 일 없었어요?"

어깨를 잡아당기는 서준의 힘에 미안이 잡채를 먹다 말고 고개를 들었다.

"가령 옷을 갈아입는데 치한을 만났다거나?"

"……어, 아뇨. 없었는데요?"

당면을 꼴딱 삼킨 미안이 고개를 갸우뚱했다. 사무실에 속옷 차림으로 있다가 최승서를 만나기야 했다만 그는 적어도 치한은 아니니까.

"왜요?"

"응? 아니에요. 잘 들어갔나 싶어서. 요즘 세상이 워낙 흉흉해야지."

호기심으로 눈동자를 빛내는 미안에게 서준은 대충 얼버무렸다. 그래? 아무 일도 없었다 이거지. 서준은 의아한 기색을 접지 않는 그녀를 보며 유쾌하게 웃고는 "불고기 좀 더 먹을래요?" 하고 먹을 걸로 화제를 돌렸다.

미안은 다시 수북이 쌓은 밥을 야금야금 먹어 치우는 데 집중했다. 후식으로 나누어 준 요구르트를 홀짝인 서준은 그런 미안을 보며 도저히 웃지 않을 수가 없었다. 저 조그만 몸에 저렇게 많은 칼로리를 집어넣고도 빼빼 말랐다니. 역시 인체의 신비란 위대하다.

보들보들한 그녀의 머리를 쓰다듬어 준 서준은 잠깐 멈칫하더니 남은 밥을 국에 말아 먹는 미안을 내려다보았다.

"미안 씨."

"네?"

"아니, 별건 아니고. 오늘도 돌아갈 때 조심해요. 여자 혼자 다니기엔 좀 위험한 세상이잖아. 전당포에 혼자 있을 때도 신경 쓰고."

"에이, 괜찮아요. 여태까지 혼자서도 잘 살았는걸요. 여차하면 강 형사님 부르죠."

우거지해장국이 생각보다 맛나서 미안은 정신이 딴 데 팔려 있었다. 덕분에 그녀는 굉장히 어두워진 서준의 표정을 보지 못했다.

청진기를 두른 목덜미를 쓸어내린 서준은 해가 슬슬 저물기 시작한 밖을 보며 아랫입술을 내밀었다. 아무래도 신경 쓰이는데. 음식을 잔뜩 남긴 식판을 쳐다보던 서준은 눈살을 찡그리며 가볍게 혀를 찼다.

재수 없게도 여태까지 서준이 예상한 불행한 일은 단 한 번도 빗나간 적이 없었다. 보안이 허술한 사무실에 홀로 사는 미안이 걱정이 안 되려야 안 될 수가 없다. 차라리 그녀를 어디에 맡겨 둘 수 있기라도 하면 좋을 텐데.

 뺨을 문지른 서준은 세상모르고 식사를 하는 미안에게 "내 것도 먹어요." 하고 말하며 식판을 슥 밀었다.

 "선생님 오늘 당직이시라면서요. 이렇게 안 드셔도 돼요?"
 "응. 난 괜찮아요. 까짓것 배고프면 환자들 음료나 까먹지."
 "설마! 우리 할매 감귤주스 맨날 까먹은 게 선생님이에요?"

 식판을 수저로 두드린 미안이 분개하자 입을 꽁 다문 서준이 몸을 뒤로 슬쩍 뺐다.

 "······아, 음. 나는 잘 모르는 일인데."
 "선생님! 불량해요!"
 "아니, 미안 씨 그건······."

 아, 진짜. 오늘따라 되는 일이 없다.

「왜 형이 아니라 접니까.」

 승서는 가라앉은 목소리로 최 회장에게 물었다. 「서항을 물려받는 건 주하가 아니라 승서다.」라는 최 회장의 말이 거실에 떨어지기 무섭게 주하가 방으로 들어가 버린 건 두말할 것도 없었다. 오로지 노하만이 이렇게 될 줄 알았다는 듯 「하여간 주하 형도 주제를 모른다니까.」하고 빈정거렸을 뿐이다.

 혜정은 아무 말도 하지 않았다. 어떤 표정도 없이 그저 자리를 지켰을 뿐이었다. 그래서 그는 최 회장을 따라 서재에 들어갔다. 승서도 스무 살이 되자마자 이 집을 뛰쳐나가 어머니에게로 가겠다는 원대한 포부가 산산조각 나자 눈앞에 뵈는 게 없었다.

「저는 들을 자격이 있다고 생각합니다.」

「물려받지 않으면 미정이에게 갈 셈이냐.」

최 회장의 입에서 자연스럽게 튀어나온 이름에 승서의 눈썹이 꿈틀했다. 순진무구할 만큼 감정을 드러내는 아들을 안쓰럽게 쳐다본 최 회장은 자리에 앉으며「그만둬라.」하고 나직한 목소리로 경고했다.

「싫습니다.」

「서항을 물려받는 건 너다.」

「어째서요? 최주하가 서항을 갖고 싶다고 하잖습니까. 그 최주하가!」

「그 녀석은 정통성이 없어서 주주들에게 신임받지 못하니까.」

냉철한 최 회장의 말에 승서가 입을 다물었다. 정통성? 숨이 넘어갈 듯 가슴을 부풀린 승서는 시선을 바닥에 처박았다. 최 회장이 주하를 두고 정통성을 운운했다는 건 혜정을 뒷방에 앉힌 첩으로 인정했다는 이야기였다. 어머니를 밀어내고 사랑하는 여자를 곁에 뒀으면서도 최 회장은 칼 같았다.

승서는 그 순간 경멸하고 싶을 만큼 아버지가 미웠다.

「네가 서항의 회장이 되면 네 어미도 기뻐하겠지.」

「……」

「유학 준비나 해라. 나머진 내가 알아서 하마.」

한숨을 삼킨 그는 마른 손으로 얼굴을 문질렀다. 갑자기 그립지도 않은 옛날 꿈을 꾸었다. 그 뒤로 어떻게 되었던가. 결국 최 회장이 원하는 대로 유학을 떠났다. 해외에서 머무는 5년 내내 단

한 번도 어머니를 보지 못했다. 그래서 한국으로 돌아오자 양 비서를 통해 「어머니께선 재작년에 암으로 돌아가셨습니다.」라는 소식을 들은 그는 그저 황당할 뿐이었다.

연락도 주고받지 못하게 한 이유가 어머니의 죽음을 알지 못하게 하려던 최 회장의 개수작이었을까. 승서는 집을 뛰쳐나오고 싶었지만 어렸을 때부터 제 손을 꼭 잡고 반드시 회장이 되어야 한다고 운운하던 어머니를 떠올렸다. 그가 앉은 곳은 버리고 싶어도 마음 편히 버릴 수 있는 그런 자리가 아니었다.

갑갑한 목을 쓸어내린 승서는 한숨을 삼키며 앞을 바라보았다. 미안에게서 묵주반지에 담긴 과거를 들으려고 잠깐 들렀는데 어찌 된 영문인지 그녀가 돌아오지 않는다. 뻐근한 어깨를 돌린 그는 틀어 놓은 에어컨을 끄다가 건물 입구 쪽에 주차된 낯선 차를 보았다.

'허'라고 시작되는 렌터카를 눈여겨본 그는 운전석에 탄 사내가 자꾸만 전당포 쪽을 기웃거리는 걸 보고는 눈살을 찌푸렸다. 어두워서 사내의 얼굴이 잘 보이지 않는다.

사내의 시선이 3층 미안의 전당포로 향하는 걸 다시 한 번 살핀 승서는 모종의 불길함을 느꼈다. 전당포로 들어가는 입구는 비상계단의 철문이 고작이었지만 그녀는 늘 그 문을 자물쇠로 채워 두는 게 전부였다. 그 허술한 자물쇠 하나가 작은 미안을 지키는 유일한 방어책이었다.

운전대를 꽉 잡고 입가를 쓸어내린 승서는 곧 골목길을 빠져나오는 미안을 보고선 렌터카를 힐끗 보았다. 기우겠지. 차에서 내린 그는 입에 막대사탕을 물고 있는 미안에게로 다가갔다. 렌터카에 탄 남자는 여전히 운전석에 앉아 있었다.

"미안 씨."

막대사탕을 입안에서 돌돌 돌리던 미안은 승서를 보자마자 눈을 동그랗게 떴다. 그러다가 그가 양 비서를 통해 보내온 야한 속옷을 떠올리고선 미간을 좁혔다.

"최승서 씨."

오겠다는 연락도 없이 왜 왔지? 그녀가 승서를 조금 경계하며 자리에서 멈춰 선다. 하지만 미안은 가까이 다가오자마자 "기다렸습니다."라며 작게 웃는 그의 미소를 보고선 또다시 마음이 사르르 녹고 말았다.

아, 어쩜 이 남자는 뭐가 이렇게 잘생겨서! 속으로 울화통이 치민 미안은 빽 소리를 질렀지만 현실에선 점잔을 빼며 슬쩍 그를 올려다보았다.

"기다리셨어요?"

굉장히 사소한 말인데 그 말을 승서에게서 들으니 썩 기쁘다. 뭐, 속옷 건은 용서해 주도록 할까. 속옷 디자인이 꽤 예쁘기도 하고 톡 건드리면 툭 찢어질 것 같아 여름에 입고 자면 시원할 것 같기도 하다.

"이야기를 들을까 해서요."

그는 미안의 엄지손가락에 끼워져 있는 묵주반지를 가리키며 말했다. 안 그래도 미안 역시 오늘 하루 종일 이 반지에만 매달렸다. 눈 뜨자마자 반지를 쥐고 과거를 마구잡이로 파헤치다가 쓰러지고, 기절하고, 밥 먹고, 또 같은 일을 반복했다.

최근에 있었던 과거를 보는 일이야 편하지만 오래된 과거는 더듬으면 더듬을수록 몸에 한계가 왔다. 덕분에 서준에게서 밥을 왕창 얻어먹고 기운을 차리긴 했지만 내일 같은 짓을 또 해야 한다고 생각하면 그저 막막하기만 했다.

"우선 볼 수 있는 것들만 봤는데 제가 생각하기엔 사고 직전 같아요."

"보신 과거가 말입니까?"

"네. 근데……."

함께 승강기에서 내린 미안은 철문의 자물쇠를 풀다 말고 그를 쳐다보았다. 승서는 제 눈치를 살피는 그녀의 시선에 "괜찮습니다. 말씀해 주시죠."라고 침착히 반응했다.

자물쇠를 푼 미안은 철문을 열고 입구에 있는 스위치를 올렸다. 밝아진 사무실 구석에 설치된 에어컨을 쳐다본 미안은 어쩐지 있는 그대로 승서에게 이야기하기가 껄끄러웠다. 이래서 모르는 게 약이라는 조상님들 말씀이 있었나 보다.

"아직 앞의 과거는 보지 않아서 잘 모르겠는데……."

에어컨을 틀고 냉장고에서 차가운 녹차를 꺼낸 미안은 컵을 만지작대며 말을 더듬거렸다.

"좀, 음, 최승서 씨가 울고 계셨던 것 같기도 해요."

"사고 직전에 말입니까?"

소파에 앉은 승서는 미안의 사무실에 맡긴 카메라를 보다가 의외라는 듯 되물었다. 울었다, 라. 생소한 어감이다. 그보다 왜 울었을까.

녹차를 쟁반에 담아 온 그녀는 승서의 맞은편에 앉았다. 카메라에 신경을 쏟는 그는 사고 직전에 울었다는 말에 썩 동요하는 것 같지 않았다. 자신의 이야기에 저렇게 냉정할 수도 있구나. 미안은 녹차가 담긴 컵을 그에게 내밀며 말을 이었다.

최승서가 병실에서 눈을 뜬 과거 말고 그 이전으로 좀 더 넘어가면 그가 손등에 핏줄이 불거지도록 운전대를 움켜쥐고 액셀을 밟는 과거가 튀어나온다. 정신을 잠깐만 놓으면 엄청난 속도로 주행하던 차가 가드레일에 부딪쳐 차체가 뒤집히는데 그때마다 미안은 깜짝깜짝 놀라며 현실세계로 돌아오곤 했다.

승서의 이마에서 붉은 피가 흘러내리는 걸 차마 볼 자신이 없어서 구급차에 실려 가는 장면은 대충 넘겼지만 분명한 건 그가 울고 있었다는 점이다. 또 과거를 조금만 더 뒤로 감으면 그가 어느 오피스텔에서 튀어나오는 걸 볼 수 있었다.

"〈그랜드빌〉이요?"

"네. 최승서 씨가 화를 내면서 뛰쳐나온 오피스텔 이름이에요. 음. 위치를 좀 자세히 말씀드리자면 음, 지하철 4호선에 가깝고 주변에 L마트라는 대형마트가 있어요. 또……."

"근처에 대학교도 있지 않습니까?"

"어, 어, 네! 맞아요!"

미미하게 눈 사이를 찡그린 승서가 묻자 미안이 턱을 끄덕거렸다. 그랜드빌. 오피스텔 이름은 그에게 무척 낯익었다. 하지만 그는 기억이 날 듯 말 듯 해서 오피스텔의 이름을 입엣말로 계속 되뇌었다. 그녀가 일러 준 위치 정보와 세세한 외관을 머릿속으로 상상하며 건물 이름을 계속 중얼거리자 까만 어둠이 가라앉은 머릿속에 뿌옇게 떠오르는 기억 한 조각이 있었다.

「그럼 내 오피스텔이랑 승서 씨 집 비밀번호 똑같이 통일할래요?」

순차적으로 그의 뇌리에 유라의 모습이 떠오른다. 낯선 복도에 서 있는 유라는 베이지색의 문을 열더니 「그럼 비밀번호 승서 씨가 좋아하는 번호 하나, 내가 좋아하는 번호 하나 섞고. 또 뭐로 할까요?」하며 화사하게 미소 지었다.

일 년여 만에 떠오른 유라와의 기억에 그의 표정에 난해한 빛이 스쳤다. 영원히 돌아오지 않을 것 같던 '서른한 살'의 일부가 머릿속을 세게 강타한 느낌이었다.

"최승서 씨? 괜찮으세요?"

짧은 숨과 함께 양손으로 얼굴을 감싸는 승서의 반응에 미안이 걱정스러움을 드러내며 아주 조심스럽게 그의 머리칼을 건드렸다. 가라앉은 머리카락을 살며시 어루만지는 손길에 그는 얼굴을 가린 손을 내렸다.

시선을 들자 하얗게 부서지는 형광등 불빛 아래 반짝거리는 미안의 눈망울이 있었다. 따뜻한 갈색의 동공에 잠시간 흐트러진 정신을 의지한 그는 "죄송합니다." 하고 중얼거리며 창백한 얼굴을 쓸어 넘겼다.

기억을 해 내자마자 연쇄적으로 떠오르는 장면들이 두서없이 승서의 머릿속을 헤집었다. 어디가 앞이고 어떤 게 후의 기억인지 알지 못해 모든 것이 뒤죽박죽으로 섞일 즈음 미안의 목소리가 선명하게 길을 갈랐다.

정신을 차린 승서는 천천히 심호흡을 하고는 녹차를 한 모금 삼켰다.

"오늘은 그만할까요?"

하지만 그는 미안의 말에 고개를 내저었다. 숨이 막혀 넥타이를 아래로 잡아당긴 승서는 "계속하죠." 하고 말하며 그녀와 눈을 마주했다.

싸구려 조명 아래 눈부시게 빛나는 승서의 눈을 마주한 미안은 배시시 웃었다. 하얀 이가 살짝 드러나는 그 미소에 그는 어째서인지 조금의 안도를 느꼈다.

 찻잔을 양손에 꼭 쥐고 있는 미안은 낡은 쿠션을 승서에게 안겨 주었다.

 "힘들면 말씀해 주세요. 내일 이야기한다고 과거가 어디 도망가는 건 아니니까요."

 그녀의 말이 옳다. 언제 이야기를 꺼낸다 해도 과거는 도망가지 않는다. 사라지지도 않는다. 잊어버렸다 해도 잃어버릴 수는 없다.

 승서는 별안간 웃음이 났다. 느닷없이 '미안'이기 때문에 과거를 볼 수 있는 거라는 생각이 들었다.

 "아, 그러고 보니까 저 승서 씨 과거 중에서 재미있는 걸 봤어요."

 입에 사탕을 문 미안이 얼굴을 활짝 펴 벙글거렸다. 구부정하게 구부리고 있던 허리를 소파에 기댄 승서는 어디 재미있는 것 좀 들려 달라는 듯 싱긋 웃었다.

 "근데 듣고 절대로 제가 변태라고 생각하시면 안 돼요?"

 막대사탕을 휘두르며 엄중히 말한 미안은 짐짓 경건한 표정을 짓더니 곧 씩 웃으며 그에게 속닥거렸다.

 "최승서 씨는 매일 아침마다 삼각팬티랑 사각팬티 중에 뭘 입을지 고민하시나 봐요."

 미안의 말에 승서가 눈을 휘둥그레 뜨자 그녀가 깔깔 웃으며 "최승서 씨 지금 얼굴 엄청 이상해요!" 하고 소리쳤다.

 뺨이 빨갛게 물든 그는 얼굴을 손으로 가린 채 "미안 씨……." 하고 앓는 듯 그녀의 이름을 중얼거렸다. 저게 거짓말이면 농담으로라도 받아넘길 텐데 사실이라 차마 받아칠 말이 없다. 덕분에 음울하던 기분이 싹 가신 승서는 그 민망한 장면을 미안이 영화 보듯 감상했다고 생각하니 도저히 고개를 들 수가 없었다.

그래도 몸에는 꽤 자신이 있는데. 아랫배에 손을 갖다 댄 승서는 쾌활하게 웃는 미안을 보았다. 기분이 가라앉은 그를 어떻게든 위로해 주려고 애쓰는 게 조그만 얼굴에 솔직하게 드러났다.

미안은 슬그머니 입술에 호를 얹는 승서를 보고선 찡긋 눈을 감았다 떴다. 피곤하게 가라앉아 있던 최승서가 약간 기운을 차린 것 같다. 역시 웃음은 만병통치약이야. 그녀는 그렇게 생각하며 에어컨을 켰다.

에어컨이 커지자 승서가 꼬고 있던 다리를 풀었다. 실은 미안에게서 이야기를 듣기 위해 늦은 저녁에 발걸음을 한 것도 사실이지만 에어컨이 잘 작동되는지 직접 확인해 두고 싶었다.

"이제 그런 일은 없겠군요."

찻잔을 쥔 승서가 짓궂게 묻자 미안이 얼굴을 미미하게 붉히며 "뭐, 그렇겠죠." 하고 새침하게 대꾸했다. 설마 그 속옷 입고 기다려 주길 바란 건 아니겠지?

"감사해요."

그래도 승서가 호의를 베푼 건 진심으로 고마웠다. 에어컨을 틀 때마다 나올 전기세가 살짝 마음에 걸리긴 하지만 미안은 그 정도는 여름에 그럭저럭 견디며 살아갈 문제라고 여겼다.

새삼스럽게 최승서가 무척 좋은 남자로 보인다. 지나치게 덤덤한 첫인상과 다르게 의외로 다양한 얼굴을 가진 사람이다. 금방 부끄러워하고, 금방 웃고. 이렇게 멋진 남자와 같이 산다면 어떤 느낌일까.

싸구려 녹차조차 맛있게 마셔 주는 승서를 빤히 눈여겨보던 미안은 피식 웃었다. 주제에 무슨. 멋대로 상상의 나래를 펼치던 그녀는 조만간 그를 위해 고급과자세트를 사 놔야겠다고 생각하며 상자에서 조리샌들을 꺼냈다.

"몰디브는 어떤 곳인가요?"

약간의 적막함을 기회 삼아 내일 해야 할 일을 머릿속으로 정리하던 승서가 턱을 위로 들었다.

미안은 승서의 눈에서 '그건 왜 묻습니까.' 라는 질문을 보고선 "아니, 그냥……." 하고 얼버무리며 자그맣게 웃었다.

"바다를 한 번도 못 가봤거든요."

"한 번도 말입니까?"

그가 쉬이 믿기지 않는다는 반응을 보이자 미안이 괜히 말을 꺼냈다는 생각이 들어 눈 밑을 발갛게 물들였다. 이상하게 보일까. 혹시 불쌍하게 보이려나? 상자 안에 조리샌들을 집어넣은 그녀는 일부러 과장되게 웃으며 손등으로 입가를 문질렀다.

어색해하는 미안을 쳐다보던 승서는 미안이 고등학교를 자퇴했다는 사실을 기억해 냈다. 가만히 떠올려 보니 미안은 중학교 수학여행 때도 친구들이 라면을 끓여 먹기 위해 동분서주할 때 자고 있었다고 이야기했다.

그는 초라한 사무실을 둘러보았다. 미안이 어떻게 살았는지 머리로 어렴풋이 알 것 같았다. 비참하게 살았다기보다는 얼마큼 외롭게 살았는지를. 그래서 과거를 이야기해 달라고 할 때 그토록 예민한 반응을 보였을까.

찻잔에 입술을 가져다 댄 승서는 그렇게 생각하니 그녀가 더욱 궁금해졌다. 타인의 과거를 보면서 자신의 과거는 꽁꽁 숨기는 여자. 그게 흥미롭다기보다는 단순히 안쓰러웠다.

"한 번도 갈 기회가 없었던 겁니까? 아니면……."

"음. 없었죠. 우리 할매가 여기에 전당포를 내고 제가 스물두 살인가 되기 전에 쓰러지시는 바람에 허둥지둥 일을 시작했거든요."

정말로 눈코 뜰 새가 없었다. 미안과 할매의 사정을 알던 건물주는 이익을 내지 못할 거면 그냥 자리를 빼는 게 어떻겠냐고 제안까지 했다.

미안은 할매가 악착같이 돈을 벌어 만든 전당포를 포기하고 싶지가 않았다. 그녀가 돌아올 수 있는 곳이라곤 이곳뿐이었다. 그래서 건물주에게 3층의 일부를 매입하겠다는 계약서를 썼다. 할매의 병원비와 그 돈을 마련하기 위해 미안은 강 형사에게 사정을 했다.

한때 온갖 사건에 발을 들여놓았던 시절이 있었다. 정치거물들의 은밀한 과거를 캐내기도 했다. 수당은 짭짤했지만 시간이 흐를수록 사람이 피폐해지는 건 어쩔 수 없었다.

미안이 이곳을 매입한 건 최근의 일이었다. 그 뒤로는 유언이 사실인지 아닌지 봐 달라, 남편이나 부인이 바람을 피우는 건지 확인해 달라, 잃어버린 물건을 찾아 달라는 등, 그녀가 스스로 해결할 수 있는 것들만 부탁받으며 돈을 벌었다.

그래서일까. 미안은 가끔 승서와 마주 보고 대화를 하고 있으면 '아, 너무 가까운데.'라며 겁을 먹곤 했다. 의뢰인과의 객관적인 거리는 반드시 지켜야만 했다. 지나치게 거리가 좁혀지면 감정이 입이 되어 과거를 냉정하게 볼 수 없고 그건 큰 실수를 초래하기 마련이었다.

의뢰인과 이렇게 사사롭게 떠드는 건 정말 처음이다. 원래 잘나고 대단한 양반일수록 오히려 불편해야 정상 아닌가? 그런데 최승서는 아니었다. 잘나가는 건설회사 이사님치곤 너무 좋은 사람이다. 그리고 그녀는 그 점에 스스로가 실망스러울 만큼 휘둘리고 있었다.

"우리 할매 얘기 들려 드릴까요?"

소파에 비스듬히 기댄 미안이 무릎을 품에 끌어당기며 중얼거렸다.

그녀는 승서와 약속한 바를 지키기 위해 최선을 다했다. 옛날이야기는 죽어도 꺼내기 싫었지만 까짓것 반지 팔아서 돈만 벌 수 있다면야 강단 있게 버티겠노라 이를 악물었다.

"우리 할매는 고아예요."

미안의 목소리는 너무 작았지만 승서는 입을 다문 채 잠자코 들었다. 형용할 수 없을 만큼 고즈넉한 그녀의 표정은 담담했지만 썩 밝지도 않았다.

"할매의 엄마 아빠는 다 전쟁 때 돌아가셨대요. 위에 오빠가 한 명 있었는데 할매 손 꼭 잡고 반드시 돌아올 테니까 어디 가지 말고 기다리라더니 그 뒤로 돌아오지 않았대요."

할매가 글을 배운 건 일흔이 넘어서였다. 문맹인 노인들에게 글을 알려 주는 수업에서 '김옥분'이라는 이름을 처음으로 쓴 할매는 매일 스케치북에 맞춤법이 맞지도 않는 글을 적어서 미안에게 이야기를 들려주었다.

슬픈 이야기가 너무 듣기 싫었지만 여태까지 할매의 이야기를 누구도 들어주지 않았다고 생각하니 저절로 듣게 되더라. 그래서 미안은 할매의 오빠 이름이 '김옥현'이라는 걸 알고 냅다 동사무소에 찾아가 6.25 때 참전한 분들을 어떻게 알 수 있느냐 문의했다.

동사무소 사람들 도움으로 참전용사들의 유해를 발굴하고 생존해 계시는 분들이 가족들 품으로 돌아갈 수 있도록 도와주는 단체가 있다는 걸 안 미안은 그곳에 혹시나 하는 마음에 문의를 해 보았다.

하나뿐인 오빠를 만나면 할매도 행복해지지 않을까. 미안은 그렇게 생각했었다. 누구든 행복하게 살 권리가 있는데 왜 우리 할매만 이렇게 불쌍하게 살아야 해? 철없는 마음에 그녀는 왈칵 화가 났던 것 같다. 그래서 오빠가 어딘가에서 잘 살고 있다고 믿는 할매에게 끝까지 말할 수가 없었다.

"최승서 씨는 모르겠지만 우리 할매 진짜 이상한 사람이에요. 지하철에 껌 파는 할아버지가 있었는데 할매가 그 껌을 다 산 거예요. 내가 미쳤냐고 그랬더니 우리 할매가 씩 웃으면서 엄지 치켜드는 거 있죠? 세상에, 이래서 할머니들한테 드라마 보여 주면 안 된다는 거라고요."

덕분에 미안은 매일매일 아침저녁으로 양치질 대신 껌을 씹었다. 그래서 이러다가 사각턱 되면 할매 미워할 거라고 소리쳤더니 할매가 없는 이빨을 보이며 허허 웃었다. 무릎을 끌어안고 있던 미안은 옛날을 회상하다가 기분이 꿀꿀해지고 말았다.

"제가 재미있는 이야기는 기대도 하지 말라고 했던 거 기억하세요?"

"기억합니다."

"거봐요. 재미없잖아요."

"전 재미있습니다만."

"어디가요?"

"처음부터 끝까지 전부 다 재미있습니다."

이 양반이 얼굴에 철판도 안 깔고 거짓말을 친다. 미안이 토라진 표정으로 승서를 보자 그가 내내 쥐고 있던 찻잔을 놓으며 냉기가 쌩쌩 쏟아지는 에어컨에 눈길을 주었다.

"아마 누가 들어도 절대로 재미없다고 말 못 할 겁니다. 미안 씨가 할머니를 얼마나 사랑하는지 알고 있는 사람이라면 더더욱 그럴 수 없을 거라고 생각합니다."

괜히 부끄러워진 미안은 끌어안고 있던 무릎에 얼굴을 묻었다.

"저어……. 내가 우리 할매 좋아하는 거 티 나요?"

"납니다. 보기 좋으니 부끄러워하지 않으셔도 됩니다만."

승서는 수줍어하는 미안을 보며 부드럽게 미소 지었다.

손가락을 꼼지락거리는 미안은 타인에게 할매에 대한 이야기를 하는 게 처음인지라 민망하기도 하고 부끄럽기도 했다. 그런데 그걸 최승서가 유치하다거나 불편하게 생각하기는커녕 잘 이해해 줬다. 가슴이 벅찬 걸 느낀 그녀는 사람들이 이래서 고해성사를 하는구나, 하고 동감했다.

"아, 깜빡했는데 저 최승서 씨한테 뭐 물어볼 게 있어요."

옛날이야기를 늘어놓느라 정신이 삼천포에 빠졌던 미안이 탁자 아래에서 수첩을 꺼냈다.

"묵주반지에도 최승서 씨가 어떤 남자랑 싸우는 과거가 있거든요? 근데 또 뭔가 깨지는 소리가 나더라고요."

"깨지는 소리요?"

미간을 조금 좁힌 승서는 집 안에 있는 물건들을 떠올려 보았다. 집에 깨질 만한 물건이 한두 개가 아닌데. 그가 조금 난해하다는 시선으로 미안을 보자 미안은 잠시 묵주반지를 만지작대더니 손가락으로 미간을 꾹 눌렀다.

"으으, 그러니까…… 분명 서재 같은데. 깨진 게 책상에 있던 물건이거든요. 생각나는 거 없으세요?"

집중이 흐려진 미안은 현기증을 느끼며 이마를 손으로 눌렀다. 주름이 잡힌 미안의 얼굴을 쳐다보던 그는 책상에 있는 물건들을 되뇌어 보았다.

책상에 있는데 깨질 만한……. 몇 년도 더 된 일이니 산산조각 났다면 가정부가 치우지 않았을까. 아니면 깨진 상태로 어딘가에 방치가 되어 있다거나. 승서는 그녀와 마찬가지로 골치 아픈 표정을 지었다. 하지만 아무리 집중을 해도 생각나는 건 없었다.

"미안 씨."

"네."

"제가 그 남자와 싸운 다음엔 뭘 했습니까."

"음. 아무것도요. 아무것도 안 하고 자리에 앉아 계셨어요."

눈을 감고 말하던 미안은 과거 속에서 처참하게 일그러진 그의 표정까지는 언급하지 않았다. 가지런히 맞붙인 두 손을 입술에 가져다 댄 승서는 곰곰이 생각하더니 "그럼." 하고 다시 입을 열었다.

"남자의 얼굴은 보셨습니까?"

"얼굴을 전체적으로 보지는 못했지만 턱에 상처가 있는 건 분명해요. 또 몸도 뭔가 형님 스타일의, 어깨가 딱 벌어진? 골격이 큰 체형이에요."

미안의 설명에 그의 머리를 스치고 지나가는 사람이 한 명 있었다. 하지만 정유라의 일에 왜 그 사람이? 대체 사고 당일 무슨 일이 있었던 걸까.

머리가 지끈거린다. 상자에 들어간 약혼반지를 쳐다보던 그는 눈썹 윗부분을 손가락으로 문질렀다. 만약 그 사람이 정말로 연관이 있는 거라면…….

미간을 찡그린 승서는 어느새 사무실 창밖이 깜깜해진 걸 보고선 옷매무새를 가다듬었다.

"그럼 오늘은 여기까지만 듣고 돌아가 보겠습니다."

미안은 승서를 따라 소파에서 일어섰다. 아, 왠지 아쉽다. 어차피 승서가 돌아가자마자 불 끄고 소파에서 자는 게 전부인데.

그녀는 조만간 강 형사에게 연락해 승서의 사고 당시 진술을 받았던 사람들이 누구인지 물어볼 참이었다. 아무래도 그의 사고 당일 자꾸만 등장하는 남자가 마음에 걸린다. 진술을 받았다면 강 형사도 턱에 상처가 있는 남자쯤은 기억하지 않을까?

철문 입구에서 그를 배웅한 미안은 "그럼 내일 인사동에 가기 전에 미리 연락드릴게요." 하고 말했다.

승서가 사무실을 떠나고 철문에 자물쇠를 채운 미안은 휑해진 사무실을 훑고는 탁자에 덩그러니 놓인 찻잔 두 개를 보았다. 벌써 깊은 밤이다. 아무것도 보이지 않고, 들리지 않는.

소파로 총총 걸어간 미안은 상자에 넣어 둔 조리샌들을 다시 집었다. 조리샌들의 바닥을 쓸면 백사장에서나 볼 수 있을 법한 모래 알갱이들이 드문드문 떨어졌다. 바닷가 특유의 소금기도 느껴졌고 바람 냄새도 나는 것 같았다.

상자 안에 넣어 둔 승서의 물건들을 빤히 바라보던 그녀는 엄지에 끼워 둔 묵주반지를 빙그르르 돌렸다.

「아무리 그래도 편식하면 안 되죠. 이것도 먹어요, 빨리.」

미안은 승서가 오기 전에 미리 봐 두었던 영상을 떠올렸다. 꽃무늬 원피스를 예쁘게 입은 유라가 파란 바다를 등지고 그에게 이것저것 음식을 권하고 있었다. 그 광경을 멀찌감치 지켜보던 미안은 문득 그들이 부럽다고 생각했다. 정확히는, 정유라가 부러웠다.

가늘게 감고 있던 눈을 뜬 미안은 그대로 옆으로 풀썩 쓰러졌다. 묵직한 묵주반지를 입술에 가져다 댄 그녀는 또다시 배가 고프다고 생각했다. 서준에게서 그렇게 많이 얻어먹었는데 허기가 지다니. 진짜 병이라도 났나.

소파에 몸을 웅크린 미안은 눈을 감았다. 하품을 하며 불 끄는 것도 깜빡하고 잠이 들려는데 난데없이 철문을 거칠게 두드리는 소리에 정신이 번쩍 깼다. 뭐지? 반사적으로 상체를 일으키자 또다시 누군가 철문을 두드렸다.

하지만 미안은 문 근처로 다가가지 않았다. 오히려 뻣뻣하게 굳은 얼굴로 철컹거리며 흔들리는 자물쇠를 불안하게 쳐다보았다.

그건 결코 손으로 두드리는 소리가 아니었다. 오싹해진 그녀는 허둥지둥 핸드폰을 찾았다. 경찰서에 신고를 해야 하나? 아니면? 연락할 사람을 떠올려 보았지만 마땅히 없었다. 강 형사에게 전화를 넣어도 도착하는 데 이십 분 넘게 걸릴 게 뻔했다.

몸이 싸하게 얼어붙은 미안은 철문 너머에서 거칠게 울리는 금속성 소리에 어깨를 움츠렸다. 자물쇠를 때려 부수는 날카로운 마찰음에 머리털이 쭈뼛 곤두선다. 숨어 봤자 사무실은 비좁았다. 미안은 하는 수 없이 입술을 와작 깨물고 자리에서 일어섰다.

이 와중에 서준이 병원에서 넌지시 충고해 준 말이 떠오르는 이유는 왜일까.

「아니, 별건 아니고. 오늘도 돌아갈 때 조심해요. 여자 혼자 다니기엔 좀 위험한 세상이잖아. 전당포에 혼자 있을 때도 신경 쓰고.」

서준의 말대로 온갖 일이 벌어지는 세상이다. 바들바들 떨리는 숨을 삼킨 미안은 극심한 공포에 누군가에게 도움을 요청해야 한다는 것도 까먹고 말았다. 그저 주위를 두리번거리며 집어 던질 물건이 있나 살피는 게 고작이었다.

문고리 사이에 꿰어져 있던 자물쇠가 크게 덜컹이자 문틈 사이로 사람의 형체가 보인다. 자리에 굳은 채 벌어진 문틈 새로 보이는 사람을 본 미안은 침을 삼켰다.

"……누구세요?"

벌어진 문 사이로 손을 집어넣은 낯선 사내는 얼굴에 까만 복면을 뒤집어쓰고 있었다. 순간적으로 소름이 돋은 미안은 머릿속으로 여러 가지 상황을 떠올렸다.

살인. 강간. 납치.

덜덜 떨리는 팔을 끌어안은 미안은 뒷걸음질을 쳐 창가까지 도망쳤다. 낯선 사내는 파이프렌치를 문 사이에 집어넣더니 단단하게 걸려 있는 자물쇠를 내려쳤다. 시멘트 바닥 위로 자물쇠가 요란하게 떨어졌고 미안은 숨을 헉 하고 삼켰다. 손에서 핸드폰을 떨어뜨린 그녀는 그제야 누군가를 불러야 할 만큼 심각한 상황이라는 걸 알았다.

"누구세요. 누구신데 이러세요, 네?"

성큼성큼 다가오는 사내에게 미안이 간신히 말을 던졌지만 낯선 사내는 핏대가 선 눈을 한 채 있는 힘껏 파이프렌치를 휘둘렀다.

"꺅!"

외마디 비명과 함께 주저앉은 미안은 창문이 와장창 깨지는 소리에 두 눈을 휘둥그레 치떴다. 벌어진 입술을 덜덜 떠는 그녀는 그때 물끄러미 내려다보는 사내와 눈이 마주쳤다. 핏대가 서서 흰자위가 붉게 번진 사내는 숨을 크게 몰아 내쉬었고 미안은 난폭한 숨소리에서 술 냄새를 맡고는 허둥지둥 몸을 옆으로 뺐다.

"아저씨 진짜 누군데 이러냐고요! 술 취했으면 집에 들어가서 곱게 자든가!"

악에 받쳐 비명을 지른 미안은 엉덩이를 질질 끌며 뒤로 피했다. 미안을 보며 호흡을 가다듬은 낯선 사내는 파이프렌치를 양손으로 꽉 움켜쥐더니 비틀거리며 다가갔다.

"……이 쓰레기 같은 년."

"아저씨 저 아세요? 왜 이러는데요, 내가 뭘 잘못했다고!"

"너 때문에……. 너 같은 정신병자 때문에, 내가, 내가!"

고함을 지른 사내가 미안의 머리를 향해 렌치를 휘둘렀다. 무작위로 휘두르는 렌치는 미안의 이마를 아슬아슬하게 비껴 나갔지만 날카로운 부분에 이마 윗부분이 쓸려 나갔다. 이마에서 얇은 핏줄기가 흘러내리자 그때서야 그녀는 깨달았다.

이 사람에게 죽을지도 모른다.

깨진 유리조각에 사정없이 긁힌 손이 덜덜 떨렸다. 바닥을 짚은 채 사방을 둘러봤지만 아무도 없었고 아무것도 없었다. 비로소 눈물이 떨어지기 시작한 미안은 렌치를 높게 치켜드는 사내를 멍하니 올려다보았다. 광기와 분노로 가득 찬 사내의 눈은 진심으로 무서웠다.

왜?

「들었어? 쟤 정신병자래. 할머니도 벙어리라더니 가지가지 한다, 진짜.」

「같이 있다가 미친 끼 옮으면 어떡해. 학급비 훔쳐 간 것도 쟤라며?」

「제 아이가 저런 학생과 같은 반에서 수업받는 것 자체가 불안하다고요!」

「할머니도 네가 이렇게 거짓말하고 도벽 있는 거 아시니? 응?」

대체 왜!

 엉덩이에 질질 끌려 온 유리조각을 꽉 움켜쥔 그녀는 이를 악물었다. 억울하고 분한 마음에 어금니를 힘껏 악물고 아래로 내려쳐지는 렌치를 보고 유리조각을 휘두르려는 찰나, 사내가 둔탁한 소리와 함께 창문에 머리를 박고 아래로 고꾸라졌다.

 눈앞에 나뒹군 렌치를 내려다본 미안은 뒤늦게 손에 쥐고 있던 유리조각을 버렸다. 욱신거리는 손을 덜덜 떨며 움켜쥐려는데 누군가 그녀의 팔을 확 잡아끌었다.

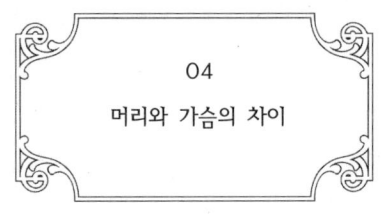

04
머리와 가슴의 차이

 전당포를 나올 때 렌터카가 여전히 제자리를 지키고 있는 걸 발견한 승서는 일종의 불안감을 느꼈다. 한편으론 미안의 또 다른 손님이려니 싶은 마음에 등을 돌렸지만 차에서 내리던 사내의 시뻘건 눈빛이 잊히지가 않았다.
 차를 출발시킨 지 삼 분도 되지 않았을 즈음 그는 최 회장의 말을 떠올렸다.
 「정말로 네가 미정이와 연락을 하고 싶었다면 내 말쯤은 무시하고 전화를 걸든가 한국에 돌아왔겠지. 결국 네 안일한 태도에도 문제가 있었던 거다. '어떻게든 되겠지.'라는 네 우유부단한 사고도 한 몫 한 거야!」
 안일한 태도.
 최 회장의 말을 속으로 곱씹은 그는 곧바로 차를 유턴시켰다.
 그녀의 사무실 근처에 도착한 승서는 유리창이 깨지는 광경을 보고선 불안이 적중했음을 알고 비상계단으로 뛰어 올라갔다. 달리는 내내 뭐가 그렇게 초조하고 두려웠는지 그는 미안을 향해 파이프렌치를 휘두르려는 사내를 보자마자 주먹을 내지르고 말았다.

얼굴이 눈물범벅인 미안을 보자마자 마음이 덜컹 내려앉았다. 빌어먹을. 속으로 욕지거리를 중얼거린 그가 그 순간 할 수 있는 거라곤 알지 못하는 사내를 다시 한 번 후려치고 그녀를 그곳에서 서둘러 피신시키는 것뿐이었다.

"정말로 병원에 가지 않아도 괜찮겠습니까."

병원만큼은 가기 싫다는 미안의 말에 그녀를 인사동 자택으로 데려온 승서는 구급상자를 열어 상처를 봐주었다. 살점이 너덜거리는 왼손은 병원을 찾아 꿰매야 할 정도로 심각했는데도 미안은 이를 악물고 아프다는 소리 한 번 하지 않았다.

난데없는 상황에 그녀의 갈색 눈동자가 막연함에 물들었다. 이 사태가 머리로 이해가 가지 않는지 그저 멍하니 있었다. 승서는 그 모습이 속이 상했다. 미안은 웃지도 않았고 울지도 않았다. 조수석에 태워 인사동으로 달리는 내내 그녀는 바들바들 떨리는 숨을 간신히 몰아 내쉬면서도 침묵을 지켰다.

살점이 벌어진 오른손을 소독약으로 씻은 그는 살덩이가 벌겋게 드러난 걸 보고선 입술을 팽팽히 당겼다. 개새끼. 속엣말로 정체를 알 수 없던 사내를 비난한 승서는 조심스럽게 솜으로 상처의 물기를 닦았다.

"아픕니까?"

미동도 없는 미안에게 묻자 그녀가 고개를 내저었다. 어마어마한 공포와 두려움에서 벗어나자 몸에 힘이 빠졌는지 미안은 지쳐 보이는 얼굴이었다.

생기 없는 눈동자로 손바닥의 상처를 들여다보던 그녀는 이내 상처를 호호 불어 주는 승서를 보자 점차 이성이 돌아왔다. 무감하던 몸에 서서히 고통이 느껴지기 시작한다. 아프지 않도록 배려를 해 가며 솜으로 약을 발라 주는 그의 얼굴을 두 눈 가득 담자 벌어진 눈물샘에서 또다시 물기가 후드득 떨어졌다.

"……미안 씨?"

그녀는 황망히 입을 연 채 소리 없이 울고 있었다. 그 모습이 한없이 쓰라렸던 승서는 손에 집고 있던 핀셋을 놓고 손등으로 찬찬히 눈물을 닦아 주었다.

"이제 아무 일도 없을 겁니다."

잔잔하고 조용한 목소리가 미안의 가슴을 살며시 두드린다. 벌게진 눈가를 어루만진 그는 "소리 내서 울어도 괜찮아요." 하고 작게 속삭였다.

그 말이 떨어지자 그녀의 눈가가 아픔으로 일그러졌다. 아랫입술을 꼭 깨문 미안은 흰자위에 눈물을 그렁그렁 매달고 승서를 보다가 이내 엉엉 울음을 터뜨렸다.

"무, 무서웠, 으, 정말로……."

손바닥에 거즈를 덧대고 붕대로 감아 준 승서는 서럽게 울며 눈가를 닦는 미안을 힐끗 보았다. 코가 빨개진 그녀는 그제야 정신이 좀 돌아왔는지 그가 붕대를 당길 때마다 "아, 아파요." 하고 볼멘소리로 중얼거렸다.

손가락 드문드문 박힌 유리조각도 뽑아 준 그는 코를 훌쩍거리며 울음을 그친 미안이 하필이면 이런 순간에 조금 사랑스럽다고 생각하고 말았다. 따끔거리는 고통에 집중하느라 새처럼 뾰족하게 나온 입이며 발갛게 물든 눈가가 자꾸만 보호본능을 콕콕 자극했다.

고개를 살짝 수그린 채 잠자코 치료를 받은 미안은 붕대에 돌돌 감긴 손을 보다가 다친 손을 품에 안고선 승서에게 꾸벅 허리를 숙였다.

"……감사합니다."

"미안 씨 같은 사람을 돕는 건 당연하니까요."

나 같은 사람? 승서의 말에 미안은 눈을 깜빡였다. 하지만 그는 자신이 말한 묘한 의미를 눈치채지 못했는지 구급상자를 마저 정리했다.

"그보다 대체 누굽니까, 그 남자."

하마터면 '그 새끼'라고 말할 뻔한 승서가 한없이 어깨를 움츠린 미안을 쳐다보며 화가 난 듯 물었다.

"저, 저도 몰라요. 얼굴도 못 봤고……."

의뢰인들 중에 있을지도 모른다는 생각이 들었지만 의뢰 때문에 만난 사람이라면 너무 많다. 붕대에 감긴 상처가 슬슬 불에 덴 듯 들끓기 시작한다.

입술을 꾹 깨문 미안은 해가 뜨거든 바로 강 형사에게 전화를 넣어야겠다고 생각했다. 하지만 정말 누굴까. 오늘 들이닥친 낯선 사내에 대해 알고 있는 게 아무것도 없다. 아니, 알 수도 없었다. 다짜고짜 죽이려 들다니. 묻지마 살인인가? 그러나 미안은 사내가 '정신병자'라고 말한 게 마음에 걸렸다. 아무래도 그녀의 능력을 일부 알고 있는 사람임이 분명했다.

미안은 현기증이 올라와 한숨을 토해 냈다. 전당포가 그 지경이 되었으니 앞으로 어디서 산담. 모텔을 떠올렸지만 꼬박꼬박 갖다 낼 모텔비를 떠올리니 눈앞이 캄캄했다.

　미안의 앞으로 가까이 다가간 승서는 "잠깐 고개 좀 들어 보세요." 하고 말하더니 정리한 줄 알았던 구급상자에서 다시 약을 꺼냈다.

　"왜, 왜요?"

　코앞으로 다가온 그를 보자마자 그녀가 자동적으로 몸을 움츠렸다. 턱을 조금 숙이고 승서의 행동을 경계하는데 그가 미안의 앞머리를 위로 쓸어 올렸다. 하얗고 예쁜 이마가 찢어진 걸 본 승서의 표정이 조금 흐려진다. 미안은 승서가 상처를 어루만지자 뒤늦게 따끔거리는 아픔을 느꼈다.

　"당분간 여기서 지내시는 게 좋겠군요."

　이마에 난 상처에 연고를 살살 발라 준 그는 반창고를 붙여 주고는 졸린지 눈을 아스라이 감은 미안에게 말했다.

　거의 눈을 감고 있던 미안은 그의 말에 별생각 없이 고갯짓을 하다가 눈을 번쩍 떴다.

　"네?"

　"안 쓰는 방이 많으니 지내고 싶으신 곳에서 주무시면 됩니다."

　아무리 그래도 이렇게 얹혀사는 건 아니지 않느냐고 대꾸하려던 미안은 입을 꾹 다물고 스스로가 오갈 데 없는 신세라는 걸 인지했다.

　가족도 없고 친척도 없다. 어차피 여기서 나가 봤자 찜질방이나 모텔에서 머물러야 했다. 어디에서 지내든 그 사내가 들이닥칠 것 같은 공포에 한숨도 잠들지 못하리라. 그럴 바엔 차라리 얼굴에 철판 깔고 여기서 지내는 게 낫지 않을까? 그녀도 요리 정도는 할 수 있었다.

"……죄송해요."

기가 죽은 미안은 그에게 조용히 속삭였다. 움츠러든 목소리에 구급상자를 소리 나게 닫은 승서가 울어서 퉁퉁 부은 미안의 눈가를 내려다보았다. 큰일을 겪고 처량할 만큼 작아진 그녀를 보고 있자니 마음이 언짢았다. 몸을 둥글게 말고 어딘가에 틀어박혀 엉엉 울 것 같은 모습에 승서는 헝클어진 그녀의 머리칼을 귀 뒤로 넘겨 주었다.

"저도 미안 씨에게 신세 지고 있으니 얼마든지 폐 끼치셔도 됩니다."

"하지만 저는 정당한 대가를 받는데요."

미안이 다시 울 것처럼 눈을 글썽이자 그가 지그시 웃었다.

"저는 오므라이스를 좋아합니다."

"오므라이스요?"

느닷없는 그의 말에 미안은 고개를 갸웃했다가 눈을 반짝했다. 승서가 하는 말의 의미를 눈치챈 그녀는 오므라이스쯤이야 백 번이든 해 줄 수 있다고 생각했다. 다시 활기가 도는 미안의 눈을 응시한 그는 구급상자를 들고 자리에서 일어섰다.

집에서 가장 작은 방이긴 하지만 침대가 있는 유일한 방이니 미안이 지내기엔 별 무리가 없을 것 같았다. 내일 아침 경호원들과 함께 양 비서를 전당포에 보내겠다고 미안에게 일러 준 그는 방문을 닫고 조용히 나왔다.

거실 탁자에 구급상자를 내려놓자마자 양 비서에게 전화를 건 승서는 조금 신경질적인 얼굴이었다. 베란다 유리에 비친 그의 표정은 약간 뿔이 난 것 같기도 했다.

―네, 전무님.

"늦은 시간에 죄송합니다. 차량을 한 대 조사해 주셨으면 해서요."

차량 번호를 부르자 양 비서가 살짝 당황했는지 "렌터카로군요."하고 중얼거렸다.

"찾는 데 힘들겠습니까?"

―렌터카 회사들을 우선 조회해 보도록 하겠습니다. 하지만 정보를 알아내는 데엔 꽤 시간이 걸릴 것 같습니다.

"시간이 걸려도 좋습니다. 조용히 알아봐 주세요."

―알겠습니다.

통화를 마친 그는 소파에 앉아 꺼진 텔레비전을 쳐다보다가 미안의 손을 떠올렸다. 상처가 깊어 보였는데 괜찮을까. 입술을 잘근잘근 씹은 승서는 구급상자를 말끄러미 내려다보다가 또 어딘가로 전화를 걸었다.

"박사님, 네. 늦은 시간에 죄송합니다만 내일 집을 방문해 주셨으면 해서요. 네, 그럼 내일 뵙겠습니다."

통화를 종료한 승서는 핸드폰을 거실 탁자에 올려 두고선 손깍지를 끼웠다. 미안은 평소에도 이런 위협 속에서 사는 걸까. 조금이라도 늦게 차를 돌렸다면 그녀는 지금쯤 세상에 없는 사람일지도 몰랐다.

그녀가 죽었을 거라 생각하자 서늘한 감각이 등골을 타고 오싹 오른다. 작고 여린 미안에게 사정없이 렌치를 휘두르던 사내를 떠올리자 승서는 다시 분노가 치솟기 시작했다. 조금만 늦었어도 끔찍한 상황에 직면했을 거라고 생각하니 심장이 빠르게 뛰었다.

허리를 숙이고 낮은 한숨을 토한 그는 베란다 바깥의 넓은 정원을 쳐다보다가 눈을 감았다.

어째서인지 미안에게 정신없이 휘둘려지는 기분이다. 자신이 이렇게 정신머리 없는 남자였던가. 알지도 못하는 여자를 덥석 집에 들여 재울 만큼? 하지만 미안을 집 밖으로 내보낼 수가 없었다. 어느 장소도 신뢰 가지 않았다. 오로지 그가 머물고 있는 이곳만이 안심이 되었다.

알지도 못하는 곳에서 그녀가 엉엉 울면 또다시 가슴이 무너질 것만 같아 승서는 오늘 내린 판단을 후에 후회하더라도 어쩔 수 없다고 생각했다.

침실로 돌아가 얇은 여름용 이불과 베개를 꺼내 온 그는 미안이 머무는 작은방에 노크를 했다.

"미안 씨."

문을 두어 번 두드린 승서는 안에서 대답이 없자 조심스럽게 문고리를 돌렸다. 불을 환하게 켜 두고 미안은 침대 구석에 웅크려 누워 있었다. 발소리를 죽여 다가간 승서는 그녀가 색색거리며 잠든 걸 보고 피식 웃어 버렸다.

소심하게 미안의 머리를 베개에 대어 준 그는 혹시라도 그녀가 깰까 봐 바스락대는 이불을 조심히 펼쳤다.

그런 일을 호되게 당했으니 정신적으로 몹시 피곤할 게 분명했다. 곤히 잠든 미안의 얼굴을 내려다보던 승서는 작은방에 스탠드를 가져다 놓아야겠다고 생각했다. 큰일을 겪었으니 당분간 그녀는 불빛 없이는 마음 놓고 잠들 수 없을 것이다.

다친 오른손이 아픈지 미안은 손을 머리맡에 올려 두고 잤다. 벌써 핏물이 빨갛게 번진 붕대를 내려다본 승서는 자연히 눈살을 찡그렸다. 얼마나 무서웠으면 유리조각을 그토록 힘껏 쥐었을까.

움츠러든 손가락 사이로 상처를 살며시 어루만진 승서는 눈물이 번져 촉촉한 미안의 얼굴을 보았다. 그는 무릎을 구부려 아이처럼 새근새근 잠이 든 그녀의 머리칼을 정돈해 주었다. 진통제라도 챙겨 줄 걸 그랬다는 후회가 밀려왔지만 미안이 평안히 잠든 것 같아 안심이었다.

아마 정신이 없어 아픈 것도 모르고 잠이 들었을 것이다. 핏물이 오른 붕대를 다정한 눈길로 어루만지던 승서는 제 손바닥이 다 아려 오는 듯 아픈 얼굴을 했다. 자그맣고 하얀 손가락을 눈여겨보던 그는 곧 고개를 숙여 미안의 손바닥 위에 입술을 가져다 대었다.

어째서인지 그렇게 해 주고 싶었다. 앞으로도 상처가 아파 울게 될 그녀를 상상하자 마음이 찢어질 듯 아파서 승서는 살며시 손바닥에 입을 맞추었다. 그러자 자그만 미안의 손가락이 움찔 떨렸다.

안쪽으로 더 구부러진 손가락이 아랫입술에 닿자 승서는 간지러운 감각에 잘 다듬어진 그녀의 손가락을 입에 살짝 물었다. 부드럽고 몽글몽글한 기분에 고개를 들어 미안에게 입을 맞추려던 그는 순간적으로 스스로가 하려던 행동에 정신을 차렸다.

이런. 속으로 나직하게 중얼거린 그는 민망함에 귀를 붉히고는 다급히 방을 나왔다.

승서는 미동도 않는 미안을 돌아보고선 숨을 깊이 내쉬었다. 뜨거워진 얼굴을 손으로 쓸어내린 그는 서둘러 침실로 돌아갔다. 침실 문을 닫자마자 달아오른 숨을 토해 내고 벽에 뒤통수를 콩 박았다.

"……미쳤구나, 최승서."

마치 그렇게 구는 게 자연스럽고 당연하다는 듯 움직이고 말았다. 내일 아침에 그녀를 어떻게 보지? 통통하고 예쁜 입술을 떠올린 승서는 손바닥으로 얼굴을 가리며 자리에 주저앉았다.
 왠지 앞으로 그녀와 지내게 될 일이 갑자기 걱정되기 시작했다.

 미안이 눈을 뜬 건 점심시간이 훌쩍 지나고서였다. 긴 수면에서 일어난 그녀는 식탁에 승서가 남겨 두고 간 쪽지를 읽었다.

 국은 데워 먹고 반찬은 랩에 싸서 냉장고에 넣어 두면 됩니다. ─ 승서

 그의 성격만큼이나 깔끔한 글씨체를 눈으로 읽은 미안은 의자에 앉자마자 다짜고짜 한숨을 뱉었다. 오므라이스 해 준다는 게 완전 깜빡했네. 정말이지 세상모르고 잤다. 자꾸만 이렇게 신세 지면 안 되는데. 하지만 미안은 울상을 지으면서도 어느새 미역국을 데우고 있었다.
 거실 탁자엔 전당포에 있던 그가 맡긴 물건들과 미안의 개인 물건들이 놓여 있었다. 옷가지와 속옷 등이 종이가방에 잘 담겨 있었는데 안타깝게도 속옷은 양 비서가 선물해 주었던 그 야시시한 것밖엔 없었다. 분명 전당포에서 짐을 챙긴 건 우리의 유쾌, 상쾌, 통쾌한 양 비서이리라. 미안은 끈밖에 없는 속옷을 쳐다보며 어깨를 바르르 떨었다.
 식사를 마치고 식기들을 싱크대에 넣어 둔 미안은 그릇에 물을 받다가 고개를 갸웃했다. 묘한 위화감에 물을 끄고 싱크대를 짚은 채 집중을 하자 언뜻 과거가 보였다.
 오늘 아침 승서가 부엌에서 분주히 오가는 장면을 본 미안은 키

득키득 웃다가 화면을 좀 더 넘겨 보았다. 미안은 지금 자신이 서 있는 자리에 그대로 서서 음식을 조리하는 유라를 보았다.

시종일관 불안하고 겁먹은 표정을 지으며 거실에 앉아 텔레비전을 보는 승서를 쳐다보는 유라는 무언가를 들킬까 봐 초조한 듯 보였다. 유라가 준비하는 전골을 내려다본 그녀는 과거에서 벗어나 어지러운 눈을 깜빡였다. 사랑한다면서 숨기는 게 뭐가 그렇게 많은 걸까.

입술을 부루퉁히 내민 미안은 부엌에서 나와 거실에 놓인 가방들을 뒤졌다. 일을 시작하기 전에 목욕을 할 심산으로 야시시한 속옷을 마지못해 꺼내 드는데 갑자기 집 안에 초인종 소리가 울렸다.

설마 정유라가 왔나? 속옷을 허둥지둥 가방에 쑤셔 넣은 미안은 인터폰 앞으로 다가갔다. 그런데 인터폰을 보며 유쾌하게 손을 흔드는 사람은 예쁜 미녀가 아닌 중년의 남자였다.

—아가씨 안에 있지? 문 좀 열어요. 최승서가 보내서 왔으니까. 심 박사라고 합니다. 어디 상처 좀 봅시다.

승서가 보내서 왔다는 말과 박사라는 말에 미안은 머뭇거리며 문을 열었다.

"아아, 너무 경계할 필요는 없어요. 이거 봐. 최승서가 준 대문 열쇠도 있잖아?"

심 박사는 싱글벙글 웃으며 미안에게 열쇠를 흔들어 보였다. 경계할 틈을 주지 않는 심 박사는 다짜고짜 미안의 손목을 잡아 이끌더니 "상처는요? 좀 쑤셔요?" 하고 물었다.

탁자에 놓인 짐들을 진료가방으로 훅 밀친 심 박사는 콧노래를 흥얼거렸다. 난데없이 들이닥친 심 박사를 멍하니 보던 미안은 붕대를 감은 손을 쳐다보다가 한 박자 늦게 "아, 맞다. 상처 되게 아파요!" 하고 대답했다.

무슨 상황인지 모르겠지만 승서가 의사를 불렀다는 것 정도는 이해했다. 대문 열쇠까지 갖고 있으니 신뢰해도 좋지 않을까? 조신하게 앉은 미안은 "어디 상처 좀 봅시다." 하며 웃는 심 박사에게 다친 오른손을 슬며시 내밀었다.

"어이구야, 상처가 깊네."

꼼꼼히 감아 놓은 붕대를 풀고 상처를 체크한 심 박사가 혀를 찼다.

"이거 흉터 좀 남겠는데 괜찮겠어요?"

소독약으로 굳은 피딱지를 닦아 낸 심 박사가 넌지시 물었다. 따끔거리는 아픔에 어깨를 움찔 떤 미안은 "괜찮아요." 하고 말하며 고개를 끄덕거렸다. 눈에 띄는 곳도 아니고 손바닥이다. 안 그래도 할매가 손금이 안 좋다고 걱정을 했는데 이번 기회에 팔자나 고치지 뭐.

"응급치료를 잘 해 놨네요. 상처 덧날 걱정은 안 해도 될 겁니다."

심 박사는 벌어진 상처를 치료하며 예쁘장한 미안의 얼굴을 슬쩍 눈여겨보았다.

어제 오밤중에 승서로부터 전화를 받은 심 박사는 대체 무슨 일인가 싶었다. 최승서의 어머니인 미정이 화병으로 쓰러졌을 때도 찾아와 달라고 정중히 문자를 넣던 녀석이 전화라니. 그래서 아침에 언제쯤 집에 찾아가면 되겠느냐 물었더니 "아직 그 사람이 자고 있을 테니 점심쯤 방문해 주십시오." 라더라.

그 사람? 심 박사는 정말로 어리둥절했다. 그 사람이 약혼녀냐고 물었더니 승서는 단호하게 아니라고 답했다. 그렇다면 최승서의 '성' 과도 같은 인사동 자택에 발을 들여놓은 '그 사람'은 누구일까.

심 박사는 호기심이 잔뜩 증폭한 상태로 승서의 집을 찾았다. 그리고 미안을 보자마자 또다시 궁금증이 시작되었다.

그녀는 절대로 배경 좀 되는 집안 아가씨 같지는 않았다. 그렇다고 천하의 최승서가 아무 아가씨들을 만날 리도 없고 집으로 데려올 리도 없다. 딱 봐도 사연이 진득한 관계 같은데. 쓸데없이 캐물었다간 승서에게 호되게 잔소리를 먹을 게 분명하다. 심 박사는 궁금한 것들을 목구멍으로 꿀떡꿀떡 넘기며 미안의 손에 다시 붕대를 감아 주었다.

"약 처방해 줄 테니까 식사하고 삼십 분 후에 먹도록 해요. 상처에 염증나지 말고, 아프지 말라고 먹는 약이니까. 알겠지요?"

미안은 저를 마치 딸처럼 대하는 심 박사를 보며 얌전히 고개를 끄덕였다. 꿰맨 자리가 팽팽히 당겨지는 게 느껴졌지만 그럭저럭 견딜 만했다. 약을 받아 든 미안은 온 지 삼십 분도 채 되지 않아 집을 나서는 심 박사를 배웅했다.

최승서에 대해 이것저것 묻고 싶은 게 많았는데 심 박사는 상처에 물이 닿지 않게 조심하라는 충고만을 하고 곧바로 떠나 버렸다. 진짜 이상한 의사선생님이네. 미안은 알약을 꼴딱 삼키고는 승서에게 문자를 보냈다.

[의사선생님 다녀가셨어요. 그리고 저녁에 오므라이스 해 놓을게요!]

문자는 호쾌하게 보냈다만 오른손을 제대로 못 쓰는데 이제 어떻게 한담? 가방에서 속옷을 다시 꺼내 들고 욕실로 들어간 미안은 쓸데없이 넓은 욕실을 빙 둘러보았다. 얼른 씻고 일을 시작해야지 이러다간 몸이 퍼져서 진짜 민폐녀가 되고 말 거다.

미안은 심 박사가 충고해 준 대로 오른손에 물이 닿지 않도록 애를 쓰며 왼손으로 서툴게 머리를 감고 몸을 씻었다. 샴푸며 비누가 어디에 있는지 몰라 잠깐 알몸으로 욕실을 배회하다가 넘어지는 바람에 엉덩이에 멍이 들었고 그때 승서가 아침에 목욕하던 과거를 보고 말았지만 앞태는 보지 않았으니 그나마 다행이라고 생각하자.

같이 살면 이렇게 그의 사생활을 엿보게 되는 일이 늘어날 텐데. 훈김이 모락모락 솟는 몸을 넓적한 수건으로 감싼 미안은 거실에 쌓인 가방들을 뒤지다가 처음 보는 옷들이 많은 걸 보았다.

자신이 이렇게 짧은 원피스를 산 적이 있던가? 잘못했다간 팬티가 보일 정도로 기장이 짧은 원피스를 발견한 미안은 어리둥절한 표정으로 다른 가방들도 뒤졌다.

의심스러운 눈초리로 주위를 둘러보던 그녀는 손에 들고 있던 하늘색 물방울무늬의 원피스를 쳐다보다가 머뭇거리며 한번 입어 보았다. 아무리 생각해도 최승서가 사 놓은 옷이라고밖에 여겨지지 않는다. 그의 지나치게 과한 호의가 미안은 살짝 부담스러웠지만 옷이 예뻐서 진짜, 정말 딱 한 번만이라며 입어 보았다.

허리 부분에 매달린 넓적한 끈을 리본 모양으로 묶은 미안은 자리에서 한 바퀴 돌아 뒤를 슬쩍 보았다. 드레스룸에 있는 거울로 옷을 입은 자태를 확인한 미안은 제가 봐도 잘 어울리는 원피스에 왠지 흐뭇한 미소가 나왔다.

거봐, 이렇게 꾸미면 예쁘잖아? 치마 길이가 짧은 건 마음에 걸린다만 그래도 예쁘니까!

 승서가 오기 전에 다른 옷으로 갈아입자고 생각한 미안은 거실에 쌓여 있던 가방들을 모두 작은방으로 옮겼다. 선물 받은 옷은 감사하지만 정중히 돌려주자.

 자꾸 이런 식으로 폐를 끼치는 것도 미안하지만 과한 관심은 애정으로 착각하기 마련이었다. 왜냐면 최승서는 진심으로 근사한 남자였으니까. 미안은 혼자 망상하다가 상처 입고 싶지는 않았다. 작은방에서 나온 미안은 큰 거실을 훑다가 방문을 하나하나 열어 서재를 찾았다.

 서재에 들어간 미안은 방대한 책들을 보고선 입으로 바람 빠지는 소리를 냈다. 책이 빈틈없이 꽂힌 걸 보다가 별생각 없이 책꽂이에 손을 댔는데 손을 대자마자 떠오르는 과거에 눈앞이 핑핑 도는 걸 느꼈다. 이건 지식의 보고가 아니라 과거의 보고다. 너무 많은 과거는 미안도 통제하기 힘들었다.

 신중하게 책상으로 다가간 그녀는 최승서가 어느 남자와 싸운 곳이 서재라는 걸 다시 한 번 확신했다. 장소도 똑같고 무엇보다 바닥에 깔린 카펫 색깔이 동일했다.

 푹신한 의자에 앉은 미안은 책상에 팔을 걸쳐 보았다. 은은한 목재 냄새가 풍기는 책상을 손바닥으로 쓸어 본 그녀는 가만히 눈을 감았다.

 닫힌 눈꺼풀 너머로 그가 자리에 앉아 홀로 책을 읽는 모습이 보였다. 승서는 미안으로서는 도저히 이해하기 힘든 책을 읽더니 지루한지 하품을 했다. 그가 하품을 하는 걸 보고 키득키득 웃은 미안은 눈을 반짝 뜨고선 하얀 천장을 올려다보았다.

 아아, 어지럽다. 고작 이만큼 일했다고 아프다니. 프로정신이 없어, 미안! 미간을 주무른 그녀는 책상에 가지런히 정리된 물건들을 훑었다. 분명 의문의 남자와 승서가 싸웠을 때 여기에서 무언가가 깨졌다. 예리한 눈초리로 책상을 훑던 그녀는 이내 만년필을 발견했다. 만년필이 항상 이 자리에 있었다면 그날 있었던 일도 볼 수 있지 않을까?

약간 기대하는 마음으로 만년필을 쥔 미안은 정신을 집중했다. 눈을 꼭 감고 가장 가까이 있는 과거 속에 들어가자 귓가에 사각사각거리는 소리가 들렸다. 눈을 조심스럽게 뜬 미안은 자신이 있던 자리에 앉은 과거의 최승서를 보았다. 아무 생각 없이 어느 과거를 꺼냈으니 어제의 최승서인지 아니면 더 오래된 과거의 그인지는 알 수 없다.

만년필로 서류에 사인을 하는 그는 과거를 아무리 빨리 감아도 계속 혼자였다. 그를 찾는 사람도, 그가 찾는 사람도 없었다. 오로지 사각대는 만년필 소리만 울리는 서재는 쓸쓸함으로 가득했다. 미안은 형체가 잡히지 않는 과거의 승서를 끌어안고 싶은 충동에 휩싸였지만 현기증이 일어나 서둘러 과거에서 빠져나왔다.

"왠지 마음이 좀 그러네."

중얼거린 미안은 의자에 편히 기댄 채 손깍지를 끼웠다. 과거를 두 개나 봤는데 다 '서른한 살'이라는 주제에서는 벗어난 것들이다. 아직까지 별 소득이 없다는 걸 깨달은 그녀는 관자놀이를 툭툭 주먹으로 치다가 자리에서 슬쩍 일어났다.

"아마도 이쯤인데."

아무 책이나 펼쳐 두고 승서가 다툴 당시에 서 있던 자리에 그대로 서 보았다. 승서와 의문의 남자의 거리를 대충 팔로 재 본 미안은 예리한 눈길로 책상을 살폈다.

남자가 서 있었음 직한 자리에 서본 그녀는 주위를 둘러보다가 그의 책상 구석에 놓인, 다리가 깨진 조그만 소녀조각상을 발견했다. 상아로 만들어진 조각상을 집자마자 어느 반동으로 소녀조각상이 바닥으로 고꾸라지는 과거가 눈앞에 확 덮쳐 왔다.

「대체 언제까지 이렇게 병신같이 살래, 최승서!」

쨍하게 울리는 낯선 남자의 목소리에 미안이 숨을 헉 들이 삼켰다. 의문의 남자는 승서만큼이나 거칠게 화를 냈다. 남자는 승서에게 얻어맞은 뺨을 손등으로 쓸어내리고는 최승서를 한 대 때릴 듯 이를 악물더니 곧 서재를 박차고 나가 버렸다.

강렬한 과거에서 헤어 나온 미안은 여태까지 오리무중이던 남자의 얼굴을 머릿속으로 다시 그려 보았다.

닮았어.

그 남자는 말도 안 될 만큼 최승서와 닮았다. 마치 형제라고 해도 믿을 정도였다. 그에게 형제가 있나? 흐릿해진 정신을 다부지게 잡은 미안이 관자놀이를 주먹으로 눌렀다. 그러곤 혼잡해진 눈길로 부서진 소녀조각상의 다리를 내려다본다.

"역시 골치 아픈 일이었잖아."

조각상을 제자리에 둔 그녀는 어수선한 머리를 차갑게 가라앉혔다. 내내 의문이던 남자는 최승서와 아주 많이 닮았다. 형제일 확률이 거의 구십 퍼센트가 넘는다. 하지만 왜 그의 애인 문제에 형제가 끼어 있지? 설마 삼각관계였나? 엄지에 끼운 묵주반지를 천천히 돌린 미안이 눈을 가늘게 떴다. 아무래도 조짐이 좋지 않다.

미안은 머릿속이 아찔했지만 묵주반지를 움켜쥐고 그 안에 담긴 과거들을 들쑤셨다. 실마리가 잡힐 듯 가까워졌다가도 다시 흐려진다. 진심으로 화를 내고 있던 의문의 남자를 상기한 미안이 눈을 미미하게 찡그린다.
"최주하."
과거에서 남자의 이름을 끄집어 낸 미안은 나직하게 한숨을 토해 냈다.
와아, 이거 진짜…….
"완전 개판이네."


"네?"
양 비서는 회의를 끝내자마자 스케줄을 수정할 걸 지시하는 승서를 의아하게 보았다. 아침 댓바람부터 미안의 사무실에서 짐을 챙겨 오라고 명령하지 않나, 여자 옷을 구입하라질 않나, 그런데 이번에는 저녁식사 모임을 빼라고?
전당포 유리가 처참하게 깨져 있던 걸로 보아 무슨 일이 있었다는 걸 짐작하긴 했지만 양 비서는 아무것도 묻지 않았다. 유능한 비서란 질문하지 않고도 척척 알아서 해내는 법이니까. 그래서 백화점 문이 열기 무섭게 신상으로 예쁜 옷을 쫙 뽑아내어 그의 인사동 자택에 갖다 놓았다.
"하지만 간부들과의 저녁식사인데 괜찮으시겠습니까?"
"상관없습니다. 그리고 앞으로도 식사시간만큼은 제대로 비워두세요."
"알겠습니다."
양 비서는 승서가 회의시간 내내 핸드폰을 쳐다보던 걸 떠올렸다. 누군가로부터 문자가 온 걸 보고 슬그머니 웃기까지 했다. 이 남자가 머리에 나사를 또 하나 풀었나 보다.

"그리고 정유라 씨로부터 초대장이 도착했습니다."

초대장이라는 단어에 회의에서 검토한 서류를 재차 읽어 보던 승서가 고개를 들었다.

"정유라 씨가 모델로 참가하는 패션쇼인 것 같습니다. 어떻게 할까요."

"날짜는요?"

"이번 주 일요일입니다."

방문하지 않으면 또다시 인사동에 들이닥치겠지. 예전처럼 유라를 함부로 드나들게 할 수는 없다. 이제 그곳에는 미안이 있다. 유라와 후에 헤어질 때 뒤탈이 없으려면 미안이 자신의 집에 머물고 있다는 사실을 숨겨야 한다. 신중히 생각하던 승서는 "몇 십니까." 하고 물었다.

"오후 한 시입니다."

"방문하겠다고 미리 연락해 두세요. 그리고 제 집에 드나들던 가정부에게 당분간 올 필요 없다고도 전해 두시고요."

아무래도 최승서의 성에 정말 미안이 입성한 모양이다. 흥미롭게 미소 지은 양 비서는 알겠다는 대답으로 보고를 마치고 사무실을 나왔다. 일이 재미있게 돌아간다. 히죽 웃은 양 비서는 자리에 앉으며 의미심장하게 중얼거렸다.

"미안 씨가 아무래도 대어를 낚은 모양이네."

미안은 강 형사에게 사정을 말하자마자 고막을 두드리는 잔소리에 핸드폰을 멀리 치웠다.

―인마! 그런 일이 있었으면 당장 전화를 했어야지!

"아니 진짜 급했다니까요? 그래도 최승서 씨가 잘 도와줬어요."

─아이고, 이 답답아! 너 죽을 뻔했어, 알아?

그럼, 이 젊고 창창한 나이에 우리 할매보다 먼저 염라대왕 영접할 뻔했지. 알고말고. 강 형사는 그 후로도 몇 분이나 더 미안에게 괜찮은 거냐고 묻기를 반복하다가 땅이 꺼져라 한숨을 내쉬었다.

미안도 처음엔 무서워 죽는 줄 알았지만 승서의 집은 안전했다. 믿을 만하다고나 할까. 서항건설 전무이사씩이나 되는 남자가 집 보안을 허술하게 할 리도 없고. 그녀는 전적으로 승서에게 기대고 있는 입장이었으니 그저 그를 믿을 수밖에 없었다. 아니, 최승서가 다른 꿍꿍이가 있다고 해도 믿을 수밖에 없는 상황이었다.

짧은 원피스를 만지작댄 그녀는 "저 괜찮아요." 하고 놀란 기색을 추스르는 강 형사에게 중얼거렸다.

─최승서 그 자식이 잘해 주디? 딴짓 안 하고?

"에이, 누가 들으면 최승서 씨가 나한테 무슨 짓 한 줄 알겠다."

─이 녀석 봐라? 최승서도 남자야, 남자. 너 사람 그렇게 함부로 믿다가 큰코다쳐!

다른 사람도 아니고 그가 자신을 건드릴까? 미안은 다리를 오므리며 고개를 갸웃했다.

아무리 애인과 사이가 서먹하다지만 유라는 굉장한 미인이고 승서 정도의 재력과 외모라면 연예인만큼 예쁜 아가씨들과 놀 수 있을 것이다. 그러니 그런 쪽으론 전혀 걱정이 되지 않았다. 오히려 미안은 자신이 잘생긴 승서를 보고 헛된 마음을 품지 않을까 그게 더 염려였다.

"진짜 백 번 천 번 장담하는데, 아주 많이 괜찮아요. 그러니까 그렇게 걱정 안 해도 된대도?"

―어이고, 이 망할 지지배. 그래서 나한테 물어볼 거라는 건 뭐야?

"아니, 혹시 강 형사님 최승서 씨 형제들 좀 아나 싶어서."

―최승서 형제?

"응. 최주하라는 사람인데 알아요? 최승서 씨 교통사고 나고 가족들한테 진술받았으면 알지 않을까 해서."

―알지. 서항건설 상무이사. 너 행여나 최주하한테 깝죽거릴 생각일랑 하지도 마라. 그 녀석은 최승서랑 차원이 달라. 완벽하게 맹수라고.

그래, 그래 보이더라. 승서의 과거에 가끔씩 등장하는 주하는 어디로 보나 사나운 표정이었다. 언제라도 분노를 최고치로 끌어올려 사람 속을 뒤집어 놓는 데 재주가 있는 남자 같았다. 유독 거칠게 느껴지는 까닭은 턱에 난 상처 때문이기도 하겠지만 하여간 최주하는 무서운 사람 같았다.

―그때 사고가 하도 위험천만하게 터져서 최승서를 살해할 목적일지도 모른다고 최 회장이 살해사건으로 조사해 달라고 그랬거든?

"응, 응."

―그 첫 번째 용의자가 최주하였어.

"와, 형제라면서 사이 진짜 나쁜가 보다. 정말로 최승서 씨를 죽이려고 했던 거래요?"

미안이 기가 막힌다는 듯 말하자 강 형사가 "그건 아니야."하고 부정했다.

―최주하가 무슨 생각인지는 모르지만 증거도 없고 심증뿐이었으니까 진술만 받고 풀려났지. 그냥 운전미숙으로 사건 일단락 지

었는데 동생 놈이 진술할 때 그러더라고. 그놈 이름이 최노하던가. 이게 다 여자 때문이라고 그러던데.

그 여자가 정유라라는 데에 내 손가락을 건다. 미안은 손톱을 한 번 깨물었다가 '최노하'라는 낯선 이름을 외워 두었다. 아무래도 최노하는 무언가를 좀 아는 모양이다.

"저, 강 형사님."

―응?

"최주하가 최승서의 여자를 탐냈을 확률이 얼마나 될까요?"

―으음. 나도 최노하 진술받고 처음에 그걸 의심했는데 어림 반 푼어치도 없더라. 최주하가 야심가이긴 하지만 태생이 그런지 여자 가지고 그런 짓 할 놈은 아니야.

"태생?"

―모르냐? 최주하랑 최노하는 최승서랑 어머니가 달라. 최 회장이 첫 번째 부인 황미정을 쫓아내다시피 해서 이혼하고 집에 들인 게 그 두 녀석 어머니야. 서혜정. 지금 서항건설 안방마님.

강 형사의 말을 고분고분 들으며 수첩에 필기하던 미안은 곧 무언가 이상하다는 걸 감지했다. 근데 왜 최주하가 최승서의 형이지? 눈을 깜빡이며 눈썹을 찡그리자 강 형사가 미안의 의문을 짐작했는지 계속 말을 이었다.

―최 회장 그 양반이 최승서 어미랑 결혼하기 전부터 만나던 여자가 서혜정이라더라. 그래서 최주하가 최승서보다 형인 거야.

"말도 안 돼! 그럼 결혼하기 전에 이미 딴 여자 사이에 애가 있었다는 거예요? 뭐 그런 놈팡이가 다 있어?"

―바로 그거지. 그러니까 적어도 최주하는 여자 가지고 장난은 안 친다 이 말씀이다. 심지어 룸살롱도 경멸하는 놈이야. 너 서항

건설 간부들이 회식자리만 갔다 하면 경건해진다는 소문 못 들었냐? 그게 다 최주하 그놈 때문에 그런 거야.

이러면 말이 안 된다. 최주하는 최승서와 싸우면서 분명 '정유라'를 언급했다. 승서는 최주하의 말을 듣고 불같이 화를 냈고. 하지만 두 사람이 유라를 사이에 둔 삼각관계가 아니라면 이건 맞춰지지 않는 퍼즐과도 같았다.

꼭 밥을 사겠다며 애교를 부린 미안은 강 형사와 통화를 끊고선 수첩을 노려보았다.

분명 최노하가 진술을 할 때 이게 다 여자 탓이라고 말했다지? 그 여자는 백 퍼센트 정유라가 맞다. 그럴 수밖에 없다. 미안은 이 사건을 꿰어 맞추지 않는 한 승서에게 과거를 설명해 줄 수 없으리란 걸 알았다. 왜냐면 최승서의 '서른한 살'의 중심에는 정유라가 있었기 때문이다.

미안은 어찌 되었건 그 기억을 되찾는 데 일조해 달라는 부탁을 받았고. 승서가 기억을 잃어버린 충격에 최주하가 연관되어 있다면 그녀는 어쩔 수 없이 그들의 일련관계를 조사해야만 했다.

아아, 골치 아프다. 입에 볼펜을 물고 소파에 등을 묻은 미안은 높은 천장을 쳐다보며 눈을 깜빡였다. 그의 가족 이야기를 듣고 나니 서른한 살의 최승서가 유라에게 왜 그토록 집착하고 애정을 가졌는지 알 것도 같았다.

아마 승서도 제대로 된 가족이 절실했을지도 모른다. 버림받은 어머니의 불행을 되풀이하고 싶지 않아서 완벽하게 사랑하고 아끼는 여자와 결혼을 하고 싶었겠지.

그런데 최주하와 말다툼을 벌인 날 사고가 났다.

묵주반지를 손안에 쥔 미안은 주먹을 이마에 가져다 대고 눈을 감았다. 아, 제발. 한 번에 걸려라, 한 번에……. 최주하와 말다툼을 벌인 그 직후의 과거가 필요하다. 간절히 기도를 올리던 그녀는 눈앞에 펼쳐지는 영상에 주위를 살폈다.

차고로 보이는 공간을 살핀 미안은 한숨을 삼켰다. 아아, 이번에도 엉뚱한 과거다.

「내가 잘 아는 정비공인데 승서 씨한테도 소개해 주려고요. 집으로 불러서 정기적으로 차 점검받는 게 좋잖아요.」

그녀는 승서의 팔짱을 꼭 끼고 있는 유라를 쳐다보았다. 유라의 뒤에는 정비소에서 나온 정비공이 서 있었고 승서는 정비공에게 눈길을 주다가 하는 수 없다는 듯 고개를 끄덕였다.

「정기적으로 올 필요는 없고 내가 부르는 날에만.」

「네, 그래도 괜찮아요. 실력 있는 사람이니까 승서 씨도 마음에 들 거예요.」

빨려 나오듯 과거에서 헤어 나온 미안은 띵한 머리를 바로잡지 못하고 옆으로 쓰러졌다. 연달아 과거를 읽었더니 머리도 아프고 배도 고프다.

소파 위에 드러누워 매끈한 다리를 쓸어 올린 미안은 핸드폰을 집었다. 두 시밖에 안 됐는데 벌써부터 피곤하다니. 거기다 조금 졸린 것 같기도 하다. 아무래도 심 박사에게서 받은 약에 수면제도 있는 모양이다.

하품을 늘어지게 한 그녀는 자세를 바로잡고 손에 쥐고 있던 반지를 잃어버릴세라 손가락에 끼웠다. 그나저나 집이 넓다 싶었더니 차고까지 있나 보다. 이렇게 넓은 집에서 최승서는 혼자 무슨 재미로 살았을까. 2층으로 올라가는 계단을 돌아본 미안은 울렁거리는 속을 달래며 고개를 숙였다.

"딱 십 분만 쉬자. 진짜 십 분만……."

소파 위에 새우처럼 등을 구부리고 누운 미안은 하품을 하고선 눈을 감았다. 금방 잠이 든 미안은 묵주반지에 담긴 과거에 지나친 집착을 해서인지 묘하고 이상한 꿈을 꾸었다.

「승서 씨, 설마 그 사람 질투해요? 말도 안 돼.」

「질투해. 특히 너와 친한 게 가장 마음에 안 들어.」

「당신이 질투할 필요 없어요. 내가 사랑하는 사람은 최승서뿐이니까.」

「유라야.」

「네, 승서 씨.」

「사랑해. 아주 많이.」

유라의 허리를 끌어안은 그는 꽤 낯선 표정이었다. 사랑하는 사람을 안고 있는데도 저렇게 쓸쓸한 표정을 지을 수 있구나. 사랑한다고 속삭이면서 저렇게 슬퍼할 수도 있구나.

미안은 보닛 위에 주저앉아 두 사람을 멍하니 지켜보았다. 정유라에게 아이처럼 매달리고 투정을 부리는 승서가 지나치게 생소하기도 했지만 뭐랄까, 어째서인지 그녀는 유라의 태도에 살짝 화가 났다.

애인을 저렇게까지 불안하게 하다니. 나쁜 여자.

유라와 승서가 입맞춤을 나누는 걸 보던 미안은 눈을 가늘게 뜨고 보닛에서 폴짝 뛰어내렸다. 왜일까. 자꾸만 화가 난다. 속이 쓰리고 가슴이 아프다. 일부러 승서를 외면하며 차고 문을 연 미안은 철썩이는 파도 소리와 머리칼을 헤집는 시원한 바닷바람에 눈을 동그랗게 떴다.

문을 열자마자 펼쳐진 하얀 백사장을 멍하니 보던 그녀는 바닷가를 천천히 걷고 있는 남자를 발견했다. 꿈이라서 이런 것도 가능하구나. 하지만 이건 반지에 녹아들어 있는 서른한 살 최승서의 기억이다. 미안은 어쩌면 괜찮은 과거를 건질지도 모른다는 생각에 바닷가를 거니는 남자에게 달려갔다.

맨발바닥에 감겨드는 뜨거운 모래 감촉은 놀라울 만큼 생생했다. 코끝을 스치는 바다 냄새는 그녀의 기분을 자연히 들뜨게 만들었고 상쾌한 해풍이 마음을 상쾌하게 해 주었다. 여기는 서른한 살의 최승서가 유라와 여행을 왔다던 몰디브이리라. 그렇게 추측한 미안은 혼자 바닷가를 걷고 있는 남자의 얼굴을 보았다.

최승서다. 아마도 2년 전의 최승서. 미안이 과거로 실컷 훔쳐본 서른한 살의 최승서.

미안은 승서의 옆모습을 말끄러미 쳐다보았다. 눈부신 태양에 반짝거리는 그의 얼굴이 평소보다 더 빛이 난다. 정유라는 어디서 뭘 하기에 이렇게 근사한 남자를 혼자 내버려 둔 걸까. 그녀는 승서의 손을 잡고 싶다는 충동을 참아 내며 그의 보폭에 맞추어 곁을 지켰다.

저기요, 최승서 씨.

별생각 없이 그에게 말을 건 미안은 묵묵히 앞을 보고 걷는 승서를 보며 조금 실망했다. 꿈이긴 하지만 그의 기억이라 대화는 역시 불가능한 걸까.

발가락 사이에서 흩어지는 모래를 내려다본 그녀는 눈가를 누그러뜨렸다. 그럼 손 정도는 잡아도 되지 않을까? 허전한 승서의 손을 쳐다보던 미안은 제 오른손에 붕대는커녕 상처 하나 없는 걸 보았다.

꿈이니까. 꿈이잖아, 뭐 어때. 이렇게 좋은 곳에 사랑하는 사람과 여행까지 온 그가 괜히 쓸쓸해 보여서 미안은 가슴이 다 먹먹했다. 그래서 슬쩍 손가락을 뻗어 최승서의 손을 잡았다.

꿈이었지만 그의 손은 따뜻하고 부드러워서 미안은 저도 모르게 배시시 웃었다.

솔직히 말해 봐요. 그날 최주하 씨랑 무슨 대화를 나눈 건가요?

승서가 보는 방향을 따라간 미안은 끝없이 이어진 백사장을 보았다.

아직도 정유라 씨를 사랑해요?

마주 잡은 손을 흔들며 그에게 물었지만 그는 아무 대답도 하지 않았다. 힐끗 승서를 쳐다본 미안은 입을 비죽였다. 백사장은 아무리 걸어도 끝이 보이지 않았다. 그녀는 고개를 들어 쨍쨍하니 빛나는 해를 우러러보았다. 날씨가 맑아서인지 이 꿈에서 깨어나고 싶지가 않다. 설령 꿈에서 깨더라도 누군가와 계속 손을 잡고 있고 싶었다.

내가 찾아 줄게요. 최승서 씨 서른한 살을 내가 제자리에 돌려줄게요. 진짜예요. 그때까지 당신 옆에 있어 줄 테니까 이제 그렇게 울 것 같은 표정 좀 짓지 말아요.

고개를 수그린 채 중얼거리던 미안은 승서와 마주 잡은 손아귀에 힘이 들어간 걸 느꼈다. 그 악력은 미안의 것이 아니었다. 눈을 동그랗게 뜬 그녀는 그를 쳐다보았고 반짝이는 햇빛과 드넓은 바다를 등진 그와 눈이 마주쳤다.

이마에 그의 입술이 살며시 닿았다. 코끝을 간질이는 스킨 향에 눈을 가늘게 감은 미안은 부드럽게 미소 짓는 승서를 보고 입술을 꾹 다물었다.

입안에 달콤함이 퍼지는 것처럼 행복함에 들뜬 미안이 승서에게 무언가를 말하려 하자 갑자기 그녀의 몸이 바람에 휘청거렸다. 마주 잡은 손을 놓기 싫어서 이를 악물고 버티자 해풍에 미안의 몸이 붕 떠올랐다. 헤어지기 싫은 마음에 눈물이 왈칵 치솟은 미안은 승서의 목을 와락 끌어안고선 소리쳤다.

내가 꼭 되돌려 줄게요. 그러니까 딱 2년만 기다려요. 금방, 금방 갈 테니까!

그 말을 마지막으로 팔에 힘을 뺀 미안은 거센 바람에 휩쓸려 하늘로 날아올랐다. 삽시간에 멀어진 그가 무언가 말하는 게 보였지만 미안은 서른한 살의 최승서가 뭐라고 말하는지 되새길 틈도 없이 다시 지상으로 몸이 고꾸라졌다.

손바닥에서 욱신욱신거리는 아픔이 느껴지자 미안은 천천히 눈을 떴다. 화창하던 날씨는 온데간데없고 화려한 조명만이 그녀의 예민한 눈을 찌른다.

뻐근한 몸을 일으킨 미안은 "일어났어요?" 하고 속삭이는 목소리에 멍하니 고개를 끄덕였다. 그러다가 뒤늦게 정신을 차리고 후다닥 옆을 돌아보았다. 흰색 줄무늬가 들어간 검은 정장을 입은 승서가 미안을 보며 싱긋 웃고 있었다.

"어, 언제 오셨어요?"

허둥지둥 자리에서 일어선 미안은 짧은 원피스를 정돈했다. 침은 안 흘렸나 몰라. 뺨을 손등으로 문지른 그녀는 승서를 올려다보며 멋쩍게 웃었다. 신세 지는 판에 거실에서 팔자 좋게 낮잠이라니. 민망해진 마음에 억지로 웃자 그가 부엌을 보더니 "오므라이스는요?" 하고 물었다.

응? 오므라이스? 승서의 말에 고개를 갸웃한 미안은 부엌을 보다가 베란다를 쳐다보았다. 어느새 노을이 뉘엿뉘엿 지는 걸 본 그녀는 그제야 안색이 새파랗게 질려 팔을 허둥거렸다.

"지, 진짜 죄송해요! 자느라 몰랐는데……. 아니, 지금 당장 만들게요!"

세상에 맙소사. 벌써 저녁이다. 부엌으로 황망히 달려간 미안은 허둥거리며 양손으로 머리를 감쌌다. 십 분만 잔다는 게 대체 몇 시간을 잔 거야? 어떤 것부터 시작해야 할지 몰라 부엌을 두리번거리는데 소파에 기대어 있던 승서가 미안에게 다가왔다.

"도와 드릴까요?"

다친 손이 영 신경 쓰였던 그가 조심스레 말하자 미안이 세게 도리질을 쳤다.

뺨이 빨갛게 물든 그녀는 눈에 부끄러운 감정을 담뿍 담고 있었다. 그래서 승서는 한 발 물러나 식탁에서 미안을 지켜보기로 했다. 미안이 부담스러워할 게 뻔하지만 그는 그녀를 좀 더 보고 싶었다.

양 비서에게서 미안의 옷이 너무 없다는 전화를 받은 승서는 당장 그녀가 입을 수 있는 옷을 구입해 달라고 부탁했다. 옷 스타일은 철저히 양 비서의 선택에 맡겼는데, 역시 우리의 양 비서는 유능했다.

다리가 저렇게 예쁜데 왜 여태껏 치마를 입지 않았을까. 손바닥에 턱을 괸 그는 프라이팬에 기름을 두르는 미안을 걱정스레 보면서도 실실 터져 나오려는 웃음을 들키지 않기 위해 애를 썼다.

그녀는 원피스가 잘 어울렸다. 정말로 사랑스러웠다. 매끈하고 긴 다리는 둘째 치고 리본 때문인지 허리가 더 잘록해 보였다.

승서는 미안을 보며 진심을 가득 담아 그녀가 아름답다고 생각했다. 자신을 위해 서툴게 요리하는 것도 귀여웠다. 누군가가 자신을 위해 요리를 해 주는 장면이 이렇게 보기 좋은 거였나. 그간 부엌에서 애를 쓰던 유라를 떠올린 그는 이 감정이 사뭇 진지하다는 걸 깨달았다.

그는 분명 미안에게 홀렸다. 하지만 섣불리 확신할 수는 없었다. 일 년 가까이 유라를 제외하고 여자들을 곁에 두지 않았다. 병원에서 퇴원한 이래로 누구와도 잠자리를 갖지 않았으니 어쩌면 본능에 끌려 미안을 보는 걸지도 몰랐다. 지난밤만 해도 그랬다. 그녀를 갖고 싶다는 생각에 하마터면 실수를 저지를 뻔했다.

볶음밥에 넣을 야채를 송송 써는 미안의 칼질은 보는 사람을 여러 번 간 떨리게 만들었다. 그럴 때마다 그녀는 승서의 눈치가 보였는지 헤프게 웃곤 했다.

퇴근을 하고 한 시간이 지난 후에야 저녁을 먹게 된 승서는 모양은 엉망인데도 오므라이스 위에 케첩으로 스마일 무늬를 그려 넣은 미안의 센스에 도저히 웃지 않을 수가 없었다.

밥을 먹으며 과거에 대한 이야기를 들은 그는 서재에서 다툼을 벌인 게 주하라는 확신을 받고선 숨을 삼켰다.

"왜 싸웠는지도 아셨습니까?"

"아뇨, 거기까지는 아직……."

여태까지의 정황으로만 봐서는 승서와 주하 사이에 정유라가 끼어 있는 구도였다. 하지만 미안은 주하와 유라가 그렇고 그런 사이가 아니라고 생각했다. 그러기엔 그날 화를 내던 주하는 어딘가 이상했고 그런 주하를 서재에서 내보내고 의자에 침울하게 앉아 있던 승서도 묘했다.

"강 형사님께 물어봤는데요."

"네."

"최노하 씨가 진술할 때 '이게 다 여자 탓'이라고 했대요. 짐작 가세요?"

"그 여자가 혹시 정유라입니까?"

"저는 거의 구십구 퍼센트 확률로 그렇다고 생각해요. 그리고 오늘 새로운 과거를 몇 개 더 봤는데요, 최승서 씨가 애인분에게서 자동차 정비공을 소개받으셨던데."

"정비공이요?"

고개를 끄덕인 미안은 오므라이스를 우물거리며 수저를 흔들었다.

"아마 최승서 씨 핸드폰에 전화번호가 저장되어 있지 않을까요? 제가 그분이랑 대화를 좀 해 보고 싶거든요."

에어백의 문제에 대해 정비공에게 이것저것 물어보고 싶은 게 있다. 그리고 그 과거가 언제 적 기억인지를 알려면 정비공이 언제부터 승서의 집에 드나들었는지도 확인해야만 했다.

미안은 오므라이스 위에 케첩을 조금 더 뿌리며 밥을 한 수저 떴다. 당근과 양파가 들어간 볶음밥을 물끄러미 보던 승서는 고개를 끄덕이며 "한번 알아보겠습니다."라고 대답했다.

식사를 마친 승서는 그릇들을 대충 물에 헹구고는 식기세척기에 집어넣었다. 서재로 들어가기 전에 핸드폰을 꺼내 잘 알지 못하는 이름들을 쭉 훑은 그는 '황정현 정비사'라는 이름을 보고선 꽤 놀란 듯 눈을 크게 떴다.

서재 문을 열며 정비공에게 전화를 건 승서는 통화를 시도한 지 몇 초도 되지 않아 "네, 최 전무님."하고 대답하는 낯선 남자의 목소리를 들었다.

"내일 오후쯤에 차 정비를 맡기고 싶습니다만."

―어어, 그럼 내일 오후 두 시쯤 찾아뵙겠습니다. 그래도 될까요?

"이왕이면 점심시간으로 맞추어 주실 수 있겠습니까."

―음, 알겠습니다. 그럼 열두 시쯤에 집 앞에서 뵙겠습니다.

정유라에게서 소개받은 사람이라. 통화를 마치고 서재 문을 닫은 승서의 눈이 좁아진다. 문고리를 한참 동안이나 놓지 못한 그는 그 자리에 서 있다가 통화목록을 내려다보았다. 황정현 정비사. 생소한 이름을 혀로 굴려 본 승서는 핸드폰을 서재 구석에 있는 일인용 소파에 던져두고는 책상으로 다가갔다.

"……정비공이라."

왠지 썩 좋지 않은 기시감이 그의 뒷덜미를 싸하게 덮쳤다.


잠깐 볼 수 있겠냐는 승서의 연락에 한달음에 회사 앞으로 달려온 유라는 양 비서를 대동하고 나온 그를 보고 살짝 실망을 했다. 양 비서가 그의 뒤에 있다는 건 금방 자리로 복귀해야 한다는 의미였으니까.

하지만 그래도 기뻤다. 승서가 기억을 잃어버린 이후 처음으로 연락을 준 것이었다. 유라는 그것만으로도 실낱같은 희망을 본 기분이었다.

거기다 조금 있으면 점심시간이다. 어쩌면 그와 간만에 근사한 곳에서 식사를 할 수 있을지도 몰랐다.

"회사에 있을 땐 연락 받지도 않더니. 무슨 일이에요?"

유라가 짐짓 새침하게 웃으며 그의 곁으로 다가갔다. 승서는 양 비서에게 손짓을 했고 양 비서는 두 사람에게 공손히 인사를 하더니 도로 회사로 들어갔다. 그 광경을 본 유라는 다시 심장이 뛰었다. 승서가 다시 자신에게 마음을 연 것 같아 얼굴에 웃음꽃이 폈다.

"황정현 정비공에 대해서 듣고 싶어서."

"누구요?"

활짝 펴진 유라의 표정이 대번에 일그러졌다. 승서의 입에서 튀어나온 이름에 유라는 적잖이 당황한 반응이었다. 설마 기억이 돌아왔나? 유라가 굳은 눈동자로 그를 보았지만 승서는 양 비서가 미리 가져다 놓은 차로 걸어가며 "핸드폰에 저장되어 있던데."하고 말했다.

"그 사람은 제가 승서 씨한테 소개해 준 사람이에요. 말 그대로 차량 정비사고."

유라는 승서가 조수석 문을 열어 주길 기대하며 그가 묻는 것에 대답했다. 차로 가까이 다가간 승서는 "그래?"하고 담담히 대꾸하더니 유라를 돌아보았다.

"언제 소개해 줬지?"

"……어, 그러니까 거의 재작년 겨울쯤에요."

"내가 사고가 난 당일을 기점으로 하면?"

취조하는 듯한 그의 물음에 유라가 적잖이 당황한 표정을 했다. 하지만 승서는 가차 없이 유라를 보며 "대답해 줘. 중요하니까."라고 몰아붙였다.

유라는 진심으로 곤혹스러웠다. 정말로 최승서의 기억이 돌아왔어? 아니, 말도 안 돼. 돌아왔으면 날 부를 리가 없지.

앞머리를 가지런히 넘긴 이마를 짚은 유라는 승서의 질문에 대해 대답하기 위해 얼추 날짜를 세어 보았다. 하지만 자꾸만 가

숨이 불안으로 쿵쾅거렸다. 바싹 마른 입술을 깨문 유라는 애써 웃는 표정으로 승서를 보며 "대충 한 달 전쯤 돼요."라고 대답했다.

"한 달이라."

"네. 그런데 갑자기 그건 왜요?"

"아니, 별거 아냐. 차량 정비를 안 한 지 오래돼서 검사나 할까 하고."

"그래요?"

미안이 그 정비공과 대화를 하길 원한다. 미안에게 알려 줘야 할 정보들을 습득한 승서는 유라를 한 번 쳐다보았다가 조수석 문을 열어 주었다.

"데려다 줄게, 타."

"어디로?"

"패션쇼 준비 한창이라며."

"점심시간인걸요. 식사하러 가는 거 아니었어요?"

조수석 가까이 걸어간 유라가 조심스레 묻자 그는 심드렁한 표정으로 "아니. 나는 일이 있어서."라고 대꾸했다. 승서의 말에 유라는 실망한 얼굴을 숨기지 않았지만 한숨을 삼키며 고개를 끄덕였다.

"알았어요, 그럼. P백화점 쪽으로 가 주세요."

부드럽게 닫힌 조수석 문을 눈여겨본 유라는 입술 속살을 꼭 깨물었다. 최승서의 기억이 돌아오기 시작한 걸까. 일부분만 돌아오면 모를까 전부 돌아오는 건 안 된다. 특히 그 남자와 연관된 일이라면 더욱더. 손질을 받은 손톱이 손바닥에 파고들 정도로 힘을 준 유라는 운전석에 오른 그를 보며 빙긋 웃었다.

"그럼 오늘 저녁엔 시간 돼요? 나 승서 씨 집에서 안 자고 간 지 오래됐는데."

유라의 말에 안전띠를 당기던 승서가 멈칫했다. 집엔 미안이 있다. 절대로 누구도 허락할 수가 없었다.

"회사에 복귀한 지 별로 안 돼서 바빠. 나중에 같이 식사하자."

하지만 유라는 그가 무언가를 숨긴다는 걸 눈치챘다. 비밀번호를 바꾼 걸로도 모자라 집에 무엇을 숨기고 있다. 의심의 눈초리로 승서의 옆모습을 훑은 유라는 안전띠를 매며 속으로 비명을 질렀다.

지금 이 상황에서 누가 자신의 편이 되어 줄 수 있을까. 안전띠를 꽉 움켜쥔 유라는 승서의 가족들을 차근차근 떠올려 보았지만 마땅히 없었다. 그러다가 누군가를 떠올린 유라가 눈을 차갑게 빛냈다.

그의 기억이 차츰 돌아오고 있는 거라면 악랄한 수를 써서라도 기억이 돌아오지 못하게 막든가 기억이 되돌아오기 전에 결혼을 해야 한다. 이를 악문 유라는 그 모르게 핸드백에서 핸드폰을 꺼냈다.

"근데 정말 괜찮아요?"

승서의 눈치를 보며 슬쩍 말하자 그가 고개를 끄덕였다.

"괜찮습니다."

그는 무척 담담하게 답했다. 미안은 자신이 그의 집에 지내는 걸 남들에게 들키면 곤란한 줄 알았다. 정말 숨죽이고 살려고 했는데 승서는 그녀가 정비공과 대화를 나누는 걸 무척 흔쾌히 허락했다. 그래서 그에게 "정비공이 제가 누구냐고 하면 뭐라고 답하죠?"라고 물었더니 승서는 몇 초간 진지하게 생각하더니 "새로 온 수다스러운 가정부라고 하죠."라고 답했다.

미안은 '수다스러운'이라는 말이 은근히 거슬렸지만 그에 비하자면 분명 말이 많기는 많았다. 하지만 수다스럽다는 말이 썩 유쾌하게 들리진 않아서 눈을 새초롬하게 치켜뜨자 승서가 피식 웃었다.

"칭찬입니다."

"어딜 봐서요. 진짜. 불교 백팔번뇌 중에 여자는 수다가 포함되는 거 아세요, 최승서 씨?"

"요즘 같은 시대에 대화를 하고 싶은 건 관음증을 해결하기 위한 현대인의 욕망이라고 생각하는데요."

"수다스러운 거랑 대화는 다르죠!"

사탕을 먹던 미안이 빽 소리를 질렀다. 하지만 그녀는 진심으로 화를 내는 게 아니었다. 그저 아주 조금 토라져서 툴툴거리는 것뿐이었다.

그가 자신의 요청에 맞추기 위해 점심시간에 부러 짬을 내어 집에 왔다는 것도, 이때에 맞추어 무리하게 정비공을 불렀다는 것도 잘 알고 있었다. 그의 그런 노력이 일에 큰 도움을 주지만 가끔 저렇게 얄밉게 굴 때면 미안 자신도 모르게 어리광부리듯 툴툴거리게 되었다.

그가 유라로부터 정비공이 드나들기 시작한 게 작년 겨울이었다는 정보를 얻었으니 미안은 이제 두 가지만 확실히 알면 된다.

고가의 외제차에서 에어백이 터지지 않을 확률과 그 에어백을 누군가 건드렸을 확률.

정말이지, 기억을 되찾아 주러 왔는데 어느샌가 추리를 하고 있다. 뇌용량이 초과되는 소리를 느낀 미안은 관자놀이를 손가락으로 지압하며 앓는 소리를 냈다.

"온 것 같군요."

대문 벨소리를 들은 승서가 소파에서 일어섰다. 그가 사다 준 사탕통을 품에 끌어안고 있던 미안은 인터폰을 주시했다. 모 업체 유니폼을 입고 있는 남자가 인터폰을 보며 "안녕하십니까, 최 전무님." 하고 살갑게 인사를 건넸다.

참 성실한 인상의 남자다. 왠지 정비공이나 수리기사들은 대체로 인상이 비슷한 것 같다. 착하고 성실하고 신뢰 가는 그런 얼굴. 미안은 사탕이 그득 담긴 통을 끌어안은 채 승서를 졸졸 따라 나갔다.

승서는 품에 사탕통을 안고 뒤따르는 미안을 보고 웃음소리를 죽였다. 진짜 그의 머리로는 도무지 예측 불가능한 여자다.

정비공은 차고까지 따라오는 미안을 보고 조금 의아해하는 눈치였다. 승서는 정비공이 유라를 알고 있다는 점을 감안해 "새로 들어온 가정부입니다." 하고 설명했다.

"꽤 젊은 분이네요."

차 보닛을 열며 정비공이 말하자 승서는 미안의 얼굴을 힐끗 쳐다보았다. 젊을 뿐인가. 예쁘고 사랑스럽기까지 하다.

"전에 일하시던 분 따님입니다. 그분이 갑자기 쓰러지셔서요."

"아아, 그렇군요."

그의 말에 정비공이 충분히 납득이 간다는 듯 작게 웃었다. 미안은 승서가 알아서 잘 변명을 해 주자 마음을 편히 놓고 차고 바닥에 주저앉았다. 정비공은 조금 당혹스러운 표정으로 미안과 승서를 번갈아 보았고 그는 신경 쓸 필요 없다는 듯 예의 바른 미소를 지어 보였다.

"최승서 씨도 사탕 드실래요?"

"사과맛으로 부탁드립니다."

"사과맛······. 여기요. 정비공 아저씨도 드실래요?"

정비공은 굉장히 사교성 있게 다가오는 미안을 보고 잠시 눈을 깜빡였다가 작게 웃으며 "아니요, 업무 중이니 괜찮습니다." 하고 정중히 거절했다.

매의 눈으로 정비공의 행동을 하나하나 눈여겨보던 미안은 딸기맛 사탕을 쪽쪽 빨다가 "저, 아저씨." 하고 정비공을 불렀다. 손에 장갑을 끼우고 보닛을 들여다보던 정비공은 그녀의 부름에 고개를 돌렸다.

"예, 부르셨어요?"

"이렇게 비싼 차에서 에어백이 터지지 않을 확률은 얼마나 돼요?"

철부지 소녀처럼 호기심 가득한 눈망울로 묻자 정비공이 차체를 짚고선 곰곰이 생각하는 표정을 지었다.

미안이 승서에게 들은 바에 의하자면 당일 사고가 났던 차량의 종류는 람보르기니라고 했다. 바로 지금 정비공이 손을 보고 있는 차와 같은 차량이다. 값비싼 가격만큼 에어백도 확실히 잘 터질 것 같은데 사고 당시 오작동을 일으켜 터지지 않았고 덕분에 최승서는 머리를 크게 다쳐 대수술을 해야 했다.

승서가 머리를 빡빡 민 걸 상상한 미안은 웃음이 터져 나올 것 같았지만 배시시 웃으며 정비공을 보았다.

"······글쎄요. 거의 희박하다고 보면 되겠죠?"

어째서인지 정비공은 승서의 눈치를 보며 말했다. 미안처럼 사탕을 빨던 그는 정비공의 말에 눈을 가늘게 떴다. '희박하다'라. 자동차에 대한 지식이 박식한 정비공도 에어백이 터지지 않을 확률이 지극히 낮다고 말한다. 그런데 왜 하필 그날 터지지 않았을까.

승서는 사탕을 와작 깨무는 소리에 미안을 내려다보았다.

"그럼 에어백 같은 거에 손대려면 차에 대한 지식이 해박해야 하나요?"

"물론입니다. 초보자가 쉽게 손댈 수 있는 건 아니죠. 잘못 건드렸다간 오작동으로 이어질 수 있으니까요."

재차 이어지는 미안의 질문에 정비공이 난처한 표정을 지었다. 왜 그런 걸 물으시나요, 라는 정비공의 표정에 미안은 사탕을 깨작깨작거리다가 빙그레 웃었다.

"제가 차에 대한 지식이 아주 없거든요. 그냥 궁금해서요."

자리에서 일어선 미안이 엉덩이를 털었다. 승서가 그녀에게 질문이 끝났냐는 눈짓을 보냈고 그녀는 고개를 끄덕였다.

결국 결론은 한결같다. 아무나 에어백을 건드릴 수 없고 에어백의 오작동도 단순한 '오작동'이 아니라는 것. 미안은 마음속에 내내 최주하가 걸렸기에 에어백의 오작동을 누군가가 의도했다는 가정하에 앞으로 과거를 바라보기로 했다.

차라리 이럴 거면 탐정을 고용하시지. 미안은 새 사탕을 꺼내 들며 속으로 투덜댔지만 꿈에서 서른한 살의 최승서와 약속을 한 걸 떠올렸다. 꼭 돌려주겠다고 약속했다. 당신이 어째서 그렇게 되었는지 왜 이렇게 될 수밖에 없었는지.

그런데 그때 꿈속에서 그가 하려던 말은 무엇이었을까.

사탕통이 아기라도 되는 것처럼 안고 있던 미안이 고개를 갸웃했다. 입모양이 떠오를 것 같기도 한데 가물가물하다. 입맛을 다신 미안은 소파에 앉아 수첩을 들었다.

"저어, 최승서 씨."

에어백에 대한 정보를 집어넣은 그녀는 묵주반지를 빙그르르 돌리며 승서를 불렀다.

"오늘 아침에 일어나자마자 본 과거가 있는데요."

점심을 먹고 회사로 출발하기엔 약간 애매한 시간에 속으로 갈등을 하고 있을 즈음 미안이 과거에 대한 언급을 했다. 은빛 시계를 쳐다보던 승서는 소파를 짚고 그녀를 내려다보았다. 이야기해 달라는 듯 그가 살며시 웃자 미안이 묵주반지를 들어 반지 너머로 승서와 눈을 마주했다.

"사고 나기 전에, 어, 그러니까 제 생각에는 한 달 전쯤인 것 같아요. 그때 자주 출장을 가셨나 봐요."

"네, 맞습니다. 아파트 공사가 한창이어서요."

기억은 나지 않지만 물증이 있다. 그가 결재를 한 서류들이 있으니 분명했다. 물증이 의심된다면 양 비서에게 물어봐도 좋으리라. 승서가 턱을 주억거리며 인정하자 미안이 볼펜으로 턱을 꾹 누르더니,

"그럼 그때 이 집은 빈집이었나요?"

"글쎄요. 가정부가 가끔 들렀을 거라고 생각합니다만."

아, 맞다. 기억이 없지. 승서가 부분 기억상실이라는 걸 또 깜빡했다. 갈라진 입술을 만지작거린 미안은 우선 수첩에 정보를 적었다.

"최승서 씨가 생각하기에 정유라 씨가 가장 많이 드나드는 곳이 어딘가요? 이 집에 한해서요."

"아마도 침실일 거라고 생각합니다만."

으응? 침실? 미안의 얼굴이 당혹으로 물들자 승서가 '아차' 싶었는지 재빠르게 그녀의 상상을 바로잡았다.

"그런 게 아니라……."

승서도 덩달아 난처해하자 미안이 "아아." 하고 중얼거리며 고개를 끄덕였다. 그래 적어도 그렇고 그런 짓을 엿보는 건 정말이지 민망함을 넘어서 쪽팔린단 말이다.

"그럼 침실에 오늘 딱 한 번만 들어가 봐도 될까요?"

"미안 씨만 괜찮다면요."

"저야 늘 괜찮죠. 근데 최승서 씨 아무것도 안 드셔서 어떡해요?"

승서가 시계를 쳐다보는 걸 빤히 응시하던 미안이 걱정되는 어투로 물었다. 점심시간에 짬을 내서 나오게 한 것도 미안한데 아무것도 안 먹고 회사로 복귀하는 게 영 마음에 걸린다.

"주먹밥이라도 만들어 드릴까요?"

부엌을 곁눈질로 보며 묻자 승서가 무언가를 생각하는 표정으로 대답을 망설이다가 빙긋 웃었다.

"그럼 부탁드리겠습니다."

그의 말에 방싯 웃은 미안이 총총걸음으로 부엌에 들어갔다. 붕대를 감은 손에 투명한 비닐봉지를 씌운 미안은 그 위에 참기름과 소금을 버무린 밥을 얹고 안에 볶음김치를 넣어 조물조물 뭉쳤다. 다친 손으로 주먹밥을 만드는 게 버겁지도 않은지 미안은 콧노래까지 흥얼거렸다.

그 광경을 물끄러미 보고 있는데 어찌 웃음이 나지 않을 텐가. 붕대가 꽉 감겨 잘 구부리지 못하는 손 때문에 주먹밥 크기는 꽤 컸지만 승서는 군말 없이 봉지를 받아 들었다.

　태어나서 이런 점심식사는 처음이다. 승서는 봉지 안에 담긴 큼지막한 주먹밥 세 개를 쳐다보았다. 겉에 김가루까지 묻힌 주먹밥은 그래도 꽤 그럴싸했다.

　"만들긴 했는데 맛은 장담 못 해요."

　현관까지 승서를 배웅한 미안이 멋쩍게 웃으며 뒷짐을 졌다.

　"아, 그리고 오늘 저 강 형사님께 좀 갔다 올까 하는데. 가서 저녁도 먹고 올 것 같아요."

　신세를 지고 있으니 일과를 보고는 해야겠지? 그런데 기분이 좀 묘하다. 꼭 어디 나가기 전에 남편에게 하루 일과를 보고하는 느낌이랄까. 눈을 깜빡거린 미안은 신발을 신고 허리를 일으키는 승서와 눈을 마주쳤다. 아. 현관에 이렇게 서 있으니까 기분이 더 오묘하다.

　"오늘 저녁은 혼자 먹어야겠군요. 혹시 모르니 걸어가지 마시고 대중교통이나 택시를 이용하시는 게 좋을 겁니다."

　걱정과 아쉬움을 담은 승서의 눈길에 미안의 가슴이 절로 콩닥거린다. 으으, 정말, 이러면 내가 괜히 죄 짓는 것 같잖아요, 잘생긴 양반! 그의 시선을 슬쩍 피해 고개를 숙인 미안은 "대, 대신 금방 돌아올게요." 하고 더듬거리며 말했다.

　"그럼 다녀오겠습니다."

　"어, 네! 다녀오세요!"

　승서를 보며 강아지마냥 살랑살랑 손을 흔든 미안은 현관문이 닫히자마자 하얀 손바닥을 훅 들여다보았다. 뭐, 뭐지 방금 그건! 다녀오겠다니, 다녀오시라니! 한발 늦게 상황이 묘했다는 걸 느낀 그녀는 쿵쾅쿵쾅 뛰는 심장을 부여잡으며 벽에 기대어 주저앉았다.

대체 얼마 만에 누구에게 다녀오라고 말한 걸까. 강 형사를 만나고 인사동으로 돌아오면 그에게서 '다녀왔어요?' 라는 말을 들을 수 있다. 세상에. 별거 아닌 단어가 이렇게까지 사람을 기쁘게 만들다니. 그동안 혼자서도 잘 살았다고 생각했는데 아무래도 외로웠던 모양이다.

발개진 뺨을 손바닥으로 문지른 미안은 휘청거리며 자리에서 일어섰다. 복숭아처럼 예쁘게 물든 뺨을 손으로 마사지한 그녀는 잠깐 눈치를 보다가 승서의 방문 앞에서 멈추었다. 들어가도 괜찮다고는 했지만. 주저하던 미안은 문고리를 돌렸다. 달칵 소리와 함께 문이 열리자 왠지 나쁜 짓을 하는 따끔한 느낌이 가슴을 쑤신다.

"……허락도 받았는데 뭘."

낮게 중얼거린 미안은 그래도 남자의 침실을 둘러본다는 게 살짝 음흉하게 느껴져서 방문을 활짝 열어 두었다.

최승서의 침실은 저번에 본 것과 다르지 않았다. 지나치게 넓었고 여전히 쓸쓸했다. 벽 한 칸을 채우고 있는 사진들도 그대로였다. 미안은 승서에게 선물 받은 사진을 떠올리며 벽 한 구석이 휑한 걸 보았다.

늘 제자리에 박혀 있는 가구들에서 과거를 보는 건 자신이 없다. 사람들의 손이 하루가 멀다 하고 닿는 물건들은 머릿속에 들어오는 순간 거세게 소용돌이친다. 어느 정보도 읽을 수 없고 어느 기억도 볼 수 없을 만큼 빠르고 난폭하게 미안의 정신을 들쑤시곤 했다.

푹신한 침대에 걸터앉자 은은한 냄새가 올라온다. 이불을 들어

코에 갖다 댄 미안은 그의 체취를 맡다가 침대 머리판을 손으로 짚었다. 매끄러운 원목을 손바닥으로 쓸어내리자 눈앞이 뿌옇게 흐려졌다.

고개를 힐끗 돌린 미안은 침대에 누워 있는 과거의 최승서와 마주했다. 어머나. 부끄럽게 눈을 깜빡인 그녀는 상체에 아무것도 걸치지 않은 그를 보았다. 그나저나 이건 몇 살의 최승서지? 눈을 깜빡거린 미안은 승서를 유심히 들여다보다가 문이 발칵 열리는 소리에 화들짝 놀랐다.

문이 닫히고 미안이 주저앉은 침대 위로 유라가 다가온다. 흰색의 캐미솔 한 장을 달랑 걸친 모습에 그녀는 얼굴을 붉힐 수밖에 없었다.

승서의 옆에 누운 유라는 부드럽게 웃는 눈길로 그를 보았다. 사랑이 가득 담긴 유라의 눈동자를 보는 순간, 미안은 망연해졌다. 여태까지 정유라와 파국 직전에 닿은 과거만 봐서 그런 걸까. 미안은 유라와 승서를 보자마자 가슴이 아득해졌다. 진심으로 사랑하고 있다는 게 얼굴에 가득 묻어나서 더욱더 그랬다.

아주 잠깐 속상함이 미안의 얼굴을 스치자 어디선가 진동 소리가 들렸다. 유라와 미안의 시선이 동시에 침대 옆에 놓인 협탁에 향했다. 그녀가 핸드폰 액정을 눈여겨볼 틈도 없이 유라가 신경질적으로 핸드폰을 잡아채며 침대를 나왔다.

「내가 연락하지 말라고 했잖아요.」

거실로 나서는 유라가 벽의 어디를 짚고 문의 어디를 미는지 예리하게 훑은 미안은 서둘러 과거에서 헤어 나왔다.

침대에 앉아 있던 미안은 자리에 서자마자 다리가 풀렸다. 눈앞이 흔들리는 게 보였지만 침실 밖으로 나가 유라가 서 있던 곳을 대충 가늠해 보았다.

그건 분명 '남자'의 전화였다. 누구인지 알아내려면 그때 당시의 과거를 짚어 내야만 한다. 입술을 잘근잘근 물어뜯으며 하는 수 없이 침실 문에 머리를 박고 문고리를 꽉 움켜쥐었다. 못 읽으면 어쩌지. 초조한 표정으로 문고리를 내려다본 미안은 엄지에 끼운 묵주반지를 다친 손으로 덮었다.

어쩌면 최승서는 유라에게 배신당한 분노로 사고를 낸 걸지도 모른다. 그런 추측을 하자 미안은 가슴이 결리는 고통에 숨을 삼켰다. 원래 의뢰를 수행하는 게 이렇게 힘들었던가. 왜 이렇게 감정 조절이 안 되는지 모르겠다. 심장 근처가 뻐근한 것을 느낀 미안은 눈을 감고 호흡을 가라앉혔다.

「약속한 거 잊었어요?」

유라의 조심스러운 목소리에 미안이 황급히 옆을 보았다. 문고리를 잡고 있는 미안의 손 위로 유라의 하얀 손가락이 보였다. 옆으로 몇 발자국 물러서자 조마조마해하는 유라가 보인다.

「승서 씨가 출장을 가 있는 동안만이라고 했잖아요. 당신도 그렇게 하자고 했고! 근데 이제 와서 왜 이래요!」

문고리에서 유라의 손이 떨어지자 과거가 뚝 끊겼다.

문에 머리를 박고 있던 미안은 숨을 흡, 삼키며 고개를 뒤로 젖혔다. 늦게 먹은 아침이 올라올 것 같아 손바닥으로 입을 틀어막았다. 육체적 데미지가 컸지만 제대로 된 걸 건졌다. 아무래도 정유라에게 다른 남자가 있었긴 있었나 보다. 코로 숨을 삼킨 미안은 "으으." 하고 앓는 소리를 냈다.

"출장을 가 있는 동안……"

과거의 유라가 내뱉은 말을 곱씹은 미안은 딩동, 하고 경쾌하게 울리는 초인종 소리에 고개를 번쩍 추켜올렸다.

놀란 눈으로 인터폰을 보자 정비공이 "차 점검 끝났습니다, 전무님."하며 웃고 있었다.

그가 회사로 복귀했으니 돌아가 보셔도 좋다는 말을 전한 미안이 이마를 짚으며 놀란 가슴을 추슬렀다. 아이고, 머리가 다 아프다. 그녀는 조용해진 현관 밖을 쳐다보다보다가 고개를 떨어뜨렸다.

"정유라의 남자 친구라."

가장 빠른 길은 본인에게 직접 묻는 거겠지만 대답해 줄 리 없다. 최승서의 서른한 살이 점차 멀어지는 걸 느낀 미안은 머리를 감싸 쥐며 한숨을 내쉬었다.

그러니까 그 광경을 무어라 하면 좋을까. 그래, 완벽한 다비드 조각상이 떡꼬치를 먹는 장면이라고 해 두자.

양 비서는 점심시간에 소리 소문도 없이 출타를 하더니 손에 주먹밥이 든 봉지를 들고 복귀한 승서를 보고 황당할 수밖에 없었다. 식사시간만큼은 기필코 비워 두라고 하더니 고작 주먹밥 사려고 그랬던 거란 말이야? 딱 봐도 핸드메이드인 주먹밥은 어디로 보나 누군가가 최승서를 위해 만든 티가 팍팍 풍겼다.

그 주먹밥을 승서가 책상에 앉아 맛나게 먹고 있는 걸 구경하자니 양 비서는 배가 다 아팠다. 보나 마나 미안 씨가 만들어 줬겠지! 이 사람들이 사귀지도 않는 주제에 솔로를 자꾸 눈물 나게 만든다.

"패션쇼에 지시하신 대로 연락을 미리 넣어 두었습니다. 그리고 마닐라 지사에서 출장을 문의해 왔습니다. 사안이 조금 급해 다음

주 지방출장을 미룰까 합니다만 그래도 괜찮으시겠습니까."

한창 배고픈 고등학생인 듯 주먹밥을 맛있게 먹던 승서는 심심한 눈초리로 "필리핀에서 말입니까?" 하고 되물었다.

"네. 아그노 강의 댐 건설 프로젝트 때문이라고 합니다만 다음으로 미루어 둘까요?"

"출장 기간은요?"

"이틀 정도로 예상하고 있습니다."

주먹밥 가운데 뭉쳐 있는 볶음김치를 빤히 쳐다보던 승서는 "프로젝트 파일 좀 가져다주시겠습니까." 하고 말했다.

이틀씩이나 출장을 떠나는 일이야 상관없지만 그는 문득 미안이 한 번도 바다를 본 적이 없다고 말한 게 떠올랐다. 양 비서가 건네준 서류철을 보며 밥을 우물거리던 승서는 갑자기 멈칫했다.

"하나 드시겠습니까."

"네?"

승서의 말에 양 비서가 눈을 깜빡이자 그가 봉지 안을 쳐다보며 "주먹밥 말입니다." 하고 말해 주었다. 그의 호의에 양 비서는 조금 당황한 듯 머뭇거리다가 손을 내밀었다. 한 개 남은 주먹밥을 받아든 양 비서는 아직도 따끈따끈한 밥을 손안에 쥐고선 멍한 얼굴을 했다.

혹시 미안이 하는 일이 최승서 사람 만들기 프로젝트인 걸까. 낯선 눈길로 그를 내려다본 양 비서는 김치볶음이 삐죽 튀어나온 주먹밥을 보며 푸시시 흘러나오려는 웃음을 참았다.

"그보다 저번에 부탁드린 건 어떻게 됐습니까."

서류철을 덮으며 그가 묻자 양 비서가 재빨리 표정을 바꾸었다.

"죄송합니다. 아무래도 렌터카이다 보니 시간이 좀 더 걸릴 것 같습니다."

"오늘 아침에 말씀드린 건 처리된 겁니까."

"지시하신 대로 해 두었습니다."

아침에 승서로부터 다짜고짜 난해한 업무를 지시받은 양 비서는 그 덕에 최승서의 인사동 자택에 미안이 있다는 걸 확신하게 되었다. 아무래도 수상하단 말이지. 어째서 그가 미안을 이렇게 감싸고도는 걸까. 입가를 쓸어내리는 승서를 눈치껏 쳐다보던 양 비서는 맛나 보이는 주먹밥을 보며 엉망이던 전당포를 떠올렸다.

바닥에 굳어 있던 핏자국이며 처참하게 망가진 철문, 유리창 등등. 어째서 경호원을 대동시키고 전당포를 찾아가게 했는지 대충 짐작이 가지만 양 비서는 아직도 미안의 정체를 파악하지 못했다. 대체 무얼 하는 여자이기에 그런 위험 속에서 사는 걸까. 최승서는 왜 자꾸만 그 여자를 보호하지 못해 안달이 났고?

"필리핀 출장은 사흘로 넉넉하게 잡아 주세요. 그리고 비행기는……."

승서는 미안을 생각했다. 가자고 하면 그녀가 가 줄까? 모니터를 들여다보며 잠깐 생각에 잠긴 그는 말을 삼키고는 "아닙니다. 그만 나가 보세요."라고 말했다.

서류철을 돌려받은 양 비서는 깍듯하게 인사를 하고 사무실을 나왔다. 의자에 앉자마자 주먹밥을 크게 베어 문 양 비서는 "어머, 맛있네." 하고 감탄했다. 밥알의 간도 적당하고 김치도 잘 볶아졌다.

"양치질하기 귀찮은데."

투덜거리면서도 주먹밥을 뚝딱 해치운 양 비서는 승서가 하다 만 말에 대해 추리해 보았다. 누군가를 데려갈 심산 같은데 정유라는 아닐 테고. 미안 씨를 데려가려나? 정말로 미안을 데려가려는 거면 이 관계를 한 번쯤 의심해 봐야 한다. 하여간 웃기는 짬뽕이다. 아무 관계도 아닌 여자를 출장 가는 데 데려가다니?

지끈거리는 이마를 짚으며 전화기를 쏘아보던 양 비서는 승강기가 열리는 소리에 고개를 들었다. 엄마야. 승강기에서 내리는 주하를 보자마자 속으로 비명을 지른 양 비서는 주먹밥이 담겨져 있던 비닐봉지를 책상 아래 던져 넣었다.

"상무이사님."

혹여나 이빨에 고춧가루가 꼈을까 봐 입을 다물고 호호호 웃은 초하는 사납기 짝이 없는 주하의 싸늘한 눈초리를 보며 속으로 욕을 한 바가지 퍼부었다. 하여간 상판대기는 잘생긴 놈이 사람을 못 잡아먹어서 안달이 났나, 왜 저렇게 노려보나 모르겠다.

"전무님은 안에 계십니까."

사무적이고 차가운 어투에 배에 두 손을 가지런히 모은 양 비서가 "계십니다. 상무님께서 오셨다고 연락 넣어 드릴까요?" 하고 물었다.

하지만 주하는 더 이상의 대답 없이 앞으로 성큼성큼 걸어가 문을 벌컥 열었다. 저놈의 성질머리! 쾅 닫히는 문을 보며 혓바닥을 내민 양 비서는 뒤늦게 최주하의 비서를 보며 "호호호." 하고 교양 있게 웃었다.

"아니, 점심에 초밥을 먹었더니 혓바닥이 아려서……."

한편 다짜고짜 들이닥친 주하를 본 승서는 주먹밥을 마저 먹으며 눈을 깜빡였다. 최주하가 상어였다면 최승서는 범고래였다. 사람과 친밀하고 교감을 쉽게 나누지만 사실은 포악하기 짝이 없는 그 범고래.

태연히 눈을 깜빡인 승서는 입가를 휴지로 닦으며 "무슨 일이십니까." 하고 물었다.

주하의 얼굴엔 여느 때와 같이 웃음기가 없었다. 아니, 오늘은 좀 더 살벌했다. 분명 뭔가 마음에 안 드는 일이 있어 들이닥친 건 분명한데 승서는 그게 짐작이 가지 않았다.

"정유라와 결혼하지 않겠다던데."

"그렇게 사적인 일을 물어보시려고 오셨습니까."

귀찮다는 듯 승서가 한숨을 토하자 주하가 눈살을 찌푸렸다.

"헤어질 거면 진작 헤어졌어야지. 일 년이나 질질 끌다가 이제 와서 여자를 버려?"

"버리는 게 아닙니다. 단어를 삼가서 골라 주시죠, 상무님."

최 회장에게 버림받은 제 어머니를 떠올리며 그가 눈을 매섭게 떴다.

주하는 자리에 서서 그런 승서와 눈싸움을 벌이다가 조금 의심스러운 눈초리로 입을 열었다.

"기억이 돌아온 거냐."

"그건 아닙니다."

여전히 '서른한 살'이라는 일부가 백지장이라는 소리에 등을 비스듬히 돌리던 주하가 눈을 크게 떴다.

"그런데 정유라와 헤어지겠다고?"

"안 될 건 또 뭡니까. 저도 기억하려고 애썼으니 피장파장이라고 생각합니다만."

그는 주하가 놀란 기색을 숨기지 않는 걸 보며 눈을 가늘게 떴다. 미안이 정유라와 자신의 사이에 최주하가 끼어 있다고 했다. 서재에서 주먹질을 한 일도 그렇고 승서는 주하가 살짝 의문스러웠다. 최주하가 남의 여자를 탐낼 만큼 눈이 멀 남자던가?

"한 가지 여쭈고 싶은 게 있습니다만."

승서의 말에 주하가 해 보라는 듯 턱짓을 했다. 오른쪽 턱과 아랫입술 사이에 걸쳐 난 긴 상처. 미안이 과거에서 보았다던 남자는 최주하가 분명했다.

"당신이 저와 서재에서 싸운 적이 있던가요."

"분명 기억이 돌아오지 않았다고 했던 것 같은데."

"대답이 듣고 싶습니다만."

"섭섭하군. 그때 네게 얼굴을 제대로 얻어맞았다만."

생각하자 짜증이 치민다는 듯 주하가 불쾌한 표정으로 뺨을 쓸어내렸다.

"이유가 뭐였습니까."

"말해 줘 봤자 소용없겠지."

자조적으로 웃은 주하는 책상을 손바닥으로 짚으며 그를 노려보았다.

"어차피 정유라와 헤어진다면 서른한 살 따위는 아무래도 상관없는 일이니까. 이제야 정신을 제대로 차린 모양이군, 최승서."

정신을 제대로 차려? 몸을 일으킨 주하는 "구정물 만들지 말고 여자 문제 똑바로 처리해라."라고 경고를 하고는 등을 돌렸다.

주하가 열고 나간 문 너머로 양 비서가 죄송하다는 듯 고개를 숙이는 걸 본 승서는 시선을 모니터로 돌렸다. 유라를 언급하며 눈을 날카롭게 빛내던 주하의 얼굴에 애정이란 없었다.

그렇다면 이로써 문제는 더 복잡해진다. 최주하가 정유라를 원했던 게 아니라면 그날 대체 왜 싸웠단 말인가. 주하에게 머리를 숙이고 알려 달라고 부탁한다면 몇 백 번이고 들을 수 있긴 하지만 그는 그런 짓까지 해 가면서 서른한 살을 되찾고 싶진 않았다.

엄지를 구부려 살짝 깨문 승서는 신경질적으로 책상을 두드렸다. 짜증이 나자 오늘 하루는 집에서 홀로 식사를 해야 한다는 게 생각났다. 넓은 집이 잠깐이지만 조용해지리라. 핸드폰을 든 그는 소란스러운 마음에 미안에게 문자를 넣었다.

[돌아오시면 미안 씨가 의뢰를 받았던 사람들에 대해 들려 주셨으면 합니다.]

승서로부터 문자를 받은 미안은 고개를 갸웃했다. 왜 이런 걸 궁금해하는 거지? 하지만 옛날이야기를 꺼내는 것보단 편하다. 핸드폰을 주머니에 넣은 미안은 뒤통수를 가볍게 치는 느낌에 눈을 찔끔 감았다 떴다.

"아파요."

볼멘소리를 내며 투덜대자 강 형사가 아이스크림을 건네며 혀를 찼다.

"이거 가지고 아프다는 놈이 손은 그게 뭐야, 어?"

"아 글쎄, 그땐 나도 눈에 뵈는 게 없었다니까요? 진짜 급했어요."

자초지종을 제대로 설명한 미안은 "그놈의 새끼, 잡아다가 배를 갈라 버릴 거야!"라며 사무소를 뛰쳐나가려는 강 형사를 간신히 붙잡았다. 곧 있으면 마흔인 아저씨가 어디서 그런 무지막지한 힘이 나오는지. 탐정사무소에서 같이 일하는 동료와 손에 손을 잡고 강 형사를 막느라 애를 먹었다.

강 형사는 가뜩이나 조막만 한 손에 붕대를 감은 미안을 보자니 또 한숨부터 나왔다. 앞뒤 안 재고 돈이라면 무조건 덤비더니 웬 미친놈을 건드린 게 분명하다.

강 형사에게 미안은 정말이지 나이 터울이 심한 여동생 같은 아이였다. 철없고 순진무구하고 하는 짓도 예뻐서 무지막지한 강력계 형사들로부터 사랑을 듬뿍 받던 그녀였다.

연락하고 지내는 형사들에게 미안이 웬 미친놈에게 잘못 걸렸다고 귀띔만 해 준다면 당장 발 벗고 나서긴 하겠지만 그랬다간 미안이 부담스러워하리라. 하여간 애지중지 키운 딸 같은 미안이 호되게 다쳤다고 생각하니 강 형사는 속이 다 쓰라렸다.

"그 미친놈은 대체 누구야?"

"나도 몰라요."

"최승서 그 자식이 허튼짓은 안 하고?"

"아유, 강 형사님. 생각해 봐요. 최승서 씨가 나를 건드릴 이유가 없는걸."

미안이 깔깔 웃으며 강 형사의 말을 부정했다. 하지만 강 형사는 의심의 눈초리를 거두지 않으며 매의 눈으로 그녀를 스캔했다. 최승서 이놈의 자식, 미안이한테 손대기만 해 봐라.

떨떠름한 표정으로 커피를 삼킨 강 형사는 "그래서 위험한데 밖엔 왜 나왔어?" 하고 물으며 미안을 쳐다보았다.

"그야 물어볼 게 있어서. 전화보단 보고 대화하는 게 편하니까요."

아이스크림을 함빡 베어 문 미안이 이가 시린지 입술을 벙싯 벌리며 웃었다. 가방에서 수첩을 꺼내 든 그녀는 종이를 몇 장 넘기더니 '최주하'라고 쓰인 걸 짚었다.

"혹시 최주하가 차에 관심이 많아요?"

"글쎄. 사적인 것까지는 모르는데."

"아니면 차에 대해 잘 안다거나?"

받아 적을 준비를 하며 눈을 빛내자 강 형사가 곰곰이 생각하더니 "최주하가 전차정비병 출신이긴 하지." 하고 말했다. 응? 무슨 출신? 낯선 단어에 미안이 고개를 갸웃했다.

"전차정비병, 요 녀석아."

"군대 용어예요?"

"그래. 전차정비병이면 차에 대해서도 빠삭하게 알겠지. 안 그러냐?"

생긴 건 특수부대 출신 같은데 정비병이라니. 좀 의외다. 수첩에 정보를 적는 미안을 물끄러미 보던 강 형사는 못 미더운 표정을 짓더니 종이컵을 내려놓았다.

"너 최승서 기억 찾아주는 일 하는 거 아니냐?"

"맞아요."

"근데 이런 건 왜 물어봐?"

"내가 왜 그렇게 됐는지 반드시 알려 주겠다고 했거든요."

"누구한테."

"서른한 살 최승서한테."

어리둥절한 소리에 강 형사는 입을 다물었다가 입맛을 다셨다. 한 번 한다면 하는 게 미안이니 그만두라고 말려 봤자 소용없을 것이다. 아무래도 최승서가 미안이를 단단히 꼬셔 놓은 것 같은데. 거기다 조사하는 것들을 대충 추려 보면 그녀는 최승서가 '왜' 사고가 났느냐에 초점을 맞추고 있다. 미안은 사고가 난 게 누군가의 고의라고 생각하고 있는 듯했다.

"너 최주하 의심하냐?"

"의심까지는 아니고 그냥 수상해서. 이상하게 자꾸 최승서 씨 과거에 등장하는데 다투기만 하고. 거기다가 두 사람 서재에서 주먹질까지 했더라고요."

"최노하도 진술할 때 그러던데. 여자 때문에 그 둘이 싸웠다고."

"저, 그 최노하 씨는 뭐하는 사람이에요?"

여태까지 승서의 과거에서 '노하'라는 사람을 본 적은 한 번도 없다. 듣자 하니 주하와 형제인 것 같은데. 최노하는 주하와 승서 사이에 정유라가 끼어 있다는 걸 어떻게 알았을까?

"가만 보자, 최노하는…… 모델인가 머시긴가 그랬던가."

"모델이요?"

"최승서 애인도 모델이지, 아마? 최노하 그 자식은 염문으로 좀 유명해야지. 서항에서 입막음해서 조용한 거지, 그 새끼 클럽에서 여자 찌르고 다니는 거 보면 아이고, 그놈도 제정신은 아니다."

강 형사가 진술 내내 빈정거리던 노하를 떠올리며 한숨을 삼켰다. 수첩에 새로운 인물을 기재한 미안은 "형제가 다 다르네." 하고 중얼거린다.

노하도 무언가를 알고 있는 것 같지만 최노하의 과거까지 염탐할 수는 없다. 불가능하기도 하고. 이가 없으면 잇몸으로 대신한다고 미안은 철저하게 승서의 기억을 기반으로 해야 했다.

"네가 이렇게 캐내는 거 최승서가 아냐?"

"음. 짐작은 하는 것 같던데. 그냥 기억 찾기의 일환이죠, 뭐. 그보다 강 형사님."

미안이 초롱초롱하게 눈을 빛내며 강 형사를 보았다. 요 지지배가 또 뭘 물어보려고. 반짝거리는 미안의 시선을 회피한 강 형사가 식은 커피를 홀짝였다.

"정유라는 사람은 어떤 사람이에요?"

"모델이니까 늘씬하고, 콜라병 몸매에……."

"아니, 말고. 강 형사님 눈으로 보기에 어떤 사람이냐는 거죠. 생긴 거야 나도 아는걸."

이 년 전에 만난 여자를 떠올리라니. 강 형사가 골치가 아프다는 듯 살짝 눈가를 찡그린다. 최승서의 교통사고가 살인미수일지도 모른다는 전제하에 사건을 떠맡았는데 조사를 하다가 그가 애인의 집에서 돌아오는 길이라는 걸 알았다. 그래서 자연히 정유라를 만나긴 했었는데……. 진술을 마치고 재회한 게 병원이었으리라.

「간만에 뵙습니다. 강창혁 형사입니다.」

「아, 네. 안녕하세요.」

「최승서 씨가 방금 눈을 떴는데…….」

「승서 씨가 일어났어요?」

「부분기억상실일 확률이 높다더군요. 사건 당시를 전혀 기억 못 합니다.」

그때 정유라의 표정을 떠올린 강 형사가 숨을 마시며 고개를 갸웃거렸다.

"좀 안도했던 것 같은데."

"네? 뭐를요?"

"아니. 아무것도. 그보다 정유라에 대한 거라면……. 음, 나도 잘 몰라. 몇 번 안 만나 봤거든. 그냥 병상에 있던 최승서에게 간이고 쓸개고 다 줄 것처럼 굴어서 좋은 여자구나 싶었는데, 그게 아닌가 보지?"

미안은 강 형사의 말을 긍정하지도, 부정하지도 않았다. 그녀도 쉽게 짐작할 수가 없었다. 정유라는 최승서를 사랑하는 걸까?

담배를 피우고 싶지만 미안의 눈치를 살피며 종이컵을 입술로 깨물던 강 형사는 "아, 맞다."하고 말하더니 손가락을 쭉 폈다.

"최승서가 정유라 집에서 돌아가던 길에 가드레일 박은 건 아냐?"

툭 던지는 강 형사의 말에 재빠르게 미안의 머릿를 스쳐 지나가는 과거 하나가 있었다.

「대답해, 정유라!」

차갑고 무거운 묵주반지를 손에 잡자마자 머릿속을 지배했던 목소리. 서른한 살 최승서의 분노와 슬픔에 찬 얼굴. 세상에, 그게 사고 직전의 과거였구나. 여태까지 그것도 몰랐다니. 미안은 놀란 기색을 간신히 숨기며 주먹 쥔 손을 입술에 가져다 댔다. 그럼 최승서가 일반도로에서 무시무시한 속도로 달린 건 명백히 정유라 때문이다. 묵주반지를 염주처럼 살살 돌린 미안은 자리에서 벌떡 일어났다.

"벌써 가려고? 좀만 더 있다 가지. 애들이랑 닭볶음탕 먹으러 갈 건데 먹고 가."

강 형사가 아쉽다는 듯 말하자 미안이 뻔뻔하게 말했다.

"나 혼자 안 가요."

"응?"

"강 형사님도 같이 가야지! 자, 안내해요."

"인마, 어딜 가는데! 야! 미안!"

「딱 한 달이에요.」
유라는 노하에게 말한 걸 떠올리며 승서의 저택을 훑었다.

「딱 한 달 동안 최승서에게 매달리고 안 되면 떠날게요. 약속해요.」

「재미있네. 근데 왜 나한테 승서 집 비밀번호를 물어?」

「당신이라면 알지도 모르겠다 싶어서.」

「내가 정유라 씨를 도와줄 이유가 없잖아요, 안 그래? 미안하지만 난 절대 당신 편이 아니야. 착각하면 안 되지.」

고풍스러운 장식이 된 현관문으로 다가간 유라는 비밀번호를 눌렀다. 그러자 언제나 해제가 되지 않던 현관문이 경쾌한 소리와 함께 열렸다.

「노하 씨가 나를 불쌍하게 생각한다는 걸 알아요.」

그 순간 유라는 자존심도 무엇도 없었다. 어떻게든 승서를 옆에 묶어 두어야만 한다는 강박감에 유라는 노하의 치명적인 부분을 건드렸다.

「아마 내게서 당신 어머니가 보여서 그런 거겠죠.」

「……정유라.」

「내가 더 이상 구차해지는 게 보기 싫다면 협조해요. 딱 한 달 동안 비참할 정도로 발버둥 치고 안 되면 깨끗하게 사라질 테니까요.」

비밀번호는 의외로 단순했다. 승서의 어머니가 돌아간 날짜를 눌러 보거나, 그래도 안 되면 그 날짜를 거꾸로 나열해 보라기에 그렇게 해 봤더니 문은 허무하게 열렸다. 집에 발을 들여놓자마자 유라가 한 일은 그의 침실을 살피는 일이었다.

분명 최승서의 성에 '여자' 가 있다고 했다.

날카로운 눈빛으로 침실 곳곳을 살핀 유라는 그의 방이 예전과 별반 다르지 않다는 걸 알고는 눈가를 누그러뜨렸다. 침실을 박차고 나온 유라는 다른 방문을 하나하나 열어 보기 시작했다. 그러다가 화장실 근처에 있는 작은방을 보고선 숨을 크게 삼켰다. 작은방을 열어 본 유라는 방에 널려 있는 옷가지들과 속옷들을 보고 얼굴이 굳어졌다.

최승서가 어느 여자와 같이 살기 시작했다더니 그 말이 사실이었다. 안색이 창백해진 유라는 널브러진 옷들을 하나하나 살폈다.

하지만 최승서가 새로운 여자를 만나는 거라면 왜 이런 방에서 재우지? 그는 자기 여자에게는 끔뻑 죽는 미련한 남자다. 싫다는 것도 제 여자가 좋아하라고 하면 좋다고 말할 남자였다. 거기다 가구가 마련된 다른 방을 내버려 두고 왜 굳이 이렇게 작고 볼품없는 방에서 지내는 걸까.

속옷을 구석에 집어 던진 유라는 머릿속에 피어오르는 의문에 방을 샅샅이 훑어보았다. 초라하고 볼품없는 싸구려 옷에서 값비싼 명품 원피스까지. 상품 태그를 떼지도 않은 옷은 최승서가 선물해 준 게 분명했다.

하지만 값비싼 옷들은 대부분 포장도 건드리지 않은 채 종이가방에 다소곳하게 담겨 있었다. 꺼내져 있는 옷이라곤 물방울무늬의 원피스 한 벌이 전부였다.

종이가방에 넘쳐 나는 옷을 쳐다보던 유라는 갑자기 조소를 터뜨렸다. 최승서가 이렇게까지 잘해 주는 여자라니. 정말 뒤에 여자를 숨기고 있을 거라곤 생각도 못 했다. 이 정도면 피장파장이야, 최승서.

원피스를 꽉 움켜쥔 유라는 옷을 집어 던지고 작은방을 나왔다. 방문을 거세게 닫은 유라가 누군가에게 전화를 건다.

"당신 덕분에 승서 씨랑 나랑 스코어 동점이에요."

속상했지만 유라가 이를 악물며 말했다. 그러자 핸드폰 너머의 남자가 "이제 좀 최승서한테 정이 떨어져?" 하고 비웃었다.

"아뇨. 정이 떨어지기는커녕 더 독이 오르네요."

―뭐?

"몰랐어요? 나랑 최승서는 아직 연인 관계예요. 그러니까 그 사람도 바람피운 건 마찬가지인 거죠."

―정유라, 너 아직도 정신을 못 차렸어? 그래 봤자 소용없다고 몇 번을 말해!

"이봐요."

냉정하게 입을 연 유라가 핸드백에 새겨진 명품로고를 만지작거렸다.

"그만하죠. 그래 봤자 당신도 소용없다는 걸 몰라요? 사랑 운운할 생각이라면 그만두세요. 내가 사랑하는 건 최승서 한 명뿐이에요."

싸늘하게 내뱉은 유라는 남자와의 전화를 마무리 짓고 배터리를 분리했다.

거실 한가운데 서서 넓은 집을 둘러보자니, 유라는 자꾸만 이유 없이 웃음이 흘렀다. 최승서가 이별을 고할지도 모른다. 그런 생각을 하자 심장이 제어할 수 없을 만큼 마구잡이로 뛰었다.

소파를 짚으며 숨을 삼킨 유라가 이마를 손바닥으로 짚었다. 최근 무리한 다이어트 때문인지 머리가 빙글빙글 돈다. 한숨을 토하며 소파에 앉은 유라는 탁자 아래에 놓인 사탕통을 발견했다. 그가 단 음식을 좋아했던가? 눈을 찌푸린 유라가 사탕이 가득 찬 사탕통을 쳐다보다가 입술을 깨물었다.

이것도 보나 마나 이곳에 발을 들인 알 수 없는 여자를 위해 그가 사다 둔 것임이 분명하다. 속이 부글부글 끓는 것을 느낀 유라는 탁 트인 정원을 보며 마음을 진정시켰다.

「……승서 씨, 진심이에요?」

「진심이야.」

전부 다 꿈만 같다. 부드럽고 온화하게 웃으며 사랑한다고 말해주던 최승서가 마치 아득한 전설처럼 느껴진다.

「결혼하자, 유라야.」

유라는 약지에 낀 약혼반지를 쳐다보았다. 승서는 어찌 된 영문인지 약혼반지를 끼지 않았다. 그것보단 유라가 사 준 묵주반지가 좀 더 소중하다며 그걸 끼고 다녔다. 그만큼 최승서는 정유라를 사랑했다. 일편단심이었다.

"내가 망가뜨렸구나."

기함을 토한 유라가 피식 웃었다. 일 년을 열렬히 사랑받고 일 년을 가차 없이 냉대받았다. 기억이 돌아온다 해도 용서받을 수 있을 거라고 생각했다. 하지만 일이 이 지경이 되니 슬슬 억울해지기 시작했다.

유라는 아름다운 여자였다. 누가 봐도 완벽한 외모에 몸매를 가지고 있었다. 거기다 그녀의 남자, 승서는 그녀가 누리고 싶은 것을 모두 누리게 해 줄 정도로 가진 게 많은 사람이었다. 하지만 승서는 잦은 지방출장으로 근 한 달이 넘게 유라의 곁을 비울 때가 많았다.

그런 정유라에게 다른 남자들의 접근은 유혹으로 다가왔다. 그래서 아주 잠깐 그녀가 좋다고 매달리는 남자에게서 그 외로움을 해소한 것뿐이었다.

가질 수 없는 게 없었기에 유라는 승서가 주는 선물들이 가끔 공허할 때도 있었다. 그냥 옆에만 있어 주면 되는데 그는 그럴 수가 없는 사람이었다. 그러니 유라는 차라리 노하와 약속한 한 달이 마지막 보루라면 무슨 짓이든 다 해 보겠다고 생각했다.

유라도 최승서가 없으면 모든 게 힘들었다. 다시 예전처럼 승서에게서 사랑을 받고 싶었다. 그래서 그가 다른 여자를 보며 웃고 행복해한다는 게 화가 났다.

멍하니 허공을 바라본 유라가 탁자 아래에 있던 사탕통을 들고 쓰레기통으로 걸어간다. 사탕들을 쓰레기통 안에 들이부은 유라는 텅 빈 사탕통을 집어 던지고는 심호흡을 했다.

"어림도 없어. 절대."

울 것 같은 목소리로 중얼거린 유라는 그대로 자리에 주저앉아 얼굴을 감쌌다.

단 한 번만 시간을 돌릴 수 있다면, 하고 후회를 하면서.

"기억이 맞는다면 이쯤인데."

미안이 죽어도 담배는 안 된다고 반대해서 입에 맞지도 않는 사탕을 문 강 형사가 중얼거렸다.

강 형사를 다짜고짜 사무소에서 끌고 나온 미안은 이 년 전, 교통사고가 났던 곳을 찾아왔다. 교통량이 많은 도로를 보던 그녀는 사고가 났던 흔적조차 없는 가드레일과 가로등을 쳐다보았다.

여기서 서른한 살의 최승서가 죽었다. 흔적도 없이 사라졌다. 아주 조금의 기억도 없이 말끔하게.

가로등을 쓰다듬은 미안은 사거리를 쳐다보았다. 멀리 L마트가 보인다. 승서에게 유라의 집에서 돌아오던 길에 사고를 당했다고 말하면 그는 어떤 반응을 보일까. 무자비하게도 미안은 그가 화를 내길 바랐다. 그녀는 이유도 없이 유라가 얄미웠다. 정말이지 자꾸만 최승서를 속상하게 만드는 정유라가 미웠다.

"별일이야."

가슴을 쓸어내린 미안은 입술을 비죽였다.

"다 봤냐? 다 봤으면 밥이나 먹으러 가자."

강 형사가 미안의 어깨를 툭툭 쳤다. 그녀는 퇴근길 차량으로 점차 막히는 도로변을 쳐다보다가 강 형사를 보며 못내 미안한 듯 고개를 내저었다.

"죄송해요."

"응?"

"아무래도 인사동으로 돌아갈까 하고."

사탕을 빨던 강 형사는 순간 얼빠진 얼굴이 되었다. 이거 이 녀석, 진짜 최승서한테 홀딱 빠진 거 아니야? 강 형사는 걱정스러운 눈길로 미안을 보다가 입맛을 다셨다.

"그래라, 그럼. 데려다 주랴?"

"아뇨, 괜찮아요. 아저씨들 기다리겠다. 얼른 가 보세요!"

그녀는 기어코 데려다 주겠다는 강 형사의 등을 떠밀었다. 강 형사는 미안을 내내 못 믿는 눈치로 쳐다보았지만 그녀의 강압에 못 이겨 억지로 차에 올랐다.

"너 최승서네 집 도착하거든 연락해야 한다. 알았어?"

"네. 꼭 할게요, 백 번 할게요!"

미안은 거수경례를 하며 귀엽게 웃어 보였다. 그런 미안에게 이길 도리가 없었던 강 형사는 머리를 쓰다듬어 주며 "간다, 밥 꼭 먹고!" 하고 크게 외쳤다.

강 형사의 차가 멀리 멀어지는 걸 쳐다보던 미안은 뺨을 긁적이며 뒤를 힐끗 돌아보았다. 왠지 누군가가 어디서 지켜보고 있을 것 같은 불안에 그녀는 빠른 걸음으로 갓길로 다가가 택시를 잡았다.

"아저씨, 인사동이요!"

택시에 탄 순간까지도 뒤를 돌아본 미안은 핸드폰으로 시간을 확인했다. 한창 차가 밀릴 시간이라 택시비가 염려되긴 하지만 돈과 목숨을 맞바꿀 순 없으니까.

살짝 아려 오는 손바닥을 내려다보던 미안은 시트에 뒤통수를 기대었다. 오늘 하루 종일 몇 개의 과거를 읽었더라. 손가락으로 하나하나 꼽아 본 미안은 열 개가 넘는다는 걸 알고 조용히 혀를 내둘렀다. 이러니까 배가 죽도록 고프지. 과거를 한 번 볼 때마다 밥 먹은 게 쑥 꺼진다.

[지금 집에 가는 중이에요. 집에서 밥 먹으려고요.]

승서에게 문자를 보낸 미안은 고픈 배를 쓰다듬었다. 그의 집에서 마지막으로 과거를 보고 까무룩 잠들었다가 강 형사와의 약속 시간을 훌쩍 넘긴 걸 알고 허둥지둥 나왔다. 덕분에 점심도 못 먹었다.

강 형사에게 배로 얻어먹으리라 생각했는데 하필 최승서가 가슴에 박혀서 떠나질 않는다. 그냥 그가 혼자 식탁에 앉아 식사를 할 게 마음에 걸렸다. 한 번 신경 쓰이기 시작하자 도무지 떨쳐 낼 수가 없었다.

승서를 머릿속에 그릴 때마다 자꾸만 몸에 오슬오슬 닭살이 돋는다. 진짜 병이 난 것처럼 가슴이 선득하고 뻐근했다. 조만간 병원을 찾아가 서준에게 진찰이라도 받아 봐야 하나 보다.

쓸데없이 많은 택시비를 지출한 미안은 속으로 눈물을 삼키며 택시에서 내렸다. 하지만 승서에게 '다녀오셨어요.'라는 말을 할 걸 생각하자 왠지 기분이 좋았다.

오늘은 기필코 멀쩡한 오므라이스를 만들리라. 부엌에 앞치마가 있던 걸 떠올리며 집 근처로 다가가는데, 대문 앞에 주차된 붉은색의 차를 보자마자 미안의 걸음이 딱 멈추었다.

누구지? 반사적으로 대문을 쳐다본 미안은 그 차가 승서의 것이 아니라는 걸 짐작했다. 그의 차가 여러 대이긴 하지만 저렇게 날렵한 차체에 붉은색인 차종은 없었다. 머리를 굴리던 그녀는 한 박자 늦게 그의 집 안으로 들어갈 수 없다는 걸 깨달았다.

정유라다. 최승서의 애인이 지금 그의 집에 있다. 머릿속이 '최승서의 애인'이라는 단어로 깔끔히 정리되자 미안은 더 이상 앞으로 걸어갈 수가 없었다.

깔끔하게 포장된 도로를 쳐다보던 그녀는 망연히 등을 돌렸다. 아무리 그가 유라와 사이가 서먹하다지만 미안에게 두 사람을 방해할 권리는 없었다. 얹혀사는 것도 미안한걸.

하지만 그녀는 내리막길을 걷다 말고 자꾸 멈춰 서서 뒤를 돌아보았다. 빨간 차가 있는 걸 확인하고, 또 확인하고, 다시 확인했다. 그때마다 빨간 차의 보닛이 눈에 들어왔고 미안은 체한 것처럼 욱신거리는 가슴을 주먹으로 두들겼다.

"오므라이스 해 주고 싶었는데."

평지에 선 미안이 멍하니 중얼거렸다. 거기다 사람들이 지나치는 길에 혼자 덩그러니 서 있자니 미안은 서러운 생각이 들기 시작했다.

저곳은 그녀의 집이 아니다. 집인 줄 알았는데 아니었다. 언제

든 돌아갈 수 있는 곳이라면 이렇게 눈치를 보지 않았겠지. 그가 사는 곳인데도 돌아갈 수 없다는 사실이 미안은 견딜 수 없을 만큼 분했다.

정유라는 들어가는데 왜 나는 못 들어간담. 그 사람이랑 내가 아무 사이도 아니라는 걸 증명하면 되는 거잖아. 속으로 화를 낸 미안은 씩씩거리며 앞으로 걸어가다가 천천히 걸음을 멈추었다.

맞아. 아무 사이도 아니지. 아무 사이도.
말의 어폐를 느낀 미안은 그제야 하늘을 쳐다보았다.
「그럼 다녀오겠습니다.」
「어, 네! 다녀오세요!」
그제야 그녀는 가슴이 아프다는 걸 알았다. 울고 싶다는 걸 그때야 깨달았다.

미안은 길을 잃어버린 사람처럼 자리에서 굳었다. 정말로 갈 데가 없어서 가만히 서 있었다. 돌아갈 곳이 없다는 게 이렇게 무서운 일인 줄 몰랐다.

가방끈을 움켜쥔 그녀는 할매가 있는 병원을 떠올렸다. 할매와 같이 있으면 아무것도 무섭지 않으니까. 느리게 눈을 깜빡거린 미안은 승서의 집에서 등을 완전히 돌렸다.

"연하대학병원으로 가 주세요."

아아. 또 쓸데없는 택시비를 지출한다. 지갑에 간당간당한 지폐를 보며 눈가를 문지른 미안은 창밖을 쳐다보았다. 머리로는 합당한 선택을 했다고 생각했다. 그런데 이상하게 마음이 아프다. 몸의 어딘가가 고장이 나서 머리가 내리는 지령을 가슴이 따라오질 못하는 걸까.

미안은 "왜 이러지."하고 같은 말을 반복하며 가슴 가운데를 때렸다.

가슴이 아프다.

두드려도 아팠고, 두드리지 않아도 아팠다.

마치 체한 것처럼 '최승서'라는 이름이 가슴에 걸려 아래로 내려가질 않았다.

집 앞에 도착한 그는 주차되어 있는 유라의 차를 보자마자 눈살을 찡그릴 수밖에 없었다. 유라가 와 있을 거라는 생각에 머릿속에 가장 먼저 떠오른 건 미안이었다.

현관문 앞에 서 있을 유라가 없는 걸 확인한 승서는 마음이 불안해졌다. 혹시나 하는 마음에 문을 열자 음식 냄새가 확 끼쳤다. 허기가 졌던 그였는데, 그 냄새를 맡고도 조금도 먹고 싶단 생각이 들지 않았다. 그저 부엌에서 "왔어요?"하며 샐쭉 웃는 유라를 보고 마음이 차게 식었을 뿐이었다. 그리고 유라는 승서의 표정을 보고선 속으로 이를 악물었다.

"누구 찾아요?"

뼈가 있는 유라의 말에 승서가 눈을 가늘게 떴다.

"저기 작은방에서 사는 여자?"

유라가 눈을 매섭게 빛내며 쏘아붙이자 승서가 눈썹 사이를 오므렸다. 유라가 어떻게 알았을까. 미안의 존재가 어떻게 밖으로 새어 나갔지? 양 비서가 알려 줬나. 아니, 양 비서가 그랬을 리는 없는데.

설마.

"황정현 정비사가 말해 준 모양이군."

"내 물음에 대답이나 해줘요. 그 여자는 누군가요? 누구기에 당신의 집에서 사는 거예요?"

"전에 일하던 가정부 딸이야. 그 사람이 갑자기 쓰러져서 급하게 대타로 들어왔다는 이야기는 안 해 줬나?"

"손에 붕대를 감았는데도 가정부로 써먹나요?"

정비공이 그 와중에 그런 것도 봤단 말이군. 차갑게 웃은 승서는 유라를 못마땅하게 쳐다보며 겉옷을 벗었다.

"딸이 일하고 싶다고 해서 그렇게 하라고 한 것뿐이야. 수당이 깎이면 곤란하니까."

될 수 있는 대로 그럴싸하게 말을 지어낸 승서는 드레스룸으로 들어가며 작은방을 쳐다보았다. 강 형사에게 갔다더니 아직 돌아오지 않은 모양이다. 불편한 표정으로 겉옷을 옷걸이에 걸어 놓은 그는 뒤따라 들어온 유라를 거울로 응시했다.

"언제부터 승서 씨가 가정부에게 옷을 사 줄 만큼 관대한 사람이 된 건가요."

넥타이를 풀던 그는 독기가 오른 유라의 말에 순간 손을 멈추었다. 유라를 돌아본 승서는 날카로운 언어들을 집어삼키고 숨을 짧게 내쉬었다.

"……그녀의 방에 들어갔어?"

"들어갔죠."

"정유라."

그가 사납게 언성을 높이자 유라가 가까이 다가왔다. 태연한 얼굴로 승서의 넥타이를 풀어 준 유라는 와이셔츠 단추를 풀며 평소처럼 살갑게 말했다.

"말해 봐요. 잠깐 그 여자에게 눈길이 가던가요? 새로운 게 필요해진 거라면 이해해 줄게요. 네?"

"미안하지만 네가 생각하는 그런 거 아니야."

머리가 아픈지 미간을 좁힌 그가 유라의 손목을 붙잡았다.

"옷은 그럴 만한 일이 있어서 그녀에게 선물한 것뿐이야."

"그럴 만한 일?"

믿지 않겠다는 듯 유라가 눈매를 추켜올렸지만 승서는 더 이상 유라를 보지 않았다. 피곤하다는 듯 등을 돌린 그는 서둘러 와이셔츠를 벗었다. 유라는 모든 게 마음에 들지 않아 입을 꽉 다물었다.

"비밀번호는 어떻게 알았어?"

허리 벨트를 풀던 승서가 뒤늦게 그 사실을 떠올리곤 물었다.

"노하 씨가 알려 줬어요."

비실비실 잘 웃는 노하를 떠올린 승서가 숨을 삼켰다. 설마 최노하가 정유라를 도울 줄은 몰랐는데. 그가 기가 찬 표정을 짓자 유라는 조용히 웃으며 다시 손을 뻗었다.

허리 벨트에 손을 댄 유라는 "나 보고 싶지 않았어요?" 하고 말하며 빙그레 미소 지었다. 유라가 작정하고 찾아온 티가 나자 승서는 아무 대꾸도 않고 입을 다물었다. 머릿속으로 오늘 하루 미안을 어떻게 해야 할지 고민하고 있는데 유라가 그의 치골에 슬며시 손을 갖다 대었다.

"승서 씨가 나를 가만히 내버려 둔 게 벌써 일 년이에요."

반질거리는 유라의 눈이 무엇을 원하는지 그는 알고 있었지만 가차 없이 고개를 돌렸다. 그러자 입을 앙다문 유라가 승서의 턱을 붙잡았다.

"멀쩡한 성인 남자가 일 년이나 참는 게 말이 된다고 생각해요?"

"혼자 위로하는 법도 있지."

그가 피식 비웃자 유라가 얼굴을 홍당무처럼 물들였다.

"내가 있는데 왜요?"

"내가 너를 어떻게 해야 하는데."

곧 죽어도 안아 주지 않겠다는 듯 승서가 강경하게 나오자 유라가 차가운 숨을 삼켰다. 놀랍게도 어느 일에나 침착한 그가 화가 나 있다. 유라는 새까맣게 어두워진 그의 눈을 응시했다. 욕망으로 어두워진 눈이 아니라 분노로 깊어진 눈동자다. 대체 뭐가 이 남자를 이렇게 열 받게 만든 거지? 유라의 시선이 뒤로 돌아가 거실에 나동그라진 사탕통에 박힌다.

"이러지 않았잖아요."

거부당하기 싫어 악착같이 매달린 유라가 소리쳤다. 이 상황이 슬슬 지겨워지기 시작한 그는 옛날이야기를 언급하는 유라를 찡그린 눈길로 내려다보았다.

"그만해."

"옛날엔 하루라도 사랑해 주지 못해서 안달이 났던 게 최승서였잖아요. 그게 승서 씨잖아요!"

"제발 아이같이 굴지 마, 유라야."

승서라고 해서 유라를 처음부터 안지 않으려고 한 건 아니었다. 어떻게든 되겠지 싶어서 시도는 해 봤지만 소용이 없었다. 조금도 즐겁지 않고 유쾌하지 않은 섹스라니. 그래서 그는 도중에 그만두었다. 어쩌면 그때 이미 유라와의 끝을 염두에 뒀을지도 모른다.

"나가."

그가 유라를 등지고 내뱉었다.

짤깍거리는 벨트 소리를 듣던 유라는 앞머리를 쓸어 올리며 고개를 돌렸다. 머리가 어지럽다. 당장에라도 어디에든 주저앉아 울고 싶었다.

"오늘은 자고 갈 거예요. 절대로 안 돌아갈 거니까 그런 줄 알아요."

세게 닫힌 문짝을 돌아본 승서는 벌써부터 밀려오는 막막함에 어금니를 악물었다.

옷을 갈아입고 거실로 나온 승서는 탁자 아래 나뒹구는 사탕통을 발견했다.

「단 거 없으면 진짜 안 되거든요. 없으면 무슨 일 생길지도 몰라요.」

미안이 사탕을 좋아하는 것 같아서 승서가 사다 준 것이었다. 사탕통을 다급히 들여다본 그의 표정이 딱딱하게 굳는다. 거실에 있는 쓰레기통 뚜껑을 열자 그 안에 사탕이 수북하게 쌓여 있었다. 어디로 보나 유라의 짓이다.

헛웃음을 친 그는 미안이 가장 좋아하는 딸기맛 사탕을 하나 집었다. 미안은 지금쯤 어디에 있을까. 막대사탕을 빙그르르 돌리며 쓰레기통 뚜껑을 닫은 그는 부엌에 있는 유라를 힐끗 쳐다보았다.

미안에게 연락을 하려던 승서는 이내 그녀에게서 온 문자를 보고 눈을 크게 떴다.

[지금 집에 가는 중이에요. 집에서 밥 먹으려고요. — 미안]

문자가 도착한 시간을 체크한 승서의 표정이 당혹으로 물들었다. 무려 사십 분 전에 도착한 문자다.

그의 뇌리에 미안을 위협했던 낯선 사내가 떠올랐다. 그래도 다른 사람도 아닌 강 형사가 같이 있는데 위험한 일을 당했을까.

걱정스런 마음에 그녀에게 전화를 걸어 보았지만, 미안은 전화를 받지 않았다. 빌어먹을. 속으로 욕지거리를 중얼거린 그는 양 비서에게 다급히 전화를 걸었다.

병원에선 환자들의 식사가 한창이었다. 하지만 미안의 할매가 누워 있는 병실엔 아무도 들어오지 않았다. 미안은 고픈 배를 달래기 위해 감귤주스를 까먹으며 할매의 손을 꽉 잡았다.

지금쯤 최승서는 정유라와 화기애애한 시간을 보내고 있으려나. 그래도 마음이 어느 정도 있으니까 아직까지 만나고 있겠지? 벽에 관자놀이를 기댄 그녀는 색색 숨 쉬는 할매를 내려다보았다.

"할매."

거친 할매의 손등을 쓰다듬은 미안은 입술을 내밀며 중얼거렸다.

"……나 그 사람 미워. 근사하다는 말 취소야."

그의 집이 언제든 돌아올 수 있는 장소인 듯 착각하게 만들었다. 돌아갈 수 있기는커녕 이렇게 밖으로 쫓겨났는데.

링거를 꽂은 할매의 손을 쉬이 놓지 못하며 미안은 침울한 표정을 지었다.

꿈속에서 그와 손을 잡고 있던 순간은 무척 행복했는데 현실은 너무 냉혹하다. 그녀는 더는 승서의 집에서 지낼 자신이 없어졌다. 그를 보면 아이처럼 울어 버릴 것 같았다. 그러다가 그의 웃는 얼굴을 떠올린 미안은 울컥 치솟는 감정을 느끼곤 침대에 머리를 박았다.

갑자기 귀가 막힌 것처럼 아무 소리도 들리지 않는다. 그냥 쿵쿵 뛰는 심장 소리만 들렸다. 왜 이렇게 속상하지. 진짜 이상하네. 멍이 들도록 가슴을 때린 미안은 연신 한숨을 토했다.

가슴에 뭔가 있다. 그 무언가는 아프고 딱딱해서 두드릴 때마다 여린 그녀의 감정을 자극했다.

"나 외로워, 할매."

까딱도 않는 할매의 손등에 뺨을 문댄 그녀가 작게 훌쩍였다.

"……할매가 없으니까……."

내가 돌아갈 곳이 없어. 그 사람 곁은 괜찮은 줄 알았는데 아니야.

약냄새가 물씬 풍기는 침대에 얼굴을 박은 미안은 눈물을 흘리기 시작했다. 그리고 그때서야 가슴에 뭉친 게 무엇인지 알았다.

보고 싶다.

최승서가 보고 싶었다. 왜 보고 싶은지는 모른다. 다만 다녀왔냐는 말에 다녀왔다고 웃으며 말해 줄 그가 죽도록 그리웠다.

흘러내리는 눈물을 침대에 마구 닦은 미안은 코를 훌쩍거리며 할매를 쳐다보았다. 내가 울면 할매 속상하겠지. 눈가를 닦은 그녀는 마음을 추스르며 또 감귤주스를 까먹었다.

방금 전까지만 해도 허기가 졌는데 지금은 오히려 속이 텅 빈 게 편했다. 울적한 표정으로 감귤주스를 호로록 마신 미안은 오늘 하루는 병원에서 자고 가야겠다고 생각했다. 보조침대가 있으니 거기서 누워서 하룻밤쯤 지내면 괜찮을 것이다. 당장 전당포로 돌아갈 자신이 없었다. 승서의 집에 들어가 짐을 챙겨 나올 용기도 없었다.

그가 보고 싶은 건 사실이지만 왠지 밉기도 했다. 속상한 것도 마찬가지였다. 그렇지만 앞으로도 승서와 가까운 거리를 유지하면 미안은 더 이상 이 감정을 주체할 수 없을 것 같았다. 왜 이러는지도 모르는데 그에게 앙탈을 부릴 수는 없다.

최승서는 무척 좋은 사람이었다. 미안의 사정을 여러모로 봐주고 있는 정말 멋진 남자였다. 그러니 쓸데없이 감정에 치우쳐져 일을 벌이기 전에 그녀는 거리를 두고 싶었다. 그래야만 했다.

"미안 씨 왔다면서요?"

훌쩍대던 미안은 발칵 열린 병실 문을 보고 화들짝 놀랐다. 놀라서 뒤로 발라당 넘어져 엉덩방아를 찧었다. 바닥에 주저앉아 "아파아!" 하고 소리를 지른 그녀는 헐레벌떡 달려온 서준을 보고선 눈을 부라렸다.

"노크도 없이 들어오세요?"

"아아, 미안해요. 이렇게 놀랄 줄은 몰랐지."

넉살 좋게 웃은 서준은 미안을 잡아 일으켜 주었다. 서준의 팔을 잡아 자리에서 일어선 미안은 욱신거리는 엉덩이를 어루만졌다. 마음도 아파 죽겠는데 가뜩이나 작은 엉덩이도 아프다. 여러모로 억울하고 속상해서 입술을 잔뜩 내밀자 서준이 묘한 낌새를 눈치챘는지 뺨을 긁적였다.

"울었어요?"

"안 울었어요."

"울었으면서 어디서 거짓말이에요? 의사 앞에서 뻥치면 산타 할배가 선물 안 줍니다."

"아야야야, 아파요, 아파!"

서준이 코를 잡아당기자 미안이 발버둥을 치며 비명을 질렀다.

"산타 할배한테 선물 받을 나이 지났어요, 뭘."

울음이 쏙 들어간 미안이 서준에게 투정을 부렸다. 주머니에 손을 넣고 실실 웃은 서준은 "울음 좀 그쳤어요?" 하고 말하며 그녀의 머리를 쓰다듬어 주었다. 서준의 호의를 처음부터 알고 있었던 미안은 시선을 내리깔며 "안 울었다니까요." 하고 꿍얼거렸다.

 작은 미안의 머리를 쓰다듬어 주던 서준은 눈가를 살짝 꿈틀하더니 "으음." 하고 중얼거렸다.

 갑자기 서준이 난감한 표정을 짓는다. 잔머리가 부스스 일어난 미안의 머리를 톡톡 두드리던 서준은 천장을 쳐다보며 잠시간 미묘한 얼굴을 하더니 쩝, 하고 입맛을 다셨다.

 "미안 씨."
 "네."
 "지금부터 내 말 복창하는 거예요. 알았지?"

 미안의 얼굴을 감싼 서준은 뺨을 조몰락대며 "자, 따라 합니다. 실시." 하고 말했다.

 "외로워도 슬퍼도."
 "외, 외로워도 슬퍼도……?"
 "나는 안 울어."

 그거 만화 주제곡 가사잖아요. 그녀는 서준에게 묻는 것 대신 의아함을 가득 담아 눈을 깜빡였다. 그러자 서준이 미안의 이마에 딱밤을 먹이고는 짐짓 엄한 얼굴을 했다.

 "안 따라 해요?"
 "해요, 해! 외로워도 슬퍼도 나는 안 울어!"

 아, 진짜. 왜 이러지? 엄청 옛날 만화 가사인데 악다구니를 써서 부르게 된다. 그래서 미안은 서준에게서 또 딱밤을 먹을까 봐 냅다 뒤에 가사까지 불렀다.

"참고 참고 또 참지 울긴 왜 울어. 푸른 하늘 바라보며 노래하자. 내 이름은 내 이름은 내 이름은 캔디!"

속사포로 노래를 부르자 서준이 미안의 얼굴을 놓아주었다. 여전히 노래를 부른 이유를 알지 못하는 그녀는 그저 서준을 빤히 보았다. 하지만 서준은 이유를 알려 줄 마음이 눈곱만큼도 없는지 그저 다정하게 웃으며 미안의 머리를 쓰다듬어 줄 뿐이었다.

"잘했어요. 착하네, 미안 씨."

부드러운 서준의 목소리에 그녀는 입을 조용히 다물었다. 서준이 왜 그 노래를 부르게 했는지 알지 못하지만 진짜 조금, 아주 조금 알 것 같다.

"또 울어요?"

"……안 울어요."

"큰일 났네. 앞으로 울 일 더 남았는데."

혀를 차며 알아듣지 못할 소리를 중얼거린 서준은 그녀를 살며시 안아 주었다. 싸한 소독약 냄새가 풍기는 가운에 얼굴을 묻은 미안은 사람의 온기가 몸에 닿자 왈칵 울음이 터져 나왔다. 뭐가 그렇게 쌓인 게 많은지 그녀는 할매 앞에서 울지 않기로 약속했으면서도 펑펑 울고 말았다.

얄궂게도 우는 내내 최승서가 생각났다. 상처를 호호 불어 주던 최승서만 떠올랐다.

그리고 그 광경을 병실 문틈으로 보던 승서는 이를 악물고 등을 돌렸다.

틈 사이로 미안을 끌어안고 있는 서준을 보자마자 속에서 노여움이 치솟았다. 문을 열어젖히고 주먹질을 하려고 했지만 그는 부들부들 떨리는 손을 참을 수밖에 없었다. 그녀가 서준에게 안겨 우는 걸 보고 그만 아득함에 잠기고 말았다. 머릿속이 하얘지고 질투심이 치밀어 올라 스스로를 견딜 수가 없었다.

로비로 내려가자 사복을 입고 있던 경호원이 그에게 고개를 숙였다. 승서는 "앞으로도 그 사람 모르게 경호하세요."라는 말을 남기고 서둘러 병원을 나섰다.

미안이 낯선 사내에게 험한 일을 당하자마자 양 비서를 시켜 경호원을 그녀에게 붙였다. 언제든, 어디서든 떨어지지 말고 붙어 있으라고. 그래서 경호원으로부터 그녀가 인사동에 들렀다가 집에 들어가지 않고 돌아 나왔다는 말을 듣자 눈앞이 캄캄해졌다.

그녀는 유라가 와 있는 걸 보고 돌아간 게 분명했다. 승서는 무작정 미안에게 사과해야겠다고 생각했다. 돌아갈 곳이 없는 그녀를 밖으로 내몰았다는 게 마음에 걸렸다.

그런데 그녀가 서준에게 안겨 울고 있는 걸 보자 머릿속에서 이성이 날아가는 걸 느꼈다. 진심으로 화가 났다. 자신이 아니라 다른 사람에게 그녀가 안겨 울었다는 게. 그 얼굴을 다른 남자에게 보여 주었다는 게. 그게 견딜 수가 없었다. 배신당한 기분이기도 했고 외면당한 기분이기도 했다.

그는 씁쓸한 기분을 곱씹을수록 이런 감정을 어디선가 느꼈다는 걸 깨달았지만 알 수 없었다. 모든 게 알 수가 없었다. 지금 스스로의 감정도, 미안이 우는 이유도.

운전대를 손으로 힘껏 내려친 승서는 이를 악물고 얼굴을 쓸어내렸다. 불투명할 정도로 어두운 막연함이 승서를 덮쳤다. 몇 번이나 스스로를 진정시키려고 애를 써도 화가 가라앉질 않았다. 마른 세수를 연거푸 하고 찬물을 들이켜도 가슴에 불꽃이 일었다.

집에 두고 온 유라는 이미 안중에 없었다. 오히려 유라에게서 기필코 대문 열쇠를 빼앗으리라 마음먹으며 승서는 기어를 앞으로 당겼다.

까마득한 머릿속 어딘가에서 기억이 차츰 떠오른다. 분명 언젠가 그는 이런 분노와 슬픔에 사로잡힌 적이 있었다. 승서의 차는 병원 주차장에 스크래치를 남기며 순식간에 시속 백 킬로미터가 넘는 속력으로 달렸다. 시속이 백삼십 킬로미터에 가까워지자 머릿속으로 잔상이 지나갔다.

「승서 씨, 아니에요. 제발! 내 말 좀 들어줘요, 네?」

「내가 어떤 식으로 너를 이해하길 바라는데. 말해 봐, 정유라. 말해 보라고!」

「승서 씨…… 아니에요, 정말이에요. 제가 사랑하는 사람은 당신이란 말이에요. 승서 씨? 승서 씨!」

뇌리에서 메아리치는 유라의 목소리를 듣던 그는 극심한 두통을 느꼈다. 재빨리 핸들을 꺾어 갓길에 차를 세운 승서는 손등에 핏줄이 불거지도록 운전대를 움켜쥐었다. 헉헉거리는 가쁜 숨이 턱 밑까지 차올랐다. 관자놀이를 타고 흘러내리는 땀방울을 느낀 그는 심호흡을 하며 액셀에서 발을 떼었다.

갑자기 아무 이유 없이 이런 확신이 들었다.

서른한 살의 최승서는 죽기 위해 가드레일에 차를 들이박았을지도 모른다는.

그런 추측을 하자 웃음이 났다. 울던 미안도 생각났다. 밥을 꼭꼭 씹어 먹으며 헤프게 웃던 그녀가. 아픈 손으로 동글동글 주먹밥을 싸 주던 미안이, 사랑스러운 그 여자가.

얼굴을 양손으로 감싼 승서는 눈앞에서 현실이 멀어지는 걸 느꼈다.

지금 당장 그녀가 안고 싶다.

뜨거워진 가슴을 쓸어내린 승서는 고개를 돌려 빈 조수석을 노려보았다. 싸하게 내려앉은 머릿속에서 아주 낡고 유치한 기억이 떠올랐다.

「사랑해요.」

머리카락을 헤집은 승서는 매정한 눈빛으로 과거를 쳐다보았다.

「사랑해요, 승서 씨.」

시트가 구겨지고 유라가 다가와 자신에게 키스를 하는 장면까지 본 그는 눈을 감고 몸에 힘을 뺐다. 머리가 멍하다. 제대로 된 판단을 할 수 없을 만큼 어지럽고 어수선했다. 그리고 이렇게 착잡하고 쓸쓸한 한가운데 미안이 있다.

그녀가 웃는 모습을 떠올린 승서는 온몸이 들끓는 걸 느꼈다. 그는 미안을 오늘 당장 자택으로 데려오려는 계획을 전면 수정했다. 이대로라면 미안에게 무슨 짓을 할지 몰랐다. 그도 그 스스로가 겁이 났다.

운전대를 잡고 차를 출발시킨 그는 인사동으로 달렸다. 머리에서 가슴까지 지령이 전달되는 데 걸리는 시간이 너무 길었다.

승서는 오래전 유학을 할 때 대학교수가 떠들었던 말을 상기했다. 생각은 뇌가 하는데 감정은 어째서 가슴이 느끼는지 한 번도 궁금해 본 적이 없냐고 묻던.

그때 어느 한 대학생이 손을 들고 대답했다.

「뇌는 할 일이 너무 많아서 들어갈 틈이 없습니다, 교수님. 하지만 가슴은 갈비뼈 사이마다 틈이 있기 때문에 사랑하는 사람이 한 번 들어가면 빠져나올 수 없어요. 갈비뼈는 심장을 보호하지만 동시에 철창이죠. 그 사람을 이기적으로 가두는 철창이요.」

대문 앞에 여전히 유라의 차가 주차되어 있는 걸 확인한 그는 눈살을 찡그렸다. 집에 들어가자마자 찬물로 목욕을 하고 싶었다. 이성을 되찾고 싶어 마음이 조급했다.

"승서 씨?"

요란하게 닫히는 현관문 소리에 유라가 침실 밖으로 나왔다. 속이 다 비치는 캐미솔을 입은 유라는 어딘가 수선스러운 승서의 표정을 보고는 눈을 동그랗게 떴다. 갑자기 누군가로부터 연락을 받고 급히 나가더니 굉장히 묘한 얼굴을 한 최승서가 돌아왔다.

"무슨 일 있어요?"

조금 걱정스러운 투로 묻자 승서가 눈을 기민하게 빛냈다. 그는 새까맣게 짙어진 눈길로 유라를 머리부터 발끝까지 훑었다. 그리고 침실 문턱에 서 있던 유라에게 다가가 "하자."라고 대뜸 말했다.

"네?"

침대로 이끌려 간 유라는 눈가와 뺨을 훑는 그의 입술에 숨을 헉 삼켰다. 지금의 그는 유라가 알던 예전의 최승서와는 조금 달랐다. 난폭하고 위험했다. 무엇 때문에 성이 났는지 승서는 와이셔츠 단추를 대충 풀고는 유라의 가슴을 아프게 움켜쥐었다.

"스, 승서 씨, 잠깐만요!"

놀란 유라가 뒷걸음질을 쳤다. 불을 켜지 않은 어두컴컴한 침실에서 그의 눈빛이 위협적으로 반짝였다. 그는 욕망을 견딜 수 없는 것 같기도 했지만 조금 슬퍼 보이는 착각을 일으키게도 했다.

캐미솔을 억지로 벗긴 그는 유라에게 입을 맞추었다. 해 달라고 졸라도 해 주지 않던 승서의 키스에 유라가 눈을 감았다. 빠르고 성마르게 움직이는 혀는 그가 갈증을 해소하고 싶어 안달이 났다는 증거였다. 승서의 목에 팔을 감은 유라는 가슴과 허벅지를 포악하게 어루만지는 손길에 비명을 질렀다.

벌어진 유라의 입술 틈새를 다시 틀어막은 승서는 벨트를 풀려다가 멈칫했다. 눈앞에서 숨이 달뜬 유라가 "승서 씨." 하고 높아진 목소리로 그를 불렀지만 그의 눈동자는 벽에 붙은 사진에 꽂혀 있다.

갑작스럽게 움직임을 멈춘 게 의아했던 유라는 고개를 돌려 벽을 훑었다. 벽면을 빈틈없이 메운 사진들의 한 구석이 텅 빈 게 보인다. 사진이 바닥에 떨어졌나 싶어 아래를 둘러보았지만 바닥은 깨끗했다.

"승서 씨? 사진은 다른 거 붙이면 돼요. 카메라에 찍어 둔 거 많잖아요."

유라가 입가에 호를 그리며 그의 뺨을 어루만졌다. 승서는 잠잠해진 눈길로 허전해진 구석을 쳐다보더니 이내 고개를 숙이며 유라를 끌어안았다. 하지만 그는 손을 움직이거나 더 이상 옷을 벗지 않았다. 그저 유라를 안고 있는 게 전부였다. 갑자기 돌변한 승서의 태도에 유라는 애가 탔다. 승서의 이름을 부르며 재촉도 해 봤지만 그는 아무 대답도 하지 않았다.

"……승서 씨."

무언가 잘못되었다는 게 유라의 마음을 강타했다. 성급하게 움직이며 유라를 갈구했던 그는 어깨를 웅크린 채 석고상처럼 굳어 있었다. 마치 단순히 사람의 온기를 필요로 하는 아이 같았다. 거기다 그의 몸을 가득 채우고 있던 욕망은 싸늘하게 식어 버린 지 오래였다.

"미안."

위태롭게 유라를 탐하던 승서가 한참 만에 내뱉은 말은, '미안' 이었다.

 "왜 미안한데요?"

 그는 머리에 무언가를 맞은 사람처럼 "미안."이라는 말을 되뇌었다. 유라는 그 단어를 이해할 수 없었다. 대체 무엇이 미안하다는 걸까. 지금 섹스를 나누지 못해서? 아니면 멀지 않은 이별에 대해서?

 "승서 씨. 뭐가 미안하냐고요. 대체 뭐가!"

 유라가 그의 어깨에 걸린 와이셔츠를 잡아당기며 화를 냈다. 파르르 떨리는 입술을 다문 유라는 무너질 것 같은 얼굴을 한 승서를 보았다.

 "……미안."

 그의 동공을 가득 채운 허무함과 마주하자 유라는 그제야 '미안'하다는 의미가 사과의 뜻이 아니라는 걸 눈치챘다. 아무것도 짐작할 수 없었지만 그는 다른 곳에 있었다. 최승서의 마음이, 지금, 여기가 아니라 아주 먼 곳에 떠나 있다.

 "뭐가 미안한데? 대답해요, 대체……. 대체 나한테 왜 이러는데!"

 소리를 지르며 그의 가슴을 때린 유라가 결국 울음을 터뜨렸다. 돌아온 줄 알았는데. 다시 사랑하는 줄 알았는데! 일그러진 얼굴로 유라를 내려다보던 승서는 침대에서 내려와 등을 돌렸.

 속상한 듯 우는 유라를 보던 그는 천천히 가슴을 쓸어내렸다. 아프지가 않다. 정유라가 우는 걸 보고도 마음이 덤덤하다. 그런데 사진이 없는 빈자리를 보면 가슴이 쓰라리다.

 입술을 일그러뜨린 승서는 침실을 박차고 나갔다. 그가 거실로 나오자 뒤에서 깨질 듯한 유라의 비명 소리가 들렸지만 곧장 욕실로 들어갔다.

찬물에 머리를 식힌 그는 얼굴을 쓸어내리며 다시 한 번 미안을 떠올렸다. 정확히는, 서준에게 안겨 있던 미안을 생각했다. 둘이 무슨 사이일까. 유들유들하게 웃던 서준의 얼굴을 그리는 순간 그의 머릿속이 차갑게 식었다.

욕실 벽에 이마를 몇 번 찧은 승서는 냉해진 얼굴을 손바닥으로 가리며 길게 숨을 들이마셨다.

갈비뼈 사이마다.

틈.

철창.

아아.

가슴이 아프다.


병원에서 하룻밤을 보낸 미안은 아침이 되자마자 할매에게 인사를 하고 인사동으로 출발했다. 밤새 내내 여러 가지를 생각했다. 할매의 병원비와 전당포 수리비 등등.

그러자 조금이라도 더 지출을 아껴야 한다는 데에 생각이 미쳤다. 지금 그녀는 승서의 의뢰에 모든 걸 쏟아붓고 있는 상황이었다. 다른 데서 돈이 들어올 여력도 없었고 돈을 벌 능력도 없었다. 그러니 그를 보기 불편하더라도 그의 집에 머물러야 했다.

그나저나 뭐라고 변명한담. 말도 안 하고 외박을 했다. 아침이 되어서야 승서가 전화를 여러 번 했다는 걸 알았다. 그가 이야기를 들려 달라고 했는데 약속을 지키지 못했다.

대문 앞에 차가 없는 걸 확인했지만 혹시 모른다는 생각에 현관문을 살짝 열어 신발장을 샅샅이 살폈다. 하지만 여자 구두는 없었다. 정유라가 일찍 돌아간 걸까.

조용한 거실을 둘러본 미안은 "저어, 다녀왔습니다."하고 말하며 신발을 벗었다. 그녀의 목소리가 적막한 거실에 울렸다. 돌아오는 대답이 없자 괜히 기분이 공허해진다.

가방끈을 꼭 움켜쥔 미안은 작은방 근처로 다가가다가 욕실에서 물소리를 들었다. 아침 여섯 시밖에 안 됐는데 벌써 일어났나? 고개를 갸웃거리며 방문을 조심스레 여는데 어쩐지 방 안이 난장판이다. 가방에 있던 옷들도 밖으로 나와 있고 속옷도 구석에 내팽개쳐져 있고.

이렇게 해 두고 갔던가? 의아해하며 잔뜩 구겨진 물방울무늬 원피스를 보곤 손바닥으로 주름을 펴는데 욕실에서 하얀 김과 함께 그가 나왔다. 순간 화들짝 놀라 고개를 재빨리 앞으로 고정했다. 혹여나 알몸을 볼까 봐 조마조마하며 무릎을 꿇고 앉아 있는데 멀리 승서의 침실 문이 닫히는 소리가 들렸다.

어라. 얼빠진 표정으로 뒤를 돌아본 미안은 아무도 없는 거실과 열린 욕실 문을 번갈아 보았다. 욕실 바로 옆에 작은방이 있는데 그가 자신을 알은척하지 않았다.

마음이 삽시간에 싸해진 미안이 시선을 아래로 떨구었다. 말도 안 하고 외박해서 화났나? 저릿저릿한 가슴을 손바닥으로 문지른 그녀는 크게 호흡을 골랐다. 설마. 설마. 속엣말로 같은 말을 몇 번이나 되뇐 미안은 주섬주섬 옷을 정리했다.

"⋯⋯사과해야겠다."

승서에게서 선물 받은 옷을 정리한 미안은 갑자기 기분이 초라해졌다. 만약, 정말로, 그에게 지금 외면당한 거라면.

 가슴 가운데 멍울이 지는 걸 느낀 미안은 허리를 앞으로 구부렸다. 아. 또 아프다. 어깨를 웅크리고 눈을 감은 그녀는 힘겹게 숨을 토했다. 아무리 숨을 마시고 뱉어도 가슴에 진 덩어리가 가라앉질 않는다.

 그러고 보니 그에게 새로 알아낸 과거들을 알려 주어야 한다. 그걸 빌미로 대화를 걸 수 있지 않을까. 평소엔 들려줄 과거가 많으면 괜히 신이 났는데 지금은 살짝 겁이 난다. 그가 만약 이제 필요 없다고 말한다면? 어째서인지 미안은 말도 안 되는 불안에 휩싸였다. 심장이 두근거리는 게 전혀 기분 좋지 않았다.

 승서의 침실 문이 열리는 소리를 들은 미안은 재빨리 자리에서 무릎을 일으켰다.

 "저, 최승서 씨!"

 검은색의 정장을 차려입은 그가 부엌으로 향한다. 코앞을 담담히 지나치는 승서를 눈으로 좇던 미안은 잠깐 망연히 눈을 깜빡였다.

 "저어……."

 "듣고 있습니다."

 냉수를 들이켜는 승서의 대답은 짧고 간단했다. 평소와 같은 미안은 그의 표정과 말투에서 매정한 느낌을 받았다. 착각일까. 어제 정유라와 당신이 같이 있는 상상을 해서 아직도 감정이 날뛰는 걸까. 겁을 먹은 시선을 바닥으로 쏟은 미안은 입을 조심스럽게 열었다.

 "……그, 어어, 알아낸 과거가 있어서요. 알려 드릴까 하고."

미안이 더듬더듬 말하자 그가 싱크대에 컵을 내려놓으며 "지금은 곤란합니다." 하고 말했다.

"회사에 급한 일이 있어서 가 봐야 합니다. 이야기는 저녁에 들었으면 합니다만."

"아, 네. 그래요, 그럼."

입이 굳게 다물려진 승서의 얼굴을 보자 숨이 막혀 온다. 아침 여섯 시밖에 안 됐는데 급한 일? 그녀는 무슨 일이냐고 묻고 싶었지만 어색하게 웃기만 했다. 미안은 승서의 회사 일에 대해 캐물을 자격이 없었다. 지나가 버린 과거면 모를까 현재에 대한 일은 그녀가 간섭할 수 없다.

미안은 현관까지 눈치를 보며 그를 뒤따라갔다. 승서는 야박할 정도로 그녀에게 시선을 주지 않았다.

"혹시 화나셨어요?"

손가락을 조물거리며 작게 묻자 신발을 신던 그가 고개를 들었다. 조금 찌푸려진 승서의 눈가에 미안이 입을 딱 다물었다.

"제가 미안 씨에게 화낼 일이라도 있었던가요."

"……어, 으음, 외박해서?"

추측한 대로 던지고 본 미안은 빠르게 눈을 깜빡거렸다. 아 제발, 그렇다고 해 주세요. 하지만 그는 대답하지 않았다. 그저 위에서 아래로 물끄러미 미안을 응시했다. 평소와는 다른 그의 시선에 미안은 명치가 꽉 막히는 걸 느꼈다.

서류가방을 든 승서는 현관문을 손바닥으로 밀더니 그녀를 돌아보지 않으며 대수롭지 않게 말했다.

"미안 씨가 어디서 뭘 하건 그건 당신의 자유입니다. 제가 간섭할 이유는 없죠."

말을 마친 그가 현관을 나선다. 미안은 차마 조심히 다녀오라는 말을 내뱉을 수가 없었다. 최승서의 시선이 계속 아프던 자리에 꽉 박혔다. 바늘로 계속 같은 자리를 쑤시는 것 같아 숨을 쉴 수가 없다.

벽을 짚고 허리를 구부린 그녀는 가슴을 어루만졌다.

처음 만났을 때보다 냉담하고 더 거리가 멀다.

몸을 일으킨 미안은 입이 쓴 걸 느끼곤 사탕을 찾았다. 거실 탁자 아래에 둔 사탕통을 들여다보는데 안이 텅 빈 걸 보고 그녀는 잠깐 고개를 갸웃했다. 차츰 안색이 질리기 시작한 미안은 주위를 두리번거렸다. 어디 갔지? 그 많던 사탕이 한 순간에 없어졌다.

입술을 벌리고 숨을 삼킨 그녀는 허겁지겁 자리에서 일어나 작은방으로 들어갔다. 옷을 넣어 둔 가방들을 모두 뒤집었지만 사탕은커녕 그 비슷한 것도 떨어지지 않았다.

그 많은 사탕을 최승서가 먹어 치웠을 리는 없다. 눈을 빠르게 깜빡이며 거실을 굴러다니는 사탕통을 돌아본 미안은 아무것도 먹지 못해 위에서 신물이 오르는 걸 느꼈다.

설마……. 버렸어?

삽시간에 미안의 표정이 삭막하게 변한다. 최승서가? 왜. 어째서? 그건 내가 당신에게 선물 받은 건데.

방에서 나온 미안은 믿을 수 없다는 표정으로 다시 사탕통을 뒤집어 보았다. 분한 마음에 통을 꽉 움켜쥐고 과거를 보려는데 순간 어지러움과 함께 몸이 휘청거렸다. 쪼그려 앉아 있다가 엉덩방아를 찧은 미안은 어제 서준을 보고 놀라 넘어진 자리가 욱신거려 눈물을 찔끔 흘렸다.

"……아파."

텅 빈 사탕통을 손에서 놓은 미안이 작게 중얼거렸다. 전신에 저릿저릿 퍼지는 아픔에 사탕통을 붙들고 과거를 보겠다는 일념도 잊어버렸다. 그녀는 그저 가슴에 양손을 얹고 눈물을 뚝뚝 흘렸다.

정말 아팠다. 아프지 않은 곳이 없을 정도로 다 괴로웠다. 엉덩방아를 찧은 게 이렇게 슬픈 일이던가. 미안은 입술을 꾹 닫고 울음소리를 삼켰다. 단 게 없으면 안 된다. 달짝지근한 건 그녀에게 필수식품이었다. 사탕이나 초콜릿이 없다면 조금이라도 멀쩡히 정신을 유지할 자신이 없었다.

결리는 가슴을 꽉 움켜쥔 미안은 자리에서 간신히 일어섰다. 현관을 쳐다보자 덩그러니 놓인 자신의 신발이 보였다. 나가면 또 혼날까. 어째서인지 사탕이 없는 것보다 승서에게 미움받는 게 더 겁이 났다.

현관 앞으로 걸어간 미안은 무릎을 꿇고 허름한 운동화를 빤히 응시했다. 아무리 생각해도 최승서가 자신을 미워하고 있다는 건 명백했다. 무엇 때문에 냉랭해진 건지 알 수 없지만 미안은 다른 사람이면 모를까 그에게까지 미움받고 싶진 않았다.

그런 건 고등학교 때 자신을 도둑년으로 몰아붙인 친구들로도 충분했다.

정신병자라고 학교에서 쫓아낸 학부모와 선생님들로도 충분했다.

자신을 버린 엄마로도 충분했다.

그의 차가운 눈빛을 다시 떠올린 미안은 등골에 오싹 소름이 돋았다. 현관 앞에서 허겁지겁 일어나 작은방으로 들어간 그녀는 상자에 쌓여 있는 승서의 물건들을 집어 들었다. 아무리 생각해도 과거를 최대한 많이 알아내는 게 미안이 할 수 있는 전부였다. 그가 그녀를 곁에 두는 건 서른한 살의 기억 때문이었으니까.

카메라를 집어든 미안은 눈을 깜빡이다가 엄지에 끼우고 있는 묵주반지를 내려다보았다.

어쩌다 이렇게 되었을까. 언제부터 과거를 보기 시작했는지 떠올려 보려 했지만 생각나지 않았다. 하는 수 없이 미안은 졸린 듯 눈을 감으며 카메라에 집중을 했다.

하루라도 더 여기에 있고 싶다.

여기에, 최승서의 집에, 그의 근처에.

현기증이 이는 몸을 벽에 기댄 미안은 수첩에 정보들을 차근차근 적으며 과거들을 헤집기를 반복했다. 몇 번이나, 몇 번씩이나.

오늘따라 최승서의 분위기가 살벌하다. 오랫동안 승서를 보아온 양 비서의 촉은 백 퍼센트의 확률을 자랑했다. 아침 여섯 시부터 회사에 들이닥쳐 경비들을 닦달했다더니 아무래도 그 이야기가 진짜인가 보다.

평소에도 일을 열심히 하는 양반이긴 했지만 오늘따라 업무에 대한 열정이 과했다. 과해서 언제 폭발할지 모르는 활화산을 보는 듯 공포가 밀려왔다. 오죽했으면 회의 시간 때 최주하가 그의 눈치를 살폈을까. 그래. 그만큼 승서의 분위기는 위험했다. 누가 보아도 충분히 위협적이었는데 건드리면 물겠다는 듯 서슴없이 이빨을 드러내기까지 했다.

회의시간 내내 못마땅한 기색을 드러내던 승서는 '아니, 그래도…….' 라며 입을 열던 간부를 찍소리 못 하게 입으로 짓뭉갰다. 아이고. 어찌나 쌀쌀맞던지 뒤에서 대기하던 양 비서의 심장이 다 콩닥거렸다.

그는 평소와는 사뭇 달랐다. 평소에도 자기주장을 완강히 내세우는 타입이긴 했지만 적어도 사납지는 않았다. 무자비한 역할을 도맡은 건 최주하였지 최승서가 아니었다. 그래서 비서들끼리는 범고래가 드디어 난폭함을 드러냈다며 쑥덕거리기도 했다.

담담한 가면으로 불안함을 포장한 양 비서는 경호원에게서 온 문자를 힐끗 쳐다보았다.

"경호원에게서 중간보고가 왔습니다만."

"보고하세요."

"미안 씨는 오늘 하루 종일 인사동 자택에서 나오지 않으셨다고 합니다."

"하루 종일, 말입니까."

승서는 시간을 확인했다. 오후 네 시가 다 되어 가는데 한 발자국도 나오지 않았다니. 그는 눈가를 찌푸렸지만 손짓으로 양 비서를 내보냈다.

미안이 오늘 아침 그의 낌새가 이상한 걸 눈치챈 걸까. 승서는 손등에 턱을 괴고는 서류들을 넘겼다. 평소와 똑같이 그녀를 대해야 한다고 생각했지만 미안의 얼굴을 보자마자 서준이 떠올랐다. 둘이 무슨 사이냐고 물어볼 뻔하다가 질문을 가까스로 삼킨 그가 할 수 있는 일은 조금이라도 빨리 그 집을 나오는 일이었다.

유치하게도 승서는 서준을 질투하고 있었다.

그리고 빈틈이 유독 많은 가슴에 미안이 들어찬 걸 부정했다.

말도 안 된다고 생각했다. 단지 욕정의 일부라고 판단하며 몇 번이나 머리를 이성적으로 식히려고 안간힘을 썼다. 그러기 위해선 미안을 냉대할 수밖에 없었다. 하지만 벌써 승서의 눈엔 당황한 미안의 얼굴이 어렸다. 당황한 걸로도 모자라 상처받은 그녀의 눈동자가 아른거렸다.

미안은 승서보다 아홉 살이나 어린 여자였다. 중졸에 직업도 없고, 가족도 할머니뿐이었다. 심지어 그 할머니마저 친할머니가 아니다. 미안은 여러모로 사람들에게 '버림받은' 여자였다. 그는 무엇이 부족해 미안에게 눈길이 가는지 고민했다. 그녀의 환경과 태생을 머릿속에 집어넣는 건 그저 자꾸만 떠오르는 그녀를 떨쳐 내기 위해서였다.

처음엔 별거 아니라고 생각했다. 단순히 여자를 만나지 않아 이 지경에 이르렀구나 싶었다. 그가 잊어버린 '서른한 살'을 볼 수 있다는 그 특별함 때문에 미안이 빛나 보이는 걸지도 모른다고 스스로를 냉혹하게 타일렀다.

하지만 원피스를 입었던 미안은 아름다웠다.

부엌에 서서 생글생글 웃던 얼굴도 사랑스러웠다.

착각이라고 말하기엔 그는 미안을 볼 때마다 기분이 들떴다. 나이가 한참 어린 여자에게 형편없이 휘둘려지고 있다는 걸 깨달은 건 언제였을까. 그녀가 위험한 일을 당할 뻔했을 때? 아니면 처음 만나던 순간부터?

겉옷의 단추를 끄른 승서는 조끼의 단추도 풀어헤치고 가슴 가운데 손바닥을 얹었다. 손바닥으로 부드럽게 뛰는 심장 박동이 전해진다. 의자팔걸이에 걸친 손에 힘이 들어간다. 미안을 떠올리자 뼈마디가 욱신거리더니 심장이 빠르게 뛰기 시작했고 부정맥이라도 생긴 것처럼 호흡이 가빠졌다.
 갈비뼈 안쪽에, 미안이 있다.
 그는 가슴을 갈라 안쪽을 보고 싶은 충동에 휩싸였다. 정말로 그 안에 미안이 들어 있는지 확인해 보고 싶었다. 그녀를 생각하는 감정이 어떤 빛깔로 부풀려지고 있는지 짐작할 수 없어 더 그랬다.
 사라져 버린 '서른한 살'에 몰려 있던 예민한 신경들이 조금씩 진로를 튀튼다. 그의 시선은 잃어버린 것이 아니라 지금, 현재에 있는 것으로 방향을 돌렸다. 손을 뻗으면 항상 닿을 것만 같은 거리에 서 있는 여자.
 과거에 집중되어 있던 화살표가 선로를 돌려 미안에게 향한다. 그는 우스꽝스럽게도 이 감정을 감당할 자신이 없었다. 이건 사랑인가. 아니면 동정인가. 둘 다 아니라면 다만 욕정에 사무친 착각인가. 고통에 찬 신음 소리를 낸 승서는 상체를 구부리고 책상에 이마를 박았다.
 "미안."
 쓸쓸하게 중얼거린 승서는 여전히 가슴에 손바닥을 댄 채였다.
 사람의 이름인지, 사죄의 말인지 알 수 없는 '미안'을 뇌까린 그는 중력에 당겨져 깊은 지하로 파고들 듯 나지막하게 한 마디를 보탰다.
 "……미안."

「야, 너 말할 때마다 입에서 사탕 냄새 나.」
「너는 왜 그렇게 사탕을 빨아? 애도 아니고.」
「참나, 단 거 좋아하는 귀신 붙었니? 수업시간에도 사탕을 먹으면 어쩌자는 거야. 선생님이 우습게 보여?」

귀신.

예전에 들은 말을 속으로 중얼거린 미안은 바닥에 힘없이 퍼져 있었다. 오늘 과거를 몇 개나 읽었지. 잘 기억이 나지 않는다. 그녀는 지금 눈을 깜빡이는 것도 힘들었다. 뇌가 풍랑이 이는 바다에 빠져 끝없이 흔들리는 것 같았다.

승서의 눈빛을 떠올리기가 싫어서 무작정 일을 했다. 덕분에 얻어 낸 건 많았다. 정유라를 만난 후의 서른한 살 최승서를 보지는 못했지만 그 이전의 그를 볼 수는 있었다. 항상 혼자서 여행 다니는 승서를 보았다. 카메라에 담겨 있던 과거의 최승서는 늘 외톨이였다. 그는 혼자 잠을 자고, 혼자 밥을 먹고, 혼자 텔레비전을 보는 게 익숙한 남자였다. 그러다가 미안은 그가 눈이 쌓인 기차역 플랫폼에 서 있는 장면을 보았다.

선물 받은 사진 속의 그 장면. 스물일곱의 최승서.

미안은 카메라를 통해 보았던 기억을 눈을 감고 다시 되새겨 보았다.

카메라를 짚자 눈이 흩날리는 차가운 소리가 들려왔다. 그는 노란선 안쪽에 서 있었다. 어깨에 카메라를 메고 그 넓고 황량한 플랫폼에 또 혼자 있었다. 검은색 코트를 여민 스물일곱 승서는 붉은 목도리를 두른 채 간간이 입김을 불었다. 장갑을 끼지 않은 손에 숨결을 불어 넣으며 손바닥을 비비고 적막한 기찻길을 보며 기차를 기다렸다.

기차가 오기만을 기다리던 최승서는 내내 고개를 숙인 채 노란 경계선을 내려다보고 있었다. 눈이 흩날려 그의 머리와 눈 위에 얇게 쌓였지만 그는 쉽사리 움직이지 않았다. 그대로 눈 속에 파묻혀

영영 사라질 것처럼 아무것도 없는 눈동자를 한 채 같은 자리를 지켰다.

왜일까. 그의 얼굴을 보자 눈물이 났다.

스물일곱의 최승서에게 자신의 모습이 보이기를 간절히 바랐다. 그런데 발목이 쇠사슬에 묶인 듯 꼼짝도 하지 않았다. 당장에라도 달려가서 안아 주고 싶은데 몸이 옴짝달싹하지 않았다. 그녀는 과거의 승서에게서 너무나도 먼 사람이었다. 그게 몸서리칠 만큼 싫었다. 그의 과거를 전부 독식하고 싶을 만큼 그 순간 미안은 승서가 욕심이 났다.

기찻길 선로에 다리가 붙잡힌 미안은 몇 번이나 안간힘을 써 보았다. 움직이지 않는 다리를 잡아당기며 그녀는 그를 불렀다.

여기 있어요.

이유 없이 눈물이 흘러서 미안은 흐느끼며 승서를 불렀다.

여기 있어요, 최승서 씨. 여기요. 여기 있단 말이에요!

그때. 붉은 목도리에 내내 가려져 있던 그의 입술이 바깥에 드러났다. 입을 조그맣게 벌리고 하얀 입김을 토한 그는 앞을 보고 있었다. 어둡고 고요한 눈동자가 마치 미안을 보고 있는 듯했다.

멀리서 기적 소리가 울렸고 그녀는 숨을 다급히 삼키며 왼쪽을 돌아보았다. 하얀 불빛을 내며 기차가 미안이 있는 곳으로 달려오고 있었다. 눈시울을 붉히며 승서를 올려다본 미안은 그에게 손을 뻗었다.

제발……. 가지 마세요.

울음을 터뜨리며 그녀가 소리쳤다. 하지만 기차가 미안의 근처로 당도하자 그가 눈을 감으며 무언가를 중얼거렸다.

그 순간 과거에서 치여 나온 미안은 고통스럽게 울리는 가슴을 부여잡았다. 울지 않기 위해 숨을 깔짝거리며 연달아 삼켰다.

수첩에 과거를 정리했을 땐 어느새 오후였다. 입안에 단물이 싹 빠져 몸에서 생기가 날아간 듯 힘이 없었다. 과거를 되새겨 본 그녀는 감고 있던 눈을 가늘게 떴다. 하얀색 천장이 보이자 갑자기 안 좋은 기억이 떠오른다.

학교를 다닐 때. 발작을 일으킨 적이 있었다. 태어나 두 번째로 일으킨 발작이었다. 담임에게 사탕을 모두 압수당했고 한 번만 더 막대사탕을 물고 다니면 가만두지 않겠다고 엄중히 경고를 받았던……. 그때가 언제였을까. 고등학생 때였던가.

단 걸 입에 물고 있지 않으면 견딜 수가 없다고 애원했는데도 선생님은 이야기를 들어주지 않았다. 수업시간에 입에 사탕을 물고 있는 게 예의에 맞지 않다는 건 알고 있었다. 하지만 미안에겐 사탕이 필요했다.

「할매, 할매, 나, 나 앞이 안 보여. 할매? 나 안 보여, 앞이 안 보인단 말이야! 내 눈앞에 있는 거 뭐야? 할매? 어디 있어, 어디 있냐니까! 나 눈에 이상한 게 있어! 이상한 게 있단 말이야!」

생각만 해도 머리가 지끈거린다. 눈두덩을 손바닥으로 눌렀지만 그래도 머릿속이 칼로 들쑤셔진 듯 낭자했다. 오늘 너무 무리를 했나. 피곤하게 눈을 깜빡인 미안은 꺼내 놓은 조리샌들을 상자에 넣었다. 모자도 집어넣고 손가락에 끼우고 있던 묵주반지도 넣으려는데…….

「내가 당신이 말하는 걸 어떻게 믿습니까.」

눈앞에 난데없이 승서의 모습이 펼쳐졌다. 미안은 순간 당황했다. 아무 짓도 하지 않았는데 과거가 보인다.

「노하가 아무 말도 안 해 준 모양이군.」

승서의 옆에 최주하가 보였다. 사방을 둘러싼 책장을 쳐다본 미안은 지금 이 과거가 최승서와 최주하가 주먹질을 한 그 시점이라는 걸 알았다.

하지만 대체 왜? 그녀는 아무 짓도 하지 않았다. 그저 반지를 빼 상자에 넣으려고 한 게 고작이었다. 과거에서 헤어 나와야겠다고 생각했는데도 영상이 끊어지지 않는다.

미안은 머릿속을 찌르는 두통을 느끼며 입술을 바들바들 떨었다. 불길한 예감이 몸을 휩쓴다. 기억을 끊어야겠다고 생각하는데 제어가 안 된다. 안색이 새파랗게 질린 그녀는 피식 웃는 주하를 보며 입을 열었다.

그만.

「당신 형제들과는 썩 친하지 않으니까요. 나가 주시죠. 더 이상 대답하고 싶지 않습니다.」

그만해요.

「한심한 새끼.」

「……최주하.」

「그렇게 사랑해서 정유라가 다른 남자에게 낯짝 들이미는 걸 내버려 둬?」

그만하라니까!

미안이 울며 소리를 지르자 눈앞에 다른 영상이 덧씌워졌다. 입술을 멍하니 벌린 채 그 광경을 주저앉아 쳐다보던 그녀는 몸을 바들바들 떨며 바닥을 짚었다. 과거 위로 또 다른 과거가 올라온다. 씌워지고, 덧씌워지고, 끼어들기를 반복해 눈앞이 사람과 사물과 바깥과 집 안으로 득시글거렸다.

수천 개의 과거들이 그녀의 눈동자 앞에서 어른거렸다. 수천 명의 목소리가 미안의 고막을 두드렸다. 소음에 가까운 음성들에 귀를 틀어막은 그녀는 겁에 질린 눈을 크게 뜨며 "……제발."하고 나직하게 중얼거렸다. 눈을 질끈 감았는데도 영상이 어둠 속에서 꺼지질 않는다. 넋이 나간 사람처럼 고개를 치켜든 미안은 눈을 여러 번 깜빡이며 주위를 둘러보았다.

　분명 방에 있는데 아무것도 보이지 않는다. 물건도. 옷도. 매트리스도. 오로지 눈앞을 차지한 건 수십 겹으로 겹친 최승서의 과거뿐이었다. 미안은 머리가 멍멍하게 울리는 걸 느꼈다. 텅 빈 속에서 헛구역질이 올라오자 몸이 바들바들 떨리며 경련이 일었다.

　"하, 할매. 할매!"

　반사적으로 할매를 부른 미안은 과거를 떨쳐 내려고 고개를 도리질 치며 바닥을 손으로 쓸었다. 사탕, 사탕이 어디 있지?

　그때 자동차가 스크래치를 내며 어딘가에 거세게 충돌하는 소리가 그녀의 귓가와 뇌리를 강타했다. 구급차의 사이렌 소리와 사람들의 웅성거리는 소리가 미안을 감쌌다. 털이 쭈뼛 선 팔뚝을 쓸어내린 미안은 구석에 몸을 웅크리고 벌벌 떨었다.

　머리를 감싼 미안은 눈앞에 있는 게 현실인지 과거인지 꿈인지 분간이 가지 않았다. 할매를 불렀는데 아무도 그녀에게 다가오지 않는다. 이러다간 미칠 게 분명했다. 그때처럼 거품을 물고 바닥을 나뒹굴고 싶진 않았다. 두려움에 요동치는 몸을 잔뜩 웅크린 그녀는 혀를 힘껏 물었다.

　「서, 선생님! 선생님 얘 이상해요, 선생님!」

　「그러니까 학생 말은, 물건을 만지면 과거가 보인다는 거군요?」

　「기가 차서. 하다하다 별소리를 다 듣네. 이런 애를 어떻게 우리 애들이랑 같은 반에 둬요? 심지어 거품 물고 혼절까지 했다는데!」
「미안아, 할머니께 말씀드려서 전학을······.」
순간.
식도가 막힌 것처럼 숨을 삼킨 미안의 몸이 옆으로 쓰러졌다.

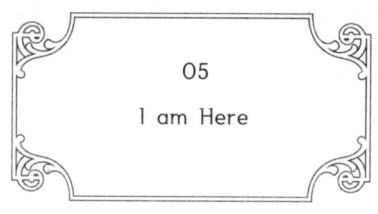

05
I am Here

 회사를 나오기 전, 양 비서로부터 그녀가 집 밖으로 한 발자국도 나오지 않았다는 마지막 보고를 받았다. 미안은 애당초 가족도 할머니뿐이고 친구들도 없으니 잦은 출타를 할 거라곤 생각하지 않았지만 어째서인지 느낌이 좋지 않았다.

 현관문을 나설 때 잠깐 마주했던 미안은 울기 직전이었다.

 그가 그렇게 만들었다.

 잘 웃고 재미있게 이야기하던 미안을 구석으로 몰아넣었다.

 그녀에게 느끼고 있는 마음이 일시적인 착각이라고 생각했지만 그 커다란 집에 미안이 홀로 있을 걸 생각하자 가슴이 일렁였다. 마치 미안이 밖으로 걸음하지 않은 게 부러 그런 것 같아 신경이 쓰인다.

 차에 올라탄 승서는 기사를 대동하지 않았다. 기사를 일찌감치 퇴근시키고 운전석에 홀로 앉아 머리를 식혔다.

집 근처에 차를 세워 둔 그는 멀찌감치 보이는 지붕을 쳐다보았다. 그녀를 보자마자 무슨 표정을 지으면 좋을까. 웃어야 하나. 오늘 저녁은 뭐냐고 물어야 하는 걸까. 아니. 만약 미안이 아침의 일로 알은척을 하지 않는다면? 마음 여린 그녀가 사무적인 태도로 자신을 대할 거라곤 믿지 않지만 시선을 외면한다면 그는 치솟는 고통을 견딜 수 없을 것 같았다.

운전대를 톡톡 두드리던 승서는 핸드폰이 울리는 소리에 시선을 구석으로 내렸다.

"할머니."

—손자 목소리 듣기 한 번 참 힘들다.

전화를 받자마자 '노마님'이라고 흔히 불리는 그의 할머니가 작게 웃으며 말했다.

—네가 본가에 도통 오지 않으니 말이지. 이번 주 휴일에는 좀 들러 줄까 해서 할미가 전화 좀 했다.

나긋하고 느린 노마님의 목소리에 승서가 지그시 웃었다. 노마님이 지내는 집은 본가에서 떨어져 나와 있었다. 자그만 별채를 떠올린 그는 "그럼 일요일 날 저녁 먹으러 찾아뵐게요." 하고 답했다.

—그래. 그리고 그 아가씨랑 결혼을 물릴 생각이라지?

노마님은 질책하지 않는 음성으로 말하며 "그 아가씨 마음에 상처 안 가게 조심하려무나." 하고 타일렀다.

—그럼 일요일 날 손자 온다니 갈비찜이나 해 두어야겠구나. 일하는 데 무리하지 말고. 조만간 보자꾸나. 아가.

여전히 승서를 '아가'라고 부른 노마님은 작게 웃음소리를 내고는 통화를 끊었다. 요즘 노마님 기분이 좋아 보인다고 주하가 떠들던데 사실인가 보다.

핸드폰을 조수석에 던져둔 그는 노마님과의 통화로 머릿속이 조금 정리가 되었다. 옆머리를 쓸어 넘긴 승서는 집을 먼발치에서 보다가 액셀을 밟았다. 그가 올 때까지 대문 근처에 차를 주차해 두고 있던 경호원은 승서를 보자마자 인사를 하고 퇴근을 했다.

 현관문 앞에 선 승서는 비밀번호를 누르기 전 커튼이 쳐진 베란다를 힐끗 눈여겨보았다. 들어가서 미안과 마주친다면 어떤 말을 해야 할지 다시 한 번 곰곰이 궁리해 봤지만 아무것도 생각나지 않았다.

 암담한 심정에 주머니에 손을 넣은 그는 막대사탕을 꺼냈다. 딸기맛 사탕. 유라가 버린 걸 슬쩍해 둔 건데 그녀에게 줘야지 해 놓고 아침에 쓸데없이 심술을 부리느라 주머니에 넣어 두고 있었다. 막대사탕을 빙그르르 돌린 승서는 대사를 좀 더 고민하다가 숨이 탁 막히는 더위에 더는 참지 못하고 비밀번호를 눌렀다.

 그녀가 현관에 나와 다녀왔냐는 말을 해 주지 않을 거라곤 생각했지만 집 안은 그가 기대한 것 이상으로 고요했다. 미안은 항상 거실소파에서 웅크려 잠들곤 했는데 그곳에조차 없었다. 서류가방을 소파에 올려 두고 주위를 살핀 승서는 문이 조금 열린 작은방을 쳐다보았다.

 "미안 씨."

 이름을 소리 내어 부르자 왠지 마음이 얼얼하다. 그는 주머니에 사탕을 넣어 두고 발소리를 죽여 작은방에 다가갔다. 방에서 자고 있나 싶은 마음에 문을 손바닥으로 밀자 구석에 웅크려 있는 미안이 보였다.

 순간적으로 승서의 눈이 빠르게 미안을 훑었다. 헝클어진 머리칼과 엉망인 방 안을 둘러본 그는 마음에 돌덩이가 쿵 내려앉는 소리를 들었다.

"미안 씨?"

가까이 다가가자 불규칙하게 떨리는 숨소리가 그의 귓가를 두드렸다. 그녀가 눈동자를 위로 치켜뜬 채 경련을 일으키는 걸 확인하자마자 승서가 다급히 미안을 일으켰다.

그가 무슨 일이냐고 물으려 하자 눈물범벅이 된 미안의 눈동자가 갑자기 정면을 응시했다. 팔을 움켜쥔 그의 손을 내려다본 그녀는 숨을 헉 삼키더니 있는 힘껏 승서를 뿌리쳤다.

"소, 손대지 말아요, 누구세요? 누군데 이래요!"
"미안 씨. 접니다, 저예요. 최승서."
"손대지 말라니까!"

고막이 찢어질 듯 비명을 지른 미안이 벌벌 떨며 고개를 세게 내저었다.

"거, 건드리지 마세요. 다가오지 말란 말이에요!"

승서는 당황한 표정으로 미안의 얼굴을 응시했다. 여전히 눈물을 흘리는 그녀는 넋이 나간 사람처럼 주위를 둘러보다가 어깨를 감싸 쥐며 흐느껴 울었다. 정신이 빠진 것처럼 숨을 끅끅 삼키는 미안을 쳐다보던 그는 이 모든 게 자신의 탓처럼 느껴졌다.

만약 아침에 그렇게 심통만 부리지 않았다면.

얼마나 잡아 뜯었는지 그녀의 귀엔 생채기가 가득했다. 이유가 뭘까. 지금 대체 어떤 게 이 여자를 이렇게 괴롭히고 있는 걸까. 미안은 당장에라도 숨이 넘어갈 것 같았다. 계속해서 "그만, 제발 그만!"이라는 말을 반복해서 소리쳤고 귀를 긁었다.

"미안 씨, 그만해요. 미안 씨!"

보다 못한 그가 미안의 손목을 억지로 붙들자 그녀가 소스라치게 놀라며 팔을 휘둘렀다.

"미안 씨, 나예요. 최승서예요. 최승서라고요!"

"우리 할매 불러 주세요, 할매 어디 있어요? 할매, 할매 어디 있어!"

목 놓아 울면서 할매를 부르는 미안은 이미 멀쩡한 상태 같지가 않았다. 승서는 이를 악물며 먹먹해진 표정으로 그녀를 쳐다보았다. 아파서 우는 그녀를 보자 가슴이 터질 것 같다. 감정을 견디지 못하고 미안을 안으려고 하자 그녀가 흠칫 떨며 허공에 대고 소리쳤다.

"저리 가요, 저리 가라니까!"

"침착해요."

품에 미안을 조심스럽게 안은 승서는 덜덜 떨리는 그녀의 등을 쓸어내리며 낮게 속삭였다.

"괜찮습니다. 아무 데도 안 갈 테니까 무슨 일인지 설명을 해 주세요. 제발. 말을 해 줘요."

"……제, 제어, 가……. 사탕이……."

미안의 입에서 흘러나오는 단어를 곱씹은 승서는 그제야 탄식을 했다. 입에 내내 사탕을 물고 있던 이유가 이거였구나. 싸늘하게 식은 그녀의 팔을 쓸어내린 그는 입술을 꽉 물었다.

끌어안은 그의 등에 손톱을 세운 미안은 숨을 가쁘게 토해 내며 눈앞에서 계속 명멸하는 영상들을 쳐다보았다. 머리가 깨질 듯이 아프다. 눈앞을 스쳐 지나가는 영상들은 빠르고 시끄러웠다. 사람들 수백 명이 그녀를 에워싸고 떠드는 듯한 소음에 귀는 멍해진 지 오래였다.

그런데 눈앞이 어지러운 와중에 멀리서 반짝거리는 게 있었다.

수천 번 겹쳐진 잔상 한복판에 하얀 반짝거림이 미안의 신경을 사로잡았다. 헛구역질을 한 그녀는 숨을 내뱉지 못해 꺽꺽거리며 그걸 계속 쳐다보았다.

"미안 씨. 미안 씨?"

그때. 멀리서 기적 소리와 함께 하얀 불빛이 크게 번쩍였다.

"지금 사탕 줄게요. 그러니까……. 미안 씨? 미안 씨!"

눈이 시큰거릴 정도로 큰 빛이 번쩍이자 요란하던 소리가 잠잠해졌다. 귓가가 조용해지자 눈앞을 둘러싼 영상들이 하얗게 소멸되었다. 바닥에 주저앉은 채 눈물에 젖어 무거운 눈을 깜빡거린 미안은 눈앞이 어두워 고개를 들었다.

머리를 치켜들자 플랫폼에 서 있는 남자가 시야에 찼다.

미안은 아무 소리도 들리지 않는 어느 기차역에 있었다.

누구세요?

선로에 주저앉은 채 망연히 묻자 남자가 감고 있던 눈을 떴다. 붉은 목도리에 검은 코트를 입은 그는 어쩐지 낯이 익었다.

누구세요. 여긴 어디예요?

그녀는 다시 남자에게 물었다. 카메라를 메고 있던 남자는 선로에 앉아 있는 미안을 내려다보더니 하얀 입김을 내뱉었다. 남자가 무어라 말을 하는데 목소리가 들리지 않는다. 그러자 목도리를 아래로 당긴 남자가 무릎을 굽히고 미안에게 손을 내밀었다.

「_____」

남자의 입이 다시 뻐끔거린다. 미안은 눈가에 묻은 눈물을 닦고 남자의 입을 쳐다보았다. 어딘가 먼 곳에서 다급하고 애절하게 울리는 음성이 미안의 몸을 뒤흔들었다.

하지만 그녀는 어째서인지 눈이 내리는 선로에서 일어나고 싶지 않았다. 그대로 잠이 들고 싶었다. 노곤함에 고개를 숙이자 남자가 더 허리를 숙여 미안에게 손을 뻗었다.

「───────」

아. 어딘가 멀리서.

목소리가 메아리친다.

"미안! 눈 떠!"

누구지?

울 것 같은 비명 소리에 미안이 고개를 들자 남자가 내민 손이 보였다.

"⋯⋯안아. 제발. 부탁이니까⋯⋯."

눈이 어깨 위에 소복하게 쌓이는데도 춥지 않았다. 오히려 급박하게 울리는 목소리가 너무 안타까워서 눈물이 날 것 같았다. 적막한 주위를 둘러본 미안은 그제야 그곳에 남자와 자신, 단둘뿐이라는 걸 알았다. 남자는 여전히 그녀에게 무어라 말하며 손을 더 내밀었다.

「───────」

남자의 붉은 목도리가 아래로 흘러내렸고 흩어지는 눈이 미안의 눈앞을 스쳤다. 선명한 남자의 눈동자를 쳐다본 그녀는 그 속으로 빨려 들어가는 착각을 느꼈다.

갑자기. 누군가 보고 싶었다. 누군가의 이름이 떠오를 것 같은데도 생각나지 않았다. 가슴에 일렁이는 이 막연한 감정은 뭘까. 시선을 내린 미안은 묵직한 것에 묶인 듯한 발목을 어루만지며 다시 남자를 올려다보았다.

또 먼 곳에서 목소리가 들려온다.

"안아⋯⋯. 제발, 제발, 미안!"

아아, 당신이 누구였더라. 아득한 눈길로 남자를 응시한 미안은 눈을 가늘게 떴다. 남자의 얼굴을 뚫어지게 쳐다보자니 머릿속에 어느 사람의 모습이 떠올랐다. 웃는 모습이 근사하고 언제나 스스럼없이 손을 내밀어 주던 사람.

그러자 그 순간 남자의 입모양이 읽혔다.

「돌아가자.」

어디로?

하지만 어느샌가 그녀는 몸을 일으켜 남자의 손을 잡고 있었다. 발목에 묶여 있던 쇠사슬 같은 게 날카롭게 끊어지는 소리가 나자 눈앞에 밝고 새하얀 빛이 스몄다.

"……안아?"

할매는 그녀를 '안'이라고 불렀다. 편안할 안安. 종이에 이름을 쓸 때면 꼭 '안아. 밥 먹자.'라고 썼다. 그럼 눈앞에 있는 이 사람이 할매일까? 무거운 눈동자를 느리게 움직인 미안은 힘겹게 숨을 토했다. 이내 힘없이 고개를 든 그녀의 시야를 가득 채운 건 그의 얼굴이었다.

아.

최승서.

흐릿한 머릿속에서 내내 떠돌던 이름.

일그러진 승서의 눈을 훑은 미안은 고개를 숙이며 조그맣게 안도했다.

포옥 쏟아지는 미안의 숨소리에 승서는 그제야 안도의 숨을 삼켰다. 방금 전 주머니에서 사탕을 꺼내 껍질을 뜯으려는 찰나, 미안의 고개가 뒤로 꺾였다. 눈을 감은 그녀는 숨을 뱉지 못하고 끅끅거리며 발작을 일으켰다. 그 모습에 그는 그녀가 죽을 거라는 공포에 사로잡혔다. 아무리 미안의 가슴을 두드리고 흔들어도 그녀는 숨을 내쉬지 못했다.

승서는 미안을 도와줄 수가 없었다. 그저 그녀의 이름을 부르는 게 할 수 있는 전부였다. 비참할 정도로 사지를 뒤트는 미안을 품에 안고 그는 "안아, 안아. 제발." 하고 그녀를 부르며 애원했다.

승서는 눈을 뜬 미안의 상태를 서둘러 확인했다. 동공이 좁아진 미안은 몸을 제대로 가누지 못하고 비틀거렸다.

"……사탕."

힘겹게 단어를 내뱉고 가슴을 들썩인 그녀는 도로 눈을 감았다. 졸음이 쏟아졌고 바싹 마른 입안은 뻣뻣하고 썼다. 사탕을 뺨에 가득 물고 자면 서럽게 울고 마음 아파한 걸 모두 잊을 수 있을 것만 같았다.

그녀는 숨을 삼키기 위해 입술을 벌렸다. 그러자 벌어진 입술 사이로 무언가가 부드럽게 밀려 들어왔다. 사탕치곤 말캉거리는 감촉에 눈을 가늘게 뜨자 코로 차가운 스킨 향이 훅 끼쳐 왔다. 떨리는 속눈썹을 들어 올린 미안은 눈을 가지런히 감은 승서를 보고선 다시 눈꺼풀을 내렸다.

맞붙은 그의 입술은 불덩이처럼 뜨거웠다. 그녀는 이게 꿈인지 환상인지 알지 못했지만 입안을 휘젓고 다니는 달콤함에 손가락을 움찔거렸다. 생전 처음 느껴 보는 감각이었다. 언제나 먹던 사탕과는 조금 다른, 하지만 달큰하고 기분 좋은 끈적거림이 입안에 가득 고였다.

부드럽게 얽히는 혀는 당장에라도 살살 녹을 듯이 미안의 아픔을 달랬다. 짙게 나는 키스에 그녀의 가슴이 간헐적으로 떨렸다. 입안에 가득 고인 그의 타액을 목 너머로 넘기자 입술이 살짝 떨어졌다.

 달뜬 한숨을 길게 내뱉자 승서가 공기를 함빡 머금을 여유도 없이 다시 입을 맞추었다. 그는 미안이 거부할지도 모른다고 생각했지만 그녀가 입을 동그랗게 벌리며 입맞춤을 받아들이자 달음박질치던 가슴이 높이 들떴다.

 눈을 가늘게 감고 호흡이 파르르 떨리는 미안은 너무 연약했다. 승서는 그걸 보고 있을 수가 없었다. 간질거리고 오싹한 전류가 전신을 휘감았고 아차 할 사이에 그는 그녀에게 입을 맞추고 있었다. 당장에라도 모든 걸 집어삼킬 듯 입술을 탐닉한 승서는 뜨거운 한숨을 토하며 그녀를 마주했다. 오래도록 울어서 젖은 눈가에 입을 맞춘 그는 미안을 가슴에 가두었다.

 심장 부근에 색색거리는 숨소리가 닿자 그는 그제야 마음을 놓았다. 순식간에 잠이 든 미안의 얼굴을 손등으로 어루만진 승서는 탄식을 하며 벽에 머리를 기대었다.

 정유라를 '사랑한다'고 깨달았을 때 서른한 살의 최승서는 어떤 심정이었을까. 부드러운 미안의 목덜미를 손바닥으로 감싼 그는 그녀를 내려다보며 숨을 삼켰다.

 미미하게 벌어진 미안의 입술에 입을 맞출 듯 비스듬히 입술을 가져다 댄 승서는 그녀의 숨소리를 모조리 삼키며 생각했다.

 이 여자의 세계에 들어가고 싶다, 라고.


 감고 있는 눈꺼풀 너머가 부셨다. 눈을 가늘게 뜬 미안은 사지가 쑤시는 걸 느끼곤 "아야야." 하고 중얼거렸다. 쉰 목소리로 중얼거린 그녀는 벽을 짚고 간신히 몸을 일으켰다. 세상에. 안 아픈 곳이 없다. 특히 머리가 숙취에 시달리는 것처럼 아팠다.

가는 숨을 내쉰 미안은 허리를 툭툭 두드리다가 자신의 옆에 누워 있는 승서를 보고선 "으응?" 하고 이상한 소리를 냈다. 최승서가 왜 여기 있나. 영문을 몰라 눈을 깜빡거린 미안은 고개를 들어 창문을 올려다보았다. 햇빛이 쨍쨍한 걸 보니 대낮이다. 근데 이 남자는 여기에서 뭘 하는 걸까.

고개를 갸웃거린 미안은 몸을 일으키다가 제 허리를 감싼 승서의 팔을 보고 얼굴이 확 달아올랐다. 뺨이 붉게 물든 미안이 허둥지둥 그의 팔을 옆으로 치웠다. 옆구리에 따끈따끈한 온기가 남아 있는 걸 느낀 그녀는 심호흡을 하며 구석으로 몸을 피했다.

뭐가 어떻게 된 거지? 얼떨떨하게 승서를 쳐다본 미안은 어제, 사탕이 부족해 정신을 잃었던 것까지 떠올렸다. 하지만 아무리 떠올려도 그 이후의 기억이 없다. 최승서가 이 방에 있다는 건 자신이 발작을 일으킨 걸 그가 봤다는 건데. 마음이 섬뜩해진 미안은 입을 꽁 다물며 몸을 웅크렸다.

이 남자도 내가 미쳤다고 생각할까?

귀에 앉은 딱지들을 긁적인 그녀는 속상한 표정을 지었다. 과거가 보이기 시작했을 때 제어가 되지 않아 할매를 찾으며 매일 울었다. 그때 덩달아 울던 할매가 그녀의 입에 넣어준 건 사탕이었다. 누룽지 사탕.

그 이후로 미안은 사탕만 먹으면 경기를 일으키다가도 뚝 멈추었다. 그래서 매일 사탕을 입에 달고 살았다. 사탕만 있으면 무서운 게 없다고 생각했던 것 같기도 하다.

쪼그려 앉아 있던 그녀는 깊이 잠든 승서의 얼굴을 물끄러미 관찰했다. 무슨 놈의 남자가 이렇게 잘생겼나 모르겠다. 정말이지 안 잘난 구석이 어딘지 궁금해 죽을 지경이다. 최승서가 얄미워서 보고 싶지 않았는데 염치도 없이 그의 품에 안겨 잠들었다고 생각하니 민망하기도 하면서 기분이 좋기도 했다.

승서를 보면 울지도 모른다고 생각했다. 그런데 지금 그의 얼굴을 보고 있자니 오히려 최승서를 보지 못하는 상황이 오면 슬퍼질 거란 생각이 들었다. 병원에서 이 남자가 그렇게 보고 싶어서 서럽게 울었다. 심지어 서준의 가운에 콧물까지 킁 풀어 가며 울어 댔는데. 입술을 비죽인 그녀는 손을 조심스레 뻗어 승서의 눈썹을 어루만졌다.

손을 아래로 천천히 내려 속눈썹과 눈가를 만지고 콧날을 거쳐 입술에서 멈추었다. 그의 입을 보자마자 미안의 머릿속에 깜빡거리는 영상이 하나 있었다.

승서의 입술에서 손가락을 거둔 그녀는 뇌리에 떠오른 영상에 집중했다. 하지만 도무지 영상이 선명해지질 않는다. 계속 흐릿하기만 하고 제대로 보이지도 않았다.

김빠진다는 생각에 엉덩이를 바닥에 붙이고 앉는데 승서의 입술에서 시선이 쉬이 떨어지지 않는다. 무릎을 품에 끌어안고 잘난 그의 얼굴을 뚫어지도록 쳐다보던 미안은 문득 하얀 백사장이 생각났다.

먼젓번에 꿈꾸었던 그곳. 서른한 살의 최승서와 손을 마주 잡고 걸었던 백사장. 갑자기 그곳이 왜 떠오르나 싶어 승서의 입술을 집요하게 쳐다보는데 그 위로 서른한 살의 최승서가 겹쳐 보였다.

서른한 살의 그와 이별하기 전에 자신에게 말해 주었던 것. 멀리 사라지는 자신을 보며 조용히 웃던, 이 년 전 기억과 함께 사라진 서른한 살의 최승서가 자신에게 남긴 한마디.

「기다리고 있을게.」

손바닥으로 입을 가린 미안은 갑자기 눈앞이 뿌옇게 흐려졌다. 그랬구나. 기다리겠다고 말해 준 거구나. 맙소사. 그것도 모르고 여길 나갈 생각을 했다. 얼굴을 가린 미안은 상체를 납작 엎드리고선 훌쩍거렸다. 기억을 되찾을 때까지 옆에 있어 주겠다고 호언장담을 했는데. 하마터면 약속을 어길 뻔했다.

 더 이상 울지 말자고 스스로를 달랜 그녀는 눈가를 슥슥 닦아 내고선 가슴을 진정시켰다.

 아직은 좀 더 이 남자의 곁에 있고 싶다. 알고 싶은 것도 많고 묻고 싶은 것도 많다. 중요한 건 미안은 승서의 옆에 있으면 즐겁다는 것이다. 전당포에서 혼자 지내던 때와는 비교도 할 수 없을 만큼 신이 났다.

 밤새 내내 베개처럼 썼을 승서의 팔을 쓸어내린 미안은 곧 그의 손에 쥐어진 사탕을 발견했다. 안 그래도 입이 심심했는데. 이거 하나 슬쩍한다고 뭐라고 안 하겠지?

 애교 있게 미소 지은 그녀는 승서의 손에서 사탕을 쏙 빼냈다. 껍질이 벗겨지다 만 게 의아했지만 단 게 급하다 보니 서둘러 사탕을 입에 넣었다. 그건 미안이 가장 좋아하는 딸기맛 사탕이었는데, 어라, 조금 이상하다. 사탕을 입안에서 빙글빙글 돌리던 그녀가 고개를 갸우뚱했다. 눈썹을 좁히며 입에서 사탕을 빼낸 미안은 "이상하네." 하고 종알거렸다.

 사탕이 하나도 달지가 않다. 평소 먹던 딸기맛 사탕이 맞는데 정말 의아한 일이다. 도로 사탕을 입에 쏙 넣어 봤지만 사탕은 여전히 맹숭맹숭했다. 못마땅한 얼굴로 입술을 내민 미안은 사탕을 도로 껍질에 감싸고는 진지한 표정을 지었다. 고작 하룻밤 사이에 사탕 회사가 설탕 비율을 줄였을 리는 없고.

입맛을 다신 미안은 섭섭한 표정으로 사탕을 쳐다보았다.
"갑자기 왜 이러지."
입안을 혀로 싹 훑는데 왠지 묘한 기시감이 든다. 왠지 어제 뭘 했던 것 같기도 한데. 입술을 꽁 모은 그녀는 의심의 눈초리로 사탕을 쳐다보다가 "아, 몰라. 어떻게든 되겠지!" 하고 호탕하게 말했다.

까짓것 사탕 말고 초콜릿도 있으니까. 그렇게 생각하며 마트에 가기 위해 주섬주섬 몸을 일으키는데 거실 가운데 걸린 큼지막한 시계가 미안의 시선을 사로잡았다.

시계를 보자마자 아주 잠깐, 한 0.1초 정도 의구심에 빠진 그녀는 아직도 꿈을 꾸나 싶은 마음에 뺨을 꼬집었다. 얼얼할 정도로 꼬집은 뺨을 손바닥으로 감싼 미안은 그제야 이게 현실이라는 걸 알고는 경악하며 승서를 돌아보았다.

"최승서 씨!"
시곗바늘은 어느새 오후 세 시를 가리키고 있었다.

양 비서에게 끌려가 다짜고짜 여권 사진을 찍은 미안은 "저, 어딜 가는데요?"라고 물었지만 결국 대답을 들을 수 없었다.

오후 늦게 회사에 출근한 승서는 집을 나서기 전 그녀에게 아침에 정말로 미안했다고 사과했다. 역시 그 까칠함을 착각한 게 아니었구나.

미안은 약간 토라지고 싶었지만 승서가 현관을 나서기 전 "대신 저녁엔 일찍 돌아오겠습니다. 다녀올게요."라고 말을 해줘서 괜히 가슴이 설레었다. 그 설렘은……. 그냥 마치 신랑을 기다리는 새신부의 마음과 비슷하다고 해 두자. 그래서 미안은 오늘 저녁에는 기필코 오

프라이스를 제대로 만들어 보이겠노라 다짐했다.

다행히도 장을 보는 데 양 비서가 도움을 주었다. 회사로 복귀하지 않아도 괜찮은 거냐고 물었더니 "전무님께서 잠시 동안 미안 씨 곁에 붙어 있으라고 명령하셨답니다." 하고 말하며 유쾌하게 웃었다.

"최승서 씨는 양 비서님이 없어도 되는 건가요?"

백화점 내에 있는 카페에 들러 케이크를 얻어먹던 미안은 문득 궁금해졌다. 그는 회사에서 무슨 일을 할까? 어떤 모습일까? 포크를 입에 문 그녀가 눈을 반짝반짝 빛내며 묻자 양 비서가 우아하게 커피 잔을 내려놓으며 찡긋 윙크를 했다.

"제가 잠깐 자리를 비워도 비서실에서 알아서 해 줄 테니 염려 마세요. 거기다 이건 상사 명령인걸요? 상사 명령에 불복종하면 월급이 깎인답니다, 미안 씨. 직장인의 비애란 이런 거예요."

물론 양 비서는 최근 자주 외근을 지시하는 승서의 말에 기뻐 죽을 것 같지만. 덕분에 미안과 근무시간에 카페에 한가로이 앉아 커피도 마시고 수다도 떨고 있다. 이 얼마나 퍼펙트한 사회생활이란 말이냐.

"저어, 양 비서님께 궁금한 게 있는데……."

미안이 입을 열자 말이 끝나기가 무섭게 양 비서가 눈을 빛내며 "뭐든 여쭤 보세요. 전무님 속옷 취향까지 까발려 드리죠." 하고 몹시 폼 나게 말했다.

"아뇨. 최승서 씨에 대한 건 아니고 정유라 씨에 대한 건데요."

그녀의 입에서 유라가 튀어나오자 양 비서가 눈을 가늘게 떴다. 미안 씨가 정유라를 어떻게 알지? 정유라가 아직도 최승서 근처를 기웃대나?

커피를 마신 양 비서는 새삼 그의 우유부단함에 혀를 내둘렀다. 아메리카노의 쓴 뒤끝 맛에 미간을 찡그린 양 비서는 "정유라 씨가 왜요?" 하고 되물으며 눈썹을 추켜세웠다.

"어떤 사람인지 궁금해서요. 어, 곤란하시면 말씀 안 하셔도 괜찮아요."

"곤란한 건 아니지만……."

양 비서는 생각했다. 최승서와 미안은 대체 어떤 관계인가? 여권을 준비해 달라고 한 걸 보면 아무래도 필리핀에 데려갈 작정을 한 것 같기는 한데. 수수한 차림의 미안을 쳐다보던 양 비서는 두 손을 모으고는 "정유라 씨는." 하며 이야기를 꺼냈다.

"매력적인 여성이죠. 우선 외모 받쳐 주고, 몸매 받쳐 주고, 모델로서의 경력도 확실해요. 특히 가슴이 말이에요. 아주 왕가슴이랍니다. 그래서 속옷모델을 자주 하죠."

콧잔등을 찡그리며 우악스럽게 가슴을 모은 양 비서의 행동에 미안이 하마터면 음료를 뿜을 뻔했다. 주변 눈치를 살핀 미안은 민망함에 "그, 그래요?" 하고 대꾸했다.

"성격도 아주 여성적이죠. 여성스러운 거 말고 여성적인 거 말이에요. 긍정적으로 말하자면 교태가 넘치고 부정적으로 말하자면 아부가 넘친다는 거예요. 겉보기엔 세련된 미인이지만 그에 비해 속은 꽤 번들번들하답니다."

"번들번들하다는 게 무슨?"

"워낙 잘난 여자이다 보니 주변에서 남자가 끊이질 않았어요. 본인은 그걸 당연하다고 생각하고요. 그래서 겉으론 '어머, 나는 사랑하는 사람이 있어요.' 라고 말하면서 다른 사람들의 구애를 은근 즐기는 편이라고나 할까요. 하지만……. 저도 여태까지 정유라가 바람을 피웠다는 소문은 들은 적이 없네요. 아마 소문이 적은 이유는 정유라 씨가 애인을 만들지 않아서 그랬던 걸 거예요. 그래서 누구에서 누구로 순식간에 갈아타도 괜찮았던 거죠."

뭔가 불만이 많았는지 양 비서의 입에선 유라에 대한 게 속사포처럼 쏟아져 나왔다. 하지만 양 비서의 설명을 들으니 왠지 납득이 갔다. 애인을 만들지 않고 그저 즐기는 데에만 집중했다면 최승서와 사귀고 난 후에도 남자들의 구애를 뿌리치는 게 쉽지만은 않았으리라. 그래서 그가 장기출장을 떠난 사이 다른 남자를 끌어들인 걸까.

미안은 그 '남자'가 누군지 궁금했다. 승서 주변 사람일까? 처음엔 그게 최주하라고 생각했지만 주하는 용의선상에서 제외했다. 회장 자리를 위해 에어백을 제거했으면 모를까 유라와 바람을 피웠을 리는 없다는 확신이 들었다.

주스를 삼키며 눈을 날카롭게 빛낸 미안은 발작을 일으키는 와중에 보았던 과거를 떠올렸다.

「노하가 아무 말도 안 해 준 모양이군.」

최노하라는 사람, 대체 뭐하는 사람이기에 유라가 다른 남자와 바람이 났다는 걸 알고 있었던 걸까.

"최노하 씨는 정유라 씨와 친한가요?"

"어머, 전무님 동갑내기 형제 말씀이시죠? 전혀요! 좋아하기는커녕 빈정거리질 못해서 못 견디죠. 전무님이 정유라 씨와 교제하게 된 것도 최노하 씨 패션쇼에 갔다가 눈이 맞아서 그런 걸 거예요. 덕분에 최노하 씨가 전무님을 엄청 비웃었죠."

"비웃어요?"

"네. 언제까지 그 착각이 유지되나 지켜보겠다면서요. 하여튼 최노하 씨도 제정신은 아니에요."

양 비서가 혀를 내두르자 미안은 노하를 찾아가 물어보는 걸 일찌감치 포기했다. 형제들 중에 그나마 온순한 건 최승서 한 명뿐인가 보다. 그녀는 엄지에 끼운 묵주반지를 돌렸다. 주하와 그가 싸운 장면을 조금만 더 파헤치면 최주하가 좀 더 구체적인 진실을 말해 줄 것 같기도 한데 그 장면이 도통 나오질 않는다.

"전무님에게 연락 왔네요. 곧 있으면 퇴근시간이니까 그만 노닥거리고 복귀하래요."

아쉽다는 듯 말한 양 비서가 어깨를 으쓱였다.

"인사동까지 모셔다 드릴게요. 가시죠, 미안 씨."

양 비서의 차를 얻어 타고 승서의 집에 도착한 미안은 베란다에 쳐져 있던 커튼이 걷힌 걸 보고 흠칫 놀랐다. 장 본 봉지를 들어 준 양 비서는 "미안 씨?" 하고 그녀를 부르며 곁으로 다가왔다. 대문에 차가 없어서 안심하고 들어왔더니 집에 누군가 있다.

미안이 당혹스러운 표정으로 양 비서를 쳐다보자 양 비서가 눈치를 챘는지 베란다 안쪽을 힐끗거렸다.

"저희보다 먼저 온 손님이 있군요."

콧방귀를 흥 하고 뀐 양 비서는 거침없이 비밀번호를 눌렀다. 문이 열리자 현관에 가지런히 놓인 구두가 보였다.

"승서 씨?"

"어머, 정유라 씨."

유라를 보자마자 양 비서는 호호호 하고 웃으며 손바닥을 뺨에 갖다 대었다.

"전무님이 아니라 몹시 죄송하군요. 잠시 전무님께 부탁을 받고 인사동에 들렀답니다."

비위 좋게 유라를 보며 미소 지은 양 비서는 머뭇거리는 미안의 팔을 확 잡아당겼다. 양 비서에게 꽂혀 있던 시선을 미안에게로 돌린 유라는, 그녀의 손에 감겨 있는 붕대를 보고선 입을 다물었다.

"당분간 일하신다는 가정부이신가요?"

그러고 보니 승서는 미안을 곧잘 가정부라고 둘러댔다. 미안은 유라를 보며 "네, 네!" 하고 말하며 연신 턱을 주억댔다.

"그런데 양 비서님과 같이 들어오세요?"

미안을 재빨리 위아래로 훑은 유라가 못마땅하다는 듯 말했다. 그러자 양 비서가 미안의 손을 잡고 부엌으로 가며 환하게 웃었다.

"오는 길에 만나서 말이에요. 미안 씨, 이건 여기 둘까요?"

"아, 네. 제가 할게요. 그만 가 보셔도 돼요."

거실에 팔짱을 끼고 서 있던 유라는 미안의 이름을 듣자마자 한 가지가 떠올랐다. 승서가 지난 밤 유라를 코앞에 두고 계속해서 「미안.」이라고 되뇌던. 설마 그게 이름이었을 줄이야. 그러니까 최승서는 유라를 두고 다른 여자를 찾은 셈이었다.

그 사실에 열이 받은 유라는 양 비서가 집을 나서자마자 부엌으로 다가가 미안에게 말을 걸었다.

"성함이 '미안'이신가요?"

빙그레 웃는 유라의 얼굴을 본 미안은 덩달아 웃으며 "아, 네."라고 대답했다.

"세탁기 보니까 빨래가 쌓여 있던데. 음식물 쓰레기도 그대로 있고요."

냉장고에 계란을 한 알씩 집어넣던 그녀가 유라의 말에 잠깐 벙쪘다.

"어, 그러니까……."

"빨리 청소 좀 해 주시겠어요? 승서 씨 오기 전에 저녁상은 준비됐으면 좋겠네요."

유라의 말에 정신을 차린 미안은 얼떨결에 고개를 끄덕였다. 거실로 나간 유라가 죽도록 쏘아본 것 같은데 아마 착각이리라. 멋쩍게 뺨을 긁은 미안은 자신이 승서의 집에, 그러니까 외부사람들에게 '가정부'라고 인식되어 있다는 사실을 어떻게 받아들여야 할지 몰랐다.

물론 가정부라고 말하긴 했지만 말이야……. 미안은 난처한 표정으로 거실에 있는 유라를 살폈다. 진짜 가정부가 아닌데. 하지만 사실대로 말할 수도 없었다. 그녀가 승서의 집에 신세를 진다는 걸 알게 되면 유라가 곱게 봐줄 리 없는 데다가 잘못했다간 능력에 대해서 구구절절 읊어야 할지도 모른다. 일을 복잡하게 만들지 않으려면 정말로 가정부가 되어야 했다.

장을 봐 오면서 사 온 알사탕을 입에 넣은 미안은 한숨을 삼키며 부엌을 둘러보았다. 그러니까 빨래에 음식물 쓰레기 처리하고 저녁식사까지 차리라고 했던가. 의도치 않게 집안일을 하게 생겼다.

손가락으로 해야 할 일을 꼽은 미안은 부엌 뒤에 붙은 다용도실을 힐끗거렸다. 세탁기가 어디 있는지 모른다고 대답했다간 사달이 나겠지?

부엌 뒤꼍의 문을 열자 드럼세탁기가 보였다. 속으로 만세를 부른 그녀는 순간 다시 난관에 봉착했다. 드럼세탁기를 써 본 적이 없는데. 다양한 기능이 적힌 메뉴를 쳐다보던 미안은 "아 몰라." 하고 중얼거리며 세제를 들이붓고 동작버튼을 눌렀다.

손바닥에 욱신거리는 감이 있지만 참을 만했다. 음식물 쓰레기통을 들고 거실을 지나치는데 유라의 눈치가 또 보인다.

음식물 쓰레기까지 비운 미안은 부엌에서 손을 씻으며 속으로 승서를 불렀다. 제발 빨리 오세요, 일분일초라도 빨리! 유라의 눈초리가 살벌해서 견딜 수가 없다. 무언가를 하려고 하면 하나부터 열까지 전부 매의 눈으로 쳐다보는데 마치 시어머니에게 감시당하는 것 같아 심장이 다 쫄깃하다.

오므라이스를 만들기 위해 계란을 풀던 그녀는 "미안 씨." 하고 저를 부르는 목소리에 눈가를 흠칫 떨었다. 뒤를 돌아보자 유라가 생글생글 웃는 낯으로 거실을 가리켰다.

"집이 너무 지저분하네요. 음식하시기 전에 청소기 좀 미실래요? 하나부터 열까지 제가 미안 씨에게 지시 내릴 순 없잖아요. 조금만 더 제대로 부탁드릴게요."

차분한 유라의 목소리에 미안은 "아, 네에." 하고 중얼거리며 고개를 숙였다. 마음속에서 울컥 무언가가 치밀었지만 그녀는 청소기를 집어 들 수밖에 없었다. 소파에 도도하게 앉은 유라를 두고 청소를 하고 있자니 이것 참, 기분이 좀 그렇다. 하지만 미안은 더 이상 유라의 은근한 잔소리를 듣기 싫어서 내친김에 걸레까지 쥐었다.

어디 더 잔소리해 보시지? 바닥을 빡빡 밀며 일부러 유라의 다리 아래를 집요하게 닦은 미안은 한 시간 반 정도가 지난 후에야 다시 부엌에 설 수 있었다. 무슨 놈의 집이 이렇게 쓸데없이 크단 말인가. 빈방을 일일이 닦는데 힘들어서 혼났다.

분노의 계란물 풀기를 한 미안은 당근을 통통 썰다가 사탕통이 텅텅 비워져 있던 그 상실의 순간을 상기했다. 정유라는 이 집의 비밀번호를 안다. 오늘도 보란 듯이 들어와 있었고 그저께에도 유라는 이 집을 방문했었다.

칼질을 멈춘 미안은 텔레비전을 보고 있는 유라의 뒤통수를 쳐다보았다. 설마. 아니겠지. 칼을 조용히 내려놓은 그녀는 서둘러 작은방으로 들어갔다. 구석에 다소곳하게 정리해 둔 원피스를 꼬집어낸 미안은 머릿속에 이성이 간당간당한 것을 느꼈다.

물방울무늬 원피스에서 유라가 작은방을 헤집어 놓은 과거를 본 미안은 숨을 헉 삼켰다. 유라는 종이가방에 담겨 있던 속옷이며 승서가 선물해 준 옷까지 마구 꺼냈다. 유라가 속옷을 구석에 신경질적으로 던지는 걸 마지막으로 기억에서 빠져나온 그녀는 조용히 헛웃음을 쳤다. 남의 방에 멋대로 들어온 걸로도 모자라서 짐을 뒤져? 눈에 쌍심지를 켠 그녀는 유라를 노려보았다.

자리에서 벌떡 일어선 미안은 부러 발을 세게 구르며 부엌으로 갔다. 유라가 힐끗 쳐다보는 게 느껴졌지만 아랑곳 않고 소금을 꺼내 계란물에 팍팍 뿌렸다. 그러곤 말짱한 계란물을 하나 더 만들어 두고 설탕을 친 밥도 따로 준비했다.

야채와 설탕밥을 같이 볶은 미안은 그 위에 미원을 살살 쳤다. 어디 감칠맛 좀 느껴 보라지? 유라가 먹을 오므라이스를 혼신의 힘을 다해 만든 그녀는 음식을 그릇 위에 예쁘게 담고는 케첩으로 그럴싸하게 모양도 냈다.

그래도 최승서를 사랑한다기에 나쁜 사람은 아니라고 생각했는데. 여자로서, 인간으로서 유라는 최악이었다. 도둑도 아니고 남의 가방은 왜 뒤지는데? 다시 신경질이 치솟은 미안은 유라에게 가정부 취급받는 게 갑자기 욱해서 예쁘게 만들어 놓은 오므라이스 위에 굵은 소금을 팍팍 뿌렸다.

에라이, 이거나 먹고 떨어져라!

승서가 먹을 멀쩡한 오므라이스까지 만들어 둔 미안은 그제야 한숨을 좀 돌리려는데,

"미안 씨."

아아. 저 여자가 또 시작이다. 억지로 웃는 얼굴로 뒤를 돌아보자 유라가 "물 좀 갖다 주실래요?" 하고 말했다. 아니, 당신은 손이 없나요, 발이 없나요. 미안은 정말 성질대로 마구 발을 구르며 악다구니를 쓰고 싶었지만 꾹 참으며 생수를 갖다 바쳤다. 그러자 유라가 "미안 씨." 하고 황당하다는 듯 입을 열었다.

"쟁반에 담아 오셔야죠. 어머니 대신 일하신다고 해도 기본적인 예의는 갖추셔야 하지 않나요?"

순간 미안은 멍했다. 물 갖고 오라고 해서 화나는 거 꾹 참고 갖다 바쳤더니 이 여자가 생트집이네? 하지만 미안은 승서를 생각해서 허허 웃었다.

유라는 그녀가 갖다 준 물을 마시는 둥 마는 둥 하더니 "미안 씨?" 하고 또 호명했다.

"얼음물 좀 갖다 주세요."

그때 미안은 생각했다. 그냥 물과 얼음물의 차이는 무엇인가. 그리고 속으로 부아가 치밀었다. 멍하게 벌어진 입술이 바들바들 떨렸지만 그녀는 이를 악물며 등을 돌렸다. 아, 어쩌지. 앞으로 최승서의 과거를 객관적으로 보지 못할 것 같다. 그의 기억을 보다가 유라를 보면 오늘이 떠올라서 주먹질을 할지도 모른다.

"얼음물이에요."

미안은 성질을 죽이며 고분고분 얼음물을 갖다 주었다. 마음 같아선 잔을 엎어 버리고 싶지만 그녀는 최승서를 생각했다. 다른 사

람도 아니고 승서를 난처하게 만들고 싶지는 않다. 괜히 승서가 유라에게서 '당신 이 여자랑 지금 바람피워요?' 라는 소리를 듣는다면 그의 입장이 난처해질 게 뻔했다. 아니. 솔직히 정유라가 바람피우냐고 나무랄 입장은 아니다. 유라도 바람났던 전적이 있는 여자인걸.

유라는 미안이 갖다 준 물을 한 모금 마시더니 잔을 돌려주었다. 고작 한 모금 마실 거면서 물이랑 얼음물을 운운했단 말이야? 배알이 꼴린 그녀가 부들부들 떨자 다리를 꼰 유라가 가볍게 웃었다.

"죄송한데 주스랑 간식 좀 가져다주실래요? 허기가 져서."

곧 있으면 저녁시간인데 허기가 진다고? 오냐, 욕 처잡수고 배나 채워라! 쟁반과 잔을 집어 던지고 싶은 욕구를 참으며 부엌으로 돌아간 미안은 유라의 오므라이스에 소금을 마구 뿌렸다. 오므라이스 위에 소금이 하얗게 쌓인 걸 본 미안은 눈썹을 모았다. 이러면 티가 나잖아.

용의주도하게 소금을 물로 조금씩 녹인 그녀는 소금물로 번들거리는 오므라이스를 보며 어금니를 씹었다. 사람을 호구로 봐도 유분수지!

냉장고에서 아무 과자나 꺼낸 미안은 그릇에 과자들을 탈탈 털었다. 온갖 종류의 과자들을 그릇에 수북이 담은 그녀는 그걸 쟁반에 받쳐 들고 유라에게 내밀었다.

"무슨 과자를 좋아하실지 몰라서 전부 가져왔는데 괜찮으시죠?"

유라는 산처럼 쌓인 과자를 보고는 눈썹을 위로 바싹 올렸다. 미안을 슬쩍 올려다본 유라가 속으로 코웃음을 쳤다.

미안은 어디로 보나 가정부가 아니었다. 아무리 최승서가 타인에게 무관심하다지만 손을 다친 여자를 부릴 만큼 무식한 남자는 아니다. 그래서 짜증이 난다. 대체 이 '미안'이라는 여자가 최승서의 무엇이기에 집에 들였단 말인가. 과자를 집어 든 유라는 한 입 베어 무는 척하다가 과자를 슬쩍 바닥에 떨어뜨렸다.

미안이 반짝거릴 만큼 닦아 놓은 대리석 바닥에 과자가 떨어지면서 부스러기가 흩어진다. 그 광경을 지켜본 미안은 관자놀이에 핏대가 선다는 게 어떤 느낌인지를 절실히 깨달았다.

그녀는 유라가 하고자 하는 게 무엇인지 대충 짐작은 했다. 제대로 물 먹이겠다 이거다. 마음 같아선 쓸데없는 오기를 부려서 바닥에 떨어진 과자를 외면하고 싶었지만 유라가 '어머, 안 치우세요?'라는 눈길로 쳐다봐 하는 수 없이 등을 구부렸다.

속으로 눈물 콧물 다 빼며 승서가 빨리 오기만을 기다리는데 현관문이 철컥 열렸다.

승서를 보자마자 '최승서 씨!' 하고 기쁜 마음에 목소리를 터뜨리려던 미안은 "승서 씨!"하며 한달음에 달려가는 유라를 보고선 입을 삐죽였다. 아, 그래, 댁이 최승서 애인이라 이거지? 미안은 일부러 코를 훌쩍이며 과자부스러기를 손바닥에 담았다.

양 비서에게 소식을 듣자마자 집으로 부리나케 달려온 승서는 유라에게 화를 내려다가 소파 아래 쪼그려 있는 미안을 보자마자 눈썹을 오므렸다.

승서는 달려든 유라를 밀쳐내고 그녀를 빤히 보았다. 미안은 떨어진 과자를 주섬주섬 줍고 있었다. 어쩐지 그 광경이 처량해서 승서는 유라를 힐끗 쳐다보고는 "뭐하십니까." 하고 그녀에게 물었다.

"과자 주워요."

부루퉁한 목소리로 대꾸한 미안은 그대로 등을 돌려 부엌으로 들어갔다. 그러자 어느새 승서의 팔에 팔짱을 낀 유라가 마치 그가 들으라는 듯이 큰 목소리로 말했다.

"미안 씨, 여기 거실 탁자 좀 치워 주세요."

약간 날이 선 유라의 음성을 들은 승서는 한숨을 쉬며 부엌에 들어간 미안의 뒷모습을 응시했다. 이건 감이 안 잡히려야 안 잡힐 수가 없다. 유라가 미안을 진짜 가정부로 부려먹은 것이 분명했다.

유라의 팔을 밀어낸 승서는 "그만해, 정유라." 하고 말하며 드레스룸으로 발을 옮겼다. 나직한 승서의 목소리는 어린아이를 달래는 투였다. 한심하다는 듯 책망하는 기색이 섞여 있어 유라는 그를 뒤따라가며 "내가 뭘요." 하고 대꾸했다.

"가정부를 가정부답게 대한 것뿐이에요. 내가 나쁜가요?"

"가정부를 가정부답게 대하는 건 좋지만 가정부를 하녀 취급하는 건 곤란하지."

"승서 씨는 내가 지금 미안 씨를 하녀 취급했다는 거예요?"

어느새 이름까지 알았나 보다. 그때 무슨 수를 써서든 대문 열쇠를 받아 냈어야 했는데. 넥타이를 풀며 한숨을 삼킨 승서는 유라에게 손바닥을 내밀었다. 더 이상 지체했다간 머리가 폭발하고 말 것이다.

"……뭐예요?"

"열쇠."

"네?"

단도직입적인 승서의 말에 유라가 당황해 눈을 빠르게 깜빡였다.

"대문 열쇠 말이야."

"승서 씨!"

"네가 이 집에 드나들 필요는 없어. 가정부도 있으니 날 챙겨 줘야 할 이유도 없고."

미루고 미뤄 왔는데 미안이 바닥에 쪼그리고 앉아 부스러기를 치우는 모습을 보자 머리가 냉정해졌다. 넥타이를 풀어 옷장에 대충 걸어 놓은 승서는 눈을 매섭게 빛내며 유라를 보았다.

"빼앗기 전에 내놔. 나도 억지로 돌려받고 싶지는 않아."

"억지? 지금 승서 씨가 내게 하고 있는 게 억지잖아요."

"안 그래도 내내 말하려고 했어."

"승서 씨는 애초에 나랑 잘해 볼 마음이 없었던 거예요?"

"있었지. 한때는."

과거형의 말에 유라가 숨을 들이 삼켰다. 이래서 노하가 웃으면서 비밀번호를 알려 주었나 보다.

「어차피 그래 봤자 소용없겠지만 재미있어 보이니까 알려 줄게요. 안쓰럽기는. 열심히 발버둥 쳐야 진흙탕인 걸 당신은 언제쯤 알까?」라면서.

그래서 유라는 생각했다. 노하와 약속한 한 달이 지나면 최승서를 말끔히 포기하겠다고. 대신 미안이라는 여자에게 그를 넘겨주기엔 승서가 지나치게 아까웠다. 좀 더 있는 집안에, 지체 높은 아가씨면 모를까 고작 저런 청승맞은 여자라니. 하다하다 이젠 뱁새에게 밀려나는 느낌이었다.

유라는 그 기분이 불쾌했다. 참을 수 없을 만큼 노기가 치밀었다. 주먹을 꽉 쥔 유라는 주머니에서 열쇠를 꺼내 순순히 승서에게 건넸다.

"그렇게 싫다면, 돌려줄게요."

그의 예상과 다르게 유라가 의외로 고분고분 열쇠를 내밀었다. 열쇠를 돌려받은 승서는 그 열쇠가 맞는지 확인했다.

그러다 승서는 문득 의구심을 가졌다. 정유라가 이렇게 순종적인 여자였던가. 하지만 더 이상 일을 크게 벌려 유라를 들썩이게 만들고 싶지는 않았다.

조끼를 벗은 그는 "앞으론 멋대로 드나들지 마."라고 말하며 옷걸이를 집었다. 그는 유라가 군말 없이 드레스룸을 나가는 걸 쳐다보고선 와이셔츠를 벗었다.

아침도 아닌 오후 세 시에 출근을 해야 했던 승서는 옷조차 갈아입지 못하고 다급히 집을 뛰쳐나가야 했다. 양 비서에게서 전화며 문자가 수십 통이 날아온 건 고사하고 최주하로부터 [무슨 일이라도 생겼냐.]라는 진지한 문자까지 받아야 했다.

하지만 정작 회사에서 그를 내내 괴롭힌 건 간부들의 조롱이 아니라 옷에 밴 미안의 체취였다. 당연히 꿉꿉해야 했는데 갈아입지도 못한 옷이 마땅찮기는커녕 오히려 기분이 좋았다. 팔이며 앞섶에 묻은 그녀의 체취는 복숭아 향과 조금 비슷했다. 달콤하지만 자극적이지 않은 향. 그 냄새가 오늘 종일 승서를 괴롭혔다.

눈을 아무리 감았다 떠도 미안이 보고 싶었고 안고 싶었다. 작은방에서 품에 끌어안았던 그녀의 감촉이 생생했다.

편한 옷으로 갈아입고 나온 승서는 부엌에서 앵앵 울리는 잔소리에 귓가를 긁적였다. 아. 그러고 보니 미안의 귀에 상처가 많았다. 약을 발라 준다는 걸 깜빡했는데 괜찮은 걸까.

"대체 오므라이스가 뭐예요! 그 많은 재료 쌓아 두고 뭐하시려고요?"

승서는 식탁에 차려진 오므라이스를 두고 눈가를 찌푸린 유라를 보았다. 오므라이스에 스마일 모양으로 뿌려진 케첩을 손가락으로 찍어 맛을 본 그는 유라의 말을 듣는 둥 마는 둥 하는 미안의 얼굴을 보고 피식 웃었다. 이쯤에서 그녀를 도와주지 않으면 정말 미움받을지도 모른다.

"그만하고 앉아."

"승서 씨! 애들 식사도 아니고 대체 이게 뭐예요? 반찬도 없이 오므라이스가 고작이라고요!"

"난 오므라이스 좋아하는데. 미안 씨가 만드는 건 맛있거든."

그가 미안을 두둔하고 나올 줄은 알았지만 유라는 화가 났다. 그래서 미안을 쏘아보자 그녀가 헤프게 웃으며 "다음부턴 신경 쓸게요." 하고 말한다. 유라는 미안이 웃는 것조차 마음에 들지 않았다. 유라는 식탁에 신경질적으로 앉으며 수저로 오므라이스를 푹 떠 입에 넣었다. 그리고 입에 넣은 오므라이스를 곧바로 개수대에 뱉어 냈다.

"미안 씨!"

부엌을 나서던 미안은 저를 부르는 유라의 말에 철부지처럼 눈을 깜빡이며 고개를 돌렸다.

"왜 그러세요?"

그래, 이 지지배야. 무슨 반찬을 좋아하는지 몰라서 소금으로 준비했다. 그게 마음에 드는 모양이지? 미안이 아무것도 모른다는 얼굴로 고개를 갸웃거리자 승서가 "유라야, 화 좀 그만 내." 하고 지친 목소리로 말했다.

승서는 유라의 분노를 초래한 오므라이스를 한 입 떠먹어 보았다. 보들보들하고 얇은 계란 지단이 혓바닥에 닿자마자 유라가 왜 그토록 언성을 높였는지 이해가 갔다. 지독히 짜고 단 오므라이스는 말 그대로 벌칙음식이었다.

유라가 씩씩거리며 미안을 쳐다보자 승서는 이대로 뒀다간 둘이 머리채를 잡고 싸울 것 같다는 불안에 휩싸였다. 안 그래도 미안은 어제 혼절까지 했던 사람이다. 여기서 유라에게 더 치명상을 입었다간 정말로 이 집을 나가겠다고 할지도 모른다.

그건 죽어도 안 되지. 입에 애써 물고 있던 오므라이스를 꿀떡 넘긴 승서는 유라를 힐끗 올려다보았다.

"맛있는데."

그의 말에 두 여자가 동시에 입을 열었다.

"승서 씨!"

"진짜요?"

하지만 미안은 유라의 노려봄에 입을 손바닥으로 가리고선 잰걸음으로 작은방에 들어갔다.

입을 물로 헹군 승서는 아무 일도 없었다는 듯 마저 식사를 했다. 유라는 기가 찬 표정으로 그를 내려다보다가 오므라이스를 개수대에 통째로 집어 던졌다.

"손발이 아주 잘 맞네요."

"나도 그렇게 생각해."

유라의 말에 승서는 피식 웃었다. 하여간 미안도 만만한 여자는 아니다. 설마 먹을 걸로 복수할 줄이야. 분명 가정부처럼 부려먹은 데에 대한 복수겠지. 소금과 설탕에 버무려진 오므라이스에 비하자면 승서가 먹고 있는 오므라이스는 무척 훌륭했다. 볶음밥도 느끼하지 않았고 계란 지단도 적당히 도톰했다.

"승서 씨가 이렇게 나오면 미안 씨가 어떻게 될지 생각 안 해 봤어요?"

수저를 묵묵히 움직이던 승서가 유라의 말에 턱을 들었다.
 "다른 사람도 아니고 고작 저런 여자 때문에 나를 버려요?"
 "정유라."
 "차라리 재벌 집 아가씨를 데려와요. 그럼 입 다물고 사라져 줄 테니까."

 그는 당장에라도 울 듯 눈을 표독스럽게 치켜뜨는 유라를 쳐다보았다. 유라가 미안을 보자마자 독기를 품을 거라곤 예상했지만 이 정도일 줄이야. 일이 귀찮게 되어 간다.

 컵을 움켜쥔 승서는 어제 발작을 일으키던 미안을 떠올렸다. 혼자 살아가는 것만으로도 충분히 벅찬 여자인데 유라가 그녀를 괴롭히게 내버려 둘 수는 없다.

 그는 회사에서 오랫동안 생각해 보았다. 미안이 보는 세계는 대체 어떤 곳일까. 보통사람과 다르다는 건 분명하다. 하지만 여태까지 다른 사람들이 그녀가 다르다는 이유로 그 구석에 배제한 것도 분명했다.

 만약 또다시 미안이 발작을 일으키고 기절한다면 승서는 더 이상 버틸 재간이 없을 것 같았다. 그러니까. 적어도 그녀가 자신이 보는 곳에서 아프기를 바랐다.

 "이번 주 일요일에 패션쇼에 방문할 예정이야."
 "초대장, 받았어요?"
 승서의 말에 눈가를 누그러뜨린 유라가 생각지 못했다는 듯 대답했다.
 "더 이상 내 집에서 소란 일으키지 마."
 "승서 씨."
 "그리고."

수저를 다시 쥔 승서가 담담히 말했다.

"한 달이야."

"네?"

"네가 나에 대한 생각이나 감정을 정리하는 데 한 달을 주겠다는 거야. 일 년간 내 옆에 있었던 걸 보상받고 싶다면 그 대가만큼은 섭섭지 않게 줄게. 약속하지."

"……."

"하지만 그 전에 쓸데없는 짓을 한다면 나도 더 이상 가만있지는 않아. 말했지만 미안 씨는 나와 아무 관계도 아니야."

아직은. 그래, 아직까지는. 속엣말로 중얼거린 승서는 유라에게서 시선을 거두고 다시 미안 특제 오므라이스를 먹었다.

유라는 황망한 표정으로 제자리에 서 있었다. 아주 잠깐 아무 소리도 귓가에 들리지 않았다. 이건 헤어지자는 말과 다르지 않았다. 단지 한 달의 유예기간을 주겠다는 것이었다. 싱크대를 잡고 비틀거리는 다리를 바로 세운 유라는 아무렇지도 않은 표정으로 식사를 하는 승서를 내려다보았다.

미안이 만든 식사를 무척 만족스럽게 먹는 그를 보자 유라는 헛웃음이 터져 나왔다. 최승서의 마음이 완전히 떠났다는 걸 깨닫자 마음이 일그러졌다. 그가 가슴에 다른 사람을 두고 있는 게 너무 확연히 보여서 더 슬프고 비참했다.

하루 종일 굶어 텅텅 빈 아랫배를 감싼 유라가 물끄러미 승서를 쳐다보다가 미안이 사라진 거실을 노려보았다.

"승서 씨."

허리를 반듯하게 편 유라는 울상이던 얼굴을 바로잡고선 조용히 웃었다. 아주 침착하고 묘한 미소였다.

"잊지 말아요. 뭐든 보상해 주겠다던 말. 나랑 분명 약속한 거예요."

그의 어깨를 손으로 살며시 쓸어내린 유라는 그대로 승서의 침실로 들어가 버렸다. 유라가 어루만진 자리에서 뒤숭숭함이 느껴진다. 그 묘연한 미소는 뭐였을까. 반쯤 없어진 오므라이스를 내려다보던 승서는 의자를 뒤로 빼 아무도 없는 거실을 쳐다보았다.

이 미심쩍음은 뭘까.

자세를 바로 고친 그는 입가를 쓸어내리며 눈썹을 찌푸렸다.

애써 불길함을 떨쳐 낸 승서는 마저 식사를 했다. 밥을 다 먹으면 그녀의 귀에 약을 발라 줘야지, 하고 생각하며.

연고를 바른 귓가의 상처는 말 그대로 천차만별이었다. 깊이 팬 상처, 얕게 긁힌 상처, 찢긴 상처……. 승서는 아무것도 묻지 않고 약을 발라 주었다. 상처가 난 곳의 위치가 그렇다 보니 미안은 머리칼을 귀 뒤로 넘기고 고개를 살며시 숙였다. 그 때문에 거의 그에게 안긴 꼴이 되어 내내 가슴이 쿵쾅거렸다.

상처에 약을 바르고 호호 불어 준 승서는 미안에게 사탕을 쥐여 주고는 "아무것도 기억 못 하시는 겁니까."라고 물었다. 그의 말에 그녀는 그렇다고 대답했다.

정말 아무것도 기억나지 않았다. 그러자 승서의 표정이 아주 오묘하게 변했다. 다행이라고 안도하는 것 같으면서도 실망하는 것 같은 그런 얼굴이었다.

미안은 오늘 승서와 퍼지게 늦잠을 즐기고 양 비서에게 끌려 다니고, 집에 돌아와서는 유라에게 시달리는 통에 과거를 하나도 읽지 못했다. 그래서 새벽이 되자마자 작은방을 조용히 나왔다.

실은 더 확인해 보고 싶은 게 있었다. 주하와 승서의 대화는 사고의 단초를 제공한 중요한 것이다. 그래서 서재를 들락대며 수시로 과거를 읽었는데 그때마다 엉뚱한 기억들이 얻어걸렸다. 열두 시쯤 되면 움직여도 되겠거니 싶었는데 웬걸, 승서가 침실에서 나와 다른 방으로 들어가더라.

그 모습을 보자 미안은 왜일까, 하고 생각하면서도 안도를 했다. 안 그래도 얄미운 유라와 그가 같은 침대에서 잔다는 게 영 신경 쓰인 차였다. 그래서 승서가 잠들 때까지 한 시간 정도를 더 기다린 그녀는 고양이 걸음으로 방을 나와 서재로 들어갔다.

서재에 들어가자마자 미안이 향한 곳은 의자였다. 까만 의자에 조심스레 앉은 미안은 손깍지를 끼워 책상 위에 얹었다. 실은 능력을 제어하지 못해 혼절한 터라 살짝 겁이 났다.

어두운 주변을 둘러본 미안은 깍지를 풀고 주머니에서 사탕을 꺼냈다. 승서가 준 사탕을 입에 쏙 넣은 그녀는 약간 싱거운 단맛을 음미하며 집중을 했다. 어찌 된 영문인지 기절한 뒤로 사탕과 초콜릿을 아무리 먹어도 제대로 된 달콤함이 느껴지질 않았다. 일시적인 현상이려니 싶었는데 종일 이 모양이다.

"그럼……."

미안은 귀를 기울이듯 머리를 책상에 기대었다. 사물들이 희끄무레하게 보이던 어둠을 쳐다보다가 눈을 살짝 감고 집중을 했다. 달그락거리는 소리와 하얀 햇살이 눈과 귀를 자극하자 그녀는 눈을 가늘게 떴다.

책상에 앉아 있던 미안은 자신이 승서의 위에 앉은 걸 보고 흠칫 놀랐다가 책상 앞에 서 있는 거대한 주하를 보고 한 번 더 움찔

했다. 세상에. 무슨 사람이 키가 이렇게 크담? 최승서도 커서 목을 뒤로 젖히고 올려다봐야 할 지경이었는데 최주하는 더 크다.

과거 속의 주하는 승서를 노려보고 있는데 위치 때문인지 왠지 미안을 노려보는 것 같다. 등골이 서늘해진 걸 느낀 그녀는 침을 꼴깍 삼키고선 주하를 쳐다보았다.

「멋대로 들이닥쳐서 미안하게 됐군.」

「아시는 분이 왜 오셨습니까.」

「정유라와 결혼을 할 예정이라던데.」

주하의 말에 그녀는 반사적으로 눈을 동그랗게 떴다.

새로운 과거다.

「긴말 않고 본론으로 들어가지.」

최주하는 지포라이터를 손바닥 안에서 자유자재로 돌리며 조용히 말했다.

「그만둬.」

「무슨 소리입니까, 그게.」

다리를 꼬고 있던 최승서가 조금 불안한 듯 되물었다. 내내 승서의 위에 앉아 있던 미안은 자리에서 일어나 그의 얼굴을 보았.

무언가를 감지했는지 그의 표정은 약간 얼이 빠져 있었다.

「아무리 사랑한다고 해도 정유라는 네 결혼 상대로 좋은 여자가 아니야. 아마 행복한 것도 신혼 때 잠깐이겠지.」

「최주하 씨.」

「좋아. 그럼 단도직입적으로 이야기해 주지. 네가 지방으로 장기간 출장을 가 있는 동안 그 여자가 다른 남자와 바람이 났다만. 그래도 정유라를 사랑한다 이건가?」

손바닥으로 입을 틀어막은 미안이 최주하를 쳐다보았다. 최주하는 야심가라 최승서를 늘 후계자 자리에서 밀어내기 위해 안간힘을 쓴다고 들었는데. 왜 이런 걸 알려 주는 걸까. 서둘러 고개를 돌린 미안은 승서의 표정을 살폈다. 살벌하게 일그러진 그의 얼굴은 익숙했다. 이제부터는 발작을 일으킬 때 간신히 보았던 과거의 되감기다.

「내가 당신이 말하는 걸 어떻게 믿습니까.」

「노하가 아무 말도 안 해 준 모양이군.」

「당신 형제들과는 썩 친하지 않으니까요. 나가 주시죠. 더 이상 대답하고 싶지 않습니다.」

「한심한 새끼.」

「……최주하.」

「그렇게 사랑해서 정유라가 다른 남자에게 낯짝 들이미는 걸 내버려 둬?」

어느새 자리를 박차고 일어선 최승서는 최주하의 멱살을 쥐고 이를 악물며 내뱉었다.

「그 입 다물어.」

「멍청한 새끼 같으니. 정유라 말을 곧이곧대로 믿어?」

그래. 바로 이 순간이다. 최승서가 최주하의 얼굴을 주먹으로 때리는.

그때 미안은 책상에 놓여 있던 소녀조각상이 바닥에 나뒹구는 것과 동시에 주하의 지포라이터가 책꽂이 아래로 들어가는 걸 발견했다.

「당장 내 앞에서 꺼져. 두 번 다시 내 앞에 나타나지 마, 알겠어?」

거칠게 숨을 내뱉는 승서를 안쓰럽게 바라보던 미안은 헉 하고 호흡을 삼키며 과거에서 빠져나왔다. 책상에서 이마를 뗀 그녀는 서재 문밖을 쳐다보았다. 분명 무슨 소리가 들렸는데? 어두컴컴한 서재 안을 둘러보던 미안은 마음이 섬뜩해졌다.

전당포에서 자신을 죽이려 들던 사내가 생각났다. 닭살이 오싹 돋은 미안이 의자에서 엉덩이를 일으키자 실내화를 끄는 소리가 가까워졌다.

허둥지둥 책상 아래로 숨은 미안은 책상 아래에 숨으려다가 의자 바퀴를 밟고 바닥에 넘어졌다. 쿵, 하고 엉덩이를 찧는 소리에 문밖에서 슬슬 끌리던 실내화 소리가 멈추었다. 흠칫 놀란 미안은 어둠 속에서 문을 쳐다보았다가 허겁지겁 책상 아래 숨었다.

귓가에 심장 소리가 쿵쿵쿵 울린다. 입술을 꽉 물고 숨을 참자 서재 문이 끽 열렸다.

"……아니, 아니에요. 서재에서 무슨 소리가 들려서."

아주 작고 조심스러운 목소리는 유라였다. 유라는 깜깜한 서재 안을 둘러보다가 거실을 힐끗 쳐다보고는 서재로 발을 들였다. 문을 조용히 닫은 유라는 문 근처에 놓인 일인용 소파에 앉아 다리를 꼬았다.

"약속할게요."

유라는 아주 신중하고 조그만 음성으로 대꾸를 했다.

"나를 사랑한다면 그 정도쯤은 해 줄 수 있다고 믿어요. 정리되면 당신에게 갈게요. 정말이에요."

─진심이야? 만약 이번에도 최승서를 포기하지 않으면 그 새끼를 기필코 죽여 버릴 거야.

"정말이라니까요. 나 믿어요. 그러니까 내가 부탁한 거, 다 들어 줄 거죠?"

간드러지는 목소리로 말한 유라는 핸드폰 너머의 남자에게 아양을 떨었다. 남자와 통화를 하고 있자니 유라는 피식 웃음이 새어 나왔다. 유라의 애교 몇 번에 흥분한 티가 역력한 남자는 잠깐 아무 대답이 없더니 "……네가 약속만 지킨다면야."하고 말하며 작게 웃었다.

―부탁한 건 알아봐 주지. 아는 사람 중에 흥신소를 하는 녀석이 있거든. 그리고 나머지 부탁은 신중히 처리해 줄 테니까 너는 무릎 꿇고 나만 기다려. 알겠어?

"기다리고 있을 테니까 염려 말아요. 그럼 끊어요."

핸드폰에 쪽 소리를 낸 유라는 전화를 끊었다. 통화를 마치고 나니 몸에 싸하게 전율이 오른다. 유라는 늘 남자가 미친놈이라고 여겼지만 이런 짓거리를 생각해 낸 자신이나 그런 부탁을 들어주겠다는 남자나 모두 제정신이 아니었다. 조그맣게 조소를 터뜨린 유라는 소파에 등을 깊게 묻으며 허벅지를 쓸어내렸다.

최승서의 체취가 가득한 서재를 둘러보고 있자니 가슴이 저려온다.

유라가 잠이 든 척을 하자마자 그는 침실을 나갔다. 승서의 발자국 소리가 미안이 머무는 작은방 근처에 머물렀다가 어디론가 들어가 버린 걸 들은 유라는 당장에라도 그를 쫓아가고 싶었다. 미안이 지내고 있는 방문을 왈칵 열어젖혀 최승서와 나란히 있을 미안을 찢어 죽이고 싶었다.

이마를 쓸어 넘긴 유라는 자꾸만 웃음이 나왔다. 유라는 승서가 없을 때 다른 남자와 데이트를 즐기고 잠자리도 가졌다. 그때는 이기적이게도 이렇게 방치한 승서의 잘못이라고 생각했지만 그가 다른 여자와 행복해지려고 애를 쓴다고 생각하니 더할 나위 없이 불쾌했다. 그게 볼품없고 초라한 미안이라 더욱더 그랬다. 대체 그 여자의 어디가 좋아서 내가 밀려난 걸까. 긴 머리카락을 헝클어뜨린 유라는 한숨을 삼키며 일어섰다.

유라가 나갈 때까지 숨을 죽이고 있던 미안은 문이 닫히는 소리가 들리고서야 날숨을 토했다. 의자에 턱을 걸친 미안은 긴장이 풀려 온몸이 늘어진다. 이 으슥한 시간에 통화라니. 하여간 별난 여자다. 의자에 팔을 얹은 그녀는 두근두근거리는 심장을 가라앉히고 유라의 말을 곰곰이 되씹었다.

「나를 사랑한다면 그 정도쯤은 해 줄 수 있을 거라고 믿어요. 정리되면 당신에게 갈게요. 정말이에요.」

혹시 정유라는 그때 만난 남자와 아직까지 관계를 맺고 있는 걸까? 생각을 하자마자 미간을 좁힌 미안이 손톱을 물었다. 그런 거라면 정말로 승서를 농락한 셈이다. 그런 주제에 그의 집에 얹혀사는 자신을 그렇게 괴롭히다니.

서재의 넓은 창을 말끄러미 올려다본 그녀는 이 이야기를 승서에게 어떻게 해 주면 좋을지 곰곰이 고민했다. 화를 내는 건 이해가 가지만 상처는 안 받았으면 좋겠는데.

의자를 밀어내고 자리에서 일어선 미안은 지포라이터가 들어간 곳을 눈여겨봐 두고는 조용히 서재를 나왔다.

"새 비밀번호요?"

승서의 말에 미안이 고개를 갸웃했다.

유라는 아침 일찍 나가 버린 모양인지 이미 침실을 비운 뒤였다.

그녀는 승서가 불러 주는 비밀번호를 곰곰이 되새기며 왜 바꾸었냐는 눈길을 보냈다.

"보안상의 문제 때문에요. 번거롭더라도 이해 부탁드립니다."

미안이 차려 준 간소한 아침식사를 먹던 그는 구체적인 이유는 말하지 않았다. 하지만 그녀는 언뜻 눈치는 챘다. 정유라 때문이구나. 국을 수저로 떠먹은 미안은 왠지 기분이 통쾌했다. 정유라는 이 집의 비밀번호를 모르지만 그녀는 알고 있다. 그 사실이 자꾸만 묘한 쾌감을 불러일으켰다.

"그리고 이건 대문 열쇠입니다."

"어, 비밀번호랑 같이 안 바꾸세요?"

얼떨결에 손바닥을 내밀어 대문 열쇠를 받아 든 그녀가 눈을 깜빡였다.

하얀 손바닥에 장식이 달린 열쇠를 놓아 준 그는 의아해하는 그녀의 표정에 지그시 웃었다.

"네. 이건 사정이 있어서."

"사정이요?"

"대문에 얽힌 로맨스라고 해 두죠."

아리송한 승서의 말에 미안의 머리 위에 물음표가 떴다. 무슨 소리지? 로맨스? 하지만 그녀는 그가 내밀어 준 열쇠를 소중한 물건인 양 손바닥에 쥐었다. 왠지 기분이 좋다. 열쇠가 있으니 이곳이 진짜 집처럼 느껴졌다.

배시시 웃은 미안은 국에 밥을 말다가 "미안 씨." 하고 저를 부르는 말에 고개를 들었다. 아아, 진짜. 베란다에서 들어오는 아침 햇살에 승서의 얼굴이 더 해사하게 빛난다. 갑자기 또 심장이 두근거린 그녀는 국에 만 밥을 수저로 헤저으며 "네, 네에." 하고 어색하게 대답했다.

"제 서른한 살을 되찾는 일에 대해서 말씀드리고 싶은 게 있습니다만."

"네?"

"계약을 파기했으면 합니다."

수저로 밥을 꾹꾹 누르던 그녀가 그 말에 잠깐 눈을 빠르게 감았다 떴다. 무슨 이야기지? 상황파악이 잠시 되지 않아 멍하니 있던 미안은 '파기'라는 단어를 곱씹다가 어깨를 들썩였다.

"그러니까……. 파기요?"

미안은 수저질을 멈추고 그를 보았다. 단순히 의뢰인이 의뢰를 포기하겠다는 의미인데 왜 이렇게 가슴이 섬뜩한 걸까. 승서를 더 이상 바라보지 못한 그녀는 고개를 숙여 빈 밥공기를 보았다. 아, 진짜. 갑자기 가슴이 또 아프다.

"저어, 혹시 제가 무슨 실수라도?"

더듬거리며 묻자 승서가 조용히 웃으며 "아뇨, 그건 아닙니다."라고 답했다.

"더 이상 서른한 살에 매달릴 필요가 없어서 그런 것뿐입니다. 미안 씨 때문이 아니에요."

승서의 입가에 매달린 미소를 힐끗 본 미안은 "그래요?"하고 조금 안도했다. 하지만 궁금했다. 더 이상 매달릴 필요가 없다니. 물어보고 싶지만 질문해도 되는 걸까. 그녀는 입을 꽉 다문 채 애꿎은 밥알들을 꾹꾹 수저로 짓눌렀다.

그의 마음이 변한 이유가 궁금하기도 하지만 미안은 이 일을 그만두고 싶지 않았다. 정유라가 아직까지 연락을 주고받는 남자와 사고 당시의 진상이 궁금하다. 무엇보다 최승서의 없어진 서른한 살을 돌려주겠다고 약속했다. 모든 게 돌아올 때까지 그의 옆에 있겠다고 말했다. 그가 기다리고 있겠노라 말했으니 미안은 약속을 지키는 사람이 되고 싶었다.

"최승서 씨."

손에서 수저를 놓은 미안이 작게 입을 열었다.

밥 먹기를 중단한 미안을 본 승서는 놀란 듯 눈을 크게 떴지만 그녀의 표정이 너무 진중해서 잠자코 말을 기다렸다.

"……조금만 더 시간을 주시면 안 될까요?"

"무슨 말씀이신지?"

"서른한 살을 되찾는 거 말이에요. 그러니까, 음, 제가 약속을 해서요."

"약속이요?"

"네. 근데 이건 비밀이에요. 아니, 비밀이라기보다는……. 그냥 언젠가 말씀드릴 수 있을 거라고 생각해요. 지금은 조금 민망해서."

어떻게 꿈과 과거가 뒤얽힌 곳에서 그에게 그런 말을 했다고 맨 정신에 술술 고할 수 있을까.

그녀가 진심으로 부끄러운 듯 굴자 승서는 캐묻는 걸 멈추었다. 약속이라니. 대체 어느 녀석과 약속씩이나 했단 말인가. 그는 미안이 '서른한 살 최승서'에 애착을 갖고 있는 게 살짝 못마땅했다. 분명 그것도 엄연한 자기 자신인데 은근히 과거의 최승서에게 현재의 최승서가 밀리는 것 같아 패배감이 느껴졌다.

"그럼 파기는 잠시 보류해 두도록 하죠."

"허락해 주셔서 감사해요."

승서의 말에 미안이 활짝 웃었다.

그냥 계약을 계속 연장하겠다는 것뿐인데도 저렇게 좋을까. 그는 헤프게 웃는 미안을 보며 조용히 입술에 호를 그렸다.

아침식사를 하면서 일요일 날 나갈 일이 있다고 미리 언질을 해 둔 승서는 젓가락을 만지작대며 말을 아끼는 미안을 쳐다보았다. 그녀가 할 말이 있기는 있는 모양인데 왠지 답지 않게 주춤거린다.

승서가 수저질을 멈추고 시선을 고정하자 미안이 딸꾹질을 했다.

"하실 말씀이라도?"

그가 묻자 미안이 동그란 눈동자를 데굴데굴 굴리다가 조심조심 입을 열었다.

"그게, 과거에 대한 건데요."

말을 하기는 해야겠다 싶었다. 중요한 일이기도 하고, 계약서에도 명시되어 있고. 하지만 어떻게 말을 해야 할지 난감했다. 정유라에게 남자가 있었다고 대뜸 말했다가 그가 놀라거나 상처 입으면? 그녀는 최승서의 웃는 얼굴이 좋았다. 그가 예전처럼 쓸쓸한 얼굴을 하는 건 바라지 않았다.

그래서 신중히 이야기를 꺼낸 미안은 서재에서의 대화를 낱낱이 고했다. 왜곡되어 들리지 않도록 될 수 있는 대로 최주하의 말을 있는 그대로 옮겨 말했다.

이야기를 마치자 부엌에 아주 잠깐 침묵이 돌았다.

"……최승서 씨?"

어느샌가 수저를 놓은 그는 무언가를 생각하는 표정이었다. 다행히도 표정이 담담해서 미안은 슬쩍 안도를 했는데 승서가 "그랬군요." 하고 중얼거리며 눈썹을 모았다.

최주하가 그렇게까지 마음 넓은 사람이었을 줄이야. 입가를 쓸어내린 그가 속으로 피식 웃었다. 하지만 미안의 이야기를 듣고 나니 슬슬 이해가 간다. 기억이 죽도록 떠오르지 않았던 이유가 이것 때문이었을까. 정유라에게 배신당한 상처를 떠올리고 싶지 않아 일 년간 '서른한 살'이라는 문을 닫아 놓은 것일지도 모른다.

유라가 그토록 불안해하던 이유를 떠올리자 그는 한 달이라는 시간을 준 게 문득 후회가 되었다. 서른한 살의 최승서가 결혼을 결심할 만큼 좋은 여자라고 생각이 되어서 충분한 시간을 주는 게 예의라고 생각했다. 상처를 주고 싶지 않아 최대한의 배려를 하고 싶었는데 갑자기 뒤통수를 묵직한 걸로 얻어맞은 기분이었다.

아니. 그것보다는 유라가 그런 짓을 자신에게 들키고도 여태껏 곁에 머물렀다는 게 기가 막혔다. 기억이 날아간 게 정유라에겐 하나의 기회였던 걸까. 생각하자 오싹 소름이 돋은 승서는 입맛이 뚝 떨어졌다.

"괜찮으세요?"

걱정하는 목소리로 미안이 묻자 그는 고개를 끄덕였다.

"괜찮습니다. 오히려 그 이야기를 들으니 납득이 가는 구석도 있고요."

사랑했던 여자가 바람을 피운 이야기를 듣는 바람에 미안이 정성껏 차린 아침식사를 하지 못하다니. 혀를 찬 승서는 찬물을 삼키고는 자리에서 일어섰다. 그러다가 깜빡한 게 있다는 듯 미안을 돌아보았다.

"미안 씨."

"네?"

"실례가 안 된다면 화요일에 출장을 함께 가 주셨으면 합니다만."

"출장이요?"

"네. 필리핀에 갈 일이 있어서요."

승서의 말을 얌전히 듣던 미안은 약간 비뚤어진 그의 넥타이를 쳐다보았다. 필리핀? 고개를 갸웃하며 그에게 다가간 그녀는 넥타이를 바로잡으며 "출장 가시는구나. 얼마나요?"하고 물었다. 하지만 그가 아무 대꾸도 하지 않자 미안이 "최승서 씨?"하고 그를 부르며 눈동자를 위로 들었다.

승서의 얼굴에 당혹스러움이 어린 것을 본 미안은 그제야 앗 하며 넥타이에서 손을 치웠다.

"아니, 그게, 비, 비뚤어져서……!"

"……."

"……죄송합니다."

곧바로 사과를 한 미안은 홍당무가 된 얼굴을 숨기며 뒤로 물러났다. 눈을 빠르게 깜빡이며 얼굴에 오른 열기를 식히려 하자 코앞에서 승서가 자그맣게 웃는 소리가 들렸다.

"고맙습니다."

그의 말에 빨개진 얼굴을 든 미안은 근사하게 웃고 있는 승서의 얼굴을 보고는 또 고개를 숙였다. 아. 못 보겠다. 뜨거워진 뺨에 손등을 갖다 댄 미안은 얼른 화젯거리를 돌리고 싶어 "그, 그보다 필리핀은 왜요?"하고 말했다.

"함께 가 주셨으면 해서."

"필리핀을요?"

승서의 발을 내려다보던 미안은 '왜?'라는 물음이 입에 가득 찼다. 그도 미안이 무슨 생각을 하는지 보였는지 "걱정이 돼서 말이죠."라고 운을 뗐다.

"또다시 그런 일이 일어나는 걸 방치할 수도 없으니까요."

아아. 그의 말에 고개를 끄덕거린 미안은 전당포에서의 일을 떠올리고는 몸을 떨었다. 하긴, 솔직히 그녀도 이 큰 집에서 혼자 생활할 자신은 없었다. 그나마 큰방에 그가 있다는 생각에 안심이 되어 지내는 건데 정작 중요한 승서가 없다면 말짱 도루묵이다. 그의 말에 동의를 하며 고갯짓을 하는데 뒤늦게 양 비서에게 끌려가 여권사진을 찍은 게 떠올랐다.

설마 가기 싫다고 해도 억지로 데려갈 생각이었나?

하지만 그는 더 이상 미안이 생각할 틈을 주지 않았다. "출근할 시간이군요."라고 말하며 그가 욕실로 들어가는 바람에 그럴 여지도 없었다. 입에 알사탕을 집어넣은 미안은 쩝 입맛을 다시며 그릇들을 정리했다.

"필리핀이라."

그럼 비행기도 타겠네? 싱크대에 그릇들을 차곡차곡 쌓던 미안은 입을 벙싯 벌리며 비행기를 떠올렸다. 동네도 못 벗어난 팔자였는데 비행기에 해외여행이라니. 미안, 진짜 제대로 계 탔다.

그녀는 할매에게 줄 여행선물을 생각하며 노래를 흥얼거렸다. 할매에게 비키니를 사다 줄까, 하고 생각하며 키득키득 웃고 있자 욕실에서 양치질을 마친 승서가 나왔다. 그를 보자마자 손의 물기를 턴 미안은 거실로 쪼르르 나왔다.

"오늘 저녁때 일찍 들어오실 거예요?"

"네, 평소와 비슷한 시간에요."

"어어, 그럼 저녁은 뭐로 할까요?"

승서는 그 말에 그녀의 손을 보았다. 아직 붕대를 풀지도 않았는데 무리를 하는 게 아닐까. 조금 염려가 되어 미안의 얼굴을 쳐다보는데 그녀를 보자마자 마음 가득히 쌓여 있던 걱정이 사르르 녹았다. 방실방실 웃고 있는 미안을 보고 그가 생각할 수 있는 건 딱 하나였다.

아. 정말 예쁘다.

"저녁은……."

그가 말문을 열자 미안이 기대에 찬 눈을 깜빡거렸다.

"메밀국수가 좋겠군요."

"메밀국수요? 그럼 그거 해 놓고 기다릴게요."

썩 어렵지 않은 음식에 자신감이 충만해진 미안이 활짝 웃었다.

"그럼 다녀오겠습니다."

"네, 다녀오세요."

미안은 승서가 대문을 나설 때까지 손을 흔들었다. 그가 나갈 때마다 줏대 없이 손목 좀 흔들지 말아야지 하면서도 정신을 차려 보면 어느샌가 손을 흔들어 주고 있다. 하지만 기분이 좋은 걸 어쩌란 말이냐. 승서가 다녀오겠다고 말을 해 주면 왠지 기분이 설렌다. 하루 종일 진짜 그의 가정부처럼 집안일을 해도 승서가 돌아올 거란 생각을 하면 괜히 더 열심히 하게 된다.

현관문을 닫은 그녀는 조용해진 집안을 둘러보다가 허리에 손을 얹었다. 해야 할 일을 차근차근 정리한 미안은 일순위로 최주하의 지포라이터를 떠올렸다.

서재에 들어가 바닥에 엎드려 아래를 훑던 미안은 책상 바로 옆에 있는 책꽂이 아래에서 반짝거리는 빛을 보았다. 은색의 테두리가 둥글둥글한 것.

"나이스!"를 외치며 손가락을 딱 튕긴 그녀는 재빨리 주변을 살폈다. 기다랗고 가는 막대기 같은 것 좀 없을까? 할매가 쓰던 효자손이 이럴 때 제격이지만 최승서가 그런 걸 쓸 리는 없고. 자리에 주저앉아 있던 미안은 하는 수 없이 궁여지책으로 부엌에서 긴 나무젓가락을 가져왔다.

"깨끗하게 씻으면 되니까."

강아지처럼 다시 엎드린 그녀는 책꽂이 바닥에 젓가락을 간신히 쑤셔 넣었다. 제발, 걸려라! 젓가락으로 아래를 치자 묵직한 게 툭 걸렸다. 걸린 걸 힘껏 앞으로 밀어내자 먼지가 쌓인 지포라이터가 고개를 빠끔히 내밀었다.

먼지를 후후 불어 닦아 낸 미안은 차갑고 꽤 무게감 있는 지포라이터를 손에 쥐었다. 이래서 과거는 볼 때마다 새롭다고 하는 모양이다. 다른 각도에서 볼 때마다 새로운 사물들과 표정들이 보이다니.

하지만 지포라이터를 얻었다고 해서 확신은 할 수 없었다. 평소에 최주하가 손에 습관처럼 쥐고 다니던 물건이라면 승서의 묵주 반지만큼이나 미안을 괴롭힐 게 분명하다.

미안이 알고 싶은 건 최주하가 어떻게 정유라의 다른 남자를 알았냐는 것과, 승서가 사고가 날 때 당시에 어떤 반응을 보였냐는 것이었다.

하지만 지포라이터가 여기 있으니 사고가 났을 때의 최주하 반응은 알 수 없다. 그러니 지포라이터를 빌미로 물어보면 되지 않을까? 아니, 그 전에 한 번 슬쩍 봐? 손바닥에 쥔 지포라이터의 차가운 감촉을 느끼며 미안은 살짝 눈을 감았다. 무슨 과거가 있으려나. 꼭 움켜쥔 손을 입술에 갖다 대고 집중을 하자 멀리서 목청껏 웃는 소리가 들려왔다.

「하하하하핫! 진짜 최승서 불쌍해서 어떡해, 형!」

처음 보는 남자의 얼굴이었지만 미안은 대충 직감했다. 뭐가 그렇게 즐거운지 연신 웃음을 터뜨리고 있는 남자가 바로 최노하라는 걸.

「왜 최승서에게 말해 주지 않았냐.」

지포라이터를 돌리며 주하가 차갑게 물었다. 그러자 노하가 눈가에 맺힌 눈물을 닦아 내며「내가? 내가 왜?」하고 도리어 되물었다.

「나는 승서가 정유라와 사귄다는 이야기를 들었을 때 분명 경고했어. 왜 이래? 하지만 내 말을 흘려들은 건 최승서야. 걔 자신이라고.」

「노하야.」

「아, 형. 잔소리할 거면 그만둬. 내가 말한 건 다 사실이고, 진심이니까. 하지만 정유라 그 여자도 미쳤어. 최승서가 오냐오냐하니까 호구로 보였나 봐. 뒷감당을 어떻게 하려고 그러나 몰라.」

「정유라가 만난다는 다른 남자는 누군지 알고 있는 거냐?」

「그 남자? 내가 알기론 애들 차 전문적으로 봐주는 남자야. 돈 좀 있는 모델 몇 명은 그 사람 VIP 고객이던데.」

「그 VIP 고객엔 정유라도 포함되어 있겠군.」

최주하의 손에서 다시 지포라이터가 빙그르르 돌았다. 은색의 반짝거림이 눈앞에서 명멸하자 미안이 도리질을 치며 과거에서 나왔다. 아주 제대로 된 과거가 얻어걸렸다. 그녀는 어지러움을 느끼며 이마를 손바닥으로 툭툭 쳤다.

차를 전문적으로 봐주는 남자.

VIP 고객엔 정유라도 포함…….

주하와 노하의 말을 속으로 중얼거린 미안이 눈가를 찡그렸다. 그 사람이다. 정유라가 최승서에게 소개시켜 주었다던 정비공. 한

숨과 함께 눈을 감은 그녀는 저절로 탄식을 흘렸다. 정유라가 최승서를 코앞에 두고 제대로 엿을 먹였구나. 그런 주제에 사랑한다고 말하다니.

미안은 새삼스럽게 유라가 승서를 사랑했다는 게 어떤 사랑인지 궁금했다. 정말 그를 사랑했던 걸까, 아니면 그의 재력을 사랑했던 걸까.

이 사실을 이야기하면 가뜩이나 먼 유라와 승서의 거리가 더 벌어질 것이다. 이제야 그가 열이 받아 분노의 주행을 한 이유를 알았다. 화가 나고 슬펐겠지. 절실히 사랑한 사람에게 배신당하는 것만큼 끔찍한 일도 없을 것이다.

하지만 별일이다. 여태까지 온갖 불륜을 다 파헤치면서도 한 번도 상대방의 감정에 뒤엉킨 적이 없었는데 미안은 승서가 무척 불쌍하고 안쓰러웠다. 눈앞에 그가 있었다면 와락 안아 버렸을지도 모른다.

운 좋게 얻어 낸 지포라이터는 언젠가 최주하에게 돌려주자. 덕분에 사건이 조금 풀렸으니까.

지포라이터를 주머니 속에 넣고 서재를 나온 미안은 입에 새로운 사탕을 넣었다. 소파에 주저앉은 그녀는 기지개를 펴며 앓는 소리를 냈다.

"한 삼십 분만 쉬었다가, 지포라이터 또 훑고……. 묵주반지 한 번 더 보고."

저녁이 되기 전에 마트로 장을 보러 가자.

승서의 얼굴을 떠올린 미안은 헤프게 웃으며 자리에 풀썩 누웠다.

범고래와 상어가 싸우면 누가 이길까. 양 비서는 언젠가 사원들이 그런 이야기를 떠드는 걸 들은 적이 있었다. 사원들은 '상어가 이긴다.'에 한 표를 던졌지만, 양 비서는 '싸워 보지 않으면 모른다.'에 한 표를 던졌다. 왜냐면 저 분위기 좀 보라지. 누구 하나 물러날 생각 없이 눈싸움을 벌이고 있는데 저 틈에 끼어들었다간 피가 말려 죽을 게 분명했다.

최승서가 난데없이 주하와의 식사를 요청했다. 양 비서도 당황했고 주하의 비서도 당황했다. 하지만 최주하는 의연히 "전무님이 밥값만 낸다면 얼마든지 응해 드리지."라고 말했다.

멀리 떨어진 자리에서 주하의 비서와 식사를 하던 양 비서는 파스타를 맛나게 먹으며 간간이 두 사람을 살폈다. 최승서가 무슨 수작인 건지는 모르겠지만 "좋습니다. 상무님께 밥 한 끼 사죠."라고 말한 걸로 보아 무언가 있는 게 분명했다.

"너무 노려보지 마시죠."

물을 홀짝인 승서가 한숨을 삼키며 말했다. 그러자 파스타에 손을 대는 둥 마는 둥 하던 주하가 포크를 놓으며 코웃음을 쳤다.

"전무님이 호의적으로 나오는 게 불편해서 말이지."

"은혜를 갚는 것뿐입니다."

"은혜?"

승서의 말에 주하가 미간을 찡그렸다.

"제가 사고가 났던 날."

그는 파스타를 포크에 돌돌 말며 조용히 운을 떼었다. 사고가 났던 날이라는 말에 주하는 그제야 이해가 갔다는 듯 찡그린 미간을 폈다.

"알려 주셔서 감사했습니다. 생각해 보니 은혜를 주먹으로 갚은 꼴이어서 말이죠."

"알긴 아는군."

다시 포크를 쥔 주하는 심드렁히 중얼거리며 파스타를 한 입 먹었다.

"그래서 여쭤 볼 게 있습니다."

"공짜로 알려 줄 마음은 없다만."

"정보를 묻는 게 아닙니다. 그날 서재에서 싸웠을 때 정유라의 다른 남자가 누구인지 제게 언급 안 하셨는지 그걸 묻고 싶은 겁니다."

주하는 그제야 승서의 말이 묘하다는 걸 눈치챘다. 서재에서의 일을 기억하기에 기억이 돌아온 줄 알았는데. 생각해 보니 저번에도 마찬가지였다. 전무실을 찾아갔다가 그가 서재에서 싸운 일을 언급하기에 모든 걸 떠올린 줄 알았는데 마찬가지로 아니었다.

"대답하기 전에 하나만 묻지."

"그러시죠."

"기억이 돌아오고 있는 거냐."

"그건 아닙니다."

거짓말을 하고 싶지 않아 승서는 순순히 대답했다. 주하는 그 대답에 최승서에게 무언가가 있다는 걸 알았다. 하지만 캐묻고 싶지 않았고 썩 궁금하지도 않았다.

"언급하지 않았다. 그딴 걸 알아 봤자 좋을 건 없으니까."

파스타를 먹는 주하를 힐끗 쳐다본 승서는 조용히 시선을 내리깔았다. 유라가 만나던 다른 남자에 대해 말하지 않은 건, 최주하의 나름의 배려였을 것이다. 주하가 어째서 그랬는지 승서는 이해가 가지 않았지만 그 호의를 감사히 받기로 했다.

"최승서."

순식간에 파스타 한 접시를 뚝딱 해치운 주하가 낮은 음성으로 그를 호명했다.

"다른 건 다 모르겠다만 한 가지는 확실히 말해 두지."

"말씀하시죠."

"쓸데없이 착한 건 네 고질병이야. 중요한 순간에 동정을 하게 되면 그 선택이 누군가에겐 피해가 된다."

"그래서 제가 후계자가 된 게 마음에 안 드셨습니까."

승서가 피식 웃자 주하가 씩 웃으며 답했다.

"네 우유부단함이 마음에 안 드는 것도 사실이니까. 하지만 중요한 순간에 눈이 번뜩이는 건 인정해 주지."

"칭찬이나 욕, 둘 중에 하나만 하시죠."

"자세한 이야기가 듣고 싶거든 노하를 찾아가. 녀석이 잘 알고 있으니까."

노하가 알려 줄지는 미지수지만. 냅킨으로 입가를 닦은 주하가 자리에서 일어섰다. 승서는 주하를 배웅하지 않았다. 주하도 그런 건 바라지 않는다는 듯 조용히 자리를 떴다.

반이나 남은 파스타를 물끄러미 쳐다보던 그는 치솟는 한숨을 삼키고는 포크를 놓았다. 집으로 돌아가면 미안에게 일러 줘야겠다. 더 이상 서재에서의 사건을 집요히 파고들 필요는 없다고.

관자놀이를 손가락으로 톡톡 두드리던 승서는 이 기억을 되찾는 데 의미가 있을까, 하고 생각했다. 그리고 미안이 '약속'을 했다는 것도 마음에 걸렸다. 눈을 가늘게 뜨고 맞은편 자리를 노려보던 그가 "곤란하군." 하고 혼잣말을 하며 무릎을 일으켰다.

승서는 더 이상 미안이 유라와 자신이 함께 지낸 과거를 보는 걸 원치 않았다. 그녀가 그의 '서른한 살'의 과거를 보고 싶어 하니 당분간 내버려 둘까 싶기도 하지만,

「쓸데없이 착한 건 네 고질병이야. 중요한 순간에 동정을 하게 되면 그 선택이 누군가에겐 피해가 되지.」

최주하에게 허점을 찔렸다. 승서는 그게 마음에 걸렸다.

덩달아 어제 유라가 어깨를 스치며 묘하게 웃었던 것도.

눈을 차갑게 빛낸 승서는 가게를 나섰다. 회사로 돌아가는 내내 머릿속에 여러 가지 생각이 들었다. 승강기에서 내려 사무실로 들어가자 뒤를 따르던 양 비서가 "전무님." 하고 말을 걸었다.

"저번에 조사하라고 말씀하셨던……."

말을 삼간 양 비서가 눈짓을 했다. 아, 렌터카. 승서가 주머니에 손을 넣으며 양 비서를 보자 그녀가 서류철을 내밀었다.

"미안 씨와 접점에 대해 조사해 봤지만 전혀 없습니다. 나름의 경력이 있다면 현재 부인과 이혼 조정 중이라는 것과 회사에서 파면당한 것 정도입니다."

"이혼?"

소파에 앉은 승서가 서류를 넘겼다. 간통죄로 고소당하고 어마어마한 양육비에, 부인의 정신적 고통에 따른 치료비까지 내게 생긴 남자의 이름은 '김지철'이었다. 이 남자가 미안을 공격한 이유를 알 것도 같다. 아마도 김지철의 부인이 미안에게 남편의 외도에 대해 의뢰를 했으리라.

"파면당한 이유는요?"

"악재가 겹친 것 같습니다. 제약회사에서 일하는 사람이었는데 비리 문제와 직장 내 성희롱 문제로……."

"가지가지 하는군."

양 비서의 말을 자른 승서는 서류철을 테이블 위로 던졌다. 다리를 꼬고 김지철에 대한 정보를 지그시 노려보던 승서는 미안에게 몰래 붙여 둔 경호원을 떠올렸다.

"양 비서님. 경호원이 보내는 중간 보고, 전부 제게로 돌리세요."
"직접 받으시겠습니까?"
"네. 그리고 일요일 패션쇼 방문은 없던 일로 하죠. 마음이 바뀌었습니다. 앞으로 사무실에 오는 정유라 씨 전화도 차단하세요. 계속 연락이 온다면 양 비서님 판단하에 조치를 취하셔도 좋습니다."

더 이상 그 여자에게 여지를 줘서 좋을 건 없지. 유라의 미소를 떠올리며 미간을 찡그린 승서는 양 비서에게 나가도 좋다고 말했다.

문을 닫고 사무실을 나온 양 비서는 다소곳하게 서 있다가 "예쓰!"를 외치며 오두방정을 떨었다. 드디어 정유라 그년이 떨어져 나가는구나! 속으로 쾌재를 부르며 만세를 하던 양 비서는 순간, 제자리에서 딱딱하게 굳어 버렸다.

"전무님에게 드릴 말씀이 있어서 다시 왔는데."

승강기 앞에 서 있던 주하가 양 비서를 빤히 훑으며 말했다.

"괜찮다면 발전소 설치공사 건으로 대화를 나누고 싶다고 전해 줬으면 좋겠군요."

피식 웃는 주하의 미소를 본 양 비서는 얼굴을 빨갛게 물들이며 주춤주춤 옆으로 물러났다. 전화 버튼을 꾹 누른 양 비서는 떨리는 목소리를 다잡고는 주하가 말한 대사를 토씨하나 틀리지 않고 그대로 읊었다. 이런 젠장! 속으로 비명을 지른 양 비서는 경련이 일어날 것 같은 얼굴에 억지로 미소를 그리며 "들어오라고 하십니다, 상무님." 하고 말했다.

"고맙습니다. 수고하시죠."

주하는 답지 않게 매력적인 웃음을 흘리며 사무실에 들어갔다. 그 웃음을 똑바로 쳐다봐야 했던 양 비서는 주하가 시야에서 사라지자마자 소리 없는 울음을 내뱉으며 책상 위에 엎어졌다.

"……콱 죽어 버릴 테야."

양 비서는 얼굴을 발갛게 물들인 채 손수건을 질겅질겅 씹으며 속으로 눈물을 흘렸다.


마트에서 장을 보고 나온 미안은 구입한 찬거리를 다시 확인했다. 오늘 알뜰한 하루를 보낸 것 같아 절로 콧노래가 나오는데 마트를 나오던 그녀가 뒤를 돌아보았다.

뭐지.

이상한 낌새에 뒤를 쳐다본 미안은 고개를 갸웃했다. 착각인가. 봉지를 품에 끌어안은 채 다시 앞으로 걷던 그녀는 오르막길을 천천히 걷다가 또 고개를 홱 돌렸다.

골목길 사이마다 주차가 되어 있는 차들을 노려본 미안은 자연히 입가를 뒤틀었다. 발자국 소리가 나는가 싶어 뒤를 보면 아무도 없고, 또 뒤를 보면 아무도 없다. 봉지를 꽉 움켜쥔 그녀는 슬슬 불안해지기 시작했다. 설마. 그때 그 사람은 아니겠지.

파이프렌치가 허공을 가르던 걸 떠올린 미안의 안색이 하얗게 질린다. 서둘러 돌아가지 않으면 안 되겠다는 생각에 다시 앞을 보고 걸음을 빨리하기 시작하자 뒤에서 다시 발자국 소리가 들렸다.

숨을 크게 삼키고 마지막으로 뒤를 노려보자 미안과 마찬가지로 봉지를 들고 있는 아주머니 한 분이 그녀의 옆을 스쳤다.

"……내가 너무 예민했나."

머리를 긁적인 미안은 주차되어 있는 차들에 시선을 주다가 도로 앞으로 걸어갔다. 하지만 불안했던 미안은 이내 냅다 달리기 시작했다. 뭐가 뭔지는 몰라도 몸이 '위험해! 달려!' 라고 말하고 있었다. 불안감이 극에 달하자 한가롭게 걸을 여유가 없어진 그녀는 뒤도 돌아보지 않고 죽도록 승서의 집까지 달렸다.

그의 집으로 향하는 야트막한 오르막길에 오르자 미안은 그제야 헉헉거리는 숨을 삼키며 고개를 돌렸다. 차들이 내달리고 있는 도로와 사람들이 가득한 보도를 보자 그녀는 그제야 한숨이 새어 나왔다. 주차되어 있는 차 없이 뻥 뚫린 길이 어찌나 안심이 되던지. 한 번 더 예민했다간 골로 가겠네.

가슴을 들썩이며 바싹 마른입을 침으로 축인 미안은 무서운 눈길로 길을 한 번 쏘아보았다. 착각이겠지. 제발 착각이어야 하는데. 입을 꾹 다물고 길을 걷기 시작한 미안은 뒤에서 더 이상 아무 소리가 들리지 않자 그제야 마음을 놓았다. 힘이 빠져서 천천히 걷는데 승서의 집 차고에 까만 차가 막 들어가는 게 보였다.

종종걸음으로 달려 열린 대문을 박차고 들어가자 잔디밭에 물을 뿌리고 있는 그의 뒷모습이 보였다.

"다녀오셨어요?"

미안이 배시시 웃으며 말하자 호스를 쥐고 있던 승서가 고개를 돌린다. 와이셔츠 소매를 걷고 있던 그는 미안을 보고선 빙그레 웃었다.

"다녀왔습니다. 장 보고 오시는 길인가요?"

"네. 메밀국수 사 왔어요, 금방 해 드릴게요!"

승서가 집에 돌아온 걸 확인하자마자 마음에 싹튼 불안감이 싹 가셨다. 서둘러 메밀국수를 만들려는데 베란다 문을 열고 들어온 그가 부엌으로 걸어왔다.

냉장고 문을 열어 맥주를 꺼내던 승서는 땀방울이 송골송골 맺힌 미안의 이마를 보고는 눈을 좁게 떴다.

"미안 씨."

"으앗! 차거!"

목덜미에 닿은 서늘한 감촉에 미안이 몸서리를 쳤다. 눈을 휘둥그레 뜨고 뒤를 돌아보자, 승서가 맥주캔을 내밀며 피식 웃는다.

"땀 좀 식히고 하시죠. 배가 많이 고픈 것도 아니니까."

"아, 저 마셔도 돼요?"

이거 수입맥주인데, 엄청 비싼 건데! 평소라면 엄두도 못 냈을 맥주캔을 받아 들며 미안이 눈을 빛내자 승서가 "이 집에 있는 건 다 미안 씨 마음대로 해도 됩니다."라고 말했다.

금세 표면에 물방울이 맺힌 맥주캔을 받아 든 그녀는 그의 말에 또다시 기분이 좋아졌다. 하여튼 말로 사람 꾀어내는 데 뭐 있다니까? 속으로 툴툴거리면서도 미안은 여지없이 승서를 눈으로 좇았다.

해가 지고 있는데도 날씨가 더워 승서는 회사에서 도착하자마자 정원에 물을 뿌리고 있었다. 평소라면 가정부가 했겠지만 이제는 그가 해야 할 상황이었다.

한 손에 맥주캔을 쥐고 호스로 넓은 정원에 물을 뿌리는데 미안이 부엌에서 나와 베란다 창틀에 걸터앉는다.

"제가 할까요?"

"괜찮습니다. 이런 건 제가 해야죠. 그보다……."

그는 맥주를 맛있다는 표정으로 홀짝이는 미안을 응시했다.

"뛰어오셨습니까?"

"네? 아, 네. 그냥 운동 삼아?"

아직 이마에 식지 않은 땀을 손바닥으로 훔쳐 낸 미안이 헤프게 웃었다. 하지만 승서는 그녀의 말을 믿지 않았다. 캔을 조용히 입술에 가져다 댄 그는 미안을 슬쩍 보았다가 다시 정원에 눈길을 주었다. 식도로 차고 쌉쌀한 액체가 넘어갈 때마다 '미안이 누군가에게 쫓겼다.'라는 생각이 점점 더 짙어졌다.

승서의 표정이 조금 변한 걸 눈치챈 미안은 엉덩이를 들썩거리다가 주머니에서 짤랑거리는 소리를 들었다. 열쇠와 지포라이터가 부딪치는 소리에 그녀는 대문을 쳐다보았다. 그러고 보니까 대문에 무슨 로맨스가 있다고 했던 것 같은데? 화젯거리를 돌릴 겸해서 미안이 "최승서 씨, 최승서 씨!" 하고 병아리처럼 그를 불렀다.

"저 궁금한 거 있는데 여쭤도 돼요?"

"네, 괜찮습니다."

"오늘 아침에 대문에 로맨스가 있다고 하셨잖아요."

"아, 그거요."

호스를 정리하던 승서가 미안의 말에 이가 보일 정도로 크게 웃었다. 그는 저녁노을이 지는 걸 보았다가 그녀에게 시선을 주었다. 노을에 빨갛게 물든 미안의 얼굴이 예뻐서 다가가는 게 망설여지자 미안이 옆자리를 탁탁 치며 "얼른 말씀해 주세요." 하고 애교 있게 졸랐다.

"저희 할아버지 얘기입니다."

옆자리에 앉은 그는 어느새 취기가 올랐는지 미미하게 열기가 오른 미안의 얼굴을 보고는 살며시 눈웃음을 쳤다.

"옛날에는 집안끼리 결혼상대를 정해 주곤 했는데 저희 할아버지 할머니도 마찬가지셨거든요. 근데 그 결혼이 할아버지가 죽도록 애원해서 성사된 결혼이었어요."

"할아버님이요?"

"네. 일이 있어 우연히 찾아갔다가 한눈에 반하셨다더군요. 할머니는 집안에서 애지중지 기른 고명딸이었는데 할아버지 집안도 좋고, 조건도 좋아서 결혼을 승낙했던 거죠. 근데 정작 할머니는 시집가기 싫어 죽을 판이셨대요."

그는 어렸을 때 할머니가 들려준 이야기를 그녀에게 그대로 들려주었다.

미안은 생각보다 흥미로워서 눈을 반짝거리며 승서의 옆모습을 쳐다보았다.

"그래서 할머니가 몸 아픈 핑계를 대면서 차일피일 결혼을 미루신 거죠. 할머니는 할아버지의 이모저모가 다 마음에 안 드셨다고 하더군요. 얼굴 하얀 것도 별로고, 잘 웃지 않는 것도 성에 안 차셨다고 하시더라고요. 할머니가 그런 식으로 나오시니까 할아버지가 애가 타신 거죠. 그래서 결혼도 안 했는데 무작정 할머니 집에 쳐들어가 그러셨답니다. '어떻게 하면 나한테 시집오겠습니까.' 라고요."

"그래서요? 할머니가 뭐래셨어요?"

"할머니가 '그쪽이 나를 지켜 줄 수 있는 남자인지 확신이 들면 시집갈게요.' 라셨대요. 하여튼 우리 할머니도 그 시대 아가씨치고는 패기가 넘치셨죠."

"근데 할머니가 결혼하셔서 최승서 씨가 이렇게 있는 거 보면 할머니도 할아버지에게 넘어간 거 맞네요?"

미안이 환하게 웃으며 말하자 승서가 고갯짓을 했다.
"할머니 말을 들은 할아버지가 그때부터 창고에 틀어박혀서 만들기 시작한 게 저겁니다."
그의 눈이 대문에 가 박혔다.
"정확히는 저 대문만이 아니라 담도 포함되지만 담은 본가에 남아 있으니까요. 할머니는 할아버지가 그 뒤로 연락도 없자 덜컥 겁이 나셔서 혼례도 안 올렸는데 시댁을 찾아가셨대요. 그랬더니 시댁에 큰 대문에 높은 담까지 있더랍니다. 한옥에 철로 된 대문이 있으니 할머니는 그 대문이 할아버지 짓이라는 걸 아셨죠. 할머니가 황당해서 할아버지에게 왜 멀쩡한 대문을 이렇게 만들어 놨느냐고 화를 내니까 할아버지가 직접 만든 열쇠를 주면서 그러시더랍니다. '이걸로도 확신이 안 들면 성이라도 지어 주겠습니다. 그러니까 이제 나랑 같이 삽시다.' 라고요."
최승서의 할아버지는 요즘 말로 하면 로맨티스트였나 보다. 미안은 집과는 어울리지 않는 투박하고 큼지막한 대문을 쳐다보았다. 그녀도 저렇게 튼실한 대문에 담까지 지어 줄 남자가 있다면 냉큼 시집갈 것 같았다.
가만히 생각해 보니 승서와 이런 이야기를 하는 건 처음이다. 늘 그의 서른한 살의 과거에 대한 이야기를 주고받았는데 처음으로 그에 대한 이야기를 들었다. 정확히는 최승서가 태어날 수 있었던 이유지만.
"저어, 근데요, 왜 대문만 여기 있어요?"
맥주 반을 비운 미안이 고개를 갸웃대며 물었다.
"할머니가 죽어도 대문은 못 바꾼다고 성화를 내셨거든요. 아버지가 열쇠나 잠금장치라도 좀 바꾸자고 하셨는데 할머니가 건드렸다간 꽉 접시 물에 코 박고 죽겠다면서 난리를 피우셨죠. 때마침 제가 독립을 하고 싶기도 해서, 할머니 지지를 받아 대문을 고스란히 여기로 옮긴 겁니다."

"좋은 손자네요, 최승서 씨는."

"저도 할머니 손에서 자랐으니까요. 할머니가 할아버지가 만든 열쇠로, 할아버지가 만든 대문을 열고 싶다고 하시니 별수 있습니까."

"그럼 할머니가 인사동에서 자주 오시겠네요?"

"처음엔 거의 여기서 머무시다시피 하셨는데 요즘엔 연세도 있고 하시니 외출을 잘 안 하시는 편이죠."

텅 빈 캔을 구긴 승서는 슬슬 허기가 지는 걸 느꼈다. 이렇게 길게 떠드는 건 정말이지 간만이었다. 미안도 배가 고팠는지 반이나 남은 맥주를 아쉽다는 눈길로 보다가 엉덩이를 일으켰다.

"메밀국수 삶을게요. 조금만 기다리세요!"

승서를 뒤로하고 부엌으로 달려간 미안은 냄비에 물을 받다가 문득 의문이 들었다. 냄비를 가스레인지에 올려 놓은 그녀는 주머니에서 열쇠를 꺼냈다. 양 비서가 들고 다니던 열쇠와는 생김새가 조금 다르다. 투박하고, 많이 닳아 있었다. 설마 할아버지가 직접 만든 열쇠가 이건가?

하지만 그렇게 귀한 걸 왜 나한테 주지? 미안은 옷을 갈아입기 위해 드레스룸으로 들어가는 그를 멀뚱히 보았다. 열쇠는 사람의 손을 많이 타서인지 몹시 반들반들했다. 냄비 뚜껑을 닫은 그녀는 열쇠를 손에 꼭 움켜쥔 채 갑자기 낯부끄러운 생각을 했다.

'최승서 씨가 나한테 마음이 있나?'

최승서도 남자이니 조심하라고 누누이 경고했던 강 형사의 말이

뇌리를 스쳤다. 손바닥을 펼쳐 열쇠를 도로 쳐다보는 미안의 얼굴이 빨갛다.

"에이, 무슨 착각을."

손바닥으로 부채질을 한 미안은 "후우."하고 길게 숨을 내쉬며 종알거렸다.

"왜 이렇게 덥지. 맥주를 너무 많이 마셨나?"

"할매, 나 어쩜 좋아."

감귤주스를 까며 미안이 진지하게 중얼거렸다.

"내가 지금 김칫국 사발로 들이켜는 걸까?"

하지만 그 사람은 의뢰인이다. 집안도 빵빵하고, 얼굴도 잘났고, 거기다 돈까지 많고! 감귤주스 뚜껑을 딴 미안이 "아, 정말 돌겠다."하고 혼잣말을 하며 유리병에 입술을 대었다.

"중졸인 나랑은 쨉이 안 되지."

허허하게 웃은 그녀는 미지근한 감귤주스를 내려다보다가 눈가를 축 늘어뜨렸다. 승서와 같이 살다 보니 뇌가 어떻게 된 모양이다. 전당포에서 혼자 살 걸 생각하니 벌써부터 막막했다. 안 그래도 계약을 파기하자는 말 때문에 이미 가슴이 깜짝 놀랐는데.

승서 쪽에서 먼저 계약을 파기하자고 말했으니 물어 줘야 할 돈 같은 건 없지만 미안은 앞으로 전당포에서 혼자 지내야 한다. 그 무시무시한 곳에서 혼자 자야 한다니. 상상만으로도 오금이 오싹 저려 유리병을 꽉 움켜쥐었다.

"할매야. 진짜 언제까지 이럴래? 자꾸 이러면 나 화낸다."

유리병을 쓰레기통에 넣은 미안이 툴툴거렸다.

오늘은 일요일인 만큼 몹시 한가했다. 그는 본가에 간다며 점심을 먹자마자 집을 나섰고 저녁 늦게 들어온다고 말했다. 그래서 미안은 여유가 생긴 만큼 오늘 할매를 보고 서준을 만났다가 강 형사에게 밥 한 끼나 살까 싶었다.

"나 필리핀 가면 할매 비키니 사 올게. 그러니까 나중에 꼭 같이 바닷가 가자. 응?"

할매의 손을 한 번 꽉 붙잡은 미안은 "나 가 볼게." 하고 말하며 자리에서 일어났다. 왠지 할매에게서 오늘따라 눈이 떨어지질 않는다. 집에 가 봤자 혼자 있어야 한다는 사실 때문일까.

병실 문을 닫고 나온 미안은 "미안 씨!" 하고 눈을 가리는 큼지막한 손에 이젠 이골이 났다는 듯 "선생님이죠?" 하고 새침하게 말했다.

"어, 안 놀라네?"

짐짓 실망했다는 목소리였지만 서준은 유쾌하게 웃었다. 미안에게서 손을 치운 서준은 "저번보다 얼굴 좋아 보이네요." 하고 말하며 그녀의 어깨를 두드렸다.

미안은 "그래요? 별일 없었는데." 하고 중얼거리며 자신의 어깨에서 손을 치우지 않는 서준을 쳐다보았다.

서준은 "이야……." 하고 감탄사를 내뱉더니 빙그레 미소 짓는다.

"미안 씨."

"네?"

"미래에 대해서 어떻게 생각해요?"

난데없는 질문에 미안이 "미래요?" 하고 되물었다. 그렇게 막연한 걸 왜 묻는담. 섣불리 대답 못 하고 눈만 끔뻑거리자 서준이 온화하게 "그냥 묻는 거예요, 그냥." 하고 말했다.

"과거는 이미 일어난 일이라 바꿀 수가 없잖아요."

복도를 천천히 걸으며 미안은 서준의 말에 고개를 끄덕였다. 그렇지. 바꿀 수가 없지. 그래서 내가 그걸로 먹고사는걸.

"이건 내 생각인데, 가령 오늘 미안 씨가 어떻게 말하고 어떻게 행동하느냐에 따라 미래가 수천 가지로 나눠지는 거지."

"정해진 게 없다는 거네요."

"바로 그거죠. 꽤 희망찬 얘기 아닌가요?"

"희망차요?"

오늘따라 서준이 이상한 소리를 한다. 미안은 서준이 하는 말이 도통 이해가 가지 않아서 그저 멍한 표정만 지었다. 그러자 서준이 즐거운 웃음소리를 내며 "신경 쓰지 말아요. 그냥 내 헛소리니까." 하고 그녀의 머리를 쓰다듬어 주었다.

"하지만 조심한다고 해서 나쁠 것도 없어요."

병원 입구까지 미안을 바래다준 서준이 의미심장하게 말했다.

"내가 오늘의 명언 하나 알려 줄까요?"

"명언이요?"

"아마 이 명언은 미안 씨에게 두고두고 필요할 거예요."

미안의 주머니에 아이들을 달랠 때 주곤 하던 딸기맛 사탕을 넣어 준 서준은 의미를 알 수 없는 미소와 함께 조용히 속삭였다.

"변화를 위한 단 한 가지는 항상 달려야 한다는 겁니다."


별채에 들어서자마자 승서는 마구잡이로 벗어 둔 신발을 보고 눈썹을 추켜세웠다. 신발을 가지런히 벗은 그는 마루를 천천히 거닐었다. 별채 안쪽에서 유쾌하고 들뜬 웃음소리가 들려왔다. 그 웃음소리를 듣자마자 승서는 확신했다.

"오랜만이군, 최노하."

바로 지금 여기, 악마가 와 있다고.

노마님이 앞에 있어 그는 미간이 찡그려지는 걸 간신히 참았다. 어떻게 비밀번호를 추측했는지 알 길은 없지만 그걸 정유라에게 아무렇지 않게 알려 주었다는 점에서 노하는 승서의 화를 자초했다. 마음 같아선 당장 한 대 패 주고 싶었지만 승서는 노마님 앞이기에 최대한 인내를 했다.

"승서 왔구나. 게 앉으렴."

승서는 노하가 건네주는 방석을 따가운 눈초리로 쳐다보았다. 그는 노하의 옆에 앉고 싶지 않아 일부러 탁자 모서리 쪽에 앉았다. 하지만 승서의 행동거지를 보던 노하는 씩 웃을 뿐이었다.

"저녁에 온다더니 일찍 왔구나. 노하는 일이 있어 곧 가야 한다는구나."

"패션쇼에 온다더니 안 오려나 봐?"

노하가 팔을 뒤로 뻗어 바닥을 짚었다. 유들유들하게 웃는 노하의 표정을 쳐다보던 그는 노마님이 내주는 차를 쳐다보며 차분히 입을 열었다.

"갈 이유가 없으니까."

냉정한 그의 말에 노하가 눈을 깜빡였다. 갈 이유가 없다고? 정유라가 있는데? 노하는 찻잔을 손바닥에 얹고 향기를 맡는 승서를 쳐다보았다. 승서는 노하의 시선을 느꼈지만 절대로 눈을 마주치지 않았다. 예리하게 승서를 위아래로 훑은 노하는 곧 빙그레 웃으며 "할머니, 저 갈게요." 하고 자리에서 일어섰다.

"그래, 일 잘하고. 저녁에 보자꾸나."

사랑방에서 나온 노하는 웃음기를 싹 거두고는 팔에 찬 팔찌를 만지작거리며 승서의 말을 중얼거렸다.

"갈 이유가 없다라……."

갑자기 최승서의 행동이 변했다. 정유라에게 마음이 없어도 불쌍해서 곁에 내버려 두는 줄 알았더니. 징이 박힌 팔찌를 만지작대던 노하가 피식 웃었다. 아무래도 정유라가 최승서의 옆에 계속 박혀 있긴 그른 모양이다.

"벌써 유통기한이 다 됐나."

가차 없이 유라를 비꼰 노하는 승서가 가지런히 벗어 둔 신발을 노려보았다. 최승서가 기억을 떠올린 걸까. 기억이 돌아오지 않았다면 가만히 내버려 두던 정유라를 밀어내는 게 이해가 가지 않는다.

사실 노하는 내내 궁금했다. 기억도 돌아오지 않으면서 왜 유라가 얼쩡거리게 내버려 두었는지. 주하는 "그 녀석 특유의 동정심이지. 결혼하려고 했던 여자니까 배려한답시고 그러는 거야."라고 냉정히 말했는데 이제 보니 그 말도 아주 틀린 건 아닌 모양이다. 뭐, 이제는 그 동정심도 배려도 다 닳은 모양이지만.

"그 여자도 슬슬 포기하면 좋을 텐데 말이야."

신발을 구겨 신고 별채를 나선 노하는 지루하다는 듯 하품을 했다.

"불쌍한 여자 같으니."

중얼거린 노하는 지금쯤 패션쇼장에서 승서를 기다리고 있을 유라를 비웃으며 별채를 나섰다.

한편, 사랑방에 노마님과 마주 보고 앉은 승서는 가장 먼저 건강은 괜찮으시냐는 안부 인사를 건넸다.

"늙은이야 때 되면 죽는 거지."

허심탄회한 노마님의 말에 그가 난처한 듯 눈썹을 모으자, 노마님이 허허 웃으며 "장난이란다, 아가. 거참 무서운 표정하고는." 하고 타박했다.

 승서는 찻잔을 움켜쥐는 노마님을 보다가 노마님의 손가락에서 반짝이는 반지를 보았다. 얇은 금반지는 승서에게 조금 낯선 것이었다. 그가 반지를 주시하자 그걸 눈치챈 노마님이 "이거 말이니?" 하고 말하며 손가락을 내밀어 보여 주었다.

 "좋은 사람 도움으로 찾았지. 영영 못 찾을 줄 알았더니 이렇게 다시 돌아왔구나."

 "……결혼반지입니까?"

 "그래. 내가 말해 주지 않았니. IMF 때 돈 되는 건 다 팔았다고. 하여튼 그놈의 영감탱이는 죽어서도 내 속을 썩이는구나. 이런 도금반지로 사람 애간장을 태우고."

 할아버지가 심장마비로 급사했을 때 막 이름을 날리기 시작한 서항을 지금의 최 회장이 물려받았다. 승서도 어렴풋이 기억은 했다. 최 회장이 서항을 물려받자마자 IMF가 터져서 회사가 잠깐 휘청했고 그때 할머니의 값비싼 패물을 모두 팔아 돈을 마련했다. 그 패물들 틈바구니에 아마 할아버지가 주었던 반지가 있었던 모양이다.

 노마님이 죽기 전에 반지만은 꼭 되찾고 싶다는 말을 습관처럼 중얼거려 그도 기억하고 있었다.

 "찾으셔서 다행입니다."

 "그래. 반지를 찾아 준 사람이 젊은 아가씨였는데, 사람이 참하고 좋더라."

 "흥신소에 의뢰하신 겁니까?"

"그건 아니란다. 그냥 나도 풍문을 듣고 찾아갔더니 어느 날 뚝딱 반지를 돌려주더구나. 젊은 사람이 혼자 사는 게 안쓰러워서 나중에 다시 한 번 찾아갔더니 없더구나. 문도 잠겨 있고. 어디 좀 염려가 되어야지."

승서는 노마님의 말에 조금 당황했다. 설마 미안이 반지를 찾아준 걸까. 그가 그녀에 대해 물으려 하자 노마님이 고개를 내저으며 찻잔을 놓았다.

"아서라. 아무것도 묻지 말고."

그는 노마님의 말에 조금 주저했지만 알겠다고 대답했다. 만약 노마님이 정말로 미안의 도움을 받아 반지를 되찾은 거라면 노마님이 미안에 대해 숨기는 게 이해가 간다. 그녀의 능력은 함부로 이야기를 꺼내 좋을 게 없다. 아마도 노마님은 미안을 보호하기 위해 말을 삼가는 것이리라. 그래서 승서도 더 이상 묻지 않았다.

"그보다 요즘 네 아범이 극성이구나."

"아버지가요?"

"네가 그 아가씨랑 결혼을 물리겠다 했더니 선을 준비하는 모양이야. 내가 그만두라 해도 도통 말을 들어야지."

혀를 찬 노마님은 잠깐 못마땅한 얼굴을 했다가 승서를 쳐다보았다.

"혹여 다른 사람이라도 생겼니?"

"……그건 아니지만."

마음에 차는 사람은 있다. 하지만 승서는 말을 아꼈다. 아직 시작된 일도 없고, 끝난 일도 없다. 정리된 게 아무것도 없는 상황에서 함부로 그녀에 대해 말했다가 괜한 피해가 올지도 몰랐다.

최 회장이 선 자리를 준비하는 것도, 노마님이 새 여자에 대해 묻는 것도 다들 그의 결혼을 기다리고 있어서인 게 분명했다. 단순한 연애는 더 이상 집안에서 용납하지 않을 것이다.

승서는 미안이 좋았다. 그렇다고 해서 서두를 마음은 없었다.

"기다려 달라는 말밖에는 드릴 말씀이 없어서 죄송합니다."

"죄송하다는 말 듣자고 얘기 꺼냈을까 봐? 그냥 염려가 되어 그런단다. 네가 옛날부터 가정을 꾸리고 싶어 했던 욕심이 있으니까, 조급해서 서둘렀다가 괜히 일을 그르칠까 봐 그래. 이번 일도 봐라. 안 그러니?"

노마님이 빙그레 웃으며 말씀하시니 그는 고개를 끄덕이며 조심하겠다고 말하는 수밖엔 없다. 제대로 된 가정이 아니었다 보니 그는 늘 독립해 결혼을 하고 싶다고 생각했다. 그 급박한 마음 때문에 유라에게 더 끌렸을지도 모른다. 서둘러 빈자리를 채우고 아이를 갖고 싶다는 욕심 때문에. 적어도 자신은 제대로 된 아빠가 되겠다는 마음 때문에.

차를 삼킨 승서는 미안을 떠올렸다. 그녀는 어떤 엄마가 될까. 아무리 머리를 굴려도 미안이 좋은 엄마가 되리라는 생각밖엔 들지 않는다. 벌써 콩깍지가 씌었나 보다. 쓰게 웃은 그는 "아가야." 하며 저를 부르는 노마님과 눈을 마주했다.

"여차하면 할미가 여자 좀 소개해 줄까? 이 반지를 찾아 준 아가씨가 썩 마음에 차서 말이다."

"할머니 마음에 든 걸 보니 어지간히 착한 여자인가 봅니다."

노마님의 마음에 찬 그 여자가 미안이었으면 좋겠다. 승서는 그렇게 생각하며 조용히 웃었다.

"으음, 착하지. 사람이 참 선하더라. 요즘 그런 사람을 보기 힘들어서 더 손자며느리로 탐도 나고. 주하가 맏이니 그 아이에게 소개를 시켜 줘 볼까 생각도 했다만, 주하 성격이 원체 드세고 괄괄하여야지. 승서 네가 성격이 온순하니 그 아가씨와 잘 맞겠구나 싶었단다."

"얼굴은 예쁘던가요."

그가 반농담으로 말하자 노마님이 "어허, 이것도 사내라고." 하고 말하며 허허 웃음소릴 냈다.

"그래, 생김새도 귀엽고 반반한 처자란다. 손녀가 있으면 그 아가씨 같지 않을까 싶구나. 마음도 낙낙하고, 손자며느리가 아니어도 두고두고 아끼고 싶은 사람이지."

그렇기 때문에 노마님은 그 아가씨의 행방이 걱정되었다. 굳게 잠겨 있던 전당포가 마음 한 구석에 남아 자꾸만 노마님의 잠자리를 설치게 만들었다.

"그보다 점심은 먹고 왔고?"

환하게 웃던 전당포 아가씨의 얼굴을 쓸어내린 노마님이 홀홀 웃으며 승서에게 물었다. 떠들다 보니 손자가 끼니를 챙기고 왔는지 묻는다는 걸 깜빡했다.

"먹고 왔습니다."

오늘도 미안이 차려 준 점심식사를 먹고 왔다. 그녀는 그가 차리겠다고 해도 "에이, 신세 지는데 얻어먹으면 안 되죠."라고 말하며 상 차리기를 자처했다. 날이 갈수록 그녀가 차려 주는 식사가 더 맛있어진다. 중독이 되었나 싶을 정도로 승서는 요리를 하는 미안을 보는 게 즐거웠다.

"참. 집 비밀번호가 바뀌었습니다."

승서는 주머니에서 비밀번호를 적은 쪽지를 노마님에게 내밀었다. 돋보기안경을 추켜올린 노마님은 "또 바꾸었니?"라며 질린다는 듯 말했다.

"사정이 생겨서 바꾸게 되었습니다. 혹시 모르니 핸드폰에 적어 두세요."

"나 같은 늙은이들은 번호가 이렇게 자주 바뀌면 금방 까먹는단다. 이러다간 손자 집 찾아가도 현관문 앞에서 오도 가도 못하겠구나."

종이에 적힌 번호를 핸드폰에 옮겨 적으며 노마님이 혀를 찼다. 안 그래도 먹을 것 좀 싸 들고 손자의 집을 조만간 방문할 예정이었다. 결혼도 물리고 나니 큰집에 혼자 사는 손자가 걱정되기도 하고 간만에 대문의 찰각거리는 소리가 그립기도 하였다.

"아가."

승서를 부른 노마님이 핸드폰을 두 손에 꼭 쥔 채 찡긋 눈짓을 하였다.

"핸드폰 울리니 노인네 눈치 보지 말고 받아 보렴."

노마님의 말에 승서는 "잠깐 실례하겠습니다." 하고 말하며 자리에서 일어섰다. 안 그래도 전화를 받을까 말까 고민하는 중이었다.

사랑방 문을 닫은 그는 핸드폰을 꺼내자마자 액정에 뜬 이름을 보고 눈을 크게 떴다. 단 한 번도 미안에게서 전화가 온 적이 없었는데, 지금 그녀에게서 연락이 왔다.

승서는 미안의 이름을 보자마자 경호원에게서 날아온 문자를 상기했다.

[지금 병원에서 나와 시내로 가시는 중입니다. 현재 위치 ○○동 사거리 방면입니다.]

위치를 보고받자마자 강 형사를 만나러 가는 건가 싶었다. 그런데 승서는 미안에게서 온 전화를 보자 무언가 일이 잘못 돌아가는 걸 느꼈다.

"네, 미안 씨."

전화를 받자 핸드폰 너머에서 다급한 숨소리가 들렸다.

—저어, 저, 최승서 씨······.

떨리는 그녀의 목소리를 듣자마자 승서의 표정이 굳었다.

"미안 씨?"

—여기가 그러니까 T백화점 안인데요. 강 형사님 만나러 가다가 무서워서······. 뒤에서 남자가 쫓아와요, 계속 쫓아온다고요! 누, 누구한테 말을 해야 할지 몰라서······. 흑, 최승서 씨한테······.

"지금 가겠습니다. 갈 테니까 안에서 꼼짝 말고 있어요. 내 말 알겠습니까?"

—네, 네에. 빨리, 빨리 와 주세요.

핸드폰을 끊자마자 승서는 문을 밀었다. 핸드폰으로 노하가 알려 준 게임을 하던 노마님은 "가 보려무나."라고 말하며 돋보기안경을 위로 올렸다.

"할머니."

아무래도 승서가 초조해하는 걸 노마님이 눈치챈 모양이다. 노마님은 게임을 잠깐 중단하고 그를 쳐다보더니 허허 웃었다.

"저녁에 못 올 것 같거든 전화나 해 주렴, 알겠니?"

노마님의 배려에 작게 웃은 그는 "가 보겠습니다."라는 말을 남기고선 서둘러 별채를 나왔다. 차에 올라타자마자 핸드폰이 또 울린다. 미안인가 싶어 액정을 보자 경호원이었다.

"지금 어디십니까."

—T백화점 앞입니다. 갑자기 미안 씨가 뛰시더니 백화점 2층에 올라가시더군요. 지금 겁먹은 상태라 다가가 상황설명을 드리기가

애매합니다.

 혹시 미안이 경호원을 김지철이라고 착각하고 도망간 걸까. 그런 상황도 아주 배제를 할 수는 없다. 미안은 경호원이 붙은 걸 알지 못하니까.

 차에 시동을 걸자마자 액셀을 밟은 승서는 "주변에 수상한 인물이 있나 확인 부탁드립니다."라고 말했다. 어제저녁에 미안이 뛰어온 것도 그렇고 아무래도 불안하다. 그는 미안의 주변에 있는 위험 요소는 모조리 제거하고 싶었다.

 ─사실 더 보고드릴 게 있습니다만.

 신호가 걸린 걸 보고 승서가 짜증을 내자 경호원이 입을 열었다.

 ─지난번 팩스로 보내 주신 사진 속 남자가 백화점 앞에 있습니다.

 "……확실합니까?"

 ─네. 저도 처음엔 확신이 들지 않아 지켜보는 단계였는데 분명한 것 같습니다. 어떻게 할까요. 제압할까요?

 경호원의 말에 승서의 표정이 하얗게 질렸다. 어금니를 악문 그는 신호가 떨어지기 무섭게 액셀을 밟았다.

 "아니요. 섣불리 건드리지 마세요. 아마 제정신이 아닐 겁니다. 제가 지금 가는 길이니 그 남자가 미안 씨 근처에 다가오면 그때 저지 부탁드립니다."

 ─알겠습니다.

 전화를 끊은 그는 내비게이션을 노려보았다. T백화점이면 여기서 그다지 멀지 않다. 조금 무리를 해서 속력을 낸 승서는 손이 피범벅이 되어 덜덜 떨던 미안을 떠올렸다. 만약 미안이 잘못된다면.

이를 꽉 문 승서는 T백화점 입구를 보자마자 갓길에 차를 세웠다.

차가 거친 마찰음을 내며 멈춰 섰다. 커다란 입구를 쳐다보던 그는 미안에게 전화를 걸며 백화점 안으로 들어섰다. 사람이 이렇게 많은데 그 미친놈이 해코지를 하려고 들까. 아니. 그때 술에 취해서 사고를 저지른 걸 보면 악재가 겹쳐 제정신이 아닌 게 분명했다.

초조하게 매장 안을 돌아다니며 전화를 걸자 "여보세요?" 하고 우는 목소리가 들렸다.

"미안 씨? 저 백화점 안이에요. 지금 어딥니까. 어디 있어요."

―저, 저 여기 2층 여자화장실에 있어요!

화장실이라는 말에 승서가 앞으로 걷던 걸음을 돌렸다. 울고 있는 미안의 목소리에 애가 닳은 승서가 결국 달리기 시작했다.

―최승서 씨? 지금 어디 계세요? 화장실 앞이세요?

불안한지 미안이 그의 위치를 자꾸만 확인했다. 핸드폰을 귀에 갖다 댄 채 화장실을 찾던 그는 위층으로 올라가 에스컬레이터 맞은편에 있는 여자화장실을 발견했다. 에스컬레이터 앞에 마련된 지갑 판매대에 서 있는 경호원과 눈이 마주친 승서는 까딱 인사를 건네고는, 화장실 앞으로 천천히 다가갔다.

"저 화장실 앞에 있습니다. 나와도 괜찮아요."

승서가 그녀를 잘 달랬지만 미안은 쉬이 밖으로 나오지 않았다. 핸드폰 너머에서 간헐적으로 떨리는 울음소리를 들은 그는 통화를 끊고 부끄러움을 무릅쓴 채 화장실 쪽으로 걸어갔다. 세면대에서 손을 씻던 여자와 눈이 마주친 승서는 어색하게 웃고선 화장실 안쪽을 쳐다보았다.

세 개의 칸 중 딱 하나만 문이 닫혀 있다.

어디로 보나 그 안에 그녀가 있을 게 분명하다.

"미안 씨."

마지막 칸으로 다가가 조용히 말하자 안쪽에서 딸꾹질 소리와 함께 그녀의 목소리가 울렸다.

"최, 최승서 씨예요?"

"네, 접니다."

"세상에! 여, 여자화장실까지 들어오시면 어떻게 해요!"

문고리가 '잠금'에서 '열림'으로 바뀌자 그의 눈동자에 눈물범벅인 미안의 얼굴이 가득 들어왔다.

변기 위에 쪼그려 앉아 있던 미안은 품에 안고 있던 가방을 허둥지둥 팔에 꿰며 "어, 얼른 나갈게요!" 하고 말했다. 민망하고 미안하다. 하다하다 이런 데까지 들어오게 만들다니. 눈가를 벅벅 문지르며 변기 위에서 주섬주섬 내려오려는데 죄인처럼 푹 숙인 미안의 얼굴이 위로 쑥 당겨졌다.

놀라서 토끼마냥 눈을 휘둥그레 뜨자 코앞에 승서의 얼굴이 쑥 다가왔다.

"히끅."

미안이 딸꾹질을 하자 그가 한숨을 삼키며 그녀의 얼굴을 손등으로 찬찬히 닦아 주었다.

"괜찮아요."

낮고 부드러운 목소리에 그녀가 승서의 눈동자를 들여다보았다. 침착하게 다독여 주는 그의 목소리를 듣고 있자 놀란 가슴이 아래로 천천히 꺼진다.

거의 십오 분 전쯤. 신호등을 건너기 위해 횡단보도 앞에서 서 있는데 자꾸만 이상한 느낌이 들었다. 어제저녁 때와 비슷한 기분에 미안은 괜한 기우이려니 싶었는데 긴 횡단보도를 건너는 내내 시선이 느껴지는 그 오싹함을 떨쳐 낼 수가 없었다.

무수한 사람들의 신발 소리를 뒤엎고 또렷하게 들리는 저벅저벅 소리.

그건 뭐라 형용할 수 없을 만큼 미안을 멍청하게 만들었다. 공포가 밀려와 사고회로가 점차 느려졌고 뒤통수를 사납게 찌르는 시선에 그녀는 결국 뒤를 돌아보았다. 그리고 그때 사람들이 지나가는 횡단보도 한복판에서 눈이 마주쳤다.

정신이 빠진 것처럼 고개를 흐느적거리며 뚫어지도록 쳐다보고 있는 낯선 남자.

살기가 가득한 눈빛을 보고 기억해 냈다. 전당포에서, 파이프렌치를 휘두르던 그 사람. 승서가 찾아온 그날, 자신에게 의뢰를 부탁했던 중년여자의 바람난 남편!

미안은 더 이상 생각할 틈이 없었다. 앞을 보자마자 무작정 달렸다. 달리는 내내 억울하고 분하고 무서운 심정에 왈칵 울음이 터졌다. 댁이 잘못한 주제에 나한테 왜 그래? 그러게 누가 바람피우랬냐고! 서러운 마음에 미안의 눈가에서 닭똥 같은 눈물이 또다시 뚝뚝 떨어진다.

"미안 씨."

그녀의 눈물에 가슴이 뻐근해진 승서가 뺨을 닦아 주며 다시 이름을 불렀다.

"……미안 씨."

"……흑, 그, 그 미친놈이……."

김지철을 본 거구나. 쓴 한숨을 삼킨 그가 미안을 품에 조심스레 끌어안았다. 떨리는 미안의 등을 손바닥으로 쓸어 준 승서는 "괜찮습니다. 이제 집으로 돌아가면 돼요."라고 속삭이며 그녀를 달랬다. 조그만 머리를 꼭 감싼 그는 괜찮다는 말을 반복하며 미안을 토닥토닥 두드려 주었다.

승서의 품에 안겨 울음소리를 죽인 채 훌쩍대던 미안은 바깥에서 우당탕탕 대는 소리를 듣고선 질겁했다. 고함과 비명 소리가 들리는 걸 들은 그녀는 하얗게 질린 얼굴로 승서를 올려다보다가 뒤늦게 그에게 안겨 울었다는 걸 떠올리고는 다급히 품에서 벗어났다.

그에게 너무 자연스럽게 안겼다. 미안이 승서에게서 한 발 멀어지고는 얼굴에 묻은 눈물을 닦았다. 울어서 빨개진 눈가를 문지르며 그를 보는데, 승서가 눈썹을 찌푸리며 화장실 바깥을 주시했다.

"무슨 일이 생긴 모양이군요."

"네?"

"우선 나갈까요."

인상이 일그러진 승서가 미안의 손을 꽉 움켜쥐었다. 그의 말대로 무슨 일이 났는지 화장실 밖에 백화점 경비원들과 사람들이 우글우글 몰려 있었다. 미안은 승서의 손을 홧홧해진 얼굴로 쳐다보다가 바닥에 엎드려 고함을 지르는 남자를 보고는 그의 뒤에 다급히 숨었다.

"……저어, 최승서 씨, 저 사람……."

"김지철이라는 남자입니다."

"네?"

"전당포에서 미안 씨를 공격했던 그 남자예요."

미안은 김지철을 단번에 제압한 남자를 쳐다보았다. 김지철을 백화점 경비원들에게 인계한 남자는 손을 가볍게 털더니 미안과 승서를 보고선 꾸벅 인사를 했다. 승서의 뒤에 숨어 있던 그녀가 덩달아 인사를 하자 그가 조용히 웃으며 남자를 소개해 주었다.

"미안 씨에게 붙여 두었던 경호원입니다."

"아아, 경호원……. 네?"

"아무래도 불안해서 미안 씨를 혼자 내버려 둘 수가 없었거든요. 어제저녁에 누가 쫓아오는 줄 알고 급하게 뛰어오셨죠?"

"어, 네. 어떻게 아셨어요?"

놀란 미안이 눈을 깜빡이자 경호원이 난처한 듯 사실대로 털어놓았다.

"실은 어제 마트에서부터 쫓아간 게 저였습니다. 자꾸 뒤를 돌아보시기에 아무래도 눈치를 채신 것 같아 저도 어떻게 해야 할지 난감한 차였습니다. 놀라게 해 드려서 정말 죄송합니다."

"네에?"

경호원의 말에 미안이 황당한 듯 입을 벌렸다. 미안이 어벙하게 눈을 깜빡이자 승서가 "죄송합니다, 미안 씨. 진작 말했어야 했는데." 하며 멋쩍게 웃었다.

어제. 미안이 땀방울이 맺힐 정도로 달려온 게 의아해서 경호원에게 전화를 걸었더니 그녀가 아무래도 눈치챈 것 같다고 말했다. 다행히도 그녀는 뒤를 따르는 게 경호원인지 짐작조차 못 하는 것 같아서 조만간 사실대로 말해 줘야겠다고 생각했는데 미안의 예민함이 오늘 빛을 발휘했다.

만약 좀 더 일찍 경호원의 존재에 대해 알려 주었다면 그녀가 자꾸만 쳐다보는 시선을 의식하지 않았을 테고 오늘 무슨 사고가 났을지도 모른다. 안도의 미소를 지은 승서는 소리를 버럭 지르는 김지철을 내려다보다가 그녀를 등 뒤로 숨겼다.

"저 미친년 때문에 내 인생이 망가졌어! 정신병자 같은 년! 죽여 버릴 거야, 이거 놔!"

김지철이 소리를 지르자 승서의 뒤에 숨은 미안이 어깨를 떨었다.

미친년.

정신병자.

에스컬레이터 주변을 둘러싼 사람들의 시선이 저에게 닿는 것 같아 미안은 저절로 몸이 움츠러들었다. 그러자 승서가 "숨을 필요 없습니다." 하고 말하며 그녀의 손에 깍지를 끼웠다.

"미안 씨가 나쁜 겁니까?"

"어, 아뇨. 그건 아니죠!"

"그럼 나쁜 사람은 누구입니까."

"그건 저 사람이죠, 저기 저 나쁜 아저씨!"

"그렇죠. 미안 씨는 잘못한 게 없으니 이렇게 숨을 필요도 없습니다. 어차피 여기 모인 사람들은 전후 사정 같은 건 알지 못하니까요. 타인들은 신경 쓰지 마세요."

승서의 다독임에 그녀는 깍지를 낀 손을 말끄러미 응시했다. 왜인지 가슴이 굉장히 설렌다. 한 번도 이런 말을 들어 보지 못했는데. 위로받고 편을 들어 주는 사람이 있다는 건 좋은 일이구나.

고함을 지르는 김지철의 목소리를 말끔히 잊어버린 미안은 마주 잡은 손가락을 꼼지락거리며 그의 등에 슬쩍 얼굴을 묻었다. 따뜻하고, 넓고, 포근하다. 승서의 등에 얼굴을 기댄 미안은 방금 전까지 울었던 걸 깜빡 잊고선 헤프게 웃었다.

이 사람이 자꾸만 마음에 든다. 굉장히 편안하고 다정한 사람이라서 한 번 쳐다보기 시작하면 계속 보게 된다. 과거를 본다는 능력을 알고 제대로 '멀쩡한 사람' 취급해 준 이들이 있었던가. 여태까지 할매밖에 없었다. 할매뿐이었다. 그런데 최승서가 손을 잡아 주었다.

좋다. 손바닥을 간질거리는 온기가 몸이 달아오를 만큼 행복하다. 이대로 계속, 언제까지고 손을 잡고 있고 싶을 만큼 편안했다.

마주 잡은 손에 힘을 준 미안은 달려온 경찰들에게 김지철을 인계하는 경비원들과 승서를 잠자코 지켜보았다. 승서는 경찰들에게 상황 설명을 하다가 "이전에도 여자를 공격했다는 증거가 있습니다."라고 말했는데 놀랍게도 그는 파이프렌치를 양 비서를 시켜 보관해 두고 있었다. 전당포도 사건 당시 그대로 두기 위해 철문에 잠금장치를 해 두었다는 걸 알았다.

나중에야 양 비서에게 들은 건데, 승서가 파이프렌치에 양 비서의 지문 하나라도 묻었다간 가만두지 않겠다고 했다더라. 그래서 양 비서가 "하여간 그럴 거면 자기가 할 것이지 나한테 왜 시키는지 몰라요." 하며 그의 험담을 하게 되는 건 꽤 후의 이야기다.

미안은 승서가 고용한 경호원으로부터 좀 더 자세한 이야기를 들을 수 있었다. 꽤 오래전부터 호위를 했다는 사실과 아주 가끔 김지철이 인사동 자택 주위를 얼씬거리려 한다는 것, 그리고 미안이 어제저녁 놀라 도망칠 때 그녀의 뒤에 있던 건 김지철이 아니라 바로 경호원 자신이었다는 것.

이야기를 차근차근 듣고 나니 그녀는 승서가 살짝 미워졌다. 아니, 그럼 진작 말을 해 줬어야지 어쩜 모른 척을 했대? 뒤늦게 생각하니 어제 잔뜩 겁을 집어먹은 게 억울하다. 하지만 조수석에 타자마자 승서가 손수건으로 눈가를 닦아 주고 달래 주고 사탕도 잔뜩 사 주어서 미안은 뾰로통해진 마음을 순식간에 풀었다.

"저, 최승서 씨."

"네. 듣고 있습니다."

"감사합니다. 정말로요."

묵직한 사탕통을 품에 꼭 끌어안은 미안이 올망졸망 흰 이를 드러내며 웃었다. 여러모로 승서에게 많은 걸 도움받았다. 목숨도 구해 줬고, 머물 곳도 내주었고, 거기다가 매일같이 두근거리게 만들고. 덕분에 심장이 편한 날이 없다.

미안은 주머니 속에서 짤랑거리는 열쇠 소리를 들으며 승서의 옆모습을 보았다. 그를 볼 때마다 가슴이 기분 좋게 뛴다. 쿵쿵 뛰는 심장 소리가 귓가에 울리면 미안은 아이처럼 승서를 향해 팔을 뻗고 싶었다. 이상할 정도로 아까처럼 와락 안기고 싶은 충동이 든다. 가슴이 간질거리는 느낌에 어깨를 비튼 미안은 사탕통에 입술을 묻었다.

이 사람이 참 좋다.

좀 더 같이 있고 싶다.

병원에 있는 할매에겐 미안하지만 그녀는 승서와 같이 있을 때면 더할 나위 없이 행복했다.

내내 곁에 있어 주는 그를 위해 해 줄 수 있는 게 뭘까. 사고가 난 이유와 정유라에 대한 건 모든 게 다 밝혀졌다. 정유라가 무슨 짓을 벌였는지 다 밝혀진 마당에 계속 '서른한 살'이라는 주제를 갖고 과거를 읽는 건 무의미하겠지.

그래서 미안은 곰곰이 생각해 보았다. 내가 당신에게 돌려주고 싶은 게 뭘까. 잊어버린 기억? 그때의 감정? 사랑했던 사람과의 추억?

인사동 자택으로 돌아가 승서가 부른 심 박사에게 건강 체크를 다시 받을 때까지 그녀는 진지하게 고민했다. 하지만 아무리 골똘히 생각해 봐도 쉽사리 답이 나오질 않았다.

아, 어렵다. 이렇게 머리를 많이 쓸 줄 알았으면 학교 다닐 때 공부 좀 하는 건데.

"어이구, 생각보다 상처가 많이 아물었네."

꿰맨 자리를 보며 즐겁게 웃은 심 박사가 "아가씨가 건강해서 상처가 아무는 속도가 빠르구만." 하고 말하며 상처를 소독해 주었다.

"그보다 아가씨가 크게 놀랐다던데?"

"네? 아, 그건 괜찮아요."

최승서가 괜찮게 해 줬지. 심 박사를 향해 헤실헤실 웃은 미안은 많이 아문 상처를 내려다보았다. 이젠 손가락으로 상처를 콕콕 눌러도 그다지 아프지 않았다. 속에서 따끔거리는 느낌은 들었지만 그럭저럭 참을 만했다.

"그나저나 승서 이 녀석은 의사 불러 놓고 어디서 뭘 한답니까?"

심 박사가 심통을 부리며 서재에 틀어박힌 승서를 험담했다.

미안을 심 박사에게 맡겨 둔 승서는 서재에 들어가자마자 누군가로부터 계속 걸려 오던 전화를 받았다.

"왜."

진심으로 전화 받기 싫었다는 어투에 상대방이 목청껏 웃었.

―야, 너 싫다는 티 너무 내는 거 아니야?

짓궂게 말한 노하가 "진짜로 패션쇼 안 왔던데." 하고 운을 떼었다.

―정유라 쓰러진 거 알아? 다이어트 빡세게 하더니 패션쇼 끝나자마자 기절했어. 내 생각엔 네가 앉아 있을 자리에 웬 대머리 아저씨가 앉아 있어서 충격 먹은 것 같은데 병문안이라도 오지 그래?

이야기는 꽤 심각한데 노하는 내내 웃음기 만연한 목소리로 말했다. 승서는 정유라도 귀찮았지만 노하의 그런 태도도 비위가 상했다. 책상을 손바닥으로 짚은 그는 "안 가."라고 딱 잘라 말하며 깨진 소녀조각상을 응시했다.

소녀조각상을 보자 무언가 떠오를 것 같았지만 노하가 "응? 뭐라고?" 하고 되묻는 통에 떠오른 잔상이 다시 흐려졌.

"안 간다고."

―이상하네. 못 오는 거야, 안 오는 거야?

"안 가는 거야. 마침 잘됐네. 정유라한테 전해 줘. '그런 짓'을 벌여 놓고도 내 옆에 여태까지 있던 게 놀라울 뿐이라고."

싸늘한 승서의 목소리에 노하가 아무 대답도 하지 않는다. 노하의 옆에서 '승서 씨? 승서 씨예요?'라는 여자의 목소리가 들렸지만 그는 그 음성에 대해 일언반구도 하지 않고 말을 이어 나갔다.

"그 여자한테 한 달의 시간을 준 것도 철회야. 대가 같은 건 꿈도 꾸지 말라고 전해. 날 눈뜬장님 취급한 건 용서 못 하지만 일 년간 옆에서 수발든 걸로 넘어가겠다고."

―너. 기억이 돌아왔어?

한참 만에 노하가 물었지만 승서는 그 질문에 대답하지 않았다.

"네가 알 바 아니야. 그럼 끊는다."

일방적으로 전화가 끊기자 노하는 조금 멍하니 눈을 끔뻑였다.

"이야, 화가 많이 났나 보네."

휘파람을 부르며 벽에 기대 있던 등을 일으킨 노하는 병실 침대에 앉아 입을 빼끔거리는 유라를 응시했다.

"들었죠?"

핸드폰을 살랑살랑 흔들며 말한 노하는 "내가 말했잖아, 그만두라고." 하고 말하며 의자에 털썩 앉았다. 이렇게 될 줄 알았지만 막상 유라의 표정을 보니 노하는 더 웃음이 나왔다.

노하의 어머니 혜정도 그랬다. 최 회장으로부터 「서항을 잇는 건 주하가 아니라 승서야.」라는 말을 들었을 때 혜정은 거실에선 무덤덤하게 굴었지만 뒤에선 꽤 충격받은 얼굴을 했다. 정말이지 여자의 욕심이란 밑도 끝도 없는 모양이다. 본처를 밀어내고 서항의 안방마님이 되었으면 그만이지 주하 형이 회장이 될 거라는 꿈까지 품고 있었다니.

하긴 최주하가 회장이 되면 혜정이 최 회장의 부인으로 완벽하게 인정을 받는 셈이다.

그래서 노하는 최 회장에게 슬쩍 말했다. 「주하 형이 회장이 되면 아버지는 승서를 두 번 죽이는 셈인 거 아시죠? 잊으시면 안 되지. 최승서를 외롭게 만든 장본인이 누구신데?」라고. 덕분에 노하는 뺨을 호되게 후려 맞았지만 최 회장은 주하와 승서 사이에서 갈등하던 걸 멈추고 최승서를 후계자로 택했다.

이건 합당한 대가다. 인과란 어디에나 적용되는 법칙이고, 혜정도 유라도 그 대가를 받는 것뿐이다. 혜정은 그걸 인정했지만 정유라는……. 글쎄, 아무래도 받아들이는 분위기 같지는 않다.

"대충 감 잡혔어요?"

"……."

"승서가 헤어지자네? 정유라 씨한테 한 달씩이나 줬나 본데 그것도 없던 걸로 하고 대가도 바라지 말래요. 참나, 그래서 내가 말했지. 결국 이렇게 될 거라고."

"······조용히 해요."

"최승서가 알던데. 당신 바람피운 거."

경련이 이는 유라의 얼굴을 쳐다보던 노하는 끌끌 혀를 찼다.

"아직도 당신이 이런 꼴 당하는 게 억울하다고 생각해요?"

"내가, 내가 일 년이나 승서 씨 옆에서 고생한 건? 그건 어떻게 되는 건데요! 죄책감이 들어서 그랬어요, 미안해서 더 잘해 주려고! 그래서······!"

"그만하지, 이제."

노하가 보기 싫다는 듯 콧잔등에 주름을 잡으며 차갑게 말했다.

"진짜 꼴불견이네, 당신. 그러니까 수지에 맞는 거잖아요. 당신이 바람피운 거 최승서가 일 년간 개고생 한 걸로 조용히 넘어가겠다잖아. 그런데 뭘 더 바라? 당신 욕심이 너무 많은 거 아니야?"

"그래서 그 여자를 옆에 두겠대요? 그 볼 것도 없는 여자를?"

유라가 링거를 집어 던지며 소리를 질렀다. 유라의 발악을 보며 자리에 초연히 앉아 있던 노하는 한쪽 눈썹을 손가락으로 꾹 눌렀다. 여자라니. 최승서한테 여자가 있어? 처음 듣는 이야기였지만 노하는 아무런 표정도 짓지 않았다. 그저 지긋지긋하다는 듯 "이제 우리도 만나지 말죠."라고 말하며 자리에서 일어선 게 전부였다.

"잘됐네. 승서가 없을 때 정비공이랑 재미있게 놀았다는 건 그 정비공이 나름 매력 있다는 거 아니야?"

"최노하!"

"이 기회에 둘이 잘해 보지? 난 그럼 갑니다, 정유라 씨. 소리 지르다가 또 기절하지 말고 밥이나 잘 먹어요."

살랑살랑 손을 흔들며 나온 노하는 병실 문을 닫자마자 의자가 나뒹구는 소리에 낄낄 웃었다. 문 안쪽에서 비명을 지르고 우는 소리가 들렸지만 노하의 귀에는 악다구니로밖에 들리질 않았다.

휘파람을 불며 즐겁게 병원을 나온 노하는 차에 타다가 정유라가 말한 걸 떠올렸다.

"그나저나 최승서한테 여자가 있어?"

운전대를 끌어안고 진지한 얼굴이 된 노하는 곧 "내가 알 게 뭐야." 하고 중얼거리며 심드렁히 차에 시동을 걸었다.

"이젠 지가 알아서 하겠지."

귀가 먹먹할 정도로 노래를 크게 튼 노하는 노래를 흥얼거리며 액셀을 밟았다. "오늘은 누구랑 놀까." 하고 즐겁게 중얼거리면서.

"지금 누구라고 하셨습니까?"
"……그때 그 정비공이요."

미안이 과자를 아작아작 먹으며 승서의 눈치를 살폈다.

아. 김지철 문제가 끝나서 한숨 돌리나 했더니 더 큰 산이 남아 있었다. 주하의 지포라이터를 보여 주며 사정을 설명한 미안은 정유라가 잠깐 만났던 남자에 대해 이야기를 했다. 그런데 최승서의 표정이 심상치가 않다.

거실엔 미안이 과자를 우물거리는 소리만 울렸다. 그만큼 적막하고 공기가 무거웠다. 일그러진 그와 눈이 마주쳤다간 몸에 불이 붙을 것 같다. 그 정도로 승서의 눈에는 살기와 분노가 어려 있었다.

화가 날 수밖에. 유라의 손바닥에서 완전히 놀아난 꼴이다. 아무리 유라가 승서가 없던 사이에 잠깐 그 정비공을 만났다 하더라도 이야기는 다르지 않았다. 결국 정유라는 최승서를 농락했다. 그 과거는 바뀌지 않는다.

"또 최주하에게 도움을 받은 꼴이군요."

긴 침묵을 끝낸 승서는 한숨을 토하며 관자놀이를 지압했다.

"네에, 뭐…… 어쩌다 보니."

미안이 내민 지포라이터를 쳐다본 승서는 다리를 꼬며 머리를 옆으로 기울였다. 완전히 병신이었구나, 최승서.

속으로 스스로를 힐난한 그는 터져 나오려는 비웃음을 간신히 참았다. 최노하를 통해 일방적인 결별을 선언하긴 했지만 화가 치밀어 오른다. 다른 놈도 아니고 그 정비공과 그렇고 그런 사이였단 말이지. 생각하면 할수록 웃음밖엔 나오질 않는다. 낫 놓고 기역 자 모른다는 말이 이럴 때를 위해 있는 걸까.

"지포라이터는 제가 돌려주겠습니다."

"어, 아뇨. 제가 직접 돌려 드리고 싶어요. 그래도 될까요?"

"……미안 씨가 말입니까?"

승서가 눈썹을 모으자 미안은 잠깐 주춤했지만 의견을 굽히지 않고 고갯짓을 했다.

"최주하 씨에게 묻고 싶은 게 있어요. 직접요. 제가 직접!"

그녀가 한 번 고집을 부리기 시작하면 말릴 수 없다. 입맛을 다신 승서는 "그럼 제가 약속을 잡아 드리죠." 하고 말하며 한발 물러섰다.

"대신 양 비서를 대동한다는 하에 허락하는 겁니다."

"네, 그거면 충분해요."

적어도 양 비서가 곁에 있으면 최주하도 미안을 함부로 대하진 않을 것이다. 무슨 수로 주하를 끌어내느냐가 중요하겠지만 뭐 싹싹 빌면 한 번쯤은 식사 자리에 나와 주겠지.

 승서는 배가 고픈지 과자를 세 봉지째 뜯는 미안을 쳐다보았다. 정유라와 과거에 사달이 났던 이유를 알게 되었는데, 이제 와 '서른한 살'의 기억을 되찾는 건 무의미한 짓이다. 그는 그 사실을 미안도 인지하고 있으리라 생각했다.

 일단 김지철이 잡혔으니 미안이 더 이상 이 집에 살 명분이 없어진다. 당분간 경찰 조사를 이유로 전당포가 복잡할 테니 여기 더 머무르겠지만, 그 이후에는? 그는 새로운 문제로 다시 골치가 아파졌다. 하나를 해결했더니 새로운 문젯거리가 또 생겼다.

 "저어, 최승서 씨."

 머리칼을 헝클어뜨리던 승서가 그녀의 부름에 조금 숙이고 있던 고개를 들었다. 과자봉지를 품에 안고 있던 미안은 승서를 보다가 시선을 바닥으로 떨구었다.

 "계약에 대해서 말인데요."

 "안 그래도 그 건에 대해 말씀드리려고 했습니다."

 "역시……. 이 이상은 의미가 없겠죠?"

 미안이 조용히 말하자 승서는 대답 대신 고개를 끄덕였다.

 더 이상 그의 옆에서 해 줄 수 있는 게 없다. 머릿속이 순식간에 텅 빈 그녀는 어색하게 웃으며 턱을 아래로 당겼다. 김지철이란 남자가 잡혔으니 필리핀에 같이 가는 이야기도 백지화가 되는 걸까. 앞으로 며칠이나 더 이 집에 머물 수 있는 거지?

 미안은 과자봉지를 내려 두고는 멍하니 생각했다. 무언가 아쉽다. 여길 떠나고 최승서와 헤어진다고 생각하니 아무 말도 꺼낼 수가 없었다. 그가 좋은 사람이어서 헤어지는 게 더 힘든 걸까. 아니, 그래도 진실에 대해 알아서 다행이라는 입 발린 말이라도 꺼내야 하는데 딱풀이라도 발랐는지 입술이 좀체 떨어지질 않는다.

그녀가 눈알을 데굴데굴 굴리며 아무 말도 않자 그가 자리에서 먼저 일어섰다.

"피곤하실 테니 푹 쉬시죠. 전당포가 정리가 되면 말씀드리겠습니다."

"아, 네."

서재로 들어가는 승서의 뒷모습을 눈으로 좇은 미안은 문이 닫히자마자 멍하니 벌리고 있던 입을 딱 닫았다.

전당포로 돌아간다. 이별이 이렇게 빠를 줄 알았으면 조금 불성실하게 일하는 거였는데. 뒷목을 쓸어내린 미안은 입술을 꾹 깨물며 과자봉지를 쳐다보았다.

이렇게 씁쓸한 결말을 바라서 열심히 일한 게 아니었다.

과자봉지를 품에 안고 자리에서 벌떡 일어선 미안은 작은방으로 휙 들어갔다. 방문을 닫은 그녀는 매트리스 위에 앉아 입에 과자를 마구 욱여넣었다. 뺨이 팽팽하게 부풀 정도로 과자를 입에 집어넣은 미안은 방구석에 쌓아 둔 종이가방을 보았다.

옷을 돌려준다는 게 사건 사고가 많아서 깜빡했다. 과자를 내려놓고 가방에서 상표를 뜯지도 않은 옷을 꺼내 본 미안은 예쁜 원피스를 물끄러미 훑었다.

다시 전당포로 돌아가면 예전처럼 새 의뢰를 받을 테고, 다시 혼자 자고, 혼자 밥을 먹고, 예전과 같은 일상으로 돌아갈 것이다. 그런데 원피스를 보고 있자니 그 일상이 너무 슬프게 느껴졌다. 옛날엔 당연하다고 생각했는데 지금은 당연하기는커녕 '내가 왜 혼자 밥을 먹어야 해?' 하고 어깃장을 부리고 싶어졌다.

허리를 구부리고 옷에 얼굴을 묻은 미안은 눈을 감았다. 돌아가기 싫다. 같이 있고 싶어. 진짜 가정부 취급을 해도 좋으니 이 집에 더 머물고 싶다. 한 번만 더. 딱 한 번만 더 그와 손을 잡고 걷고 싶다.

그와 헤어진다는 사실에 주체할 수 없을 정도로 슬픈 감정이 치민다. 옷을 꽉 끌어안은 미안은 뺨을 타고 흘러내리는 눈물에 숨을 조용히 삼켰다. 무감한 첫인상과 다르게 의외로 잘 웃던 승서의 얼굴과 늘 괜찮다고 말해 주던 목소리와 포근했던 등, 따뜻한 손이 그녀의 눈물샘을 콕콕 자극했다.

아직 한 번도 입어 보지 못한 연녹색 원피스를 품에 안은 미안은 눈을 깜빡일 때마다 빠르게 명멸하는 승서의 얼굴을 보았다. 헤어질 거라고 생각하니 방금까지 얼굴을 마주 보았던 그가 보고 싶다.

그녀는 엄지에 끼우고 있던 묵주반지를 쳐다보다가 상자 안에 담긴 카메라에 시선을 주었다. 손을 뻗어 카메라 몸체를 부드럽게 어루만진 그녀는 카메라를 들어 이마를 셔터에 있는 부분에 살며시 갖다 대었다.

보고 싶어.

속으로 간절히 생각하며 눈꺼풀을 내리자, 침대에 누워 자고 있는 최승서가 보였다. 굉장히 앳돼 보이는 그의 얼굴에 눈물을 닦아낸 미안은 주위를 둘러보았다.

생소한 곳이다. 혹시 본가에 있는 그의 방인 걸까. 주위를 둘러본 그녀는 옷걸이에 고등학교 교복이 걸린 걸 보고선 서둘러 최승서를 응시했다. 그제야 침대 아래 가방과 졸업장이 나뒹구는 걸 발견한 미안은 입가를 가리며 세상에, 하고 혼잣말을 했다.

맙소사. 무려 스무 살의 최승서다.

반갑고 신기한 마음에 침대 앞에 무릎을 살며시 꿇고 그를 보았다. 졸업식에서 바로 돌아왔는지 그는 곤한 얼굴로 새근새근 잠들어 있었다. 지금과는 다르게 풋풋한 멋이 있는 스무 살의 그를 보자마자 미안은 터져 나오려는 웃음을 참았다.

곤히 자고 있는 그의 모습이 낯설다. 아직 소년티를 벗지 못한 승서는 미안의 눈에 무척 사랑스럽게만 보였다. 그래서 호기심에 손을 뻗자 그가 몸을 뒤척이며 그녀가 있는 쪽으로 얼굴을 돌렸다.

최승서 씨도 어렸을 땐 귀여웠네요.

그의 뺨을 톡톡 치며 말한 미안은 후후, 하고 웃음소리를 냈다. 승서의 뺨을 손바닥으로 감싼 그녀는 이내 꼭 감긴 속눈썹과 가지런한 눈썹을 어루만졌다. 날선 콧날과 입술도 손가락으로 더듬어 본 미안은 최승서 씨, 하고 그를 부르며 작게 속삭였다.

최승서 씨는 어쩜 잠자는 모습도 멋있네요?

굳게 다물린 입술 윤곽을 손가락으로 찬찬히 따라 그리며 미안은 배시시 웃었다. 하지만 웃는 것도 아주 잠깐이었다. 그녀는 침대 아래 나뒹구는 졸업장을 쳐다보다가 고개를 들어 황량한 방을 둘러보았다.

그러다가 스물일곱의 최승서를 기억해 냈다. 혼자 여행하고, 혼자 사진 찍고, 혼자 밥을 먹고, 혼자 잠을 자는 게 익숙한 최승서. 그녀만큼 외롭고 서툴기만 한 최승서.

그의 손을 잡은 미안은 그제야 서른세 살의 승서에게서 어마어마한 걸 받았다는 걸 알았다. 누군가와 같이 식사하는 게 얼마나 기쁜 일이고 대화를 나누는 게 얼마나 설레는 일인지 그걸 이 사람이 알려 주었다.

입술을 꾹 깨문 그녀는 손을 들어 가지런히 감긴 그의 눈가를 어루만졌다. 미동도 없이 깊이 잠든 그를 쳐다보자니 미안은 어째서인지 울음이 터져 나올 것 같았다. 하지만 승서의 앞에서 우는 건 이제 그만하고 싶었다. 될 수 있다면 활짝 웃어 보이고 싶다. 그래서 미안은 떨리는 목소리로 아주 다정하게 그에게 말했다.

나는 항상 여기 있어요.

몸을 일으켜 허리를 숙인 그녀는 짧은 머리칼 사이로 드러난 이마에 입을 맞추었다. 그러곤 자그맣게 흐르는 승서의 숨소리에, 소리 없이 눈물을 글썽이며 중얼거렸다.

여기에 있을게요.

어리고 앳된 그의 입술에도 천천히 입을 맞춘 미안은 멀리서 현기증이 찾아오는 걸 느끼며, 눈을 감고 스무 살 최승서에게 속삭였다.

우리 십삼 년 후에 봐요.

누군가가 몸을 잡아당기듯 과거에서 나온 미안은 구토가 올라오려는 입을 틀어막고 허리를 굽혔다. 어지러움이 밀려오는 이마를 벽에 기대고 호흡을 고르자 뚝 그친 줄 알았던 눈물이 어느새 흘러내렸다.

카메라를 떨어뜨리고 바싹 마른 손바닥으로 입을 막은 그녀는 울음소리를 삼키며 어깨를 웅크렸다. 좋아하는구나. 목을 뒤로 젖혀 천장을 응시한 미안은 울지 않으려 애를 쓰며 눈가를 가렸다.

스무 살의 최승서도, 스물일곱 살의 최승서도, 서른한 살의 최승서도.

그리고 지금의 당신도.

단순히 좋은 사람이 아니라 '남자'로서.

"……승서 씨."

할매가 아니고서는 절대로 누군가에게 이해받고 함께 살 수 없을 거라고 생각했는데.

지금.

미안은 그의 가족이 되고 싶다는 욕심이 생겼다.

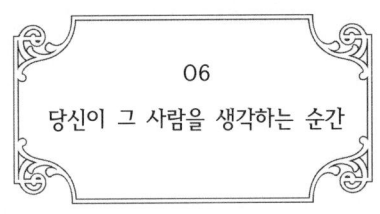

06
당신이 그 사람을 생각하는 순간

양 비서에게 전화가 온 건 아침 열 시가 조금 넘어서였다. 언제나 발랄한 우리의 양 비서는 "곧 있으면 저택에 도착합니다, 미안 씨." 하고 하트가 붙을 것 같은 목소리로 말하더니 전화가 끊긴 지 일 초도 되지 않아 초인종을 눌렀다. 덕분에 승서를 마중하고 다시 잠들었던 미안은 떡이 진 머리와 기름기가 흐르는 얼굴로 양 비서를 맞이했다.

"저, 오늘은 무슨 일로?"

잠이 덜 깬 목소리로 묻자 양 비서가 호호호 웃으면서 "그야 상어…… 아니, 상무님과의 약속 때문에 왔답니다." 하고 말했다.

듣자 하니 최승서가 최주하에게 '제발'이라는 단어를 붙여 가며 점심식사를 부탁했단다. 덕분에 양 비서는 웃겨 죽을 지경이었다. 천하의 최승서가 미안의 부탁 하나 때문에 곧 죽어도 지기 싫은 주하에게 고개를 숙이다니.

주하는 처음에는 완강히 거절하다가 승서가 "그 여자가 최주하 씨에게 돌려 드릴 물건이 있다니 제발 부탁드리겠습니다."라고 말하자 마음이 동한 모양인지 "그럼 점심때 보지."라고 말했다. 아마 최주하도 '돌려 드릴 물건'이라는 말에 호기심이 당긴 걸지도 모르겠다.

"하지만 상무님께서 식사는 거절하셔서 카페에서 잠깐 시간을 내는 걸로 하셨어요. 그거로도 괜찮으신가요?"

양 비서는 머리를 감고 나온 미안의 뒤에 서서 드라이기를 켰다.

"네. 잠깐이면 돼요."

긴 머리칼을 헤집는 뜨거운 바람에 미안이 눈을 가늘게 감는다. 최주하와 잠깐 커피만 마시고 말 건데 왜 이렇게 치장을 해야 하나 싶기도 한데 우리의 양 비서가 너무 열성적이라 말릴 수가 없었다.

"미안 씨. 피부가 왜 이렇게 좋아요? 특별히 바르는 화장품이라도 있어요?"

"네? 어, 아뇨. 없는데."

그녀에게 색조화장을 해 주던 양 비서는 매의 눈으로 미안의 모공을 눈여겨보았다.

"……미안 씨, 실례지만 올해로 나이가?"

승서의 부탁으로 그녀에 대한 정보를 모으긴 했지만 나이가 잘 기억이 나지 않는다. 탱탱하고 잡티 하나 없는 피부를 보아하니 꽤 어린 것 같은데. 양 비서가 눈을 빛내자 그녀는 마스카라를 발라 불편한 눈을 위로 치켜뜨며 "스물네 살이요." 하고 답했다. 그러자 마스카라를 쥔 양 비서의 손이 흠칫 떨린다.

"스물넷이면, 전무님이랑 나이 차이가 아홉 살이군요?"
"아, 네. 그러네요?"

미안이 헤헤 하고 웃는다. 그런 그녀를 보며 덩달아 미소 지은 양 비서는 덜덜 떨리는 손으로 간신히 색조화장을 마쳤다. 최승서, 이 도둑놈 같으니! 어디 건드릴 게 없어서 아홉 살이나 어린 애를! 하지만 양 비서는 이내 입맛을 다시며 승서가 미안에게 애착을 갖는 이유에 슬쩍 공감할 수밖에 없었다.

미안이 화장품에 호기심을 가지며 이건 뭔지, 저건 뭔지 하고 물어 오는데 그게 여간 귀여운 게 아니어서 꽉 깨물어 주고 싶었다. 화장을 위해 앞머리를 머리띠로 고정해 이마를 반듯하게 드러낸 미안은 마치 조그만 강아지 같았다.

그래서인지 양 비서는 그녀가 영 밉지 않았다. 밉기는커녕 사랑스럽고 동글동글한 게, 마음 같아선 여동생으로 삼아 버리고 싶었다.

구석구석 꼼꼼히 화장을 해 준 양 비서는 녹슬지 않은 화장술에 박수갈채를 보내며 의미심장하게 웃었다.

"그나저나 저번에 상무님이랑 전무님, 두 분이서 식사한 거 아세요?"

"두 분이 생각보다 친한가요?"

"친하기는요. 못 잡아먹어서 서로 안달이 났는데. 근데 둘이 어디서 식사했는지 아세요? 다 큰 남자 둘이 파스타 전문점에서 식사를 했어요."

양 비서가 소고기 스테이크 전문점을 추천했지만 승서는 한사코 "파스타 전문점으로 부탁드립니다."라며 고집을 꺾지 않았다. 건장한 사내 둘이 정장 쫙 빼입고 아기자기한 가게에서 식사를 하는 걸 보자니 양 비서는 웃음이 절로 나왔으나 자꾸만 최주하와 눈이 마주쳐 차마 대놓고 웃을 수도 없었더랬다.

"혹시 최주하 씨가 면 음식을 좋아하시는 게 아닐까요?"

"……상무님이요? 흠, 저는 잘 모르겠네요."

"두 분은 형제니까요. 왠지 입맛도 비슷할 것 같아서요."

미안은 양 비서가 갖다 대는 원피스와 구두들을 멀뚱멀뚱 쳐다보며 말했다.

"최승서 씨도 면 음식을 좋아하더라고요. 국수나 라면, 냉면 같은 거요."

"전무님이 라면도 드세요?"

승서가 양은냄비에 라면을 끓여 먹는 모습을 상상한 양 비서가 미간을 살짝 찌푸렸다. 다비드 조각상이 라면을 먹는다니. 그 무슨 부조화란 말인가. 하지만 미안은 "네. 야식으로 라면 좋아하시던데." 하고 말하며 헤프게 웃었다.

"분명 최주하 씨가 면 음식을 좋아한다는 걸 알고 그런 게 아닐까요? 최승서 씨는 최주하 씨 별로 안 싫어하는 것 같던데."

"상무님을 보신 적이 있으세요?"

양 비서가 의아해하며 묻자 순간 미안이 당황했다. 과거로 봤다고 하면 오해하겠지? 그래서 미안은 "아니, 뭐. 얘기를 자주 들어서." 하고 말을 얼버무렸다. 괜히 얘기가 커져서 좋을 것도 없고, 새어 나가서 득이 될 것도 없다. 미안이 헤픈 웃음으로 말을 마무리 짓자 양 비서는 짙은 파란색 원피스를 꺼내 들며 어깨를 으쓱했다.

"그 형제는 늘 눈빛으로 대화를 나누죠. 정말이지 문제라니까요."

미안은 주하와 승서가 눈을 끔뻑이며 무언의 대화를 나누는 장면을 상상하고는 피식 웃었다. 아무래도 그 형제는 서로가 마음에 든다고 말로 표현하기보다는 슬쩍 곁눈질을 치는 걸로 대신하는 모양이다.

들으면 들을수록 최승서의 형제들이 궁금해진다. 형제를 넘어서, 그의 부모님들도. 그래서 미안은 양 비서가 건네주는 원피스를 고분고분 입으며 "저어, 양 비서님."하고 슬쩍 입을 열었다.

"회사에서의 최승서 씨는 어떤가요?"

"음, 글쎄요. 유능하다는 건 당연하고 후계자인 면에서도 주주들이나 간부들에게 꽤 각광받고 있죠. 별명이 범고래랍니다. 사람과 교감을 가장 잘하는 동물임과 동시에 가장 난폭하고 포악한 그 범고래요."

"그럼 최주하 씨는 별명이 상어겠네요?"

"어머, 어떻게 아셨어요? 눈치도 빠르셔라."

양 비서가 깔깔 웃으며 미안에게 구두를 건넸다. 소파에 걸터앉아 구두를 신은 미안은 과거에서 자주 보았던 주하의 험악한 인상을 떠올렸다. 덩치도 큰데 입도 과묵하게 닫고 있는 데다가 턱에 난 상처 때문에 최주하는 인상이 조금 사나운 편이었다. 그러니 승서가 범고래라고 불린다면 주하는 상어가 아닐까 싶었다. 결국 둘 다 포식자라는 점에선 썩 다르지 않지만.

"근데요."

"네, 말씀하세요."

"왜 이렇게까지 치장을 해야 하나요?"

그녀는 거울 속의 낯선 자신을 보며 조금 당황했다. 화장을 하면 사람이 변한다더니 진짜 변했다. 태어나서 난생처음 해 본 화장은 갑갑했고 구두는 걸을 때마다 휘청거렸다. 거기다 치마는 또 어찌나 짧은지, 물건을 주울 때 잘못했다간 팬티가 보일 지경이었다.

거울을 들여다보며 미안이 곤혹스러워하자 양 비서가 그녀의 어깨를 잡으며 진지한 얼굴로 말했다.

"미안 씨. 제 말 들어 보세요."

"네?"

"여자는 얼마든지 예쁨받고 사랑받을 권리가 있는 생물이랍니다. 하지만 좀 더 큰 사랑을 받으려면 꾸며야 하는 법이죠. 그건 사랑하는 남자와의 첫날밤에 승부속옷을 입는 것과 같은 거예요."

"승부속옷이요?"

"네. 예쁘고 야한 속옷."

양 비서가 음흉하게 말하며 눈을 찡긋거렸다. 그 말에 얼굴이 확 달아오른 미안은 "무, 무슨!" 하고 말을 더듬거리며 다리를 휘청거렸다. 그녀는 양 비서의 말에 홧홧하게 달아오른 얼굴에 부채질을 했다. 고작 최주하 씨 한 명 만나러 가는데 별 얘기가 다 나왔다. 민망한 마음에 미안이 눈동자를 데굴데굴 굴리자 양 비서가 호호호 하고 웃었다.

"사랑하는 사람과 사랑을 나누는 게 뭐가 그렇게 부끄럽나요, 안 그래요?"

아아, 양 비서님, 제발. 부끄러워진 미안은 손가락을 꼼질거리며 입을 꾹 다물었다. 하지만 양 비서는 능청스럽게 웃으며 그녀의 머리에 예쁜 머리띠를 씌워 주었다.

"자, 보세요."

미안의 등을 떠민 양 비서는 거울에 비친 그녀를 보며 뿌듯하게 미소 지었다. 높은 구두 때문에 무릎을 구부린 미안은 주저하며 거울을 쳐다보았다. 아. 이상해. 돼지 목에 진주목걸이라더니, 딱 이럴 때 쓰는 말인가 보다.

거울을 응시한 그녀의 표정이 뜨뜻미지근하니 양 비서가 "어머, 마음에 안 들어요?" 하고 말하며 투덜거렸다. 마음에 안 든다고 말했다간 만족한다고 말할 때까지 옷을 갈아입힐 것 같다. 양 비서는 분명 그녀를 치장해 주는 데 일종의 희열을 느끼고 있었다. 흔히 말하는 인형 꾸미기의 추억이 새록새록 떠올라서 그런 것이리라.

이 이상 혹사당했다간 버텨 낼 재간이 없을 것 같아 미안은 고개를 내저으며 "이 정도면 충분해요. 감사합니다." 하고 말했다. 왜 화장을 하고 구두를 신었는지도 모르지만 그래도 그녀는 양 비서에게 고마웠다. 역시 양 비서는 천하무적에 유능한 비서다.

양 비서는 미안의 손에 예쁜 핸드백까지 완벽하게 갖추어 주고는 싱긋 웃었다.

"자, 그럼 약속시간이 늦기 전에 상어를 만나러 갈까요?"

「변화를 위한 단 한 가지는 항상 달려야 한다는 겁니다.」

그녀는 양 비서의 손을 잡고 뒷좌석에서 내리며 서준이 했던 말을 상기했다. 변화를 위해. 그 말을 곱씹은 미안은 구두를 신고 절대로 무릎을 굽히지 말라던 양 비서의 말을 떠올리며 자리에 반듯하게 섰다.

핸드백 안에 챙겨 넣은 지포라이터를 다시 확인한 미안은 심호흡을 했다. 이제부터 상어, 아니, 최주하를 만나러 간다.

과거에서만 봤던 사람을 실제로 보려니 다리가 살짝 후들거린다. 그건 구두 굽이 높기 때문이기도 하겠지만 아무리 그래도 무덤덤한 척을 할 수는 없었다. 최주하는 무슨 생각으로 이 자리에 응한 걸까. 양 비서의 에스코트를 받으며 카페 안쪽으로 들어간 미안은 이내 주하와 눈이 허공에서 딱 부딪쳤다. 과거에서 보았던 것보다 실물이 백배는 더 무섭다. 침을 꼴딱 삼킨 그녀는 최주하에게 꾸벅 인사를 하고는 의자에 조심조심 앉았다.

주하는 의자에 앉는 미안을 뚫어지도록 응시했다. 동화 속에서 튀어나온 공주님 같은 여자가 자신을 보자마자 예쁘게 웃는다.

"안녕하세요."

먼저 입을 연 그녀는 "미안입니다. 처음 뵙네요." 하고 말하며 손을 내밀었다. 주하는 조그만 미안의 손을 보다가 조용히 웃으며 "만나서 반갑습니다." 하고 말하며 악수를 해 주었다. 상어치곤 좀 온순한데? 미안은 주하의 턱에 난 상처를 눈여겨보다가 핸드백을 열었다.

"최주하 씨에게 돌려 드릴 물건이 있어서요."

"궁금하군요. 처음 보는 아가씨에게 내가 돌려받을 물건이 있다니."

"아마 보시면 깜짝 놀라실걸요?"

그녀가 배시시 웃으며 지포라이터를 꺼내자 주하가 눈동자를 크게 키웠다. 역시 소중한 물건이었구나. 둥근 탁자 위에 지포라이터를 내민 미안은 "놀라실 거라고 했죠?" 하고 말하며 배시시 미소 지었다.

"소중한 물건 같아서 돌려 드려야지 싶었어요."

"……이걸 어디서?"

"하지만 공짜로 돌려 드리진 않을 거예요."

주하가 지포라이터를 챙겨 가지 못하도록 손바닥으로 가린 미안이 샐쭉 눈웃음을 쳤다.

다리를 꼬고 있던 주하는 잠깐 입을 다물고 있다가 피식 웃으며 자세를 바로잡았다.

"재미있는 아가씨군요. 최승서에게 기억을 읊어 주고 있던 게 당신입니까."

"뭐, 그렇다고 해 둘까요?"

눈치가 빠른 남자다. 미안은 주하에게 쓸데없는 거짓말은 통하지 않는다는 걸 알았다. 상어라는 말이 순 거짓말인 줄 알았더니 알고 보니 매너를 지킬 줄 아는 상어였다. 하지만 역시 최주하는 최승서와 형제였다. 두 사람은 분위기가 비슷했다.

그녀는 주하를 보자마자 승서를 처음 만났던 그날을 떠올렸다. 겉에 감고 있는 냉기와 무감함. 정작 그건 보기 좋은 포장지에 불과했지만. 그러니 최주하도 분명 알맹이에 본 성격을 숨겨 두고 있을 것이다.

"제 질문에 몇 가지만 대답해 주세요. 그럼 돌려 드릴게요."

"하지만 그 지포라이터가 제게 쓸모없는 물건이라면 아가씨의 거래에 응할 이유가 없는데요."

"아뇨."

단호하게 말한 미안은 지포라이터를 집어 들었다.

"이건 최주하 씨에게 중요한 물건이에요. 다른 건 몰라도 저에게 거짓말하시면 안 돼요, 최주하 씨. 이게 소중한 물건이 아니라면 매일 가지고 다녔을 리가 없어요. 그렇죠?"

"나에 대해 꽤 잘 아는군요."

주하가 피식 웃었다. 그렇지 않아도 노하가 최승서에게 새 여자가 생긴 걸지도 모른다는 둥 떠들기에 헛소리인 줄 알았더니. 날카로운 눈빛으로 미안을 위아래로 훑은 주하는 끼고 있던 손깍지를 풀었다. 어쨌거나 소중한 물건을 미안이 찾아 주었으니 주하도 공정하게 그녀가 묻는 질문에 대답할 생각이었다.

"질문이 뭡니까. 이왕이면 내가 대답해 줄 수 있는 질문이었으면 좋겠군요."

"별거 아니에요. 최승서 씨가 사고가 났을 때 최주하 씨는 무슨 생각을 했는지, 그게 궁금해요."

이상한 그녀의 질문에 주하는 잠시 대답을 고민했다. 손가락으로 턱을 쓸어내린 주하는 승서가 사고가 났다는 소식을 들었던, 아주 오래전을 상기해 보았다. 어떤 생각을 했냐고? 기억을 더듬던 주하는 찻잔이 놓인 탁자를 말끄러미 보다가 고개를 들었다.

"우선은 놀랐던 것 같군요."

"그리고요?"

"무슨 감정인지는 모르겠지만 병원으로 가는 내내 눈썹을 찌푸리고 있던 건 생각납니다."

"병원이요?"

"최승서가 사고가 났을 때 보호자로 병원을 가장 먼저 찾은 게 저였습니다. 당시 아버지는 해외출장 중에 계셨기 때문이죠. 마침 근처에 있어서 금방 도착한 게 기억납니다만."

이건 좀 의외다. 미안은 주하가 거짓말을 할 만한 위인이 아니라는 걸 짐작했기에, 더욱더 놀랐다. 그랬구나. 최승서를 가장 먼저 찾은 게……. 잠깐. 그럼 에어백은 진짜 오작동이었다는 건가? 순간 미간을 좁힌 그녀가 지포라이터를 꽉 움켜쥐었다.

"더 질문할 게 있습니까?"

"아, 네."

주하의 목소리에 다시금 정신을 찾은 그녀는 지포라이터를 손에서 놓았다.

"최주하 씨는 최승서 씨를 싫어하세요?"

"싫어한다는 표현은 조금 엇나간 것 같군요. 정확히는 '솔직하지 못하다.' 정도가 옳은 표현일 겁니다."

"솔직하지 못하다는 건, 최승서 씨도 포함된 거군요?"

미안이 웃으며 묻자 주하가 부정하지는 않겠다는 듯 어깨를 으쓱했다.

역시. 요전에 승서가 주하와 파스타를 먹으러 간 건, 승서가 나름대로 최주하를 배려했기 때문이었다. 그녀는 배시시 미소를 지으며 지포라이터를 주하의 앞에 밀었다.

"면 음식, 좋아하세요?"

"네. 그렇습니다만, 어떻게 아셨는지?"

"그냥. 짐작이죠. 여자의 감. 그럼 마지막으로 하나만 더 여쭤 볼게요."

"얼마든지요."

"최승서 씨가 사고를 당한 날, 에어백이 터지지 않은 게 누군가의 고의일 확률이 얼마나 된다고 생각하세요?"

"아가씨는 그게 누군가의 고의라고 생각하는 거군요."

침착한 목소리로 주하가 묻자 미안은 "네, 오십 퍼센트는요."라고 순순히 대답했다. 그 용의자가 한때는 주하였다. 하지만 이야기를 듣고 나니 바로 용의선상에서 제외가 되었다.

그러면 누가 고의로 에어백을 조작할 수 있을까. 주하에게 질문을 던져 놓고 스스로 생각하던 미안은 이내 머릿속에 반짝 한 누군가를 떠올렸다.

"사건의 진상을 어디까지 아십니까."

주하가 낮고 조용한 목소리로 물었다. 그래서 미안은 쓰게 웃었다. 전부 알고 있다는 그 웃음에 주하는 한숨을 삼키더니 차로 입 안을 헹구었다.

"굳이 고의였다고 가정을 한다면."

말을 잠깐 끊은 주하는 신중히 생각을 하더니 은밀한 음성으로 속삭였다.

"정유라의 또 다른 남자가 그랬을 확률이 높습니다. 남동생에게 듣자 하니 그 정비공이 정유라에게 상당한 집착을 하고 있다고 하더군요."

"역시 그런가요."

미안도 머릿속에 그 정비공을 떠올렸다. 무척 성실한 낯으로 환하게 웃던 남자. 그런데 그런 사람이었다니. 역시 사람은 겉모습으로 판단하면 안 되는 모양이다.

그녀는 정비공을 떠올리며 눈썹을 찡그렸다.

주하는 지포라이터를 손안에 쥐고선 익숙하게 돌리며 미안에게 충고를 했다.

"아가씨가 누구인지는 모르지만 앞으로도 최승서의 옆에 있을 예정이라면 조심해서 나쁠 건 없을 겁니다. 정유라는 그렇게 깨끗하게 넘어갈 여자가 아니니까요. 부디 조심하시죠."

"……음, 걱정해 주시는 거예요?"

"미래의 제수씨를 지금부터 챙긴다고 해서 나쁠 건 없으니까요."

"네?"

빠르게 지나가 버린 말에 미안이 눈을 깜빡이자 주하가 굉장히 매력적인 미소를 지으며 그녀의 앞으로 고개를 숙였다.

"방금 전부터 범고래가 사납게 노려보고 있군요. 슬슬 헤어질 시간입니다, 아가씨."

천천히 멀어지는 주하의 얼굴을 쳐다보던 그녀는 주하가 턱으로 슬쩍 가리키는 방향을 보았다. 대각선 방향에 앉아 있는 낯익은 남자를 발견한 미안은 눈을 토끼처럼 동그랗게 떴다. 그녀가 자리에서 엉덩이를 들썩거리자 승서가 들킨 게 민망했는지 손바닥으로 얼굴을 가린다.

그녀는 주하에게 꾸벅 인사를 하고선 총총히 그에게 다가갔다. 번듯한 정장을 차려입고 혼자 자리를 지키고 있는 건 분명 최승서였다. 미안은 무릎을 굽히지 말라던 양 비서의 말을 떠올리고선 자리에 예쁘게 서 보였다. 그래도 화장도 하고 구두도 신었는데 이렇게 특별한 모습을 최주하에게만 보여 주는 건 좀 아깝다.

"저어, 최승서 씨. 여기서 뭐하세요?"

"……커피 좀 마실까 하고 잠깐 나왔습니다."

미안은 얼굴을 쉽게 못 드는 승서를 쳐다보다가 어딘가에 있을 양 비서를 찾았다. 입구 근처에 서 있던 양 비서를 발견한 미안이 그를 슬쩍 손가락으로 가리키자 양 비서가 씩 웃으며 엄지를 치켜든다. 어라, 저건 무슨 신호지? 의미를 알지 못해 그녀가 고개를 갸웃거리자 승서가 헛기침을 하며 입을 열었다.

"최주하와 이야기는 잘 끝내셨습니까?"

승서는 눈이 부실 정도로 예쁜 미안을 차마 쳐다보지 못하고 물었다. 주하가 미안을 깔보지 않도록 양 비서에게 최대한 신경 써서 꾸며 달라고 부탁했는데 그게 오히려 그에겐 독이 되고 말았다.

지금 미안은 무척 눈부셨다. 조금 광택이 나는 파란색 원피스에 머리띠를 하고 구두까지 신은 그녀는 정말이지 한창 얼굴에서 빛이 날 스물넷의 파릇파릇한 아가씨였다.

혹여나 미안이 주하에게 짓궂은 일을 당하지는 않을까 서둘러 약속장소로 나왔는데 최주하가 그녀에게 가까이 다가가는 걸 보자 내내 숨기고 있던 얼굴을 두 사람 쪽으로 돌리고 말았다. 그때 승서의 그런 반응을 기다렸다는 듯이 씩 웃던 최주하의 모습이란……

"지포라이터 잘 돌려 드렸어요."

하얀 이를 드러내며 웃은 그녀는 지금 최승서의 앞에 여자로서 서 있다. 화장을 해서 그런지 갑자기 자신감이 솟는다. 얼굴이 두꺼워져서 지금은 무슨 말을 해도 부끄럽지 않을 것 같았다. 어쩌면 서준이 남겨 두고 간 그 명언 때문일지도 모른다.「변화를 위한 단 한 가지는 항상 달려야 한다는 겁니다.」라던.

그녀는 승서의 옆에 있고 싶다. 과거를 보는, 그를 도와주는 계약자 미안이 아니라 여자 미안으로서 그에게 시선을 받고 싶었다. 그래서 승서의 마음을 알기 위해서라도 미안은 부끄럽지만 조금만 용기를 내 보기로 했다.

"최승서 씨."

"네."

"양 비서님이 옷 입는 거 도와주셨어요."

"그렇군요."

"잘 어울리나요?"

승서는 자리에 앉지 않고 여전히 서 있는 미안을 그제야 올려다보았다. 동그랗고 큼지막한 눈에, 아담한 코. 거기에 분홍빛 립스틱을 바른 입술. 하얗게 드러난 목선과 가슴까지 아찔하게 팬 원피스를 아슬아슬하게 쳐다보던 그는 간신히 숨을 삼켰다.

"……잘 어울립니다."
"잘 안 들리는데."
미안이 부루퉁한 음성으로 말하자 귀여운 앙탈에 승서가 웃음을 터뜨렸다.
"예쁩니다."
"정말요?"
"네. 정말로요."
"……다행이다."
나지막한 그녀의 안도에 승서의 심장이 쿵 떨렸다. 배시시 미소를 지으며 눈을 쉽게 맞추지 못하는 미안을 보자 그의 마음이 빠르게 달음박질쳤다.
"미안 씨."
자리에서 일어선 그가 설레는 마음으로 미안의 손을 잡았다. 승서는 미안이 자신과 같은 마음이길 바랐다. 좀 더 옆에 있고, 좀 더 눈을 마주하고 싶은 그런 마음. 떨리는 심정으로 손을 잡았는데 미안이 거부하지 않고 그의 손을 마주 잡았다.
승서는 미안과 손을 잡았다는 생각에 가슴이 벅찼다. 그녀가 자신과 비슷한 마음을 갖고 있는 것 같아서 진심으로 기뻤다.
"밥 먹으러 갈까요."
"네, 네! 맛있는 거 먹고 싶어요."
"먹고 싶은 거라도 있습니까?"
"음. 피자? 못 먹은 지 오래됐거든요."
"그럼 피자 먹으러 갈까요?"
지금 최승서는 미안이 먹고 싶어 한다면 별이라도 따다 줄 기세다.

미안은 그가 사 주는 거라면 무엇이든 좋았다. 문방구에서 파는 불량식품이라도 맛나게 먹을 수 있었다. 승서가 손을 잡아 주었다는 것만으로도 미안은 개밥을 비빔밥으로 필터링해서 먹을 수 있을 것 같았다. 그만큼 그가 좋다. 계속 보고 있으면 닳을까 봐 겁이 나서 슬쩍슬쩍 쳐다보게 될 만큼.

"최승서 씨."

"네."

"저어, 김지철이라는 사람 잡혔는데 필리핀 따라가도 되나요?"

안전띠를 당긴 미안이 승서에게 조심스럽게 물었다. 그러자 차에 시동을 걸던 그가 미안을 보며 작게 웃었다.

"사실 그건 핑계였는데요."

안전띠를 제자리에 맞추지 못하고 미안이 허둥거리자 그가 안전띠를 매어 주었다. 아귀에 딱 들어맞는 소리가 차 안에 울리자 그녀는 고개를 들어 승서를 보았다. 가까이 다가온 그의 얼굴에 숨이 막힌다. 심장이 콩콩 뛰는 소리가 들리면 어쩌나 싶어 몸을 재빨리 뒤로 빼자 승서가 "예전에." 하고 운을 떼며 미안의 머리칼을 어깨 뒤로 넘겨주었다.

"미안 씨가 바다를 본 적이 없다고 말한 게 마음에 걸려서."

"아……."

"김지철은 핑계고. 미안 씨한테 보여 주고 싶었습니다."

"바다를요?"

"네. 바다를요."

맞장구치는 그의 말에 미안이 방긋 웃는다. 고른 이빨이 예쁘게 드러나도록 웃는 미안의 얼굴에 승서는 그녀를 와락 안고 싶은 충동에 휩싸였다. 하지만 기어를 꽉 움켜쥐며 참았다. 섣부르게 움직였다가 미안이 우는 걸 보고 싶지 않다. 이렇게 예쁜 사람이 또 우는 걸 봤다간 마음이 남아나질 않을 것이다.

"오늘 저녁엔 몇 시쯤 들어오세요?"

미안이 다리를 살랑살랑 흔들며 묻자 승서가 "으음."하고 하루 일거리를 가늠했다.

"오늘은 일이 조금 많아서 일곱 시에나 집에 들어갈 것 같은데요."

"그렇게 늦게요?"

실망을 감추지 않으며 미안이 울상을 짓자 또다시 승서의 가슴이 쿵쿵 방아를 찧는다. 고작 표정으로 남자를 쥐락펴락하다니. 미안은 진정한 팜므파탈이다.

그녀는 평소보다 삼십 분 정도 더 늦는다는 그의 말에 적잖이 실망했지만 핸드백을 꼭 쥐며 씩씩하게 말했다.

"그래도 기다릴게요."

승서는 조용히 속삭이는 것 같은 미안의 목소리에 옆을 돌아보았다. 입술을 조그맣게 벌린 미안이 배시시 웃으며 그를 보고 있다. 그녀가 톡 건드리면 꽃망울이 터질 것처럼 예쁘게 물들인 **뺨**을 하고선 "저녁 해 놓고 기다릴게요."라고 말한다.

미안의 얼굴을 넋을 놓고 쳐다보던 그는 재빨리 앞을 보며 운전대를 꽉 쥐었다. 갑자기 최주하에게 모든 일을 떠넘기고 싶은 갈등이 생긴다. 그녀의 웃음과 목소리에 단단히 홀린 가슴을 손으로 꾹 누른 승서는 기분 좋은 한숨을 내쉬었다.

"최대한 일찍 귀가하겠습니다."

"약속하시는 거예요?"

"네, 약속."

"저어, 승서 씨."

신호에 걸려 차를 세운 그는 '네. 미안 씨.'라고 대답하려다가 눈가를 흠칫 떨었다. 방금 이 여자가 뭐라고 했지? 눈을 동그랗게 뜨며 조수석을 쳐다보자 미안이 입술을 꽁 다문 채 손가락을 꼼지락대고 있었다.

"……어, 음. 많이 이상한가요?"

"……."

"그러니까……. 이름으로 부르는 거요."

잠깐 얼이 빠진 승서는 뒤에서 클랙슨을 누르는 소리에 급히 액셀을 밟는다. 생전 믿지도 않았던 신에게 감사하다고 기도를 올리고 싶은 순간이 올 줄이야. 그는 입가에 피어오르려는 웃음을 간신히 참았다.

장담하는데, 분명 미안도 잘해 보고 싶은 마음이 있다. 달라진 호칭에서 그 확신을 얻은 그는 "이상하지 않아요." 하고 최대한 덤덤한 음성으로 말했다.

"정말요? 그럼 앞으로 계속 그렇게 불러도 되나요? 네?"

반색을 하며 묻자 승서가 고개를 끄덕인다. 그의 허락에 속으로 만세를 외친 미안이 헤픈 웃음소릴 냈다.

"승서 씨."

눈을 빠르게 깜빡이며 그를 부르자 승서가 미안을 힐끗 쳐다보곤 "네, 미안 씨." 하고 대답한다. 승서를 헤실헤실 웃으며 보던 그녀가 정면을 응시한다. 아, 왜 자꾸 이 남자 이름이 부르고 싶지? 미안은 이유도 없이 승서를 부르고 싶었다. 그를 부를 때마다 가슴이 간질거려서 기분이 좋았다.

"승서 씨."

"네."

부를 때마다 나직하게 대답해 주는 그가 좋다. "네. 미안 씨."라는 대답이 들릴 때마다 미안의 입에 걸린 웃음이 자꾸만 커진다.

"승서 씨?"

"네, 미안 씨."

"……음. 그게, 이름만 부르는 게 조금 어색해서요. 몇 번 더 불러 봐도 될까요?"

어울리지도 않는 궁색한 변명을 갖다 대며 묻자 승서가 웃으며 "얼마든지요."라고 말해 준다. 그의 미소에 가슴이 또 두근거린 미안은 뜨거워진 뺨을 손등으로 마사지하며 비실비실 웃었다.

"승서 씨."

"네."

"……승서 씨이."

"네에, 미안 씨."

똑같이 말끝을 늘이는 그의 말투에 미안이 깔깔 웃음을 터뜨렸다. 환하게 웃는 그녀의 웃음소리에 승서는 가슴 가운데 환한 향기가 퍼지는 걸 느끼며 중얼거렸다.

"아, 날씨 좋다."


간만에 먹는 피자가 너무 맛있어서 "여기 진짜진짜 맛있게 잘하는 것 같아요!" 하고 감탄했더니 승서가 피자 한 판을 포장해 주었다. 그는 집 앞까지 데려다 주겠다고 말했지만 미안은 간만에 기름칠을 한 배를 안고 조금 걷고 싶었다. 그래서 집으로 올라가는 야트막한 언덕 앞에서 내리고는 그를 배웅했다.

배웅하는 내내 발걸음이 떨어지질 않아서 승서가 출발하면 그녀도 집에 갈 생각이었는데 어찌 된 영문인지 그가 출발하질 않는 것이다. 의아한 마음에 "승서 씨? 왜 그래요?" 하고 묻자 승서가 미안을 보며 웃었다.

"미안 씨 가면 저도 돌아가려고 그렇습니다만."

그 말에 미안은 "와, 우리 마음이 통했네요?" 하고 말하며 또 크게 웃음을 터뜨렸다. 하지만 승서는 양보할 마음이 없는 것 같아서 결국 미안이 먼저 발걸음을 떼는 걸로 타협을 보았다. 가뜩이나 점심시간이 훌쩍 지났는데 이 이상 고집을 피웠다간 승서가 회사에 지각을 할 게 불 보듯 뻔했으니까.

그가 사 준 피자를 손에 들고 콧노래를 부르며 길을 오르는데 자꾸 입에서 트로트가 흘러나온다. 할매가 좋아하던 뽕짝을 흥얼거리며 흥겹게 걷는데 멀찍이 할머니 한 분이 무언가를 들고 걷는 게 보였다. 뒷모습이 왠지 낯익어서 자리에 멀뚱히 서서 쳐다보는데, 돋보기안경을 쓴 노부인의 모습이 미안의 뇌리에 반짝 스쳤다.

"할머님!"

반가운 마음에 미안이 목청껏 부르며 달려가자 노부인이 뒤를 느리게 돌아보았다.

"누군가 했더니, 아가씨군요."

노부인은 미안을 보자마자 화색을 띠며 손에 들고 있던 짐을 놓았다. 그녀의 손을 꼭 잡은 노부인은 그녀의 얼굴색이 건강한 걸 확인하고는 속으로 한숨을 돌렸다.

"전당포에 갔더니 없어서 걱정했지요. 어디, 잘 지냈어요?"

노부인의 말에 그녀는 "그럼요. 저 보세요, 살쪄서 얼굴 통통하잖아요." 하고 말하며 밝게 웃었다.

"어디까지 가세요? 제가 짐 들어 드릴게요."

"아유, 고마워라. 요 앞 손자 집에 가는데 잠깐만 들어 줘요."

"오, 묵직하다. 이거 갈비찜인가 봐요?"

보자기에서 희미하게 퍼지는 냄새를 맡은 미안이 노부인을 보며 물었다. 고개를 주억거린 노부인은 "손자가 혼자 사는 게 영 마음에 걸려서요." 하고 말하며 홀홀 웃었다.

"먼젓번에도 본가엘 한 번 왔는데 손자가 일이 생겨서 급히 가 버렸지 뭔가요. 자꾸 신경이 쓰여서 내가 안 올 수가 있어야지."

"할머니 손자분도 여기 사시는구나."

그녀는 꽤 기막힌 우연이라고 생각했다. 최승서가 사는 곳에 자신의 의뢰인이었던 노부인의 손자분이 산다니. 이래서 세상이 좁다고 하는 모양이다. 옅은 보랏빛 보자기에 싸인 갈비찜은 양이 꽤 많아 보였다. 이걸 노부인이 언덕까지 혼자 들고 왔을 걸 생각하자 미안은 마음이 아득해졌다. 병원에 있는 할매가 떠올라서 더욱더 그랬다.

"그나저나 아가씨."

구부정한 허리를 편 노부인이 미안을 올려다보며 인자하게 미소 지었다.

"남자 친구는 있어요? 아이고, 내가 별걸 다 묻는 건가?"

"에이, 아니에요. 저 남자 친구 없어요. 여태까지 한 번도 없었는걸요."

"아가씨같이 참한 사람도 몰라보고 남자들이 뭘 하나 모르겠네. 여차하면 우리 손자라도 소개해 줄까요?"

노부인이 허허 웃으며 말하자 미안이 뺨을 붉혔다.

"아니에요, 아니에요! 저 정말 괜찮아요."

"여자 혼자 사는 게 영 마음이 쓰여야지요."

"말씀만으로도 감사해요. 그리고 실은 저 좋아하는 사람 있어요."

미안이 수줍게 말하자 노부인이 놀란 듯 눈을 깜빡였다. 보자기를 품에 꼭 안고 있는 그녀를 물끄러미 쳐다보던 노부인은 "이거, 늙은이가 괜한 주책을 부렸구면." 하고 말하며 조용히 웃었다. 좋아하는 사람이 있다고 말하는 미안은 무척 행복해 보여서 노부인은 손자를 소개시켜 주겠다고 말한 걸 철회해야만 했다.

하지만 미안이 손자며느리 감으로 딱 어울린다고 생각했기에 아쉬운 마음을 돌리지 못한 노부인은 "아가씨가 좋아하는 사람은 어떤 사람인가요?" 하고 슬쩍 찔러 보았다.

"음, 되게 근사한 사람이에요. 처음엔 되게 쌀쌀맞았는데 같이 지내다 보니까 되게 잘 웃는 사람이라는 것도 알았고 또 굉장히 친절하고. 밥 먹는 것도 멋있고 잠자는 것도 멋있어요."

"그 사람도 아가씨를 좋아한대요?"

"어어, 그건 잘 모르겠어요. 근데 아마 저한테 조금은 관심이 있지 않을까 하고 생각해요. 이것도 그 사람이 사 준 거예요."

보자기 위에 얹어 놓은 피자를 가리키며 미안이 행복하게 말했다. 노부인은 미안이 웃는 걸 보다가 "허허, 좋은 사람 만났군요." 하고 동의해 주었다. 그녀를 손자며느리 감으로 결국 포기해야 하나 싶은데 그녀가 걸음을 멈추더니 턱짓으로 어느 집을 가리켰다.

"제가 일이 있어서 이 집에서 신세를 지고 있거든요. 할머니 손자분 댁은 어디예요?"

보자기를 품에 안고 있는 그녀의 턱짓에 노부인은 말끄러미 그

집을 쳐다보았다. 여기는 분명 승서네 집인데 전당포 아가씨가 이 집에서 지내고 있다고 말한다. 노부인은 잠깐 아리송한 표정을 짓다가 "아가씨." 하고 미안을 불렀다.

"아가씨가 좋아한다던 그 사람 집이 혹여 이 집인가요?"

"……어, 어, 어떻게 아셨어요?"

당황한 미안이 얼굴을 홍당무처럼 물들이자 노부인이 속으로 탄식을 뱉었다.

승서 요 녀석 좀 보아? 속으로 흐뭇한 웃음을 삼킨 노부인, 아니, 노마님은 그녀에게 손짓을 하며 등을 돌렸다.

"아가씨. 그 갈비찜은 아가씨가 좋아하는 사람이랑 같이 들어요."

"네? 어, 아니에요! 이거 손자분에게 드리려고 준비하신 거잖아요. 제가 이걸 어떻게 받아요, 할머니."

"괜찮아요, 괜찮아. 맛있게 먹어 주면 그만이지요. 나는 갑자기 일이 생각나서 돌아가 봐야겠네요. 나중에 때 되거든 우리 또 한번 보도록 해요. 알겠지요?"

나긋한 목소리로 어르고 달래는 노마님을 쳐다보던 미안은 적잖이 당황했다. 묵직한 갈비찜은 양으로 봐도 보통이 아닌데 이런 걸 덥석 주시다니. 그래서 미안은 갈비찜과 피자를 대문 앞에 두고는 노마님의 뒤를 쫓아갔다.

"저, 그럼 제가 아래까지 배웅해 드릴게요."

"아니에요. 기사가 마중 나오기로 했으니 어여 들어가 봐요. 햇볕 뜨거운데 고운 얼굴 상하면 어쩌누. 어서 들어가 봐요, 어서."

"어, 하지만……."

미안은 등을 떠미는 노마님의 손에 하는 수 없이 대문 앞에서 배웅을 했다. 노마님은 "갈비찜 정말로 잘 먹을게요, 할머니! 차 조심하시고요!"라는 미안의 목소리를 들으며 언덕길을 내려왔다.

담벼락을 짚으며 천천히 걷던 노마님은 걷다 말고 "허허, 이것 참."하고 웃으며 연신 만족스러운 표정을 지었다.

"언제 저 아가씨랑 승서가 만났을꼬."

희한한 인연이다. 담벼락을 짚으며 걷던 노마님은 다리가 욱신거려 잠깐 쉬다가 누군가에게 전화를 걸었다.

"예에, 박 기사님. 저 여기 언덕 중간쯤인데 더는 못 걷겠군요. 늙은이가 운동한답시고 주책 부려서는……. 예, 어서 오세요."

기사에게 전화를 걸어 호출한 노마님은 잠깐 맑은 하늘을 쳐다보다가 "허허."하고 또다시 웃었다. 그러곤 돋보기안경으로 핸드폰을 빤히 보다가 또 누군가에게 통화를 시도했다.

"으응, 아범이냐."

―네, 어머니.

굵직한 최 회장의 목소리를 듣자마자 노마님은 "승서 선 자리 물려라."라고 단호히 말했다. 그러자 최 회장은 잠깐 대답이 없다가 "하지만……."하고 대꾸를 했지만 노마님이 어림도 없다는 듯 엄히 꾸중했다.

"승서가 애도 아니고 어련히 제 짝 찾아올까 봐?"

―이번에 걔 하는 꼴 못 보셨습니까. 결혼한답시고 설레발치다가 결국 일 그르쳤어요, 어머니.

"너보단 승서가 백번 낫다. 너처럼 이도 저도 못하다가 여자 두 명 인생 망친 것보다 승서가 나아!"

노마님의 호된 꾸중에 최 회장이 할 말이 없는지 조용히 침묵한다. 혀를 찬 노마님은 "승서, 여자 있다."하고 말하며 멀리서 올라오는 박 기사의 차를 보았다.

"승서, 참한 아가씨 옆에 두고 있으니 괜히 일 꼬이게 하지 말고 선 자리 물려. 알겠니?"

─……그게 정말입니까?

"그래. 안 그래도 내가 손자며느리로 점찍어 둔 아가씨였단다. 그러니 너도 이제 네 아들 좀 내버려 두어라. 착하고 성심 고운 아이를 제 어미랑 생이별하게 만든 것으로도 부족하니? 그만두라면 그만둬! 자세한 건 집에 가서 이야기하자꾸나. 전화 끊으마."

전화를 뚝 끊은 노마님은 운전석에서 내리는 박 기사를 보았다.

"본가로 돌아갑시다."

"승서 도련님 안 뵙고 가도 괜찮으십니까?"

"예에. 승서 말고 더 좋은 사람 만났으니 되었습니다. 자, 갑시다."

뒷좌석에 오른 노마님은 꽃이 톡톡히 핀 미안의 얼굴을 떠올리며 연신 웃음을 터뜨리고는 "인연인 게야, 인연." 하고 흡족하게 중얼거렸다.

서둘러 퇴근한 승서는 집 앞에 도착하자마자 대문 문턱에 걸터앉아 있는 미안을 발견했다. 큼지막한 부채로 바람을 일으키고 있는 그녀를 보자마자 차고 앞에 주차를 한 승서는 "미안 씨? 거기서 뭐하십니까." 하고 말을 걸었다. 늦지 않으려고 칼같이 달려왔는데 그녀가 대문에 있다. 마중 나와 준 건가 싶어 다가가자 미안이 승서를 보고선 자리에서 벌떡 일어섰다.

"다녀오셨어요?"

아무리 해가 지는 중이라지만 여름이다. 미안의 얼굴은 햇볕에 익어 후끈거렸다. 뺨이 빨갛게 익은 그녀의 얼굴을 보고 눈썹을 모은 승서는 "얼마나 거기 있었던 겁니까." 하고 말하며 손바닥으로 미안의 뺨을 어루만졌다. 뜨겁게 달아오른 얼굴에 승서의 찬 손바닥이 닿자 그녀가 헤실 웃는다.
"일찍 오신다고 하셔서 기다리고 있었어요."
"대문에서요?"
"네. 안 되나요?"
그녀가 고개를 갸웃하며 묻자 승서가 피식 웃는다. 안 될 건 없지만 미안이 이대로 삶은 달걀처럼 익어 버리는 건 안 된다. 손바닥으로 그녀의 뺨을 감싼 승서는 "이러다가 열사병 걸립니다." 하고 말하며 안쓰럽게 중얼거렸다. 그러자 뺨에 닿은 승서의 손을 움켜쥔 미안이 예쁘게 눈웃음을 짓는다.
"승서 씨 손 되게 차가워요."
"그래요?"
"네. 그래서 기분 좋아요."
한집에 사는 것도 가끔 치명적일 때가 있는데 미안이 자꾸 유혹을 한다. 곤란한 표정을 숨기며 겨우 웃은 승서는 그녀를 놓아주고는 "들어가요." 하고 말했다.
"오늘 할머니 한 분을 만났어요."
현관에 들어서는 승서에게 말한 미안은 식탁에 올려 둔 보랏빛 보자기를 가리키며 말했다. 할머니? 미안의 말에 신발을 벗던 승서는 보자기를 보고 눈을 크게 떴다. 보자기를 보자마자 촉이 딱 곤두선다.
인사동에 노마님이 다녀가셨다.
놀라서 눈을 동그랗게 뜬 승서는 보자기를 품에 안고 제 앞으로 도도도 걸어오는 미안을 멍하니 쳐다보았다.
"제가 옛날에 반지 찾아 드린 할머니셨는데 이거 덥석 주고 가시는 거 있죠? 괜찮다고 했는데도 그냥 두고 먹으라고 하셔서…….
이거 어쩔까요?"

거실로 들어선 승서는 미안의 말을 듣고는 속으로 '아아.' 하고 중얼거렸다. 노마님이 반지를 찾았다기에 찾아 준 아가씨가 미안이 아닐까 추측은 하고 있었는데. 그렇다면 노마님이 손자며느리감으로 마음에 들어 했다던 아가씨가 미안이 맞다.

승서는 묵직한 보자기를 들며 눈을 깜빡이는 그녀를 쳐다보았다. 이 예쁜 사람이 복이 많아서 일이 술술 잘 풀린다.

서류가방을 소파에 내려놓은 그는 미안이 안고 있던 보자기를 받아 들고는 탁자에 올려놓았다. 꽁꽁 묶인 보자기를 풀자 먹음직스러운 쇠고기 갈비찜이 보인다. 인심 좋게 꽉꽉 눌러 담은 갈비찜을 보며 그녀가 감탄사를 내뱉자 승서가 작게 웃었다.

"먹어도 될 겁니다."

"하지만 왠지 죄송해서."

"괜찮습니다. 이걸 버릴 수도 없으니 맛있게 먹어야죠. 아마 미안 씨 입에도 맞을 겁니다."

"네?"

마치 갈비찜이 어떤 맛인지 안다는 승서의 말에 미안은 어리둥절해했다. 하지만 승서는 더 이상 자세한 건 말해 주지 않았다. 그저 맛있게 먹으면 된다고 말할 뿐. 맛있게 먹는 일이야 미안의 전문이자 특기지만 왠지 뭔가 묘하다.

기시감을 떨쳐 낸 그녀는 드레스룸으로 들어가는 그를 빤히 쳐다보았다. 아. 넥타이 풀어 주고 싶다. 간절한 소망을 담아 소파에 고양이처럼 앉아 눈을 깜빡이는데 겉옷을 벗던 승서가 시선을 느꼈는지 뒤를 돌아보았다.

겉옷을 옷걸이에 걸던 그는 소파에 앉아 눈을 애교 있게 깜빡이는 미안을 응시했다. 그녀가 눈으로 무언가를 말하고 있는데 그게 무엇인지 짐작이 가지 않는다.

미안이 빤히 쳐다보고 있는 시선이 부담스러워 드레스룸 문을 닫으려는데 그녀가 실망스러운 얼굴을 한다. 지나치게 솔직할 정도로 바뀌는 그녀의 얼굴을 힐끔거리던 승서는 넥타이에 손을 슥 가져다 대었다. 그때 미안의 엉덩이가 들썩거리는 걸 본 그는 그제야 피식 웃었다.

"미안 씨."

"네!"

기다렸다는 듯 미안이 한쪽 손을 들고 크게 대답하자 그가 웃음을 터뜨렸다.

"넥타이 푸는 것 좀 도와주시겠습니까."

승서가 정중히 부탁하며 드레스룸 문을 열자 미안이 활짝 웃으며 아이처럼 소파를 훌쩍 뛰어넘는다.

넥타이를 풀던 미안은 자신을 뚫어지게 쳐다보는 시선에 눈동자를 힐끗 들었다.

"……으음, 그렇게 쳐다보시면 부끄러운데."

미안이 풀던 넥타이를 도로 바짝 조이며 말하자 그가 피식 웃는다.

"넥타이가 그렇게 풀어 보고 싶었습니까?"

웃음기 만연한 승서의 질문에 미안이 얼굴을 빨갛게 물들인다. 어떻게 알았냐는 눈길로 그를 올려다보자 승서가 바짝 조인 넥타이를 아래로 당기며 미안의 손을 잡았다.

"미안 씨 얼굴에 다 쓰여 있어서요."

"그럼 모, 모른 척해 주시지!"

새침하게 말하며 미안이 허둥지둥 손을 움직이자 승서가 다시 웃음소리를 냈다. 그가 웃는 소리는 무척 매력적이어서 미안은 또다시 심장이 쿵쾅거렸다.

"오늘 저녁은 뭡니까."

넥타이를 아래로 잡아당기는 감촉을 느끼며 그가 묻자 미안이 "할머니가 주신 갈비찜이랑 된장찌개요."라고 자그맣게 대답한다. 그녀의 얼굴이 홍당무처럼 붉어진 게 예뻐서 승서가 좀 더 고개를 숙이자 미안이 숨을 흡 삼키며 고개를 옆으로 돌린다.

역시. 속으로 의미심장하게 웃은 그는 아무것도 모르는 표정으로 다시 허리를 반듯하게 세웠다. 답지 않게 음흉한 미소를 지은 승서는 넥타이를 정리하고선 "저어, 음, 저녁상 차리러 갈게요!"라며 서둘러 드레스룸을 나가는 미안을 보았다.

죄를 지은 사람처럼 재빠르게 부엌으로 도망친 미안은 쿵쾅거리는 가슴을 쓸어내리며 심호흡을 했다.

"할매야……."

나직하게 중얼거리며 천장을 쳐다본 미안은 방금 전 자신에게 다가왔던 그의 얼굴을 떠올리며 또다시 아찔해졌다.

"아 정말. 이제 어쩐담."

그가 좋다.

최승서가, 저 남자가 진심으로 좋다.


아침 일찍 출발해 마닐라에 도착한 시간은 오전 열한 시였다. 미안은 난생처음 타 보는 전용기에 눈을 휘둥그레 떴다가 그 놀라움이 식기도 전에 사흘 동안 머물게 될 집을 보고선 크게 감탄을 했다.

 야자수와 이름 모를 수풀에 둘러싸인 빨간 지붕의 커다란 저택은 바닷가 바로 앞에 위치해 있었는데 정원에 타원형 모양의 거대한 수영장이 있었다. 넓은 테라스의 문을 열고 수영장 쪽으로 나가자 시원한 해풍이 미안의 앞머리를 기분 좋게 스쳤다.

 야자수 나무들 틈엔 바닷가로 곧장 나갈 수 있는 작은 문이 있었는데 그 문을 열고 서너 개의 계단을 내려가면 곧바로 하얀 백사장이 나왔다. 태어나서 처음 보는 에메랄드 빛깔의 바다와 짭조름한 냄새가 가득한 바람은 순식간에 그녀를 들뜨게 만들었다.

 진짜 바다다. 승서의 과거에서 본, 만질 수도 헤엄칠 수도 없는 바다가 아니라 정말 차갑고 깊은 바다.

 가슴을 비둘기처럼 크게 부풀리며 공기를 마신 미안은 백사장 위에서 방방 뛰었다.

 "승서 씨, 바다예요, 바다!"

 양 비서가 빌려 준 챙이 넓은 모자를 쓰고서 미안은 단숨에 계단을 올랐다. 헐렁하고 편안한 원피스 차림의 그녀와 다르게 승서는 까만 정장을 입고 있었다. 곧바로 마닐라 지사로 출발해야 한다더니, 진짜였나 보다. 물 내음이 물씬 오르는 수영장을 지나쳐 그에게로 다가간 그녀는 짐을 부리는 이국인들을 낯설게 보다가, 승서를 보고선 방싯 웃었다.

 그는 습기 때문에 갑갑한지 넥타이를 잡아당기다가 미안이 웃는 걸 보곤 덩달아 미소 지었다.

 "언제 출발하세요?"

 미안이 뒷짐을 지며 고개를 옆으로 기울인다. 넓은 모자챙 아래 그늘진 그녀의 하얀 얼굴은 평소보다 더 활기차 보였다. 바다를 직접 본 게 감격스러웠는지 뺨에 약간 홍조도 띠고 있었다.
 그녀의 모자를 예쁘게 바로잡아 준 승서는 손목시계를 힐끗 보았다가 아쉬운 듯 "지금 가 봐야 합니다."하고 말했다. 그러자 그와 백사장을 거닐고 싶었던 미안이 "정말요?"하고 말하며 눈가를 축 늘어뜨렸다.
 강아지가 풀이 죽어 귀와 꼬리를 내린 것처럼 미안은 섭섭한 마음을 쉽게 숨길 수가 없었다. 승서가 놀러 온 게 아니라 일을 위해 왔다는 건 알고 있지만 그래도 그와 백사장을 꼭 걷고 싶었다.
 양손의 손톱을 서로 문지르며 미안이 고개를 숙이자 승서의 입술이 달싹였다. 그는 속으로 욕을 내뱉고 있었다. 그깟 일만 아니었다면 당장 미안을 데리고 바다로 놀러 갈 텐데. 상심한 그녀의 표정이 영 마음에 걸렸던 승서는 "미안 씨."하고 이름을 부르며 모자의 뒷부분을 살짝 눌렀다.
 그러자 미안이 슬그머니 고개를 든다. 동그랗고 왕방울만 한 눈을 깜빡인 그녀는 승서와 눈을 마주하자마자 꼬옥 안기고 싶은 간질거림을 느꼈다. 팔뚝을 쓸어내린 그녀는 괜한 민망함에 승서를 보고선 실없이 웃었다.
 "저 괜찮아요. 일 열심히 하고 오세요!"
 "저녁때 돌아올 것 같으니까 혼자서도 점심 꼭 챙겨 드세요. 바닷가 멀리 나가지는 마시고요. 제 말 아시겠습니까?"
 "네에, 네. 알아요. 기내에서도 백 번은 더 말씀하셨으면서! 사람들이 와서 식사 차려 주면 꼭 먹고, 혼자서 너무 멀리 놀러 가지 말고. 맞죠?"
 새침하게 눈을 흘기며 미안이 말하자 승서가 웃음을 터뜨렸다. 혼자 있어야 할 그녀가 영 신경 쓰였던 승서는 기내에서 내내 주의를 주었는데, 아무래도 그걸 미안이 외운 모양이다.

그는 미안을 안고 싶은 욕망을 억누르며 대신 뺨에 붙은 머리칼을 떼어 주었다.

"금방 다녀오겠습니다."

그녀를 큰 저택에 홀로 두고 나오는 게 내내 신경 쓰였지만, 미안은 대문 앞까지 따라 나와 염려 말라는 듯 가느다란 양팔을 흔들어 보였다.

승서와 양 비서를 보낸 미안이 가장 먼저 한 일은 식사를 하는 것이었다. 그와 조잘조잘 떠드는 사이에 둥그렇고 커다란 식탁엔 생전 처음 보는 음식들이 가득해졌다. 그릴에 구워진 맛있는 바비큐를 냠냠 먹은 미안은 전망이 탁 트인 테라스를 보며 배시시 웃었다. 하얀 식탁보 아래에서 다리를 까딱까딱 흔들며 식사를 마친 그녀는 과일이 담긴 바구니를 들고 백사장으로 나갔다.

어찌 된 영문인지 백사장엔 사람들이 없었다. 아주 멀리, 다른 집이 위치한 곳에 남녀가 희끄무레하게 보이긴 했지만 그게 전부였다. 이렇게 예쁜 바닷가에 사람이 한 명도 없다는 게 미안은 이해가 가지 않았지만 오히려 눈치 볼 게 없어서 편히 굴 수 있었다.

조리샌들을 계단 아래 벗어 둔 그녀는 발가락 사이에서 산산이 흩어지는 뜨거운 모래알갱이들을 밟았다. 수분 없이 마른 발바닥에 자근자근 밟히는 모래알갱이들은 힘없이 사방으로 퍼졌다. 미안이 걷는 곳마다 조그만 발자국들이 남았고 그녀는 몸을 돌려 바람에 야자수 잎사귀가 흔들리는 저택을 쳐다보았다.

포도처럼 생긴 녹색의 과일을 톡톡 따먹으며 콧노래를 부른 미안은 이게 모두 꿈이 아닐까, 하고 생각했다. 영화에서나 나올 법한 근사하고 아름다운 집과 그렇게 보고 싶었던 바다. 그리고 승서의 얼굴을 떠올린 미안의 뺨은 복숭아 빛깔로 예쁘게 물들었다.

이국적인 무늬가 새겨진 원피스 자락을 하늘거리며 몸을 다시 돌린 그녀는 하얀 거품을 내며 사르르 백사장 위로 무너지는 파도를 응시했다. 백사장 위에 맨발을 비빈 미안은 바구니를 팔에 끼고는 망고를 크게 한 입 베어 물었다.

파도 가까이에 발을 대자 차갑고 서늘한 감촉이 발목까지 스민다. 물결이 찰랑이는 느낌이 복사뼈 근처에서 일렁였고, 치맛자락을 적실 듯 말 듯 달려드는 파도를 쳐다보던 미안은 고개를 들어 끝이 보이지 않는 바다를 응시했다.

덜 부서진 조개껍데기나 소라, 고둥들이 파도에 휩쓸리며 자각자각 소리를 내자 거대한 해풍이 불어와 미안이 눌러쓴 모자를 멀리 날려 보냈다. 그녀는 하늘로 붕 뜬 모자가 나풀나풀 날려 멀리 수평선에 안착한 걸 쳐다보았다.

"할매. 나 바다 왔다."

혼잣말을 중얼거린 미안은 배시시 웃고는 모자가 파도에 쓸려 백사장에 도달할 때까지 자리에 서 있었다. 바닷물이 스민 밀짚모자를 두어 번 털어 다시 머리에 눌러쓴 그녀는 그대로 해안가를 따라 천천히 걸었다.

먹다 만 망고를 베어 물면서 바닷물을 발로 걷어차고 모래알갱이들 속에 발가락을 밀어 넣던 그녀는 몇 분쯤을 홀로 걷다가 휑한 옆자리를 보았다. 옆에 누군가 있는 듯 허공을 어루만진 미안은 고개를 들어 햇빛이 쨍쨍한 하늘을 우러러보았다.

최승서가 보고 싶다.

입안에 남은 망고의 달짝지근함을 식도로 넘긴 그녀는 천천히 바다에서 걸어 나왔다. 발바닥과 발가락 틈에 붙는 모래알들을 꼼지락거리며 떼어 내고는 조리샌들을 신자마자 계단을 빠르게 올랐다.

발을 씻기가 귀찮아 수영장에 두 발을 잠깐 담갔다가 테라스 안으로 달려간 미안은 양 비서가 침실에 두고 간 노트북을 찾았다. 침대 위에 배를 깔고 누워 노트북을 켠 미안은 의미심장하게 웃으며 양 비서가 알려 준 대로 아이콘을 클릭했다.

스마일 모양의 아이콘을 클릭하자 메신저가 뜬다.

양 비서는 미안을 위해 특별히 노트북을 두고 갔는데, 말로는 "회의 중에는 전화를 받을 수 없으니 무슨 일이 생기거든 채팅으로 알려 주세요."라고 했지만 실은 미안과 승서를 위해 센스를 발휘한 것이다.

메신저 명단에 '최승서 전무이사님'이라고 적힌 사람을 클릭하자 채팅방이 떴다. 두근거리는 마음으로 [Hi!]하고 말을 걸자 아래에 '최승서 전무이사가 글을 적는 중입니다.' 라는 작은 문구가 떴다. 혹시 일하는 데 방해했나 싶어 두 손을 꼭 모으고 다리를 흔들며 메시지가 뜨기를 기다리는데 미안이 [Hi!]라고 친 채팅 아래 [Who's this, please?]라는 영어 메시지가 떴다.

아마 승서는 조금 당황했으리라. 양 비서는 그를 수행하고 있는데 누군가 양 비서의 이름으로 대화를 걸었으니 어이가 없을 만도 했다. 침대 위를 데굴데굴 구르며 웃음을 터뜨린 미안은 그가 더 오해하기 전에 해명해야겠다고 생각했다.

[저예요. 미안! 혹시 일하는 중이셨어요? 채팅방 끌까요?]

바닷가를 혼자 걷다 보니 승서가 보고 싶어졌다. 그렇다고 일하는 데에까지 쫓아가서 민폐를 끼칠 순 없으니까. 미안이 손바닥에 턱을 괴고 승서의 다음 메시지를 기다리고 있자, 경쾌한 알림벨이 울렸다.

[아뇨. 아직 회의 시작하려면 멀었습니다.]

[식사하셨어요?]

[했죠. 미안 씨는요?]

승서가 보내는 메시지들은 일 분에서 오 분의 간격을 두고 천천히 날아왔다. 그와 메시지를 주고받는 것만으로도 충분히 설렌 미안은 [저도 먹었어요. 여기 밥 되게 맛있어요!]라고 답장을 보냈다. 그러곤 그에게서 답장이 늦게 오자 괜히 초조해져서 먼저 메시지를 보냈다.

[점심식사 어떤 거 드셨어요?]

[라푸라푸를 먹었습니다.]

[그게 뭐예요?]

[한국에서 다금바리라고 불리는 생선요리입니다. 저녁에 같이 먹을까요?]

[네!]

차곡차곡 쌓인 메시지들을 보며 헤프게 웃은 미안은 노트북 너머에 있는 승서의 얼굴을 상상했다. 보고 싶은 마음을 어떻게든 달래 보려고 채팅을 한 건데, 세상에, 더 보고 싶어졌다.

베개를 끌어안고 침대 위를 뒹굴거리던 미안은 [빨리 오세요.]라고 적었다가 차마 엔터를 치지 못하고 삭제를 했다. 그러다가 [보고 싶어요.]라고 적곤 또 보내지를 못하고 지웠다. 쓰고 지우기를 반복할 즈음 미안은 뒤늦게 아차 싶었다. 승서가 메시지를 보낼 때마다 아래에 '최승서 전무이사가 글을 적는 중입니다.'라고 뜨는데. 그렇다면 그의 채팅방 아래에도 저런 메시지가 뜬다는 소리였다.

뜨악한 미안이 눈가를 파르르 떨며 베개에 얼굴을 묻는데 노트북에서 알림벨이 울렸다.

[달이 참 아름답군요.]

미안이 문장을 쓰고 지우기를 반복하느라 한참 동안이나 끊긴 채팅방에 덩그러니 뜬 메시지였다.

"달?"

해가 쨍쨍한 하늘을 쳐다본 미안은 고개를 갸웃거리며 [아직 달 안 떴는데요?]라고 보냈다. 그러자 이번엔 꽤 빠르게 그에게서 답장이 왔다.

[그렇군요.]라고.

이 싱거운 반응은 뭐지? 미안은 의아해하며 다시 하늘을 쳐다보았다. 아무리 봐도 해가 지려면 한참 멀었는데 달이 떴다니. 승서의 말을 이해하지 못해 답답해진 미안이 다시 키보드를 두드리려고 하자 승서에게서 또다시 메시지가 왔다.

[곧 회의 들어가야 합니다. 나중에 봐요, 미안 씨.]

승서의 메시지를 마지막으로 채팅방을 끈 그녀는 침대에 벌러덩 누웠다.

"달이 아름답다고?"

커튼이 예쁘게 묶인 창밖을 보아도, 천장을 쳐다보아도, 어딜 보아도 달은 없다. 배에 손을 가지런히 올린 미안은 승서가 헛소리를 했을 리는 없다고 생각했다. 그러니까 저 말에 뜻이 있을 텐데 그 의미를 도무지 알 수가 없다.

"힌트라도 주지."

입술을 비죽거린 그녀는 노트북을 닫고선 침대에서 내려왔다. 넓은 거실로 나온 미안은 아직 치우지 않은 음식들을 쳐다보다가 입안에 맛있게 구운 새우를 꼬리째 집어넣었다.
"달이 참 아름답군요……."
승서가 보낸 메시지를 나지막하게 중얼거린 미안은 고개를 젖혀 거실 천장을 올려다보았다. 화려하게 금색으로 칠해진 천장에 해와 달이 맞붙어 있는 그림을 쳐다본 미안은 달을 좀 더 자세히 보기 위해 고개를 뒤로 꺾은 채 게걸음을 걸었다. 큼지막하고 밝은 달을 보던 미안이 그대로 소파에 풀썩 주저앉는다.
"무슨 소린지 모르겠다."
조그맣게 투덜거린 그녀는 소파 옆에 놓인 협탁에 승서의 카메라가 놓인 걸 발견했다. 약혼반지는 팔아 버린다 쳐도 그의 카메라를 파는 건 영 할 짓이 못 된다고 생각해서 다시 돌려주었더니 챙겨 온 모양이다.
카메라를 집어 든 미안은 조리개를 열고 생각 없이 셔터를 눌렀다. 찰칵하는 소리와 함께 사진이 찍혀 화들짝 놀라 허둥지둥 조리개를 쳐다보았다. 수동식이라 안에 필름이 있다는 걸 미처 확인할 생각을 못했다. 하지만 이미 찍힌 사진, 디지털 카메라도 아니라 삭제할 수도 없는 일이니 미안은 내친김에 카메라를 들고 저택 곳곳을 돌아다니며 사진을 찍었다.
사진을 열 장 넘게 찍었을까. 묵직한 카메라를 들고 다니기가 힘들어 도로 소파에 주저앉은 그녀는 카메라 끈을 목에 걸고는 소파에 풀썩 쓰러졌다.
아. 외롭고 심심하다.
소파에 누워 몸을 웅크린 그녀는 그새 허전해진 손바닥이 싫어서 카메라를 꼭 쥐고는 눈을 감았다.
「달이 참 아름답군요.」

문장을 중얼거릴 때마다 왠지 마음이 간질거리는 걸 느끼면서 미안은 그대로 소파 위에서 까무룩 잠이 들었다.

귓가에 자꾸만 간지러운 소리가 들렸다. 사각사각하고 종이를 넘기는 소리. 눈을 비비며 고개를 든 미안은 높이 꽂힌 책을 꺼낼 수 있도록 만들어 놓은 플라스틱 받침대에 걸터앉은 남자를 쳐다보았다. 옅은 겨자색의 브이넥 스웨터가 잘 어울리는 남자.

그녀는 무릎을 구부리고 그를 응시했다. 꿈일까. 아니면 과거일까. 손을 뻗은 미안은 느리게 깜빡이는 승서의 속눈썹을 어루만졌다. 그러자 미안의 손길이 닿은 부위가 간지러운지 그가 눈을 세게 비빈다.

그 모습을 보며 웃음소리를 죽인 미안은 승서 씨, 하고 그를 불렀다. 하지만 승서는 대답하지 않았다. 자리에서 일어선 그녀는 지금 있는 위치가 궁금해 주변을 두리번거렸다. 아무래도 도서관 같은데 이상하게 사방에 외국인들밖에 없다. 눈을 깜빡거리며 다시 승서를 내려다본 미안은 책꽂이에 엉덩이를 기대고는 그가 읽는 책을 쳐다보았다.

승서가 허벅지에 올려 두고 읽는 책은 처음부터 끝까지 죄다 영어였다. 영어를 보자마자 눈앞이 핑핑 도는 걸 느낀 그녀는 지금보다 좀 더 풋풋한 승서를 눈여겨보다가 그의 아래 살짝 주저앉았다.

미안은 아마도 이곳이 대학의 도서관이 아닐까, 하고 추측했다. 지금 미안의 눈앞에서 책을 읽고 있는 최승서는 저번에 보았던 스무 살의 승서보단 좀 더 세련된 멋이 있었다. 지금보다 좀 더 날카로운 분위기의 그를 마음껏 관찰하던 그녀는 곧 승서의 발 근처에

국적을 불문한 책들이 쌓인 걸 보곤 작게 웃었다.

승서 씨는 학교 다닐 때 학구파였나 봐요? 나는 공부라면 질색했는데.

그의 다리에 팔을 올리며 배시시 웃은 그녀는 손을 뻗어 승서의 앞에 손을 휙휙 흔들었다.

대체 '달이 참 아름답군요.' 는 무슨 의미였던 거예요?

미안은 토라진 표정을 보며 그의 허벅지에 얼굴을 뉘었다. 하지만 그래 봤자 과거의 최승서에게 그녀는 보이지 않는다.

대학생인 그는 입매를 꼭 다문 채 끈기 있게 책을 읽었다. 괜히 서재에 책이 많은 게 아니었나 보다. 그녀는 일부러 승서가 보고 있는 책 위에 손을 펼쳤다. 그가 자신을 봐주지 않는 게 왠지 샘난다. 아무리 과거라지만 이렇게 알아봐 주지 않다니.

뾰로통해진 얼굴로 승서가 읽던 책을 가린 미안은 그대로 그의 다리 위에 얼굴을 묻었다. 승서의 옷에 얼굴을 묻고 숨을 함빡 들이마시자 그의 체취가 코끝에 전해진다. 그리운 사람의 향기에 마음이 편안해진 그녀는 눈을 천천히 감았다.

이대로 잠들어도 좋을 것 같다는 생각을 하는데 무언가가 귀를 덮은 머리칼을 찬찬히 쓸어 넘긴다. 귓불과 목덜미를 간질이는 감촉에 그녀가 눈을 가늘게 떴다. 방금 전까지 오후의 찬연한 햇살이 쏟아지는 도서관이었는데 지금 미안의 눈앞엔 눈발이 흩날리고 있었다.

팔뚝에 오슬오슬 돋는 소름에 고개를 돌리자 그제야 누군가의 다리를 베개마냥 쓰고 있었다는 걸 알았다. 화들짝 놀라 상체를 일으키자 붉은 목도리를 두른 남자와 눈이 마주쳤다.

일자로 굳게 그어진 입매를 눈여겨보던 미안은 시선을 위로 찬찬히 들어 스물일곱의 최승서와 눈동자를 마주했다. 그는 분명히 그녀를 보고 있었다. 똑바로 응시하는 것뿐만 아니라 손을 뻗어 헝클어진 머리칼을 정리해 주었다.

내가 보여요?

믿기지가 않아서 더듬더듬 묻자 그가 조용히 웃는다. 살며시 위로 올라간 승서의 입가에 미안의 심장이 빠르게 뛰기 시작했다.

왜 자꾸 여기 혼자 있어요?

차가운 승서의 뺨을 어루만지며 조곤조곤 묻자 그가 고개를 내젓는다. 승서가 입을 열자 하얗고 따뜻한 입김이 미안의 입가 근처에 어렸다. 무어라 말하는 그의 목소리는 그녀의 귓가엔 닿지 않았지만 스물일곱의 최승서는 말을 하는 내내 조그맣게 미소 짓고 있었다.

처음 보는 미소다. 항상 기차역에 서 있던 스물일곱의 그는 당장에라도 어디로 사라질 것처럼 쓸쓸한 얼굴을 하고 있었는데. 미안은 승서가 웃는 걸 보고 몸을 일으켰다.

입술을 도로 닫은 승서는 빨갛게 언 손으로 미안의 귓가를 감쌌다. 점점 식어 가는 그녀의 뺨과 입가를 어루만진 그는 이내 목에 두르고 있던 목도리를 풀었다. 털로 짠 목도리를 그녀에게 둘러 준 승서는 두르던 목도리에 힘을 주어 미안을 앞으로 살짝 당겼다. 여지없이 상체를 앞으로 숙인 미안은 코앞에 다가온 그를 보고 숨을 멈추었다.

「─────」

조금씩 미소가 차오르는 그의 입술이 또다시 무언가를 이야기한다. 그녀는 목과 턱을 감싼 목도리에서 따스한 온기를 느끼며 승서의 입술을 주시했다.

「─────」

 작고 느리게 움직이는 그의 입술을 응시하던 미안은 이내 눈을 크게 뜨곤 스물일곱의 최승서를 쳐다보았다.

 승서 씨?

 떨리는 목소리로 그를 부르자 승서가 활짝 웃으며 그녀를 당긴다. 냉하게 얼어붙은 그의 입술이 닿자 그녀는 눈을 크게 떴다가 이내 눈꺼풀을 천천히 감았다.

 그러자 그때서야.

 마주 붙은 입술 사이로 다정한 목소리가 들렸다.

「언젠가 너를 사랑하러 갈게.」


 "승서 씨이……."

 소파에 웅크린 채 잠든 미안이 입술을 우물거리며 중얼거렸다.

 "저 여기 있습니다."

 그녀의 앞에 다가간 그가 자그맣게 속삭였다. 그러자 미안이 입술을 달싹거리더니 다시 잠자코 잠을 잔다. 승서는 꼭 감긴 채 떠질 기미가 보이지 않는 미안의 속눈썹을 살짝 어루만졌다.

 일을 마치자마자 헐레벌떡 돌아왔더니 미안은 세상모르게 잠을 자고 있었다. 그래서 저녁을 준비하던 직원에게 그녀가 언제부터 잠들었느냐 묻자 점심을 치울 즈음부터 잠을 자고 있었다는 대답을 들을 수 있었다.

 큰일이다. 이렇게 낮잠을 많이 자면 밤에 잠이 오지 않을 텐데. 승서는 손가락으로 포동포동 부푼 미안의 **뺨**을 콕 찔렀다. 그러자 미안이 살짝 벌어진 입술을 움찔 떨었다. 태어난 지 별로 되지 않은 조그만 강아지를 보는 기분이다. 건드릴 때마다 입술이나 카메라를 쥔 손가락이 움찔거리는데 그 반응이 어찌나 귀여운지 승서는 미안을 깨울 생각도 않고 계속 콕콕 건드리고만 있다.

노란색의 긴 소파에 누워 잠이 든 미안은 이국적인 자수가 놓인 원피스가 잘 어울려서인지 먼 나라에서 잠깐 휴양을 온 공주님 같았다. 애교 많고 눈웃음이 사랑스러운 공주님. 소파에 살짝 걸터앉아 그녀의 머리칼을 넘겨 준 승서는 손등으로 미안의 턱을 간질였다.

"미안 씨."

슬슬 저녁준비가 다 되어 간다. 부드럽게 미안의 뺨을 쓰다듬어 준 그는 상체를 낮추어 "일어날 시간입니다."하고 작게 속삭였다. 그가 소파의 가죽시트를 손바닥으로 꾹 누르며 그녀에게 가까이 다가가자 내내 파르르 떨리기만 하던 미안의 눈이 가늘게 벌어졌다.

카메라를 손에서 놓고 눈가를 비비적거린 미안은 "졸린데."하고 칭얼거리며 몸을 비틀었다. 소파 위에 반듯하게 누운 그녀는 자그맣게 하품을 했다가 코앞에 있는 가슴팍을 보고선 손을 뻗어 끌어안았다.

"……할매, 나 일 분만 더어……."

애교를 부리며 허리를 와락 안자 머리맡에서 피식 웃음소리가 터져 나온다. 하지만 그녀는 비몽사몽이어서 미처 그 웃음소리를 듣지 못했다.

미안이 누군가가 끌어안고 일으켜 주는 힘에 상체를 일으킨다. 코알라처럼 찰싹 붙은 미안은 "나 진짜 졸린데."하고 투정을 부리며 가슴에 얼굴을 비비다가 할매의 가슴이 몹시 판판하다는 걸 깨달았다. 할매의 가슴이 언제부터 이렇게 절벽이었을까. 허리를 꼭

안은 채 생각하던 그녀는 여전히 졸음에 겨운 눈을 깜빡였다.
"할매?"
"할매가 아니라 할배입니다, 미안 씨."
승서가 짓궂게 대답하자 고개를 들고 느리게 눈을 깜빡이던 미안이 "승서 씨?" 하고 그의 이름을 불렀다. 할매는 어디 가고 최승서 씨가 여기 있담. 그녀는 끌어안고 있는 승서의 허리를 쳐다보다가 다시 그의 얼굴을 보았다. 그러곤 서서히 잠에서 깨어나 눈을 휘둥그레 떴다.
"스, 승서 씨?"
"일어났습니까?"
그를 놓고 뒤로 재빠르게 도망치려 하는데 몸이 옴짝달싹도 않는다. 왜 그러나 했더니 어깨에 승서의 단단한 팔이 둘러져 있었다. 어쩐지 몸이 쉽게 일으켜지더라.
그녀가 부끄러움에 얼굴을 붉히자 승서가 "저녁 먹을 시간입니다. 이제 그만 꿈나라에서 나오세요." 하고 다정하게 말했다. 귓가에 닿는 그의 부드러운 숨소리에 어깨를 흠칫 떤 미안은 눈동자를 위로 힐끗 들었다.
너무 가깝다. 고개를 조금만 더 들었다간 그의 입술에 닿을 정도로.
미안이 이러지도 못하고 저러지도 못한 채 눈동자만 데굴데굴 굴리자 그가 조용히 웃으며 팔을 치웠다. 승서의 품에서 벗어난 그녀는 한숨을 삼키며 뜨끈뜨끈한 뺨을 손바닥으로 감쌌다. 최승서인 줄도 모르고 안겨서 아양을 떨었다니. 정말이지 창피한 짓을 하고 말았다.
앞으로 쭉 뻗은 다리를 웅크린 미안이 "어, 언제 오셨어요?" 하고 말하며 승서를 보았다. 사복을 입은 그는 무척 근사했다. 반팔에 반바지도 멋있는 남자다.

"한참 전에 왔습니다만."

그가 웃으며 말하자 미안이 "깨우시지."하고 말하며 괜히 볼을 부풀렸다. 쇄골이 도드라질 정도로 어깨를 움츠린 미안은 쑥스러움에 빨개진 뺨을 손바닥으로 삭삭 문질렀다.

그가 온 줄도 모르고 태평하게 잠을 잤다. 그것도 사람들이 마구 드나드는 소파 위에서. 잠깐만 자야지 한 게 몇 시간이나 지났을 줄이야. 승서와 쉬이 눈을 마주치지 못하고 괜히 엉뚱한 곳을 쳐다보고만 있자 그가 먼저 소파에서 일어났다.

"밥 먹을 시간입니다. 가죠."

"와, 저 진짜 식충 같아요. 먹고 자고, 먹고 자고."

승서의 손을 잡고 일어난 미안이 스스로를 힐난한다. 하지만 승서는 그녀가 계속 먹고 자기만 해도 괜찮았다. 순전히 미안을 쉬게 하려고 이곳에 데려왔다. 그토록 보고 싶어 하던 바다를 보여 주고, 맛있는 음식을 잔뜩 먹이고, 괜히 힘들여 과거를 보지 않게 하려고 이곳까지 데려온 것이다. 그러니 돌아갈 즈음에 미안의 얼굴에 통통하게 살이 올라 있다면 그야말로 작전 대성공이었다.

"이게 승서 씨가 말한 거예요? 그러니까……. 라푸라푸?"

의자에 앉은 미안은 회에서부터 찜, 튀김 등 다양한 음식들을 보며 호기심을 드러냈다.

"라푸라푸. 왠지 귀여운 이름이네요? 라푸라푸!"

"필리핀에서도 유명한 음식이니 아마 미안 씨 입에도 맞을 겁니다."

라푸라푸 회를 접시에 담아 미안에게 건넨 승서는 어느새 튀김을 입에 집어넣는 미안을 보고선 즐겁게 웃었다.

"음, 응! 승서 씨, 이거 진짜 맛있어요!"

다람쥐마냥 볼에 음식을 채워 넣은 그녀가 그의 앞으로 튀김을 밀며 말했다. 잽싸게 다른 요리들에도 손을 댄 미안은 승서가 까 주는 커다란 게를 보며 신기한 마음에 입을 동그랗게 벌렸다.

"승서 씨, 승서 씨. 그거 랍스타죠? 말도 안 돼, 진짜 신기해요! 가재처럼 생겼는데 엄청 커요!"

아이처럼 신이 난 미안을 보며 웃음을 꾹 참은 승서는 "자요." 하고 말하며 도톰한 살점을 그녀에게 내밀었다. 아기 새처럼 입을 벌려 쏙 받아먹은 미안은 통통하게 씹히는 살점에 발을 구르며 눈을 반짝반짝 빛냈다.

"입에 맞아서 다행이군요."

볼을 손바닥으로 감싼 채 황홀한 표정을 짓는 미안을 보니 승서도 덩달아 배가 불렀다. 미안은 정말로 잘 먹었다. 그들의 숙식을 돕는 직원이 '마냥 사랑스러운 아가씨인 줄 알았더니 이제 보니 잘 먹기까지 하는군요.' 라고 말하며 감탄할 만큼 무척 잘 먹었다.

미안이 먹는 모습은 늘 보기 좋았다. 쉴 새 없이 입에 쏙쏙 집어넣으면서도 맛있는 게 있다 싶으면 "승서 씨, 승서 씨. 이거 되게 맛있어요."라며 권해 주는 모습도 예뻤고 "이 열매 진짜 신기해요! 이렇게 톡 까면 알맹이가 쏙 나와요!" 하며 방방 들뜬 모습도 예뻤다.

모든 게 신기해서 일일이 물어보는 모습도 사랑스러웠고 손가락을 빨면서 다음 음식을 기대에 찬 눈빛으로 지켜보는 모습도 귀엽다. 정말로 미안은 머리부터 발끝까지 예쁘지 않은 곳이 없었다.

"저 이러다가 한국 돌아갈 때 살 잔뜩 찌면 어떻게 해요?"

먹고 나니 걱정된다는 듯 그녀는 승서가 건네주는 두리안을 받아먹으며 꿍얼거렸다.

"미안 씨는 좀 쪄도 된다고 생각합니다만."

"그건 승서 씨가 제 숨겨진 뱃살을 몰라서 그래요."

"지금도 충분히 예쁩니다. 충분히."

"정말요?"

승서의 말에 과일을 오물거리던 미안이 눈을 빠르게 감았다 떴다. 빵빵하게 불러 오기 시작한 배를 문지르던 그녀는 그의 말에 화색이 돌았다. 아무 맛난 걸 먹어도 저 한마디만큼 배가 부르지는 않다.

"배부르면 새우는 굽지 말라고 할까요?"

먹는 속도가 조금씩 더뎌진 미안을 보며 승서가 넌지시 묻자 미안이 입에 새우꼬리를 문 채 도리질을 했다.

"조개구이는 먹을래요. 저기 저거요. 엄청 큰 거!"

아직 상에 오르지 않은 거대한 조개를 가리키며 말하자 직원이 태국 억양이 강한 영어로 '그럼 저것부터 구울까요?' 하고 물었다. 그렇게 해 달라고 부탁한 승서는 새우의 머리를 톡 떼어 내고는 껍질째로 오독오독 잘도 먹는 미안을 마냥 흐뭇하게 보았다.

"밥 다 먹으면 산책하러 갈까요."

승서의 제안에 조개를 포크로 긁던 미안이 재빨리 고개를 끄덕였다. 식사를 하면서 조금씩 술을 마셔서인지 그녀의 뺨은 평소보다 좀 더 진한 선홍빛이었다. 눈도 전보다 더 빠르게 깜빡거리며 승서에게 "저어, 조갯살 발라 주세요. 네?" 하고 애교 부리는 것도 늘었고 그와 눈이 마주칠 때마다 헤프게 웃음을 터뜨리는 횟수도 잦아졌다.

식사를 다 마치고 나니 미안의 배가 조금 볼록하게 나왔다. 올챙이처럼 튀어나온 아랫배를 손바닥으로 감싼 그녀는 승서의 눈치를 힐끗 살폈다.

"배 나온 거 들키면 안 되는데."

조그맣게 중얼거린 미안은 딸꾹질을 튀어나와 양손으로 입을 가렸다.

조리샌들로 갈아 신고 나온 승서는 수영장 앞에 서서 어깨를 들썩이는 미안을 쳐다보았다.

"미안 씨? 혹시 속 울렁거립니까?"

과하게 먹은 게 탈이 났나 싶어 미안에게 다가가자 그녀가 손사래를 치며 "아뇨, 아뇨." 하고 부정했다.

"따, 딸꾹질……. 히꾹!"

"숨을 참으면 멈출 겁니다. 잠깐만 참으세요."

그가 가까이 다가와 등을 쓸어 주자 미안은 저절로 숨을 참았다. 이렇게 승서와의 거리가 좁혀지면 저절로 숨이 막힌다. 호흡을 멈춘 미안은 한참 후에야 "후아!" 하고 숨을 터뜨렸다.

"딸꾹질 진짜 멈췄네."

더 이상 들썩거리지 않는 가슴을 신기하다는 듯 쓸어내린 미안은 승서를 올려다보며 배시시 눈웃음을 지었다.

"산책하러 가요!"

승서를 앞지른 미안이 조그만 문을 열었다. 치맛자락을 살짝 들치고 계단을 가볍게 내려가자 조리샌들 사이로 모래알갱이가 흩어진다.

어느새 해가 져 어둠이 내려앉은 바다는 짙푸른 빛깔로 아주 고요히 파도 소리를 냈다. 백사장 드문드문 위치한 저택들에서 흘러나오는 빛에 해변의 경계가 간신히 보였고 하늘엔 덩실한 달과 반짝거리는 별들이 그 주위에 은빛 부스러기처럼 아주 자잘하게 반짝였다.
 "승서 씨."
 "네, 미안 씨."
 "왜 여기에는 사람들이 없어요? 다른 데도 별로 없던데."
 "집 앞에 있는 이 백사장이 개인 해변이라 그렇습니다. 한마디로 정리하면 여기 백사장이 우리가 지내고 있는 집의 마당인 셈이군요."
 "아아, 그래서 아무도 없었던 거구나."
 술에 알딸딸하게 취한 미안은 평소보다 좀 더 기분이 들뜨고, 말이 많아졌다. 특히 '승서 씨, 승서 씨.' 하고 부르는 횟수가 부쩍 늘었다. 그녀는 여러모로 기분이 좋았다. 흥겹게 술에 취했고 배도 잔뜩 부른 상태였다. 가사를 얼버무리며 트로트를 흥얼거린 미안은 앞서 걷다가 뒤에서 천천히 따라오는 승서를 돌아보며 만세를 했다.
 "승서 씨, 승서 씨!"
 "네. 왜 그럽니까, 미안 씨."
 "손잡아도 되나요?"
 만세를 한 손을 앞으로 쭉 뻗으며 헤실헤실 웃으며 묻자 승서가 빙그레 미소 지으며 "물론이죠." 하고 답했다.
 승서는 술에 취해 열이 오른 미안의 손을 꼭 잡았다. 그녀는 휘청거리며 걸으면서도 그의 손을 놓지 않았고 심지어 "승서 씨, 승서 씨. 깍지 껴도 되나요?" 하고 묻기까지 했다. 그래서 그는 생각했다. 이 여자가 나를 말려 죽이려고 작정했구나, 라고.

비실비실 웃는 미안의 얼굴은 너무나 예뻤다. "깍지 끼면 안 되는 거예요?"라고 울 것 같은 표정으로 묻는 것도 귀여워서 견딜 수가 없었다. 당장에라도 미안을 갖고 싶다는 충동을 억누른 그는 그녀의 손에 깍지를 끼우며 "자, 보세요. 손깍지 끼웠죠?" 하고 말했다. 그러자 미안이 다른 팔을 번쩍 들더니 "승서 씨랑 손깍지 했다!" 하고 크게 외쳤다. 난데없는 그녀의 외침에 승서는 결국 내내 참고 있던 웃음을 왈칵 터뜨렸다.

사랑스러운 것도 정도가 있지. 술 취했다는 이유로 사람을 이렇게 쥐락펴락하다니. 그는 웃는 자신을 보며 "왜요? 왜요, 승서 씨?" 하고 묻는 미안을 쳐다보았다.

그녀가 너무 예뻐서 견딜 수가 없다.

조금이라도 더 닿을 수 있으면 좋을 텐데. 그렇게 생각하며 미안에게 손을 뻗자 그녀가 "승서 씨!" 하고 그의 이름을 갑자기 크게 불렀다.

"저 바다에 들어가 보고 싶어요. 지금!"

지금이라는 말을 유독 강조한 미안이 승서의 팔을 잡아당긴다. 하지만 승서는 난감한 표정으로 미안을 자신의 쪽으로 당겼다.

"해가 져서 위험⋯⋯."

"들어가면 안 되는 거예요?"

"미, 미안 씨."

승서는 일 초당 수십 번씩 깜빡이는 것 같은 그녀의 눈을 보며 당혹스러움에 잠겼다.

"진짜 안 되는 거예요? 딱 한 번인데?"

"해가 져서 위험합니다. 차라리 내일 들어가는 게⋯⋯."

"발만 담가 볼게요, 네? 승서 씨, 네?"

그가 그녀의 애교에 약하다는 걸 눈치챈 게 분명하다. 그렇지 않고서야 팔에 매달려 이렇게까지 앙탈을 부릴 리 없다. 애당초 이건 이기지 못할 싸움이었다. 승서가 미안의 고집을 꺾다니. 그런 건 불가능한 이야기였다.

"그럼 정말 발만 담그고 나오는 겁니다."

"종아리까지만!"

"……발목."

"허벅지!"

왜 자꾸 협상을 할수록 수위가 높아지는가. 승서가 눈썹을 오므리자 미안이 "그럼 골반까지?" 하고 말하며 고개를 옆으로 기울인다. 애교를 가득 담아 웃는 눈에 결국 그는 고개를 뒤로 젖히며 한숨을 뱉었다. 어쩌면 결국 그녀가 원하는 대로 승서는 바다 속에 끌려갈 운명이었을지도 모르겠다.

"대신 절대로 떨어지면 안 됩니다."

"네, 약속할게요."

승서에게 허락을 받자마자 그녀는 손을 놓고 바닷가로 달려갔다. 파도가 철썩이는 곳에 조리샌들을 가지런히 벗어 놓은 미안은 승서를 향해 얼른 오라는 듯 팔을 크게 흔들었다.

발을 다치면 어쩌려고 신발을 벗나. 하지만 승서는 미안이 너무 밝은 얼굴을 하고 있어서 차마 잔소리도 하지 못하고 그녀의 손을 잡았다. 뒤에서 조심스럽게 미안을 안은 그는 바닷물이 허벅지를 적실 즈음 걸음을 멈추었다.

"승서 씨, 한 발만 더요. 딱 한 발만."

미안이 고개를 돌리며 애원하자 승서가 "딱 한 발만입니다." 하고 말하며 한 걸음 더 앞으로 나아갔다. 느리게 물결치는 파도가 미안의 허리를 지나쳐 해변에 부딪친다. 숨을 크게 삼킨 그녀는 뒤에서 바싹 끌어안은 승서의 등에 기대며 눈을 가늘게 감았다. 물에 잠겨 있다는 건 정말 묘한 기분이다. 물이 명치 부근을 살살 두드려서인지 호흡이 살짝 느려진다.

바다 속에서 꼼지락대는 하얀 발가락을 쳐다본 미안은 고개를 들어 동그랗게 뜬 달을 응시했다.

"계속 바다에 오고 싶었어요."

그녀가 조그맣게 중얼거리자 미안을 지탱하고 있던 승서가 고개를 살며시 숙였다. 일렁이는 바닷물 위로 물방울이 똑똑 떨어지는 소리에 그가 숨을 크게 삼키며 "미안 씨." 하고 그녀를 불렀다.

"아마 바다에 빠져 죽고 싶었나 봐요."

턱을 비스듬히 기울여 소리 없이 우는 미안을 내려다본 승서는 마음이 따끔거렸다. 그래서 잡고 있던 손을 놓고 그녀의 어깨를 끌어안자, 미안이 바다에 잠겨 있던 손을 들어 그의 팔을 꼭 붙들었다.

"학교에서 제가 도둑년으로 몰려서……. 능력을 써서 범인이 누군지 잡았는데 정신병자 취급을 받았어요. 선생님이 사탕도 못 먹게 해서 발작도 일으켰고……. 학부모들이 맨날 우리 할매 찾아와서 나 빨리 전학 보내라고, 저런 애를 어떻게 학교에 두냐고. 그래서 내가 확 자퇴해 버렸어요."

턱을 아래로 당긴 미안은 울음소리를 삼키며 승서의 팔에 입술을 묻었다.

"……내가, 내가 뭐 그렇게 나쁘다고……."

흐느끼는 소리와 함께 그녀의 조그만 어깨가 크게 떨렸다.

"할매도 일어나지 않고……. 가족한텐 버림받았고 돌아갈 곳도 없는데……."

 울음을 꾹 참는 미안의 조그만 몸이 크게 흔들린다. 승서는 온 힘을 다해 울음소리를 죽이는 그녀를 그저 품에 꼭 안았다.

 남들은 가족이나 연인이나 친구와 추억을 만들러 오기 바쁜 곳에 미안은 죽으러 오고 싶어 했다. 곁에 아무도 없어서 바다 깊은 곳에 잠기고 싶었던 걸지도 모른다.

 먼 곳에서 밤바다의 차가운 바람이 불어왔다. 바람이 미안의 머리칼과 승서의 옷자락을 요란하게 스치자 티셔츠가 나부끼는 소리가 파도 위에 조용히 울려 퍼진다. 찬바람에 미안을 더욱 세게 끌어안은 그는 거친 바람에 두 눈을 꼭 감은 미안을 내려다보았다.

 승서는 이렇게나 작고 여린 미안을 더 오래 감싸 안고 싶었다. 온종일 품에 끌어안고 그녀가 진절머리를 낼 만큼 깊이 사랑해 주고 싶었다. 그래서 미안을 더 힘껏 끌어안고 그녀의 귓바퀴에 입술을 갖다 대었다. 바다에 잠겨 있는 게 혼자가 아니라고 속삭이고 싶었지만 승서는 입을 가만히 다문 채 미안의 목소리를 기다렸다.

 나지막한 승서의 호흡이 고막을 두드리자 그녀가 꼭 감고 있던 눈을 떴다. 눈물에 젖어 무거워진 눈을 위로 찬찬히 들어 올리자 하얗게 빛나는 달이 보였다. 어두컴컴한 바닷물 위로 흔들거리는 달의 그림자를 쳐다본 미안은 자신을 안아 주고 있는 단단한 팔을 가슴에 끌어안았다.

「달이 참 아름답군요.」

 귓가를 부드럽게 울리는 숨소리에 미안은 가슴에 남겨 둔 그 문장을 기억해 냈다. 단순히 달이 아름답다고 말하는 것뿐인데도 그 말은 자꾸만 그녀의 마음을 간지럽게 만들었다. 그래서 그녀는 그의 팔을 놓고 뒤를 돌아보았다.

울 것처럼 눈썹을 살며시 모은 승서는 미안을 보자 간신히 미소 지었다. 눈물에 젖은 조그만 얼굴이 안쓰럽고 속상하고 한편으론 더할 나위 없이 어여뻐서 그는 그녀의 얼굴을 손바닥에 쏙 담았다.

승서는 미안을 볼 때마다 한 가지밖에 생각나지 않았다.

"달이……."

낮은 음성으로 중얼거린 그는 자신을 솔직히 쳐다보는 미안의 눈동자에 말을 잇지 못하고는 고개를 기울여 살며시 입을 맞추었다. 눈물에 촉촉하게 젖은 입술에 그의 입이 닿자 미안이 하느작거렸지만 이내 승서의 옷깃을 꽉 잡아당겼다.

두 사람 사이에 간간이 파도가 흐르는 소리가 고였다. 입술이 맞붙었다가 떨어지고 또다시 붙는다. 감정에 서투른 아이처럼 미안의 입술에 가볍게 입을 맞추기만 한 승서는 "……울음, 그쳤습니까." 하고 쉰 목소리로 웃으며 물었다.

뺨을 감싼 승서의 손을 꼭 감싸 쥔 미안은 고개를 끄덕이며 그를 응시했다.

가까이 붙어 입을 맞추는 것 대신 이마를 마주 댄 두 사람은 서로를 쳐다보다가 작게 웃었다.

"승서 씨."

"네, 미안 씨."

"그 말, 무슨 의미인지 안 알려 주실 거예요?"

살짝 들썽거리는 표정으로 묻자 승서가 미안의 이마에 입을 맞추며 웃음기 섞인 목소리로 고요히 속삭였다.

"그건……."

미안이 눈을 뜬 건 점심시간이 다 되어서였다. 침대에서 벌떡 일어나 밖으로 나가자 현지인들이 식사를 차리고 있었다. 그녀는 승서가 나갔느냐고 묻기 위해 입을 뻐끔거렸다가 직원으로부터 '밥. 아가씨, 식사합니다.' 라는 서툰 한국어를 들었다.

그녀는 먹기 좋게 발라진 게살을 우물거리다가 허전한 맞은편 자리를 응시했다. 혼자 먹기엔 진수성찬이어서 그런지 아니면 머리 한가운데에 최승서가 박혀서인지 또 그가 생각난다.

어제 술에 취하긴 했지만 어렴풋이 기억은 났다. 두어 번 정도 입을 맞추었다가 서로를 보며 웃고 '달이 참 아름답군요.' 라는 말의 의미에 대해 물었다. 두고두고 생각할수록 미안은 그때 머리가 어떻게 되었다고 생각했다. 그렇지 않고서야 바다 속에서 승서와 그런 짓을 할 수 있을 리 없다.

게살을 달콤한 소스에 찍어 먹은 그녀는 멍한 표정으로 밥을 먹다가 어젯밤 승서가 남긴 말을 떠올렸다.

「그건 비밀입니다.」

비밀? 미간을 찡그린 미안은 양손을 뻗어 어제 맛있게 먹었던 라푸라푸 회를 앞으로 당겼다.

"비밀이 어디 있어. 치사해."

뽀뽀까지 해 놓고는. 최승서는 정말 나쁜 남자다. 게 다리를 쪽쪽 빨며 먹음직스러운 회를 내려다보던 미안은 어젯밤 그 순간을 다시 회상했다. 하얗게 뜬 달과 귓가를 간질이는 그의 숨소리와 무척 짧고 조심스러웠던 입맞춤.

조그만 입술을 손가락으로 만지작거린 미안의 얼굴이 점차 빨갛게 익어 간다.

어제 바다 속에서 그와 입을 맞추고 비밀이라는 오묘한 대답을 들은 미안은 해변에 둔 조리샌들을 잃어버리는 바람에 승서에게 아이처럼 안긴 채 바닷가 저택으로 돌아왔다.

다른 건 잘 기억나지 않지만 안겨 있는 내내 "저 안 무거워요?"라고 몇 번이나 물어봤던 것 같다. 그리고 그때마다 승서는 "가볍습니다, 아주 많이요."라고 연신 속삭여 주었다. 그 목소리가 생생히 떠오르는 이유는 무척 가까이에서 본 승서의 얼굴 때문이리라.

바닷바람이 불어 머리카락이 조금 헝클어진 그의 가슴은 넓고 따뜻했다. 가슴에 머리를 기대면 규칙적으로 뛰는 심장 소리가 들려서 미안은 좀 더 오래 승서에게 안겨 있고 싶었더랬다.

그래. 그러니 결론은 어젯밤의 일은 꿈이 아니라는 것이다.

그런데 이 사람이 한 마디도 않고 그냥 나가? 게 껍질을 우득 씹은 미안이 빈자리를 퉁명스럽게 쳐다본다.

달이 아름답다는 의미도 알려 주지 않았고 왜 뽀뽀를 했는지도 말하지 않았다. 이렇게 파렴치한 남자가 어디 있단 말인가. 젊은 처자 입술을 빼앗아 놓고 나가서 연락 한 번을 안 하다니. 하다못해 쪽지라도 두고 가면 덧나? 입술을 비죽 내민 그녀는 부서진 게 껍질을 그릇에 툭 던져 넣고는 힘없이 팔을 늘어뜨린다.

미안은 눈앞에 펼쳐진 산해진미를 보고도 손을 쉽게 움직이지 않았다. 식욕이 없는 표정으로 회를 젓가락으로 지분거리던 그녀는 밖에서 수런거리는 소리에 고개를 갸웃했다. 분명 한국말이다. 혹시 승서 씨가 돌아온 걸까. 젓가락을 내려놓은 미안은 다리오금까지 내려오는 긴 원피스를 말아 올리고 대번에 현관으로 달려갔다.

"승······."

'승서 씨!' 하고 외치려던 미안은 조그만 은색 종이 달린 현관문을 짚은 채 고개를 갸웃했다.

"최주하 씨?"

미안이 말아 올린 치마를 내려놓으며 주하를 불렀다. 그러자 양 비서와 대화 중이던 주하가 그녀가 서 있는 쪽을 보곤 눈을 크게 떴다.

"상무님, 아니 이건……!"

미안을 보고 당황한 양 비서가 저택으로 들어가는 하얀 대문 앞에 서서 양팔을 버둥거렸다. 그 모습을 멀뚱히 보던 그녀는 양 비서와 주하를 번갈아 보다가 생긋 웃으며 바닥에 박힌 돌을 총총히 밟아 둘에게 다가갔다.

"오랜만에 뵙네요, 최주하 씨."

"설마 여기서 만날 줄은 몰랐군요. 아가씨."

지그시 미소 지은 주하는 지포라이터를 돌리며 양 비서를 힐끗 보았다. 그러곤 다시 미안을 보며 "지난번에 만났을 때보다 얼굴이 더 밝군요." 하고 말했다.

"저는 일이 있어서 이만 돌아가 보겠습니다. 나중에 기회가 되거든 다시 뵙죠."

회색의 정장이 지나치게 잘 어울리는 주하는 그대로 주차되어 있던 차를 타고 떠나 버렸다. 울타리에 팔을 걸친 채 멀어지는 주하의 차를 빤히 보던 미안은 얼굴이 붉으락푸르락한 양 비서를 올려다보았다.

"저어, 제가 실수했나요?"

미안이 조금 겁을 먹은 눈으로 묻자 양 비서가 정신을 되찾으며 "어머, 무슨 그런 말씀을요." 하고 평소처럼 호호호 웃었다.

그녀는 양 비서를 위해 대문을 열어 주었다. 미안과 함께 저택으로 들어선 양 비서는 거실에 들어서자마자 손에 들고 있던 종이

가방을 내려놓았다.
"양 비서님 식사하셨어요?"
"네, 하고 왔답니다. 미안 씨는요?"
"저는……. 입맛이 없어서."

멋쩍게 대답한 미안은 조금 시무룩한 표정으로 소파에 앉았다. 승서일 줄 알았는데 양 비서와 주하였다. 양 비서도 기쁘긴 하지만 실망한 마음을 숨길 수 없었던 미안은 괜히 치맛자락만 쥐락펴락했다.

그 모습을 눈치채지 못하면 우리의 양 비서가 아니었으니. 그렇지 않아도 회사에서 승서가 내내 정신이 산만하기에 무슨 일이 났기는 났구나 싶었다. 묘하게 웃은 양 비서는 무언가가 잔뜩 든 종이가방을 미안에게 내밀었다.

"받으세요, 미안 씨."
"이게 뭐예요?"

종이가방을 품에 안은 미안은 테이프가 붙은 입구를 톡 뜯고는 내용물을 쳐다보았다. 하얀색의 예쁜 조리샌들과 붉은색의 비키니를 꺼낸 그녀는 순간 미간을 팍 찡그렸다.

"승서 씨가 보낸 건가요?"

그녀가 어울리지 않게 험악한 표정을 지으며 묻자 양 비서가 당황해하며 고개를 끄덕였다.

"혹시 마음에 안 드세요?"
"마음에 안 드는 건 아니지만……."

밉다.

미안은 야한 비키니만 덜렁 보내고 입 싹 닫으려는 그가 미웠다. 무슨 말이라도 해 줬으면 좋겠는데 그는 항상 코앞까지 다가왔다가 입을 싹 닦고 뒤로 물러난다. 뽀뽀까지 했으면 좋아한다거나 사랑한다는 말 정도는 해 줄 수 있는 거 아닌가.

혹시 자신이 가벼워 보이는 걸까. 콧잔등을 찡그린 그녀는 비키니를 신경질적으로 가방 안에 집어넣었다. 아무리 그래도 이건 아니지 싶었다. 좋아한다는 말도 안 하고 뽀뽀한 주제에.

승서가 어떤 마음인지는 어렴풋이 보였지만 손안에 잡히지는 않았다. 그녀는 그런 아슬아슬함이 싫었다. 명확하게 이야기해 주지 않는 최승서가 정말 미웠다.

"양 비서님."

"네, 미안 씨. 말씀하세요."

"좋아하는 게 티 나는데도 고백 안 하는 남자는 어떤 남자인가요?"

얼씨구. 양 비서는 잔뜩 부루퉁해진 미안의 얼굴을 보며 겉으론 짐짓 태연하게 굴었지만 속으론 요란법석을 떨었다. 최승서가 무슨 짓을 벌였구나. 대충 짐작한 양 비서는 헛기침을 하고는 "음, 글쎄요." 하며 운을 떼었다.

"밀당의 고수거나, 숙맥이거나 둘 중 하나겠죠?"

하지만 최승서가 숙맥일 리는 없다. 부끄러움은 타더라도 진도 뺄 때는 확실히 빼는 게 범고래가 아니던가. 그렇기 때문에 양 비서는 미안의 이러한 반응이 궁금할 따름이었다.

"이거 양 비서님 가지세요."

"네에?"

종이가방을 양 비서에게 덥석 건넨 미안이 자리에서 벌떡 일어섰다.

"양 비서님은 어디서 주무세요?"

꽤 강경하게 나오는 미안의 태도에 조금 당황한 양 비서가 "어, 저는 바로 옆집에서……." 하고 더듬더듬 대답했다.

"왜 여기서 안 주무시고?"

미안이 눈을 가늘게 뜨며 묻자 취조당하는 기분에 휩싸인 양 비서가 자세를 가지런히 하며 더듬더듬 변명했다.

"음, 제가 개미 지나가는 소리만 들려도 잠에서 깨는 예민한 성격이라. 호호호. 이해해 주세요, 미안 씨."

양 비서는 사실 누가 업어 가도 모를 정도로, 베개에 머리를 뉘었다 하면 삼 초 안에 깊이 잠드는 숙면의 여왕이었다. 승서가 옆집을 숙소로 배정해 주기에 이 남자가 칼을 뽑고 무를 썰려는구나 싶었는데.

"저 오늘은 양 비서님이랑 잘래요. 그래도 되죠?"

"어, 미안 씨. 그건……."

"그래도 되는 거죠?"

아아. 일이 요상하게 돌아간다.

신선한 해물을 듬뿍 넣은 스파게티를 먹던 승서는 조금 짜증이 난 눈치로 눈앞에 있는 주하를 노려보았다. 미안은 어딜 가고 최주하가 여기 있느냐 말이다. 기껏 일을 빨리 끝내고 온 승서를 반긴 건 미안이 아니라 탁자에 덩그러니 놓인 쪽지 한 장이었다.

오늘 양 비서님이랑 잘게요. — 미안

그 쪽지를 보자마자 승서는 크게 후회를 했다. 어제 무슨 수를 써서라도 욕망을 억눌렀어야 했다고. 어쩌면 끝까지 '달이 참 아름답군요.' 라는 말의 의미를 알려 주지 않아서 미안이 토라진 걸 지도 모르겠다. 혹시 그녀를 불안하게 만든 걸까.

양 비서가 머무는 집으로 당장 달려가 그녀에게 솔직하게 말하려는데 난데없이 최주하가 들이닥쳤다. 그러곤 다짜고짜 "저녁식사부터 하지."란다. 그 덕에 승서는 원하지도 않는 주하와의 식사를 하고 있다.

"왜 오셨습니까."

불만 가득한 목소리로 묻자 주하가 와인을 마시며 "일 때문에 왔다만." 하고 단조롭게 대꾸한다.

"미안 씨가 많이 화난 것 같던데."

이름은 또 언제 알아낸 건가. 주하의 말에 승서는 눈썹을 찌푸리며 조용히 스파게티를 포크에 감았다. 미안이 무언가를 마음에 들어 하지 않았다는 건 그도 알고 있다. 그러니 항변하고 싶은 마음에 양 비서에게 간 거겠지. 바다에서 입을 맞춘 게 실수였을까. 아니면 좋아한다는 말을 솔직히 하지 않은 게 잘못이었을까.

가슴에서부터 터져 나오는 쓴 한숨을 삼킨 그는 포크를 놓고 입가를 닦았다.

"애도 아니고."

나직하게 흘러나온 주하의 비웃음에 승서의 눈가에 경련이 인다.

"누가 애라는 겁니까."

"너."

간단하게 대꾸한 주하는 "스파게티가 훌륭한데." 하고 감탄하며 요리를 도맡은 현지인을 칭찬했다.

"여자라는 건 정말이지 어렵군."

접시를 깨끗하게 비운 주하는 승서의 말에 조금 공감한다는 듯 나직하게 웃음을 터뜨렸다. 그 말에 승서의 표정에 물음표가 떠올랐다. 최주하에게 애인이 있던가?

승서가 알기론 주하는 솔로로 지낸 지 꽤 오래되었다. 그런데 주하의 표정은 마치 근처에 사랑하는 여자를 두고 있는 그런 얼굴이었다. 하지만 제 코가 석 자라고 승서는 지금 미안이 보고 싶어 죽을 지경이었다.

"미안 씨는 양 비서와 하룻밤을 보낼 것 같던데 하루 정도는 내버려 두는 것도 괜찮을 거야."

"최주하 씨가 참견할 일이 아닙니다."

"참견할 일이야. 이쪽도 나름 진지하니까."

굳은 입매를 살짝 일그러뜨린 주하의 표정은 어째서인지 꽤 진지했다. 의자에 등을 기댄 승서는 거의 손도 대지 않은 스파게티를 쳐다보며 음울한 얼굴을 했다. 미안이 점심식사에 거의 손을 대지 않았다는 보고를 들었다. 그녀가 식사를 마다하다니. 그는 미안이 진심으로 걱정이 되었다.

"……미안 씨를 보셨습니까?"

"음. 방금 전에도 봤지. 양 비서와 파자마 파티를 할 생각에 들떴던데."

"그렇습니까."

작게 안도를 한 승서는 앞머리를 길게 쓸어 올렸다. 고작 반나절 가까이 못 본 것뿐인데 미안의 얼굴이 눈앞에 어른거린다. 고개를 뒤로 젖힌 승서는 바닷가 석양에 빨갛게 물들어 가는 공기를 크게 들이마시고는 자리에서 일어섰다.

"최주하 씨."

"듣고 있다."

"여기서 자고 가는 건 곤란합니다."

"여기서 자고 가라고 하는 것도 곤란하다만."

의자에서 엉덩이를 일으킨 주하는 침실로 들어가 버리는 승서를 뒤로하고 집을 나왔다. 해풍에 연신 딸랑이는 현관의 은색 종을 쳐다본 주하는 주머니에 손을 집어넣고 대각선 방향으로 보이는 파란 바다를 주시했다.

주하는 승서가 왜 호텔을 내버려 두고 이런 바닷가 저택을 빌렸는지 이해가 가지 않았다. 그래서 저녁을 먹기 전 양 비서에게 찾아가 물었더니 자세히 말해 줄 수는 없지만 최승서가 이 저택을 '일부러' 빌렸다더라. 그 말을 들은 주하는 빨간 지붕의 예쁜 집에서 미안이 나오는 걸 떠올리고는 그가 이곳을 통째로 빌린 이유를 알았다.

그 조그맣고 강아지 같은 여자가 서항의 후계자를 손바닥에 꽉 쥔 것이다.

지금 최승서가 초조해하고 조마조마해하는 이유도 분명 미안 때문이리라. 정말이지 혼자 보기 아까운 광경이 아닐 수 없었다. 수평선으로 서서히 가라앉는 저녁노을을 쳐다보던 주하는 "좋을 때군." 하고 중얼거리고선 활짝 열린 대문을 뒤로했다.

낯선 이국에서의 밤은 미안에게 언제나 새로웠다. 인적이 드문 백사장은 낮과는 색다른 기분이었다. 어쩌면 어제와 달리 달이 살짝 기울어서 그럴지도 모른다.

"미안 씨."

저녁을 먹고 작은방에 들어가 쉬고 있던 미안을 부른 양 비서가 빙긋 웃으며 머리끈을 흔들어 보였다.
"머리 묶어 드릴까요?"
양 비서는 언니 같다. 아주 오랫동안 알고 지낸 언니. 성격도 싹싹하고 솔직하기까지 해서 미안은 양 비서에게 더욱더 정감이 갔다. 드라이기로 막 말린 머리를 양 비서에게 맡긴 그녀는 화장대 거울을 들여다보았다.
지금쯤 승서는 뭘 하고 있을까. 양 비서가 아까 말해 준 바에 의하자면 주하와 저녁을 함께 먹었다고 했다.
그녀는 승서가 당장 찾아올 줄 알았다. 그가 자신에게 달려오는 걸 왜 그렇게 당연하게 여긴 걸까. 그래서인지 해가 져도 감감무소식인 게 슬쩍 겁이 났다. 생각해 보면 언제나 승서가 먼저 달려왔다. 전당포에서 맞아 죽을 뻔했을 때도, 발작을 일으켰을 때도, 백화점에 숨어들어 엉엉 울었을 때도. 승서가 모든 걸 다 받아 주다 보니 자연히 어리광을 부리게 되었나 보다.
한 번이라도 그에게 먼저 달려간 적이 있던가. 양 비서가 예쁘게 땋아 준 머리를 만지작거린 미안은 거울을 응시했다. 다홍색의 예쁜 꽃을 미안의 귓가에 꽂아 준 양 비서는 "역시 어릴 땐 꽃을 꽂아도 예쁘네요." 하고 웃으며 말했다.
"양 비서님."
곱게 땋은 머리를 손에서 놓은 미안은 묻기 민망한지 손가락을 꼼지락거리며 자그맣게 물었다.
"저어, 저 괜찮나요?"
"괜찮다니요? 어떤 게 말인가요?"
"그러니까, 예쁜가 하고."
"어머, 미안 씨. 스스로에게 자신을 가지세요. 머리에 꽃을 달았는데도 사랑스럽게 보이는 여자는 세상에 그렇게 많지 않답니다."

구부정해진 어깨를 반듯하게 고쳐 준 양 비서가 그녀의 등을 토닥였다. 양 비서의 말에 조금 용기를 얻은 미안은 거울을 똑바로 쳐다보았다. 거울을 응시하고 있자니 어제 승서의 입술이 닿은 곳이 간질거린다. 바다에서 조심스럽게 나눈 입맞춤을 떠올린 미안은 눈가를 확 붉히고선 다시 시선을 아래로 떨어뜨렸다.

"지금 승서 씨 뭐하고 있을까요."

단순히 뽀뽀를 한 것뿐인데 생각하는 것만으로도 머리에서 김이 모락모락 날 것 같다. 더워진 미안이 손으로 부채질을 하자 양 비서가 샐쭉 웃으며 종이가방에서 빨간 비키니를 꺼냈다.

"궁금하시면 직접 확인하러 가 보실래요?"

양 비서가 씩 웃으며 비키니를 살랑살랑 흔든다. 아이, 눈치 빠른 양 비서 같으니. 못 이기는 척 양 비서를 돌아본 미안이 배시시 눈웃음을 친다.

붉은색의 예쁜 비키니를 받아 들고 화장실로 들어간 미안은 가슴을 가리는 부분이 심히 팬 걸 보고선 살짝 걱정이 되었다. 이걸로 다 가릴 수 있을까. 의심을 하며 비키니를 입자 가슴보단 아랫배가 더 신경 쓰인다. 양손으로 솜털이 보송보송 돋은 아랫배를 꾹 누른 미안은 숨을 흡 들이마셨다.

"안 이상하겠지?"

둥근 라인을 그리며 깊이 팬 가슴 부분을 어루만진 그녀는 벗은 원피스를 주섬주섬 집어 들고 화장실을 나왔다.

"저어, 양 비서님. 저 안 이상해요?"

양 비서는 화장실에서 수줍게 나온 미안을 보고선 눈가를 흠칫 떨었다. 원래라면 가슴에 딱 맞아야 하는데 그녀의 가슴이 원체 크다 보니 브래지어 가운데가 살짝 벌어졌다. 이거, 최승서가 보기엔 지나치게 자극적이다.

손바닥으로 입가를 가리고 진지하게 쳐다보던 양 비서는 서둘러 가방에서 아이보리 색의 얇은 카디건을 꺼냈다.

"좋아요. 예뻐요, 미안 씨."

카디건을 잘 여며 준 양 비서는 왼쪽 귀에 꽂았던 꽃을 다시 제대로 꽂아 주고선 흐뭇하게 미소 지었다.

"그리고 이건……."

흔들릴 때마다 짤랑이는 팔찌 두 개를 그녀의 손목에 끼워 준 양 비서는 "전무님이 미안 씨에게 드리는 선물이랍니다." 하고 작게 속삭였다.

뫼비우스 모양으로 꼬인 팔찌엔 자잘한 장신구들이 붙어 서로 부딪칠 때마다 짤랑거리는 예쁜 방울소리를 냈다. 팔찌를 살살 흔들어 보인 미안은 양 비서를 보며 "감사해요." 하고 활짝 웃었다.

천생 강아지인 줄 알았더니 이제 보니 완연한 여자다. 빨간 비키니를 입은 미안의 예쁜 몸매를 아이보리 카디건이 살짝 덮어서인지 더 농염해 보인다. 최승서가 애간장을 태울 걸 생각하며 의미심장하게 웃은 양 비서는 마지막으로 그녀에게 향수를 뿌려 주었다.

"미안 씨."

"네?"

"전무님이 좋으시죠?"

양 비서가 날린 직구에 순간 미안의 어깨가 흠칫 떨렸다. 하지만 미안은 거짓말을 할 생각이 없었기에 순순히 고개를 끄덕였다. 뺨을 물들이며 고갯짓을 하는 그녀가 어찌나 사랑스럽던지 양 비서는 이대로 미안을 승서에게 보내 주기가 싫어졌다. 이렇게 예쁘고 귀여운 미안을 최승서에게 넘겨줘야 한다니.

쓰린 속을 달랜 양 비서는 미안의 등을 떠밀며 "그럼 제 말 기억하세요." 하고 그녀에게 연애의 선배로서 충고를 했다.

"미안 씨가 그렇게 생각한다면 그 사람도 미안 씨와 똑같은 생각을 하고 있답니다. 그러니까 좀 더 여우처럼 굴어도 괜찮아요. 내 말 믿어요."

현관까지 그녀를 배웅한 양 비서는 호호호 하고 웃으며 손을 흔들었다.

"아쉽지만 파자마 파티는 나중에 하죠, 미안 씨. 좋은 밤 보내요!"

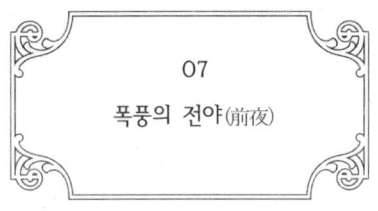

## 07
## 폭풍의 전야(前夜)

 물살을 천천히 가른 그는 젖은 머리칼을 뒤로 넘기고선 크게 숨을 뱉었다. 한 시간이 넘도록 수영을 한 승서는 넓은 수영장을 둘러보다가 조용한 테라스 안쪽에 눈길을 주었다. 미안이 없으니 쓸쓸하다.
 회사에서 곧바로 돌아오면 저녁이라 그녀와 바다에서 놀지 못한 게 영 미안했던 그는 수영장에서라도 추억을 만들어 줘야겠다는 생각을 했었다. 그런데 지금 승서는 처량하게 혼자 수영장 위를 부유하고 있다.
 딱 한 번만 헤엄치고 미안을 데리러 가자고 생각한 게 어느새 한 시간이 훌쩍 넘었다. 그는 차라리 그녀가 이 집에 없는 게 다행일지도 모른다고 생각했다. 어제 쿵쾅거리는 가슴을 견디지 못하고 입을 맞추어 버린 것도 그렇고, 아무래도 순서가 잘못되었다.
 그녀가 어떤 마음을 갖고 있는지는 승서도 짐짓 눈치를 챘다.

그는 미안에게 천천히 다가가고 싶었다. 어떻게 살아온 사람인지를 알기에 놀라지 않고 상처받지 않게 여유를 두며 같이 있고 싶었다. 그래서 어제 미안에게 입을 맞춘 게 기쁘기도 하고 내심 신경 쓰이기도 해서 덕분에 승서는 하루 종일 심정이 복잡했다.

꽤 깊은 수영장에서 나와 수영장 가에 자리 잡은 계단에 주저앉은 그는 미리 가져다 둔 수건으로 머리를 문질렀다.

너무 늦기 전에 미안을 만나러 가자고 생각할 즈음 수풀이 바스락거렸다. 해풍에 풍성한 야자수 나무 잎사귀가 흔들리는 걸 쳐다본 그는 눈길을 내려 조그만 대문을 열고 들어오는 아담한 여자를 보았다. 살짝 기울어진 달빛과 테라스에서 쏟아지는 빛에 수풀 사이에서 느릿느릿 걸어 나오는 여자는 미안이었다.

덕분에 수영장에 걸터앉아 있던 그는 잠깐 넋을 잃었다. 분명히 오늘 양 비서를 통해 그녀에게 비키니와 신발을 선물하기는 했지만…….

"미안 씨."

들뜬 숨을 삼키며 그가 미안을 조용히 불렀다. 그녀의 몸은 일전에 우연히 보았던 것과 조금도 다르지 않았다. 아니. 좀 더 예뻤다. 그가 생각한 것보다 더 곡선이 아름다웠다. 카디건에 살짝 가려진 미안의 어깨와, 가슴, 그리고 허벅지를 쳐다보던 그는 곤혹스러운 표정을 지으며 고개를 숙였다.

뽀얀 미안의 몸은 너무 예뻤다. 당장 달려가 와락 끌어안고 싶을 정도로 탐이 났다. 부글부글 끓는 마음을 간신히 달랜 그는 매니큐어를 칠한 손톱을 꼼지락대는 미안을 다시 쳐다보았다. 아. 정말, 그녀를 볼 때마다 숨이 막혀 온다. 목이 바싹 타들어 가서 그는 목울대가 크게 움직일 정도로 침을 삼켰다.

약간 굽이 있는 조리샌들을 신은 그녀는 자리에서 주춤거리더니 수영장을 천천히 돌아 승서에게 다가갔다. 가느다란 다리를 쭉 뻗은 채 승서에게 다가간 미안은 자리에 앉아 미동도 않는 그를 내려다보았다. 잔머리가 흩날리는 목덜미를 쓸어내린 그녀는 승서를 내려다보다가 부끄러운지 시선을 돌렸다.

"……아, 안 이상해요?"

아랫배가 보일까 봐 손을 배에 올린 채 연신 꼬물거리며 묻자 그가 숨을 크게 삼키더니 다정하게 웃었다.

"아뇨."

"……."

"아름답습니다."

그는 두 번 다시 이런 황홀함을 겪어 보지 못할 거라고 생각했다. 불어오는 바람에 하늘하늘 흔들리는 카디건 사이로 어여쁘게 빛나는 몸이 탐스러웠다. 살며시 건드리면 연약한 피부에 빨간 꽃을 피울 것처럼 미안은 정말로 화사했다.

뜨거운 목에 간신히 침을 넘긴 승서는 목에 두르고 있던 수건을 치워 냈다. 그는 이 순간 무엇을 해야 할지 알고 있었다. 적어도 미안이 여기까지 스스로 왔다면 손을 내미는 사람은 그여야만 한다. 수영장 속으로 부드럽게 들어간 승서는 수줍게 서 있는 그녀에게 손을 뻗었다.

"기껏 입었는데, 아깝잖습니까."

"저 수영 못하는데."

미안이 고개를 살짝 숙인 채 눈을 깜빡이자 그가 "괜찮습니다." 하고 웃는 목소리로 답했다.

승서가 내민 팔을 말끄러미 보던 그녀는 조심스럽게 그의 손을 잡고 수영장 속으로 들어갔다. 몇 계단을 내려가자 물이 삽시간에 가슴까지 차오른다. 숨을 크게 들이마시며 까치발을 하자 그가 나직하게 웃으며 미안을 끌어안았다.

그녀를 가슴에 안자 짤랑이는 소리가 난다. 미안의 손목을 살며시 감싸 쥔 그는 반짝거리는 팔찌를 보고는 조용히 미소 지었다.

"마음에 듭니까?"

코앞에서 승서가 매력적으로 웃으며 묻자 미안은 대답 대신 빠르게 고개를 끄덕인다. 그는 한층 더 풍성하게 빛나는 미안의 눈동자를 응시했다. 차가운 물속에서도 그녀의 몸은 뜨거웠다. 홧홧하게 달아오른 뺨은 먹음직스러운 복숭아 빛깔이었고 입술은 귀에 꽂은 꽃과 같은 짙은 다홍색이었다.

고개를 비스듬히 기울여 미안의 입술에 다가갈 듯 말 듯 멈춘 승서는 행복함을 눈에 듬뿍 담으며 그녀와 마주 보았다.

"미안 씨."

귓가에 스미는 낮은 음성에 그녀가 어깨를 떨었다. 승서는 점점 더 수영장 안쪽으로 걸어갔고 다리가 어느샌가 닿지 않는다는 걸 깨달은 미안은 화들짝 놀라 고개를 들었다. 그의 단단한 팔이 미안의 허리를 꽉 지탱하고 있다. 뱃살을 들킬까 봐 다급해진 그녀는 수심이 깊은 수영장 한복판에서 버둥거렸다.

"스, 승서 씨, 발이 안 닿는데!"

"그럼 팔 놓을까요?"

"……치사해요."

또다시 가까이 다가온 그의 얼굴에 미안이 몸을 움츠렸다. 웃음을 가득 담은 승서의 눈동자에 심장이 콩콩 뛰기 시작한 미안은 여우 짓을 해도 괜찮다던 양 비서의 말을 떠올렸다. 승서가 자신과 같은 마음이라고 생각하자 가슴이 떨려 온다. 그래서 그녀는 눈을 질끈 감고 에라 모르겠다 싶은 마음으로 그의 목을 끌어안았다.

물에 잠겨 있던 미안의 손이 목덜미에 닿자 승서가 몸을 흠칫한다. 아슬아슬하게 그녀를 끌어안고 있던 그의 목울대가 크게 흔들린다. 찰싹 붙은 미안의 몸은 부드럽고 따뜻해서 승서는 서서히 호흡이 멎는 아찔함에 사로잡혔다.

그녀의 허리를 안고 있던 손을 살며시 든 그는 조그만 귀를 가리고 있는 잔머리를 뒤로 넘겨 주었다. 차가운 손길이 느껴지자 승서의 목덜미에 얼굴을 묻고 있던 미안이 고개를 힐끗 들었고 그 틈을 놓칠세라 그가 입을 맞추었다. 말캉거리는 입술을 아프지 않게 베어 물자 미안이 입을 자그맣게 벌렸다.

수영장 특유의 소독 냄새와 찬 공기가 미안의 폐부로 깊이 들어가자 벌어진 입술 앞에서 승서가 낮게 속삭였다.

"좋아합니다."

나직한 그의 고백과 함께 녹녹한 혀가 미안의 입안으로 함빡 스며든다. 혀가 들어오자 미안의 가슴이 크게 들썩였다. 입 속에서 부드럽게 얽히는 혀의 감촉은 어째서인지 익숙했다. 단단한 목을 끌어당기며 상체를 위로 당긴 미안은 물에 젖은 그의 귓바퀴를 손으로 더듬었다.

지금 미안은 믿을 수 없을 만큼 기분이 좋았다. 입안을 보드랍게 헤집는 혀의 간드러진 감촉과 입술을 뗄 때마다 "좋아합니다, 미안 씨." 하고 속삭이는 승서의 감미로운 목소리가 그녀를 삽시간에 흥분시켰다.

허리에서 아래로 내려가 물속에 잠긴 엉덩이와 허벅지를 어루만지는 조심스러운 그의 손길에 미안이 쪽쪽거리며 맞추던 입술을 떼었다. 가슴을 크게 들썩거리며 뜨거운 한숨을 승서의 입술 위로 내뱉자 그가 살며시 감긴 미안의 속눈썹에 키스를 했다.

들뜬 승서의 깊은 눈동자를 내려다본 미안은 그제야 '달이 참 아름답군요.' 라는 말의 의미를 언뜻 알 것 같았다.

"달이 아름답다는 말, 저 지금 안 것 같아요."

뜨거운 승서의 뺨을 감싼 미안이 그의 입술에 가볍게 입을 맞추며 속닥거렸다.

"……그거, 사랑한다는 말인 거죠?"

그녀가 승서의 가슴에 동그란 원을 그리며 묻자 그가 "정답." 하고 속삭이며 가느다랗고 뽀얀 목덜미에 자잘한 키스를 퍼부었다.

비키니 탑 부분으로 점차 내려가는 입술에 숨을 가늘게 내쉰 미안은 풍만하게 솟은 가슴에 입술이 닿는 감촉이 나자 엉덩이를 움찔했다. 깊이 팬 가슴골 사이에 입술이 닿았지만 그는 더 이상 짓궂은 짓을 하지 않았다. 그저 고개를 들어 볼이 더 붉어진 미안을 사랑스러운 눈길로 쳐다보았을 뿐.

"승서 씨."

그의 눈가를 손가락으로 더듬으며 미안이 조용히 부르자 승서가 작게 웃는다.

"나도 좋아해요."

"음. 안 들리는데."

미안의 귓바퀴를 입술로 간질이자 그녀가 웃음을 터뜨리며 그를 꽉 안았다.

"좋아해요, 승서 씨."

승서의 뺨에 고양이처럼 얼굴을 비빈 미안은 그를 내려다보며 입을 맞추었다. 설레고 떨리는 마음에 서툴지만 조심스럽게 입술을 벌리고 키스를 하자 승서가 고개를 기울여 기꺼이 응해 주었다.

야들야들하고 무른 혀가 입안에서 질척하게 뒤엉킬수록 미안은 가슴이 무거워지는 걸 느꼈다. 허리를 끌어안고 엉덩이를 받친 승서의 손이 자꾸만 의식되고 숨이 가빠졌다.

앞으로 천천히 걸어가 미안을 계단에 앉힌 승서는 그녀를 밀어붙이며 혀를 세게 빨아 당겼다. 키스를 하면 할수록 그녀에게서 느껴지는 체취가 강해진다. 판판한 가슴팍을 더듬는 미안의 손이 다급해지자 승서는 그제야 입술을 떼었다. 턱까지 차오른 숨을 헉헉 내쉰 그녀는 젖은 눈동자로 그를 올려다보았다.

빨갛게 부푼 입술을 열어 "……승서 씨."하고 애달프게 중얼거리는 미안을 보고 있자니 승서는 머리가 다 띵했다. 그는 아랫도리에 피가 몰리는 게 느껴질 때마다 입술을 깨물었지만 당장 욕망을 해소하고 싶지는 않았다. 미안이 준비가 되었다고 할 때까지 그는 사리를 쌓을 작정이었다. 사랑하는 여자를 위해서라면 그 정도는 참을 수 있었다.

하지만 오늘은 끝까지 가지 않더라도 미안을 실컷 만지고 싶었다. 몸 곳곳을 탐하고 사랑해 주고 싶었다.

물속에 잠긴 그녀의 매끈한 다리를 손으로 어루만진 승서는 어느새 발톱에도 바른 빨간 매니큐어를 보며 지그시 웃었다. 볼록 튀어나온 복사뼈를 어루만지며 발등에 입을 맞추자 미안이 다리를 움츠렸다.

"매니큐어, 혼자 바른 겁니까?"

민망함에 꼼지락거리는 발가락을 입술로 찬찬히 더듬으며 묻자 미안이 "야, 양 비서님이."하고 간신히 대꾸했다.

과연 유능한 양 비서. 아무래도 조만간 보너스를 주든가 해야겠다. 한 손에 잡히는 조막만 한 발목에도 키스를 한 승서는 그대로 입술을 천천히 올려 탱탱하고 매끄러운 허벅지에 머물렀다.

물속에 반쯤 잠긴 허벅지 위에 입을 쪽쪽 맞춘 그는 솜털이 젖은 배꼽에도 키스를 했다. 그러자 미안이 흠칫 몸을 떨며 "스, 승서 씨!"하고 왈칵 소리를 질렀다.

"배, 뱃살 있어요! 보지 마세요!"

허둥지둥 팔을 휘두르며 그의 얼굴을 밀어내려 하자 승서가 웃음을 터뜨리며 미안의 손톱에 키스를 했다.

"괜찮습니다, 미안 씨는 그런 것도 예뻐요."

"······제가 안 괜찮단 말이에요."

토라진 목소리로 중얼거린 미안은 탄탄한 복근이 자리 잡은 승서의 몸을 보다가 슬쩍 배를 가렸다. 앞으로 밥은 한 공기만 먹어야겠다고 생각하며 몸을 비틀자 승서가 계단에 무릎을 꿇고 앞으로 바싹 다가왔다.

"미안 씨. 나 봐요."

단호하고 나직한 목소리가 입술 근처에서 울린다. 외로 꼰 고개를 바로 하자 웃음을 짓고 있는 승서의 얼굴이 두 눈에 가득 담겼다. 미안은 이렇게 멋있고 다정한 사람이 저를 사랑한다고 생각하자 가슴이 벅차올랐다.

수영장 블록을 짚고 있던 손을 든 미안은 몇 번이고 키스를 나눈 그의 입을 어루만졌다가 목울대를 쓸어내렸다. 손가락을 느리게 놀려 목을 타고 내려가 반듯한 쇄골을 더듬고 가슴에 손바닥을 대자 세차게 뛰는 심장 소리가 들렸다.

"승서 씨."

승서의 가슴에 손을 얹은 채 속닥거리자 그의 입가가 씰룩인다.

심장 소리가 더 거세진 걸 느낀 미안은 그 반응이 신기하고 기뻐서 승서에게 입을 맞추곤 또 속삭였다.

"사랑해요."

그러자 욕망이 들끓는 그의 눈이 떨렸다.

가슴에 닿은 미안의 손바닥을 움켜쥔 승서는 그대로 그녀의 목덜미를 크게 베어 물었다. 하얀 목에 이를 박자 미안이 "아!" 하고 탄성을 지르며 허리를 비틀었다. 도망가지 못하게 그녀를 품에 단단히 얽맨 승서는 매끄러운 목선을 혀로 누비며 고개를 천천히 숙였다.

등 뒤에 리본으로 묶여 있던 끈을 잡아당기자 미안이 재빨리 몸을 움츠린다. 긴 끈이 풀려 수영장 위에 나풀거렸고 미안이 당황한 듯 몸을 사리자 그가 가슴을 가린 그녀의 손등에 키스를 했다.

"그만하라고 하면."

"……."

"그만하겠습니다."

"……승서 씨."

"미안 씨가 싫은 건 나도 싫으니까."

그가 너그럽게 미소 짓자 미안의 눈동자가 살짝 흔들린다. 만약 그녀가 무섭다고 말한다면 승서는 정말로 그만둘 생각이었다. 여기서 끝까지 밀어붙일 욕심은 없다. 단지 그는 미안을 사랑해 주고 싶었다.

가슴을 양팔로 가린 그녀는 새까만 승서의 동공을 쳐다보다가 머뭇거리며 팔꿈치를 아래로 내렸다.

"……멈춰 달라고 하면, 멈춰 주실 거죠?"

얼어붙은 목소리로 묻자 그가 고개를 끄덕였다. 승서를 믿기로 한 미안은 한숨을 내뱉으며 완전히 팔을 치웠다. 가슴 아랫부분을 감싸고 있던 비키니 탑이 살짝 위로 올라가자 풍만한 가슴이 조금 처진다.

어깨에 걸린 끈을 옆으로 끌어당긴 승서는 이내 하얗게 드러난 그녀의 가슴을 보고선 침을 꿀꺽 삼켰다. 테라스에 매달린 조명에 반사되어 보이는 미안의 가슴은 둥글고 예쁜 모양이었다.

두 손으로 수영장 블록을 짚은 미안은 바들바들 떨면서 부끄러움에 두 눈을 꾹 감았다. 팔로 가슴을 가리고 싶은데 몸이 꼼짝도 하지 않는다. 눈을 가늘게 뜬 그녀는 어두워진 눈으로 가슴을 응시하는 승서를 보고 흥분에 겨워 숨을 삼켰다. 벌거벗은 가슴이 허공에서 한 번 들썩이자 그가 고개를 숙여 하얀 둔덕에 자리 잡은 돌기를 혀로 핥았다.

"앗, 승서 씨!"

미안이 놀라 움찔거리자 그가 허벅지를 단단히 내리누르며 물기가 어린 가슴을 혀로 부드럽게 핥는다. 몸 아래에서부터 치고 올라오는 짜릿한 감각에 허리를 편 그녀는 허벅지를 내리누른 승서의 손목을 붙잡으며 목을 뒤로 젖혔다.

세상에. 그의 혀가 가슴을 애무할 때마다 말로 표현할 수 없는 기묘한 감각이 전신을 휘감았다. 혀가 닿는 자리마다 불꽃이 일어나 몸이 뜨거워진다.

입술을 오므려 돌기를 아프지 않게 깨문 그는 목을 한껏 젖힌 미안의 신음 소리를 들으며 거친 숨을 내쉬었다.

"아, 아! 응, 승서 씨……. 앗!"

배꼽 주변을 손가락으로 간질인 승서는 벌어진 미안의 아래 둔덕으로 손을 조심스레 뻗었다. 물에 잠겨 냉한 허벅지를 어루만지다가 은밀한 곳을 쓰다듬자 미안의 가슴이 크게 요동쳤다.

"아, 승서 씨, 거기는!"

놀란 미안이 다리를 움츠리자 그 순간 승서가 가슴을 아프게 깨물었다. 비명을 참으며 어깨를 좁히자 가슴 사이에서 그의 쉰 목소리가 들렸다.

"아프게 안 할게, 안아. 그러니까……."

양쪽 가슴을 골고루 애무하는 감각에 미안은 대답할 틈도 없이 그저 고개를 끄덕이며 승서의 머리를 꽉 안았다. 흥분으로 부푼 가슴 사이로 그의 뜨거운 숨소리가 치고 올라올 즈음 다리 사이를 살살 간질이는 기묘한 감각이 느껴졌다. 은밀하고 예민한 곳을 손가락으로 조심스럽게 문지르는 느낌에 그녀가 등을 구부리며 승서를 좀 더 세게 안았다.

"……아, 스, 승서 씨……. 거기, 이, 이상한데. 앗!"

차가운 물속에서 여성의 입구가 불에 덴 것처럼 뜨겁다. 승서의 머리에 입술을 묻은 미안은 여전히 가슴을 애무하는 혀와 아래를 괴롭히는 그의 손길에 머릿속이 하얗게 바래졌다. 팔찌가 크게 짤랑일 때마다 아래에서 밀려오는 찌릿한 느낌이 강해진다.

피부가 달아올라 수영장 물이 더 차게 느껴져 미안은 엉덩이를 바르르 떨었다. 아랫도리를 가리고 있던 비키니가 물 위로 떠오르자 그녀는 얼굴을 확 붉히며 눈을 감았다.

"안아."

후끈거리는 미안의 목덜미에 입술을 댄 승서가 물속에서 움츠러든 여성의 입구를 살살 어루만지며 소곤거린다.

"괜찮아. 괜찮으니까, 조금만……."

승서의 다독임에 허벅지에 바싹 준 힘을 풀자 입구를 매끈하게 짓누르는 손길이 다가왔다.

미안이 도망치지 않고 천천히 느끼기 시작하자 승서의 눈이 날카롭게 빛났다.

"스, 승서 씨?"

아래가 허전해진 느낌에 미안이 그를 내려다보자 승서가 그녀를 안아 들고 자리에서 일어섰다. 물이 몸을 확 휩쓸고 지나가자 미안은 알몸이라는 걸 깨닫고는 팔로 가슴을 확 가렸다. 다급하게 침실로 들어선 그는 푹신한 침대에 미안을 앉히고 품에 안아 입을 맞추었다.

"감기 들까 봐."

"치, 승서 씨가 다 벗겨 놨으면서."

미안이 타박하자 그가 낮게 웃으며 관자놀이에 입술을 비빈다. 아늑한 침대에 오르자 마음이 한결 편안해진 미안은 팔로 수줍게 가슴을 가리며 승서를 쳐다보았다. 아직 열기가 가시지 않은 그녀의 눈동자를 들여다본 그는 자그맣게 웃더니 "천천히 할게." 하고 속삭이며 고개를 숙였다.

그녀를 그대로 자리에 눕힌 승서는 까맣게 드러난 미안의 아래 둔덕에 얼굴을 묻었다. 반들반들한 입구에 혀를 갖다 대자 미안이 "앗!" 하고 비명을 터뜨리며 허리를 휘었다.

"승서 씨! 아, 자, 잠깐, 앗!"

살점이 갈라진 사이를 부드럽게 핥으며 살짝 빨아 당기자 미안이 진저리를 치며 울음을 터뜨렸다.

"아윽, 승서 씨이……. 아, 아앗! 시, 싫어요, 앗!"

아래에서 핥는 소리가 들릴 때마다 간질거림이 전신을 지배한다. 아무리 몸을 뒤틀어도 간지러움이 가시지 않아 미안은 도리질을 치며 이불을 꽉 움켜쥐었다. 가슴을 애무받던 것과는 차원이 다른 쾌감에 그녀가 승서에게 꽉 잡힌 다리를 버둥거리며 "승서 씨!" 하고 소리쳤다.

이성을 놓은 미안의 교성에 승서는 젖은 샘 사이로 한숨을 불어넣으며 조그만 엉덩이를 손바닥으로 감쌌다. 팔찌의 짤랑거리는 소리가 그의 가슴에 커다란 불을 지핀다. 빨갛게 부푼 살점을 이빨로 살짝 깨물고 정점을 핥고 빨아 당기자 미안이 발가락을 오므리며 울먹였다.

"승서 씨이, 아, 나 이상해요, 이상해⋯⋯. 아, 앗!"

몸의 어딘가가 폭발할 것 같은 쾌감에 그녀가 몸을 세차게 들썩였다. 미안의 다리를 벌려 소중한 부위를 부드럽게 애무하던 승서는 "괜찮아, 가도 돼." 하고 속삭이며 안쪽 깊이 혀를 밀어 넣었다. 그러자 미안이 고개를 뒤틀며 "아앗!" 하고 신음을 터뜨리며 몸을 바르르 떨었다.

이내 그녀의 팔다리가 축 늘어지자 승서는 그제야 고개를 들고선 입가를 핥았다. 흥분의 잔향이 남아 가슴이 들썩이는 미안을 내려다본 그는 입가에 묻은 애액을 핥으며 짓궂게도 "힘들었어?" 하고 물었다.

승서의 질문에 간신히 고개를 내저은 미안은 몸을 추스를 힘도 없어 가쁜 숨만 헉헉 내뱉었다. 한바탕 폭풍이 끝났는데도 아래가 뜨겁다. 그가 심어 두고 간 뜨거운 씨앗이 아래 깊은 곳에 박힌 것만 같았다.

앞으로 다가오는 그를 끌어안은 미안은 훌쩍거리며 승서의 가슴에 얼굴을 묻었다.

"이럴 때만 이름으로 불러 주고! 반말도 하고!"

"으음."

"……나빠요."

젖은 그녀를 품에 안은 승서는 "나빠서 미안." 하고 웃음기 서린 목소리로 속삭였다.

씻고 싶은데 온몸이 나른하다. 미안은 숨을 가볍게 몰아 내쉬고는 승서의 목에 얼굴을 문질렀다.

"승서 씨는, 음, 괜찮아요?"

아직도 가쁜 미안의 질문에 승서는 조용히 웃었다. 괜찮을 리가 없다. 그도 흥분한 그녀를 보며 몸 구석구석이 저렸다. 물기가 마른 그녀의 관자놀이에 입을 맞춘 승서는 "괜찮습니다." 하고 거짓말을 하며 미안을 안아 일으켰다.

그가 괜찮지 않다는 게 몸에서 여실히 보이는데도 그녀는 아무 말도 할 수 없었다. 고작 그 정도로 이렇게 온몸이 아프고 지쳤는데 정말 삽입을 했다간 기절할지도 모를 일이었다. 그만큼의 열기를 감당해 낼 자신이 없기도 했지만 솔직히 살짝 무섭기도 했다. 그래서 그녀는 미안하고 고마운 마음에 승서를 꼭 안았다.

"씻고 싶어요."

"씻겨 줄까요?"

"승서 씨!"

그에게 번쩍 안긴 그녀가 새침하게 가슴을 때리며 눈을 치켜떴다. 설마 최승서가 이렇게 능글맞은 남자일 줄이야. 적잖이 민망해하는 미안을 안아 욕실로 들어간 승서는 그녀의 이마에 키스를 했다. 낯부끄러운 기분에 손바닥으로 얼굴을 가린 미안은 커다란 욕조에 몸을 뉘였다.

"등 밀어 줄 사람 필요하면 불러요. 대기하고 있을 테니까."

"흥, 됐거든요!"

따뜻한 물을 틀어 주고 나가는 승서의 뒤를 흘겨본 미안은 욕실 문이 닫히자마자 가슴에 가득 고여 있던 한숨을 토해 냈다. 긴장이 풀려서인지 노곤한 몸이 확 늘어진다. 몸을 아래로 쭉 미끄러뜨린 그녀는 물에 입까지 담그고는 보글보글 물거품을 일으켰.

아까 전의 행위를 생각하니 왠지 쑥스럽다. 앞머리에 돋은 잔머리를 옆으로 정리한 미안은 천장을 우러러보며 눈을 가늘게 감았다. 몸을 소중하게 더듬고 입을 맞추어 주던 승서의 얼굴이 떠오르자 배시시 미소가 흘러나온다. 마지막까지 배려를 해 주던 그의 손길에 그녀는 진심으로 사랑받고 있다는 걸 알았다.

최승서가 미안을 사랑한다.

그 사실을 떠올리자 갑자기 주변이 휘황찬란하게 빛나는 것 같다. 얼굴에 자꾸만 실없는 웃음이 피어오르고 몸 여기저기가 간지러웠다.

「안아.」

낮게 울리던 승서의 음성을 떠올린 미안이 "아, 어떡해." 하고 중얼거리며 손으로 얼굴을 마구 문지른다. 그가 이름을 불러 주었다. '안'이라고. 할매밖에 불러 주지 않던 이름을 승서가 입에 담았다.

목욕을 하고 나가면 '달이 참 아름답군요.'라는 문장에 대해 확실히 물어보자. 입욕제 하나를 집어 물속에 푼 그녀는 들뜬 마음에 다리를 앞으로 쭉 뻗어 트로트를 흥얼거리기 시작했다.

"사계절 모두 봄봄봄, 웃음꽃이 피니까. 아아아~ 사랑의 거리."


"「달이 참 아름답군요.」가요?"

"네. '나츠메 소세키'라는 옛날 소설가가 번역한 문장입니다."

그녀에게 잘 구운 바비큐를 먹여 주며 승서가 말했다. 고기 한 점 먹이고 이마에 뽀뽀해 주고, 야채를 마요네즈에 찍어 한 입 먹여 주고, 콧방울에 뽀뽀해 주고. 그러다가 미안이 "아이 참, 승서 씨. 사람들이 보잖아요." 하고 앙탈을 부리면 그게 예쁘고 귀여워서 입에다 뽀뽀를 하고. 하여간 둘이 난리가 났다.

미안을 무릎 위에 앉혀 두고 어화둥둥 하며 점심을 먹여 준 승서는 약간 무리를 해서 재택근무를 했다. 이렇게 예쁜 그녀를 두고 도저히 발걸음이 떨어지질 않아서 주하에게 비난까지 들어 가며 선택한 일이었다.

"나츠메 소세키가 'I love you'라는 문장을 옮기는 데 그걸 '사랑합니다.'로 번역한다면 정말로 읽는 독자에게 감정이 전달이 될 것인가, 하고 고민을 했다는군요."

"되게 낭만적인 작가님이네요."

"그렇죠. 그래서 '달이 참 아름답군요.'라고 번역을 한 겁니다. 제자들에게 자신이 이렇게 번역을 한 이유를 후대 사람들은 분명 이해해 줄 거라고 믿는다고 말하면서요."

"그래도 저는 그것도 모르고 계속 '달달달'하고 고민했단 말이에요."

미안이 뽀로통히 중얼거리자 그가 "미안합니다. 앞으론 솔직히 말해 줄게요." 하고 약속했다.

비록 투정을 부리긴 했지만 그녀는 진심으로 근사한 고백이라고 생각했다. 어디 가서 승서에게 고백받은 이야기를 꺼낼 때 절대로 남부럽지 않으리라. 이렇게 멋있게 돌려 말하는 남자가 세상에 어디 있을까. 그녀는 승서에게 안겨 헤실헤실 웃었다. 대체 하루 종일 몇 번이나 웃는지 모르겠다.
"근데요, 승서 씨."
그에게 안겨 바나나를 까먹던 미안이 살짝 눈썹을 좁혔다.
"언제까지 존댓말 하실 거예요?"
"미안 씨가 저를 오빠라고 부를 때까지입니다만."
"승서 씨 그러다가 도둑 소리 들어요."
아무래도 그가 미안과의 나이 차이를 깜빡한 모양이다. 무려 '오빠'라니. 아저씨라고 불러도 무색하지 않을 판인데. 미안이 바나나를 입에 물고선 눈을 가늘게 뜨자 그가 소리 내어 웃었다.
"오빠가 뭐 어때서 그렇습니까."
"서른세 살 아저씨잖아요."
"그리고 미안 씨 애인이죠."
애인이란 말에 그녀의 눈가가 떨린다. 애인이라는 말이 이렇게까지 부끄러운 단어일 줄이야. 바나나를 야금야금 깨문 미안은 애인이라는 단어를 곱씹으며 웃음을 꾹 참았다.
"승서 씨, 승서 씨. 다리 안 저려요? 저 일어날까요?"
식사가 끝나고도 그녀는 그의 다리 위에 앉아 있었다. 안 그래도 승서는 탁자에 노트북을 올려 두고 꽤 번잡한 서류들을 체크하고 있다. 일에 방해가 되고 싶지 않아 슬쩍 허리를 일으키자 승서가 대번에 미안을 붙잡으며 엄한 목소리로 말했다.
"안 저립니다. 이대로 있어요."
"하지만……"
저기 양 비서님이 쳐다보고 있단 말이에요, 라는 말을 꼴딱 삼킨 미안은 어색하게 웃으며 양 비서와 눈을 마주쳤다. 미안이 부끄러운지 헤프게 웃자 장식용으로 갖다 놓은 야자수 열매를 망치로 두들겨 패고 있던 양 비서가 호호호 하고 덩달아 웃는다.

두 사람 잘되라고 연결해 준 건 사실이지만 정작 그 광경을 눈앞에서 지켜보자니 손발이 오그라드는 건 어쩔 수 없었다. 야자수 열매를 망치로 흠씬 두드린 양 비서는 어쩐지 억울한 마음을 풀고선 기분을 다스렸다.

"꽤 난폭하시군."

"엄마야!"

뒤에서 나직하게 들린 목소리에 화들짝 놀란 양 비서가 비명을 질렀다.

언제 방문했는지 검은색의 정장을 바르게 갖추어 입은 주하가 피식 웃으며 서 있었다. 양 비서의 외마디 비명에 고개를 힐끗 든 승서는 주하를 보자마자 눈가를 찡그렸다. 재택근무 한다고 비난하던 주하가 또 이곳을 방문했다. 하지만 떨떠름한 그의 반응과 다르게 미안은 주하를 보자마자 팔찌가 짤랑이는 손을 크게 흔들었다.

"최주하 씨! 안녕하세요!"

손에 무언가를 들고 온 주하는 승서의 무릎 위에 앉아 있는 미안을 아무렇지도 않게 쳐다보았다.

"미안 씨가 먹는 걸 좋아한다기에."

그녀에게 챙겨 온 걸 건넨 주하는 잡아먹을 듯 쏘아보는 승서를 보며 가소롭다는 듯 코웃음을 쳤다.

"수제 파이입니다. 실례가 안 된다면 미안 씨에게 차를 부탁해도 되겠습니까."

"그거라면 제가……."

양 비서가 자리에서 일어서는 미안을 제지하자 주하가 "나는 미안 씨에게 부탁했는데." 하고 차분한 음성으로 말했다. 그 어투에 무언가를 직감한 양 비서는 입을 다물고 승서와 주하 사이에서 빠져나왔다.

"이왕이면 따뜻한 차로 부탁합니다, 미안 씨."

주하는 승서의 다리에서 일어서는 그녀에게 너그러운 미소를 지었다. 주하에게 생긋 미소 지은 미안은 부엌에 있는 양 비서에게 달려갔다.

심드렁한 표정으로 노트북을 쳐다보던 승서는 맞은편에 앉는 주하에게 아니꼬운 듯 투덜댔다.

"누가 미안 씨를 마음대로 부리랍니까."

"미안 씨 부리는 걸 가만히 지켜본 너는."

"아무래도 미안 씨가 들으면 안 될 이야기 같아서 말입니다."

그도 눈치는 있다. 굳이 양 비서를 두고 미안에게 차를 부탁했다는 데에서 무언가를 직감했다.

승서는 양 비서와 함께 도란도란 떠들며 차를 준비하는 그녀를 쳐다보았다. 한국으로 돌아가거든 무슨 수를 써서라도 미안을 그 허름한 전당포에서 나오게 할 작정이다. 그녀의 할머니도 좀 더 커다란 병원으로 옮겨 드리고 간병인도 따로 준비해 줄 생각이었다.

이미 승서의 머릿속이 미안으로 번잡했다. 그러자 그 속을 내다보기라도 한 듯 주하가 작게 비웃으며 "더 멍청해졌군." 하고 놀렸다.

"네가 전화를 받지 않는다고 노하가 그러던데."

"그 녀석 전화는 당분간 받고 싶지 않습니다."

정유라에게 집 비밀번호를 슬쩍 찔러준 게 아직도 괘씸하다. 승서가 눈썹을 모으자 주하가 손가락으로 관자놀이를 누르며 "전화.

받아 보는 게 좋았을 거다." 하고 조용히 말했다.

주하의 목소리는 평소처럼 낮고 위압적이었지만 평소와 다르게 무언의 충고를 하고 있었다.

"그 여자, 꽤 바쁜 모양이더군."

주하가 슬쩍 던진 말에 승서는 금방 이해를 했다.

"욕심이 많을수록 자신의 실수로 인한 분노를 타인에게 돌리기 십상이지."

"그 대상이 미안 씨라고 말하고 싶습니까."

"스스로의 과오를 인정할 줄 모르는 건 무서운 일이니까. 가령 옛날의 내 어머니처럼."

승서는 자조적으로 웃은 주하를 잠자코 보았다. 복잡한 노트북 속의 서식에 눈길을 준 그는 양 비서와 함께 즐거운지 웃음을 터뜨리는 미안을 쳐다보곤, 주먹을 가볍게 쥐었다.

"회장 자리가 탐나십니까."

"물론."

주하는 망설이지 않고 대답했다. 그는 눈길을 피하지 않는 주하를 쳐다보다가 조용히 노트북을 덮었다.

"갖고 싶으면 가지셔도 좋습니다."

"뭐?"

"저를 '승서야.' 라고 부른다면 말입니다."

"그건……. 네가 나를 형님이라고 부른다면 생각해 보지."

승서는 의자를 뒤로 밀며 자리에서 일어섰다. 미안이 들고 있던 쟁반을 양 비서에게 넘겨준 그는 "산책이나 하러 가죠." 하고 말하며 걸음을 밖으로 옮겼다.

"하지만 최주하 씨가."

"최주하 씨는 양 비서와 잘 놀 겁니다."

미안은 그에게 이끌려 햇볕에 잘 달궈진 백사장에 발을 들여놓았다. 승서의 얼굴에 고민이 덕지덕지 붙은 걸 본 그녀는 뜨거운 햇살을 손바닥으로 가렸다.
"미안 씨."
"네. 왜요?"
대답하며 예쁘게 미소 지은 그녀는 승서의 팔을 끌어안았다. 지그시 내려다보는 그의 눈길에 고개를 갸웃한 미안은 "승서 씨?" 하고 그를 불렀다. 그가 말을 머뭇거리자 그녀는 의아해하며 발에 차이는 모래알갱이들을 슬쩍 내려다보았다.
"승서 씨."
자리에 멈춰 선 미안은 뒤를 돌아보는 그의 입술을 손가락으로 가볍게 두드렸다.
"저는 애가 아니에요."
"미안 씨?"
"뭐어, 승서 씨 앞에선 좀 어리광도 부리고 아이같이 굴긴 하지만 엄연한 어른이에요."
필리핀에 오자마자 그에게 보인 모습들을 떠올린 미안이 멋쩍게 말했다. 마땅히 어리광을 부릴 사람이 없었다 보니 승서에게 애처럼 굴었다 치자. 하지만 지금 잠깐 나사가 풀렸다 해도 미안은 미안이었다. 혼자서도 열심히 살아온, 과거를 여전히 볼 줄 아는, 최승서에게 사랑받는 미안.
"그리고 저는 최승서 씨의 애인이기도 하죠."
담담한 목소리로 승서에게 말한 미안은 조금 얼이 빠진 그를 보곤 조그맣게 웃었다. 팔을 벌려 승서의 등을 끌어안은 그녀는 코로 가득 들어오는 그의 향기를 맡으며 눈을 감았다.

"말해 주시지 않으면 저 또 '달달달' 할지도 몰라요."

"미안 씨."

"저 이래 보여도 혼자서 이런저런 일 많이 겪었어요. 하지만 또 그런 일 겪는 건 싫어요. 혼자인 건 더욱더 싫고요. 그러니까……."

"같이 살까요, 그럼."

"네, 같이……. 네?"

눈을 동그랗게 뜬 미안이 고개를 들자 이마에 그의 입술이 닿았다.

"미안 씨가 전당포에서 사는 건 이제 보기 싫습니다."

승서의 입술이 아래로 미끄러져 콧방울에 닿고 작게 벌어진 미안의 입술에서 멈춘다.

"남의 과거를 읽으면서 힘들게 사는 건 더 보고 싶지 않습니다. 미안 씨의 의뢰인은 내가 마지막이에요. 사랑하는 여자가 고통스럽게 사는데 그걸 멍청하게 지켜볼 만큼 저, 한심한 남자 아닙니다."

"……."

"결론은. 내 집에서 나와 함께 살자는 겁니다."

"……하지만."

"미안 씨가 선택할 수 있는 선택지는 세 개입니다. 하나, 나랑 산다. 둘, 승서 씨랑 산다. 셋, 최승서 씨랑 산다."

미안의 여린 목을 팔로 휘감은 승서는 한 치의 흔들림 없는 눈동자로 말했다. 숨이 차오른 미안은 울 것처럼 입술을 꼭 다물었다가 그의 가슴에 이마를 기대었다.

"선택지가 전부 다 똑같잖아요."

"그래서. 몇 번입니까?"

그가 웃으며 묻자 미안이 코를 훌쩍댔다.

"전부 다요. 선택지 다 고를래요."

짧게 입을 맞추는 미안을 사랑스러운 눈길로 응시한 그는 "이제 도망 못 갑니다." 하고 소곤거리곤 그녀의 허리를 안았다.

미안이 대답할 새도 없이 그의 혀가 입안을 헤집는다. 발뒤꿈치를 살짝 들어 입을 맞추던 미안은 간간이 한숨을 뱉으며 서투르게 승서의 입술을 자극했다. 찰싹 붙은 입술 사이에서 기분 좋은 소리가 난다. 가늘게 감은 눈을 뜬 그녀는 승서의 뺨을 손바닥으로 감싸며 그에게 두어 번 더 입을 맞추었다.

"저 검정고시 볼게요. 꼭 합격할게요."

새파란 바다를 등진 미안은 감격스러운 듯 말하며 승서에게 연방 뽀뽀를 했다.

"정말, 반드시 합격할 거예요. 적어도 승서 씨가 중졸 여자 만난다는 딱지 달게 하고 싶지는 않으니까."

"별로 그런 건 신경 쓰지 않는데요. 고등학교 졸업 안 했다고 콩나물 못 세는 것도 아니잖습니까."

"그래도요! 내가 자존심 상하니까 안 돼요. 승서 씨 체면이 뭐가 돼요? 나 때문에 내 남자가 망신당하는 건 싫어요."

모래밭 위에서 발을 구른 미안이 강고하게 말하며 승서를 얼싸안는다. 허리에 둘러진 미안의 팔을 붙잡고 있던 그는 고개를 숙여 미안의 정수리에 입을 맞추고는 "그럼 기다리고 있죠." 하고 중얼거렸다.

"기다려요?"

"미안 씨가 검정고시 합격증 들고 저 보쌈해 갈 날 말입니다."

귓바퀴와 목을 부드럽게 입술로 훑는 오싹함에 미안이 달뜬 숨을 뱉으며 턱을 주억거렸다.

"약속할게요. 한 번에 합격하고 말 거예요."

흰자위에 눈물을 그렁그렁 매단 미안을 보며 웃음을 삼킨 그는 "미안 씨." 하고 소곤거리며 그녀의 눈가에 입술 도장을 찍었다.

"그때는 오빠라고 해 주는 겁니다."

"아 정말! 최승서 씨!"

미안의 앙탈에 두 사람밖에 없는 백사장에 즐거운 웃음소리가 커다랗게 퍼졌다.

대체 몇 년 만의 공부인가. 승서가 사다 준 검정고시 기출문제집을 보며 미안은 눈앞이 핑핑 도는 걸 느꼈다. 국어는 그렇다 치고 영어와 수학은 정말이지 그녀의 머리를 고통스럽게 했다. 두꺼운 단어장을 넘겨 본 그녀는 벌써부터 밀려오는 암담함에 숨을 삼켰지만 각오를 다지고 눈을 부릅떴다.

학원이야 다닐 수 있는 일이지만 그녀는 더 이상 승서에게 돈 문제로 신세 지고 싶지가 않았다. 집에 살게 해 준 것만으로도 미안은 그에게 충분히 감사했다. 적어도 할매의 병원비와 검정고시 문제는 스스로 해결을 보고 싶었다.

하지만 필리핀에서 실컷 놀다가 인사동으로 돌아와 기출문제를 풀려니 머리가 영 안 돌아간다. 수학은 무엇이고 영어는 무엇이란 말이냐. 그가 주고 간 노트북으로 인터넷강의를 봐 가며 풀어 보기는 했지만 강사의 말을 듣는 내내 머리가 멍했다.

연필로 문제집을 톡톡 두드리던 미안은 머리를 헝클어뜨리곤 비명을 질렀다. 갑자기 세탁기에 넣어 둔 빨래가 다 되었나 신경 쓰이는 건 왜일까. 냉장고를 언제 정리했지? 청소는 언제 했더라! 머릿속에 떠오르는 온갖 잡생각들에 머리카락을 쥐어뜯은 미안은 주먹을 불끈 쥐며 문제집을 쏘아보았다.

"아 진짜! 루트가 대체 뭔데 이렇게 복잡해!"

문제가 풀리지 않아 울화통이 치민 미안이 자리에서 벌떡 일어섰다. 그깟 루트 하나가 승서와의 약속을 방해하다니. 제자리에 서서 경련이 이는 눈으로 문제집을 노려본 미안은 웃는 그를 떠올리고선 도로 의자에 엉덩이를 붙였다.

"……참자, 미안. 참고 다시 풀어 보는 거야."

입가가 뒤틀리는 것을 참은 그녀는 엉덩이를 붙이고 앉아 끈기 있게 문제를 풀어 보았다. 간신히 한 문제를 풀고 정답지를 확인한 미안은 두 손을 번쩍 들고 만세를 외쳤다.

하지만 높이 치켜든 팔에서 힘이 스르륵 빠진다. 한 문제 푸는 데 대체 얼마나 걸린 걸까. 지끈거리는 이마를 짚은 미안은 과거를 읽는 일이나 공부를 하는 일이나 비등비등하다고 생각했다.

들끓는 가슴을 진정시키려 심호흡을 한 그녀는 오늘 승서와 외식을 약속한 걸 떠올렸다. 적어도 문제지 몇 페이지는 풀어야 열심히 공부했다고 말할 수 있지 않겠는가.

연필을 쥐고 뛰쳐나가고 싶은 마음을 가라앉힌 미안이 다음 문제를 눈으로 읽는데 소파 위에 던져둔 핸드폰이 울렸다. 마땅히 연락 올 사람이 없어서 승서인가 싶었는데 낯선 번호였다.

"누구지?"

눈을 깜빡거리며 통화를 거부했는데 벨소리가 또 울린다. 순간, 미안은 기분 나쁜 기류를 감지했다. 연신 울리는 핸드폰을 말끄러미 보던 그녀는 인터넷강의를 멈추고 액정에 뜨는 번호를 눈으로 읽었다.

시선을 돌려 복잡한 수학 수식을 응시하던 미안이 입술을 빼끔거리다가 통화 버튼을 누른다.

"여보세요."

조심스럽게 입을 열자 핸드폰 너머에서 "오랜만이네요, 미안 씨."하고, 낯익은 목소리가 울렸다.

"정유라 씨?"

흠칫 놀란 미안이 하마터면 핸드폰을 떨어뜨릴 뻔했다. 연락처를 무슨 수로 알았을까. 눈을 굴리며 어디서 정보가 새어 나갔는지 추리하는데 유라가 자그맣게 웃었다.

─승서 씨와는 잘 지내나요?

"무슨 일로 전화하셨어요?"

유라의 입에서 사랑하는 남자의 이름이 나오자 미안이 앙칼지게 물었다.

─미안 씨에게 의뢰를 좀 하고 싶어서요. 자세한 건 얼굴 보면서 이야기하고 싶은데.

의뢰라는 단어에 미안의 심장이 철렁했다. 약속장소를 언급한 유라는 "그럼 그곳에서 뵐게요."라는 말을 하고 전화를 끊었다. 통화가 끊긴 핸드폰을 멍하니 쳐다보던 미안은 살짝 불안한 얼굴로 손톱을 깨작거렸다.

통화목록을 물끄러미 쳐다보던 미안은 언젠가 주하가 말한 충고를 떠올렸다.

「아가씨가 누구인지는 모르지만 앞으로도 최승서의 옆에 있을 예정이라면 조심해서 나쁠 건 없을 겁니다. 정유라는 그렇게 깨끗하게 넘어갈 여자가 아니니까요. 부디 조심하시죠.」

눈가를 파르르 떤 그녀는 핸드폰을 들고 자리에서 일어섰다.

"이 여자가 나를 호구로 봤다 이거지."

조그맣게 웃음을 터뜨린 미안은 전당포가 말끔히 정리되었다던 승서의 말을 기억해 냈다. 작은방으로 들어가 옷을 갈아입은 그녀는 승서에게서 받은, 새로운 전당포 열쇠를 손바닥에 꽉 쥐었다.

정유라가 아무래도 그녀의 능력을 알고 있는 게 분명했다. 어디서 어떻게 알아냈는지 알 수는 없지만 유라가 미안에 대해 알고 있다는 건 꽤 치명적인 일이었다. 잘못했다간 미안의 능력이 약점이 된다. 하지만 그녀는 유라에게 순순히 뒤통수를 맞아 줄 만큼 곱게 살아온 여자가 아니었다.

그래서 미안은 도리어 코웃음을 치며 핸드폰에 있는 녹음기능을 재차 확인했다.

"어디 누가 호구 되는지 한번 해볼까?"


"부탁드린 일은 어떻게 됐습니까."

유라와 바람이 났던 정비공에 대한 조사서를 받아 든 그가 조용히 물었다.

"밖에 새어 나가지 않도록 잘 처리해 두었습니다."

"이왕이면 미안 씨가 알지 못하도록 부탁드립니다."

"알겠습니다."

양 비서를 내보낸 그는 '황정현'이라는 이름의 정비공 사진을 노려보며 못마땅한 표정을 지었다. 노하에게서 정유라가 최근 황정현과 자주 붙어 다닌다는 이야기를 들은 승서는 "그런 놈들일수록 뒤가 구린 거야. 바로 나처럼 말이야." 하고 말하며 웃던 노하를 상기했다.

황정현은 전과가 있었는데 폭행사건 몇 건과 성폭행 미수 건이 있었다. 성폭행 건에 대한 문서를 찾아 종이를 넘기자 스토커라는 단어가 보였다. 좋아하는 여자가 남자 친구와 같이 있는 걸 보고 분노를 느껴 충동적으로 사건을 일으켰다는 게 전말이었는데 폭행죄의 대부분이 그런 양상을 보이고 있었다.

짝사랑하는 여자의 옆에 있는 남자들에게 하나같이 주먹을 휘둘렀다. 전치 5주가 나올 정도로 두들겨 팼다니. 황정현이 법원으로부터 심리 상담과 치료를 받을 걸 권고받은 판결을 읽은 승서는 천천히 눈썹을 찡그렸다.

설마. 그 에어백도······.

그보다 이렇게 위험한 남자가 정유라에게 빠져 있다. 맹목적인 사랑에 눈이 멀어 앞이 제대로 보이지 않는 남자임이 분명했다. 유라가 황정현을 휘두르면 미안이 위험해지는 건 뻔한 이야기다.

눈가를 쓸어내린 그는 미간을 천천히 문질렀다. 서른한 살은 여전히 아득한 저편에 있고 돌아올 기미가 보이지 않는다. 하지만 돌아오지 않는다고 해서 그게 그렇게 심각한 문제가 되는 걸까. 승서는 유라와 일 년 가까이를 함께했다는 것만으로도 충분히 짜증이 치밀었다. 어차피 기억이 돌아오지 않는다 한들 최승서는 최승서였다.

그는 유라가 조용히 자신의 주변에서 사라지길 바랐다. 더 이상 시끄러운 일은 사양이었다. 하지만 이대로 물러나지 않고 기어코 미안을 건드린다면?

문서에 적힌 황정현의 주소지와 정비소 위치를 손으로 더듬은 승서는 입가를 쓸어내리고는 양 비서를 호출했다.

"양 비서님."

문을 열고 들어온 양 비서를 쳐다본 승서는 황정현에 대한 조사서를 쓰레기통에 처박고선 싸늘히 말했다.

"황정현과 정유라에게 사람 좀 붙여 주세요. 이왕이면 사진 실력이 괜찮은 사람으로 부탁드리죠."

"네, 알겠습니다. 그리고 손님이 오셨는데……."

조금 난처해하는 양 비서의 말이 끝나기도 전에 노크 소리와 함께 "안녕, 승서야." 하는 능청스런 목소리가 들렸다.

"최노하 씨께서 긴히 드릴 말씀이 있다고 하셔서."

양 비서의 얼굴엔 '저 남자를 말리지 못해 죄송합니다.' 라고 사죄하는 문구가 쓰여 있었다. 문 앞에 비실비실 웃으며 서 있는 노하를 쳐다본 승서는 쓰레기통에 처박은 종이를 응시했다.

웃고 있는 노하와 버린 종이를 번갈아 보자니 문득 그런 생각이 들었다.

대체 언제까지 옛날 일에 연연해하며 살 것인가.

그런 생각을 하자 환하게 미소 짓는 미안의 얼굴이 떠올랐다. 승서는 양 비서에게 "괜찮으니 나가 보셔도 됩니다." 라고 말하며 의자를 뒤로 밀었다.

"들어와."

단조로운 그의 목소리에 문전박대를 기대했던 노하는 의외라는 듯 어깨를 으쓱했다.

"어라, 화 안 내?"

"화낼 일이야 많지."

제 죄를 안다는 듯 말하는 노하의 말에 승서는 피식 웃었다. 소파에 앉은 노하는 화를 내기는커녕 부드러운 얼굴인 승서를 보며 조금 낯선 느낌을 받았다. 그를 위아래로 훑은 노하는 괜히 입술을 비죽이고는 소파에 등을 기댔다.

"표정 좋네? 그런 얼굴 하면 내가 괜히 열 받잖아."

노하는 다리를 꼬며 마음에 안 든다는 듯이 중얼거렸다. 맞은편에 앉은 승서는 심술이 난 노하의 얼굴을 보며 "무슨 일로 왔는데." 하고 물었다. 단도직입적인 그의 말에 지그시 미소 지은 노하는 주머니에서 USB를 꺼냈다.

"네가 필리핀에서 제수씨랑 노닥거리는 동안 내가 찍어 둔 거야."

제수씨? 썩 마음에 드는 단어였지만 승서는 내색하지 않고 "무슨 소리야." 하고 어깃장을 부렸다. 그러자 노하가 한쪽 눈썹을 올리며 짓궂게 웃는다.

"안 되지, 안 돼. 이미 형한테 다 들었어. 이름이 '미안'이라지?"

빌어먹을 최주하 같으니. 속으로 욕을 퍼부은 승서는 시선을 회피하며 넓은 유리창을 응시했다.

승서를 보며 낄낄 웃은 노하는 USB를 탁자 위에 던지며 피어싱을 한 귓가를 만지작거렸다.

"네가 제수씨랑 필리핀에서 노닥거리는 동안에 내가 찍어 둔 사진들 모아 놓은 거야. 그 불쌍한 여자가 어디까지 나가떨어질지 궁금해서 말이야."

USB를 집어 든 승서는 노하의 말에 눈을 가늘게 떴다. 노하의 말은, 그러니까 정유라와 황정현이 만난 장면들을 찍어 두었다는 이야기였다. 입가가 뒤틀리는 걸 참은 그는 USB를 내려놓았다. 정유라가 하다하다 소속사 앞에까지 황정현을 불러들인 모양이다.

그렇지 않고서야 클럽과 소속사를 전전하는 노하가 유라의 사진을 찍을 수 있을 리 없다.

"정유라는 모든 악재가 겹친 데에 대한 원망을 아마 제수씨한테 쏟아낼걸? 아주 볼만할 거야."

그건 승서도 예상하고 있었다. 유라가 인사동 자택을 마지막으로 방문한 날, 그에게 남기고 간 말은 꽤 의미심장했으니까. 신중함을 기한다고 해서 문제가 될 건 없다. 단지 그는 정유라가 모두가 예상하는 식으로 무너지기를 바라지 않을 따름이었다. 조용히 마무리 짓고 적정선에서 물러나는 게 서로를 위한 일이다.

"네가 무슨 생각하는지 다 보여, 최승서."

한심하다는 듯 노하가 혀를 차며 주머니에 손을 집어넣었다.

"생각을 해. 정유라는 톱모델이었던 여자잖아? 누릴 거 다 누리고 살다가 서항건설 후계자에게 프러포즈까지 받았어. 콧대 높은 여자가 자기 실수로 파혼까지 당하고 모델계엔 소문까지 퍼져서 입지가 좁아졌단 말이야. 그런 사람일수록 타인을 원망하는 걸로 자기 실수를 위하는 법이라고."

노하는 무감한 승서의 얼굴을 보며 한숨을 쉬었다.

노하와 주하가 본가에 입성한 첫날. 최 회장이 승서에게 혜정을 소개하며 「어머니라고 불러라.」라고 말하던 그때에도 승서는 오늘처럼 덤덤한 표정이었다.

심지어 혜정은 승서의 모친인 미정을 본가에는 얼씬도 못하게 했다. 승서에겐 친밀히 굴면서도 주하를 서항의 후계자로 만들기 위해 갖은 애를 다 쓰던 게 혜정이었다. 승서는 적어도 한 번쯤은 분노를 터뜨려야 했다. 그럴 타이밍이 많았다.

"넌 속도 없냐."

쓰게 웃으며 노하가 묻자 USB를 노려보던 승서가 고개를 들었다.

"이래서 사람이란 건 참 이상하다니까. 자기가 실수해 놓고 왜 다른 사람을 비난하나 몰라. 인정하면 좀 편해질 텐데."

혜정의 과오를 떠올린 노하는 입맛을 다시며 자리에서 일어섰다.

"그러니까 그 사진이랑 서혜정 여사 죄랑 퉁 치자."

"그거라면 오래전에 잊어버렸어."

다리를 꼬며 노하를 올려다본 승서는 차분한 눈동자로 말했다. 혜정을 좋아하는 건 아니지만 싫어하는 것도 아니다. 어머니는 이미 세상에 없는 사람이고 최 회장은 죄책감에 그를 후계자로 지목했고 혜정은 모든 걸 포기하고 조용히 살아간다. 이 이상 더 누구를 원망하란 말인가. 승서는 그저 과거고 나발이고 미안과 알콩달콩 지내고 싶을 뿐이었다.

"진심이야?"

노하가 믿기지 않는다는 목소리로 묻자 그는 대답 대신 고개를 끄덕였다.

"사진은 감사히 받지. 유용하게 쓰일 거야."

자리에서 일어난 승서는 옷걸이에 걸어 둔 겉옷을 챙기며 노하를 쳐다보았다.

"너야말로 쓸데없는 동정 하지 마."

"응?"

"네가 정유라를 신경 쓰는 건 알고 있어. 아마 서혜정 여사와 닮아서 그런 거겠지. 그만둬. 정유라와 네 어머니는 안 닮았어. 적어도 네 어머니는 내 뒤통수를 친 걸 인정하고 반성했으니까."

"……."
"나가자. 데려다 줄게."
"안 어울리게 멋진 척은. 너 요즘 주하 형 닮아 가는 거 알아?"
노하의 비꼬는 말에 승서는 웃음을 터뜨리고는 문고리를 힘껏 당겼다.

카페에 들어서자마자 미안은 유라를 보고선 눈을 가늘게 감았다. 가방을 고쳐 멘 그녀는 우아한 자세로 커피를 홀짝이고 있는 유라에게 다가갔다.
"안녕하세요, 정유라 씨."
미안의 목소리에 유라가 눈을 힐끗 든다. 예전보다 좀 더 예뻐진 미안을 쳐다본 유라는 턱짓으로 맞은편 자리를 가리켰다.
"앉으세요."
자리에 앉으며 주위에 수상쩍은 사람이 없는지 살핀 미안은 가방을 품에 끌어안았다.
"잘 지내나 보네요. 얼굴색이 예전보다 더 좋아 보여요."
한마디로 '최승서랑 잘 지내니 좋냐, 이 계집애야.' 였다. 그래서 미안은 일부러 아이처럼 맑게 웃는 얼굴을 연출했다.
"제가 요즘 보약을 먹어서 그런가 봐요."
'오냐, 이년아. 승서 씨 사랑받아서 얼굴 좀 고와졌다!' 라고 소리치고 싶은 걸 꾹 참은 미안은 "그보다 의뢰를 말씀하셨는데?" 하고 유라에게 물었다.
유라는 능력에 대해 숨기지 않고 떳떳하게 구는 미안을 보며 눈가를 떨었다. 최승서에게 옛날 기억을 읊어 준 게 미안이라는 걸 안 유라는 마음 같아선 찻잔을 엎고 싶었지만, 꾹 참으며 빙그레 웃었다.

"미안 씨 뒷조사를 좀 했어요. 과거를 보고 문제를 해결해 주기도 하고, 물건을 찾아 주기도 한다던데 맞나요?"

"맞아요. 하지만 죄송한데, 지금은 그 일을 하지 않아요."

승서의 말을 떠올리며 또박또박 대답한 미안은 유라를 똑바로 응시했다. 그러자 유라가 조용히 웃으며 "그거야 미안 씨 사정이죠." 하고 말했다.

"승서 씨와 미안 씨가 어떤 사이인지는 대충 짐작하고 있어요. 만약 승서 씨 집안사람들이 미안 씨가 정신병력에, 중졸에, 과거까지 보는 이상한 능력을 가진 여자라는 걸 알면 어떻게 나올 거라고 생각해요?"

나긋나긋한 유라의 말에 미안은 침을 크게 삼켰다. 가방을 꽉 움켜쥔 그녀는 일이 이렇게 될 줄 예상하고는 있었지만 가슴에 박히는 말들을 피할 수는 없었다.

분명히 미안의 환경은 승서에겐 도움이 되지 않는다. 서항건설의 후계자에 잘나기까지 한 최승서가 미안을 만나고 있다는 걸 그의 가족들이 알면 가만히 있을 리 없었다. 다행히 주하는 유하게 그녀를 받아 주는 것 같았지만 다른 가족들은?

숨을 크게 삼킨 그녀는 유라를 힐끗 쳐다보고선 "비겁하시네요." 하고 쏘아붙였다.

"죄송하지만 저도 비겁할 수밖에 없어서요."

찻잔을 내려놓은 유라는 쓰게 웃었다. 미안은 그게 연기인지 진짜인지를 분간하기 위해 애썼지만 도통 짐작이 가질 않았다.

"미안 씨도 제가 승서 씨와 교제를 할 때 무슨 실수를 저질렀는지 아시죠?"

'실수'라는 단어에 그녀의 입가에 경련이 일었지만, 미안은 대꾸하는 것 대신 고개를 끄덕였다.

"그 남자가 비디오와 사진을 갖고 있어요. 그걸 돌려받고 싶어요."

그 말에 미안이 속으로 헛웃음을 삼켰다. 둘이 아주 가지가지 했구나 싶어 마음 같아선 최승서를 위해서라도 유라의 **뺨**을 한 대 쳐 주고 싶었다. 그렇지만 미안은 화를 꾹 눌러 참으며 차분히 대꾸했다.

"그런 거라면 차라리 다른 사람을 고용하는 게 좋으실 텐데요?"

미안이 의심을 거두지 않으며 묻자 유라가 "미안 씨도 아시다시피."하고 운을 떼며 가방에서 봉투를 꺼냈다. 딱 봐도 두께가 꽤 되는 봉투에 미안은 미간을 찡그렸다.

"제가 꽤 이름을 날리는 모델이라서 이왕이면 사정을 아는 사람에게 부탁하고 싶거든요. 승서 씨에게 비밀인 건 당연하고요. 이건 선금이에요. 확인해 보세요."

유라가 탁자 위로 내민 봉투를 집어 든 미안은 안에 **빽빽**한 지폐들을 보고선 한숨을 내쉬었다. 속으로 할매의 병원비를 대충 어림잡은 그녀는 하는 수 없이 봉투를 챙겨 온 가방에 집어넣고는 계약서를 꺼냈다. 그러자 계약서를 본 유라의 표정이 살짝 어둡게 변한다.

"이건, 뭔가요?"

"계약서예요. 언제 무슨 일이 생길지 몰라서 의뢰인과는 반드시 작성하는 거죠. 정유라 씨도 예외는 아니에요."

볼펜을 꺼낸 미안은 "여기다 사인하시면 돼요."하고 말하며 계약서를 내밀었다. 하지만 유라는 조금 곤란한 표정으로 계약서를 쳐다보았다. 그 모습을 물끄러미 응시하던 미안이 "왜 그러세요?" 하고 조금 표독스럽게 물었다.

"아까도 말씀드렸지만 저는 이 일을 조용히 해결하고 싶어요, 미안 씨. 이왕이면 증거가 남지 않는 쪽으로요."

"하지만 정유라 씨도 아시겠지만 이 계약서는 필수예요."

의뢰인과 계약을 했다는 절대적인 증거다. 미안도 이걸 양보할 수는 없었다. 유라는 단호한 미안의 표정을 보고 조금 주춤하다가 계약서를 집어 들었다.

"그럼 계약서 파기는 언제쯤 되는 거죠?"

"계약 수행기간은 3개월이고, 계약서를 보관하는 것도 3개월이에요."

미안의 설명에 유라의 얼굴에 언짢음이 스쳤다.

"미안 씨."

계약서를 내려놓은 유라는 무척 난감한 얼굴이었다.

"만약 계약서를 쓰지 않고도 비디오와 사진을 찾아 주신다면 저도 미안 씨의 능력이나 과거사에 대한 건 입도 뻥끗하지 않을게요."

시선을 숙인 그녀는 자연히 승서를 떠올렸다. 같이 살자던 그의 말에 진심으로 기뻤던 순간을 되새긴 미안은 승서의 가족들이 자신을 어떻게 여길지 생각해 보았다.

과거를 본다는 이상한 말을 하고 가족도 없고 학력도 중졸밖에 되지 않는다. 짚신도 짝이 있다지만 그의 짝이라고 곁에 있는 미안은 비단신이 아니라 짚신이다. 미안은 지금 얼마나 과한 욕심을 부리는지 잘 알고 있었지만.

"……그렇게 하죠, 그럼."

그를 놓치고 싶지 않다.

이 결단이 조금 위험하다는 걸 알지만 능력에 대한 게 사방팔방 퍼져 나가면 곤란해지는 건 그녀가 아니라 승서였다. 착잡하게 웃은 미안은 가방끈을 꾹 움켜쥐었다.

"이건 그 사람 명함이에요. 뒤에 약도가 있으니까 정비소는 금방 찾으실 수 있을 거예요."

명함을 받아 든 미안은 유라 모르게 잠깐 명함의 과거를 읽어 보았다. 하지만 그 명함에 담긴 과거라곤 유라가 황정현 정비공에게서 명함을 받아 들고, 지갑에 챙겨 넣는 게 전부였다.

"그럼 부탁드릴게요."

자리에서 일어선 유라는 "궁금하신 게 있으면 연락 주세요."라는 말을 남기고 카페를 나섰다.

카페 문에 달린 방울 소리를 들으며 보도로 발을 내디딘 유라는 차에 오르자마자 핸드폰을 꺼냈다. 유라는 승서를 이해할 수 없었다. 많고 많은 여자 중에서 어째서 미안인가. 학력도 중졸밖에 되지 않고 별난 능력에, 가족도 없는 천애고아다. 보잘것없는 미안에게 밀려났다고 생각하니 유라는 속으로 부아가 치밀었다.

승서가 기억을 되찾았건 되찾지 않았건 정유라의 콧대가 미안을 용납할 수가 없었던 것이다.

"여보세요? 나예요. 그 애한테 명함 줬으니까 조만간 정비소를 방문할 것 같아요. 네, 알아요. 약속 지킬 테니까 염려 말아요. 당신이야말로 일 제대로 하고. 행여나, 알죠? 일이 꼬이면 어떻게 해야 하는지. 계획대로만 된다면 당신을 사랑할게요."

사랑하겠다는 말을 뱉으며 유라는 헛웃음이 났다. 유라는 승서를 사랑했다. 그가 자리를 비운 사이 한눈을 판 게 이런 비극을 초래했다. 지금도 그만 떠올리면 속상하고 아파서 유라는 그와 관계가 틀어진 걸 미안의 탓으로 생각했다.

적어도 최승서가 기억을 잊은 채로 있었더라면.

통화를 마친 유라는 노하의 말이 문득 생각났다. 참 불쌍하다고 혀를 차면서 그만 인정하라던, 최노하의 말이. 핸드폰을 조수석으로 던진 유라는 운전대를 잡으며 작게 비웃었다.

돌아가기엔 늦었다. 모든 게 무너졌다. 유라는 자신의 실수를 최승서에게 다시 각인시킨 미안이 싫었다. 그러니 그녀에게 그 능력에 대한 대가를 돌려주겠노라 생각하며 중얼거렸다.

"너도 어디 실컷 당해 보렴."

승서는 삐뚜름한 미안의 리본을 응시했다. 그녀는 검정고시가 이렇게 어려울 줄 몰랐다며 투정을 부리고 있었다. 그는 묵묵히 미안의 이야기를 들어주었고 간간이 "나도 다시 공부하라고 하면 죽어도 못합니다."라고 우스갯소리로 대꾸해 주었다.

손을 뻗어 머리띠에 달린 리본을 바로잡아 준 그는 "식사는 맛있습니까?"하고 물었다. 그러자 미안이 고개를 끄덕이며 "정말로 맛있어요."라고 답했다. 그녀를 데리고 어떤 레스토랑을 찾아가야 할지 막막했던 승서는 슬쩍 양 비서에게 자문을 구했는데 양 비서는 한 치의 망설임도 없이 이렇게 말했다.

"한식집에 데려가세요."라고.

그 말에 승서는 반신반의했는데 겉만 번지르르한 식당보다는 국과 밥이 나오는 한식당이 오히려 미안과 잘 어울렸다. 계속해서 번갈아 나오는 반찬들과 메인메뉴가 마음에 들었는지 미안은 무척이나 진지하게 "이건 대체 어떻게 만든 걸까요."하고 조리법까지 탐을 냈다.

"참, 승서 씨."

연어와 오이를 맛깔나게 돌돌 만 걸 그의 접시에 놓아준 미안이 "강 형사님이요." 하며 말문을 열었다.

"한번 승서 씨 데리고 사무소 찾아오라던데."

"강 형사님이요?"

"네. 음. 아마 '네가 얼마나 좋은 놈인지 확인해 보겠다!' 라는 심보 같던데. 바쁘시면 그냥 무시하셔도 돼요."

"강 형사님이 미안 씨를 많이 아끼는군요."

승서는 갑자기 강 형사가 마음에 안 들었다. 비록 강 형사의 소개로 미안을 만나기는 했지만 그녀의 주변을 배회하는 사내놈들은 죄다 싫었다. 안 그래도 노하가 한번 만나 보자고 얼쩡거려서 귀찮아 죽겠는데 강 형사까지 나설 줄이야.

강 형사는 분명 미안을 딸처럼 여기는 게 분명하다. 딸을 빼앗아 가는 남자는 죄다 도둑놈이기 마련인데 강 형사가 어떤 식으로 나올지 승서는 벌써부터 막막했다.

"조만간 시간을 한번 내 보겠습니다. 미안 씨를 만나게 해 주신 분인데 감사 인사는 드려야죠."

승서의 말에 배시시 웃은 그녀는 "그럼 강 형사님께 조만간 가겠다고 말씀드릴게요!" 하고 밝게 대답했다. 미안이 웃는 것만 봐도 배가 불렀던 그는 강 형사의 심술 정도야 백 번이고 견뎌 주겠다고 생각하며 그녀의 접시에 잘 구워진 생선구이 한 점을 올려 주었다.

"하루 종일 집에서 지루하지 않았습니까?"

소스에 생선구이를 살짝 찍어 입에 넣으려던 그녀가 승서의 말에 움찔했다. 하루 종일 집에서. 그의 말을 되뇐 그녀는 밥과 생선을 냠냠 먹으며 덤덤히 고개를 끄덕였다.

"네. 빨래도 해 놨고, 청소도 했어요."

"그런 건 가정부 아주머니가 오시면 알아서 하실 텐데요."

"에이, 그래도요. 그거라도 안 하면 좀이 쑤셔서 못 견디겠는걸요. 아무것도 안 하고 자꾸 먹기만 하면 뱃살 늘어요."

미안이 최근 토실토실하게 살이 오른 뺨을 조몰락대며 불평을 했다. 승서가 먹을 걸 어찌나 자주 사다 주는지 괜한 말로 '아, 회 먹고 싶다.' 하고 중얼거리기라도 하면 당장 사람을 불러다가 회를 사다 주었다.

칠성급 호텔에도 없을 호화로운 대접에 그녀는 날이면 날마다 몸무게가 불었다. 손 하나 까딱 못하게 하는 걸로도 부족해 승서는 볼이 미어터지도록 식사를 하는 미안을 보며 종종 밥을 떠먹여 주기까지 했다.

덕분에 빠릿빠릿하던 몸이 퍼질 대로 퍼져서 이젠 일을 하라고 해도 못하겠다. 그래서 게으름의 위협을 느낀 미안은 승서가 회사를 나간 틈을 타 커다란 집을 혼자 청소하곤 했다. 그렇지 않으면 언젠가 옷 속에 숨겨진 뱃살을 또다시 그에게 들킬지 모른다.

"미안 씨."

"네?"

"무슨 일이 생기면 꼭 제게 말해 주셔야 합니다."

그녀의 입가에 묻은 소스를 닦아 준 그는 "아시겠습니까?" 하고 재차 물었다. 승서의 말에 조금 당황한 미안은 눈을 끔뻑대다가 어설프게 웃으며 고갯짓을 했다.

"네. 그럴게요."

낮에 유라를 만난 일을 떠올린 미안은 가슴이 따끔했지만 더 밝게 웃었다. 말할 수 없다. 어떻게 해서든 유라를 스스로 감당할 수 있는 선에서 끝내고 싶었다. 이 이상 그가 정유라와 얽히는 것도 보고 싶지 않지만 그보다 더 겁나는 건 최승서의 주변인들이 과거를 보는 능력에 대해 알게 되는 것이었다.

식사를 마치고 가게를 나온 두 사람은 차를 타고 돌아가다가 소화를 시킬 겸 잠시 공원에 들렀다. 승서의 손을 꼭 마주 잡고 걷던 미안은 엄마의 손을 잡고 있는 아이를 보고선 조그맣게 웃었다.

"아이가 되게 예쁜 것 같아요."

미안의 중얼거림에 승서는 엄마의 손을 잡고 방방 뛰는 조그만 여자아이를 보았다. 그녀는 어머니가 없다. 하지만 그리워하는 내색을 보인 적은 한 번도 없었다. 그건 미안이 그만큼 강한 여자라는 증거였지만 동시에 아픈 일을 쉽게 드러내지 않는다는 걸 의미하기도 했다. 그녀의 손을 꼭 잡은 승서는 "미안 씨는 좋은 엄마가 될 겁니다." 하고 말했다. 그러자 미안이 의외라는 듯 눈을 깜빡인다.

"제가요?"

"네. 아이와 잘 놀아 주고, 잘 이해해 주는 엄마가 될 것 같습니다만."

"으음, 저는 오히려 제가 애처럼 굴지 않을까 걱정되는데."

마주 잡은 손을 흔들며 그녀가 진심이라는 듯 중얼거리자 승서가 웃음을 삼켰다. 하긴. 그녀는 마음이 조금만 풀어지면 아이처럼 귀여워지곤 했다.

"승서 씨는 딸이 좋으세요, 아들이 좋으세요?"

"저는 둘 다 좋습니다만 이왕이면."

"이왕이면?"

승서가 말을 끊고 잠깐 생각하자 그녀가 그를 올려다보았다. 꽤 진지한 표정으로 무언가를 고민하던 그는 미안을 내려다보며 조금 짓궂게 소곤거렸다.

"이왕이면 미안 씨를 닮은 아이가 더 좋습니다."

그의 말에 뺨이 달아오른 미안은 "무, 무슨 말씀이세요." 하고 능청스레 받아넘겼으나 심장이 두근거리는 건 어쩔 수 없었다. 부끄러움에 잡고 있던 손을 빼려고 하자 승서가 공원에 있는 매점을 가리키며 말했다.

"사탕 사 갈까요?"

"사탕이요?"

매점을 빤히 쳐다보던 미안은 사탕이라는 단어가 왠지 몹시 반갑게 느껴졌다. 입에 물릴 정도로 사탕을 먹었는데 최근에 단 걸 먹은 게 언제였던가. 매점을 보며 눈을 깜빡이자 승서가 "미안 씨?" 하고 그녀를 불렀다.

"네? 어, 아뇨. 그냥. 왠지 사탕을 되게 간만에 먹는 것 같아서요. 항상 입에 달고 다녔는데."

"으음."

"왜일까요? 지금도 사탕이 썩 당기지도 않고."

별난 일이다. 사탕이 없으면 눈이 뒤집히도록 몸이 고통스러웠는데. 미안이 의아해하며 고개를 갸웃대자 그런 그녀를 따뜻하게 보던 승서가 차고 오르는 웃음소리를 죽였다.

"저는 왜인지 알 것 같은데요."

"정말요? 뭐 때문인 것 같으세요?"

"제 추측입니다만."

"괜찮아요. 뭔데요, 네?"

미안이 알려 달라고 조르며 팔에 매달리자 입가에 즐거운 미소를 띤 승서가 그녀에게 짧게 입을 맞추었다. 입술을 퉁 부딪쳤다가 멀어지는 승서를 멍하니 쳐다보는 미안은 잠깐 상황파악이 되지 않았다가 이내 그가 말하고자 하는 바를 깨닫고선 얼굴이 홍당무가 되었다.

"말도 안 돼요!"

잡고 있던 손을 놓고 허둥지둥 얼굴을 가린 미안은 "그, 그……. 그건!" 하고 말을 더듬으며 필리핀에서 돌아온 이후로 틈만 날 때마다 승서와 키스를 나누었던 걸 떠올렸다.

"제 추측입니다. 추측."

"하지만!"

귓불까지 붉어진 미안이 바락 소리를 지르자 승서가 슬쩍 그녀의 허리에 팔을 감았다.

"하지만?"

"……제가 왜, 왠지 엄청 밝히는 여자 같잖아요."

이래 보여도 승서와 첫키스를 나눈 연애 초보자다. 미안은 잔뜩 쑥스러워하며 고개를 들지 못했다. 어깨를 비틀며 한없이 부끄러워하는 그녀가 마냥 예뻤던 그는 미안을 바싹 끌어안고는 정수리에 키스를 했다.

"저는 기쁩니다만?"

기쁘다는 말에 미안의 눈이 빠르게 깜빡였다. 열기가 오른 그녀의 눈가를 어루만져 준 승서는 뺨에 키스를 하고는 "이제 미안 씨가 나 없이는 못 산다는 이야기니까." 하고 야하게 속삭였다.

귓바퀴에 살며시 와 닿는 입술 감촉에 어깨를 흠칫 떤 그녀는 의기양양하게 웃는 승서를 보며 어쩐지 당했다는 생각이 들었다.

"미안 씨는 저한테 시집 다 왔군요."

"다시 사탕 먹을 거예요."

매일같이 애정을 드러내 주는 승서가 좋아 죽으면서도 미안은 짐짓 새침하게 굴었다. 그러자 매점으로 가려는 미안의 팔을 그가 딱 잡더니 굉장히 심각한 얼굴로 물었다.

"키스 안 해 줄 겁니까?"

"여기서요?"

말도 안 된다는 듯 미안이 입을 벌리자 그가 "못할 건 뭡니까." 하고 대꾸하며 그녀의 허리를 당겼다. 하지만 그녀가 진절머리를 내며 안 된다고 앙탈을 부리자 하는 수 없이 그가 한발 물러섰다.

"아니면 뽀뽀라도."

"뽀뽀 정도면 뭐."

승서의 품에 안겨 있던 미안이 그의 뺨에 입을 맞추자 승서가 '왜 입술 내버려 두고 뺨이야.' 하고 실망하는 표정으로 그녀를 내려다보았다. 그러자 그녀가 손바닥에 입을 맞추더니 그걸 그대로 승서의 입에 갖다 대었다.

"간접 키스!"

"……."

"어라, 간접 키스도 야한데."

잠깐 멍한 얼굴을 한 그가 입술에 닿은 미안의 손바닥을 보다가 킥킥 웃음을 터뜨렸다. 그녀의 행동이 마냥 예뻐서 손바닥에 두어 번 입을 맞춘 그는 "이것도 꽤 야하군요." 하고 대답하며 눈이 부실 정도로 환하게 웃었다.

미안과 같이 살기 시작한 이래로 안 웃는 날이 없는 것 같다.

너무 웃어서 입가가 위로 슬며시 올라간 채로 회의를 진행할 정도로 그는 매일같이 행복했다. 그러니 미안을 누구에게도 넘겨줄 수 없다. 빼앗길 수도 없고 다치게 내버려 두지도 않는다.

그는 자택으로 돌아가기 전, 미안에게 커다란 사탕 한 통을 사다 주었다. 집에 도착하자마자 거실 탁자에 통을 내려놓고 사탕을 꺼내 먹은 미안은 이제는 습관이 되어 승서가 드레스룸으로 들어가면 쪼르르 쫓아 들어가 넥타이를 풀어 주었다. 가끔 그가 "와이셔츠는요?" 하고 짓궂게 묻기도 했는데 그녀는 그럴 때마다 번번이 대꾸 한 번 하지 못하고 얼굴만 붉힌 채 도망치곤 했다.

몸에 손 한 번 대 보기도 전에 미안이 도망쳐 버리기 일쑤다 보니 승서는 날이면 날마다 설렘과 아쉬움 속에 살고 있었다. 덕분에 요즘 최승서의 최대 관심사는 서항건설에서 아프리카 지역에 시작한 수도 사업이 아닌, 미안이 언제쯤 안방으로 들어와 자느냐다.

하루가 멀다 하고 미안이 자는 작은방 문을 열어 "오늘도 여기서 잡니까." 라고 퉁명스레 물으면 그녀는 어김없이 "나가세요!" 하고 베개를 던졌다.

편한 옷으로 갈아입고 나온 그는 서재에 들어가려다가 거실에 앉아 텔레비전을 보는 미안에게 발소리를 죽여 다가갔다. 양 볼에 사탕 두 알을 넣고 데굴데굴 굴리는 모습을 보자니 아주 귀여워 죽겠다.

뒤에 슬쩍 다가가 그녀의 어깨를 끌어안자 미안이 화들짝 놀라며 고개를 뒤로 젖혔다. 그 틈을 놓치지 않고 입을 맞춘 승서는 사탕으로 비좁은 미안의 입안을 혀로 헤집으며 단맛을 빨아들였다.

서로의 이빨이 살짝 부딪칠 때마다 그녀의 신음 소리가 새어 나왔고 그는 그 소리에 몸이 반응하는 걸 느끼며 짧은 키스를 끝냈다. 입술을 거두면서 미안의 입안에 있던 사탕 하나를 슬쩍 빼먹은 승서는 눈을 동그랗게 뜨고 얼굴을 붉힌 미안을 보며 씩 웃었다.

"딸기맛도 괜찮군요."

"……으으, 승서 씨!"

미안이 몸을 돌려 그를 쏘아보자 승서가 그녀의 뺨을 손바닥으로 감싸 쥐었다.

"언제까지 거실에 있을 겁니까?"

"텔레비전 잠깐 보고, 문제집 풀고……."

눈동자를 굴리며 몇 페이지 풀지 못한 기출문제집을 응시한 그녀는 다시 승서를 보며 빙그레 웃었다.

"그리고 승서 씨랑 놀고!"

미안은 두 팔을 들어 만세를 해 보였다. 그와 놀려면 풀어야 한다고 다짐해 놓은 페이지들을 보며 또 머리 깨져라 애를 써야겠지만 문제를 풀고 나면 승서가 안아 줄 테니 괜찮을 것이다. 고생 끝에 낙이 있다는 건 이런 의미가 아닐까.

그녀는 서재로 들어가야 하는 승서의 손을 아쉬움에 차마 놓지 못하고 이런저런 넋두리를 늘어놓고서야 간신히 놔주었다.

서재로 들어온 그는 핸드폰으로 경호원이 보낸 보고들을 확인했다. 필리핀에서 돌아오자마자 묘한 불안감에 또다시 미안에게 경호원을 몰래 붙여 두었다. 책상으로 걸어가며 문자내역을 훑은 승서는 "으음." 하고 중얼거리며 넓은 창을 응시했다.

"조금만 더 기다릴까."

핸드폰을 책상 위에 올려 두고는 노트북을 켜는데 책상 구석에 놓인 소녀조각상이 문득 눈에 들어왔다. 조각상을 볼 때마다 무언가가 어렴풋이 떠오르는데 아마도 서른한 살 무렵의 기억인 듯했다. 소녀조각상을 손에 움켜쥐고 만지작거린 승서는 부서진 다리 부분을 눈여겨보다가 잊어버리고 있었던 목소리를 떠올렸다.

「승서 씨, 이거 여기 둘게요. 그러니까 나 보고 싶거든 애가 나라고 생각해요.」

몹시 간만에 듣는 유라의 목소리에 그는 심드렁한 표정을 지었다. 집 안 곳곳에 유라와 관련된 물건들은 싹 다 처분하고 싶은 심정이었지만 어느 게 관련된 건지 알 수가 없으니 막막할 노릇이다. 그걸 미안에게 일일이 확인시켜 볼 수도 없고.

무표정한 얼굴로 조각상을 쓰레기통에 버린 승서는 의자에 걸터앉았다. 언젠가 담당의사가 말해 주었다. 기억상실증이라는 건 기억이 삭제된 것이 아니라 비활성화된 것이라고. 언제 수면 위로 튀어 오를지는 아무도 모른다고.

미안이 들려준 과거들 때문인지 그녀와의 잦은 데이트 때문인지 가끔 거리를 걷다 보면 무언가가 떠오를 때가 있었다. 하지만 그렇다고 해서 승서가 유라에 대한 생각을 고쳐먹은 것은 아니었다. 기억이 떠오를수록 유라에게 배신당한 분노는 더 비대해졌고 곁에 있는 미안에 대한 애착은 커졌다. 그렇기에 승서는 유라가 미안에게 허튼짓을 하지 않기를 바랐다.

핸드폰을 만지작거린 그는 노트북을 물끄러미 보며 이마를 쓸어넘겼다.

"나도 더는 용서 안 해, 정유라."

파파라치가 찍어 온 사진을 본 승서는 눈을 차갑게 빛냈다.

자리에 누워 있던 미안은 천장에 붙여 놓은 야광별을 보며 눈을 깜빡였다. 별들은 모두 승서가 붙여 준 것이다. 전당포 사건의 후유증으로 늘 스탠드를 켜 두고 잤는데 스탠드를 켜 두고 자면 눈이 부셔서 자기 힘들다고 했더니 그가 손수 붙여 준 것이었다. 손을 뻗어 야광별과 야광달을 잡아채려는 듯 손가락을 구부려 보았다.

미안은 작은방에 누워 하루를 정리하기 위해 곰곰이 생각을 하다 보면 '이렇게까지 지극히 사랑받아도 되는 걸까.' 하는 생각이 종종 들곤 했다. 최승서가 주는 사랑이란 정말 거대했다. 그건 미안이 할매에게서 받던 애정과는 차원이 다른 것이었다.

미안의 중심이 어느샌가 그로 변한 것처럼 승서의 중심도 미안으로 변했다. 대체 언제부터 이런 두근거림이 시작되었을까. 천장에 어른거리는 별을 보고 있자니 승서가 그립다. 일 분도 채 되지 않는 거리에 그가 있는데 가는 게 왠지 망설여진다. 지금은 밤이기도 하고, 또 최승서도 어쨌거나 남자니까.

그녀는 승서가 몸 안에 남겨 두고 간 불씨가 가끔 자극적으로 느껴졌다. 그와 키스를 하거나 그의 손이 가슴 부근에 닿으면 몸이 간지러웠다. 손으로 눈가를 가린 미안은 승서와 나눈 키스를 되새기고서야 그가 첫사랑이라는 걸 알았다. 첫사랑이라니. 단어부터 벌써 설렌다.

두 손을 꼭 웅크리고 입가에 갖다 댄 채 소리 죽여 웃은 미안은 지금쯤 잠들었을 그의 얼굴을 상상해 보았다.

아침 햇살에 눈을 뜨자마자 곁에 그가 있다면 정말로 기분이 좋을 것이다. 날 선 콧날을 보며 오늘은 그에게 어떤 아침을 해 줄까, 출근을 할 때엔 어떤 말을 해 줄까 고심하면서 하루를 시작한다면 아마 두말할 것 없이 행복하리라.

베개를 품에 끌어안고 자리에서 뒹굴거리던 미안은 핸드폰을 슬쩍 집었다. 차마 승서의 침실 문을 열 자신은 없으니 그를 보고 싶은 마음을 해소하기 위해 그녀는 문자를 이용했다.

[승서 씨, 자요?]

시간이 새벽 한 시인 걸 확인하니 문자를 괜히 보냈나 싶었는데.

[여태까지 안 주무시고 뭐하십니까.]

그에게서 답장이 왔다.

문자 알림 소리에 자리에서 벌떡 일어선 미안은 답장이 온 걸 보고선 기쁨에 어깨를 들썩였다.

[잠이 안 와서요. 혹시 주무시고 계셨는데 재가 깨운 거예요?]

다시 자리에 풀썩 누운 그녀는 핸드폰을 두 손에 꼭 쥔 채 빨리 답장이 오기를 기다렸다. 아마 승서는 이 상황이 조금 우스울지도 모르겠다. 몇 걸음이면 되는 거리에서 잠을 자고 있는데 문자로 대화라니. 하지만 그는 성실히 답장을 보내 주었다.

[저도 잠이 안 와서 책 읽고 있었습니다.]

[거짓말. 제가 불 끄는 거 다 봤는데!]

[독서등도 있죠.]

아. 승서의 답장에 할 말이 없어진 미안은 약간 열이 오른 핸드폰을 품에 안으며 입술을 비죽였다. 이렇게 대답이 날아오면 뭐라고 답변을 해야 할지 알 수가 없다.

미안은 답장을 느리게 보냈다가 승서가 잠드는 게 아닌가 초조해하며 액정을 쳐다보았다. 뭐라고 보낼지 한참을 고민하던 그녀는 필리핀에서 채팅으로 쓰고 지우기를 반복했던 그 말을 보냈다.

[보고 싶어요.]

문자를 보내 놓고 나니 왠지 민망하다. 그래서 핸드폰을 쥔 손을 머리맡에 올린 채 이불 속으로 쏙 숨는데 밖에서 문 열리는 소리가 들렸다.

설마? 이불 밖으로 얼굴을 내밀자 노크 소리도 없이 문이 왈칵 열렸다. 핸드폰을 손에 쥔 채 승서는 어째서인지 가쁜 숨을 내쉬고 있었다. 그의 방에서 그녀의 방까지 열 걸음도 될까 말까인데 어째서 저렇게 숨을 몰아 내쉴까. 미안은 난데없이 들이닥친 그를 보며 "승서 씨?" 하고 살짝 겁먹은 목소리로 말했다.

그는 조금 고뇌하는 듯 머리카락을 머리 위로 쓸어 올렸다가 침대 구석에 웅크린 그녀를 응시했다. 보고 싶다는 그 짧은 문자 하나가 그의 마음을 거칠게 강타했다. 정말이지 미안은 밀당의 귀재다. 키스하는 것도 겨우 허락해 주면서 이 오밤중에 이렇게 위험하고도 야한 문자를 보내다니.

하지만 승서는 그녀에게 억지로 관계를 요구할 마음이 없었기에 흥분으로 부푼 가슴을 천천히 진정시켰다.

"승서 씨."

그녀가 조그만 목소리로 그를 불렀다. 침대에 앉은 승서는 무릎을 살며시 꿇고는 미안에게 느리게 다가갔다. 천장에서 야광별이 반짝반짝 빛난다. 어둠 속에서 빛나는 미안의 사슴 같은 눈망울도 눈부셨다.

초롱초롱한 그녀의 눈동자를 응시하다가 이마에 키스를 한 승서는 "보고 싶다고 해서 이렇게 왔는데." 하고 중얼거리며 미안이 그를 한 번 더 부를 틈도 없이 입술을 집어삼켰다. 고개를 옆으로 기울인 승서는 미안의 허리를 와락 끌어안고선 탐욕스럽게 그녀의 입안을 맛보았다. 혀를 살살 훑는 감각은 아직 연애의 모든 것에

서투른 미안에겐 충분히 자극적이었다.

"으응."

미안의 신음 소리에 말초신경이 찌릿 자극된 승서는 어둡다는 점을 이용해 살며시 그녀의 동그란 가슴을 어루만졌다. 손바닥에 꽉 차고 넘치는 가슴을 살살 어루만지며 주무르자 미안이 허리를 반듯하게 곧추세우며 고개를 뒤로 젖혔다. 승서는 손바닥에 꽉 차는 가슴을 실컷 주무르며 목덜미에 키스를 퍼부었다.

"으응, 승서 씨."

늘 입고 자는 큼지막한 티셔츠를 위로 말아 올리는 느낌에 미안이 작게 떨었다. 하지만 여린 피부를 장난스럽게 간질이는 손길이 영 싫지는 않아서 그녀는 어둠 속에서 잠자코 승서의 입맞춤을 받아들였다.

티셔츠를 위로 올리는 데 성공한 그는 어둠 속에서 어렴풋하게 보이는 분홍색 브래지어를 보며 조그맣게 웃었다. 설마 미안이 이렇게 야한 속옷을 좋아할 줄이야. 승서가 작게 웃는 걸 들은 그녀는 입고 있는 브래지어를 내려다보았다가 "이, 이건!" 하고 소리치며 승서를 밀어냈다.

"승서 씨가 선물해 준 거잖아요!"

"……제가 말입니까?"

속옷을 선물한 기억이 없던 그는 미간을 좁히며 곰곰이 생각에 빠졌다가 미안이 "양 비서님이!" 하고 외치자 그제야 이해를 했다. 하여간 깜찍하고 멋진 양 비서 같으니. 망사가 드리운 브래지어를 어루만진 승서는 웃음을 죽이며 그녀의 목덜미를 혀로 살살 내리눌렀다.

"그래도 입은 걸 보면 마음에 든 모양이군요."

"그, 그야……. 선물 받았고, 웃."

브래지어 속으로 기어코 들어온 큼지막한 손에 미안이 전율했다. 키스 몇 번에 오뚝하게 선 유두가 민망해서 허리를 비틀며 그를 피하려 들자 승서가 어림도 없다는 듯 미안의 허리를 단단히 붙들었다.

그는 빛 한 점 없는 어둠에 이제는 익숙해졌는지 브래지어 속에 숨겨져 있던 탐스런 가슴을 부드럽게 어루만졌다. 그녀의 몸매는 완벽했다. 귀여운 얼굴엔 전혀 어울리지 않을 정도로 큼지막한 가슴과 군살 없이 매끄러운 허리, 그리고 오목하게 들어간 다리 틈까지.

신경을 자극하는 흥분을 느끼며 승서는 숨결로만 자극하던 가슴을 살며시 한 입 물었다. 그러자 미안이 격하게 반응하며 허리를 떨었다. 어둠 속에서 파도처럼 크게 출렁이는 가슴은 정말로 아름다웠다.

짭조름한 맛이 나는 가슴을 핥으며 유두를 살살 깨문 승서는 미안이 터뜨리는 교성을 들으며 거친 한숨을 삼켰다. 그녀를 갖고 싶어서 몸이 욱신거렸지만 그는 미안이 이 행위를 좀 더 즐겨 주길 바랐다. 아프기보다는 굉장히 행복하고 기쁘다는 걸 알려 주고 싶었다.

유륜을 따라 혀를 빙그르르 두른 그는 손을 내려 미안의 파자마 바지와 팬티를 벗겼다. 몸에 힘이 풀렸는지 그녀는 의외로 순순히 엉덩이를 들었다. 아니. 고개를 들어 마주한 그녀의 눈동자엔 열기가 가득했다. 필리핀에서처럼 온몸이 열에 들뜨기를 기대하고 있었다.

그녀가 그를 통해 조금씩 여자가 되어 가고 있다. 승서는 그 사실만으로도 충분히 충만함을 느꼈다.

"조금 아플 겁니다."

나직하게 소곤거린 그는 겁을 지레 먹은 미안의 허리를 팔로 단단히 감싸며 손가락으로 아래 둔덕에 숨겨진 입구를 어루만졌다. 느리고 조심스러운 손길에 미안은 어깨를 움츠리며 경련을 일으켰다.

"승서 씨이……."

벌써부터 척추를 타고 오르는 자극에 미안이 무릎을 오므리자 승서가 허리를 구부려 그녀의 포동포동한 젖가슴에 키스를 했다. 그의 손가락이 예민한 곳에서 일으키는 마찰은 정말로 짜릿했다. 머릿속이 하얗게 꺼져 버릴 만큼 아득한 쾌락이 전신을 지배했다. 가슴이 아프게 빨리고 깨물려도 미안의 모든 신경은 그의 손길에 집중되어 있었다.

뜨거운 한숨을 내뱉으며 허리를 조금 앞으로 구부리자 승서가 미안의 귓바퀴를 깨물며 "아파도 잠깐만 참아." 하고 낮게 속삭였다.

아프다는 말에 미안이 허벅지에 힘을 주자 한 번도 침범당하지 않았던 곳이 딱딱한 무언가로 짓이겨졌다. 입구가 크게 벌어지는 느낌에 미안이 아픈 비명을 터뜨리자 승서가 "괜찮아. 괜찮으니까 힘 빼, 안아." 하고 낮게 말하며 키스를 해 주었다.

입구 주변에 퍼진 살점을 쓸며 밀고 들어온 그의 손가락이 질 안쪽에 자리를 잡았다. 생경한 감각에 미안이 파르르 떨며 빼 달라고 애원을 하자 승서가 힘겨운 표정을 지으며 "미안. 조금만 더." 하고 속삭이며 벌어진 그녀의 입술에 혀를 넣었다.

자꾸만 터져 나오는 그녀의 비명 소리를 삼킨 승서는 손가락이 꼼짝도 하지 못할 정도로 억죄는 압박에 손목에 힘줄이 불거지도록 힘을 주었다. 아직은 뻑뻑한 길을 손가락으로 문지르며 예민한 곳을 찾자 미안이 갑자기 신음 소릴 터뜨렸다.

질 안쪽으로 깊이 삽입된 손가락은 아프고 무서웠는데 그의 손가락이 자꾸만 어딘가를 톡톡 치고 살살 문지르며 자극을 해 온다. 온몸의 신경이 그곳으로 쏠린 듯 간지럽고 뜨거워서 그녀는 수치스러움에 가슴을 헐떡거리면서도 엉덩이를 느리게 흔들었다. 정말로 본능적으로 움직였다.

승서의 손가락이 앞뒤로 움직이며 질을 자극할 때마다 미안은 온몸이 저릿했다. 아래 깊은 곳에서 퍼져 오는 간질거림에 어느새 그녀의 질은 애액으로 질척거렸다.

"아파?"

목덜미를 혀로 훑으며 그가 속삭이자 손가락에 맞추어 몸을 움직이던 미안이 고개를 내저으며 중얼거렸다.

"……참을 만한 것 같아요."

울음을 그치고 조그맣게 웅얼거리는 미안의 말에 승서는 안도를 하고선 손목에 살짝 힘을 주었다. 손가락을 하나 더 삽입하자 미안이 이를 악물었다. 찰싹 붙어 있는 입구의 살점을 벌리고 손가락을 삽입하자 그녀가 신음을 터뜨리며 엉덩이를 들썩거렸다.

미안의 몸 안은 뜨거웠다. 맑은 애액이 입구 주위를 적실 정도로 흥분했고 들뜬 상태였다. 조금의 침범으로도 그녀는 이렇게 쉽게 느낀다. 그만큼 남녀관계에 서투르고 물렀다.

그래서 그는 미안이 더 사랑스러웠다. 그녀의 모든 처음에 최승서가 있다. 색스러운 미안의 신음 소리를 들을 수 있는 것도 오로지 그 한 명뿐이었다. 승서는 그 사실을 인지할 때마다 묘한 승리

감과 뿌듯함에 도취되었다. 손가락을 움직일 때마다 비명을 지르면서도 목에 매달려 엉덩이를 흔드는 그녀가 예뻤다.

정말로. 진심으로 미안을 갖고 싶었다.

그녀를 갖고 싶다는 욕망에 그는 허리가 뻐근해졌다. 하지만 미안에게 난폭한 키스를 퍼붓는 걸로 대신하며 느리게 움직이던 손가락에 속력을 붙였다. 빠르게 진퇴하는 손가락에 미안의 입에서 잦은 신음이 터진다.

"아! 아웃, 웃, 승서 씨이, 악!"

그녀는 척추를 따라 찌르르 흐르는 감각이 점차 폭풍처럼 거세지자 조그만 몸을 어쩌지 못하고 크게 버둥거렸다. 애액에 질척거리는 손바닥이 음모에 덮인 아랫도리에 바짝 붙을 때마다 음란한 소리가 들렸다. 끈적거리는 액체가 길게 늘어졌다가 끊어지기를 반복하며 다시 몸에 달라붙는, 그런 야하고 자극적인 소리.

미안은 그게 자신의 몸에서 들린다는 게 믿기지 않았다. 그 소리가 이토록 쾌감을 끌어다 준다는 것도 믿을 수 없었다. 머리털이 쭈뼛 곤두설 정도로 음탕한 쾌감은 미안을 자꾸만 가벼운 여자로 만들었다. 언젠가 호기심에 보았던 야한 동영상처럼 그와 살을 맞대고 사랑을 나누고 싶어졌다.

허리를 들썩거린 미안은 고개를 젖혀 천장을 보았다. 눈앞에서 녹색의 야광별이 핑그르르 돈다. 요부처럼 크게 벌린 다리를 어쩌지 못하고 교성만 내지르고 있자 승서의 입술이 가슴 사이에서 배꼽으로 주르륵 미끄러졌다.

잔뜩 곤두선 유두에 그의 입술이 닿고 질 안쪽을 자극하던 손가락의 힘이 거세지자 미안은 아래가 펑 터지는 감각을 받으며 사지를 축 늘어뜨렸다.

미안의 몸 안에 손가락을 삽입한 채 가쁜 숨을 내뱉은 그는 속으로 욕지거리를 내뱉으며 고개를 들었다. 규칙적으로 들썩이는 가슴 너머로 고개를 힘없이 젖힌 미안이 보인다. 빠르고 격하게 느낀 미안을 보며 손을 뻗은 그는 그녀의 뒤통수를 받쳐 주고는 손가락을 밖으로 느리게 빼냈다.

"아……."

아랫도리가 허전해졌다. 다리를 힘없이 벌리고 있던 미안은 뜨거운 한숨을 허벅지 위에 토해 내는 그를 보며 입술을 꼭 물었다.

"……승서 씨."

매트리스를 짚으며 자리에서 상체를 일으킨 미안이 그를 불렀지만, 승서는 대답 대신 작게 웃어 보였다. 그는 "수건 가져올 테니 기다려요." 하고 말하고는 뜨거운 물에 적신 수건을 가져와 그녀의 몸을 꼼꼼히 닦아 주었다.

빛 한 점 없는 암흑 속에서도 뽀얀 미안의 허벅지에 입을 맞춘 그는 몸을 일으켜 그녀를 품에 얼싸안았다. 가슴에 쏙 들어올 만큼 조그만 미안의 목덜미와 등을 어루만지자 "간지러워요." 하고 그녀가 투정을 부리며 승서의 허리에 팔을 감는다.

단단하고 포근한 그의 허리를 꽉 안은 미안은 넓은 가슴팍에 입술을 비비다가 방금 전 승서의 손가락이 주었던 쾌감과 조금의 아쉬움을 떠올리며 작게 웅얼거렸다.

"제가 조만간 승서 씨 잡아먹을 거예요."

"그런 말 어디서 배웠습니까?"

"양 비서님이 알려 주셨어요. 사랑하면 원래 냠냠 잡아먹고 싶은 거라고."

한바탕 폭풍이 휩쓸고 지나가서인지 그녀의 목소리엔 살짝 잠기운이 어려 있었다. 아기 다루듯 살살 머리를 쓰다듬어 준 승서는 미안의 미간 사이에 입술을 대고는 한숨을 작게 삼켰다.

"그럼 그때까지 사리 쌓으면서 기다려야겠군요."

웃음기가 살짝 섞인 목소리에 미안이 "치, 승서 씨 바보." 하고 종알거렸다.

"저번에. 혹시 제가 한 이야기 기억하세요? 누구랑 약속했다던."

그녀의 말에 승서는 "아아." 하고 중얼거렸다.

"승서 씨랑 관련된 물건을 쥐고 잠이 들면 꼭 꿈이나 환상 같은 걸 겪었어요. 그래서 옛날 최승서 씨를 실컷 구경했거든요. 한번은 바닷가에 있는 승서 씨를 봤는데……."

그날의 아련함을 떠올린 미안이 그의 품에 더 깊이 안긴다.

"서른한 살의 최승서 씨한테. 약속했어요. 꼭 다 되찾아 주겠다고. 그러니까 그렇게 쓸쓸한 얼굴 하지 말라고. 곁에 있어 주겠다고. 그랬더니 최승서 씨가 뭐랬는 줄 알아요?"

고개를 힐끗 든 미안이 승서의 입에 짧은 키스를 하며 소곤거린다.

"기다리고 있겠다고. 나한테 말해 줬어요. 신기하죠?"

"그래서 미안 씨가 지금 내 품에 있군요. 아마도 꿈이겠지만 서른한 살의 제가 갑자기 자랑스러운데요."

웃음기 섞인 그의 속삭임에 미안이 킥킥 웃는다. 승서는 아직 열기가 남은 미안의 이마에 입을 맞추었다.

"어서 자요. 곁에 있을 테니까."

승서의 팔을 베개 삼아 누워 있던 그녀는 그 말에 눈을 감았다. 내일 점심쯤에 정비소를 들를 예정이었던 미안은 아무것도 보이지 않는 어둠 속에서조차 따뜻하고 넓은 승서의 가슴을 보며 어쩐지 가슴이 먹먹해졌다. 예전에. 그를 막 만났을 때 거짓말하지 않겠다던 약속을 했던 것 같은데.

「제가 하는 말을 믿으세요?」

「믿기로 했으니, 믿을 겁니다.」

「그러니 당신도 내게 거짓말은 하지 마세요.」

믿어 주겠다던 그 말에 가슴이 뛰었던 것을 선명히 기억한다. 어쩌면 그녀는 그 순간부터 최승서를 사랑했던 걸지도 모른다. 그런데 지금은 그에게 폐를 끼치고 싶지 않다는 생각에 거짓말을 하고 있다. 어깨를 움츠린 미안은 가슴이 욱신거리는 걸 느끼며 감은 눈을 찡그렸다.

정유라와 썩 유쾌하지 않게 만난 걸, 심지어 의뢰를 받은 걸 그가 알면 화를 낼까. 가슴께에 모은 두 손을 꼭 주먹 쥔 그녀는 목을 뒤로 살며시 젖혀 승서를 보았다.

"저어, 승서 씨."

"어서 자라는데도."

조금 엄한 그의 목소리에 미안은 찡그려진 눈으로 간신히 웃고선 "네, 승서 씨도 잘 자요." 하고 말했다. 그러고는 일이 모두 마무리되거든 그때 말하자, 라고 생각하며 그녀는 승서의 앞섶을 꼭 움켜쥐고는 잠이 들었다.

찬바람에 눈을 뜬 그녀는 역에 서 있는 기차를 쳐다보았다. 플랫폼에 최승서가 서 있다. 이제는 한눈에 봐도 알 수 있다. 그는 스물일곱의 최승서다. 한달음에 달려간 그녀는 승서의 모습이 조금 어색하다는 걸 알았다. 승서가 뒤를 돌아보자 미안은 그제야 그가 늘 두르고 있던 붉은 목도리가 없다는 걸 눈치챘다.

「따뜻해?」

그의 말에 그녀는 자신의 목에 둘러진 목도리를 보았다. 붉은색의 따스한 털실 목도리. 미안이 환하게 웃으며 고개를 끄덕이자 승서가 목도리를 다시 둘러 준다. 다정한 그의 손길에 배시시 웃은 미안은 조금 차가운 승서의 뺨을 어루만졌다.

「신기하다. 우리 어떻게 대화할 수 있는 거예요? 이건 꿈인가요?」

「글쎄. 꿈일 수도 있고 아닐 수도 있고. 꿈속에선 뭐든 다 할 수 있으니까.」

승서는 뺨을 쓰다듬던 미안의 손을 잡고 손등에 키스를 했다.

「하지만 나는 과거의 사람이니까. 아마 두 번 다시 만나진 못하겠지.」

멀리서 기차가 떠나려는지 기적 소리가 울린다. 미안은 긴 플랫폼을 쳐다보았다가 스물일곱의 승서를 올려다보았다. 승서는 빙글 웃고는 주머니에서 사진 하나를 꺼내 그녀에게 내밀었다. 지금 서 있는 기차역이 찍힌 사진. 그것을 받아 든 미안이 조금 슬픈 눈으로 그를 보자 승서가 작게 웃는다.

「괜찮아. 그래도 '지금'의 나는 눈 뜨면 네 옆에 있을 거야.」

기차에 오른 그는 문이 닫히기 전에 미안의 뺨을 어루만졌다.

「안녕. 안아.」

그가 손을 거두자 문이 닫힌다. 미안은 작게 움직이는 스물일곱 최승서의 입을 주시했다. 기차는 커다란 소리를 내더니 이내 앞으로 느리게 움직이기 시작한다.

그녀는 기차와 같이 달렸다. 승서가 무어라 말하는 게 마음에 걸려서 그에게 손을 뻗었다. 그러자 그가 둘러 준 붉은 목도리가 풀리는 순간, 창문 가까이에 붙어 있던 스물일곱의 그가 환하게 웃으며 말하는 게 귀에 울렸다.
「고마워.」

눈에 눈물이 희미하게 고인 미안이 눈을 뜬다. 고개를 들자 찬란한 아침햇살과 함께 반짝거리는 승서가 보였다. 눈가를 조심스럽게 손바닥으로 훔쳐 낸 그녀는 깊이 잠이 든 그를 보며 자그맣게 웃었다.
"나도 고마워요."
승서의 귓가에 속삭인 그녀가 그를 안는다. 귓가에 쿵쿵 울리는 심장 소리와 포근한 온기. 눈을 감은 미안은 지금 이 순간, 정말로 세상 모든 걸 다 가진 기분이었다.

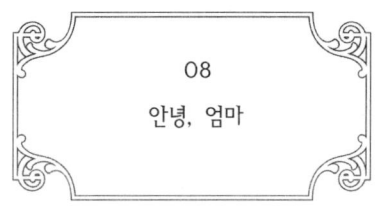

08
안녕, 엄마

 어깨에 두른 가방끈을 꽉 움켜쥔 미안은 명함에 쓰여 있는 정비소 이름을 읽다가 눈앞에 보이는 간판을 올려다보았다. 여기다. 황정현이라는 남자가 일하는 곳. 낮에 미리 방문하겠다고 말은 해 두었는데 그녀의 머릿속은 꽤 복잡했다.
 유라에게 연락해 비디오와 사진이 있는 곳의 정확한 위치가 어디냐고 물었더니, 유라는 자세한 건 알지 못하지만 정비공이 비디오를 정비소에서 종종 틀어 보는 것 같다고 말했다.
 차라리 차 한 대를 끌고 와 수리를 맡기고 그 사이에 사무실을 뒤지면 마음이라도 편할 텐데 미안은 차는커녕 운전면허증도 없었다. 강 형사에게 일을 부탁할까 생각도 했지만 그랬다간 일이 꼬일 것 같아 결국 찜찜한 곳까지 직접 오고 말았다.
 한숨을 크게 내쉰 미안은 조심스럽게 정비소로 걸어갔다. 수리 중인 차도 없고 손님도 없다. 머리를 긁적인 그녀는 정비소 주위를 두리번거리며 "아무도 안 계세요?" 하고 물었다. 그러자 사무실 안쪽에서 그때 승서의 차고에서 보았던 그 정비공이 고개를 내밀었다. 황정현. 그 남자였다.

"아아, 안녕하세요. 저번에 뵈었던 그분이시군요."

황정현의 얼굴은 여전히 성실했다. 깔끔하고 준수하기까지 했다. 미안은 이런 남자가 비디오와 사진까지 촬영해 사무실에서도 즐긴다는 게 영 믿기지 않았다. 하지만 승서의 에어백을 제거한 절대적 용의자가 황정현이기도 했기에 미안은 긴장을 풀지 않고 고갯짓을 해 보였다.

"상담 좀 가능할까요?"

미안이 조그맣게 웃으며 묻자 황정현이 사무실 문을 열어 주며 "물론이죠, 들어오세요." 하고 화답했다. 사무실 문턱을 넘어서는 순간까지도 황정현에게서 일정한 거리를 유지하던 그녀는 썩 넓지 않은 사무실을 눈으로 잽싸게 훑었다. 비디오나 사진이 있을 만한 곳이…….

하지만 사무실 안에는 수납장과 서랍장이 지나치게 많았다. 일일이 뒤져 보려면 시간이 꽤 걸릴 게 분명한데 정비소에서 상담을 한다 한들 십 분도 채 되지 않을 게 뻔했다. 승서의 차를 좀 빌려 와야 하나 싶을 정도로 막막해진 미안이 눈을 끔뻑이자 황정현이 우롱차를 내밀며 활짝 웃었다.

"최 전무님 댁에서 일하시던 분이시죠?"

그녀는 황정현이 자신을 똑똑히 기억한다는 걸 알고는 소파에 앉으며 어깨를 움츠렸다. 어색하게 웃자 황정현이 "최 전무님은 잘 계시죠?" 하고 물었다. 묻는 황정현의 얼굴에 싸한 빛이 잠깐 감돌았지만 미안은 사무실을 살피느라 그걸 미처 보지 못했다.

"그보다 무슨 일로?"

"아, 네. 실은 자동차 튜닝에 대해 좀 여쭐까 하고요. 제가 차에 대한 지식이 없다 보니까."

"아아, 튜닝하시려고 하는구나. 그런 건 튜닝샵에 가서 물어보는 게 더 빠를 텐데요. 그래도 오셨으니까 튜닝 물품 좀 보시겠어요?"

물건을 본다는 말에 미안이 멍한 얼굴을 했다. 그러자 황정현이 작게 웃으며 "이쪽입니다."라고 말했다. 황정현을 따라 일어선 미안은 황정현이 사무실 구석에 있는 문을 여는 걸 보고선 입을 꾹 다물었다.

따라 들어가야 하나, 말아야 하나 갈등하고 있자 황정현이 안쪽에서 "이쪽으로 들어오세요."라고 말하는 목소리가 울렸다. 가방끈을 쥔 미안의 심장이 빠르게 두근거렸다. 전혀 좋은 쪽으로 두근거리는 게 아니었다. 하지만 눈을 빛낸 그녀는 황정현이 들어선 안쪽으로 천천히 다가갔다.

녹슨 철문을 넘어 안쪽으로 들어서자 미안은 그곳이 자동차 용품이 득시글한 창고라는 걸 알았다. 살짝 퀴퀴한 냄새와 여름치곤 싸한 공기가 맴돌았는데 미안이 창고 안을 눈여겨보며 황정현의 위치를 파악하기도 전에 문이 거센 소리를 내며 닫혔다.

"왜 이렇게 순진해?"

비아냥거리는 목소리에 그녀는 서서히 뒤를 돌아보며 침을 삼켰다. 이렇게 될 줄은 알았지만 막상 현실로 마주하니 꽤 겁이 난다.

황정현은 쓰고 있던 모자를 위로 들썩이며 이빨이 보이도록 환하게 웃는다. 제자리에 서 있던 그녀는 다가오는 황정현을 향해 눈썹을 찡그렸다. 정유라가 이 남자와 무언가를 짜고 치려 한다는 건 알고 있었지만 설마 범죄를 저지를 생각은 아니겠지. 살짝 초조해진 미안이 침을 길게 삼키자 앞으로 불쑥 다가온 황정현이 그녀의 입을 틀어막았다.

"정유라가 너를 불행하게 만들고 싶어서 안달복달이 났던데."

"……."

"네가 과거를 본다지?"

나직하게 들려오는 비아냥거림에 미안의 심장이 바닥으로 쿵 떨어졌다. 매서운 눈길로 황정현을 노려본 미안은 주변을 빠르게 훑다가 맞은편 천장에 까맣고 조그만 카메라가 놓인 걸 보고 눈을 크게 떴다. 그러자 그 기색을 간파한 황정현이 낮게 웃으며 "아, 저거?"하고 입을 열었다.

"나이도 어리고 학벌도 안 되는 게 최승서를 꼬셨다니까 내가 다 궁금해서 말이지. 저게 뭔지 알아? 블랙박스야. 내가 파는 물건 중에 가장 좋은 블랙박스. 화질은 좀 구려도 아마 잘 찍힐 거야."

허리를 쓰다듬는 손길에 오싹한 느낌을 받은 미안이 황정현의 팔을 있는 힘껏 깨물었다. 그러자 황정현이 눈을 부릅뜨며 그녀의 뺨을 후려쳤다.

"이 미친년이. 어차피 최승서도 몸으로 꼬여 낸 게!"

힘껏 뺨을 맞은 미안은 그대로 바닥에 나뒹굴었다가 헛웃음을 치며 황정현을 올려다보았다. 입안에 살짝 비릿한 맛이 퍼지자 더 겁이 나기는커녕 오히려 분통이 터져서 독기가 치솟았다.

"정유라가 시킨 게 이런 거예요?"

"그런 거면 어쩔래? 안다고 해도 소용없어. 어차피 오늘 있었던 일은 인터넷에 동영상으로 돌아다닐 테니까. 그러게 잠잠히 살면 좀 좋아?"

"못 나갈 것 같아요? 당신 같은 쓰레기한테 당할 바엔 혀 깨물고 죽고 말지."

"쓰레기?"

"최승서 차 에어백 제거한 게 너지?"

미안이 독하게 입술을 짓이기며 묻자 황정현이 즐겁게 웃었다. 황정현은 그 말에 긍정하는 대답은 하지 않았지만 제스처나 미소로 보아 에어백을 제거한 건 분명 그였다.

"정유라를 독점하는 게 어지간히 화가 나야지. 미친 새끼 같으니. 재력으로 정유라를 쥐락펴락하는 게 아니꼬웠거든."

허리 벨트를 차근차근 푸는 황정현의 눈에 잠깐 광기가 어렸다. 미안은 주저앉은 채 바닥을 더듬다 뒤편에 쌓인 물품들을 보고 황정현에게 냅다 집어 던졌다.

날아온 부품들에 얼굴과 몸을 얻어맞은 황정현이 나지막하게 욕을 중얼거리는 걸 들었지만 미안도 눈에 보이는 게 없었다. 여기서 허튼짓을 당하면 정말로 혀를 깨물고 죽을 생각이었으니까.

그래서 닥치는 대로 집어 던지자 황정현이 "이 미친년이 진짜!" 하고 고함을 지르며 발을 휘둘렀다. 딱딱한 발에 배를 제대로 차인 그녀가 허리를 앞으로 숙이며 헛구역질을 했다.

머리맡에서 킬킬거리며 웃는 기분 나쁜 소리에 미안이 이를 악물고 고개를 들자 황정현이 그녀의 머리채를 움켜쥐고는 "생긴 건 정유라보다 나쁜데." 하고 중얼거리며 감정하듯 미안의 얼굴을 뜯어보았다.

"밤마다 최승서가 어떻게 해 줬어?"

"……."

"그 정유라가 중간에 나랑 놀아난 걸 보면 영 실력은 없나 보지?"

황정현의 말에 배시시 웃어 보인 미안은 그대로 눈썹을 확 구기고는 침을 뱉었다. 눈썹 사이로 흘러내리는 침을 손등으로 훔쳐 낸 황정현은 작게 웃음소리를 내더니 그대로 미안의 뺨을 또 후려쳤다.

머리가 얼얼할 정도로 옆으로 나가떨어진 그녀는 주먹이라도 내질러 어떻게든 황정현을 한 대 때려 주고 싶었지만 머리에 거대한 종이 울리고 있는 것처럼 눈앞이 멍했다. 간신히 숨을 삼키며 허리를 일으키자 또 얼굴에 손이 날아왔다.

세 번이나 맞은 뺨이 아프다는 걸 인지하기도 전에 벽에 관자놀이를 세게 부딪친 그녀는 정신이 몽롱해진다는 게 어떤 기분인지를 알았다. 비틀거리며 일어서려고 하자 황정현의 발이 가슴을 꽉 밟았다. 숨이 막혀 온 미안이 발목을 손톱으로 긁으며 발버둥을 쳤지만 황정현은 지그시 웃으며 "정유라가 이걸 보고 좀 기뻐해야 할 텐데." 하고 중얼거릴 뿐이었다.

"미친놈."

없는 기운을 간신히 끌어모아 내뱉은 미안은 티셔츠가 찢어지는 소리에 조소를 날렸다.

급기야 그녀가 깔깔거리며 웃기까지 하자 황정현은 미간을 찌푸렸다. 정현이 퉁퉁 부어오른 미안의 뺨을 또 한 대 때리며 "드디어 미쳤냐?" 하고 사납게 묻자 희끄무레한 백열등에 가슴이 드러난 미안이 힘없는 목소리로 중얼거렸다.

"너 이제 끝났어."

"뭐?"

"블랙박스 준비해 줘서 고마워."

그녀가 의미심장하게 중얼거리며 나른하게 웃다가 눈을 부릅뜨며 황정현의 얼굴을 있는 힘껏 할퀴었다. 외마디 비명과 함께 눈을 감싼 황정현이 뒤로 나뒹굴자 잠겨 있던 철문이 요란한 소리를 내며 떨어져 나갔다.

철문이 와장창 소리를 내며 바닥으로 고꾸라지기 무섭게 승서의 얼굴이 보였다. 내내 초조해하고 걱정했다는 게 얼굴에 확연히 드러난 그는 자리에 선 채 피가 흐르는 얼굴을 감싸 쥐고 있던 황정현에게 한 방 먹여 주고는 곧장 미안에게 달려갔다.

"미안 씨."

"저 괜찮아요."

부어터진 뺨과 입술로 간신히 대답하는 그녀를 보며 입가를 파르르 떤 승서가 차갑게 황정현을 노려보았다. 바닥에 엎어진 황정현을 곧바로 제압하는 경호원들과 경찰들을 쳐다본 그는 입고 있던 겉옷을 벗어 미안의 상체를 가려 주었다.

실컷 얻어맞은 미안을 보며 가슴이 따끔거린 승서는 피가 흐르는 입술을 어루만져 주다가 그녀를 덥석 안았다.

"……내가 말했잖습니까. 그냥 경찰에게 맡기자고."

"하지만 이렇게 안 하면 두 사람 콩밥 못 먹이잖아요. 경찰들도 증거가 필요하다고 그랬고."

"왜 이렇게 무모합니까, 진짜! 창고에 가자고 하면 바로 도망쳤어야죠!"

"괜찮아요."

"……."

"승서 씨 올 줄 알았으니까."

미안은 아침이 되자 그에게 사실대로 털어놓았다. 정유라가 비디오와 사진을 돌려받고 싶다며 의뢰를 했다고. 녹음해 두었던 파일을 승서에게 고스란히 들려준 미안은 보관하고 있던 돈 봉투까지 보여 주었다. 계약서가 없어도 돈이 증거가 될 수 있을 테니까. 하지만 황정현까지 잡아넣을 방법이 없었다. 경찰들은 유라를 잡는다 해도 공범이라는 진술을 받아내지 못하면 풀려날 확률이 크다고 말했다.

승서의 품에서 겨우 정신을 차린 미안은 경찰에게 끌려가면서도 웃으면서 떠드는 황정현을 응시했다.

"정신병자 같은 년, 내가 교도소에 들어갈 줄 알지? 창녀 주제에! 넌 조만간 죽는 줄 알아!"

"듣지 말아요."

그가 미안의 귀에 입술을 비비며 나직하게 속삭였다. 승서의 속닥거림에 고개를 끄덕인 그녀는 그제야 힘이 풀리며 그의 가슴에 얼굴을 기대었다. 밖에서 경찰과 경호원들과 승서가 기다리고 있다는 걸 알고 있었으면서도 무서웠다. 황정현에게 강간을 당하고 그 적나라한 꼴이 블랙박스에 찍힌다는 사실에 오금이 저렸다.

하지만 미안은 행복해지고 싶었다. 이제 우는 일은 질렸다. 그래서 정말로 이를 악물었다. 승서가 들이닥칠 타이밍만을 기다리며 악착같이 버텼다.

"……무서, 웠……."

편안한 승서의 품에서 뒤늦게 울음을 터뜨린 미안이 어깨를 바르르 떨었다. 울음소리를 죽여 눈물을 흘리는 그녀를 으스러질 정도로 끌어안은 승서는 헝클어진 미안의 머리에 입을 맞추며 "미안합니다." 하고 속삭였다.

그는 황정현과 정유라를 이대로 놓아줄 마음이 없었다. 무슨 수를 써서든 사회적 낙인을 찍어 두고두고 후회하게 만들어 줄 심산이었다.

　가슴에 기댄 미안을 쓰다듬어 주며 한참이나 달래 주던 승서는 울던 미안의 고개가 옆으로 축 늘어지는 것을 보았다. 실컷 얻어맞은 그녀의 상태가 신경 쓰였던 그는 순간 안색이 창백해졌지만 침착하게 그녀를 불렀다.

　"미안 씨?"

　몇 번 미안을 호명한 그는 돌아오는 대답이 없자 이를 질끈 물었다.

　"피해자 보호자 되십니까? 경찰서에 가서……."

　"병원이 우선입니다."

　미안을 품에 안고 벌떡 일어선 승서가 다급히 형사를 지나쳤다.

　"안아."

　떨리는 목소리로 그녀를 부른 그는 날카로운 것에 찍힌 듯 피가 자꾸만 흘러내리는 이마를 보며 가슴이 덜컥 내려앉았다.

　"빌어먹을."

　뒷좌석에 미안을 눕힌 승서는 안전띠를 할 틈도 없이 그대로 액셀을 밟았다.


　눈을 뜨자 따뜻한 바람이 불어왔다. 머리 언저리에서 나부끼는 바람결에 눈을 뜬 미안은 그제야 머리를 스치던 게 바람이 아니라 손이라는 걸 알았다. 잠시 눈꺼풀을 느리게 끔뻑인 그녀는 자신의 머리를 다정하게 쓰다듬어 주는 사람을 응시했다.

　촘촘히 땋은 머리에 분홍 댕기를 단, 흰 피부가 고운, 무명 저고리가 너무 잘 어울리는 소녀. 소녀의 처진 눈을 쳐다본 미안은 고개를 갸웃했다. 누구일까. 어디서 본 것도 같은데 기억이 잘 나지 않는다.

 풀밭을 짚고 상체를 일으켜 세운 미안은 내내 자고 있던 곳이 언덕배기라는 것을 알았다. 썩 멀지 않은 아래, 산을 빙 둘러싼 조그만 강과 그 앞에 자리 잡은 마을이 보였다. 언덕 위를 오르는 황소와 교복을 입은 소년을 말끄러미 쳐다보던 미안은 곧 손을 움켜쥐는 기척에 뒤를 보았다.

 누구세요?

 조심스레 묻자 소녀가 미안의 한 손을 두 손으로 꼭 감싼다. 소녀는 누구냐는 그녀의 질문에 고개를 찬찬히 내저을 뿐 대답을 하지 않았다. 그저 따뜻함이 듬뿍 담긴 눈길로 미안을 쳐다볼 뿐이었다. 그 시선이 어찌나 정답던지 미안은 어째서인지 눈가에서 눈물이 흘러내린다는 걸 알았다. 멍청하게 눈을 깜빡이며 눈물을 똑똑 떨구자 소녀가 입술을 위로 슬며시 당겨 미소 지었.

 소녀는 일부러 입모양을 또박또박 움직이며 말을 했다. 멀리서 소가 길게 우는 소리가 들리는 걸 듣고서야 미안은 소녀가 말을 하지 못한다는 걸 알았다. 그래서 동백꽃처럼 **빨간** 소녀의 입술을 보자, 신기하게도 입술 모양이 정말로 읽혔다.

 이―제―괜―찮―단―다.

 이 세계는 소녀에게 목소리를 주지 않았지만 그 목소리가 미안에게만은 들리는 것 같았다. 나긋하고 맑은, 아주 예쁜 목소리였다. 음성이 귓가에 들리는 듯하자 잠깐 멈춘 듯싶던 눈물이 다시 흘러내렸다. 소녀의 얼굴은 너무 고왔다. 한평생 험한 일이라곤 겪어 보지 않은 것처럼 너무 참하고 예뻤다. 그 얼굴을 보자 미안은 더 울음이 터져 나왔다.

 그러자 소녀가 덩달아 눈물을 글썽이며 미안의 **뺨**을 손등으로 닦아 주었다. 보드랍고 따뜻한 손길에 그녀는 마음이 먹먹해지는 걸 느꼈다. 눈물 한 방울을 주르륵 흘린 소녀는 발개진 미안의 뺨을 손바닥으로 감싸며 떨리는 입술을 작게 열었다.

아—가—야.

미안은 가슴이 북받쳐 엉엉 울었다. 뺨을 따스하게 감싸 준 손을 놓고 싶지 않았다. 좀 더, 소녀와 조금만 더 같이 있고 싶었다. 하지만 소녀는 그런 미안의 마음을 엿보았는지 고개를 내저으며 그녀의 두 손을 꼬옥 붙들었다.

소녀의 등 뒤로 방금 전 황소와 함께 올라왔던 소년이 어서 오라며 소리치고 있었다. 소녀와 꼭 닮은 웃는 얼굴이 몹시 밝은 소년. 잠깐 소년과 소녀의 얼굴을 번갈아 본 미안은 가슴을 거세게 두드리는 아픔에 고개를 숙였다.

다 알고 있었으면서.

원망스럽게 중얼거리자 푹 고꾸라진 얼굴을 소녀가 살며시 감싸 올렸다. 눈물로 얼룩진 미안의 얼굴을 닦아 준 소녀는 눈을 초승달 모양으로 휘며 환하게 웃었다. 가슴이 벅찰 정도로 밝게 웃는 그 모습에 미안도 작게 웃으며 미소를 지었다.

그러자 소년이 황소를 잠시 말뚝에 매어 두고 소녀에게 다가왔다. 미안은 소녀의 손에 이끌려 자리에서 일어섰고 소녀는 그녀의 바지 자락에 묻은 풀잎을 털어 주었다. 옷자락을 어루만져 주는 손길은 무척 익숙하고 상냥했다. 손을 놓고 싶지 않은 마음에 미안이 작게 울먹이자 소녀가 미안의 이마에 제 이마를 기대었다.

행—복—하—렴.

띄엄띄엄 벌어지는 입술을 읽은 미안은 울음을 삼키며 소녀의 손을 놓아주었다. 손바닥에서 멀어지는 온기가 슬펐지만, 미안은 떨어지려는 눈물을 간신히 참으며 소년의 손을 쥐는 소녀를 배웅했다.

안녕.

황소를 묶어 둔 곳으로 소년과 함께 돌아가는 소녀를 보며 미안이 조그맣게 중얼거렸다.

그러자 그 소리를 먼발치에서 들었는지 황소 위에 올라탄 소녀가 그녀를 보며 해사하게 웃었다. 소년과 소녀가 먼 곳으로 서서히 사라지자 미안은 입술을 깨물며 참고 있던 울음을 그제야 터뜨리고는, 끝내 하지 못한 말을 소리쳤다.

안녕. 엄마.

긴장이 풀려 기절한 것뿐이고 이마에 난 상처는 그리 크지 않아 두어 바늘만 꿰매면 된다는 말에 승서는 그제서야 큰 한숨을 돌렸다. 침대에 누워 있는 그녀를 물끄러미 응시한 그는 빨갛게 부어오른 뺨을 어루만져 주며 쓰라린 한숨을 토했다.

그녀가 이렇게 될 때까지 밖에서 기다려야만 했다는 게 미안하고 속상하다. 하지만 또 한숨을 내쉬었다간 깊이 잠이 든 미안이 꿈속에서도 걱정을 할까 봐 그는 한숨을 속으로 삭이며 그녀의 손을 두 손으로 꼭 쥐었다.

승서는 부어터진 그녀의 입술을 손끝으로 조심스레 더듬다가 무언가를 결심한 듯 힘없이 구부러진 미안의 손에 입을 맞추었다.

자신이 올 줄 알았다고 말하며 환하게 웃던 미안의 얼굴을 떠올릴 때마다 가슴이 먹먹하다. 사실 승서는 미안이 유라와 만난 것을 일찌감치 경호원으로부터 보고받아 알고 있었다. 하지만 그녀가 말해 줄 때까지 기다렸다. 말하지 않겠다면 뒤에서라도 그녀를 몰래 돕겠다고 생각했다.

그런데 오늘 아침. 미안은 「승서 씨에게 거짓말하지 않겠다고 약속했으니까요.」하고 말하며 모든 걸 털어놓았다. 그 모습을 보며 그는 다시 한 번 감탄했다.

두 번 다시 이렇게 멋진 여자는 만날 수 없을 것이다.

어머니는 최 회장의 사랑한다는 거짓말에 속아 결혼을 했다. 승서의 모친도 재력이 되는 집안의 외동딸이었다. 최 회장은, 최승서의 아버지는 가지고 있는 권력을 놓고 싶지 않아 했다. 할아버지가 최 회장에게 혜정이 있다는 걸 알고 승서의 모친과 결혼을 하려거든 정리를 하라고 말했지만 최 회장은 그러지 않았다.

혜정은 이미 최 회장의 아들을 낳은 후였다. 결혼식을 올려 주겠다던 최 회장의 말을 믿고 낳은 아이가 바로 최주하였다. 하지만 최 회장은 승서의 모친인 미정과 혼례를 치렀다. 승서도 최근에야 할머니에게 들어 알았다.

이혼을 주도한 건 최 회장이 아니라 외가 쪽이었다. 혜정의 존재를 알고 외가가 최 회장을 규탄했다. 그러니 최 회장의 입장에선 손 안 대고 코 푼 격이리라.

본가에 들어온 혜정은 미정이 낳은 승서를 보고 아마 무슨 수를 써서든 주하를 회장으로 만들고 싶었을 터였다. 그래서 승서는 태어나는 순간부터 지금까지 온갖 거짓말에 둘러싸여 살았다. 그의 아버지는 최악의 남자였다. 지금도 혜정을 안방에 앉혀 두고 종종 다른 여자와 노닥거린다는 이야기를 노하로부터 들었다.

그 이야기를 듣고 승서는 혜정을 미워하는 게 지긋지긋해졌다. 주하와 노하도 마찬가지였다. 어디서부터 잘잘못을 따져 원망을 해야 하나. 그는 곤히 잠든 미안의 얼굴을 볼 때면 그냥 그녀와 오래도록 편안히 살고 싶었다. 넓은 정원에 아이들이 놀 만한 그네를 매어 두고 가끔은 미안도 그 그네에 태워 주면서, 화사한 꽃무더기가 잔뜩 피었을 봄에 그녀를 진심으로 사랑한다고 말해 주고 싶었다.

승서는 자신의 아이를 그녀가 낳아 주길 바랐다. 그녀가 어머니가 되어 주길 원했다. 더 이상의 불행이나 외로움이 없도록 그는 미안의 가족이 되고 싶은 꿈을 꾸었다.

그녀의 손을 따뜻한 이불 속에 넣어 준 승서는 넓은 창을 올려다보았다가 자리에서 일어섰다. 미안의 할머니가 이 병원에 있다. 찾아뵈어야겠다 싶어서 의자를 조심히 밀어 넣는데 침대 위에서 작은 울음소리가 들렸다.

난데없는 울음에 크게 놀란 승서가 고개를 돌리자 어느새 깨어난 그녀가 얼굴을 손바닥으로 가린 채 흐느끼고 있었다. 어디가 아픈 건가 싶은 마음에 다급히 미안을 일으키자 그녀가 승서의 목을 꽉 끌어안았다.

"스, 승서 씨. 어, 웃, 어떻게 해요, 어떡해……."
"왜 그럽니까, 왜요. 어디 아픕니까? 의사 부를까요?"

엉엉 터뜨리는 울음에 당황한 승서가 어쩔 줄을 몰라 하며 그녀를 끌어안았다. 하지만 미안은 서럽게 울며 이제 어떻게 하냐는 말을 되풀이할 뿐이었다.

난처한 그가 혹시 몰라 간호사를 호출하는 버튼을 누르려는데 누군가 특실 비밀번호를 풀더니 병실로 들어왔다. 비밀번호를 어떻게 해지했나 싶어 승서가 고개를 돌리자 병실 문에 서준이 서 있었다.

오래전 서준이 미안을 끌어안고 있던 걸 떠올린 그가 여긴 왜 들어왔냐고 물으려는데 어쩐지 분위기가 이상하다. 미안은 서준을 보자 파르르 떨더니 승서의 가슴에 얼굴을 묻고 다시 울기 시작했다.

"무슨 일이십니까."

미안의 어깨를 쓰다듬으며 승서가 서준에게 묻자 서준이 멋쩍은 얼굴로 입가를 쓸어내리더니 입을 뻐끔거렸다. 서준은 목울대를 쓸어내리며 자리에 망연히 서 있다가 한참 후에야 입을 열었다.

"……미안 씨 할머니께서."

"……."

"금일 오후 한 시 십오 분경에 돌아가셨습니다."

병원 내에 마련된 빈소엔 밤이 늦도록 아무도 찾아오지 않았다. 미안은 빈소에 멍하니 앉아 영정사진을 쳐다보았다. 사진을 찍어 둔 것이 마땅히 없어서 전당포를 뒤지고 뒤져 유치원 때 함께 찍었던 사진을 겨우 발견했다.

환하게 웃고 있는 할매를 보자 미안은 꿈속에서 소년의 손을 잡고 떠나 버린 소녀를 떠올렸다.

할매는 알고 있었던 것이다. 할매의 오빠가 돌아올 수 없는 사람이라는 걸 알면서도 어디에서 잘 살고 있으리라 거짓말을 한 것이다.

마련된 영정사진을 품에 안고 미안은 또다시 울었다. 딱 한 번 웃는 거 보자고 졸랐더니 꿈에 나와 환하게 웃고는 그렇게 떠나 버렸다. 그토록 기다리던 오빠의 손을 꼭 잡고 가 버렸다.

그녀는 그렇게도 곱고 예쁘던 할매를 억척스럽게 살게 한 세상이 너무 미웠다. 자신을 내쫓은 학교 사람들도, 정신병자 취급했던 학부모들도, 모두 믿고 싶었다. 정말로 혼자가 되었다고 깨달을 때마다 막연함이 가슴을 두드려 그녀를 더 외롭게 만들었다.
　할매가 죽었다.
　이제 두 번 다시 일어나지 않는다.
　그녀는 이제 혼자였다.
　미안은 영정사진을 품에 안고 몇 번이나 혼절을 거듭했다. 눈을 뜨면 울다 기절하고, 다시 눈 뜨면 또 울기를 반복했다. 서준이 내려와 그녀의 품에서 영정사진을 빼앗아 제자리에 배치해도 가슴을 두드리면서 계속 울었다. 가슴을 손으로 두드릴 때마다 안쪽에서 텅 빈 소리가 났다. 가슴에 멍이 드는 것보다 그 공허한 소리가 아파서 그녀는 앞섶을 감싸 쥐며 오열했다.
　기절을 했다가 눈을 뜨니 밤이었다. 미안은 다른 빈소 앞을 꽉 채운 신발들을 보며 할매가 정말 외롭게 살다 죽었다는 걸 알았다. 그 생각에 또다시 울음이 북받쳐 오르는데, 조그만 빈소 입구 쪽에서 "미안 씨."하고 부르는 목소리가 들렸다.
　승서는 핏물이 채 가시지 않은 입술과 퉁퉁 부은 뺨을 하고 눈이 벌게진 그녀를 보자마자 입을 다물었다. 회사 일을 서둘러 마무리하고 온 승서는 신발을 벗기 무섭게 그녀에게 달려갔다.
　눈물로 얼굴이 흠씬 젖은 그녀를 보듬어 준 그는 자신을 보기 무섭게 또다시 눈물이 그렁그렁한 미안의 눈을 마주했다.
　"상조 회사에는 연락했습니까?"
　우는 그녀의 눈물을 닦아 주며 묻자 미안이 고개를 끄덕였다.
　"직원이 좀 이따가 도착한대요."
　회사를 가야 했던 승서를 대신해서 서준이 정신없는 미안을 조금 도와주었다. 초췌해진 미안의 얼굴을 쓰다듬은 그는 가운데 가지런히 놓인 영정사진을 보다가 무릎을 일으켰다.
"절을 올려야겠군요."
승서의 말에 미안은 어설프게 자리에서 일어났다. 그가 처음으로 받는 조문객이었다. 어떻게 해야 할지 허둥거리자 승서의 뒤에서 나지막한 목소리가 들렸다.
"엉망이군."
낮은 목소리에 승서의 옆에 쭈뼛거리며 서 있던 미안이 고개를 돌렸다. 벽을 짚고 서 있던 주하는 가볍게 혀를 차더니 그녀에게 손짓으로 영정사진이 놓인 오른편을 가리켰다.
"고인에게 자식은 미안 씨뿐인데 아직 혼인을 하지 않았으니 미안 씨가 상주입니다. 자리를 지켜야죠."
"아, 네."
주하의 지침에 미안은 치맛자락을 질질 끌고 가 자리에 섰다. 승서는 최주하가 왜 여기에 있나 의문이었다가 "이야, 너무 휑하네." 하고 투덜대며 빈소에 들어서는 노하를 보고선 숨을 삼켰다. 장례식장이라고 피어싱도 풀고 검은색 정장을 바르게 차려입고 온 노하를 힐끗 본 주하는 어찌 된 영문이냐는 듯 보는 승서에게 조용히 말했다.
"양 비서에게 들었다. 그래서 내가 불렀지."
"잘하셨습니다."
몹시 간만에 최주하에게 감사하다. 승서는 느릿느릿 분향소로 다가오는 노하를 쳐다보다가 제단을 응시했다. 옛날 사진을 확대해서인지 미안을 키워 주었다던 할매의 얼굴은 조금 흐릿했다. 눈이 퀭해진 그녀를 힐끗 쳐다본 승서는 제단으로 다가가 향을 올리고선 절을 올렸다.

두 번 절을 올리고 미안과 맞절을 올린 그는 울지 않으려고 아랫입술을 꼭 깨문 그녀를 보았다. 그러곤 분향소 밖으로 나가지 않고 조용히 미안의 옆에 섰다. 곁을 지키는 승서를 올려다본 그녀는 고마움과 미안함에 아랫입술이 바들바들 떨렸지만 주하와 노하가 다가와 향을 올리는 터에 재빨리 정신을 붙잡았다.

두 사람과 맞절을 올린 미안은 일어서다가 자리에서 휘청했다. 옆에 승서가 없었더라면 진작 고꾸라졌을지도 모를 일이었다. 승서는 괜찮다거나 울지 말라고 말하지 않았다. 그저 조용히 등을 쓰다듬어 줄 뿐이었다.

주하와 노하를 분향소 밖으로 보내고 양 비서와도 맞절을 올린 미안은 손을 꼭 잡아 주는 양 비서를 보다가 울음을 터뜨릴 뻔했지만 주하의 말이 생각났다.

그녀는 상주였다. 할매의 마지막을 정리해야 하는 상주. 책임져야만 하는 할매의 하나뿐인 딸.

"절 끝났어?"

노하가 분향소 안쪽으로 고개를 빼꼼 내밀며 물었다. 여자처럼 하얀 얼굴을 본 미안은 그제야 최노하와 초면이라는 걸 알았다. 과거를 통해 마주한 적은 몇 번 있지만 실제로는 처음이다. 하지만 노하는 과거 속에서 본 것처럼 아주 약은 얼굴은 아니었다. 여우가 연상되기는 하였으나 서글서글하게 웃는 게 양 비서의 말대로 사교성이 무척 좋은 사람이었다.

양 비서의 도움을 받아 상을 차린 미안은 너무 울어서 퉁퉁 부은 눈을 문지르며 승서의 옆에 앉았다.

"와 주셔서 감사합니다."

진심을 담아 말하자 노하가 불편한지 넥타이를 죽 잡아당기며

"아니 뭐, 제수씨 될 사람인데 와야지." 하고 능청스레 떠들었다.

주하는 조용히 소주를 땄고 승서는 잔을 주하에게 내밀었다.

"조문객이 더는 없을 것 같군요."

양 비서는 텅 빈 빈소를 둘러보며 작게 말했다. 양 비서의 말에 미안은 쓰게 웃었다. 예상한 일이었지만 적막한 빈소는 정말로 무서웠다. 그래서 승서와 찾아와 준 다른 사람들이 몹시 고마웠다.

"어, 형. 형 술 마시면 운전 누가 하라고."

"네가."

"와, 치사하네. 최승서 너는 어쩌려고 술 마셔? 양 비서님한테 운전 부탁하려고?"

양 비서에게 부탁한다는 말에 주하의 눈썹이 꿈틀했다. 하지만 승서는 "난 여기서 자고 갈 거야." 하고 말하며 축 늘어진 미안의 손을 슬쩍 잡았다.

그녀는 그렇게 말하는 그를 만류하지 않았다. 지금은 누구라도 옆에 있었으면 했다. 이빨이 다 빠진 잇몸을 드러내며 환하게 웃던 할매의 얼굴이 생각날 때마다 누군가 옆에서 끌어안아 주길 바랐다.

주하와 노하, 그리고 양 비서는 새벽이 되어서야 돌아갔다. 그들을 장례식장 입구까지 배웅한 미안은 몇 번이고 감사하다는 말을 하는 걸 잊지 않았다. 그러자 노하가 "그러지 말라는데도." 하고 말하며 미안에게 손수건을 건네주며 속삭였다.

"제수씨를 이렇게 예쁘게 키운 할머닌데 마지막 배웅쯤이야 당연하지. 안 그래요?"

세 사람이 장례식장을 떠나는 걸 한참이나 물끄러미 바라보던 미안은 상조직원과 대화를 나누고 있는 승서를 쳐다보았다. 상조직원의 남편분이시냐는 말에 승서는 곧 그렇게 될 예정이라고 대답했다. 그 말을 들은 미안은 어안이 벙벙했다. 하지만 그녀는 그 말을 부정하지 않았다. 오히려 올곧고 담담한 승서의 목소리를 듣자 꿈에서 할매가 속삭이던 입모양이 떠올랐다.

「행—복—하—렴」이라던.

할매는 끝까지 그녀를 걱정했다. 직원과 이야기를 마친 승서는 미안을 돌아보더니 지그시 웃으며 손을 뻗었다. 자리에 우두커니 서 있던 미안은 퉁퉁 부은 얼굴을 한 것도 까맣고 잊고는 조그맣게 웃었다. 내민 손을 잡자 그가 힘없는 어깨를 팔로 든든하게 감싸 주었다.

"승서 씨 내일 회사 가야 하는데 피곤해서 어떻게 해요."

미안은 빈소로 손을 맞잡고 걸어가며 걱정스럽게 말했다. 그러자 그가 핼쑥해진 미안의 뺨을 손등으로 문지르며 자신만만하게 대답한다.

"저 그렇게 허약한 사람 아닙니다. 저보단 미안 씨가 더 걱정인데요."

"저야 뭐. 괜찮아요."

그가 옆에 있어서 견딜 만하다. 그녀는 그렇게 생각하며 비워두었던 분향소에 다시 자리를 잡았다. 미안은 옆자리에 앉아 같이 상주 노릇을 해 주는 승서를 물끄러미 보다가 그의 어깨에 머리를 기대었다.

반나절을 족히 울었더니 졸리기도 하고 배가 고프기도 한데 어째서인지 가만히 있고 싶었다. 그냥 이대로 그에게 기대어 장례를 치러야 할 사흘 밤낮을 꼬박 내리 자고 싶은 심정이었다.

검은색 리본을 꽂은 그녀의 머리를 빗어 주던 승서는 두 끼를 굶어 쏙 들어간 미안의 뺨을 안쓰럽게 응시했다. 그러곤 고개를 들어 신위를 쳐다보았다. 미안은 할매의 친딸이 아니었는데도 묘하게 닮았다. 사랑하면 닮는다더니. 보기 좋게 입술에 호를 그린 그는 곧 손을 꼭 움켜쥐는 악력에 고개를 숙였다.
 "승서 씨. 저 묻고 싶은 거 있는데."
 조금 기운을 차린 목소리에 그는 물어보라는 듯 고개를 끄덕였다.
 "아까 상조직원에게."
 "아."
 "왜 그러셨어요?"
 감색이 매력적인 그의 눈동자를 들여다보며 조심스럽게 묻자 승서가 관자놀이를 긁적이더니 마른 입술을 핥았다.
 보기 흉하게 딱지가 앉은 미안의 입술을 어루만진 승서는 그녀를 당겨 품에 안았다. 미안이 조금 당황했는지 "하, 할매 앞인데!" 하며 크게 버둥거렸지만 곧 잠잠해지고는 똑같이 승서의 허리를 안았다. 마주 붙은 가슴에서 기분 좋은 고동 소리가 들려온다. 그 소리가 누구의 심장 소리인지 알 수 없지만 설레게 하는 소리임은 분명했다.
 승서는 미안에게 말하기 전 영정사진 속의 할매를 보았다. 친딸도, 손녀도 아닌 버려진 아이를 주워 이름을 붙여 주고 여태까지 사랑해 준, 세상에서 가장 아름다운 여자를 쳐다보았다. 미안이 강하게 자랄 수 있었던 것은 분명 할매의 덕분일 것이다. 탈선하지 않고 무너지지 않은 것도 할매의 사랑 때문이리라. 그래서 승서는 절을 올리고 향을 꽂을 때 미안의 할매에게 약속했다.

절대로 울리지 않겠다고. 두고두고 사랑하겠다고.

"미안 씨."

"네."

"당신이 제 아이의 엄마가 되어 주었으면 좋겠습니다."

그의 속삭임에 가슴에 얼굴을 파묻고 있던 미안이 길게 숨을 삼켰다.

"두 번 다시 미안 씨처럼 멋지고 좋은 여자는 만날 수 없을 겁니다."

"……하지만, 만약에…… 아이가 저처럼……."

"미안 씨처럼 과거를 본다면 특별한 아이가 될 겁니다. 장담하죠."

울음이 섞인 목소리에 승서가 미안의 턱을 쥐고 위로 살며시 올렸다. 울지 않으려고 왕방울만 한 눈에 힘을 준 그녀는 피딱지가 눌러앉은 입을 꾹 다물고선 작게 훌쩍거렸다.

"역시 진도가 너무 빨라요, 승서 씨."

그녀의 할매에게 울리지 않겠다고 약속하기 무섭게 미안을 울렸다. 하지만 강아지처럼 바들바들 떨면서도 눈을 마주쳐 오는 그녀가 사랑스러워서 부어오른 뺨과 입술을 어루만진 그는 이마에 키스를 했다.

"언젠가 헤어지는 게 아니라 끝까지 나랑 같이 사는 겁니다."

"승서 씨."

"내가 미안 씨가 죽는 날까지 옆에 있을 테니 먼저 죽어서 외롭게 하지 않겠다고 약속하겠습니다."

기어코 울음을 터뜨린 미안이 승서의 가슴에 이마를 기대어 눈물을 흘렸다. 그녀는 눈물샘에서 나올 수 있는 눈물이 정말 밑도 끝도 없다는 걸 느끼며 머리가 지끈거리는 걸 느꼈다. 하지만 눈물이 계속 흘렀다. 행복해지라던 할매의 말은 이런 거였을까.

뿌옇게 흐려진 눈을 들자 이마에 승서의 이마가 닿았다. 엉망이 된 얼굴조차 사랑스럽게 쳐다봐 주는 그와 눈을 마주한 미안은 눈을 살며시 감고선 승서의 손에 손바닥을 갖다 대었다.

"약속. 지키세요."

"네. 미안 씨 할머니께 맹세합니다."

그 말을 끝으로 그에게 조심스럽게 입맞춤을 한 미안은 가늘게 감고 있던 눈을 완전히 감았다.

언젠가. 아주 오래전. 미안은 학교를 자퇴하고 아르바이트를 전전할 때 단란한 가족을 보며 생각했다. 나는 저렇게 될 수 있을까, 라고. 모든 약점과 상처를 감싸 주고 이해해 줄 남자를 만나서 한 아이의 엄마가 될 수 있을까, 라고. 그녀는 그때는 될 수 없을 거라고 생각하곤 스스로를 타박했다.

그런데 여기에 그녀의 가족이 되고 싶다는 남자가 있다. 가끔 실패하는 요리조차 맛있게 먹어 주고 눈이 마주치면 입을 맞추어 주고, 품에 따스하게 안아 주는.

절대로 먼저 떠나지 않겠다고 약속해 주는 그가 미안의 앞에 있다. 그 사실이 벅차서 그녀는 승서의 목덜미에 얼굴을 묻고는 울면서 말했다.

"저와 결혼해 주세요, 승서 씨."

"얼마든지요."

"제 아기의 아빠가 되어 주세요."

"물론입니다."

"……사랑해요."

"네. 알고 있습니다."

다정한 목소리를 들으며 미안은 승서에게 포근히 안긴 채, 겨우 잠에 빠졌다. 몹시 옛날. 정신병원 진료를 권유받아 찾아갔던 그 어느 날. 의사가 해 주었던 말이 어떤 의미였는지를 그제야 깨달으면서.

「그러니까 사물을 만지면 과거가 보인다는 거군요.」
「의사선생님도 제가 미친 것 같으시죠?」
「음. 아니요.」
「……」
「당신은 평범합니다.」
「……」
「사람은 누구나 과거에 집착합니다. 이상한 일이 아니에요. 누구나 과거를 볼 수 있다면 무슨 대가라도 지불할 거라고 생각합니다. 그게 이상한 일인가요? 어쩌면 자꾸만 돌이키고 싶다는 생각 때문에 미안 씨가 그런 능력을 갖게 된 걸지도 모르는데요. 그건 미안 씨가 스스로를 좀 더 사랑하고 싶기 때문에 뒤를 돌아보고 싶은 거겠지요.」
「진심……이세요?」
「네.」
「……」
「그러니 당신은 보통 사람입니다, 미안 씨.」

미안을 분향소 구석에 마련된 방에서 재운 승서는 넥타이를 당기며 제단을 응시했다. 남은 이틀 내내 빈소를 찾는 이가 없을 거라던 미안의 말이 가슴에 박혀 떠나질 않는다. 꺼져 가는 향을 보고 새 향을 몇 개 올린 그는 영정사진을 보며 짧게 목례를 했다.

그때 발자국 소리가 들려 뒤를 돌아보았다. 하얀 가운이 아니라 사복 차림인 서준이 "미안 씨는요?"하고 승서에게 질문을 던진다. 급하게 빌려 입은 것 같은 정장을 물끄러미 보던 승서는 상주가 서 있어야 할 자리로 돌아갔다.

"자고 있습니다."

"아하. 하긴 피곤하겠네요."

미안을 대신해서 서준과 맞절을 올린 승서는 "찾아와 주셔서 감사합니다."하고 인사를 하며 고개를 숙였다. 무릎을 가지런히 꿇은 서준은 "삼가 고인의 명복을 빕니다."라고 말하며 머리를 깊이 숙였다가 고개를 슬쩍 들며 작게 웃었다.

서준이 여태까지 미안의 할머니를 돌보아 준 담당의라는 걸 알았을 때, 승서는 서준에게서 묘한 걸 느꼈다. 그건 미안을 처음 만났을 때 느꼈던 그 독특함과 꽤 비슷했다. 처음엔 서준과 미안이 모종의 관계인 줄 알고 긴장했는데 웬걸. 박서준에게 있어 미안은 완벽한 여동생이었다. 칭얼거리면 사탕을 쥐여 주고 울면 코를 풀어 주는.

"내일 간호사들과 의사 몇 분이 조문하러 올 것 같네요. 우리 병원에서 미안 씨가 워낙 효녀로 유명해야지. 거기다 비번인 간호사 몇 분이 내일 여기서 미안 씨 돕겠다더라고요."

"미안 씨는 복이 많은 사람이군요."

"참. 자기소개가 늦었습니다. 김옥분 환자의 담당의였던 박서준입니다."

서준이 내미는 손에 "최승서입니다."하고 대답하며 악수를 한 승서는 "오호."하고 중얼거리며 씩 웃는 서준을 의아하게 쳐다보앉다. 눈을 빠르게 깜빡인 서준은 비실비실 웃더니 손을 놓고선 엄지를 치켜들었다.

"다음 달 내로 미안 씨랑 결혼하시려고?"

아무에게도 말하지 않은 계획이 서준의 입에서 튀어나오자 승서가 눈을 휘둥그레 떴다. 그 반응에 웃음을 터뜨린 서준은 마주 잡았던 손을 펼치며 "미리 축하합니다." 하고 즐겁게 말했다.

미묘한 분위기를 풍기는 서준을 한참이고 멀거니 보던 그는 그제야 서준에게서 미안과 비슷한 느낌이 드는 이유를 알았다. 조금 놀랍다는 표정으로 "당신은." 하고 입을 열자 서준이 고개를 내저었다.

"몇 번이나 미안 씨가 위험한 걸 알았지만 말해 줄 수는 없었죠."

손을 쥐락펴락하며 서준은 쓰게 웃었다.

"말하는 순간 그건 사실이 되어 버리니까요. 하지만 제가 말함으로써 미안 씨가 행동을 달리할 수도 있죠. 그 미래가 어떻게 변할지 몰라서 더 말할 수가 없었습니다. 그래서 전당포에서 미안 씨가 다칠 걸 알면서도 입도 뻥끗 못한 겁니다. 정말이지. 이 능력이 애물단지라니까요."

"그런데 결혼 이야기는 어째서?"

"사실이 되기를 바라니까요."

서준은 무릎을 손바닥으로 짚으며 작게 미소 지었다. 미안의 할매 손을 잡았을 때 서준은 아무것도 보이지 않는다는 걸 알고는 오래전, 미안과 할매의 이별을 예상하고 있었다. 그래서 그때까지 제발 아무나 미안의 곁에 나타나기를 빌었다. 안 된다면 아버지에게 두 손을 싹싹 빌어 수양 딸로 받아들여 달라고 애걸복걸할 예정이었다.

그런데 어느 날. 그녀의 머리를 쓰다듬자 이 남자가 보였다. 최승서. 과거를 볼 줄 아는 미안에게 기억을 되찾아 달라고 나타난 남자.

할매가 여태까지 버텼던 이유는 미안에게 승서가 찾아올 줄 알았기 때문일지도 모른다. 그녀의 할매는 무척이나 멋있고 당찬 사람이었으니까.

"옛날에 어느 누군가가 그러더군요."

자리에서 일어선 서준은 따라 일어서는 승서를 쳐다보며 환하게 웃었다.

"「미래의 당신은 바로 오늘의 당신이다.」라고."

다음 날. 빈소에 강 형사가 찾아왔다. 다행히도 동료 형사들이 사건을 맡아 이야기를 조금 들을 수 있었다는데 황정현은 강간 미수와 폭행죄로 잡혔지만 과거의 정신병력으로 처벌하는 데 애매할 것 같다고 했다.

하지만 교도소에 갇히는 대신 정신병원에 수감되어 평생을 살아야 할지도 모른다는 말이 미안에게 약간의 위안을 주었다. 승서는 어째서 병을 앓고 있다는 이유로 처벌을 피해 갈 수 있냐며 화를 냈지만 미안이 승서에게 "이제 그런 사람들 때문에 화내지 말아요." 하고 선을 그었다.

황정현은 끝까지 유라가 공범이 아니라고 잡아떼었다. 황정현의 사랑, 아니, 사랑이라고 말하기엔 애매모호한 그 집착과 애증이 놀라울 따름이었다. 덕분에 유라는 미안이 제시한 녹음파일과 승서가 제출한 사진이 있었는데도 풀려났다. 하지만 강간을 함께 모의

했다는 사회적 낙인은 지우지 못했다.

그렇게 정유라는 모델계에서 퇴출당했다. 승서의 형제인 노하가 같은 소속사에 있었기 때문에 계약이 끝나기 무섭게 쫓겨났고, 더 이상 유라를 불러 주는 곳은 어디에도 없었다.

화려했던 모델이 그렇게 몰락했다.

승서는 그 뒤로 정유라의 이름을 언급하지도 않았다. 행여나 노하가 언급을 하려 하면 죽일 듯이 노려보았다. 인사동 자택에 있던 모든 물건들과 가구들을 새 것으로 싹 다 바꿀 정도로 그는 유라를 증오했다.

미안은 장례식을 마무리 지은 후 노하에게 정유라가 어떻게 되었느냐고 물었다. 노하는 "정말로 궁금해요?"라고 미안에게 물었다. 미안은 유라가 상응하는 대가를 받기를 바랐다. 스스로의 잘못도 모르고 오로지 남만 탓할 줄 아는 그 철없는 여자가 어떻게든 자신의 죄를 뉘우치길 바랐다.

"알려 주세요. 그 여자는 어떻게 됐나요?"

"수소문해 보니까 쩜오가 된 것 같던데."

"쩜오요?"

"화류계라고 생각하세요. 뭐. 너무 알려고 하지 말고."

미안이 반지를 찾아 달라고 했던 노부인이 승서의 노마님이었다는 걸 알았을 때 황정현의 법정 판결이 나왔다. 애착을 동반했던 폭력이나 강제적인 성관계 등으로 인해 전에 법원에서 정신과 상담을 권고받았으나 그것을 병이라 지칭할 수 없고 이전에도 여자들을 강제로 추행하려 한 혐의를 보아 징역 오 년, 그리고 십 년간의 위치추적을 선고받았다.

그 뒤로 미안은 정유라와 황정현에 대해 묻지 않았다. 듣지도 않았다. 그녀는 이제 승서와 함께 살 인생에 대해서만 고민하고 몰두하고 싶었다. 이미 정유라와 황정현은 과거의 사람들이었다. 더 이상 그들로 인해 겁을 먹고 두려워하는 건 지겨웠다.

그리고 눈썰미가 썩 좋은 노하를 동반하고 승서와 함께 웨딩드레스를 보러 갔을 때 그는 순백의 드레스를 입은 미안에게 반지를 선물해 주며 말했다.

「너를 만나서 다행이야.」라고.

그 말을 듣고 미안은 울 뻔했지만 뒤에서 노하가 「아아, 정말 천생연분 아니랄까 봐 재수 없어 죽겠네.」하고 투덜거리는 바람에 분위기가 확 깼다.

그 반지는 결혼반지와는 다른 반지였다. 무슨 반지냐고 묻자 커플링 한 번 못 해 주고 보쌈해 가듯 결혼하는 게 너무 미안해서 승서가 따로 마련한 반지라고 말했다. 반지는 얇고 평범했지만 그녀는 화려하던 결혼반지보다 승서가 개인적으로 끼워 준 반지가 더 좋았다.

그렇게 순탄하게 결혼 준비가 진행되어 가던 중, 뜻밖의 난관에 봉착했다. 결혼식장에서 신부가 입장할 때 누가 그녀의 손을 잡고 들어가는지였다.

간혹 신부에게 가족이 없을 경우 남편의 아버지가, 즉 시아버지가 며느리의 손을 잡고 식장에 들어가는 경우도 있다고 했지만 최 회장이 미안의 손을 잡아 줄 리 어림 반 푼어치도 없었다. 노마님과 혜정의 승낙이 있어서 결혼하는 것이지 최 회장은 승서와 미안의 결혼을 결사반대했다. 심지어 서향을 물려주지 않겠노라 폭언까지 퍼부었다. 그래서 승서는 최 회장에게 무덤덤하게 말했다.

「그깟 회사 형님에게나 물려주시죠. 벌어 놓은 돈도 많으니 이대로 백수로 살면서 미안 씨와 평생 사는 것도 나쁘진 않겠군요.」

형님이라는 발언에 그 자리에 있던 승서와 주하를 빼고 모두 놀랐다. 미안도 화들짝 놀라서 주하의 얼굴을 슬쩍 쳐다보자 주하가 꽤 흐뭇하게 웃고 있는 게 보였다. 정말이지 솔직하지 못한 형제였다.

하여간. 결국 미안과 승서가 동시 입장하기로 결론이 났는데 중간에 서준이 끼어들었다.

「내가 미안이 손잡고 들어가면 안 되나?」

그녀는 서준이 미래를 가끔씩 본다는 걸 끝내 몰랐다. 대신 서준과 사이좋은 오누이가 되었다. 그 사실을 종종 승서가 질투하는 것 같았지만.

미안은 서준이 손을 잡고 들어가 준다면 무척 든든할 것 같았다. 여태까지 할매를 병원에서 돌봐준 사람이 서준이었다. 염치 불구하고 그래만 준다면 무척 감사하겠다고 말했더니 서준이 눈을 빛내며 승서에게 단단히 경고를 했다.

「식장에서 절대로 미안이 쉽게 넘겨받을 생각일랑 마시죠.」

그러자 승서가 코웃음을 치며 받아쳤다.

「그럼 기대하고 있겠습니다.」

두 사람의 결혼식은 야외에서 무척 조촐하게 이루어지기로 했다. 지극히 아는 사람들만 불러 모은, 아주 자그마한 결혼식이었다.

승서는 외롭게 살아온 신부를 배려해 아주 파격적이게도 신랑석과 신부석을 합쳐 버렸다. 그래서 자연히 신부의 입장을 사람들의 가운데가 아닌 왼쪽에서부터 걸어 들어오게 되었지만 미안은 그의 배려가 고마웠다. 어차피 그녀는 청첩장을 만들어도 마땅히 갖다 줄 사람도 없는 처지였다.

머리에 은색의 조그만 왕관을 쓰고 중세시대의 공주님처럼 자수가 놓인 흰색의 면사포로 얼굴을 가린 미안은 숨을 크게 내쉬었다. 허리를 잘록하게 조른 코르셋 때문에 배가 살짝 아프다. 긴장을 해서 가뜩이나 몸이 떨리는데 우리의 양 비서가 "결혼식장에선 무조건 신부가 여왕이어야 해요." 하고 말하며 코르셋을 우악스럽게 조여 놓았다.

덕분에 가슴이 깊이 팬 드레스에 딱 맞게 허리가 예쁘게 들어갔지만 미안은 숨이 막혀 죽을 지경이었다. 이러다가 식장에서 승서의 손을 잡기 무섭게 기절할지도 모른다.

나중에 주하로부터 들었는데 승서가 양 비서에게 감사해야 할 게 한두 가지가 아니라며 두둑한 보너스에 해외휴가까지 보내 주었다는 걸 알았다. 덕분에 미안에겐 언니가 생겼다. 양 비서가 아니라 양초하라는 이름의 몹시 든든하고 솔직한 언니.

"와, 나 손 떠는 거 봐요. 어떡해."

미안의 손을 잡고 있던 서준이 제가 다 떨리는 듯 가슴을 쓸어내리며 작게 웃었다.

"너무 걱정 마. 절대로 한 번에 넘겨주지 않을 테니까."

"그래서 걱정인 거잖아요."

서준의 말에 미안이 부루퉁히 말하며 눈을 흘겼다. 면사포로 가려진 그녀는 무척이나 아리따웠다. 신부대기실에 들어왔던 노하가 "와오, 당장 업고 튀어서 내 여자로 만들고 싶네."라는 우스갯소리를 할 정도로.

곧 있으면 식장 문이 열리고 승서를 만난다. 별거 아닌데 미안은 자꾸만 심장이 두근거렸다. 별별 생각이 다 드는 통에 이제는 드레스를 밟으면 어쩌나 하는, 아주 이상한 걱정마저 들었다.

하지만 그런 걱정도 잠깐이었다. 그녀는 전당포에 쌓아 두고 살던 물건을 하나도 버리지 않고 인사동으로 옮겨 주던 승서를 기억했다. 일꾼을 불러서 시켜도 될 일을 승서는 손수 했다. 그러면서 그는 그녀에게 약속했다.

모두 버리지 않고, 전부 사랑하겠다고.

"신부 입장 준비해 주세요."

직원의 말에 미안은 고개를 들었다. 숨을 크게 삼키자 옆에서 서준이 "이제 꽃피는 봄이네." 하고 소곤거렸다. 그 말을 듣자니 긴장으로 굳어 있던 입매가 사르르 풀어졌다.

꽃피는 봄.

그 말을 속으로 중얼거리자 식장 문이 서서히 열렸다. 막 가을이 오기 시작해 식장 주위를 포르르 맴도는 잠자리들과 조금씩 붉게 물드는 단풍들 사이로, 의연히 서 있는 승서가 보였다. 까만색의 턱시도가 너무 잘 어울려서 자꾸 탐이 나는 근사한 그녀의 남자.

입장해 달라는 사회자의 말에 미안은 "가자."라는 서준의 말과 함께 한 걸음, 한 걸음 내디뎠다. 멀리 있는 승서가 조금씩 가까워진다. 고개를 똑바로 들고 사람들의 박수 소리를 들으며 등장한 미안은 환하게 웃는 그를 보며 생각했다.

'아. 이제부터 시작이다.'

라고.

황소에 올라타 느리게 길을 걷던 소년이 눈가를 훔쳐내는 소녀를 올려다보았다.

그 아이는 누구니.

소년의 물음에 소녀는 빨개진 눈가가 영 쑥스러웠는지 배시시 웃다가 보드라운 황소의 털을 어루만지며 쑥스럽게 말하였다.

어찌 궁금하셔요, 오라버니.

입을 뻐끔거린 소녀는 목소리가 나온다는 사실에 놀라다가 어느새 길이 점차 투명해지는 걸 보고선 아아, 하고 속으로 중얼거렸다.

그 아이가 어쩐지 누이를 닮아 그러하지.

닮았다는 말에 수그리고 있던 고개를 든 소녀는 가슴이 먹먹한 것을 느끼며 점차 흐려지는 세계를 물끄러미 바라보았다. 타고 있던 황소가 점점이 흩어지며 하얗게 사라진다.

소년은 황소의 고삐를 쥐고 있다가 소녀에게 손을 뻗었다. 소년과 손을 꼭 마주 잡은 소녀는 몸이 가벼워지는 걸 느끼며 여전히 따뜻한 손바닥을 가슴에 얹었다.

아이가 참 예뻤지요?

응. 착하더라.

네에. 착하고 순수한 아이지요.

황소에서 내려 소년과 나란히 걸은 소녀는 고개를 들어 서서히 눈을 감았다. 아주 먼 곳에서 「엄마.」라고 부르는 누군가의 목소리가 허전하던 가슴을 가득 채운다. 그 따스함이 고맙고 예뻐서 소녀는 어느샌가 눈물을 흘리고 있었다. 하지만 팔이 점 모양으로 흩어져 소녀는 눈물을 닦지 못했다.

이제 정말로 이별을 할 시간이다.

으음. 그 아이는 우리 누이랑은 무슨 관계지?

떨리는 입술을 열며 저와 마찬가지로 모습이 점점 사라지는 소년을 응시한 소녀는 몹시 어여쁘게 눈웃음을 치며 대답했다.

제가 가슴으로 낳아 평생을 사랑한 딸이지요.

그랬구나. 허면 내 조카였겠네. 아이 이름은 무엇이니?

미안.

처음으로 목소리를 내어 아이의 이름을 불러 본 소녀는 완전히 사라지며 활짝 웃었다.

제 딸의 이름은 안(安)이랍니다.

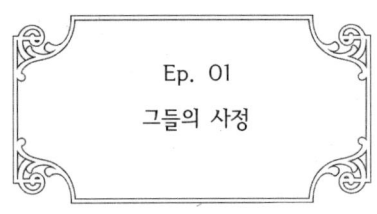

Ep. 01
그들의 사정

 부엌에서 한창 저녁식사를 조리 중이던 미안은 뒤에서 슬쩍 가슴을 쥐는 손길에 "아이 참! 서방님!" 하고 말하며 엉덩이를 튕겼다.
 "내가 안 된다고 했죠?"
 새침하게 눈을 흘기며 승서에게 불만을 토로하자 미안의 등에 매미처럼 찰싹 붙어 있던 승서가 "대체 왜 안 돼?" 하고 덩달아 불평을 티뜨렸다. 국자로 찌개를 휘젓던 그녀는 가스레인지를 끄고선 떨어질 줄 모르는 승서의 옆구리를 아프지 않게 꼬집었다. 무슨 서른여덟이나 된 남자의 몸매가 저리도 탄탄한지 옆구리에 잡히는 살도 없다.
 안 그래도 그녀는 둘째인 지언이를 낳고 나서 허리에 살이 붙는 것 같아 예민해 죽을 판이었다. 열심히 모유 수유를 하고 운동 좀 할라치면 승서가 어림도 없다며 미안을 유혹했다. 그래서 한 번은 미안이 "이것 봐요, 요기요기! 살덩이!" 하며 허벅지를 보여 주자 그가 능청스레 웃으며 뽀얗게 드러난 허벅지에 키스를 했다. 그러면서 하는 말이 "왜, 포동포동해서 예쁘기만 한데."란다.

살이 터서 피부가 늘어졌는데도 승서의 눈에 미안은 그저 눈에 넣어도 아프지 않은 예쁜 아내였다. 오히려 그는 미안이 밥을 좀 더 먹고 살을 찌우길 바랐다.

둘째를 낳고 오 개월이 지나서인지 미안은 살이 많이 빠졌다. 임신을 했을 때도 몸무게가 다른 임산부들에 비해 유독 적게 나가 걱정을 한 참이었는데 이참에 그녀를 아주 통통하게 찌울 작정이었다.

하지만 미안은 살이 찌지 않았다. 원래 살이 잘 안 붙는 체질이기도 했지만 가장 큰 이유는 매일 밤이면 밤마다 괴롭히는 승서 때문이었다.

좀 쉬어 볼까 치면 찰싹 붙어 여기저기 조몰락대다가 구렁이 담 넘어가듯 그녀를 먹어 치웠다. 이러다간 짧았던 연애기간과 결혼기간을 통합해서 키스를 한 횟수보다 섹스를 한 횟수가 더 많게 될 지경이었다. 이걸 누구에게 토로할 수도 없고. 나이가 먹으면 어련히 줄어들겠거니 했는데 지금도 보라. 저녁 짓는 중인데 회사에서 일찍 돌아왔다고 딱 한 번만 하자며 애처럼 조르고 있었다.

"조금 있으면 지안이 돌아올 시간이란 말이에요. 2층에선 지언이도 자고 있고. 안 된다면 안 돼요."

미안이 딱 잘라 거절하자 승서가 어림도 없다는 듯 가벼운 치맛자락을 위로 들쳤다. 다리 사이로 찬바람이 휙 들어오자 그녀가 화들짝 놀라며 어깨를 움츠렸지만 이미 승서의 손이 팬티 안으로 들어간 후였다.

"서, 서방니임."

곤란하다는 듯 미안이 앙탈을 부렸지만 그는 앞치마 속으로 손을 밀어 넣어 아직도 탱탱하게 부푼 젖가슴을 확 움켜쥐었다. 손안에 꽉 차는 살덩이를 만지작거리며 만족스러운 신음을 흘리자 미안이 허리를 떤다.

아들인 지언이를 낳은 지 오 개월이 되었는데도 미안의 가슴에선 모유가 나왔다. 모유가 유독 많은 편이라 첫째 딸인 지안이를 가졌을 때도 착유기로 모유를 뽑느라 애를 먹었는데 이번에도 마찬가지였다.

승서가 유두를 살짝 비틀어 쥐자 미안이 신음을 터뜨리며 자지러졌다.

"승서 씨! 지언이 깨요!"

"그럼 방에서 할까?"

"정말!"

결혼을 하고 최승서는 어쩐지 철딱서니가 없어진 것 같다. 그러니까 미안 한정으로만 그렇게 되었다. 연락도 없이 잠깐 밖에를 나가면 아내가 없어졌다며 오두방정을 떨었고 미안이 조금이라도 삐져서 아이들 방에서 자겠다고 주장하면 두 손이 닳도록 빌면서 "최지언 방만큼은 안 돼."라고 말했다.

그렇다. 요즘 최승서는 아들인 지언에게 위협을 느끼고 있었다. 뭐만 했다 하면 앙앙 울어 대는 게 번번이 승서와 미안을 방해했다. 분위기 좀 잡아 볼까 하면 기저귀에 똥을 푸지게 싸서 미안을 바쁘게 만들었고 방에 들어가 간신히 뽀뽀 좀 해 볼라치면 어느새 쉬를 싸 미안을 정신없게 만들었다. 그래서 그 분노를 주하와 노하에게 토로했더니 "모든 아들은 아버지의 적이야."라고 주하가 진지하게 말했다.

주하의 말을 듣고 나니 승서는 다른 사람도 아닌 최주하의 앞에서 아들 때문에 번번이 방해를 받는다는 말을 차마 할 수가 없었다. 왜냐면 그 집은 아들만 세쌍둥이였으니까. 아직 신혼 초인 노하는 공감하지 못하는 것 같았지만 주하가 조언하기를, 부인과 제대로 즐기고 싶거든 호텔을 찾는 수밖엔 없다고 하더라.

승서는 정말이지 화병이 날 지경이었다. 기껏 지은 집을 내버려두고 미안과 사랑을 한 번 나누려면 호텔을 가야 한다니. 그는 진심으로 보모를 구할 생각까지 했다.

"지안이 오려면 아직 삼십 분 정도 남았잖아. 빨리 할게. 응?"

모유가 찔끔 흐르는 유두를 비틀고 살살 간질이며 승서가 애원을 했다. 지안이 돌아오면 그건 그것대로 문제다. 아들은 엄마에게서 떨어지지 않았고 딸은 아빠에게서 떨어지지 않았으니까. 덕분에 승서는 한 달 동안 미안과 사랑을 나누지 못했다. 진심으로 딱 폭발하기 일보 직전이었다. 예뻐 죽겠는 아내를 바로 옆에 두고도 사리를 쌓아야 한다니 이게 웬 말이란 말인가.

미안은 어쩐지 분해하는 승서의 얼굴을 쳐다보며 한숨을 삼켰다. 저녁 준비는 끝났으니 잠깐 즐겨도 괜찮지 않을까.

"대신. 가슴은 건드리면 안 돼요."

"왜?"

"모유 수유는 오 개월에서 육 개월까지 해도 된대요. 아직 지언이한테 안 먹였으니까 서방님이……. 꺅!"

입에서 터져 나온 비명을 겨우 그친 미안은 승서에게 번쩍 안긴 것이 민망하여 얼굴을 홍당무처럼 물들였다.

"서방님, 저 무거워요!"

곧장 침실로 들어가는 그에게 미안이 항의를 했지만 씨알도 먹히지 않았다. 침대에 그녀를 부드럽게 내려놓은 승서는 문이 꽉 닫힌 걸 매의 눈길로 확인하고선 미안을 내려다보았다. 앞치마를 입은 채로 침대 위에 엎어져 있던 그녀가 허둥지둥 치맛자락을 정돈하려 들자 승서가 가볍게 미안의 발끝에 입을 맞추었다.

"서방님임."

복사뼈를 이빨로 간질이며 서서히 위로 올라가자 그녀가 한숨을 토하며 허리를 뒤로 젖혔다.

예쁜 팬티에 가려진 은밀한 곳을 뜨겁게 보던 승서는 손을 뻗어 앞치마를 성급하게 벗겨 냈다. 앞치마를 벗기자 아까 가슴을 세게 비틀어 쥐느라 찔끔 흐른 모유가 그녀의 앞섶을 적셔 놓았다. 티셔츠 속으로 손을 집어넣어 브래지어 후크를 재빨리 풀어 낸 그는 단단하게 고정되어 있던 가슴이 출렁하며 내려앉는 걸 보았다.

가슴은 건들지 말라지만 이 예쁜 걸 어떻게 내버려 두느냔 말이다. 젖은 부분을 혀로 핥자 바로 미안이 신음을 터뜨리며 어깨를 움츠렸다. 혀 놀림 몇 번에 그녀의 유두가 꼿꼿하게 선 걸 느낀 승서는 티셔츠를 위로 올렸다. 그러자 미안이 "배, 뱃살⋯⋯."하고 중얼거리며 다리를 웅크린다.

하지만 승서의 눈에는 미안의 뱃살도 그저 예뻐 보일 뿐이었다. 살이 조금 붙은 그녀의 허벅지 사이를 다리로 가르며 상체를 숙인 승서는 "가리지 마."하고 소곤거리고는 키스를 했다. 키스하기 무섭게 이젠 그녀의 입이 자연스럽게 벌어진다.

말캉한 미안의 혀를 실컷 굴리고 빤 승서는 그녀가 "으응."하고 신음을 중얼거리는 소리를 들으며 가슴을 아래에서 위로 확 모아 쥐었다.

"하웅, 승서 씨이. 안 된다니까요."

저녁노을로 뒤덮인 침대 위에서 뽀얗게 드러난 가슴을 겨우 가리며 미안이 애원했지만 승서는 아랑곳 않고 딱딱하게 곤두선 유두를 혀로 핥았다. 혀끝에 미미하게 감도는 모유 맛과 짭조름한 피부 맛에 그는 간간이 유두를 깨물며 육아에 지친 미안을 자극했다.

아들에게 그녀의 가슴을 빼앗긴 것 같아 질투가 날 참이었는데 유두를 빨아 당길 때마다 미안이 숨이 넘어갈 것 같은 교성을 터뜨리자 승서는 그제야 만족스럽게 웃었다. 숨을 헉헉 삼킨 미안은 "아직 지언이 못 먹였는데……." 하고 중얼거리며 울상을 했지만 두 뺨엔 흥분했다는 증거로 홍조가 가득했다.

미안은 치마를 잡아 뜯듯 벗기는 손길에 엉덩이를 슬쩍 들었다. 통통해진 엉덩이를 손바닥으로 감싼 승서는 귀한 전리품을 보듯 미안의 아래 둔덕을 보다가 골반 부근을 입술로 더듬었다.

아랫배부터 예민한 입구의 근처까지 혀와 입술로 간질이는 감각에 그녀가 다리에 힘을 주었다. 엉덩이를 쓸어내리며 팬티를 벗긴 그는 거뭇한 음모 틈에 입을 맞추고는 고개를 들어 가슴을 들썩거리는 미안을 응시했다.

새까맣게 욕망이 드리운 승서의 눈동자를 쳐다보던 그녀는 들뜬 숨을 삼키고선 머뭇거리다가 살며시 다리를 벌렸다. 틈이 생기자 그 사이로 손가락 하나를 집어넣으며 "승서 씨이!" 하고 황홀하게 터지는 미안의 신음 소리를 들었다.

오랜만의 침범에 미안이 이불자락을 움켜쥐며 허리를 바들바들 떤다. 아이를 낳으며 질이 살짝 늘어졌는데도 그녀의 안은 여전히 부드럽고 따뜻했다.

회음부 주위를 살살 자극하며 손가락을 하나 더 집어넣자 입구가 조개처럼 승서의 손을 꽉 물었다. 어느새 애액이 흠씬 흐르는 질 안쪽을 손가락으로 헤집은 승서는 오목하게 파인 곳을 찾아내 그곳을 살살 문질렀다. 그러자 그녀가 하얀 목을 뒤로 젖히며 비명을 질렀다.

"앗! 아, 앗! 서방님, 아웅, 읏!"

"쉿. 소리 낮춰. 지언이 깨."

"하, 하지만……. 아! 앗!"

두 사람이 아이들이 있을 때 깊은 새벽에도 섹스를 즐기지 못한 데엔 또 다른 이유가 있었다.

"승서 씨, 아웅, 응!"

그건. 미안이 느끼는 소리가 너무 크다는 것. 신음 소리가 너무 커서 어쩔 땐 곤히 잠든 지언이 새벽에 울음을 터뜨린 적도 있었다. 하지만 지금은 둘째가 서럽게 울어도 엄마와 아빠를 방해할 수는 없었다.

손바닥을 입구에 딱 맞붙인 승서는 손목에 핏줄이 불거지도록 손가락을 안쪽에서 움직였다. 손바닥과 음모 사이에서 마찰이 일어날 때마다 회음부 위쪽에 자리한 빨간 정점에 자극이 일어서 미안은 도리질을 하며 신음을 터뜨렸다.

바깥에서도 안쪽에서도 그는 그녀를 집요하게 괴롭혔다. 힘이 바짝 들어간 손가락이 깊은 곳에 도달할 때면 짜릿한 쾌감이 오싹할 만큼 전신을 덮쳤다. 전류가 빠져나가지 못하고 몸에서 빙빙 맴도는 듯한 간지러움에 미안은 진저리를 치며 팔을 버둥거렸다.

"스, 승서 씨, 나, 아웃! 갈 것 같은데에."

혀 짧은 소리를 내며 미안이 말하자 승서가 "안 돼."하고 단호하게 말하며 움직이던 손가락을 뺐다.

그녀는 겉옷과 조끼를 아무렇게나 바닥에 집어 던지는 승서를 보며 겨우 한숨을 돌렸다. 애액이 질척하게 흘러내리는 아랫도리를 방탕하게 벌리고 있는 게 민망했지만 그는 어느샌가 와이셔츠 단추를 풀고 성급하게 바지 지퍼를 내리는 중이었다.

지퍼를 내리고 그가 앞으로 가까이 다가오자 실핏줄이 보일 정도로 곤두선 성기가 눈에 들어왔다. 흡, 하고 숨을 삼킨 미안은 다리를 벌린 채로 몸을 떨었다. 성기의 뭉툭한 윗부분이 입구를 가린 살점을 살살 문지르며 자극을 해 오자 신경이 쭈뼛 곤두섰다.

"빨리요."

"음."

자리 잡는 데에 시간이 오래 걸리는 그를 은근히 나무라며 미안이 다리를 승서의 허리에 감았다.

미안은 승서의 배에 선명하게 새겨진 초콜릿 모양의 근육을 보며 입술을 비죽였다. 큰아주버님과 죽도록 헬스장 다닌다더니. 몸을 만드는 데 아주 소용이 없지는 않았던 모양이다. 원래부터 몸매가 좋았던 남자였는데 갑자기 왜 저렇게 운동을 할까.

은근히 불안을 느끼며 딴생각을 하는데 갑자기 입구가 활짝 열리면서 질 안에 딱딱한 것이 빈틈없이 자리했다. 헉 하고 숨을 삼키자 미안을 침대에 눕혀 두고 무릎을 꿇고 있던 승서가 살며시 눈썹을 오므린다.

"다른 생각했지."

"……조, 조금."

승서가 "다른 생각할 정신이 남아 있었단 말이지." 하고 의미심장하게 중얼거리며 미안의 허리를 붙잡았다. 살이 꽤 남아 있는 허리를 움켜쥔 그는 느리게 시작하는 것 없이 처음부터 빠르게 진퇴를 반복했다.

매끄러운 성기가 질 안을 확 가르자 미안이 짧은 비명을 터뜨리며 목을 뒤로 젖혔다. 안쪽으로 깊이 들어왔다가 순식간에 뒤로 빠지는 그의 행동에 머릿속에서 폭죽이 터진다.

눈앞에 별이 반짝거리는 순간, 승서가 허리를 놓고 허벅지를 움켜쥐었다. 하복부를 미안에게 끼워 맞추듯 딱 맞붙인 그는 그대로 허리를 움직였다. 조금이라도 숨 쉴 틈 없이 성급하게 몰아붙이는 힘에 미안이 침대 모서리를 움켜쥐었다.

"으, 아! 아앗! 승서 씨이, 아, 어떻게, 하읏!"

물기로 가득 찬 미안의 몸속은 우물 같았다. 퍼 올려도 끝없이 차오르는 깊은 우물.

아귀가 딱 맞물린 두 사람의 틈에서 질척거리는 소리가 났다. 그녀의 몸이 흘리는 애액에 흠씬 젖은 성기는 질 안으로 들어갈 때마다 오돌토돌 돋은 미미한 점막들에 쓸리며 마찰을 일으켰다.

주체할 수 없을 정도로 격한 감각이 승서의 척추를 따라 뇌리를 찌른다. 몇 번이나 가져도 미안의 몸 안은 승서의 원초적인 감각을 불러일으켰다. 그를 짐승과 다를 바 없을 정도로 거칠고 난폭하게 만들었다.

그 정도로 그녀의 몸은 승서에겐 엄청난 자극제였다. 꽉 조이는 질은 언제라도 그의 성기를 잡아먹을 것 같았지만 몸 안쪽 곳곳은 마치 꿀을 바른 것처럼 달콤하고 감미로웠다.

열기에 들뜬 입술을 핥은 그는 상체를 숙여 미안을 안았다. 와락 끌어안자 성기가 그녀의 몸 안쪽으로 더 깊이 파고들었다. 비명을 지르며 허벅지에 힘을 준 미안은 승서의 머리칼을 손가락으로 헤집으며 키스를 했다.

넓은 방 안에 침대가 삐걱거리는 소리가 규칙적으로 들렸다. 입술을 깨물고 혀를 잡아당기며 키스를 나누던 그녀는 내내 삼키고 있던 신음을 참지 못하고 고개를 내저으며 입을 열었다.

"앗! 서방님, 아, 아아! 아응, 응, 승서 씨이! 앗!"

"조금만 더. 윽!"

손을 뻗어 이불을 꽉 움켜쥔 그는 허리를 앞으로 힘껏 박았다. 두 사람은 짐승이 된 것 같은 기분에 서로를 붙잡은 채 달뜬 신음을 뱉어 냈다. 그녀의 안쪽 깊이 들어갈수록 성기가 터질 듯이 부풀었다. 몽둥이처럼 곤두선 성기를 수십 개의 손가락들이 살살 간질이는 감각들이 점차 거세지자, 미안도 슬슬 절정에 치닫는지 그의 허리를 끌어당겼다.

성이 난 그의 일부가 안쪽을 쿡쿡 찌를 때마다 뇌가 흐물흐물 녹는 것 같다. 이대로 온몸이 닳아 없어져도 좋을 만큼의 거친 쾌락에 미안은 정신을 놓고 교성을 질렀다. 2층에서 곤히 자고 있는 아이는 깜빡한 지 오래였다.

"음, 응! 승서 씨, 더요, 조금만 더어!"

가쁘게 차오르는 숨을 삼키며 천장을 쳐다본 미안은 구름에 둥둥 떠다니는 황홀함을 맛보았다. 은밀한 내부를 반으로 쪼개는 성기가 안쪽으로 치댈 때마다 온몸이 들썩였다. 출렁이는 젖가슴을 깨무는 느낌에 허리를 떤 그녀는 아래에 숨겨진 몽글몽글한 감각이 점차 단단하게 부푸는 걸 느꼈다.

예민한 입구에 모든 신경이 쏠리자 몽글몽글한 게 점차 딱딱하게 굳어졌고 승서의 허리 속도가 더 빨라졌다. 폭발하기 일보 직전의 화산처럼 두 사람은 신음을 흘렸다. 그녀의 몸 안으로 성기를 치받은 승서는 미안에게 키스를 퍼부었고 정신없이 혀를 뒤섞으며 그녀를 꽉 끌어안자,

"흐앗!"

"윽!"

그녀의 깊숙한 곳에 희뿌연 정액이 터졌다.

오르가즘을 제대로 느낀 그녀는 숨을 헉헉거리며 젖가슴에 얼굴을 묻고 한숨을 돌리는 승서를 응시했다. 아직도 쾌락의 여운이 남아 아래가 간지럽고 홧홧하다. 땀이 조금 흐른 그의 이마를 손등으로 닦아 준 미안은 "너무 좋았어요." 하고 애교 있게 말하며 자그맣게 웃었다.

그 미소를 보며 상체를 위로 당긴 승서는 미안의 목에 팔을 두르고선 키스를 했다. 통통하고 빨간 입술 안으로 혀를 집어넣고 입 안을 샅샅이 훑으며 사탕을 빨듯 그녀를 애무했다. 목울대가 크게 흔들리도록 미안과 입맞춤을 나눈 그는 부푼 젖가슴을 지분거리며 몇 번 괴롭히고서야 만족스러운 숨을 토했다.

침대의 이불과 시트는 엉망이었지만 눈앞에서 미안이 배시시 웃으며 그의 뺨을 어루만져 주고 있었다. 그 사실만으로도 승서는 벅차오르는 행복을 느꼈다. 하지만 그는 아직 육체적인 무언가가 아쉬웠다. 그 낌새를 눈치챈 미안은 "이제 안 돼요." 하고 힘없이 말하며 다리를 꽉 오므렸다.

곧 있으면 딸인 지안이 돌아올 시간이다. 여기서 한 번 더 즐겼다간 열에 들뜬 표정으로 딸을 마중 나가야 했다. 하지만 아플 정도로 다시 발기한 그의 일부를 보자니 그녀는 마음이 동했다.

사실 미안도 그와 무척 간만에 즐긴 셈이었다. 아직 좀 더 승서를 품에 안고 싶었던 미안은 아랫도리를 손바닥으로 가리며 아쉬운 표정을 숨기지 못하는 그와 눈을 마주했다.

"지안이 올 시간인데."

그녀도 섭섭하다는 듯 중얼거리자 승서가 곰곰이 생각하더니 "가슴에 하면 안 될까?"하고 제안했다.

"그때처럼?"

"싫으면 안 할게."

"금방 끝낼 수 있죠?"

티셔츠로 가렸던 가슴을 슬그머니 드러낸 미안이 물었다. 고개를 끄덕인 승서는 그녀의 허리에 올라타 큼지막한 가슴 사이에 성기를 묻었다. 뜨겁게 팽창한 성기가 가슴 사이에 파묻히자 미안은 묘한 감각을 맛보며 숨을 삼켰다.

가슴골에 깊이 묻힌 성기가 진퇴를 반복하자 뭉툭한 귀두 부분에 정액이 찔끔 고인 게 보였다. 가슴을 양손으로 받쳐 한껏 모으고 있던 미안은 살짝 혀를 내밀어 그 부분을 핥았다.

엉덩이처럼 선이 있는 성기의 머리 부분을 핥자 승서가 "윽."하고 신음 소리를 냈다. 그 소리에 눈을 반짝 뜬 미안은 가슴에 깊이 파묻혔다가 도로 입술 근처로 다가오는 성기를 사탕처럼 쪽 빨았다.

"……안아."

승서의 쉰 목소리에 그녀는 덩달아 뜨거운 한숨을 토하며 다리를 오므렸다. 가슴 사이를 문지르는 감각이 너무 기묘해서 기분이 이상하다. 생리 중일 때 딱 한 번 이렇게 한 적이 있었는데 그때도 이런 감각이었던가.

미안은 입술 가까이 다가오는 그의 일부를 혀로 핥고 입술로 자극하기를 반복했다. 와이셔츠가 어깨를 따라 살짝 흘러내린 승서는 삼십 대 후반임에도 몹시 섹시했다. 선명하게 드러난 근육질의 배와 탄탄한 허리가 그녀의 혀 놀림에 의해 꿈틀거리고 있었다.

이제는 아예 그의 성기를 입에 물고 놓아주지 않자 승서가 그녀의 유두를 꼬집었다. 성기를 입에 한껏 문 채 비명을 삼키자 그가 상체를 숙이며 "이렇게 야한 짓 어디서 배웠어."하고 짓궂게 물었다. 입맞춤 하는 소리를 내며 성기를 입에서 빼낸 그녀는 입가에 번들거리는 애액을 핥아먹으며 "그야 서방님한테 배웠죠."하고 새초롬하게 대꾸했다.

"자꾸 예쁜 짓 할래, 미안?"

"앞으로 더 할 건데요?"

미안의 말이 끝나기 무섭게 승서는 양손으로 그녀의 가슴을 꽉 움켜쥐고선 허리를 서둘러 움직였다. 가슴 아래를 받친 미안의 손힘이 강해질수록 승서의 입에서 새어 나오는 신음이 잦아졌다.

승서의 허벅지 근육이 단단하게 불거진 걸 본 미안은 입술을 조그맣게 벌려 성기의 머리 부분을 꽉 삼켰다. 그때 승서가 "으윽." 하고 앓는 소리를 내며 사정을 했다. 놀란 미안이 눈을 크게 뜨자 그도 놀랐는지 허둥지둥 허리를 뒤로 당겼다.

"삼키지 말고 가만히 있어."

협탁 위에 놓인 티슈를 뽑아 그녀의 입에 갖다 주자 미안이 뿌연 정액을 뱉어 냈다.

"미안. 조절했어야 했는데. 놀랐어?"

승서의 질문에 입가를 핥으며 고양이처럼 눈을 빛낸 미안은 고개를 내저었다. 뭔가 재미있는 장난감을 발견한 눈이다. 안 그래도 한때 노하에게 이야기를 듣고 남녀가 사십 가지가 넘는 체위가 가능하다기에 모두 해 보자며 덤벼들었던 그녀였다. 미안은 한 번 시작하면 끝장을 봐야 하는 성격이었다. 만약 아이가 생기지 않았다면 원래 가려고 했던 대학을 진학하고 대학원까지 갔으리라.

"승서 씨."

"응?"

"기분 좋았던 거죠?"

아아. 이것 봐라. 미안이 눈을 빛내기 시작했다.

"……뭐. 음. 그렇지."

"신기하다. 남자도 기분 좋으면 신음 소리 내는구나."

너무 솔직하게 이야기하는 말에 얼굴이 희미하게 붉어진 승서는 대문 초인종 소리를 듣고선 화들짝 뒤를 돌아보았다. 딸이 돌아왔다. 다급히 서로의 얼굴을 쳐다본 둘은 허겁지겁 옷을 주워 입었다.

승서는 옷 입는 속도가 더딘 미안을 대신해 딸을 마중 나갔다. 현관에 걸린 거울을 보고 뺨이 불그스름한 게 영 마음에 걸렸지만 밖에서 "아빠아!"하는 딸의 목소리가 들려 하는 수 없이 그대로 뛰쳐나갔다.

대문을 열자 딸이 유치원 선생님의 손을 꼭 잡고 서 있었다. 미안을 고스란히 빼닮은 딸을 품에 번쩍 안아 든 승서는 "잘 놀다 왔어?" 하고 말하며 말랑말랑한 뺨에 뽀뽀를 해 주었다.

유치원 선생님에게 인사를 하고 대문을 넘어선 승서는 "지안아!" 하며 한달음에 뛰쳐나온 미안을 보고선 피식 웃었다. 아직 뺨에 흥분했던 기가 채 사그라지지도 않았는데 딸을 보려고 엉망인 꼴로 뛰쳐나왔다. 미안의 그런 허술한 모습조차 사랑스러웠던 그는 딸을 아내에게 조심스레 안겨 주었다.

"엄마, 엄마! 지안이 왔어!"

"응, 응. 잘 갔다 왔어?"

"응! 재미있었어! 놀이!"

딸의 뺨이 닳도록 뽀뽀를 한 미안은 "오늘은 지안이가 좋아하는 닭볶음탕 해 놨지." 하고 애교스럽게 말했다. 그 모습을 뒤에서 흐뭇하게 쳐다보던 승서는 그녀의 허리에 팔을 슬쩍 감았다.
"우리도 밤에 놀이나 한 번 더 할까."
능청스러운 승서의 말에 그의 손등을 아프게 꼬집은 미안이 눈을 흘긴다.
"자꾸 이러면 저 지언이 방에서 자요?"
"미안, 너. 하여간 못된 것만 배워 와서는. 앞으로 형님 집에 가지 마."
분명 주하네 집이 문제다. 바로 근처에 살아서 시도 때도 없이 만나 밥을 먹고 놀곤 하는데 거기서 나쁜 물이 든 게 분명했다. 하지만 함께 살면서 아줌마로서의 내공이 늘어난 미안은 승서에게 한 마디도 지지 않고 대꾸했다.
"자꾸 구박하면 언니한테 일러 버릴 거예요. 큰아주버님이랑, 작은아주버님한테도!"
"너."
"알아요, 그래도 나 예쁜 거. 승서 씨는 늘 내가 예뻐서 죽을 것 같죠?"
미안은 얼이 빠진 그에게 예쁘게 눈웃음을 치고선 지안을 안은 채 거실로 종종걸음으로 들어갔다. 활짝 열어 놓은 현관문을 쳐다보며 땀이 가시지 않은 머리카락을 쓸어 올린 승서는 이내 이가 보이도록 환하게 웃음을 터뜨렸다.
"여우가 다 됐네."
"아빠, 아빠! 엄마가 안 들어오면, 응, 때찌한대."
승서는 현관 밖으로 고개를 빠끔 내민 지안을 보고선 벙싯 웃었다.

"그래? 웃차, 엄마한테 혼나기는 싫으니까 얼른 가자."

식탁에 상을 차리는 미안을 보며 승서는 또다시 가슴이 두근거렸다. 현관문을 닫은 그는 "네 엄마 예쁘다." 하고 지안에게 속삭이고선 씩 미소 지었다.

역시 셋째를 가져야겠어, 라고 생각하면서.

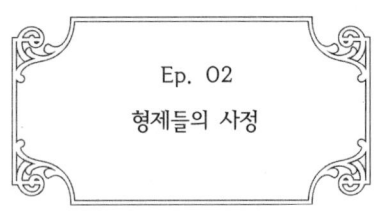

Ep. 02
형제들의 사정

"야, 최승서. 너 뭐 노리는지 다 보이니까 포기하시지."

노하가 눈살을 희미하게 찡그리며 날카롭게 말했다. 그러자 승서가 코웃음을 치며 노하를 비웃었다.

"입 다물어. 네가 노리는 거 안 노리니까 설레발치지 마라, 최노하."

"둘 다 그만. 패 다 보이니까 똑바로 숨기기나 해."

주하는 두 동생을 훈계하며 한숨을 내쉬었다.

판을 물끄러미 훑은 주하는 날카로운 눈길로 승서와 노하의 승세를 살펴보았다. 노하가 좀 더 우세다. 적어도 여기서 끝내지 않으면 판세가 엎어질 확률이 높았다. 독박을 쓸 수야 없는 노릇. 똥을 있는 힘껏 판에 때린 주하는 화투장을 뒤집고선 씩 웃었다.

"스톱."

주하가 내려놓은 똥 위로 똥광을 올렸다. 그러자 노하가 신경질적으로 화투 패를 던졌다.

"아 진짜! 이게 뭐야! 난 광박이라고!"

"피만 주구장창 주워 먹으니까 그 꼴 나는 거야."

승서의 충고에 노하가 눈을 부라렸지만 주하가 판돈을 달라고 손을 내미는 바람에 혀를 짧게 차며 지갑을 꺼냈다. 주하가 난 판을 찬찬히 세어 보던 승서는 속으로 혀를 내둘렀다.

최주하는 아주 가끔 이기는데 이길 때마다 판돈이 높다. 고를 세 번이나 했으니 오죽할까. 겉으론 태연한 척을 하고 있지만 속으론 짜증이 치민다. 이래서야 방금 딴 돈이 말짱 도루묵 아닌가.

승서는 딸에게 소꿉놀이 세트를 사다 주기로 약속한 걸 떠올리며 점차 용돈이 바닥을 드러내는 걸 살폈다. 이 이상 더 즐겼다간 미안에게 혼쭐이 나겠지.

"아아, 나 마누라한테 용돈 받은 지 별로 안 됐는데."

힘없이 축 늘어진 노하가 "난 여기서 그만. 우리 집 꼬마한테 욕먹긴 싫다."하고 말하며 지갑을 접었다. 욕먹고 싶지 않은 건 승서도 마찬가지였다. 하지만 이대로 끝낸다면 이건 완전히 최주하의 승리였다. 주하의 발아래 수북하게 쌓인 지폐를 보며 승서와 노하는 무척 배알이 꼴렸지만 별수 있나. 패자는 입 다물고 가만히 있는 수밖엔.

"근데 노하 너는 아직도 용돈 받아 쓰냐."

주하가 심심풀이 삼아 화투를 섞으며 묻자 바닥에 엎드려 있던 노하가 "뭐야, 형은 안 그래?"하고 대꾸하며 벌떡 일어섰다.

"난 내가 버는 만큼 쓰는데. 딱히 아내도 터치 안 하고."

주하의 말에 노하가 감탄의 눈빛을 보냈다. 노하는 독신을 고집하다가 서른일곱이라는 늦은 나이에 결혼을 했는데 신부가 어려도 너무 어렸다. 그래서 노하가 신부를 공주님마냥 대하는 건 모든 가족들이 다 아는 사실이었다. 하지만 설마 용돈까지 타 쓸 줄이야. 절약정신 없이 헤프기로 유명한 최노하의 놀라운 변신이었다.

"최승서 너는?"

"난 생활비만 주는데."

"그럼 남은 건 다 네 용돈이야?"

"아니. 저축하지. 용돈액수는 늘 정해져 있어."

"깐깐한 놈."

요즘 세 형제는 주하의 집에 모일 때마다 틈틈이 화투를 치고 있었다. 노마님이 적적하다며 화투 좀 같이 치자며 요청한 게 화근이었다. 비록 십 원짜리 판이긴 했지만 삼형제는 돌아가며 노마님에게 완패를 했다. 만약 점당 만원이었으면 지금쯤 각자 갖고 있는 집마저 빼앗겼을지 몰랐다.

그래서 형제들끼리 모일 겸, 화투 실력을 쌓을 겸 휴일에 만나고 있었는데 연습 삼아 치는 건 도무지 실력이 늘지를 않았다. 노하가 점당 천 원으로 하자고 제안을 하고서야 세 사람은 실력이 슬슬 일취월장하기 시작했는데 요즘엔 노마님과 일대일로 붙어도 무리가 없을 정도였다.

"그런데, 형님."

소파에 앉은 승서가 살짝 불만스러운 어투로 주하를 불렀다.

"집안 앨범은 형수님께 왜 보여 주셨습니까?"

"내가?"

"맞아, 나도 그거 물어보려고 했어. 왜 그랬어, 형! 덕분에 요즘 와이프가 옛날에 무슨 짓을 하고 살았냐고 타박하잖아!"

눈에 불을 켠 승서와 노하를 번갈아 보던 주하는 처음 듣는다는 듯 어리둥절한 얼굴을 했다.

"······난 보여 준 적이 없는데."

최주하는 거짓말을 하지 않는다. 그 점으로 미루어 보아 집안 앨범을 형수에게 보여 주지 않았다는 말은 진실일 터였다. 순간적으로 거실에 싸한 기류가 감돌았다. 썩 멀지 않은 승서의 집에서 세 여자가 깔깔거리며 웃는 환청이 아주 잠깐 들렸다. 눈썹을 파르르 떤 승서는 "하긴."하고 중얼거리며 고개를 돌린다.

"형수라면 몰래 보고도 남지."

"응, 복제까지 했을걸."

"으음. 본의 아니게 폐를 끼쳤군."

독립을 할 때 생각 없이 들고 나온 앨범들이 설마 이런 파장을 일으킬 줄이야.

세 사람은 각자 자리를 지키며 수두룩한 집안 앨범에 어떤 사진들이 있는지 곰곰이 떠올렸다. 그러다가 삼형제는 거의 동시에 아주 낡았을 사진 한 장을 떠올렸다.

그건 아마도 이십 년은 더 지났을 어느 겨울의 일이었다.

서울에 폭설이 왔다. 넓은 본가 마당에 눈이 소복하게 쌓인 건 당연한 일이었다. 기억은 잘 나지 않지만 어째서인지 노하가 마당에서 눈을 굴리고 있었다. 어렸을 때의 노하는 체구가 무척 작고 잔병치레가 잦았다. 그래서 마당에 있다는 것 자체가 꽤 기이한 일이었다.

노하는 '웃차.' 하는 소리를 내며 허리를 폈다.

승서는 그 광경을 2층 창문에서 내다보고 있었다. 허구한 날 아프다며 기침을 하는 녀석이 목도리며 장갑도 안 끼고 눈으로 무언가 수작을 부리고 있었다. 처음엔 눈사람을 만드는 줄로만 알았다.

그런데 조금 이상했다. 굴려 놓은 눈을 구석에 갖다 놓더니 발로 퍽퍽 걷어차는 게 아닌가. 승서는 그 광경이 기이해서 계속 구경했다.

눈을 산산이 부서뜨린 노하는 담벼락 아래 눈을 신발로 탄탄히 다졌다. 그러더니 부엌에서 챙겨 온 플라스틱 반찬통에 눈을 꾹꾹 눌러 담아 성을 쌓기 시작했다. 승서는 그제야 노하가 눈을 굴렸다가 구석에 도로 부순 이유를 알았다. 일일이 퍼 나르자니 힘드니 편하게 굴렸다가 안성맞춤인 자리에서 부순 것이다.

노하의 영악함에 승서는 피식 웃었다. 그러다가 노하와 눈이 마주쳤다. 놀랐지만 승서는 시선을 피하지 않았다.

노하도 승서를 빤히 올려다보다가 작게 웃었다. 여우처럼 입술을 아주 작게 씰룩거리면서. 그 모습을 본 승서는 고개를 돌렸다. 신경 쓰지 말자고 생각하는데 손과 코가 새빨갛던 노하의 모습이 사라지지 않았다.

노하가 아프면 또 집안이 발칵 뒤집혀질 테고, 노마님은 두 손이 닳도록 아이를 낫게 해 달라며 부처님에게 빌 것이다. 계모도 정신이 없어지겠지만 승서는 단순히 집 안이 소란스러운 게 싫었다. 다른 여자의 아들로 인해 집이 시끄러워지는 게 꼴 보기 싫다.

목도리를 두르고 장갑을 챙긴 승서는 신경질적인 얼굴로 계단을 밟았다. 창밖으로 외출을 했던 노마님과 주하가 돌아오는 게 보였다. 주하를 보던 승서는 챙겨 온 장갑을 보며 머뭇했다. 최주하가 형이니 최노하를 어떻게든 해 주지 않을까.

하지만 주하가 노마님을 따라 별채로 걸음을 돌리는 걸 보고선 다시 계단을 내려갔다. 노하는 어느새 담벼락 구석에 성을 쌓고 있었다. 이글루를 만들 작정인 것 같았다.

「야.」

뽀드득뽀드득 눈을 밟는 소리와 저를 부르는 듯한 소리에 노하가 뒤를 돌아보았다. 무표정한 승서가 노하에게 장갑을 내밀었다. 노하는 멀뚱멀뚱 승서가 내미는 장갑을 쳐다보다가「왜 불렀어?」하고 대답했다. 그러자 승서가 눈썹을 찌푸리며 억지로 노하의 손에 장갑을 껴 주었다.

「너 아프면 집 시끄러워.」

「손 시릴 때 장갑 끼면 소용없어.」

그 말에 승서는 눈썹을 확 찌푸렸다가 등을 돌렸다. 노하는 승서의 뒷모습을 보며 피식 웃었다. 쓸데없이 착해서 오지랖 부리는구나 싶었는데 승서가 금방 현관을 박차고 나왔다. 숨이 찰 정도로 빠르게 튀어나온 승서는 얼굴을 가린 빨간 목도리를 내리며 노하에게 말했다.

「벗어.」

「왜?」

벗지 않고 노하가 반박하자 승서가 노하의 장갑을 벗겼다. 승서가 주머니에서 꺼낸 건 핫팩이었다. 그걸 노하의 양손에 쥐여 주곤 장갑을 끼워 주었다. 그러곤 조금 의기양양한 듯 어깨를 폈다.

「이러면 되지.」

「너 멍청이구나.」

「누가 멍청이야.」

승서를 보며 노하는 키득키득 웃었다. 시리던 손바닥이 금방 따뜻해진다. 최 회장을 보필하는 실장 몇 명이 집을 수도 없이 들락댔지만 누구도 노하를 신경 쓰지 않았다. 그런데 그런 노하를 최 회장 전처의 아들이 봐주었다. 참 묘한 일이었다. 안개가 낀 것처럼 종잡을 수 없는 승서를 응시하던 노하는 승서에게 반찬통을 건넸다.

「같이 만들자. 빨리.」

「내가 왜.」

「애당초 나 도와주려고 나온 거잖아. 그러니까 만드는 것도 도와야지.」

「뭐 만드는데.」

「우리 집.」

'우리'라는 단어에 승서의 눈썹이 꿈틀했다. 하지만 노하는 억지로 승서에게 반찬통을 쥐여 주고는 쌓아 놓은 눈 더미 위에 눈을 꾹꾹 뭉쳐 얹었다. 막무가내인 그 행동을 보던 승서는 주위를 천천히 살피다가 노하의 옆에 무릎을 꿇고는 반찬통에 눈을 담았다.

「좀 더 크게 만들까.」

노하가 진지하게 중얼거리자 승서가 한숨을 쉬었다.

「지금도 큰데.」

「아니지. 너도 누우려면 좀 더 커야 해.」

그렇게 중얼거린 노하는 성을 좀 더 옆으로 늘였다. 노하가 하고 있는 일에 잠깐만 맞장구쳐 줄 생각이었는데 일이 커졌다. 승서는 더 늘어난 성벽을 보며 조용히 한숨을 삼켰다. 하지만 성실히 눈을 뭉쳐 성을 쌓았다. 왠지 노하가 '집'이라고 말한 어감이 기분이 좋았기 때문에.

그리고 그 광경을 별채에서 본가로 돌아오던 주하가 발견했다. 동생인 노하의 옆에서 꾸물거리며 같이 눈뭉치를 쌓고 있는 건 분명 전처의 아들 최승서였다. 자신들을 보는 둥 마는 둥 하며 노마님이 있는 앞에선 아주 가끔 인사하는 척하던 최승서.

주하는 어찌 된 영문인가 싶었다. 그러다가 승서와 눈이 마주쳤다.

「어, 형이다. 혀엉!」

노하가 손에 눈을 가득 쥔 채 양팔을 흔들었다. 그 바람에 노하의 머리 위로 눈이 후드득 떨어졌고 그 광경을 쳐다보던 주하는 한숨을 뱉었다. 감기가 들겠구나 싶어 어서 방으로 데려가려는데, 노하의 옆에 앉아 있던 승서가 「멍청이냐.」하고 타박을 하며 눈을 털어 주었다.

「누구더러 멍청이래.」

투덜대며 노하가 승서를 흘기자 승서도 똑같이 노하를 노려보았다. 그 광경을 빤히 내려다보던 주하는 동갑내기 둘이 만들고 있던 작품을 응시했다.

그건, 집이었다.

승서는 고개를 들어 주하와 눈을 마주했다. 나이 차이가 그리 심하지 않은데도 주하는 키가 컸다. 그 모습을 보자 어쩐지 주하를 '형'이라고 부르고 싶었지만 입술을 꾹 깨물었다.

「형도 같이 만들자.」

「내가 왜.」

「이건 집이니까.」

「…….」

「그래서 최승서도 같이 만드는 거야. 어때. 멋있지?」

이것이 초등학생과 중학생의 차이일까. 주하는 미간 사이를 긁적이며 다시 승서를 내려다보았다. 승서는 묵묵히 반찬통에 눈을 욱여넣고 다지고 있었다. 주하는 할 말이 없었다. 뭐라고 말을 하며 이 두 꼬마를 집으로 끌고 가야 할지도 몰랐다. 아니. 그보다는 노하의 옆에 승서가 같이 있는 게 지극히 자연스러워 아무 말도 하지 못했다.

주하가 그 순간 택할 수 있는 건 하나였다.

「내가 들어가기엔 너무 좁아.」

코트 주머니에서 장갑을 꺼낸 주하가 나직하게 말했다. 그러자 노하는 입주자의 불만을 「그럼 베란다 쪽으로 더 늘려.」하고 단순 명쾌하게 해결해 주었다.

장갑을 끼고 눈을 만지던 주하는 노하가 낯선 장갑을 끼고 있는 걸 보았다. 어머니가 분명히 주하와 한 쌍인 장갑을 주었는데 그건 어디 가고 처음 보는 걸 끼고 있었다. 그제야 주하의 시선이 승서의 맨손에 향했다. 빨갛게 부르튼 손을 보자 주하는 어쩐지 묘한 마음이 들었다. 그래서 장갑을 벗어 승서에게 내밀었다.

「껴. 감기 든다.」

승서는 주하가 내미는 장갑을 당황스럽게 응시했다. 그러자 옆에 있던 노하가 「형도 바보구나. 차가울 때 장갑 끼면 소용없댔어.」하고 말하며 한쪽 장갑에서 핫팩을 꺼내 승서에게 건넸다.

「자.」

양쪽에서 손을 내미는 주하와 노하를 번갈아 쳐다보던 승서는 주춤거리며 장갑과 핫팩을 받았다. 주하의 주머니 속에 내내 들어 있던 장갑은 꽤 따뜻했다. 그래서 승서는 대신 핫팩을 주하에게 주었다. 하지만 주하가 받지 않자 승서가 또다시 핫팩을 내밀며 말했다.

「감기 듭니다.」

핫팩을 손에 쥔 주하는 다시금 눈 뭉치기에 열중하는 승서를 응시했다. 주하는 어쩐지 이 상황이 우스웠다. 하지만 웃지 않았다. 의외로 승서와 노하는 진지하게 집을 만들었다. 그래서 주하도 열심히 눈을 쌓아 주었다.

셋이 살 집이라면 꽤 넓어야 할 테니까.

아이들에게 크리스마스 선물을 사 온 노마님은 본가로 들어가다가 그 장면을 보고선 허허 웃었다. 눈 한 번 마주치지 않은 삼형제가 구석에 옹기종기 앉아 눈을 쌓고 있었다. 그 광경이 어찌나 귀엽고 예쁘던지, 노마님은 본가로 조용히 들어가 카메라를 들고 나왔다.

삼형제가 같이 찍힌 사진은 가족사진과 그 사진이 유일했다. 결국 셋은 집을 만들지 못했다. 해가 지고 노하는 끝내 감기가 들어 혜정에게 혼쭐이 났다.

그런 셋이 다시 모이기까지 이십 년이 넘게 걸렸다. 지금은 서로의 화투 실력이 형편없다며 비난하고 있지만 그렇게 되기까지 몹시 긴 시간이 필요했다.

바닥에 엎드려 있던 노하는 그때 만들다 만 집이 어쩌다 부서졌는지를 곰곰이 기억해 보았지만 결국 생각나지 않았다. 입맛을 다신 노하는 상체를 일으켜 말이 없어진 주하와 승서를 번갈아 보았다.

시간이 어느새 다섯 시다. 이제 슬슬 '집'으로 돌아갈 때였다.

"와이프 마중 나가야겠다."

노하가 자리에서 일어서자 승서도 지금쯤 엉망이 되었을 집을 떠올리며 정신을 차렸다. 주하의 쌍둥이 삼형제와 지안과 지언이 집을 엉망으로 만들었을 게 뻔하다. 거기에 노하의 아내가 곧 아이를 낳으면 한 명 추가겠지. 안 그래도 승서는 몇 달만 지나면 셋째를 가질 계획이었는데 조카들이 이렇게 많으니 진지하게 고민해 볼 필요가 있을 것 같았다.

"노하야."

"응?"

주하는 두 사람을 배웅하기 위해 자리에서 일어서며 노하를 불렀다.

"큰 제수씨 아이. 딸이냐, 아들이냐."

"아, 나도 물어본다는 걸 깜빡했네."

승서와 주하가 눈을 빛내며 노하를 쳐다본다. 뒤통수에 손깍지를 대고 있던 노하는 심드렁하게 "나 닮은 왕자님이라던데." 하고 대꾸했다. 그래서 주하가 아프지 않게 노하의 뒤통수를 쳤다.

"표정이 왜 그 모양이야."

"난 딸이 갖고 싶었단 말이야. 형도 알잖아. 이 집엔 아들이 너무 많아."

"으음."

"거기다가 지안이 좀 보라고. 애가 오죽 예뻐? 봤다 하면 삼촌 삼촌 하면서 와서 안기고 뽀뽀하고 자고 가라고 애교 부리는데, 젠장, 나도 딸 갖고 싶단 말이야."

"부러우면 한 명 낳든가."

지안의 아비인 승서는 득의양양하게 말하며 신발을 신었다. 노하와 주하는 진심으로 부러운 듯 승서를 쳐다보았고 형제들의 부러움을 딸 덕분에 한껏 누린 승서는 노하를 보며 피식 웃었다.

"근데 너 닮은 아들이면 딱히 예쁜 딸 없어도 될 것 같은데."

"뭐?"

"하긴."

"형?"

노하가 오죽 예쁘던가. 주하는 집안 앨범에 노하가 고등학교 축제 때 마지못해 여장을 했던 사진이 있다는 걸 기억해 냈다. 아마 굉장히 재미있는 이야깃거리가 되리라. 노하 모르게 미소 지은 주하는 "갑니다." 하고 말하며 현관문을 여는 승서에게 손짓을 했다.

"노하 너도 잘 가고."

"응. 나중에 또 봐, 형."

현관문을 닫고 나온 노하는 어느샌가 하늘에서 눈이 내리는 걸 보고선 하얀 입김을 뿜었다. 길이 얼어붙기 전에 돌아가지 않으면 곤란하리라.

주머니에 손을 쑤셔 넣고 오 분 거리에 있는 승서의 집으로 걸어가자 승서가 노하를 보며 "추위 타는 건 여전하네." 하고 말했다.

"난 겨울 싫어."

주섬주섬 목도리를 펼쳐 얼굴에 두른 노하는 얇은 재킷 하나 덜렁 걸치고 눈길을 의연히 걷는 승서를 보며 혀를 내둘렀다. 안 그래도 주하와 승서가 헬스장을 열심히 다닌다는 말을 들었다.

부인들은 이 남자들이 사랑받기 위해 죽도록 운동한다는 걸 알고 있을까. 노하는 운동이라면 질색이었지만 어린 신부를 위해서라면 까짓것 헬스장쯤 몇 번이고 다녀 주겠다고 생각했다. 안 그래도 신부가 어리다 보니 젊은 사내놈들이 영 신경 쓰여 미치고 팔짝 뛸 노릇이었다.

"나도 헬스장이나 끊어야겠다."

"웬일로 운동할 생각을 다 했냐."

"신부가 어리니까 이제부터라도 가꿔야지. 난 벌써 서른여덟이라고. 곧 있으면 서른아홉이고."

"늙은 거 이제 알았냐."
"적어도 너보단 동안이야."
"이게 어디서 헛소리야, 최노하."

승서가 노하의 말에 노골적으로 짜증을 내자 노하가 킥킥 웃으며 승서의 옆구리를 팔꿈치로 찔렀다.

"내일 너네 집에서 밥 먹어도 돼?"
"네 집 내버려 두고 왜?"
"우리 신부님이 밥을 영 못하거든. 응? 한 번만."

그렇게 눈 내리는 오후.

그들은 두런두런 떠들며 집으로 돌아가고 있었다.

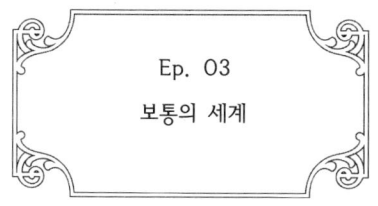

Ep. 03
보통의 세계

「아…… 다행이다.」

그건 거의 사십 년 가까이 사랑했던 그녀가 마지막으로 남겨 놓고 간 말이었다.

한사코 병원에 있기는 싫다기에 승서는 하는 수 없이 미안을 데리고 북한산 근처에 새집을 마련했다. 적당한 크기의 정원을 갖춘 아담한 집이 마음에 들었는지 미안은 텃밭을 가꾸자며 승서를 졸라 대기까지 했었다.

아이들은 병원에 입원하는 게 하루라도 더 아프지 않을 길이라고 미안을 설득했지만 그녀는 절대로 병원에서만은 죽지 않겠다고 고집을 부렸다. 승서가 그런 그녀에게 해 줄 수 있는 일은 매일 손을 잡아 주고, 산책을 다니고, 텃밭에 심은 상추와 꽃이 잘 자라는지 꼬박꼬박 살펴 주는 것이었다.

건강하던 미안이 병에 걸렸다는 걸 안 건 그녀가 예순일곱 번째

생일을 넘기기 전이었다. 하지만 미안은 시한부 선고를 담담히 받아들였다. 오히려 승서에게 「울면 안 돼요, 서방님.」하고 말했을 정도로. 거의 백발인 할머니가 배시시 웃으며 말하는데 그 모습이 어찌나 예쁘던지.

그는 울지 않겠다고 약속했다. 승서는 그녀에게 한 약속은 모두 지키고 싶었다. 그래서 혼자가 될 순간이 머지않았음을 직감했던 그는 미안에게 처음으로 그녀에게 작은 부탁을 했다.

「나중에 내가 그 세계에 가면 내가 하도 오래 살아서 치매에 걸렸을지도 모르니까.」

「……」

「내 이름. 부르고 있어. '승서 씨'라고.」

「응. 꼭, 그럴게요.」

그녀는 아이를 가졌을 때마다 과거를 보지 못했다. 지안이를 낳은 후에는 두 달가량 보이지 않았고 지언이를 낳았을 때는 세 달가량 보이지 않았다. 막내인 지운이를 가졌을 땐 한 달 동안 보이지 않았었다. 과거를 보는 능력은 끝끝내 옅어지지도 없어지지도 않았다. 미안은 나이를 먹으면서 주기적으로 발작을 일으켰고 고통스러워했지만 그의 손만큼은 놓지 않았다.

미안이 숨을 거둔 방에는 아무것도 없었다. 침대도. 옷장도. 서랍장도. 그저 하얀 방이었다.

그녀는 백발이 된 할머니가 되었을 때에서야 본인이 능력을 갖게 되었을 법한 이유를 내놓았다. 친모에게 버림받았다는 사실을 알았을 때 할매와 진짜 가족이 아니라는 걸 알았을 때 자꾸만 뒤를 돌아보고 싶었다고 말했다. 버림받는 순간과 사랑받는 순간을 두고두고 잊고 싶지 않았던 어린 마음이 과거를 볼 수 있는 능력을 준

게 아닐까 하고 그녀는 추측했다.

승서가 그 말에 그럴지도 모른다고 동의해 주자 그녀는 주름이 진 입가에 호를 그리며 말했다.

「지금은 아니에요. 행복해서 옛날 일 같은 건 볼 생각이 안 드는걸. 난 오늘이 좋아요. 서방님이랑 있는, 오늘.」

하지만 화장터에서 미안을 담은 관이 화장로로 들어가는 걸 보자 승서는 정말로 그녀와 마지막이라는 걸 알았다. 직원이 거수경례를 하며 예의를 갖추는 모습을 보자니 그녀와 약속한 걸 겨우 지켰다는 데에 생각이 미쳤다.

두 사람은 함께 나이를 먹었다.

울고 웃는 순간에 한시도 떨어지지 않고 같이 살아왔다.

승서는 무슨 일이 있어도 그녀가 자신이 죽는 모습을 보게 하지 않겠다고 맹세했다. 미안은 태어나서 여태껏 외로운 여자였다. 그래서 그녀의 마지막 외로움만큼은 그가 감당해 주고 싶었다.

이제 내일에 미안은 없다.

그녀가 죽었다.

그러자 승서는 미안이 숨을 거둔 걸 확인했을 때에도 참았던 눈물을, 하얗게 부서져 뼈가 된 그녀를 보며 서럽게 흘렸다. 사랑하는 여자가 이제야 편안해졌다는 생각에 그는 납골함을 품에 안고 오래도록 울었다. 뼛가루가 된 그녀를 「안아…… 안아, 가지 마.」 하고 몇 번이고 애타게 부르면서.

그래서일까. 눈앞이 자꾸만 까맣게 명멸하며 죽음이 목전에 드리운 순간에도 그는 미안이 떠나던 순간을 잊지 못했다. 마지막으로 숨을 힘겹게 내쉬며 결혼반지를 쥐고는 그에게 속삭이던 그때를.

「……나……나요. 반지, 쥐고 있는 거. 맞죠?」

「맞아. 쥐고 있어.」

「아…… 다행이다.」

그는 그때야 알았다.

그녀가 죽는 순간에야 과거를 보는 능력에서 벗어났다는 걸.

끝없는 항암치료와 버거운 능력이 주는 발작으로 매사 고통스러워하던 미안은 숨이 끝나는 순간에서야 보통의 세계를 보았다. 사랑하는 남자에게 안겨서 언제나 그랬듯 환하게 웃으며.

숨을 크게 내쉰 그는 옆에서 다 큰 아이들이 우는 걸 보았다. 머리가 몽롱하고 눈앞이 흐려서 아이들의 얼굴이 잘 보이지 않았다. 좀 더 잘 봐 두고 싶은데 손을 뻗어도 아이들에게 닿지 않는다. 잠깐 눈을 감았던 사이에 옛날 일들이 떠오른 것도 같은데 기억이 가물가물했다.

하지만 그는 이제 미안이 보고 싶었다. 매일 봐도 사랑스러웠던, 언제나 그에게 웃어 주었던 아내가 그리웠다. 그래서 가지 말라고 소리치는 아이들의 입모양을 응시하며 자그맣게 웃었다가 느리게 눈을 감았다.

눈을 감자 멍하게 흔들리던 머리가 조금은 괜찮아졌다. 가쁘게 차오르던 숨도 한결 편안해졌고 사지를 짓누르던 묵직함도 사라졌다. 떨리던 눈꺼풀이 잠잠해지자 승서는 마음껏 숨을 들이마셨다.

그때 귓가에 철썩이는 차가운 파도 소리가 들렸다.

눈을 뜬 승서는 해변을 거닐고 있는 여자의 뒷모습을 보고선 조용히 웃었다. 양손에 조리샌들을 하나씩 움켜쥐고 모래사장을 가볍게 밟으며 노래를 흥얼거리는, 최승서의 유일한 '안(安)'.

그녀의 주위로 반짝반짝 빛나는 별들과 반딧불이가 가득했다.

마치 꿈처럼 바닷가 저택에서 흘러나오는 희끄무레한 불빛에 검푸른 바닷물이 어렴풋이 보였고 부드러운 해풍에 그녀의 원피스 자락이 크게 살랑였다. 긴 머리칼을 쓸어 넘기며 바다 너머를 응시하는 그녀를 보자 승서는 가슴이 환희로 차오르는 걸 느꼈다.

보고 싶었다.

헤어져 있던 건 고작 몇 년에 지나지 않았지만.

그녀를 언제나 만나고 싶었다.

뒤로 한달음에 다가간 그는 잘록한 허리를 확 안았다. 그러자 미안이 비명을 질렀다가 승서를 보고선 승서 씨! 하고 타박을 했다.

정말! 놀랐잖아요.

조리샌들을 쥔 손을 파닥거리며 앙탈을 부린 그녀는 승서를 향해 귀엽게 눈을 흘기다가 이내 배시시 웃었다. 자잘한 모래와 조개 껍데기가 묻은 조리샌들을 손에서 떨어뜨린 그녀는 승서를 꼭 끌어안았다.

아귀가 딱 맞아떨어지듯 두 사람은 완벽하게 포개졌다. 향긋한 내가 나는 미안의 머릿결에 얼굴을 묻은 승서는 그제야 안도를 했다. 가슴에 쌓여 있던 모든 불안이 지금 눈앞에 있는 그녀로 인해 편안해졌다.

미안은 여전히 어떤 차림을 해도 근사한 승서를 올려다보며 눈웃음을 지었다. 그러다가 그의 **뺨**을 쓰다듬으며 희미하게 눈물을 글썽였다.

여기 올 때 무섭지 않았어요?

눈물을 떨어뜨리기 일보 직전이었는데도 그녀는 웃기 위해 애를 썼다. 그 모습을 두 눈에 가득 담던 승서는 **뺨**을 감싸 준 미안의 손등을 어루만지며 작게 웃었다.

　무서웠지. 그래도 기다리게 해서 미안해.

　승서 씨.

　고마워.

　소녀처럼 뺨을 붉히는 미안에게 살며시 키스를 한 승서는 눈물에 젖은 속눈썹을 응시하다가 이마를 마주 대었다.

　여태까지 기다려 줘서, 고마워. 안아.

　고맙다는 말에 고개를 내저은 미안은 그를 향해 미소를 담뿍 짓고선 수줍게 승서의 손에 깍지를 끼웠다.

　나, 오래전부터 승서 씨에게 하고 싶은 말이 있었어요.

　응.

　나도 역시 당신을 만나서 다행이라고…….

　여전히 따스한 그의 품에 기대며 미안은 속삭였다.

　어서 와요.

　그들은 나란히 그리운 바닷가를 거닐었다. 발목을 스치는 파도의 간지러움에 간간이 웃으며 똑같은 반지를 나누어 낀 손가락을 꼭 얽은 채.

　이제 그만 갈까요.

　그럴까.

　승서 씨.

　음?

　그동안 애썼어요.


　파도가 백사장으로 밀려올 때마다 소복소복 찍혀 있던 발자국을 닦아 낸다. 손을 꼭 잡으며 해변을 걷던 어느 연인은 서로의 얼굴을 쳐다보면서 즐겁게 웃었고 그렇게 멀리 사라졌다.
 밤바다에 파도 소리가 철썩인다. 하늘엔 동그란 달과 은빛 부스러기 같은 별들이 빛났고 그 아름다운 세계에 반딧불이 두 마리가 예쁘게 반짝였다. 점차 흐려져 가는 발자국 위로 가끔 즐거운 웃음소리가 들렸다. 하지만 끝이 없는 백사장 너머로 사라진 연인을 본 사람들은 아무도 없었다.

 그저 아주 오래전,
 과거를 보는 여자와 그 여자를 사랑한 남자를 만났던 사람들은 옛날을 회상하며 종종 이렇게 이야기하곤 했다.
 「아아, 그 두 사람.
 행복한 가족이었지.」

*—The end*

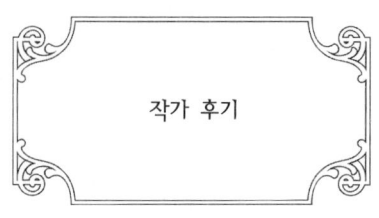

작가 후기

 이왕이면 '괜찮단다.'라는 말을 좀 더 자주 해 줄 수 있는 세상이었으면 좋겠다고, 정말, 가끔 혼자 생각합니다. 어리바리하더라도 '믿어 줄게.'라고 어깨를 토닥여 주는 곳이었다면 요즘 사람들에게 외로움이라는 감정이 거대한 질병처럼 느껴지지는 않았을 거라고, 그냥 혼자 상상했습니다.
 과거를 보는 미안과 기억을 되찾고 싶었으나 서른한 살이라는 시간을 공백으로 남겨 둔 승서의 세계가 독자분들에게, 이왕이면 오랫동안 회자되기를 바랍니다. 보통이라는 것과 사소함이라는 것이 살아가는 내내 얼마나 소중한 것인지에 대해서도요. 사실 평범함이라는 건 특별함이 닳아서 무뎌진 것뿐이라고 생각하지만요.

 마지막으로 소설을 쓸 때마다 생각나는 부모님과 여동생, 그리고 JM에게 고맙다고 말하고 싶네요.

특히 저는 보통의 세계를 시작으로, 로맨스소설을 누군가를 위해 쓰자고 다짐했습니다. 예상치 못한 인기를 얻은 《보통의 세계》는 오로지 성은 씨를 위해 썼답니다. 성은 씨와는 앞으로 딱 팔십구 년만 더 같이 있고 싶어요. 사랑하냐고요? 우리 사이에 뭘 그래요, 쑥스럽게.

그럼 저는 이만 미안과 승서가 사는 세계에서 떠날까 합니다.
조금 더 권도란다운 이야기로 찾아뵐 때까지 독자분들, 부디 좋은 꿈꾸시기를.

가을 막바지에.<br>
권도란 드림.

# 보통의 세계

1판 2쇄 찍음 2014년 2월 24일
1판 2쇄 펴냄 2014년 3월 3일

지은이 | 권도란
펴낸이 | 정 필
펴낸곳 | 도서출판 **뿔미디어**

편집장 | 이재권
기획·편집 | 주종숙, 정시연
편집디자인 | 이진선

출판등록 | 2002년 9월 11일 (제1081-1-132호)
주소 | 경기도 부천시 원미구 상동로 117번길 49(상동) 503호
전화 | 032)651-6513 / 팩스 032)651-6094
E-mail | scarlets2012@hanmail.net
블로그 | http://blog.naver.com/dahyangs
홈페이지 | http://bbulmedia.com

## 값 9,800원

ISBN 978-89-6775-920-9 03810

※파본은 구입하신 서점에서 교환하여 드립니다.

**※이 책은 (도)뿔미디어를 통해 독점 계약되었습니다.**
저작권법에 의해 보호를 받는 저작물이므로 무단 전재와 무단 복제를 엄금합니다.

# Scarlet
## 스칼렛

Scarlet
스칼렛